Birgit Hummler

Stahlbeton

Birgit Hummler

Stahlbeton

Ein Stuttgart-Krimi

Silberburg-Verlag

Birgit Hummler, Jahrgang 1953, ist in Stuttgart aufgewachsen und lebt heute auf der Schwäbischen Alb. Sie hat Sprach- und Literaturwissenschaften (Deutsch und Russisch) sowie Journalistik und Kommunikationswissenschaften studiert. Ihre Laufbahn als Journalistin führte sie bald zu Themen aus der Arbeitswelt, in der es manchmal mörderisch zugeht.

2. Auflage 2011

Lektorat: Michael Raffel, Tübingen.
Umschlaggestaltung: Wager ! Kommunikation, Altenriet.
Druck: CPI books, Leck.
Printed in Germany.

ISBN 978-3-87407-988-4

Besuchen Sie uns im Internet
und entdecken Sie die Vielfalt unseres Verlagsprogramms:
www.silberburg.de

I – Jewhen

Die große Gestalt beugte sich über das Bündel am Boden. Dann ging der Mann in die Hocke und verharrte reglos. Seine Augen hatten sich längst an das Dämmerlicht gewöhnt. Eine entfernte Straßenbeleuchtung spendete gerade so viel Licht, dass er deutlich sah, was geschehen war. Doch die Wirklichkeit drang nicht in sein Gehirn vor. Es weigerte sich zu begreifen, dass Leben unwiederbringlich ausgelöscht werden konnte, dass der Tod ein Zustand war, der absolut und unumkehrbar ist.

Noch einmal fassten seine Hände die Schultern des Toten am Boden und versuchten, sie anzuheben. Noch immer war da die Hoffnung, eine Regung des leblosen Körpers zu spüren. Nur einen Funken Lebenswillen, der die Bemühungen, ihn aufzurichten, durch eine kleine Bewegung unterstützt hätte.

Mühsam nur erreichte die Realität sein Bewusstsein. Langsam setzte das Erkennen ein. Was hatte er getan? Wie war er nur auf diese wahnwitzige Idee verfallen? Wie hatte er sie in diese ausweglose Situation manövrieren können? Es war alles seine Schuld. Er hatte das größte aller Verbrechen begangen. Durch ihn hatte ein Mensch sein Leben verloren.

Er nahm das herannahende Dröhnen des Intercitys nicht wahr. Erst die Scheinwerfer des Zuges, die für einige Sekunden die Szene in grelles Licht tauchten, rissen ihn aus seiner Erstarrung. Dann donnerte der Zug in den nebenliegenden Tunnel und gab ihm Gelegenheit für einen Schrei. Er schrie sich die Lunge aus dem Hals. Er schrie seinen Schmerz in die Dunkelheit. Er durfte für ein paar Momente seiner Verzweiflung eine Stimme geben, weil niemand ihn in dem Getöse hören konnte.

Es war längst wieder Ruhe eingekehrt. Nur der ferne Straßenlärm der nächtlichen Stadt lag in der Luft. Noch lange schluchzte er immer wieder auf, wimmerte leise mit bebenden Schultern. Irgendwann hatte seine Hand die Kraft, dem Toten sanft die Augen zu schließen. Ein Ruck ging durch seinen drahtigen Körper. Er griff in die Taschen des leblosen Mannes am Boden und fischte einen Euro, zwanzig Cent und zwei Griwna-Scheine heraus. Dann erhob er sich und ging über die Gleise durch den Nieselregen davon.

Dienstag, 8. März 2005

1

Andreas Bialas fischte die Akte aus dem Eingangskorb. Er schlug den Deckel auf und begann zu lesen.

»Der Eingang der Erstinformation über das Ereignis erfolgte am 8. März 2005 um 1.30 Uhr. Es war über Notruf. Dort wurde die Erstinformation geprüft, ob eine polizeiliche Relevanz vorliegt.«

Wie konnte ein junger und intelligenter Mensch nur solche Sätze fabrizieren?!

»Die Einsatzmaßnahmen des ersten Sicherungsangriffs durch die zuerst am Ereignisort eintreffenden Polizeikräfte ist erfolgt.«

Bialas stöhnte leise. Hanna sah von ihrer Arbeit auf. Sie fragte: »Luca?« Er nickte nur. Sie verstand, nickte ebenfalls und bearbeitete wieder die Tastatur ihres Computers. Bialas schlug den Aktendeckel zu, schnappte sich die Mappe und ging über den Gang drei Zimmer weiter.

Luca Mazzaro war ihr jüngstes Pferd im Stall. Mit deutschem Pass und sizilianischen Eltern, die Sizilien auch nur noch aus Urlauben kannten. Es war das erste Mal, dass Luca Bereitschaft hatte, und schon hatte er einen ungewöhnlichen

Fall am Hals. Bialas hatte den ganzen Vormittag mit Befragungen verbracht. Von Angehörigen, die drei Wochen nicht geschnallt hatten, dass ihre Oma nicht mehr unter den Lebenden weilte und in ihrer Wohnung vor sich hin stank. Am Nachmittag hielt er sich als Zeuge bereit für eine Anklage gegen einen prügelnden Ehemann. Der hatte seine Frau fast ins Jenseits befördert – wenn nicht die Ärzte ihr schnellstens die eingerissene Milz entfernt hätten. Er würde nie begreifen, warum diese Frauen ihre Männer schützten und verteidigten und alle, die ihnen helfen wollten, wie Narren aussehen ließen. Die Richter konnten gar nicht anders, als ein mildes Urteil zu sprechen. Den ganzen Tag war er also bisher nicht dazu gekommen, sich um seine Leute zu kümmern. Nun musste er Luca unter die Arme greifen.

Der stand bereits in eine warme Jacke gepackt an seinem Schreibtisch und wollte offensichtlich Feierabend machen.

»Du gehst schon?«, fragte Bialas. Es war gerade halb fünf.

Luca sah ihn groß an, breitete seine Arme aus und drückte dann beide Hände auf sein italienisches Herz.

»Maestro«, sagte er mit Pathos, »ich bin zwar heute morgen um vier Uhr aus dem besten Schlaf gerissen worden. Ich bin – pflichtbewusst, wie ich nun mal bin – sofort in die Klamotten gehüpft. Und jetzt hatte ich die verrückte Idee, noch nach Hause zu gehen, um zu duschen. Aber wenn du mich rufst …«

Bialas entsann sich: Dienstags hatte Luca sein Jiu-Jitsu-Training. Er ging dann immer recht pünktlich, wenn auch normalerweise nicht ganz so früh wie heute.

»Lass uns die Sache kurz durchsprechen. Nur das Wichtigste. Ich lasse dich gleich in dein Training gehen.«

Luca zog bereitwillig die Jacke aus, hängte sie über die Stuhllehne und setzte sich. Bialas zog den Besucherstuhl zu Lucas Schreibtisch. Und wieder einmal hatte er beim Anblick des durchtrainierten Körpers des jungen Kollegen ein schlechtes Gewissen. Warum nur konnte er sich so gar nicht zu einer regelmäßigen sportlichen Betätigung aufraffen?

»Also, das Wichtigste: Männliche Leiche, etwa Anfang zwanzig«, begann Luca. »Sie haben ihn am Feuerbacher Tunnel gefunden. Da gibt es eine Nische, einen Bogen, der aussieht wie eine kleine Tunneleinfahrt. Da geht's aber nur 'n paar Meter rein, dann ist Schluss.« Der Tunnel war keine zehn Minuten vom Polizeipräsidium der Landeshauptstadt Stuttgart entfernt. Wenn man zu einem kleinen Stadtpark wollte, musste man über eine Fußgängerbrücke die achtspurige Stadtautobahn überqueren. Von dieser Brücke sah man direkt auf die zwei Tunnelröhren und auf die aufgefächerten Gleise, die sich davor bündelten. Diesen Tunnel mussten alle Züge passieren, wenn sie in Richtung Norden die Stadt verlassen wollten. Bialas hatte das Bild vor Augen. Die kleine Nische jedoch war ihm noch nie aufgefallen.

»Eigentlich ein idealer Ort, wenn man ein trockenes und windgeschütztes Plätzchen sucht«, stellte Luca fest. »Nur 'n bisschen laut, mit all den Zügen und so ...«

»Wer hat ihn da gefunden, mitten in der Nacht?«

»Das ist die Frage. Die Kollegen vom Kriminaldauerdienst sind vom Notruf informiert worden. Und die Notrufzentrale hat einen Anruf bekommen, dass da am Tunnel einer liegt.«

»Weiß man, wer der Anrufer war?«

»Nein. Anonym. Die haben nur gesagt, dass es ein Mann war und dass der einen ausländischen Akzent hatte. Ich habe eine Kopie des Bandes angefordert. Ist aber noch nicht gekommen heute.«

»Todesursache?«

»Keine Ahnung. Der Mann war völlig ganz. Kein Loch, kein Schlitz, kein gar nichts. Der Doc stand vor 'nem Rätsel.«

Bialas sah kurz in die Akten. Den Namen des Arztes kannte er gut. Er war einer der Mediziner, mit dem die Polizei schon seit Jahren routiniert zusammenarbeitete, und der sich – im Gegensatz zu manchem Kollegen – mit Todesursachen wirklich auskannte.

»Der Mann war jung und recht groß«, stellte Luca fest, »Aber der hatte kein Gramm zu viel auf den Rippen. An der Grenze zur Unterernährung, sagt der Doc. Die Todeszeit: Etwa 12 bis 24 Stunden, bevor wir ihn gefunden haben. Die Totenstarre war schon voll da. Es gibt keine Anzeichen dafür, dass der Leichnam bewegt worden ist. Nur die Temperaturbestimmung war schwierig. Der Typ lag in 'nem warmen Daunenschlafsack. Armeequalität. Erfroren sein kann er nicht. Die Temperatur heute Nacht lag nie unter 4 Grad.«

»Was hatte er an?«

»Einfache Klamotten, aber halbwegs sauber. Cordhosen. Karohemd. Ein billiger Parka. Die Kriminaltechnik hat sie sich schon vorgenommen. Sie sagen, morgen kommt ein erster Bericht.«

»Kann Alkohol im Spiel gewesen sein?«

»Sieht nicht so aus. Der Doktor hat keine Anzeichen dafür gefunden. Gerochen hat man auch nichts. Und es lagen keine Flaschen herum. Ein paar Lebensmittelverpackungen, billige Sachen von Aldi, die haben wir gefunden. Und etwas weiter weg an den Böschungen am Gleisrand auch Exkremente. Der Typ muss da etwa drei bis vier Tage gehaust haben, sagt Wildermuth von der Spurensicherung.«

»Und seine Identität?«, fragte Bialas.

Luca schüttelte den Kopf: »Keine Ahnung. Wir haben absolut nichts bei ihm gefunden. Keinen Ausweis, keine Geldbörse, keinen noch so kleinen Zettel. Ach, und noch etwas: Es war Blut an dem Schlafsack.«

»Blut? Und keinerlei Verletzungen am Leichnam?«

»Blut. Das ist sicher. Wildermuth lässt's natürlich untersuchen. Auch an ein paar Stellen in dieser Höhle waren Spuren auf dem Schotter, bei denen die Spurensicherung festgestellt hat, dass es Blut ist.«

Es klopfte kurz an der Tür. Hanna steckte den Kopf herein: »Ich mache Feierabend. Tschüs«, und damit war sie wieder verschwunden.

Noch einmal gingen die beiden Männer die Ergebnisse der bisherigen Ermittlung durch, besprachen die Maßnahmen, die Luca bereits eingeleitet hatte, und planten den weiteren Untersuchungsablauf. Luca hatte bereits sämtliche Daten und die Fingerabdrücke des Toten an den Erkennungsdienst beim Bundeskriminalamt gesandt. Anfragen an die Vermisstenkarteien bei LKA und BKA waren hinausgegangen. Die Staatsanwaltschaft war informiert. Das Band mit dem anonymen Anrufer würde spätestens morgen zur Verfügung stehen. Vor allem aber musste die Todesursache geklärt werden. Der Leichnam war in das nahe beim Präsidium gelegene Krankenhaus geschafft worden. Mit dem Gerichtsmediziner aus Tübingen war jedoch frühestens morgen Nachmittag zu rechnen. Die Rechtsmedizinischen Institute waren notorisch überlastet, seitdem die Landesregierung auch hier den Rotstift angesetzt hatte. Die wenigen Habseligkeiten des Toten waren in der Kriminaltechnik. Anträge und Formulare waren ausgefüllt, und selbst der Tatortbericht war von Luca noch am selben Tage fertiggestellt worden. Mehr konnte man nicht erwarten.

Bialas klappte die Akte zu. »Fürs erste Mal ganz ordentlich«, bemerkte er nüchtern. Lobhudeleien waren nicht seine Sache. »Mach dich vom Acker. Und morgen kommst du eine Stunde später. Die Ergebnisse kommen ohnehin nicht vor zehn.« Er sah dem jungen Kollegen nun doch an, wie müde er war.

2

Der frisch gebackene Kriminalkommissar Mazzaro war seit etwa vier Monaten im Dezernat. Bialas hatte schnell festgestellt, dass Luca sehr systematisch und zuverlässig arbeitete. Vor allem aber brachte er durch seine unbeschwerte italienische Art frischen Wind in die eingefahrene und manchmal recht miesepetrige Atmosphäre der Abteilung. Bialas hoffte von Herzen, dass sich Luca sein aufgeräumtes Wesen über die Jahre würde bewahren können. Sie alle hatten ihre Karriere mit Optimismus, Tatendrang und einem tiefen Gerechtigkeitsempfinden begonnen. Doch man sah in diesem Job einfach so viel Gewalt, Gleichgültigkeit, Selbstsucht, zu viel Leid, zu viel körperliche und seelische Verwahrlosung, sodass man auf irgendeine Art und Weise im Laufe der Jahre selbst verbogen wurde. Da wurden Kollegen zu Zynikern und andere depressiv. Da hatten manche mittlerweile einen Gefühlspanzer, den nicht einmal mehr das Leid der Opfer durchdrang. Und Bialas wusste vom einen oder anderen, dass er den Frust mit zu viel Alkohol zuschüttete. Er selbst hatte sich die Haltung eines Chirurgen zugelegt, der tun muss, was ein Mann tun muss, der lieber nichts über die Ängste und Schmerzen des Patienten wissen will, sondern konzentriert und beherzt die notwendigen Schnitte ausführt. Die meisten Kollegen – er selbst nicht ausgeschlossen – benahmen sich zumeist wie die harten Jungs, denen nichts und niemand etwas anhaben kann, die weder Angst noch Schwermut kennen. Nur Hanna surfte zwischen ihnen auf den Wellen der Gefühle und blieb doch immer im Lot. Und das, obwohl auch sie schon viel Leid gesehen und selbst erfahren hatte. Immer wieder mal ging sie zu einem Seelenklempner und bezeichnete dies wie selbstverständlich als Psychohygiene. Manchmal war Bialas neidisch darauf, dass eine Frau sich das viel leichter leisten konnte. Er hatte sich bewusst dafür entschieden, nicht alleine in einem Büro zu sitzen, was ihm als stellvertretendem Dezernatsleiter eigentlich zustand. Im täglichen Kontakt mit der gestandenen Kollegin bekam er immer wieder etwas von ihrer ruhigen Gelassenheit ab.

Zurück am Schreibtisch nahm er sich noch einmal die Akte vor. Er überflog das katastrophale Beamtendeutsch, das so überhaupt nicht zu Luca passte, und betrachtete die Bilder der Spurensicherung, die der Akte beilagen. Die Aufnahmen des Toten in seinem Schlafsack wirkten fast friedlich.

Er lag da, leicht zusammengerollt, fest eingemummelt, wie im Schlaf. Doch die Nahaufnahmen des Gesichtes, nachdem ihn Arzt und Spurensicherer aus seinem Kokon herausgeschält hatten, muteten irgendwie trostlos an. Obwohl man dem Toten seine Jugend durchaus ansah, wirkten seine Züge verhärmt und ausgemergelt.

Bialas nahm sich die Fotos vom Fundort her. Die Aufnahmen von der näheren Umgebung zeigten, dass es hier selbst bei Nacht durch Straßen- und Gleisbeleuchtungen nie ganz dunkel war. Jedes Kommen und Gehen konnte durchaus bemerkt werden. Zudem waren diese Eisenbahnstrecken stark befahren und die Zugführer konnten die kleine Tunnelhöhle wahrscheinlich einsehen. Die künstliche Höhle bot in der Tat einen hervorragenden Schutz gegen die Witterung. Aber ein dauerhaftes Versteck war dies nicht. Der Schotter am Boden und der Ruß an den Wänden, der selbst auf den Fotos deutlich zu sehen war, ließen den Ort unwirtlich und kalt erscheinen. Was immer dem jungen Mann widerfahren war – es war nichts Schönes.

Bialas seufzte und legte die Unterlagen beiseite. Er ließ seinen Blick widerwillig über das Chaos auf seinem Schreibtisch gleiten. Nur dort, wo der Eingangskorb stand und die aktuellen Fälle lagen, herrschte eine gewisse Ordnung. Er wusste, warum der Chef ihn nicht längst zum Dezernatsleiter gemacht hatte. Und dies, obwohl Franz Kallinger liebend gern seine Doppelfunktion als Leiter der Kriminalinspektion 1 und Leiter des Dezernats für Todesermittlungen aufgegeben hätte: Andreas Bialas war in seinem Element, wenn Aufklärungsbedarf bestand. Auch wenn es nur um einen erfrorenen Obdachlosen oder den einsamen Tod eines alten Menschen ging – solange ermittelt werden musste, ging der Hauptkommissar in seiner Arbeit auf, schaute nicht mehr auf die Uhr und verspürte keinen Hunger. Was danach kam, war ihm ein Gräuel. Termingerecht und in vertretbaren Zeiträumen Berichte zu schreiben, Notizen zu ordnen, die Akten für Vorgesetzte, Staatsanwaltschaft und die Nachwelt aufzubereiten, schaffte er nach all den Dienstjahren nach wie vor nur dann pünktlich, wenn mal drei bis vier Tage keine aktuellen Fälle hereinkamen – und das passierte äußerst selten.

Er nahm sich einen kleinen Stapel ausgefüllter Formulare vor und versuchte, sich darauf zu konzentrieren, sie sinnvoll auf bestimmte Akten zu verteilen. Doch der Widerstand war jetzt, nach einem langen Arbeitstag, einfach nicht zu überwinden. Er sah auf die Uhr, und er hatte Hunger. Nach einem grimmigen Blick auf die Aktenstapel holte er den Mantel aus dem Schrank und verließ sein Büro.

3

Bialas wusste, dass Thea nicht auf ihn warten würde. Sie hatte sich ihr eigenes Leben eingerichtet. Und heute war Dienstag, das hieß Steppaerobic mit anschließender Sauna und abschließendem Sekt oder Longdrink. Sie hatte da wohl eine nette Gruppe von Frauen, Kolleginnen aus dem Steuerberatungsbüro, in dem sie halbtags arbeitete. Und die Kinder erwarteten ihn erst recht nicht mehr. Sie wurden beide langsam flügge. Das Leben draußen wurde spannender als die Familie. Trotzdem fühlte er sich geborgen, wenn er nach Hause kam. Hier konnte er abschalten. Hier spürte er die Wärme der Menschen, auch in deren Abwesenheit. Er brauchte diese von Thea geordnete Beständigkeit der Gegenstände und Rituale, um den Turbulenzen seines Berufs zu entkommen.

Erfreut stellte er fest, dass auf dem Herd noch Spaghetti in Tomatensoße standen, die er sich nur warm zu machen brauchte. Er hatte gerade die letzten roten Spuren am Mund mit einer Papierserviette abgewischt, als Alexander, sein Junior, vom Handballtraining kam und in die Küche stürmte. »Du hast die ganzen Spaghetti aufgegessen«, stellte er entrüstet fest. »Ich habe so einen Hunger! Wir hatten heute so ein Scheißspiel. Der Fabian, der hat nur Mist gebaut, immer daneben. Der steht nie da, wo er soll. Nur wegen dem hat Karsten gesagt, wir seien Nieten.« Der Dreizehnjährige steigerte sich immer mehr in Rage. »Dann soll er den doch einfach nicht in unsere Mannschaft stecken. Der soll doch heimgehen, der Fabian, wenn er nicht Handball spielen kann und alles nur versaut. Und was soll ich jetzt essen?« Er stemmte die Hände in die Seite und sah seinen Vater vorwurfsvoll an.

»Du wirst ja wohl noch ein Stückchen Brot und Butter und Wurst in diesem Haushalt finden. Ich glaube nicht, dass Mama euch verhungern lässt.«

»Ich hab mich so darauf gefreut«, maulte Alex und machte sich am Kühlschrank zu schaffen. Während er sich nacheinander drei große Brote schmierte, sie mit dicken Schichten Wurst und Käse belegte und eines nach dem anderen verdrückte, schimpfte er weiter auf Fabian, die blöde Kröte, die immer alles vermasselte.

»Einer alleine kann kein Spiel so versauen«, sagte Bialas. »Da habt ihr andern sicher auch nicht gerade 'ne Glanzleistung hingelegt.«

Alexander sah ihn einen Moment lang an, als müsse er nachdenken. Dann sagte er: »Na ja«, verließ die Küche und verschwand in seinem Zimmer. Brot, Butter, Wurst und Käse sowie das Geschirr blieben auf dem Küchentisch stehen.

Bialas zappte eine Weile die Fernsehsender rauf und runter. Außer schwachsinnigen Comedy-Shows, dem Schmalz einer deutschen Arztserie und blutrünstigen Actionfilmen war nichts im Programm. Er schaltete ab und nahm sich ein Buch über die legendäre Shackleton-Expedition zum Südpol vor. Er liebte Bücher über die Ersteigung der höchsten Berge, die Durchquerung der heißesten Wüsten oder, wie hier, die Eroberung der Eiswüsten an den Polen der Erde. Sir Ernest Shackleton übte eine besondere Faszination auf ihn aus.

Der Polarforscher wollte als erster Mensch den antarktischen Kontinent durchqueren. Er sollte die Antarktis jedoch nie betreten. Zwei Jahre lang irrte er mit seiner Mannschaft im südlichen Eismeer umher. Und es grenzte an ein Wunder, dass alle achtundzwanzig Männer der Expedition trotz unglaublicher Strapazen lebendig und vollzählig zurückkehren konnten.

Es war kurz nach zehn, als Thea nach Hause kam, gut gelaunt und mit rosigen Wangen von Sauna und Sekt. Sie räumte die Küche auf, schickte Alex ins Bett und setzte sich zu ihm ins Wohnzimmer.

»Wie war dein Tag?«

»Normal, wie immer.« Bialas sprach zu Hause nie über seine Fälle. Sein rationales Ich sagte ihm, dass er seine Frau und die Kinder gegen all die Gewalt und das Elend abschirmen musste, mit denen er tagtäglich in Berührung kam. Die berufliche Auflage, keine Informationen über laufende Fälle, über Personen oder Ereignisse nach außen zu geben, unterstützte diese Haltung. Im Grunde aber wollte er eine klare Trennung zwischen Arbeit und Familie. Er wollte ein Heim, in dem er abschalten konnte. Er brauchte diese »heile Welt«, um in der andern Welt der Angst und Aggressionen, der Gemeinheit und Gleichgültigkeit bestehen zu können. Wenn er von seinem beruflichen Alltag erzählte, dann vom Ärger mit Vorgesetzten, von der Bürokratie in seiner Dienststelle, oder von den runden Jubiläen und Familiengeschichten der Kollegen, eben darüber, was an jeder Arbeitsstelle den alltäglichen Tratsch und Frust ausmacht.

Thea hatte den Fernseher eingeschaltet, aber die Programme waren auch jetzt nicht niveauvoller.

»Wo ist Svenja?«, fragte Bialas und bereute seine Frage fast augenblicklich.

Thea war in einem Spät-Krimi hängengeblieben und sah mit jenem Blick zu ihm herüber, den er so sehr hasste. Er konnte diese vorwurfsvollen, fordernden Augen nicht ausstehen.

»Du musst mit ihr sprechen, Andreas!« Ihr Ton war scharf. »Sie geht aus, wann sie will. Sie sagt mir nicht, wohin sie geht. Sie sagt mir nicht, wann sie nach Hause kommt. Ich weiß nicht, in welchen Kreisen sie verkehrt, was das für eine Clique ist, in der sie sich herumtreibt. Wenn ich sie darauf anspreche, gibt es sofort Krach.« Ihre Stimme wurde immer eindringlicher. »Wenn ich verlange, dass sie mir sagt, wo sie ist und wann sie heimkommt, dann heißt es sofort: ›Ich bin doch kein Baby mehr. Ich lass mir von dir nichts mehr vorschreiben.‹ Wenn ich sie frage, mit wem sie da ständig herumhängt, dann fängt sofort das Geschrei an, ich hätte kein Vertrauen in sie, ich würde sie überbehüten wie eine Glucke. Sie ist gerade mal fünfzehn! Da kann ich sie doch nicht einfach machen lassen, was sie will. Oder? Andreas, ich will, dass du mit ihr sprichst. Sie ist schließlich auch deine Tochter!«

Bialas war es während des Redeschwalls immer unwohler geworden. Er war ein guter Vater. Er war mit den Kindern, als sie noch kleiner waren, mit großer Freude in den Zoo und zum Cannstatter Volksfest gegangen. Er hatte sie zu Kinderfesten, ja sogar ins Kino oder Theater begleitet, obwohl ihm das selbst nie besonders viel Vergnügen bereitete. Sie hatten Radtouren gemacht und ganze Tage im Schwimmbad verbracht. Auch heute noch liebte er solche gemeinsamen Events mit Alexander. Es nervte ihn jedoch, sich um die kleinen Wehwehchen und Sorgen der Kinder zu kümmern, den Schnupfen und die Windpocken, um den Krach mit der besten Freundin und den Ärger mit dem Klassenlehrer. Und um die Abnabelungsversuche einer Fünfzehnjährigen, die langsam erwachsen wurde. Aus seiner Sicht nahm Thea diese Dinge alle viel zu ernst. Svenja hatte im Grunde genommen recht: Sie war eine Glucke. Dabei wusste er, dass Thea ihm diese Haltung sehr verübelte. »Deine sogenannten kleinen Wehwehchen – das sind genau die Dinge, bei denen Kinder ihre Eltern brauchen«, hatte sie einmal gesagt und ihn böse angeschaut.

»Ich werde mit ihr sprechen«, sagte Bialas und versuchte die Halbherzigkeit in seiner Stimme zu übertünchen. Thea blickte ihn resigniert an und wandte sich wortlos ihrem Krimi zu. Nach zehn Minuten schaltete sie mitten im Film ab und ging mit einem knappen »Gute Nacht« zu Bett. Erst jetzt fand Bialas wieder die Ruhe, sich ganz Sir Ernest Shackleton und seiner Südpolexpedition zu widmen.

Es war fast halb eins, als er die Haustüre gehen hörte. Er hörte, wie Svenja, ohne auch nur einen Blick ins Wohnzimmer zu werfen, die Treppe hinaufstieg und die Tür zu ihrem Zimmer deutlich hörbar hinter sich zuschlug. Einen Moment lang fragte er sich, ob einem fünfzehnjährigen Teenager sechs Stunden Schlaf genügten, um am nächsten Tag wieder konzentriert am Unterricht teilnehmen zu können. Sie kam wohl einfach nach ihm, und er hatte nie viel Schlaf gebraucht. Er las das Kapitel zu Ende, bevor auch er sich ins Bett begab, wo Thea bereits wie ein kleines Kind schlief.

Mittwoch, 9. März 2005

1

»Das Band ist da.« Lucas Stimme am Telefon klang, als wolle er den Frühling verkünden.

»Okay. Wir fahren zusammen rüber ins LKA.« Bialas schob mit Genugtuung die Akte beiseite, die er soeben bearbeitet hatte, und dankte Luca innerlich für die Unterbrechung. Seit einer Restrukturierung der gesamten Polizei des Landes waren im Landeskriminalamt viele technische Einrichtungen und die entsprechenden Spezialisten der Kriminalpolizei des Landes konzentriert. Auf hohem fachlichem Niveau standen diese nun allen städtischen Polizeipräsidien zur Verfügung. Was auf den ersten Blick durchaus sinnvoll erschien, hatte eine Flut von Anträgen und Formularen zur Folge und bedeutete, dass Bialas für viele Dienstleistungen nervige Fahrten quer durch die staugeplagte Stadt auf sich nehmen musste.

Im Medienraum des LKA erwartete sie eine junge freundliche Kollegin mit braunem Haar und bernsteinfarbenen Augen. Bialas hatte schon einige Male mit ihr zu tun gehabt. Er konnte sich jedoch nie merken, ob sie Schumann, Schuster oder Schubert hieß. Die kleine Frau Schu... begrüßte sie fröhlich, sah mit großen Augen Luca an und hatte sich ganz offenbar augenblicklich in ihn verknallt.

»Na, dann kann's ja losgehen.« Luca reichte ihr die Tonkassette, die in der Notrufzentrale mitgeschnitten worden war. Frau Schu... fütterte damit ein kleines Gerät, hackte Befehle in eine Computertastatur und erweckte so einen der drei Bildschirme auf dem Schreibtisch vor ihr zum Leben. Nach weiteren Eingaben begann der Pegel des Spektrogramms auf dem Bildschirm zu zittern und begleitete mit schnellem Auf- und Niederzucken, was sie nun hörten. Nach einem Rauschen war die Stimme des diensthabenden Beamten zu vernehmen:

»Notrufzentrale, was kann ich für Sie tun?«

Es folgte Stille. Das Atmen eines Menschen konnte fast nur erahnt werden.

»Hier ist die Notrufzentrale. Liegt bei Ihnen ein Notfall vor? Bitte melden Sie sich.«

Wieder kam lange keine Antwort. Dann hörten sie die Stimme eines Mannes. Keine tiefe Stimme, fast sanft, mit einem rauen Unterton und starkem Akzent:

»Bitte – schauen an Zug-Gleis, bei Tunnel. Bei Firma Wagner. Toter Mann dort.«

»Wer sind Sie? Bitte nennen Sie Ihren Namen.«

Am anderen Ende der Leitung war nun deutlich das Atmen eines Menschen zu hören.

»Sagen Sie mir bitte, wo Sie sind«, insistierte der Beamte.

Wieder nur das schwere Atmen. Und schließlich noch einmal die leise rauchige Stimme, fast flehentlich: »Bitte schauen, bei Tunnel wo ist Bahnchof. Dass Mann kann bekommen Grab.«

Dann wurde aufgelegt.

Das Band war zu Ende.

Die kleine Frau Schu... drückte blitzschnell auf Knöpfe, fuhr das Band in Sekundenschnelle zurück, ließ ihre Finger auf Tastatur und Maus herumsausen und startete es noch einmal. Wieder hörten sie die sachlich-nüchterne Stimme des Beamten. Wieder verfolgten sie das Atmen und die abgehackten Sätze des Anrufers.

Nachdem wieder Stille im Medienraum herrschte, sagte Luca: »Man hat zunächst die Kollegen bei der Kriminaldauerwache verständigt. Die konnten den Fundort vor allem deswegen ausmachen, weil der Mann die Firma Wagner genannt hat. Wagner hat zwischen dem Feuerbacher Tunnel und dem Nordbahnhof ein altes zerfallenes Lagerhaus. Aber der Name Wagner ist groß draufgepinselt und immer noch gut lesbar.«

»Was ist das für ein Landsmann?«, fragte Bialas die freundliche Kollegin.

»Bestimmt ein Klingone«, schaltete Luca sich ein. »Ein Sizilianer ist das auf jeden Fall nicht.«

»Ein Klingone?« Bialas runzelte die Stirn. Lucas Faible für die Star-Trek-Episoden war ihm fremd.

»Die krächzen genauso«, erklärte Luca.

»Osteuropäer«, sagte Frau Schu... und warf Luca einen heißen Augenaufschlag zu. »Ich würde sagen, aus den GUS-Staaten. Ein Pole ist es nicht. Die sprechen das L anders aus. Und die Tschechen haben nicht so ein gutturales Ch: ›Bahnchof‹. Serbisch oder Kroatisch kommt für mich eigentlich auch nicht in Frage. Ich werde das aber noch mal genau auswerten. Ich würde sagen GUS, ehemalige Sowjetunion, also ein Russe. Beim BKA, da gibt es einen, der könnte Ihnen sogar sagen, ob das ein Nordrusse oder ein Südrusse oder Vor-dem-Ural- oder Hinter-dem-Ural-Russe ist. Aber den bekommt man nur in besonderen Fällen. Der ist ziemlich ausgebucht, seit wir so viel mit der Russen-Mafia zu tun haben.«

»Südrusse?«, fragte Luca erstaunt.

»Na ja, man könnte auch Ukrainer dazu sagen«, meinte Frau Schu... verlegen.

»Kann man erkennen, in welchen Räumen er spricht?«, fragte Bialas.

»Ich schätze mal: eine Telefonzelle. Aber das müsste ich noch genauer analysieren.«

»Tun Sie das bitte. Und machen Sie uns eine Abschrift von dem Band.«

Bialas wandte sich zum Gehen.

»Und mehr wollen Sie nicht wissen?«, fragte Frau Schu... fast ein bisschen enttäuscht.

»Was könnten wir denn noch wissen wollen?«, fragte Luca.

»Zum Beispiel, in welcher Verfassung der Mann war, wie alt er etwa ist, was für ein Typ ...«

»Und?« Bialas wandte sich ihr wieder zu.

»Also ich würde sagen: Kein alter Mann, eher ein jüngerer. Kein Schläger oder Großmaul, also eher der verhaltene, unauffällige Typ. Vor allem aber hatte er eine Scheißangst. Der wirkt verängstigt oder verzweifelt.«

»Und das hören Sie alles aus dem bisschen Band?« Luca zeigte sich beeindruckt.

»Ist ja schließlich mein Job.« Frau Schu... strahlte ihn mit ihren bernsteinfarbenen Augen an und versprach, so schnell wie möglich die weiteren Analysen durchzuführen und einen ausführlichen Bericht zu liefern, der spätestens am nächsten Vormittag an das Präsidium weitergeleitet werden würde.

2

Zurück in seinem Büro machte sich Bialas notgedrungen wieder an die Bearbeitung seiner Akten. Luca sammelte derweil im Laufe des Tages alles, was nach und nach an Informationen aus anderen Stellen hereinkam und hielt Bialas auf dem Laufenden. In den Vermisstendateien von Landeskriminalamt und Bundeskriminalamt war niemand, auf den Beschreibung und Fotos gepasst hätten. Auch der Vergleich der Fingerabdrücke blieb ergebnislos. Am Nachmittag kam der Bericht der Spurensicherung. Wildermuth höchstpersönlich, ein drahtiger Kollege mit großer Erfahrung und trotz seines Alters noch fast schwarzen, dichten Haaren, ging die Ergebnisse mit Bialas und Luca durch.

»Zunächst mal zu den Spuren am Fundort. Fußspuren kann man vergessen. Dort ist alles nur Schotter, also keine verwertbaren Abdrücke. Interessanter sind schon die Textilien. Erst mal hatten die keine Herstelleretiketten. Rausgeschnitten. Aber so kleine Bändchen, wahrscheinlich mit der Waschanleitung, an der Innenseite des Hemdes und in der Unterhose, die waren in kyrillischen Buchstaben. Auch die Machart der Kleidung lässt auf eine Herkunft aus Osteuropa schließen.«

Wildermuth strich über seinen schwarzen Schnauzbart und legte ihnen die Fotos mit Nahaufnahmen der Kleidung vor.

»Der Schlafsack allerdings ist Bundeswehrware«, setzte Wildermuth seinen Vortrag fort. »Schlafsack und Kleidung weisen erhebliche Mengen von anorganischen Spuren auf: Da ist natürlich zum Ersten der ganze Dreck, der da auf den Gleisen liegt. Dann aber gab es in der Kleidung auch Spuren von Erde und vor allem von Mörtel und Zement. Auch Rostspuren konnten wir sichern. Also wenn ihr mich fragt ...«

»Okay, wir fragen dich«, ermunterte Luca ungeduldig den zögerlichen Wildermuth.

»Wenn ihr mich fragt: Ich würde das so interpretieren, dass dieser Mensch sich auf einer Baustelle herumgetrieben hat.«

»Organische Spuren?«, fragte Bialas.

»Der Mann war ja nicht verletzt, wie du weißt«, wandte sich Wildermuth Luca zu. »Trotzdem haben wir Blut am Kopfteil des Schlafsackes gefunden. DNA-Analyse läuft, dauert aber bestimmt noch etwas. Blutspuren gibt's auch auf dem Schotter etwas abseits von der Stelle, an der der Tote lag. Ob es vom gleichen ›Blutspender‹ stammt, wird sich zeigen. Ungewöhnlich ist aber auch der Schweiß, und zwar sowohl im Schlafsack als auch im Hemd und in der Unterwäsche. Der Mann muss völlig durchgeschwitzt gewesen sein, und das bei den Temperaturen, die wir zurzeit noch haben. Normalerweise hätte ihn der Schlafsack im Freien gerade mal so warm gehalten.«

In Bialas' Nasenflügeln begann es leicht zu kribbeln. Er kannte das. Zur Verwunderung seiner Kollegen hatte er immer ein Stofftaschentuch in der Tasche. Aus nicht zu feinem Leinen, mit dem er die Haut um die Nasenlöcher massieren konnte, um dieses Kribbeln zu unterbinden. Hatte er früher diese seltsame Reaktion seines nicht zu kleinen Riechorgans nur als lästig empfunden, so war ihm im Laufe seines Lebens bewusst geworden, dass diese Nase oft als Frühwarnsystem fungierte. Sie kribbelte, wenn etwas schieflief. Sie kribbelte, wenn Bialas irgendetwas übersah. Sie kribbelte, wenn er ein vages Gefühl hatte, das er noch nicht greifen konnte.

Und sie machte sich auch jetzt bemerkbar. »Wir brauchen den Gerichtsmediziner«, stellte Bialas lakonisch fest.

»Was ist mit dem Gerichtsmediziner?«, bäffte der Staatsanwalt ins Telefon, als Bialas ihn am späten Nachmittag mit den bisherigen Ermittlungsergebnissen vertraut machen wollte. »Solange ich nicht weiß, ob eine Straftat vorliegt oder nicht, interessiert mich diese Kiste kein Stück. Was glauben Sie, wohin ich hier käme, wenn ich mir jeden toten Suffkopf und erfrorenen Penner vornehmen wollte. Melden Sie sich wieder, wenn das Obduktionsergebnis vorliegt.« Damit legte er auf.

Donnerstag, 10. März 2005

1

Es dauerte bis zum nächsten Vormittag, bis Luca und Bialas in das nahegelegene Bosch-Krankenhaus gerufen wurden. Eigentlich ein Unding angesichts der Möglichkeit, dass auch ein Kapitaldelikt vorliegen konnte. Doch Bialas wusste, dass die Mediziner der Tübinger Rechtsmedizin hoffnungslos überlastet waren und Leichen aller Art aus dem halben Land auf den Tisch bekamen. So war es auch fast eine Ehre, dass Professor Doktor Ehrenberg, seines Zeichens stellvertretender Direktor des Rechtsmedizinischen Instituts, sich des traurigen jungen Mannes vom Feuerbacher Tunnel angenommen hatte.

Ehrenberg war hochgewachsen und schlank und hatte bilderbuchblaue Augen, die seinen Gesprächspartner über den Rand einer dünnen Brilleneinfassung ins Visier nahmen. Seine hohe runde Stirn schien das ganze Gesicht zu beherrschen, zumal das wuselige silbergraue Haar sich nach oben hin stark lichtete. Bialas kannte ihn von einer Vielzahl von Fällen und war doch jedes Mal aufs Neue erstaunt, welche stoische Leidenschaftslosigkeit dieser Mann toten Menschen entgegenbrachte. Alle Rechtsmediziner gingen cool mit ihren Klienten um und waren in der Regel nur durch besonders krasse Fälle aus der Fassung zu bringen. Wer das nicht konnte, wurde eben kein Rechtsmediziner. Doch Ehrenberg hatte die Abgeklärtheit zu einer Perfektion getrieben, der keine menschliche Regung mehr anzumerken war. Zugleich war er brillant in seiner Arbeit. Was immer ein Leichnam hergeben konnte an Informationen, Professor Ehrenberg holte es aus dem Toten heraus. Noch nie, seit Bialas ihn kannte, war ihm ein Fehler oder eine Unachtsamkeit unterlaufen. Seine Gutachten waren von einer Präzision und Stichhaltigkeit, die jedem Staatsanwalt das Herz höher schlagen ließen. So löste der Mann in Bialas sehr widersprüchliche Gefühle aus. Befremden und Hochachtung lagen eng beieinander.

»So, meine Herren«, begrüßte sie Ehrenberg und reichte ihnen die Hand. Ein Assistent, der an einem großen Edelstahlbecken Instrumente reinigte, nickte ihnen zu. Professor Ehrenberg zog sich die dünnen Gummihandschuhe über und reichte ihnen, zu Bialas' Erstaunen, einen Mundschutz, wie ihn Chirurgen tragen.

»Legen Sie die bitte an, zu Ihrer Sicherheit«, sagte Ehrenberg und band sich selbst ebenfalls eine Binde vor den Mund. Dann trat er zu dem Toten.

»Vieles sehen Sie ja selbst. Ein Mann, etwa zwanzig Jahre alt, eins siebenundachtzig groß, athletische, wenngleich recht ausgezehrte Konstitution. Das Gebiss lässt auf eine Herkunft aus einem osteuropäischen Land schließen, am wahrscheinlichsten aus Russland. Man arbeitet dort mit sehr einfachen, aber robusten Mitteln. Schauen Sie sich die Hände an.« Ehrenberg nahm eine Hand des Toten und drehte die Innenfläche nach oben. »Die Schwielen und kleinen Verletzungen lassen auf eine schwere handwerkliche Tätigkeit schließen. Ansonsten weist der Leichnam keinerlei äußere Verletzungen auf. Die Röntgenbilder zeigen keine Frakturen. Nur das Schlüsselbein hat sich der junge Mann irgendwann mal gebrochen, wahrscheinlich in der mittleren Kindheit.

Was den Todeszeitpunkt betrifft, muss ich meinen Kollegen vor Ort korrigieren. Der Mann war mindestens 24 Stunden tot, als man ihn fand, wahrscheinlich sogar länger. Ich kann dem Kollegen daraus jedoch keinesfalls einen Vorwurf machen. Die Todeszeitermittlung ist nämlich durch den Umstand verfälscht worden, dass der Tote zum Zeitpunkt des Todes eine wesentlich höhere Körpertemperatur hatte als gewöhnlich, nämlich mit Sicherheit über 41,5 Grad.«

»Daher die Schweißspuren in seiner Kleidung und in dem Schlafsack«, stellte Bialas für sich fest.

»Wenn man ihm fiebersenkende Mittel verabreicht hat. Die Erhöhung der Temperatur führt zunächst zu Schüttelfrost. Erst wenn die Temperatur sinkt, folgen Schweißausbrüche. Die waren vielleicht heftig, aber sicher nicht von Dauer. Er muss sehr schnell wieder sehr hohes Fieber bekommen haben, sodass die Proteine seines Körpers denaturierten – sie wurden gekocht, wenn Sie so wollen.«

»Aber woran ist er gestorben?«, fragte Luca, der sichtlich Mühe hatte, die Aussagen des Professors zu interpretieren.

»Galoppierende Schwindsucht«, antwortete der lapidar.

»Galoppierende was?«, fragte Luca

Ehrenbergs blaue Augen sahen Luca über den Rand seiner Brille hinweg prüfend an. »Phthisis florida. Oder wie der Volksmund früher sagte: Galoppierende Schwindsucht. Eine sehr seltene, schnell und tödlich verlaufende Lungentuberkulose. In den Lungen sind große Kavernen. Man könnte sagen, Höhlen. Dazu ausgedehnte Eiteransammlungen zwischen den Brustfellblättern. Der Mann hätte dringend in medizinische Behandlung gehört.«

»Gibt es eine Therapie?«, fragte Bialas hinter seinem Mundschutz.

»Aber ja doch. Antituberkulotika. Kein Problem, wenn man rechtzeitig damit beginnt und die Medikamente über einen langen Zeitraum hin einnimmt. Er muss schon eine ganze Weile Probleme gehabt haben. Husten, Atembeschwerden, Kopfschmerzen, Erbrechen. Außerdem hat er mit Sicherheit Blut gespuckt.«

»Das Blut am Fundort«, konstatierte Luca.

»Nach dem Befund der Lungen würde ich sagen: Der Mann hatte bereits als Kind eine TB-Infektion, die aber zunächst still blieb, also eine geschlossene, nicht ansteckende Form der Tuberkulose. Dann muss – in jüngerer Zeit – eine erhebliche Schwächung des Immunsystems eingetreten sein. Oder eine Zweitinfizierung. Oder beides. Damit kommt es zum zweiten Stadium, zur offenen TB. Mit den soeben genannten Symptomen. Wenn dann nichts passiert, beginnt die

Schwindsucht zu galoppieren, und das bedeutet den sicheren Tod.«

Die Männer sahen eine Weile schweigend auf das ausgemergelte Gesicht des Toten. »Ich dachte immer, Tuberkulose – das ist etwas aus dem vorletzten Jahrhundert«, sagte Luca. »So etwas wie Pest und Cholera.«

»Das ist leider nicht so«, antwortete der Professor. »Ich sagte Ihnen ja: Der Zahnbefund deutet auf einen Osteuropäer hin.«

»Davon können wir ausgehen«, bestätigte Bialas, »wir haben auch andere Hinweise, die darauf schließen lassen.«

»In Osteuropa, vor allem in Russland, haben wir einen alarmierenden Anstieg von Tuberkulose-Erkrankungen. Nach dem Zusammenbruch des Sowjetsystems ist leider Gottes auch das Gesundheitssystem in vielen Gegenden völlig zusammengebrochen. Das hat dazu geführt, dass man die regelmäßigen Röntgenreihenuntersuchungen eingestellt hat. Vor allem aber behandelt man Tuberkulosefälle mit billigen Medikamenten, und das oft nur über kurze Zeit. Das wiederum ist der sicherste Weg, antibiotikaresistente Bakterienstämme zu züchten. Und die Krankheit ist damit auch beim einzelnen Infizierten nicht besiegt. Die Tuberkulose bricht wieder aus – mit fatalen Folgen. Man schätzt heute, dass mindestens drei Millionen Russen an Tuberkulose erkrankt sind. Von wegen vorletztes Jahrhundert. Mit der Völkerwanderung aus dem Osten hierher bekommen wir übrigens auch unsere Probleme. Vor uns liegt eines.«

Nach einem kurzen Schweigen der Männer atmete Luca tief durch und sagte:

»Aber *wir* haben damit ein Problem weniger. Ein Mord war das jedenfalls nicht. Fall abgeschlossen.«

Der Professor sah den Neuling kritisch an. »Das glaube ich nicht, junger Mann«, sagte er streng. »Ich musste diesen Fall natürlich unseren Gesundheitsbehörden melden. Und die werden von Ihnen genauestens wissen wollen, seit wann der Mann in Deutschland ist, wo er sich aufgehalten hat, mit wem er in Berührung gekommen ist, wo er sich angesteckt und wen er wiederum infiziert haben könnte. Sie haben also durchaus einen Fall.«

Während Luca ganz offensichtlich noch nicht realisierte, was das bedeutete, war Bialas klar, dass sie damit eine missliche Aufgabe vor sich hatten. Wie sollte die Spur eines Menschen verfolgt werden, von dem nicht mehr bekannt war, als dass er irgendwo aus den unvorstellbaren Weiten des ehemaligen Sowjetreiches stammte, und von dem es bislang keinerlei Hinweise auf seine Identität gab? Der anonyme Anrufer – das war ein Ansatzpunkt. Ein verängstigter Mensch, der immerhin den Anruf gewagt hatte, weil er wollte, dass der Tote ein Grab finden würde. Doch wie sollte man den Mann auftreiben, von dem sie noch weniger wussten als von dem Toten?

Schweigend machten sich die beiden Kommissare auf den kurzen Fußweg von den modernen Gebäuden des Krankenhauses zum klobigen Kasten des Präsidiums. Erst kurz vor der Pforte blieb Luca plötzlich stehen.

»Warum ist er nicht zu einem Arzt gegangen?« Er schüttelte den Kopf. »Die müssen in so einem Fall doch helfen. Selbst wenn er es nicht bezahlen konnte. Oder wie ist das bei uns geregelt? Man lässt doch Menschen nicht einfach sterben! Und der Typ, der den Notruf angerufen hat? Der muss den Mann doch gekannt haben. Wahrscheinlich schon, bevor es dem so dreckig ging. Warum hat der nichts unternommen? Mamma mia! Verstehst du das?« Er hob beide Hände zum Himmel und war richtiggehend erschüttert.

Bialas zuckte die Achseln. Er spürte in diesem Moment sehr deutlich, wie abgebrüht er bereits war. Man durfte die Schicksale dieser Menschen nicht zu nahe an sich herankommen lassen. Sein junger Kollege hatte noch eine zu dünne Haut. Oder es war einfach die italienische Seele, die viel mehr Emotionen zuließ.

2

Luca tat sein Bestes, doch der Fall kam nicht mehr voran. Die Erd- und Staubspuren an der Kleidung und an dem Toten selbst waren so unspezifisch, dass sie unmöglich irgendeinem Gebiet in der weiteren Umgebung zugeordnet werden konnten. Zement, Rost und Holzreste wiesen auf eine Baustelle als möglichen Aufenthaltsort hin. Doch bei allein einem Dutzend Großbaustellen in der Region und einer Vielzahl von kleineren Bauprojekten war auch damit nicht viel anzufangen. Man informierte die Kollegen von der Zollfahndung, die in den letzten Jahren spezielle Einheiten zur Kontrolle von Baustellen aufgebaut hatten. Es wurde veranlasst, dass aufgegriffene Schwarzarbeiter aus Osteuropa sich umgehend auf Tbc untersuchen lassen mussten.

Doch die Kollegen vom Zoll machten hier wenig Hoffnung. »Die ohne Arbeits- und Aufenthaltserlaubnis erwischen wir meist gar nicht. Und das sind eben die Russen und Rumänen und Bulgaren und Ukrainer. Schon bevor sie zu arbeiten beginnen, baldowern die Fluchtwege aus, die wir meist gar nicht überschauen, wenn wir auf eine solche Baustelle kommen. Selbst wenn wir uns vorher eingehend mit den Plänen vertraut machen. Und wir haben schon genug mit den Polen zu tun, die zwar offizielle Papiere haben, aber in Wirklichkeit weder sozialversichert sind noch die Mindestlöhne bekommen, sodass wir manchmal ganz froh sind, wenn wir nicht alle schnappen.«

Auf einer Brotverpackung aus durchsichtiger Plastikfolie, die man bei dem Toten am Feuerbacher Tunnel gefunden hatte, konnte man immerhin außer dessen Fingerabdrücken die Papillarleisten von Daumen, Ring- und Mittelfinger einer weiteren Person identifizieren. Sie suchten nach der Telefonzelle, aus der der anonyme Anrufer angerufen haben konnte. Vor allem die Apparate der nahegelegenen U-Bahn-Station und am Nordbahnhof wurden von der Spurensicherung eingehend untersucht. Doch die Suche nach Fingerabdrücken in einer öffentlichen Telefonzelle war etwa so erfolgversprechend wie die Identifizierung eines individuellen Zebras in einer hundertköpfigen Herde. Immerhin fand man auf dem Hörer einer Bahnhofszelle einen verwischten Daumenabdruck, der in einigen Merkmalen mit denen auf der Brotverpackung übereinstimmte. Beim Bundeskriminalamt konnten die Fingerabdrücke jedoch ebenso wenig zugeordnet werden wie die Stimme des anonymen Anrufers, die man den Kollegen dort weitervermittelt hatte.

Das Blut stammte in der Tat von dem Toten, war mit Lungenepithelgewebe vermischt und hochinfektiös mit Tuberkelbazillen durchsetzt. Auch Speichel und Schweiß in Schlafsack und Kleidung konnten eindeutig dem Toten zugeordnet werden. Der graue Schlafsack Marke Bundeswehr war ein älteres Baujahr. Es gab Hunderte von Secondhandshops, von Freizeit- und Outdoor-Läden sowie Internet-Versteigerern und -Verkaufsportalen, über die solche Ware zu beziehen war.

Das Bundeskriminalamt wurde beauftragt, ein Rechtshilfeersuchen an die entsprechenden Behörden der verschiedenen GUS-Staaten zu richten. Doch auch die BKA-Leute machten wenig Hoffnung. »Die Zusammenarbeit ist mehr als zäh«, informierte sie ein Kollege. »Auf dem Papier gibt es wunderbare Abkommen, schon seit einigen Jahren. Aber wenn kein öffentliches Interesse an so einer Geschichte besteht, hier oder bei denen, dann werden die Ersuchen kaum beantwortet.« Die Chancen, den unbekannten Toten auf diesem Wege zu identifizieren und damit einen Ansatzpunkt zu haben, auf welchen Wegen er nach Deutschland gekommen war und wo er sich aufgehalten haben könnte, waren damit gleich Null.

Alte Fälle mussten zu Ende gebracht werden, neue Fälle kamen hinzu, sowohl für Bialas als auch für Luca, und füllten mehr und mehr das Blickfeld. Nichts Spektakuläres, eine Messerstecherei, ein verstorbener Obdachloser, tote Rentner in einsamen Wohnungen, eine Tante, die behauptete, ihr Neffe wolle sie vergiften. All das rückte den Toten vom Feuerbacher Tunnel immer mehr in den Hintergrund, der in der Zwischenzeit in einer Kühlkammer der Tübinger Rechtsmedizin ein Zwischengrab gefunden hatte. Derweil schickte das Gesundheitsamt regelmäßig Anfragen und verlangte Berichte darüber, was die Polizei unternommen habe, um mögliche Gefahrenquellen zu identifizieren.

Zu Hause drückte sich Bialas konsequent vor dem Gespräch mit seiner Tochter. Er sah sie ohnehin selten und wusste eigentlich auch gar nicht so recht, worüber er mit ihr hätte sprechen sollen.

II – Serhij

Es war dunkel geworden. Nur noch vereinzelt beleuchteten Flutlichter die Szene. Doch auch sie wurden nach und nach gelöscht. Notdürftig erhellten ein paar Sicherheitslampen das eine oder andere Eck. Auf dem weiten Gelände verstummte der Lärm der Maschinen und Fahrzeuge. Immer seltener hörte man Hammerschläge und Zurufe unter den Männern. In den Bürocontainern brannte nur noch hier und da ein Licht.

Er würde heute nicht unter den Planenaufbau dieses Lasters klettern, auf den sie Abend für Abend geladen wurden, um sie quer durch die fremde Stadt zu karren, von der sie nie etwas zu sehen bekamen, von der sie in all den Wochen nur den Verkehrslärm und den Geruch der Abgase kennengelernt hatten. Vielleicht würde Mischa bemerken, dass er nicht da war. Aber der würde nichts sagen, das wusste er. Und die andern waren alle viel zu abgestumpft, zu müde und zu verzweifelt, als dass sie noch Mitmenschen wahrnehmen oder deren Abwesenheit bemerken würden.

Heute würde er sein Schicksal wenden. Er wollte raus aus dieser Sackgasse, in der nicht nur all seine Träume geplatzt waren, in der er tiefe Schuld auf sich geladen hatte. Was hatte er noch zu verlieren? Was konnte schlimmer sein als diese Gewissensqualen? Er wollte raus aus diesem Alptraum, der nie zu Ende zu gehen schien. Was immer ihn erwartete – es konnte nur besser sein als dieses Sklavendasein.

Er fröstelte in seinem Versteck aus kahlem Beton. Die feuchte Kälte der Nacht kroch ihm langsam in die Knochen. Er schaute hinüber zu den Bürocontainern, wo bis auf eines nun alle Lichter gelöscht waren. Dann machte er sich auf den Weg, zu diesem einen Container, wo Abend für Abend noch lange das Licht brannte.

Er würde mit dem Mann reden. Und der würde ihm helfen. Der musste ihm helfen. Er würde ihm keine Wahl lassen. Denn auch dieser Mann dort oben hatte viel zu verlieren. Also setzte er alles auf eine Karte.

Dienstag, 12. April 2005

1

Als das Handy klingelte, stand Bialas vor dem Badezimmerspiegel, rasierte sich und sinnierte über sein Äußeres nach. Drei Mal hatte man ihm bereits eine gewisse Ähnlichkeit mit Harrison Ford bescheinigt. Und er konnte nicht umhin, sich geschmeichelt zu fühlen. Im Grunde wusste der Kommissar, dass der Vergleich darauf beruhte, dass er, genau wie Harrison Ford, nur nach innen lachen konnte. Er mochte Humor und fröhliche Menschen. Doch zeigen konnte er das nicht und verzog selbst beim besten Witz kaum die Mundwinkel. Und es war wohl auch der gleiche finster entschlossene Blick wie bei dem Schauspieler, wenn er an einer Sache arbeitete, die ihn fesselte.

Natürlich war Bialas Realist genug, um zu erkennen, dass sein dunkelblondes Haar längst nicht mehr so dicht war wie das von Ford. Vor allem am Hinterkopf begann sich eine kleine Tonsur zu bilden. Er wusste, dass seine Schultern nicht so straff und breit waren. Und sicher tat der Schauspieler wesentlich mehr als er, um den deutlichen Bauchansatz zu verhindern, den Bialas bei sich feststellen musste. Er sollte mehr Sport treiben. Mit Mitte vierzig muss man etwas für sich tun. Man saß zu viel in diesem Beruf. Gangsterjagd zu Fuß war eher die Ausnahme. Und ihm wäre dabei sehr schnell die Puste ausgegangen.

Er betrachtete seine Nase. Auch die fiel wohl etwas größer aus. Und Harrison Ford kannte bestimmt nicht dieses Kribbeln in den Nasenflügeln, das Bialas schon in seiner Jugend sehr beunruhigt hatte. Besonders in der Pubertät hatte er das Gefühl gehabt, einen Riesenzinken im Gesicht zu haben. Und dazu noch einen, der sich seit seiner Kindheit auf seltsame Weise bemerkbar machte. Er hatte anfangs an eine Allergie gedacht. Doch schon in der Schule stellte er fest, dass nicht die Jahreszeiten, sondern seine Gemütsverfassung ausschlaggebend für die Reaktionen seiner Nase waren. Bei Klassenarbeiten, bei spannenden Filmen, und leider auch bei den ersten Begegnungen mit dem anderen Geschlecht. Niemals hatte er mit Thea über diese Nase gesprochen. Es hatte ihn immer gewundert, dass seine Frau ihn trotz seines großen Organs genommen hatte. Bis er einmal ein Foto von sich selbst zur Hand nahm und es in vollem Bewusstsein mit den Bildern berühmter Männer verglich. Wie er feststellte, gab es sehr viele Männer mit großen Nasen. Mit weitaus größeren als der seinen. Und einige davon waren tatsächlich sogar Schauspieler oder Popstars. Also hatte er sich mit seinem Riechkolben versöhnt und das ungewöhnliche Bitzeln als Vorwarnsystem für heikle Situationen, für übersehene Fakten und vage Zusammenhänge in seinem Beruf zu nutzen gelernt. Niemals hätte er sich damit bei seinen Kollegen geoutet. Die spöttischen Bemerkungen und Fragen von wegen »Kommissar Nase« oder »Was sagt jetzt deine Spürnase?« konnte er sich deutlich ausmalen.

Er legte den Rasierapparat zur Seite, ging in den Flur, wo das Handy immer lauter klingelte, und nahm das Gespräch an.

»Wir haben einen Toten auf der Baustelle der Fildermesse«, informierte ihn der diensthabende Kollege. »Es scheint nicht klar zu sein, ob es sich um einen Unfall handelt oder um Gewalteinwirkung. Die uniformierten Kollegen sind schon unterwegs.« Er nannte ihm noch die genaue Lage des Geländes und wie er dorthin gelangte.

»Musst du schon weg?« Thea stand in der Schlafzimmertür, die kurzen dunkelbraunen Locken zerzaust und mit schlaftrunkenen Augen. Sie sah aus wie ein kleines Mädchen, und er liebte sie in diesem Zustand.

»Tut mir leid, wenn ich dich geweckt habe.«

»Ist schon gut, ich muss ohnehin die Kinder wecken.« Thea ging ins Schlafzimmer und holte ihren Morgenmantel.

Bialas rief Hanna an, die mit ihm Bereitschaft hatte. Sie war bereits informiert und sagte nur: »Hol mich ab. Ich warte vor der Haustür.«

»Was ist das für ein beknackter Klingelton?«, protestierte mittlerweile Alexander, der nun ebenfalls in der Tür seines Zimmers erschienen war.

»Du musst doch jetzt ohnehin raus«, sagte Bialas.

»Normalerweise weckt mich Mama ganz vorsichtig. Und nun ist mir wegen deinem blöden Handy der ganze Tag versaut«, maulte der Junior und machte sich in Richtung Badezimmer auf den Weg.

»Kein Frühstück mehr?«, fragte Thea.

»Nur 'ne Tasse Kaffee«, antwortete Bialas und ging ins Badezimmer, um die Rasur zu beenden.

»Papa, gibt's wieder 'ne Leiche?«, fragte Alexander mit Zahnbürste und Zahnpasta im Mund.

»Kümmere du dich nicht um Leichen, sondern um Mathe und Englisch«, brummte Bialas und ging, um sich schnell anzuziehen.

Unten in der Küche roch es bereits nach Kaffee. Thea schenkte ihm eine Tasse ein, die er dankbar annahm.

»Was ist mit Svenja?«, fragte Bialas.

»Sie hat erst zur zweiten Stunde Schule«, gab Thea zurück.

»Das stimmt gar nicht. Sie schwänzt«, erklärte Alex lauthals, der nun in die Küche gestürmt kam, sich auf einen Stuhl fallen ließ, in einem Schälchen Müsli und Milch verrührte und losmampfte.

»Was erzählst du da für einen Unsinn!« Bialas trank seinen Kaffee leer.

»Kein Unsinn«, sagte Alex mit vollen Backen.

Thea sah ihn nachdenklich an.

»Nun, ich muss los«, Bialas gab sich einen Ruck. Er fuhr kurz durch das Haar seines Sohnes, das gleiche leicht gelockte, schokoladenfarbene Haar wie das seiner Frau. Er drückte Thea einen Kuss auf die Wange. Dann zog er sich die warme Jacke über, die immer zum Einsatz kam, wenn Tatorte nasse und kalte Stunden versprachen. Er löste sich endgültig von seiner häuslichen Geborgenheit und stieg in den Wagen.

2

Bialas fuhr aus dem jungen Wohngebiet der kleinen Stadt am Rande der großen, in dem sich ein Hauptkommissar wie er gerade noch ein Reihenhäuschen leisten konnte, hinunter in den Stuttgarter Westen. Langsam erwachte der Berufsverkehr. Auf der vierspurigen Stadtautobahn fanden sich immer mehr Autos ein, deren Besitzer sich ebenfalls nur ein Obdach in einer der Vorstädte leisten konnten und alltäglich hinunter ins Zentrum mit seinen Bürohausfassaden, Industriebetrieben und Einkaufstempeln fuhren, um diese Obdache bezahlen zu können.

Hanna hatte Glück. Sie wohnte in einem der Häuserblocks aus der Gründerzeit, in denen es im Treppenhaus noch die schmiedeeisernen verschnörkelten Geländer gab, in denen die Wohnungen aus langen dunklen Fluren und großen geräumigen Zimmern mit alten Stuckdecken und knarrenden Dielen bestanden. Hier im Westen war eines der letzten Wohngebiete aus dieser Zeit, mit seinen typischen rechtwinkligen Straßenmustern, seinen Kneipen und Läden und dem Kleingewerbe im Hinterhof. Andere Stadtviertel dieser Art hatten den Krieg nur sehr dezimiert oder gar nicht überlebt.

»Alfons muss noch drei Jahre leben«, sagte Hanna manchmal. Denn Alfons war einer der Handvoll alter Hausbesitzer, die sich standhaft geweigert hatten, ihren Besitz an irgendeinen Immobilienhai zu verhökern. Diese neuen Besitzer warfen die alten Mieter, die alten Etagentoiletten und Spültische aus Steingut hinaus, renovierten die herrlichen Stuckdecken und hohen Sprossenfenster und ließen neue moderne Bäder und Küchen einbauen. Die Wohnungen wurden dann verkauft oder vermietet, zu Preisen, die sich Architekten-, Juristen- oder Ärztehepaare, zumeist ohne Kinder, leisten konnten. Nicht aber die alten Mieter, und auch nicht die Polizistenwitwe Hanna Stankowski mit ihren drei Kindern. Zwei dieser Kinder wohnten noch bei ihr und machten an verschiedenen Fachhochschulen ihre Ausbildung. Drei Jahre würde es noch dauern, bis Steffie, die Jüngste, ihre Ausbildung an der Pädagogischen Hochschule beendet haben und hoffentlich eine Beamtenstelle als Grundschullehrerin bekommen würde. Jochen, der mittlere, stand bereits vor seiner Abschlussprüfung als Elektroingenieur. Und der älteste, Frank, hatte eine gute Anstellung als Industriekaufmann und lebte schon seit zwei Jahren mit seiner Freundin in einer schnuckeligen Zwei-Zimmer-Wohnung am andern Ende der Stadt. Drei Jahre noch, dann konnte auch Hanna in eine kleine Zwei-Zimmer-Wohnung in einer der Kleinstädte hinterm Stadtrand ziehen. Und Alfons' Sohn würde den ererbten Besitz an ein Immobilienbüro verkaufen.

Hanna stand wie versprochen bereits auf der Straße und sprang rasch ins Auto. »Weißt du mehr als ich?«, fragte sie.

»Ein Toter auf der Baustelle der Fildermesse. Es scheint nicht klar zu sein, ob es ein Unfall war oder ob jemand nachgeholfen hat.«

»Dann haben wir denselben Stand.«

Sie fuhren, nachdem sie die engen Straßenschluchten der Wohngebiete und der Innenstadt verlassen hatten, die steile kurvenreiche Autostraße hinauf nach Süden zur Hochebene der Fildern. Hier sollte auf einem riesigen Areal das neue Kongress- und Messezentrum entstehen, eingebettet zwischen Autobahn, Flughafen und einer Reihe kleiner, ursprünglicher Ortschaften, die ihre Beschaulichkeit damit wohl endgültig verlieren würden. Das Messegelände zog sich unüberschaubar an der Zubringerstraße zum Flughafen entlang. Bialas suchte nach der Baustellenzufahrt. Endlich tauchte nach einem kilometerlangen Baustellenzaun eine Gruppe von Containern auf. Dann ein immenses, weit geöffnetes Baustellentor, hinter dem einige Polizeiwagen standen. Ein junger uniformierter Kollege wartete auf sie. Er winkte sie auf einen provisorisch geschotterten Parkplatz.

»Sie müssen den Wagen hierlassen«, sagte er über die herabgelassene Scheibe der Seitentür zu Bialas. »Man kommt da kaum mit einem normalen Auto hin. Ein Baustellenfahrzeug ist schon unterwegs, das Sie abholt. Kommen Sie mit.«

Zu Fuß gingen sie zwischen den Containern hindurch, die hier doppelt und dreifach aufeinander geschichtet eine wahre Kleinstadt bildeten. Es mochten an die zweihundert dieser überdimensionierten Blechkisten sein, zum Teil in hellem Grau, zum Teil in den Farben der unzähligen Firmen, deren Logos die Außenwände der Kästen zierten. Wie durch verwinkelte Gässchen passierten sie das Baucontainer-Städtchen. Dann plötzlich lag vor ihnen, gut überschaubar, das Gelände. Bialas blieb stehen. Die Dimensionen ließen in ihm ein Gefühl der Zwergenhaftigkeit aufkommen. Und auch Hanna, die neben ihn getreten war, überschaute sprachlos die gigantische Baustelle.

Links von ihnen war aus Muttererde ein Berg von etwa dreißig bis vierzig Metern Höhe aufgeschüttet. Man sah selbst von hier aus die breite unbefestigte Straße, die sich in einer Spirale die künstliche Erhebung hinaufwand. Irgendjemand hatte sogar ein Gipfelkreuz auf die Spitze des riesigen Erdhügels gepflanzt. Vor ihnen erstreckte sich eine weite plattgewalzte Ebene, in die in zwei regelmäßigen parallelen Reihen rechteckige Vertiefungen gegraben worden waren, jede davon in der Größe mehrerer Fußballfelder. Wie Tafelberge wirkten die dazwischen stehengebliebenen, wallartigen Erhebungen, auf denen unbefestigte Fahrstraßen verliefen. In der Ferne, nahe der Autobahn, sah man bereits ein paar Betonpfeiler und -wände für Bauwerke, deren endgültige Form man sich nur schwer vorstellen konnte. Dort wuchs ein Wald aus mehr als dreißig Kränen in den Himmel. Weiter vorne dominierten Verschalungen, die noch weniger erkennen ließen, was hier einmal entstehen sollte. Noch näher zum Containerstädtchen hin wurden Fundamente gegossen, und direkt vor ihnen waren Bauarbeiter, Kräne und riesige Baumaschinen damit beschäftigt, zimmerhohe Betonröhren in ausgebaggerte Gräben zu verlegen. Das Ganze wirkte wie eine Ausstellung für Riesen, in der selbst die Baufahrzeuge und die Bagger mit ihren mannshohen Schaufeln wie Spielzeuge aussahen. Die Menschen, die hier und dort in einzelnen Gruppen arbeiteten, muteten wie die Figuren eines Puppenhauses an. Vor dem graubraunen Einerlei der Landschaft waren sie nur dank ihrer meist gelben Helme deutlich auszumachen.

Das neue Kongress- und Messezentrum, kurz KMZ genannt, war ein heiß umstrittenes Projekt, wie Bialas wusste. Jahrelang hatten sich Bauern und Anwohner dagegen gewehrt, dass hier eine der fruchtbarsten Ackerlandschaften der Region kommerziellen Interessen weichen sollte. Es war demonstriert und verhandelt worden. In Gemeinderatssitzungen wurde heftig gestritten. Gerichte wurden angerufen, die Presse mobilisiert. Die Bauern wehrten sich vehement gegen die Enteignung durch den Staat. Auf ihren Feldern wuchs das beste Spitzkraut, das man sich nur denken konnte. Das Sauerkraut von den Fildern, das man daraus machte, war weit über die Grenzen der Region hinaus bekannt. Die Gemeinden ringsum befürchteten indes vor allem eine weitere Verkehrsbelastung des ohnehin durch Flughafen, Autobahnen und Gewerbegebiete gepeinigten Lebensraums. Bialas erinnerte sich an einen Ausflug mit der Familie, bei dem sie mit den Kindern, die damals noch klein waren, die startenden und landenden Flugzeuge beobachten wollten. Es war Herbst, und über den umgepflügten Feldern lag der lästige Geruch vergärender Krautreste. Die Kinder hatte es nicht gestört. Fasziniert verfolgten sie das Treiben auf dem Flughafen. Und Thea freute sich mit ihnen. Es war ein schöner Tag gewesen.

Nun stand er vor einer Wüstenlandschaft unter einem bleigrauen Aprilhimmel. Die Bagger und Planierraupen hatten gründliche Arbeit geleistet. Was hier noch wachsen würde, waren Beton- und Glasfassaden. Und vielleicht irgendwann einmal ein paar wohldisziplinierte Ziersträucher und Blütenstauden nach den gestrengen Vorgaben eines stilsicheren Landschaftsarchitekten.

3

Das Dröhnen eines Kippladers riss Bialas aus seinem versunkenen Blick auf diese Mondlandschaft. Das Fahrzeug, das unglaublich schnell auf sie zugeschossen kam, bremste mit solcher Wucht, dass die Reifen sich in den festgefahrenen Untergrund fraßen. Aus der Kabine sprang ein kleiner drahtiger Mann von offenkundig türkischer Abstammung. Dreckverkrustete Gummistiefel, die Arbeitskleidung und der obligatorische Schutzhelm wiesen ihn als heimisches Wesen dieser Baustelle aus. Dabei waren vor allem seine Stiefel und Hosen von puderigem weißem Staub überzogen. Das dichte Haar unterm Helm zeigte zwischen viel Grau kaum noch eine dunkle Strähne. Dafür prangten Schnurrbart, Brauen und die Augen in dem wettergegerbten Gesicht in glänzendem Schwarz.

Der Mann ging mit entschlossenem geradem Blick auf Bialas zu und fragte: »Du Polizei?«

»Wir.« Bialas zeigte auf Hanna und sich.

»Kommen«, ordnete der Bauarbeiter in festem Ton an, stieg behände in die Kabine des Kipplasters und öffnete von innen die Tür der Beifahrerseite. Bialas und Hanna kletterten in die Kabine, die angesichts der Größe des Gefährts erstaunlich eng war. Sie hatten kaum die Tür geschlossen, als der Motor wieder aufheulte und der Laster auch schon nach vorne schoss. In einem Affentempo ging es über die Baustellenpisten, die, zerpflügt durch schwere Fahrzeuge, unzählige Schlaglöcher hatte, sodass sich Hanna, die in der Mitte saß, fest an Bialas Arm klammern musste, um nicht ständig gegen ihren Chauffeur geschleudert zu werden. So überquerten sie die ganze Baustelle bis zu den eingefrästen Flächen fast am Ende des Geländes, wo bereits erste Gebäudestümpfe aus Beton aus dem Boden wuchsen. Stahlarmierungen, Verschalungen, Gerüste und Kräne bildeten hier einen undurchschaubaren Wirrwarr. Auf einem der Tafelberge am Rande einer der ausgehobenen tiefergelegten Flächen trat ihr Fahrer kräftig auf die Bremse. Wieder kam der Kipplader jäh zum Halten.

»Hier ist tote Mann«, sagte ihr türkischer Fahrer, blickte sie bedeutungsvoll an und fügte leise, aber bestimmt hinzu: »Nix war Unfall.« Dann sprang er aus dem Lastwagen, öffnete von der anderen Seite die Tür und ließ die beiden aussteigen.

Kaum hatte Bialas den Fuß auf den Boden gesetzt, da hörte er auch schon das schmatzende Geräusch von erdigem Schlick. Er stand in einer riesigen Lache aus Matsch und Schlamm, die ihm fast bis an die Fußknöchel reichten. Der Regen der vergangenen Tage hatte etliche Morastpfützen gebildet, die kaum zu meiden waren. Hanna trat neben ihn und sagte voller Inbrunst: »Scheiße«. Selbst die Hosenränder ihrer Jeans waren dem Schlick nicht entgangen. Mit großen Schritten versuchten sie ins Trockene zu gelangen.

»Ihr kommen«, befahl ihr kleiner Begleiter und führte sie zu einer der riesigen Baugruben. Am Rande standen ein Polizeiauto und der rot-weiße Kleinbus des Rettungsdienstes. Beide Fahrzeuge waren bis weit über die Kotflügel mit Lehm bespritzt. Eine Gruppe von etwa einem Dutzend Bauarbeitern sah schweigend und mit hängenden Schultern hinunter in die Baugrube.

Bialas trat ebenfalls an den Rand und versuchte, sich ein Bild zu machen. Sie befanden sich hier fast am Ende des riesigen Bauareals, am Ostrand, der direkt an die Autobahn grenzte. Das gleichbleibende Brummen des Autoverkehrs lag in der Luft. Das Gelände fiel zu der breiten sechsspurigen Straße hin ab. Dort, wo der Höhenunterschied zwischen Bauplateau und Autobahn am größten war, hatte man eine langgezogene Fläche ausgebaggert. Es war ein steiler Abhang entstanden, an dessen Rand nun die Polizisten standen und dessen Hänge mit Matten belegt waren, die ein Abrutschen der Erde verhindern sollten.

Am Grunde der ausgehobenen Fläche war bereits ein halbrundes Fundament von mindestens fünfzehn Metern Durchmesser zu erkennen. In einem großen Halbbogen zur Autobahn hin ragten darauf montierte Verschalungen von fast drei Metern in die Höhe. Im Halbrund liefen parallel zwei Schalwände, aus denen in gleichmäßigen Abständen Eisenstäbe hervorschauten. Am oberen Rand der Verschalung waren mehrere Arbeitspodeste angebracht, die wie die Baustellenversion von Fensterputzkörben für Außenfassaden aussahen. Metallene Baustellenleitern führten dort hinauf. An einem Kran hing über der Schalwand ein überdimensionierter Trichter – wohl eine Vorrichtung zur Befüllung des Betons. Was hier einmal entstehen sollte, war kaum zu erkennen. Am linken Ende der Verschalung hing am Haken eines weiteren Krans ein schmales hohes Schalbrett. Es schwebte über David und Goliath, die sich dort unten heftig stritten.

David war, durch seine rot-weiße Kleidung deutlich zu erkennen, ein kleiner schmächtiger Notarzt. Immer wieder schüttelte er den Kopf und hob abwehrend die Hände, als wolle er sich Goliath vom Leibe halten. Seine Stimme wurde vom Rauschen des Verkehrs vollkommen verschluckt. Goliath, sein Gegenüber, war gut einen Kopf größer und hatte doppelt so breite Schultern. Sein Outfit, die Stiefel und der Helm, wiesen ihn als Baumenschen aus. Auch wenn nicht zu verstehen war, was er sagte, so war doch deutlich zu vernehmen, dass er immer wieder auf den Kleineren einschrie, wobei er seine riesige Faust bedrohlich in Richtung des gegnerischen Gesichts sausen ließ. Zwei uniformierte Kollegen und ein Sanitäter standen hilflos daneben und schienen die Situation in keiner Weise zu beherrschen.

Zwei weitere Kollegen in Uniform, denen man gnädigerweise die hohen Baustellenstiefel verpasst hatte, kamen auf sie zu. In ihren Händen hielten sie die rot-weißen Absperrungsbänder, mit denen sie ganz offensichtlich nichts anzufangen wussten.

»Dort unten liegt der Tote«, informierte sie einer der beiden. »Zwischen den Schalbrettern. Wir haben den Auftrag, die ganze Baugrube abzusperren. Aber können Sie mir mal sagen, wie wir das machen sollen?«

An etwa sechs Stellen führten rohe hölzerne Stufen hinunter in die Grube. Sie abzusperren machte jedoch wenig Sinn. Von allen Seiten konnte, wer nur wollte, auf das Areal gelangen. »Lassen Sie's«, sagte Bialas. »Und bringen Sie uns lieber zum Fundort.« Ein Kollege führte sie zu einer der Bautreppen und stieg mit ihnen hinunter. Sie traten zu David und Goliath und zeigten ihre Ausweise.

»Herr Kommissar, er will, dass ich den Toten dort raushole«, sagte der Arzt hilfesuchend. Er war ein schmalbrüstiger, blasser junger Mann, der aussah wie ein Student im vierten Semester. Zugleich hatte er jedoch dunkle Ränder unter den Augen, als ob er die ganze Nacht im OP gestanden hätte.

»Er behauptet, das könne nur ein Unfall gewesen sein. Aber schauen Sie sich das doch mal an. Für mich ist das kein Unfall!« So schmächtig er war, so war er offensichtlich doch standhaft und seiner Sache sehr sicher.

»Unfall oder keiner – der Kerl muss da weg!«, wetterte Goliath. Der Mann war Mitte fünfzig, ein Bär und ein offensichtliches Baustellengewächs. Das braune Gesicht war wettergegerbt. Dichte Augenbrauen gaben den graugrünen Augen eine verwegene Note. Die kräftigen Hände waren gezeichnet von rauen Materialien und schweren Lasten. Der Bauarbeiter schaute grimmig von einem zum andern.

»Der Beton muss rein, und wenn der da drinbleibt«, schimpfte er weiter. »Seit sieben soll hier der Beton fließen.

Zwei Mischer hab ich schon zurückschicken müssen. Die Leute stehen rum und halten Maulaffen feil, und wir können die Termine nicht halten.«

Bialas trat auf ihn zu und zückte einen Notizblock. »Wie ist Ihr Name? Welche Funktion haben Sie hier?«, fragte er den Hünen.

»Und wer sind Sie, dass Sie hier einfach mal so ein Milliardenprojekt aufhalten können?«, schnauzte ihn der Mann an.

»Hauptkommissar Andreas Bialas. Und wenn der Arzt hier sagt, dass er eine gewaltsame Todesursache nicht ausschließt, dann werde ich dafür sorgen, dass hier gar nichts geschieht, bis dieser Ort so untersucht worden ist, dass wir auch jeder noch so kleinen Spur nachgehen können. Milliardenprojekt hin oder her.«

Goliath sah ihn grimmig an, drehte sich um und stapfte wortlos davon.

»Kommen Sie«, sagte der bleiche Arzt, der sichtlich froh war, den Druck des großen Mannes los zu sein. Er führte Bialas ans Ende der Verschalung. Das Schalbrett, das über ihnen am Kran in der Luft hing, war offenbar das Abschlussstück für die Wand, die hier einmal entstehen sollte. Nachdem es entfernt war, konnte man nun ein ganzes Stück weit zwischen die parallel verlaufenden Schalwände blicken, bis die Rundung der Konstruktion die Sicht beendete. Die Schalung war erstaunlich breit. Über einen Meter, so schätzte Bialas den Abstand zwischen den hölzernen Wänden. Die Betonmauer, die hier entstehen würde, war offenbar dafür gedacht, einmal eine schwere Last zu tragen. Zwischen den Holzschalbrettern verliefen in mehreren Lagen Stahlgitter parallel zu den Schalwänden. Sie waren an zahllosen Stellen durch querliegende Eisenstäbe und Drähte miteinander verbunden. Nur etwa einen halben Meter entfernt vom Ende des Korridors lag, wie in die Stahlmatten eingeflochten, ein Mann, den Kopf in Richtung zu seinen Beobachtern. Am

Hinterhaupt war selbst von hier aus eine klaffende Wunde zu erkennen. Die Haltung des Mannes wirkte grotesk. Er lag verdreht auf dem Rücken. Seine Beine waren angewinkelt und hingen über seinem Bauch zwischen den Gittern. Die Stäbe, das sah man auf den ersten Blick, waren verbogen und teilweise durchtrennt worden, um Raum für den Körper zu schaffen. Schon bei oberflächlicher Betrachtung sah man die metallisch glänzenden Spuren auf den rostigen Stahlstäben, die eindeutig von Werkzeugen herrührten. Die Metallstäbe waren, so gut es ging, zurück in ihre ursprüngliche Position gedrückt worden. Den Toten da wieder herauszuholen, würde man nicht schaffen, ohne das Eisengeflecht auseinanderzubiegen. Es war nach menschlichem Ermessen unmöglich, dass der Körper, lebendig oder tot, ohne fremde Hilfe an diese Stelle und in diese Position gelangt sein konnte. Bialas konnte sich noch nicht einmal wirklich vorstellen, wie man einen leblosen Körper in diese Lage zwischen die engmaschigen Armierungen schieben konnte. Hier von einem Unfall auszugehen, war absurd.

»Schauen Sie«, sagte der Arzt und zwängte sich zwischen die Armierungsgitter. Ein Mann von seiner Statur konnte gerade noch zu dem Toten gelangen. Nach den Rost- und Dreckspuren an seiner rot-weißen Kleidung zu urteilen, war es nicht das erste Mal, dass der junge Mann diesen akrobatischen Akt vornahm. »Die Wunde am Hinterkopf ist groß und tief. Ich schätze, dass sie die Todesursache ist – soweit ich das bei diesen Verhältnissen beurteilen kann. Aber hier ist kaum Blut. Sehen Sie das?« Er versuchte den Kopf des Toten anzuheben. Tatsächlich war unter dem Toten am Grund des Bretterschachtes kaum etwas zu sehen, während das Haar und die Kleidung des Toten dick verkrustete Blutspuren aufwiesen.

»Die Totenstarre ist fast vollständig ausgeprägt«, sagte er zu sich selbst. »Wie spät ist es jetzt?«

Bialas sah auf die Uhr: »Zwanzig nach acht.«

»Acht Stunden. Etwa. Vor acht bis neun Stunden etwa muss der Tod eingetreten sein. Sagen wir zwischen elf und zwölf heute Nacht. Und wenn das hier passiert sein sollte, dann müsste da bei einer solchen Wunde ein ziemlich großer Blutfleck sein.«

Bialas nickte, obwohl der junge Mann ihm die Sicht versperrte. Für ihn war die Sache ohnehin klar. Er zückte das Handy, forderte die Spurensicherung an und informierte die Staatsanwaltschaft.

Inzwischen hatte sich der Arzt wieder aus den Stahlstreben herausgewunden. »Dieser Kapo wollte ihn unbedingt da rausholen. Aber das konnte ich doch nicht zulassen, wenn ich doch denke, dass das kein Unfall sein konnte«, sagte er fast entschuldigend.

»Sie haben absolut richtig gehandelt«, sagte nun Hanna, die sich bislang als stille Beobachterin hinter Bialas gehalten hatte.

»Wo war diese Seitenverschalung, als Sie hier angekommen sind?«, fragte Bialas den Arzt und deutete auf Schalbrett, das über ihren Köpfen hing.

»Sie haben es gerade abmontiert, als ich kam.«

»Das heißt, die Verschalung war von allen Seiten her geschlossen?«

»Ich denke schon.« Der junge Mann hob ratlos die Schultern.

»Wie konnte man den Toten dann überhaupt entdecken?«, fragte Hanna.

»Keine Ahnung«, sagte der Arzt. Man sah ihm nun an, dass die feuchte Kälte der Witterung ihm langsam in die Knochen kroch und ihn frieren ließ.

Plötzlich fasste Hanna Bialas am Arm und deutete nach oben zum Rand der Baugrube. »Da oben wird gemauschelt«, sagte sie. Tatsächlich stand nun die kleine Gruppe von Bauarbeitern dicht beieinander, in ihrer Mitte der bullige Vorarbeiter, oder was immer er war. Der Mann redete eindringlich auf seine Leute ein. Die beiden Polizisten standen daneben und wirkten nach wie vor hilflos und verloren.

»Ich geh mal da hoch«, sagte Hanna entschlossen.

»Nimm die beiden Kollegen mit«, antwortete Bialas. »Ihr müsst die Leute separieren. Und schaut mal, ob wir hier irgendwo ein Plätzchen finden, wo wir erste Vernehmungen machen können.«

Bialas wandte sich dem verbliebenen uniformierten Kollegen zu: »Versuchen Sie, den Fundort so weiträumig wie möglich abzusperren«, wies er ihn an. Wie schwierig dies war, inmitten all der Baumaterialien, der Holzbalken, Gerüste und Stahlmatten, die überall herumlagen, war ihm durchaus bewusst.

»Wo ist Ihr Vorgesetzter?«, fragte Bialas den Kollegen.

»Er hat organisiert, dass man Sie abholt. Und er wollte irgendeinen Verantwortlichen finden, der diese Verrückten hier davon abhält, einfach weiterzubauen.« Die Art, wie der Kollege das erzählte, ließ vermuten, dass hier schon vor ihrer Ankunft erhebliche Auseinandersetzungen zwischen den Männern des Gesetzes und den Bauleuten stattgefunden hatten.

4

Hier unten konnte Bialas nun nichts mehr tun. Der kleine Arzt füllte Formulare aus. Der uniformierte Kollege machte sich daran, die Absperrbänder auszurollen. Wildermuth würde fluchen. Ein solcher Fundort, vielleicht auch Tatort, war ein Gräuel für jeden Spurensicherer, zumal die Bauarbeiter hier schon mehrmals durchgetrampelt waren. Bialas sah hinauf zum Grubenrand. Dort hatte sich die Gruppe Arbeiter mittlerweile aufgelöst. Mit zwei bis drei der Männer im Schlepptau standen die Kollegen von der Schutzpolizei nun in angebrachten Abständen voneinander herum. Hanna hatte sich den schwersten Brocken vorgenommen und nahm offenbar die Personalien von Goliath auf.

Sie war in solchen Situationen unerschütterlich. Man sah ihr nicht an, dass sie die Fünfzig schon überschritten hatte. Ihr kurz geschnittenes Haar im Strubbel-Look, ihre Art, sich zu kleiden und sich zu bewegen, ließen sie jünger erscheinen. Die Rundungen und Pölsterchen ihrer Bundesdurchschnittsfigur in Größe zweiundvierzig, gegen die sie immer wieder mal vergeblich kämpfte, betonten ihre weiblich-weiche Seite. Wer mit ihr zu tun hatte, merkte jedoch sehr schnell, dass man sich besser nicht mit ihr anlegen sollte. War Mitgefühl angebracht, zeigte sie Mitgefühl. Sie hatte jedoch genug gesehen und erlebt, um sich von niemandem für dumm verkaufen zu lassen. Und was sie für richtig hielt, setzte sie durch, mit äußerster Konsequenz. Auch der Bär von Mann vor ihr schien sich in sein Schicksal gefügt zu haben. Er hatte den Helm abgenommen und kratzte sich am Hinterkopf.

Bialas machte sich auf den Weg nach oben. Er hatte kaum die letzte Stiege genommen, als ein Geländewagen auf die versprengten Grüppchen aus Bauarbeitern und Polizisten zufuhr. Der Beifahrerseite des Fahrzeugs entstieg ein Polizist, an seinen Abzeichen erkennbar als Polizeihauptmeister, ein älterer untersetzter Mann. Er kam auf Bialas zu und begrüßte ihn mit Handschlag. Man kannte sich, auch wenn man noch nie enger zusammengearbeitet hatte.

»Es ist unglaublich«, schimpfte der Chef der uniformierten Truppe. »Die haben da einen Toten auf der Baustelle, und das Einzige, was sie interessiert, ist, wann sie weiterbauen können. ›Wir können die Arbeiten doch nicht unterbrechen‹ – das ist alles, was man zu hören bekommt. Die haben nur ihren Beton im Kopf.«

Tatsächlich lief um sie herum auf der ganzen Baustelle die Arbeit weiter, als wäre nichts geschehen. In einer der tiefergelegten Flächen waren Bauarbeiter dabei, Schalungen aufzustellen. In einiger Entfernung wurde Beton verfüllt. Bagger baggerten, Baufahrzeuge fuhren herum, Menschen hantierten, ohne von ihrer Arbeit aufzusehen.

»Und einen Verantwortlichen für das Ganze hier scheint es auch nicht zu geben«, schimpfte der Polizeihauptmeister. »Fast eine Stunde suche ich nun so etwas wie einen Bauleiter. Gibt's hier aber nicht – zumindest keinen anwesenden. Der eine ist nur für die Bagger verantwortlich, der für die Buddelarbeiten und wieder ein anderer nur für Straßeninstandhaltung. Jetzt habe ich wenigstens jemanden gefunden, der sich für die Arbeiten verantwortlich fühlt, die hier gerade laufen.« Er deutete auf den Fahrer des Geländewagens, der nach wie vor im Auto saß und telefonierte.

Ein Betonmischer fuhr heran und hielt bei ihnen an. Der Fahrer ließ das Seitenfenster herunter. »Karl!«, schrie er gegen das Motoren- und Mischergeräusch an. »Was ist jetzt mit dem Beton?«

Der Mann, den Bialas bei sich Goliath nannte, schrie zurück: »Ich geb' dir Bescheid!«

»Ich muss dir das Zeug berechnen«, brüllte der Betonfahrer durch den Lärm. »Das kann hier sonst keiner verbauen. Bei der Fünf brauchen sie 'ne andere Klasse.« Damit setzte er seinen Mischer wieder in Bewegung und fuhr davon.

»Wann können wir hier weitermachen?«, fragte Goliath nun an Bialas gewandt.

»Wenn die Spurensicherung fertig ist. So, wie das aussieht, in vier bis sechs Stunden.«

»Dann ist der Tag gelaufen!« Er schrie fast. »Spurensicherung! Was wollen die denn da finden? So ein verdammter Blödsinn! Hier gibt's nix zu finden! Holen Sie endlich den Mann da unten raus. Wir haben jetzt schon drei Ladungen Beton zurückgeschickt. Der ist kaputt! Den kann in einer Stunde keiner mehr verbauen. Wissen Sie, was das kostet? Wissen Sie, was die Leute kosten, die Sie von der Arbeit abhalten? Wir haben Termine einzuhalten. Sie ruinieren uns! Kapieren Sie das?«

»Was ist hier eigentlich ein Menschenleben wert?«, fragte Hanna. »Zum Beispiel Ihres?«

Der große Mann sah sie finster an. Dann ging er mit schweren Schritten und hängenden Schultern zum Rande der Baugrube und sah missmutig hinunter.

Der Fahrer des Geländewagens hatte nun sein Telefonat beendet, war ausgestiegen und kam auf sie zu. Er war ein großer, schlanker Mann um die vierzig.

»Doktor Conradt von Menke & Partner, Bauingenieur«, stellte er sich vor und zückte eine Visitenkarte. Obwohl er den obligatorischen Helm und Baustellenstiefel trug, wirkte der Mann deplatziert. Der blasse Teint, das feingeschnittene Gesicht, eine perfekte Rasur und ein elegantes Hemd erinnerten eher an einen Banker denn an einen Bau-Igel. Sein Helm war nur leicht angestaubt, die Arbeitsjacke wirkte wie neu, seine Stiefel hatten noch kein Quäntchen der schlammigen Erde berührt, bevor er nun zu ihnen trat.

»Wie weit sind Sie hier?«, fragte der verkleidete Banker Bialas. Es klang, als würde er einen Rapport einfordern.

»Welche Firma ist verantwortlich für diesen Bauabschnitt und diese Arbeiten?«, fragte Bialas zurück.

»Hier ist Metzler zugange. Beziehungsweise Rentz – ein Subunternehmer. Und offen gesagt, die Leute sind im Verzug. Es wäre wirklich wünschenswert, wenn die Arbeiten vorankämen. Wenn Sie nichts einzuwenden haben, werde ich nun doch Anweisungen geben, dass es weitergehen kann.«

Bialas runzelte die Stirn: »Hier wird demnächst die Spurensicherung eintreffen. Wenn Sie Anweisungen geben, dann die, dass so lange niemand diese Baugrube betritt, bis der Fundort freigegeben wird.«

»Sie gehen von einem Verbrechen aus?«, fragte Conradt mit kühlem Erstaunen. »Mir wurde gesagt, es sei ein Unfall. Aber in diesem Falle ...« Damit wandte er sich dem hünenhaften Kapo zu, der nahe genug stand, die Unterhaltung mit angehört zu haben.

»Sie holen das wieder rein«, sagte er im Befehlston. Bialas spürte fast körperlich, unter welchem Druck der Vorarbeiter stand.

»Wir müssen die Leute vernehmen. Gibt es hier irgendwo einen Ort, an dem wir in Ruhe mit ihnen sprechen können?«, wandte sich Bialas noch einmal an den Bauingenieur, der schon wieder auf dem Weg zu seinem Wagen war.

Conradt schaute über die Baustelle und wies dann auf ein weiteres Containerdorf nahe der Autobahn. Die dreistöckigen Container dort waren in einheitlichem Weiß gehalten. »Dort drüben sind die Unterkünfte der ausländischen Firmen. Es gibt dort auch Aufenthaltsräume.« Er wandte sich wieder zum Gehen.

»Wir müssen auch mit Ihnen noch sprechen«, rief Bialas ihm nach.

»Kommen Sie in mein Büro.«

Damit hatte er seine Schuldigkeit getan, stieg in seinen Geländewagen und fuhr davon.

Bialas sah dem Wagen hinterher und seufzte. Es schaute auf seine versauten Schuhe und Hosenbeine. Er ließ den Blick über die Schlammpfützen auf dem Weg zu den Containern gleiten. Die feuchte Kälte drang ihm langsam in alle Knochen. Es hatte nun auch noch zu nieseln begonnen. Wildermuth würde fluchen, er wusste es. Er sah zu den traurigen Häufchen aus Polizisten und Arbeitern. Dann bat er die uniformierten Kollegen, die Standheizung des Polizeiautos anzuwerfen, sodass sie hier notdürftig die Leute vernehmen konnten, ohne völlig auszukühlen.

5

Die Befragung erwies sich als äußerst frustrierend. Alle Arbeiter waren bei einer Firma Rentz Betonbau GmbH & Co. KG beschäftigt. Fünf der Leute waren Türken, drei Portugiesen, zwei Russlanddeutsche, die fast kein Wort Deutsch sprachen, ein Kosovo-Albaner und zwei Rumänen, die sofort ihre Arbeitspapiere zückten und immer wieder beteuerten, dass sie »nix illegal« waren. Der einzige Deutsche war Goliath, mit bürgerlichem Namen Karl Ergenzinger, Polier bei Rentz Betonbau und Vorarbeiter der Truppe. Wie sich die Männer bei der Arbeit verständigten, war Bialas ein Rätsel. Wahrscheinlich brauchte man nur wenige Fachbegriffe, um zu verstehen, was von einem verlangt wurde. In den Vernehmungen waren die Leute gerade mal dazu in der Lage, ihre Personalien anzugeben und immer wieder zu beteuern »I nix wissen«, »Nix sehen«, »Nix verstehen«. Ob sie mehr Angst vor der Polizei oder vor ihrem Polier hatten, war nicht auszumachen.

Der Arbeiter, der den Toten entdeckt hatte, war ein junger Türke, der im richtigen Leben bestimmt ein echter Mann war. Nun saß er bleich und kleinlaut vor Bialas und Hanna und beantwortete nervös ihre Fragen.

»Wie haben Sie denn den Toten entdeckt?«

»Auf Bühne. Oben.«

»Auf welcher Bühne?«

»Oben an Schalwand.«

»Er meint diese Vorbauten, diese Balkons, die da angebracht sind«, stellte Hanna fest.

»Und was wollten Sie da oben?«

»Wasser abpumpen.« Er sagte es, als wäre dies das Selbstverständlichste der Welt. »Heute Nacht bissele Regen. Muss Wasser abpumpen, damit kann Beton reinmachen. Aber Kapo schimpfen. Sagen: Schon gemacht. Er schon machen. Ich nix soll auf Bühne gehen. Aber ich nix wissen, schon gemacht. Wie wissen ich?«, verteidigte sich der junge Mann.

»Was macht man eigentlich dort oben?«, fragte Bialas, »wenn Sie sagen, Sie durften da nicht rauf. Wer arbeitet normalerweise dort oben?«

»Wenn Beton kommt, dann auf Gerüst. Dann Beton einfüllen«, erklärte der Türke.

»Und wer macht das?«

»Heute Karl machen. Kapo selber machen wollen.«

»Ist das normal, dass der Polier das selbst macht?«, fragte Hanna.

»Manchmal Polier, manchmal andere Mann, manchmal viele Mann.«

»Aber heute wollte Karl das machen?«, hakte Hanna nach.

»Anfang machen. Karl sagen: Anfang selber machen. Anfang schwer. Beton muss ganz unten gehen. Muss viel aufpassen.«

Der junge Türke hatte, noch bevor er die Pumpe in Einsatz gebracht hatte, mehr oder weniger aus Zufall hinuntergeschaut zwischen die Verschalungen. Er hatte zunächst gedacht, ein Sack liege dort unten. Auch diesen hätte man entfernen müssen, um die Qualität des Betons nicht zu gefährden. Erst beim näheren Hinschauen hatte er festgestellt, dass es ein Mensch war, der dort lag. Wer der Tote war und wie er zwischen die Eisengeflechte gekommen sein konnte, wusste er nicht zu sagen.

Auch die Vernehmung des Poliers erwies sich als mühsam. Karl Ergenzinger wirkte erschöpft und setzte seine Restenergie nach wie vor in Feindseligkeit um. Immerhin konnten Bialas und Hanna sich mit seinen Angaben ein Bild der zeitlichen Umstände und Arbeitsabläufe machen.

Am Abend zuvor hatten die Männer die Verschalungen fertiggestellt. Es war etwa 21 Uhr, als die letzten Handgriffe getätigt wurden und die Flutlichter nach und nach verloschen. Die Arbeiten waren bereits einen Tag hinter dem Plan, und so wäre, wenn nötig, auch die Nacht durchgearbeitet worden, damit in jedem Falle am Morgen der Beton fließen konnte. Dass hier heute betoniert werden würde, wusste die ganze Baustelle. Angefangen bei den Mitarbeitern der Rentz Betonbau GmbH & Co. KG über die Planer und Organisatoren der Architektur- und Ingenieurbüros bis hin zu den Mitarbeitern der mobilen Betonmischanlage, die hier auf dem Gelände aufgebaut war und die gesamte

Baustelle mit dem Baustoff versorgte. Im Grunde konnte jeder Bauarbeiter am Stand der Arbeiten erkennen, dass hier am frühen Morgen die Fahrmischer mit ihren rotierenden Trommeln anrücken würden.

Als sie etwa die Hälfte der Leute befragt hatten, kam Wildermuth mit seiner Truppe. Und natürlich fluchte er. Der Nieselregen war zwischenzeitlich in einen gleichmäßigen Strichregen übergegangen, und der zementgraue Himmel schien noch tiefer zu hängen. Schließlich hatten sie vom Letzten der Männer, der auch nix wusste, nix verstand und nix gesehen hatte, Personalien und Aussage aufgenommen. Es half alles nichts – auch Bialas und Hanna mussten aus der relativen Gemütlichkeit des Polizeiautos wieder in die widrige nasskalte Witterung hinaus.

»Können die Leute jetzt gehen?«, fragte ein junger uniformierter Kollege, der neben sie getreten war. »Die möchten in die Vesperpause.«

»Nein, noch nicht«, sagte Bialas. »Schicken Sie sie alle noch mal runter, in die Baugrube. Die müssen sich den Toten anschauen. Ich will wissen, ob ihn jemand kennt.«

Auch er machte sich auf den Weg nach unten. Dort waren ein paar Bauarbeiter und die Leute der Kriminaltechnik gerade dabei, ein weiteres Stück Verschalung zu entfernen. Die Spurensicherer wirkten dabei in ihren weißen Overalls wie Astronauten auf dem Mond. Man hatte den Toten bereits aus der Umklammerung der Stahlgitter befreit und auf eine Bahre gelegt. Der Notarzt hockte daneben und machte sich Notizen auf einem Klemmbrett. Er wollte gerade den Reißverschluss des Leichensacks schließen, als Bialas zu ihm trat: »Warten Sie, ich möchte den Toten sehen.« Der Arzt hielt inne. Vor ihnen lag ein Mann, etwa Mitte zwanzig. Die Kleidung hatte man ihm bereits ausgezogen. Er war von athletischer Gestalt. Seine Größe schätzte Bialas auf etwa einen Meter neunzig. Das dichte braune Haar fiel dem Toten selbst in dieser Lage nach vorne in die Stirn. Am seitlichen Hinterkopf war deutlich die schwere, blutverkrustete Wunde zu erkennen. Bialas sah auf das markante Gesicht mit der prägnanten schmalen Nase und einer kräftigen Kinnpartie und hatte plötzlich das Gefühl eines Déjà-vu. Seine Nase begann zu kribbeln. Er kramte sein Leinentaschentuch hervor, um das lästige Kitzeln zu unterbinden. Wo nur hatte er dieses Gesicht schon einmal gesehen?

»Ich bin ja kein Gerichtsmediziner«, sagte der Arzt, »aber ich würde sagen, die Todesursache ist die Verletzung am Kopf. Es könnte sein, dass er gestürzt und auf den Kopf gefallen ist. Aber das glaube ich nicht. Bei so einer Wunde müsste er dann auch Brüche an anderen Gliedmaßen haben, oder zumindest schwere Prellungen. Hat er aber nicht. Meiner Meinung nach hat man ihm, um's mal umgangssprachlich zu formulieren, den Schädel eingeschlagen. Die Wunde hat stark geblutet. Das heißt, er war nicht sofort tot. Ich schätze, es war ein Schädel-Hirn-Trauma mit massiver Hirndrucksteigerung. Der Tod tritt dabei durch eine Atemlähmung ein.«

»Und der Todeszeitpunkt?«, fragte Bialas. »Sie sagten etwa acht Stunden.«

»Davon gehe ich jetzt mal aus. Ich habe die Mastdarmtemperatur gemessen und die Außentemperatur. Die Rechtsmediziner können Ihnen dann sicher mehr sagen.«

»Sonstige Verletzungen? Vielleicht Kampfspuren?«

»Soweit ich feststellen konnte, keine.«

»Können Sie sagen, ob der Leichnam bewegt wurde?«

Der Arzt überlegte. »Die Leichenflecke sind vor allem im Rückenbereich, besonders deutlich an der linken Körperhälfte. Weil er so schräg eingekeilt lag. Mit den Füßen nach oben. Ich nehme an, wenn man ihn einige Zeit nach dem Todeseintritt bewegt hätte, wäre das Muster nicht so eindeutig. Aber ich bin wie gesagt kein Gerichtsmediziner. Mein Job ist es normalerweise, sie irgendwie wieder zurückzuholen – ins Leben, meine ich – die Patienten.« Er zuckte die Achseln und sagte dann nachdenklich: »Aber irgendjemand muss ihn hierhergebracht haben. Zwischen diesen Holzwänden und diesen Gittern kann er unmöglich erschlagen worden sein.«

6

»Die wären so weit.« Hanna und ein uniformierter Kollege waren zu ihnen getreten. In einiger Entfernung standen mit verunsicherten Gesichtern die Bauarbeiter, begleitet von zwei Polizisten, die darauf achteten, dass keine Gespräche unter den Männern stattfanden. Bialas und Hanna stellten sich in Kopfnähe des Toten, sodass sie die Männer gut beobachten konnten, die nun, einer nach dem andern, an ihnen vorbeidefilierten.

»Und?«, fragte Bialas Hanna, nachdem der Letzte der Arbeiter an dem Toten vorbeigegangen war und verneinend den Kopf geschüttelt hatte.

Hanna seufzte. »Schwer zu sagen. Die haben alle Angst. Aber ob das mit dem Toten zu tun hat – ich weiß nicht.« Sie zog die Mappe mit den Vernehmungsprotokollen unterm Arm hervor, überflog die Namensliste und machte mit einem Kuli Kreuzchen hinter zwei Namen. »Die beiden haben reagiert, als sie den Jungen gesehen haben. Könnte sein, dass sie ihn kennen, könnte aber auch die normale Reaktion gewesen sein, wenn man einen Toten mal in natura sieht. Alle anderen haben überhaupt nicht richtig hingeschaut.«

Bialas fühlte sich in seinen Beobachtungen bestätigt. Unter den Männern herrschte eine beklemmende Furcht.

»Und welchen Eindruck hattest du von Ergenzinger?«, wollte er von Hanna wissen. Der Hüne, so schien ihm, war nur gegen einen immensen inneren Widerstand zu der Bahre getreten.

»Er hat den Kopf geschüttelt, noch bevor er einen Blick auf den Toten geworfen hat«, bestätigte ihn Hanna in seinem Gefühl.

»Sie können gehen«, rief Bialas den Bauarbeitern zu. Zum ersten Mal an diesem düsteren Tag kam wirklich Leben in die Männer. Dann wies er den schmächtigen Notarzt und seinen Rettungssanitäter an, den Toten direkt nach Tübingen in die Rechtsmedizin zu überführen. Der junge Arzt tat ihm fast leid. Er war eindeutig übermüdet und die Ränder unter seinen Augen schimmerten nahezu bläulich. Doch Tübingen war von der Filderebene, auf der das neue Kongress- und Messezentrum entstehen sollte, nicht weiter entfernt als das Krankenhaus beim Polizeipräsidium, zudem die ganze Stadt mit ihrem zähfließenden Verkehr einmal der Länge nach hätte durchquert werden müssen. Die Chancen, schnell zu einem Obduktionsbericht zu kommen, erhöhten sich indes enorm, wenn man den Gerichtsmedizinern die Kunden direkt ans Messer lieferte.

Wildermuth trat zu ihnen und fluchte. Er fluchte auf das Wetter, und er fluchte auf die Verhältnisse an diesem Ort, der mit seinem Durcheinander von Baumaterialien, Gerüstelementen, Bauhölzern und Werkzeugen inmitten von verkrustetem Mörtel und matschigem Lehm kaum eine sinnvolle Spurensuche ermöglichte. Dann gab er knapp und präzise, wie es seine Art war, eine erste Zusammenfassung der Ergebnisse. Der Fundort war, wie schon vermutet, nicht der Tatort. Fingerabdrücke und Fußspuren gab es mehr, als den Spurenleuten lieb war. Man würde noch eine ganze Weile brauchen, um sie zu sichern. An den Stahlmatten zwischen den Schalwänden fanden sich deutliche Werkzeugspuren. Ein ganzes Stück des Stahlgeflechts musste herausgeschnitten werden, um es untersuchen zu lassen. Es verhielt sich so, wie Bialas vermutet hatte. Jemand hatte die Stahlgitter zum Teil durchtrennt und auseinandergedrückt. Man hatte den Toten dazwischengezwängt und die Gitter, so gut es ging, wieder zusammengebogen.

»Diese Armierungen haben eine gewisse Elastizität«, stellte Wildermuth fest, »aber um hier einen leblosen Körper reinzubugsieren, muss man schon richtig Kraft einsetzen.«

»Gibt es Hinweise auf die Identität des Toten?«, fragte Bialas.

»Tut mir leid. Er hatte nichts bei sich.«

»Habt ihr euch die Kleidung des Toten schon angesehen?«, wollte Hanna wissen.

»Haben wir. Die Arbeitshosen, die er trug, sind von einem Allerweltshersteller für Berufskleidung. ›Made in India‹. Der Pullover ist eine ziemlich schlechte Qualität, ›Made in China‹. Da die Chinesen gerade die ganze Welt mit ihren billigen Klamotten zuscheißen, wird es schwer werden, daraus irgendetwas abzuleiten. Das, was er anhatte, deutet auf jeden Fall stark darauf hin, dass er hier auf der Baustelle gearbeitet hat. Die Spuren drauf sind ziemlich eindeutig: Zement, Erde, Rost. Genaueres bekommt ihr nach den Analysen. Schuhe hat er keine getragen, und wir haben auch nirgends welche gefunden. Ist die Frage, wo die abgeblieben sind. Aus der Unterwäsche wurden sämtliche Etiketten herausgeschnitten. Von der Qualität her würde ich ebenfalls eher nach Osten tendieren, was den Hersteller angeht. Schiesser ist das jedenfalls nicht.«

»Wie sieht es aus mit einem Tatort oder einer Tatwaffe?«, fragte Bialas.

»Beides bislang Fehlanzeige. Die Frage ist, wie weit wir das Untersuchungsgebiet ausdehnen sollen. Wenn wir die gesamte Baustelle absuchen wollen, dauert das Tage. Wir haben hier ohnehin ein riesiges Problem. Überall, wo hier Beton fließt, kann man so gut wie jede Tatwaffe und noch mal fünf Leichen bequem verschwinden lassen, und zwar problemlos, während wir hier herumpusseln.«

»Wenn der Mann irgendwo da drüben erschlagen worden ist, wo jetzt gebaggert wird«, sagte Hanna, »haben wir keine Chance.«

Bialas sah hinauf und ließ seinen Blick über den Rand der Baugrube gleiten. Die Kräne drehten ungerührt weiter ihre Halbkreise über der umgepflügten Landschaft. Drei Betonmischer röhrten nacheinander die Baustellenpiste entlang, die am Rande der Baugrube verlief, in der sie standen. Das ganze Gelände hallte gedämpft wider vom Dröhnen der Bagger und Laster, vom Hämmern und Kreischen der Werkzeuge und Maschinen.

Hätte man die Arbeiten einstellen müssen, fragte sich Bialas. Doch ebendies hatte der Chef der Bereitschaftspolizei ja versucht. Es war wohl unmöglich, diesen Moloch zum Stillstand zu bekommen, der irgendeiner höheren Macht wirtschaftlicher Notwendigkeiten gehorchte. Bialas spürte plötzlich, wie die nasskalte Wetterfront über dieser unwirtlichen Erdlandschaft ihm bis in die letzte Zelle seines Körpers kroch. Er fror, und es kam ihm vor, als hätte er keinen trockenen Faden mehr am Leibe. Erst jetzt merkte er, wie ihm kleine Wassertropfen aus den nassen Haaren hinten in den Kragen liefen. Und plötzlich fühlte er sich unendlich hilflos.

»Ihr macht weiter, den ganzen Tag, bis ihr nichts mehr sehen könnt«, wandte sich Bialas an Wildermuth. »Für morgen sehe ich keinen Sinn mehr in einer Suche ohne konkreten Anhaltspunkt. Die Manipulationsmöglichkeiten sind einfach zu groß.«

Wildermuth nickte. Der Kriminaltechniker sah es genauso.

»Und wenn es notwendig ist, dass hier Arbeiten irgendwo eingestellt werden müssen, dann meldet euch. Zur Not schalte ich den Polizeipräsidenten höchstpersönlich ein«, fügte Bialas grimmig hinzu.

Dann wandte er sich zu Hanna: »Wir müssen noch mit diesem Baustellendoktor sprechen.« Er fischte die Visitenkarte aus seiner Jackentasche. »Menke & Partner« stand in goldenen Lettern darauf, »Dienstleistung für den Bau«. Und in akkurater schwarzer Schrift: »Dr. Ing. Bernhard Conradt. Projektleitung«. »Wir müssen uns einen Überblick verschaffen. Wer schwirrt hier alles auf dieser Baustelle herum? Mit wem können wir klären, ob der Tote hier gearbeitet hat? Für welche Firma? Kommt man bei Nacht von außen problemlos auf das Gelände? Könnte der Tote jemand sein, der gar nichts mit der Baustelle zu tun hatte?«

Hanna nickte und klapperte mit den Zähnen. »Und wenn wir hier fertig sind, musst du mich nach Hause bringen, damit ich kurz meine Strümpfe wechseln kann. Sonst bin ich morgen krank.« Sie hatte bereits bläuliche Lippen, und Bialas beschloss, ihr bei der Rückfahrt ein heißes Bad zu verordnen, bevor sie sich wieder im Präsidium blicken ließ.

7

Sie waren gerade wieder der Baugrube entstiegen, als Bialas' Handy klingelte. »Guten Tag, Herr Bialas«, meldete sich eine fröhliche Stimme. »Mein Name ist Friedebald Frenzel. Ich bin der Staatsanwalt, der Ihr heutiges Opfer sühnen soll.« Der Mann lachte herzlich über sein Späßchen. Bialas hatte den einprägsamen Namen schon einmal gehört, im Zusammenhang mit einem Generationswechsel in der Staatsanwaltschaft der Landeshauptstadt. Man hatte in der hochehrwürdigen Rechtsinstitution jahrelang die Tatsache verschlafen, dass die Hälfte aller Staatsanwälte aus ein und demselben Semester war und alle gleichzeitig den wohlverdienten Ruhestand antreten wollten. Nun war eine Riege von Jung-Staatsanwälten nachgerückt, die sich bereits als »Die jungen Wilden« einen Namen gemacht hatten. Erfahrung und Routine der alten Herren ersetzten sie durch Eifer und ein kompromissloses Rechtsverständnis, mit denen sie der Polizei manchmal ordentlich auf die Nerven gingen. Es war nur eine Frage der Zeit gewesen, wann Bialas das erste Mal mit einem der Nachwuchskräfte zu tun hatte. »Hören Sie«, sagte Frenzel, »ich bin am Eingang zu dieser Baustelle und werde quasi festgehalten. Der Freund und Helfer, der hier Wache schiebt, sagt, ich könne nicht zum Tatort fahren, weil die Bodenverhältnisse es nicht zulassen. Wie sieht es denn aus bei Ihnen? Ich würde schon gerne meinen staatsbürgerlichen Pflichten nachkommen.«

»Ich weiß nicht, ob das Sinn macht, Herr Frenzel«, formulierte Bialas vorsichtig. »Wir sind gerade auf dem Weg zu den Baubüros. Die Spurensicherung ist hier noch tätig. Aber die Kollegen sind in der Regel froh über jeden, der ihnen nicht im Wege steht. Und die Piste hierher ist in der Tat für ein normales Fahrzeug eine Zumutung.«

»Dann werde ich mir hier mal ein trockenes Plätzchen suchen, bis Sie hier sind. Da muss ich mir ja nicht die Glatze verregnen lassen, ha ha.«

Sie trafen Frenzel beim Containerstädtchen und fragten sich nach den Baubüros von Menke & Partner durch. Schließlich fanden sie eine Mitarbeiterin von Dr. Conradt, die sie in einen Besprechungsraum verfrachtete und versprach, den Herrn Projektleiter sofort über die Anwesenheit der Polizei zu informieren. Die Baucontainer erwiesen sich von innen als wesentlich geräumiger, als es die hässlichen Blechkisten von außen erahnen ließen. Der Besprechungsraum überraschte Bialas mit seiner Größe. Hier fanden bequem zwanzig Leute an U-förmig gestellten breiten Tischen Platz. Auch die Büros, in die sie einen Blick werfen konnten, waren geräumig und standen einem ortsfesten Industriebüro in nichts nach. Durch die großen Fenster wirkten sie trotz des Schmuddelwetters erstaunlich hell. Auf den Tischen standen Bildschirme, darunter die dazugehörenden Computer. In den Büroschränken reihten sich die Akten. Kopierer und Faxgeräte vervollständigten die Einrichtung. Überall an den Wänden waren Magnettafeln und -leisten angebracht, an die Zeichnungen, Tabellen und Diagramme geheftet waren.

Sie saßen nun wenigstens im Trockenen und Warmen und schilderten Frenzel die Situation. Friedebald Frenzel war, wie sein Name versprach, ein Unikum. Der Mann war nicht wirklich dick, nur untersetzt. Doch alles an ihm schien rund zu sein. Er hatte einen runden Kopf mit einer kreisrunden Glatze, die den etwa Dreißigjährigen älter erscheinen ließ, als er tatsächlich war. Alles an seinem Körper war wohlgerundet – nicht nur das Bäuchlein, auch seine Finger und seine Füße. Sein glattrasiertes Gesicht zierte eine nicht allzu große, runde Nase und vor allem zwei kugelrunde dunkelbraune Augen, die außerordentlich wach ihre Umgebung wahrnahmen. Trotz dieser kugelförmigen Erscheinung schien Frenzel ungemein flink und beweglich zu sein. Bialas hatte das Gefühl, einen energiegeladenen Gummiball vor sich zu haben, der ständig auf und ab hüpfte. Frenzel steckte in einem billig wirkenden Anzug, zu dem er eine Krawatte in grellem Pink trug, das Bialas sofort in die Augen stach. Wie es sich schon bei ihrem ersten Telefonat gezeigt hatte, war Frenzel von einer dauernden Fröhlichkeit, die Bialas' ernstem Wesen gänzlich widersprach. Aber der Staatsanwalt hörte aufmerksam zu. Er schrieb eifrig mit und stellte fröhlich, aber gezielt seine Fragen. Seine Gründlichkeit gefiel Bialas, und er hatte das Gefühl, dass er mit dem Mann zurechtkommen würde.

Als Conradt endlich erschien, hatte er die Baustelleninsignien gegen eine Krawatte eingetauscht. Nun wirkte er tatsächlich wie ein Banker.

»Zehn Minuten habe ich«, sagte Conradt und sah auf die Uhr. »Ich muss zu einer Besprechung, die meine Anwesenheit erfordert.«

»Dann werden Sie diese Besprechung verschieben«, forderte Bialas ärgerlich.

Conradt war nicht aus seiner kühlen Reserviertheit zu locken. »Bedaure. Aber wir müssen die Planungen für die kommenden Tage besprechen.«

Hanna sprang ein. Geduldig, wie einem Kind, erklärte sie: »Herr Doktor Conradt. Wir sind darauf angewiesen, gewisse Hintergrundinformationen zu bekommen. Bei einem Tötungsdelikt, wie es hier eindeutig vorliegt, haben wir die Pflicht, sehr schnell zu handeln. Je mehr Zeit vergeht, umso schwieriger gestalten sich solche Ermittlungen. Wir brauchen dringend einen Überblick, wer sich auf dieser Baustelle aufhält, wer Zugang zu ihr hat. Wir brauchen Hilfe bei der Identifizierung des Toten. Wir haben keine rechtliche Handhabe, wenn Sie uns keine Auskünfte erteilen wollen. Aber es kann doch nicht in Ihrem Interesse sein, dass wir nun Tag für Tag wiederkommen. Oder dass wir Sie aufs Präsidium vorladen.«

Conradt setzte sich nun und sagte: »Lassen Sie uns sehen, wie weit wir kommen.« Er sah wieder auf die Uhr.

»Wir wissen, dass an der Baustelle, auf der der Tote gefunden wurde, bis etwa einundzwanzig Uhr gearbeitet wurde«, sagte Bialas. »Kann man nachts noch von außen auf das Gelände kommen?«

»Eigentlich nicht. Wir haben hier eine sehr schlagkräftige Security. SDB – Sicherheitsdienste Brandtner. Mit Einbruch der Dunkelheit werden die Zufahrten im Osten und Norden geschlossen. Die sind ohnehin auch tagsüber immer bewacht und können nur mit Ausweisen passiert werden. Auch das Haupttor hier bei den Baubüros ist dann bewacht. Es wird etwa um elf Uhr nachts geschlossen. So lange arbeitet hier oft noch jemand. Die ganze Nacht gehen Sicherheitsleute Patrouille. Sie wissen ja vielleicht, dass das Projekt durchaus auch Feinde hat. Wir haben hier sehr wertvolle Sondermaschinen. Und abgesehen davon könnte man auch sonst viel Unsinn anstellen.«

»Das heißt, nachts ist niemand auf dem Gelände außer den Sicherheitsleuten?«

»Die Arbeiter sind natürlich noch da. Drüben in den Wohncontainern. Wir haben hier sehr viele ausländische Firmen. Fast alle Arbeiter, die nicht in der Nähe wohnen, sind dort untergebracht.«

»Wie muss ich mir das vorstellen?«, fragte Hanna. »Sind die hier sozusagen kaserniert? Können die abends nicht mehr weg?«

»Natürlich können sie theoretisch das Gelände verlassen. Ich glaube nur nicht, dass das Bedürfnis danach sehr groß ist. Die Leute fangen morgens um sechs Uhr an und arbeiten oft bis acht oder neun Uhr abends. Die klopfen abends noch eine Runde Skat und fallen dann in ihre Betten.« Conradt hob abwehrend die Hände. »Und kommen Sie mir jetzt nicht mit Arbeitsrecht und Arbeitszeitregelungen. Viele ausländische Arbeiter unterliegen gar nicht dem deutschen Arbeitsrecht.«

»Wie viele Menschen arbeiten hier?«, fragte Bialas.

»Im Augenblick – alles in allem, mit Planern, Ingenieuren und natürlich den Arbeitern, siebenhundertfünfzig.«

»Siebenhundertfünfzig?«, wiederholte Hanna erstaunt.

»In einem halben Jahr werden es bis zu tausendvierhundert sein«, bestätigte Conradt. »Sie befinden sich hier auf der derzeit größten Baustelle Deutschlands. Eine Million Quadratmeter Gesamtfläche. Sechzig Kräne werden wir bald haben. Hier sind mehr als dreihundert Baumaschinen im Einsatz. Wir haben etwa 1,8 Millionen Kubikmeter Erde bewegt.« Zum ersten Mal kam Leben in das unterkühlte Naturell des Ingenieurs. »Fünfundsechzigtausend Tonnen Stahl werden wir hier verarbeiten«, schwärmte er. »Sechshunderttausend Kubikmeter Beton werden verbraucht. Das sind achthundert Kubikmeter pro Tag.«

»Wie viele Firmen sind im Augenblick hier tätig?«, unterbrach ihn Bialas. »Wir brauchen eine Liste dieser Firmen. Wer kann uns die beschaffen?«

»Wir kontrollieren etwa sechzig Unternehmen. Aber tatsächlich sind es wesentlich mehr. Ich schätze, an die dreihundert.«

»Dreihundert Firmen?«, fragte Hanna ungläubig.

»Wenn Sie die Landschaftsgärtner und Malerbetriebe, und was es sonst noch so gibt, dazunehmen, sind es noch weitaus mehr. Die sind ja gegenwärtig noch gar nicht auf der Baustelle.« Conradt fischte sein Handy aus einer Hosentasche und gab einer Frau Müller Anweisungen, ein bestimmtes Papier auszudrucken.

»Nun müssen Sie mir als technisch völlig unbegabtem Rechtsverdreher erklären, was Sie hier eigentlich machen«, wollte Frenzel wissen. »Sie kontrollieren, und Kontrolle ist ja bekanntlich besser als Vertrauen, ha, ha, aber was kontrollieren Sie? Menke & Partner – das ist ja wohl das Architekturbüro, das sich die ganze Sache hier ausgedacht hat.«

»Aber nein.« Conradt hatte schnell wieder zu seiner kühlen Sachlichkeit zurückgefunden. »Unsere Sache ist das Projektmanagement und das Controlling. Wir arbeiten nicht für die Architekten, sondern direkt für den Bauträger. Bauträger des KMZ ist eine gemeinsame Gesellschaft des Landes Baden-Württemberg und der Stadt Stuttgart. Das Architekturbüro Wienrich hat den gesamten Gebäudekomplex und die Infrastruktur dafür entworfen und die Pläne erstellt. Wir sind im Grunde für die Realisierung zuständig. Wir organisieren, dass hier alles Hand in Hand geht. Sie haben ja vielleicht gesehen, wir arbeiten hier sozusagen synchron. Wenn in einem Bauabschnitt die Erdarbeiten beendet sind, rücken sofort die Fundamentbauer an. Und wenn die fertig sind, dann müssen im nächsten Bausegment die Erdarbeiten fertig sein, damit auch dort sofort die Fundamente gegossen werden können. Das gesamte Projekt ist so kalkuliert, dass es hier keinen Leerlauf geben darf. Wir kontrollieren, ob die Zeitvorgaben eingehalten werden, ob die Qualität stimmt und ob die Kosten im vorgegebenen Rahmen bleiben.« Frau Müller brachte Papiere, Listen, in fünffacher Ausfertigung. Conradt sah unterdessen mal wieder auf die Uhr.

Bialas hatte die Ausdrucke vom Tisch genommen und blätterte darin herum. Auf den Seiten reihte sich Firmenname an Firmenname. Er insistierte:

»Noch einmal: Können wir Angaben bekommen, welche Firmen gegenwärtig auf der Baustelle zugange sind?«

»Ich kann Ihnen das bis morgen heraussuchen lassen. Das sind aber nur unsere Ansprechpartner, nur die Firmen, mit denen wir direkt zusammenarbeiten. Viele dieser Unternehmen beschäftigen Subunternehmer. Und auch die haben oft noch Subs. Wer das alles im Einzelnen ist, kann ich Ihnen nicht sagen. Das ist Sache der Auftragnehmer selbst. Für uns müssen Termine, die Kosten und die Qualität stimmen. Um alles andere können wir uns nicht kümmern.«

»Heißt das, Sie wissen überhaupt nicht, welche Unternehmen tatsächlich auf dem Gelände sind?«, fragte Bialas. »Wer weiß das dann?«

»Niemand.«

»Und dort unten, wo der Tote gefunden wurde, welche Firmen haben mit diesem Baubereich zu tun? Irgendjemand muss uns darüber doch Auskunft geben können.«

»Die Stützwand, die dort entsteht, gehört zum Baulos ›Rohbau‹. Generalunternehmer dafür ist die Metzler AG. Aber Metzler selbst hat kaum Leute hier, außer ein paar Ingenieuren und Planern. Er beschäftigt eine ganze Phalanx von Subunternehmern und Zulieferern. Zum Beispiel für die Herstellung der Schalungen oder für die Betonierarbeiten. Die Rentz Betonbau ist für die Stützmauer zuständig. Mit den Leuten habe ich ab und zu direkt zu tun. Aber Metzler hat noch eine ganze Reihe weiterer Betonierer hier auf der Baustelle. Und Rentz wird mit Sicherheit die Armierungsarbeiten nicht selbst machen. Das wäre viel zu teuer. Aber mit welchen Eisenflechtern Rentz zusammenarbeitet, kann ich Ihnen schon nicht mehr sagen.«

»Wer war der Mann, der uns heute Morgen hier abgeholt hat, ein Türke, mit seinem Laster?«, fragte Bialas.

»Keine Ahnung. Ich habe meine Sekretärin gebeten, das zu organisieren. Ich kann mich nicht auch noch um solche Dinge kümmern.«

Bialas seufzte. Wieder hatte er dieses Gefühl der Hilflosigkeit. Wo sollte man hier anfangen? Man würde abwarten müssen, ob die Kriminaltechnik und die Obduktion Hinweise lieferten. Sein Bauch und seine Erfahrungen sagten ihm jedoch, dass sie eine Sisyphusarbeit mit Hunderten von Befragungen und dem Abklopfen von ebenso vielen Hinweisen vor sich hatten.

Das Handy des Bauingenieurs klingelte. Er nahm das Gespräch an und hörte lange zu. Sein Gesicht versteinerte zunehmend.

»Meine Herren«, sagte er, als er das Handy wieder vor sich auf den Tisch gelegt hatte. »Meine Dame«, ergänzte er mit einem schnellen Blick zu Hanna. »Sie müssen mich nun entschuldigen.« Damit stand er auf. »Und ich werde mich umgehend erkundigen, ob Sie befugt sind, die Baumaßnahmen auf dieser Baustelle einstellen zu lassen.« Seine Stimme klang scharf.

Auch Bialas hatte sich nun erhoben: »Solange die Spurensicherung zu tun hat, können Sie dort unten, bei der Autobahn, nicht weiterbauen. Seien Sie froh, dass wir Ihnen nicht die ganze Baustelle lahmgelegt haben.«

»Sind Sie sich bewusst, was Sie hier lahmlegen wollen?«, sagte Conradt mit eisiger Stimme. »Ein 800-Millionen-Euro-Projekt. Ein Projekt, das wie kaum ein anderes mit Argusaugen beobachtet wird. Von der Öffentlichkeit. Von der Landesregierung. Und zwar in Bezug auf Termine, aber erst recht auf die Kosten. Wissen Sie, was hier jeder Tag kostet? Wissen Sie, was das für Auswirkungen hat, wenn da einer nicht termingerecht fertig wird? Das sind Dominoeffekte, da verzögert sich eine Arbeit nach der andern, und wir können unsere gesamte Planung in den Müll werfen. Wir haben hier eine Kalkulation, so eng habe ich sie noch nie erlebt. Und davon hat man uns noch einmal drei Millionen gestrichen. Sie entschuldigen mich nun. Und Sie können sicher sein, dass sich ein Vertreter der Landesregierung an Ihren Vorgesetzten wendet.«

Auch Frenzel war nun aufgestanden. »Das Rechtsgut ›Leben‹ hat in unserer Gesellschaft einen ziemlich hohen Rang. Vielleicht nicht für Sie persönlich. Aber juristisch gesehen und von Staats wegen, den ich ja hier repräsentiere, steht es eindeutig über sämtlichen materiellen Gütern.« Der Staatsanwalt klang plötzlich überhaupt nicht mehr fröhlich. »Darüber hinaus möchte ich Sie auf den Paragraphen 163 der Strafprozessordnung aufmerksam machen, Herr Conradt. Nach dieser Rechtsvorschrift haben die Behörden und Beamten des Polizeidienstes Straftaten zu erforschen und alle keinen Aufschub gestattenden Anordnungen zu treffen, um die Verdunkelung einer Sache zu verhüten. Sie haben doch sicherlich keinen Grund, einer solchen Verdunkelung Vorschub zu leisten?«

Für einen Moment zuckte etwas wie Verunsicherung über Conradts Gesicht. Dann zeigte seine Miene wieder die gewohnte kühle Arroganz. Grußlos verließ er den Raum.

8

Der Tag war verdammt lang gewesen. Andreas Bialas fühlte sich erschöpft und ausgelaugt, als er abends nach Hause kam. Am späten Nachmittag hatten sie die unwirtliche Baustelle verlassen. Bialas hatte Hanna nach Hause gebracht und der frierenden Kollegin nicht nur ein Bad, sondern auch Dienstschluss und einen heißen Tee verordnet. Er würde sie morgen wieder dringend brauchen, und zwar gesund. Er selbst war weiter zum Präsidium gefahren. Dort hatte er in seinem Büro die Heizung aufgedreht und sich darangemacht, die Akten anzulegen und erste Berichte zu schreiben. Manchmal half es, wenn man die Informationen und Eindrücke systematisch darstellte. Man konnte die Gedanken ordnen und vielleicht sogar schon Konturen des Geschehenen erkennen. Doch in diesem Fall hatte Bialas nur das Gefühl, einen unübersehbaren Wirrwarr aus Stahlmatten, Gerüsten und Baumaschinen, aus Helmen und Gummistiefeln, aus Arbeitern, Ingenieuren und Baufirmen vor sich zu haben. Die Straftat und der Mensch, der gewaltsam ums Leben gekommen war, schienen darin völlig unterzugehen. Die düstere Stimmung der gigantischen Baustelle, die graubraune Öde aus Lehm und Zement, die Angst und Gereiztheit der Menschen, dies alles hatte sich auf sein Gemüt gelegt.

Bialas hatte gerade die Haustür aufgeschlossen, als ihm Svenja entgegenkam. Es verschlug ihm fast den Atem. Das junge Mädchen, das für ihn immer noch seine kleine Tochter war, trug klobige schwarze Springerstiefel. Dann kamen ihre nackten Beine und sonst lange Zeit gar nichts. Kurz unterm Schritt begann ein enger schwarzer Minirock, der über und über mit Nieten und Verschnürungen verziert war. Darüber trug sie eine viel zu große schwarze Jacke, mit aufgenähten Taschen und Reißverschlüssen an allen möglichen und unmöglichen Stellen. Sie trug sie weit offen, sodass das hautenge Top gut sichtbar war, das knapp über dem nackten Nabel anfing und dort endete, wo der Ansatz der kleinen, festen Brüste deutlich zu sehen war. Bialas, der fast den ganzen Tag bei knapp acht Grad im Freien zugebracht hatte, fror bereits bei ihrem Anblick und war fast froh um die hässliche übergroße Jacke. Der eigentliche Schock erwartete den Betrachter jedoch über dem mit einem breiten Nietenleder geschmückten Hals. Svenja hatte ihr ursprünglich aschblondes Haar pechschwarz gefärbt. Über der Stirn hingen zwei knallrote Strähnen in ihr Gesicht. Die Frisur war mit sehr viel Gel zu einer wilden Mähne drapiert. Sie war geschminkt mit knallrotem Lidschatten, schwarz nachgezogenen Augenbrauen und Lidrändern und schwarz umrandeten Lippen.

»Wo willst du hin?«, fragte Bialas.

»Was geht's dich an.« Svenja schob sich an ihm vorbei und schlug schwungvoll die Haustür hinter sich zu.

Für einige lange Sekunden sah Bialas perplex auf die Tür. Dann öffnete er sie wieder und sah seiner Tochter nach. Er konnte gerade noch sehen, wie sie in einen alten roten Golf mit schwarzen Aufschriften und Bemalungen einstieg, der mit quietschenden Reifen davonfuhr, noch bevor das Mädchen die Beifahrertür richtig zugeschlagen hatte.

Zum ersten Mal schwante Bialas, dass die Sorgen, die sich Thea machte, doch nicht ganz unberechtigt waren. Er würde mit Svenja reden müssen.

Jetzt aber war er müde und hungrig. Es war Dienstagabend. Aerobic- und Sauna-Zeit für Thea, Handballtraining für Alexander. Er machte sich belegte Brote und holte sich ein Feierabendbier. Dann flüchtete er zum Südpol ins Weddell-Meer, wo die Mannschaft von Sir Ernest Shackleton hilflos zuschauen musste, wie das Packeis ihr Schiff aus extrahartem Tropenholz wie ein kleines Ruderboot zermalmte. Er war kein Lese-Junkie. Es reichte ihm, regelmäßig ein paar Seiten zu lesen. Wenn ein Buch ihn fesselte, war das genau das Richtige, um abzuschalten. Bei der Südpolexpedition von Sir Ernest Shackleton war es nicht nur das Abenteuer an sich, sondern auch die Person des Expeditionsleiters, die ihn faszinierte. Shackleton war in einer Zeit, in der Standesdünkel noch zum guten Ton gehörte, eine geradezu moderne Führungspersönlichkeit. Er behandelte einfache Matrosen ebenso fair wie seine Offiziere. Seine größte Sorge galt der Stimmung jedes Crewmitglieds und der Mannschaft als einem Ganzen. Er versuchte, auch in schwierigen Situationen, in denen sie ums nackte Überleben kämpfen mussten, die Stärken jedes Einzelnen zu nutzen und die Wirkung seiner Schwächen zu dämpfen. Zugleich setzte er jedoch mit eiserner Konsequenz durch, dass keiner querschoss, und unterband jede Widersetzlichkeit. Es war vor allem die charismatische Gestalt des Expeditionsleiters, die den Männern das Überleben ermöglichte.

Bialas legte das Buch beiseite und dachte an seine eigene Crew. Man hatte es im Team immer mit unterschiedlichen Charakteren zu tun, mit Menschen, die Stärken und Schwächen, Macken und Spleens hatten. Die Kunst war es, jedem einzelnen gerecht zu werden, schädliche Verhaltensweisen zu unterbinden und alle unter einen Hut zu bekommen.

Bialas überlegte. Was war er selbst für ein Chef? Mit den meisten Kollegen kam er gut klar. Die Verwaltungsangestellten und die Leute im Innendienst, die hauptsächlich mit den Recherchen und der Dokumentation beschäftigt waren, waren fast alle recht umgängliche Menschen. Auch mit den Kollegen der anderen Dezernate klappte die Zusammenarbeit im Allgemeinen ganz gut. Nur bei den engsten Mitarbeitern, den Hauptkommissaren, die hinaus und Verantwortung für Fälle übernehmen mussten, da tat sich Bialas manchmal schwer. Hanna und Luca – das war kein

Thema. Aber bei Schwandtner, Obermayer und Gaßmann, da schwoll ihm manchmal der Kamm.

Otto Obermayer war in seiner dickfelligen und rüden Art auf den ersten Blick der Unangenehmste von allen. Er hatte sich im Laufe der Jahre einen Gefühlspanzer aus Stahl zugelegt, sodass man ihm bestimmte Fälle nicht mehr guten Gewissens übertragen konnte, weil er auch die Opfer wie Verbrecher behandelte. Doch man konnte ihm ordentlich die Meinung sagen, ohne dass es zu dauerhaften Verstimmungen kam. Er war zerknirscht, trug nichts nach und machte so weiter wie bisher. Und es gab Situationen und Fälle, in denen man genau solche Bulldozer brauchte. Bialas' Führungskunst bestand also darin, ihn an den richtigen Stellen einzusetzen.

Doch mit der depressiven und verzagten Art von Rolf Gaßmann konnte Bialas nicht umgehen. Er vermutete, dass Gaßmann Psychopharmaka schluckte, und es war nicht klar, ob die Zerrüttung seiner Ehe Ursache oder Folge seiner Depressionen war. Am liebsten hätte Bialas ihn manchmal in den Hintern getreten und angeschrieen, sich endlich zusammenzunehmen. Er fürchtete aber, dass diese Reaktion genau das Gegenteil bewirken und Gaßmann noch mehr verunsichern würde.

Ähnlich stand es bei Dieter Schwandtner. Er war ein erfahrener und hochintelligenter Kollege, der Situationen und Menschen schnell durchschaute und bei seinen Einschätzungen fast immer den Nagel auf den Kopf traf. Doch alles und jedes kommentierte er mit einer bitteren Verachtung, die manchmal die Stimmung der ganzen Abteilung vermieste. Schwandtner war in seiner 30-jährigen Laufbahn zum Zyniker geworden, der selbst in den Schwestern der Bahnhofsmission nichts Gutes mehr sah. Wie nutzte man die Stärken eines solchen Mannes und hielt zugleich seine negativen Schwingungen in Schach? Vielleicht würde er mal mit Hanna darüber reden. Wenn sie irgendwann die Zeit dafür hatten.

Mittwoch, 13. April 2005

1

Hanna saß bereits an ihrem Arbeitsplatz, als Bialas morgens in sein Büro kam. »Du sollst sofort zu Franz kommen«, sagte sie. Wenn Kallinger »sofort« sagte, dann lag etwas an, das keinen Aufschub duldete.

Franz Kallinger war für Bialas mehr als nur ein Vorgesetzter. Der gestandene Polizeibeamte hatte ihn unter seine Fittiche genommen, als Andreas Bialas endlich aus der Enge des Schwarzwaldes herauskam. Hier war er aufgewachsen, und selbst für seine berufliche Ausbildung hatte er die Region nie wirklich verlassen müssen. Sein erster Job war Bereitschaftspolizist in der Idylle jener Kleinstadt, in der er geboren war. Man kannte fast jeden, der aufs Revier kam. Wenn nicht beim Namen, so doch das Gesicht. Nach der Weiterbildung an der Polizeifachhochschule in Villingen-Schwenningen und seinem Aufstieg zum Kriminalkommissar war die Polizeidirektion Freiburg seine nächste Station. Doch das südliche Flair dieser jungen Stadt mit ihren alten Vierteln, winkligen Gassen und idyllischen Innenhöfen, mit den lebensfrohen Menschen, die gerne Flammkuchen aßen und Kaiserstühler Wein tranken, und dem fast mediterranen Klima – das war nicht wirklich ein Nährboden für Mord und Totschlag.

Die Landeshauptstadt hatte da schon mehr zu bieten. Stuttgart war nicht Frankfurt oder Berlin. Aber die sozialen Brennpunkte – die Betonburgen in Stuttgart-Rot oder am Fasanenhof, die Ausländerghettos in der Prag-Siedlung oder in den alten Arbeitervierteln von Feuerbach, der Straßenstrich an der Olgastraße und um das Breuninger- und Züblin-Parkhaus und das Rotlichtmilieu im Bohnen- und Leonhardsviertel – die gab es hier wie in jeder anderen deutschen Großstadt. Jeden Tag wurden im Schnitt mindestens fünf Menschen zusammengeschlagen. Jeder dritte davon war eine Frau. Praktisch wöchentlich, wenn man den Durchschnitt nahm, wurde jemand vergewaltigt. Alle ein bis zwei Monate gab es einen Totschlag oder Mord. Hinzu kamen ein bis zwei Drogentote pro Monat.

Franz Kallinger hatte ihn beim Händchen genommen und ihm all das beigebracht, was man auf keiner Polizeifachhochschule lernt und was nicht in den Lehrbüchern für Kriminalistik steht. Er hatte ihn zusammengestaucht, wenn Berichte nicht vollständig waren oder nicht rechtzeitig abgeliefert wurden. Und er hatte ihm nach und nach auch wichtige und schwierige Fälle übertragen und ihm so manches Mal einen gehörigen Vorschuss an Vertrauen entgegengebracht.

Franz war ein Polizist vom alten Schlag. Er legte höchsten Wert auf die Einhaltung von Regeln und Ordnung. Und manchmal ließ er den Autoritären heraushängen. Er hielt Ganoven für Ganoven, und nichts konnte ihn mehr in Rage bringen als psychologische Gutachten. Er ließ es nicht gelten, wenn einer angeblich eine schwere Kindheit bei einer hysterischen Mutter gehabt hatte. Das gab dem schließlich noch lange nicht das Recht, anderen einfach die Fresse zu polieren. Bialas hatte jedoch noch nie erlebt, dass Franz Kallinger jene magische Grenze überschritten hätte, die der prinzipielle Respekt vor einem Menschen gebot, was immer der auch verbrochen oder verbockt hatte. Und im Umgang mit seinen Leuten zeigte er eine ruppige Herzlichkeit und eine absolute Loyalität.

»Wenn du nicht so ein Allmachtsschlamper wärst, dann könntest du jetzt Dezernatsleiter werden«, hatte Franz Kallinger eines Tages zu ihm gesagt. Franz war müde geworden. Er war zermürbt durch fünfunddreißig Polizistenjahre, in denen er im gesellschaftlichen Dreck gewühlt und dafür geackert hatte, die Sümpfe in Grenzen zu halten. Nun wollte er die letzten zehn Jährchen eine bedächtigere Kugel schieben, auch wenn er nie wirklich ein Schreibtischtäter gewesen war und Bürokratie und Verwaltung eher als unvermeidliche Bürde empfand. Für Vorgesetzte und die Crew war er jedoch genau der Richtige, auf diesem Posten des Leiters der Kriminalinspektion Eins, auf dem Erfahrung und eine konsequente Hand das A und O waren. Der Posten des Dezernatsleiters für Todesermittlungen allerdings, der damit vakant wurde, sorgte für heftigste Diskussionen. Aus der eigenen Mannschaft hätte man kaum jemanden Andreas Bialas vor die Nase setzen können, der zwischenzeitlich, allgemein anerkannt, die rechte Hand des alten Chefs geworden war. Auch aus den anderen Dezernaten konnte ihm niemand wirklich das Wasser reichen, wenn es um Ermittlungstaktik und um Führungsqualitäten ging. Blieb das Problem des Umgangs mit den Akten, der Bialas regelmäßig entglitt, wenn Franz Kallinger nicht eine strikte Rechenschaftslegung einforderte. Es war wohl wieder Franz gewesen, der eine salomonische Lösung auftat, indem er die Doppelfunktion von Dezernats- und Kriminalinspektionsleitung übernahm – mit der Gewissheit, dass er sich aus dem Alltagsgeschäft der Todesermittler heraushalten konnte und nur die Aktenführung im Auge behalten musste.

Franz Kallinger telefonierte, gab jedoch mit der freien Hand ein Zeichen hereinzukommen, als Bialas die Tür zu seinem Büro öffnete. Er bedeutete ihm, sich zu setzen. Unterdessen telefonierte er weiter. Er hatte sich dabei in seinen klobigen Bürosessel zurückgelehnt, sodass seine ganze Leibesfülle zur Geltung kam. Franz liebte reichhaltige Speisen, verschmähte kein Bier und gönnte sich ab und zu einen Klaren, und leider war er nicht der Typ, dem man das nicht angesehen hätte. Das Telefonat, das er führte, schien ihn anzustrengen, obwohl er selbst nicht viel mehr sagte als »Naja« und »Ach so«. Er hatte die Stirn in Falten gelegt und fuhr sich immer wieder mit der Hand über die Glatze. Schließlich sagte er: »Gut, Herr Ministerialdirigent. Ich habe verstanden. Und Sie können sich selbstverständlich darauf verlassen, dass wir die Angelegenheit auf jeden Fall mit der notwendigen Sorgfalt behandeln ... Jawoll, Herr Ministerialdirigent ...

Aber sicher ... Wiederhören, Herr Ministerialdirigent ... Ihnen auch.« Als er endlich aufgelegt hatte, ließ er die Hand für einen Moment auf dem Hörer liegen, als wollte er sich erst einmal eine Verschnaufpause gönnen.

»Es gibt eine Soko«, sagte er dann.

Bialas verstand nicht: »Eine Sonderkommission? Wofür?«

»Euer Toter, da oben auf der Messe-Baustelle.«

»Warum eine Soko? Was soll eine Soko anders machen als wir?«

Der Fall hatte bislang kaum die Brisanz, die die Einrichtung einer Sonderkommission erforderlich gemacht hätte. So schnell richtete man keine Soko ein, die immer Leute aus der Alltagsarbeit herausriss, sodass laufende Fälle liegen blieben oder auf andere Kollegen verteilt werden mussten.

»Pass auf, Andreas. Das Landeskriminalamt hat sich eingeschaltet. Die wollen diese Sonderkommission. Leiter wird Gerd Stoevesandt. Er ist Dezernatsleiter der Wirtschaftskriminalität II. Dort ist man seit einiger Zeit ein paar Bauunternehmen auf der Spur. Wegen Wettbewerbsbetrug. Da liegen wohl Anzeigen vor. Und man kommt nicht so recht weiter. Die Kollegen brauchen eine Möglichkeit, direkt auf der Baustelle zu ermitteln.«

»Und was hat das mit dem Toten zu tun?«, unterbrach ihn Bialas.

»Die Sache ist ein bisschen hingedeichselt, das gebe ich zu. Aber ihr zieht da an einem Strang.«

»Unter Leitung des LKA?« Bialas wurde zornig. »Die Wirtschaftskriminalisten des Landeskriminalamts leiten die Ermittlungen in einem Tötungsdelikt, der eindeutig in unsere Kompetenz fällt und bislang keinerlei erkennbaren überregionalen Zusammenhang hat? Das kann doch nicht dein Ernst sein.«

»Wenn ich es richtig sehe, ist bislang überhaupt kein Zusammenhang erkennbar.« Kallinger schlug mit der Hand auf eine Mappe vor sich auf dem Schreibtisch, die Bialas als die Akte erkannte, die er gestern Abend angelegt hatte. »Außer, dass es sich mit großer Wahrscheinlichkeit um einen Illegalen handelt, einen Bauarbeiter.«

»Selbst das ist noch nicht sicher«, warf Bialas ein.

Franz Kallinger langte nach einem weiteren Aktendeckel und schob ihn Bialas hin. »Hier. Der vorläufige Bericht von Wildermuth. Hab mir erlaubt, ihn abzufangen. Die Kleidung des Toten ist zum Teil aus irgendeinem GUS-Land. Russland, Weißrussland, Ukraine, was weiß ich, was da sonst noch dazugehört. Die Etiketten sind rausgeschnitten. Typisch für Illegale. Damit man ihr Herkunftsland nicht rausbekommt und sie nicht abgeschoben werden können. Seine Hände – du hast den Bericht des Arztes ja beigelegt –, Schwielen und kleine Verletzungen, und das auf einer Baustelle.«

»Und was ist mit dem Motiv? Das muss damit überhaupt nichts zu tun haben. Vielleicht hat er versucht, einem Türken, der dort 'ne richtig ordentliche Arbeit hat, mit Papieren und allem Drum und Dran, vielleicht hat er versucht, dem die Freundin auszuspannen, oder seine Schwester angebaggert. Meinst du, das interessiert die Leute vom LKA? Die wollen irgendwelche richterlichen Anordnungen, damit sie Aktenschränke durchwühlen können. Wir müssen wahrscheinlich mit ein paar hundert Bauarbeitern reden, um rauszukriegen, ob irgendjemand den Mann gekannt hat. Glaubst du wirklich, die Wirtschaftskriminaler lassen sich herab und führen im Matsch und im Schlamm Befragungen durch, mit Leuten, die von oben bis unten mit Dreck und Zement besudelt sind, die kaum deutsch sprechen, die sich in die Hosen machen vor lauter Angst vor den Kapos, wenn sie mal 'ne Viertelstunde nicht im Akkord Wände hochziehen? Das glaubst du doch selbst nicht.«

»Vielleicht ist es genau das, was sie wollen. Hör zu, Andreas. Du weißt, dass es am Landeskriminalamt die ›Ermittlungsgruppe Schleuser‹ gibt. Die arbeiten mit dem Bundesgrenzschutz zusammen. Und punktuell auch mit der ›Finanzkontrolle Schwarzarbeit‹, also mit der Arbeitseinheit des Zolls, die sich um die Baustellenkontrollen kümmert. Ob da Schwarzarbeiter eingesetzt werden und ob die Sozialabgaben gezahlt werden und so weiter. Und die sind im Augenblick an folgender Geschichte dran: Man hat zurzeit eine Schleuserorganisation im Visier, die massiv Leute aus Osteuropa in die Europäische Union einschleust. Gleichzeitig gibt es Hinweise darauf, dass beim Bau dieses neuen Kongress-Dingens, da oben auf den Fildern, dass da in großem Maßstab Schwarzarbeiter eingesetzt werden. Und es scheint einen Zusammenhang zwischen beidem zu geben. Die LKA-Leute haben schon mehrmals darauf gedrängt, dass die Finanzkontrolle Schwarzarbeit sich die Baustelle mal vornimmt. Aber irgendjemand scheint da seine Hand drüberzuhalten. Weder der Zoll noch das LKA kommen hier weiter.«

»Wenn das LKA die Leitung der Soko hat, dann dient diese Soko den Interessen des LKA. Denen ist doch der arme Teufel völlig gleichgültig, den wir da zwischen den Schalwänden rausgezogen haben.« Bialas geriet immer mehr in Rage. Das Ganze war die reinste Zumutung.

»Du bist jetzt still und hörst mir zu«, unterbrach ihn Kallinger. Er hatte sich über seinen Bauch nach vorne gebeugt, die Glatze wie ein Bulle nach vorne gestreckt, als wolle er Bialas auf die Hörner nehmen. Unter zusammengezogenen Augenbrauen sah er ihn grimmig an.

»Jetzt will ich dir mal was sagen. Die Kollegen dort, im LKA, die die Wirtschaftskriminalität bearbeiten, das sind im Grunde genommen arme Tröpfe. Auch wenn das nicht in dein Bild passt, nach dem da nur arrogante Arschbreithocker sitzen. Hier bei uns, wo es eben um die Stadt geht, da haben die Leute von der Wirtschaftskriminalität noch einigermaßen überschaubare Fälle. Aber sobald die Geschichten überregional werden und zum LKA kommen, hast du nur noch Nebel, in dem du rumstocherst. Das sind dann Firmen oder Personen, die arbeiten nicht nur überregional, sondern national oder international. Da stocherst du in einem Sumpf herum und kommst nie wirklich auf den Grund. Die haben dort in der Abteilung gerade mal zwölf Leute.«

»Viel mehr haben wir auch nicht. Für sämtliche Todesermittlungen!«

»Hör auf, Andreas. Du weißt genau, dass du das überhaupt nicht vergleichen kannst. Weißt du, wie schwer es ist, da an verwertbare Fakten ranzukommen? Weißt du, wie lange die in irgendwelchen Zahlenkolonnen rumstochern müssen, bis sie überhaupt einen Ansatzpunkt finden, den man dann auch vor Gericht verwerten kann? Den nicht irgendein cleverer und hervorragend bezahlter Anwalt zerpflückt? Du würdest durchdrehen, wenn du diesen Job machen müsstest. Ich sag dir mal was: Im LKA – und das Gleiche gilt übrigens auch für das Bundeskriminalamt – da greifen sie gerade mal die Wikri-Fälle auf, die so zum Himmel stinken, dass sie mit großer Wahrscheinlichkeit an die Öffentlichkeit kommen. Alles andere wird unter den Teppich gekehrt. Da reicht das Geld nicht, da reichen die Leute nicht. Lass die Leute mit dir auf die Baustelle gehen! Wir schlagen hier zwei Fliegen mit einer Klappe.«

»Wobei das LKA bestimmt, welche der beiden Fliegen zuerst geschlagen wird, wenn die zwei zu weit auseinander sitzen.«

»Du sollst mir zuhören, du Dickschädel. Stoevesandt hat mir zugesichert, dass ihr freie Hand habt. Du nimmst Hanna und Luca mit in die Soko-Leitung. Überleg dir, was du sonst noch an Leuten brauchst. Was die Todesermittlung angeht, hast du das Sagen. Natürlich in Abstimmung mit dem Leiter der Soko, und das ist offiziell Stoevesandt. Ihr habt direkten Zugriff auf die gesamten Ressourcen im Haus, sozusagen auf dem kleinen Dienstweg. Ihr kommt direkt in die LKA-Dateien rein. Ihr habt die ganzen Labors und technischen Einrichtungen. Und du weißt, was das heißt. Wildermuth würde sich die Finger lecken nach den technischen Spielereien, die die dort haben. Und, pass auf, Wildermuth kommt auch mit. Ich werde dafür sorgen. Er gehört zu der Soko, so lange das Sinn macht für dich. Ich habe außerdem abgeklärt, dass der Fall weiterhin bei dem Staatsanwalt bleibt, der ihn jetzt übertragen bekommen hat. Wie ist eigentlich der neue StA?«

»Frenzel? Der ist okay, soweit ich es bisher beurteilen kann.«

»Na also. Der muss ja von Amts wegen darauf achten, dass unsere Interessen nicht zu kurz kommen. Auch das ist für Stoevesandt kein Problem. Sie schalten die Abteilung Wirtschaftsstrafsachen bei der Staatsanwaltschaft erst ein, wenn handfeste Ergebnisse in dieser Richtung vorliegen.«

Bialas gab sich nicht geschlagen. Zu sehr ging ihm das alles gegen den Strich: »Wir verlieren nur Zeit. Schon alleine durch die Einrichtung der Soko. Dann die täglichen Besprechungen mit der ganzen Meute. Hier sind wir ein eingespieltes Team. Du kannst mich nicht überzeugen. Ich halte diese Soko für absoluten Blödsinn.«

»Nur dass dich keiner mehr danach fragt. Die Soko ist beschlossene Sache. Und ich sage dir, dass das auch für mich und dich gut so ist. Weißt du, wen ich da gerade an der Strippe hatte? Den Herrn Dr. Hans-Dieter Barth, seines Zeichens Ministerialdirigent. Ein ganz ein Wichtiger im Wirtschaftsministerium. Und er hat sich bitter beschwert über euch. Ihr habt Verhöre durchgeführt, mit Unbefugten. Mit einem Ingenieur wohl, der euch unrechtmäßig Auskünfte erteilen musste. Der Mann hat wohl auch kräftig eine aufs Dach bekommen. Zukünftig nur noch Auskünfte über die Rechtsabteilung der Kongress- und Messe-Baugesellschaft – sagt der Herr Ministerialdirigent. Und ihr habt die gesamte Baustelle lahmgelegt. Die Stuttgarter Polizei ist sozusagen schuld, wenn das KMZ in die roten Zahlen rutscht. So sieht das der Herr Ministerialdirigent.

Das ganze Projekt ist hochpolitisch und sensibel, das weißt du. Dafür wurden Gesetze geändert und Leute bestochen, um es mal offen zu formulieren. Die haben eine Heidenangst, dass es wieder Negativ-Schlagzeilen gibt. Die werden uns Steine in den Weg legen, wo sie nur können. Wir haben jetzt schon die Anweisung, dass es so lange wie möglich keine offiziellen Verlautbarungen zu dem Fall geben darf. Ich bin gespannt, was passiert, wenn die Presse davon Wind bekommt.

Aber das ist jetzt nicht mehr mein Problem, Andreas. Soll sich das LKA damit herumschlagen. Es kann nur gut sein, wenn das LKA seine Hand über die Ermittlungen hält. Bei denen ist es auch nicht ganz so einfach, von oben herunter Anordnungen zu geben. Da bewegt man sich doch eher auf Augenhöhe.«

Bialas fiel im ins Wort: »Und wenn es hart auf hart kommt, dann tut man sich nicht weh. Glaubst du im Ernst, das LKA stellt sich gegen die Landesregierung? Gerade weil es bei dem neuen Messezentrum um ein hochbrisantes Projekt geht!«

Franz Kallinger verlor langsam, aber sicher die Geduld: »Du müsstest eigentlich wissen: Das KMZ – das ist vor allem das Baby des Wirtschaftsministeriums. Angeblich bricht ja ohne diese Messe das Wirtschaftsleben im Land zusammen. Aber das LKA untersteht dem Innenministerium. Und da regiert auch ein Wirtschaftsministerium nicht so ohne Weiteres hinein. Außerdem ...«, Kallinger beugte sich bedeutungsvoll nach vorne, »ich habe selbst noch nie mit Stoevesandt zusammengearbeitet. Aber ich weiß einiges über ihn. Der Mann hat einen herben Karriereknick in Kauf genommen, als er noch beim Bundeskriminalamt war, weil er eine Mauschelei von Vorgesetzten mit ein paar Politikern nicht mitmachen wollte. Also hör jetzt endlich auf, die Leute pauschal schlecht zu machen. Die Sache ist beschlossen – und damit Schluss.« Franz schob ihm die Akten zu, die noch vor ihm auf dem Schreibtisch lagen. »Um elf ist die erste Besprechung im LKA. Du hast nicht mehr viel Zeit, hier die Dinge zu regeln. Also mach dich an die Arbeit.«

2

Wenn Franz Kallinger sagte, dass Schluss war, dann war auch Schluss. Bialas trollte sich. Er holte sich in der Kantine einen großen Pott Kaffee und ging in den Besprechungsraum seines Dezernats. Man hatte von hier aus einen phantastischen Blick über die Stadt. Selbst bei diesem aprilgrauen Schmuddelwetter bot die Stadt im Talkessel ein einmaliges Panorama. Bei gutem Wetter konnte man deutlich das Stadtzentrum mit den markanten Türmen von Bahnhof und Rathaus sehen. An den Hängen hinauf zogen sich die südlichen und westlichen Stadtteile. Genau gegenüber dem Präsidium, auf den Anhöhen der anderen Seite des Talkessels, ragte das Wahrzeichen der Stadt in die Höhe, der Fernsehturm. Selbst heute war er noch schemenhaft zu erkennen. Im Osten, dort, wo sich das Tal öffnete, verlor sich das Auge im Neckartal mit seinen vielen kleineren Stadtteilen und Ortschaften.

Bialas kam gerne hierher. Selbst wenn die übliche Glocke aus Dunst und Feinstaub über der Stadt lag, hatte das Bild etwas Beruhigendes. Die Weite des Blicks schien sich auch in einen gedanklichen Weitblick niederzuschlagen.

Er schlürfte den heißen Kaffee und versuchte sich zu beruhigen. Mit diesem Zorn im Bauch konnte er seinen Leuten noch nicht gegenübertreten. Er wollte sie nicht mit Konflikten belasten, die nur ihre Leistungsfähigkeit mindern würden. Bialas grübelte darüber nach, was ihn so mächtig erboste. Es war nicht nur der Umstand, dass eine fachfremde Abteilung die Leitung in einer Todessache hatte. Auch die Zusammenarbeit mit der übergeordneten Behörde, dem Landeskriminalamt, die allgemein als abgehoben und selbstherrlich galt, war nur ein Teil des Problems. Bialas spürte wieder einmal den Widerstand gegen einen Vorgesetzten, dessen Kompetenz er bezweifelte. Er hatte die kleine Polizeistation in seinem idyllischen Heimatort nicht zuletzt deshalb verlassen, weil er blind die Vorgaben eines mittelmäßigen und unsensiblen Polizeihauptmeisters hatte umsetzen sollen und nicht nur einmal mit ihm aneinandergeraten war. Mit seiner Weiterbildung hatte er die Flucht nach vorne angetreten. Doch auch in der Freiburger Polizeidirektion hatte er Hierarchien und Befehlshaber vorgefunden, die ihre Routinen abspulten und Flexibilität im Umgang mit Menschen und Methoden eher straften als duldeten. Kallinger – das war etwas anderes. Wenn der ihm den Kopf wusch, dann zu Recht. Zugleich hatte er ihm immer die notwendigen Freiheiten gelassen. So war Bialas nun seit etlichen Jahren gewohnt, selbstständig zu arbeiten, ohne dass ihm jemand zu allem und jedem Vorschriften machte und er beständig Rechenschaft ablegen musste. Und nun sollte er wieder einem dieser Amtsträger zu Diensten sein, dazu noch einem, der in einer völlig anderen kriminalistischen Sparte zu Hause war.

Das Klingeln seines Handys riss ihn aus seinen Gedanken.

»Stoevesandt«, meldete sich eine sonore Stimme. Schon beim Nennen seines Namens war klar, dass der Mann irgendwo aus dem Norden der Republik stammte.

»Herr Bialas, hat man Sie bereits informiert?«

»Hat man.«

»Gut. Bevor wir uns nachher in offiziellem Rahmen treffen, möchte ich Ihnen etwas sagen.« Stoevesandt hatte eine ruhige, bedächtige Art zu sprechen. »Man hat Ihnen sicher mitgeteilt, dass wir die Leitung der Sonderkommission übernehmen. Ich bin aber auf Sie angewiesen, Herr Bialas. Wenn ich richtig informiert bin, haben wir es auf jeden Fall mit einem Todesfall aufgrund von Gewalteinwirkung zu tun.«

»So ist es.«

»Diese Ermittlungen werden im Grunde genommen Sie leiten. Ich bin mir vollkommen im Klaren darüber, dass wir uns hier eigentlich nur anhängen. Ich baue also auf Ihre fachliche Kompetenz und werde Ihnen in jeder möglichen Art Unterstützung zukommen lassen, was die Todesfallermittlung angeht.«

Bialas verstand durchaus, dass der Mann ihm entgegenkommen wollte. Doch seine Sperrigkeit gegen die aufgezwungene Zusammenarbeit wollte nicht weichen. »Ich versichere Ihnen, dass ich alles dafür tun werde, dass der Fall aufgeklärt wird – auch wenn das mit anderen Interessen kollidieren sollte.«

Der Mann am anderen Ende schwieg einen Moment. Dann sagte er mit fester Stimme: »Gut. Ich kann Ihnen im Gegenzug versichern, dass ich meiner Verantwortung als Leiter der Soko in vollem Umfange nachkommen werde. Das wird nicht leicht werden, da wir uns sowohl politisch als auch in Bezug auf die Baubranche auf schwierigem Terrain bewegen. Ich hoffe und erwarte daher, dass auch Sie mich als den Gesamtverantwortlichen akzeptieren und unterstützen.«

»Soweit mir das möglich ist.« Zu mehr konnte Bialas sich wirklich nicht durchringen.

3

Die Zeit bis zum ersten Treffen der Sonderkommission war äußerst knapp bemessen. Bialas informierte zunächst Hanna und Luca, bevor er die gesamte Mannschaft des Dezernats zusammentrommelte.

»Ist die Tötung von Arbeitskräften jetzt ein Wirtschaftsdelikt?«, fragte Hanna sarkastisch, nachdem er die beiden über die Soko und deren Leitung informiert hatte.

Luca stöhnte: »Wir werden assimiliert!«

»Assimiliert?« Bialas erahnte schon ein außerirdisches Phänomen.

»Die Borg«, erklärte ihm Hanna, »kybernetische Organismen. Zusammengesetzte Wesen aus Mensch und Maschine, die jede andere Rasse im Weltraum assimilieren. Weiß ich von meinem Sohn.«

»Sie verleiben andere Spezies in ihr Kollektiv ein, ob die wollen oder nicht«, ergänzte Luca mit sizilianischer Empörung. »Sie rauben ihre Individualität und machen sie zu Sklaven und gefühllosen Maschinen. So ist das.« Womit auch seine Meinung zu der beschlossenen Soko kundgetan war.

Nachdem er die Arbeit im Dezernat unter Murren der nun stärker belasteten Kollegen umverteilt hatte, versuchte Bialas in aller Hast, die Ergebnisse der verschiedenen Anfragen abzurufen, die er am Vorabend zu dem Toten auf der Baustelle abgeschickt hatte. Der junge Mann war weder erkennungsdienstlich erfasst noch gab es in den Vermisstenkarteien von Landes- und Bundeskriminalamt Daten, die auf ihn gepasst hätten. Er war also nach wie vor ein Unbekannter ohne jeden Hinweis auf seine Identität. Auch Wildermuth hatte laut seinem Bericht am Vortag keine wesentlichen neuen Hinweise gefunden, nachdem Bialas die Baustelle verlassen hatte. Die Identifizierung des Toten wäre nun die vordringliche Aufgabe gewesen, und dies vor allem durch Befragungen auf der Baustelle. Doch dies musste nun zugunsten der Bildung einer Sonderkommission zurückgestellt werden, die Bialas nach wie vor für so nötig hielt wie einen Kropf.

4

Stoevesandt war ein schlanker, hochgewachsener Mann um die sechzig. Er hatte silberblondes Haar, das sich über der Stirn deutlich lichtete. Die blauen Augen, die fein geschnittene Nase und der schmale Mund gaben ihm etwas Aristokratisches. Auch seine Kleidung war von einer legeren Eleganz.

Er erwartete sie im Eingangsbereich des Landeskriminalamtes, das Bialas, Hanna, Luca und Wildermuth eine Viertelstunde später als vereinbart erreichten. Friedebald Frenzel war schon eingetroffen und erzählte Stoevesandt gerade irgendetwas Lustiges. Dabei ruderte er so mit den Armen, dass es aussah, als hüpfte er beständig auf und ab. Offenbar hatte der Staatsanwalt ein Faible für knallig bunte Krawatten. Heute war sie giftgrün.

Man stellte sich vor, erledigte die Anmeldeformalitäten und ging durch die Sicherheitsschleusen in das Gebäude. Stoevesandt führte sie nach oben und wies ihnen ein Arbeitszimmer zu. Auf nüchternen hellgrauen Schreibtischen standen Computer und Telefone, auf einem Sideboard ein Drucker und ein Faxgerät. Der Raum wirkte kahl und farblos. Nur an einer weiß getünchten Wand hingen zwei bunte Plakate einer Jugendaktion der Rauschgift-Aufklärungsgruppe des LKA.

»Sie können sich hier häuslich einrichten«, sagte Stoevesandt. »Die Geräte sind angeschlossen. Sie kommen hier auch auf die meisten Programme und Daten des LKA.«

Dann folgten sie Stoevesandt über ein paar Flure in ein Besprechungszimmer. Es wirkte genauso gesichtslos wie das Büro, das sie eben verlassen hatten. Ein großer ovaler Konferenztisch bot etwa zwei Dutzend Menschen Platz. Der Raum war ausgestattet mit einem Beamer, der dazugehörigen Leinwand und einer überdimensionalen Magnettafel. Vor dieser saßen drei Menschen, die fast verloren wirkten.

Eine junge Frau unterhielt sich angeregt mit einem sehr großen Mann, der Schwierigkeiten zu haben schien, seine langen Beine unter dem Tisch unterzubringen. Ein weiterer Mann saß vertieft in einen dicken Aktenwälzer daneben und nahm kaum Notiz von den beiden.

Sie nahmen Platz, und Stoevesandt ergriff umgehend das Wort. Auch seine Art zu sprechen hatte etwas vornehm Distanziertes an sich: »Verehrte Kollegen, ich weiß, dass Sie Bedenken gegen eine Sonderkommission unter Führung des LKAs haben. Aber ich möchte festhalten …« Er machte eine kurze Pause, faltete seine schmalen Hände vor sich auf dem Tisch und sah in die Runde: »Ich werde die Sonderkommission ›Fildermesse‹ als Ganzes leiten und trage die Verantwortung gegenüber dem LKA, dem Präsidium und dem Innenministerium des Landes. Sie, Herr Bialas, und Ihre Kollegen sind zuständig für die Todesermittlungen und haben hier unsere ganze Unterstützung. Die kriminaltechnischen Untersuchungen stehen unter Ihrer Regie, Herr Wildermuth. Frau Marinescu und Herr Kuhnert«, er wies auf seine Kollegen, »gehören ebenfalls der Leitung dieser Sonderkommission an. Wir können darüber hinaus jederzeit auf Spezialisten aus unserem Hause zurückgreifen. Sie können Leute aus Ihrem Hause hinzuziehen, wenn Sie das für notwendig erachten.«

Er wies auf die junge Frau, die rechts von ihm saß: »Nicole Marinescu ist unsere Spezialistin für Firmenstrukturen und -verflechtungen. Sie hat ein BWL-Studium abgeschlossen, bevor sie sich für uns entschieden hat.«

Nicole Marinescu war eine zierliche, hübsche Frau. Sie war modern und geschmackvoll gekleidet und trug dezenten Silberschmuck. Ihr hellblondes, feines Haar hatte sie hochgesteckt. Ein paar Strähnen fielen ihr spielerisch ins Gesicht. Sie wirkte mädchenhaft und doch kühl und streng.

»Kriminalrat Rudolf Kuhnert. Unsere Koryphäe in Sachen Finanzen und Steuern«, stellte Stoevesandt den untersetzten Mann zu seiner Linken vor.

Bialas war sich sicher, dass er sich weder das Gesicht noch den Namen dieses Mannes würde merken können. Es war ein rundes Allerweltsgesicht ohne hervorstechende Merkmale. Die Brille, die er trug, hätte man früher als Kassengestell bezeichnet. Sein glattes Haar bedeckte noch den ganzen Kopf und wirkte doch recht spärlich. Bialas war sich sicher, einen introvertierten Langweiler vor sich zu haben, und wunderte sich dabei über den Dienstgrad des Mannes, der deutlich über dem seinen lag.

»Ich habe mir außerdem erlaubt, einen Kollegen der Finanzkontrolle Schwarzarbeit vom Hauptzollamt hinzuzuziehen«, fuhr Stoevesandt fort und wandte sich dem langen Mann zu, mit dem Nicole Marinescu sich anfangs unterhalten hatte. »Armin Kayser vom Hauptzollamt Stuttgart. Wie Sie wissen, arbeiten wir eng mit dem Zoll zusammen – sowohl bei Arbeitsmarktinspektionen als auch bei der Einsatzunterstützung und der Fahndung. Wir haben in ihm einen Partner, der ergiebige Erfahrungen mit Baustelleninspektionen hat.«

Der Zollbeamte wirkte auf den ersten Blick militärisch akkurat. Der etwa 35-jährige Mann hatte einen kurzen Bürstenschnitt, war glattrasiert und trug die graugrüne Zolluniform. Doch seine Gesichtszüge waren weich und hatten etwas jungenhaft Schelmisches an sich. Hervorstechende Eigenschaft war seine Länge. Sie war im Sitzen zwar schwer abzuschätzen, doch überragte er bereits so die junge Frau neben ihm um Kopfeslänge.

Stoevesandt gab Frenzel das Wort. »Nun ja, Friedebald Frenzel mein werter Name«, stellte sich der Staatsanwalt fröhlich vor. »Abteilung elf der Stuttgarter Staatsanwaltschaft. Kapitaldelikte, Öffentlicher Dienst und Ärzte – also die ganzen Schwerverbrecher auf einmal, ha, ha, ha, ha, ha«, er konnte sich kaum beruhigen vor Lachen. Sogar Bialas musste schmunzeln. Denn in der Tat war das Aufgabenfeld der elften Abteilung der Staatsanwaltschaft eine illustre Mischung, über die auch er sich schon gewundert hatte. »Ich bin nun sozusagen Ihr Wächter des Gesetzes«, fuhr Frenzel munter fort, »und werde hier, soweit es meine Zeit erlaubt, die Ermittlungen führen und kontrollieren, damit Sie keinen Unsinn treiben. Na, ganz so schlimm wird es nicht werden, meine Damen und Herren. Bei der geballten polizeilichen Erfahrung, die wir hier versammelt haben, kann ich mich ja quasi völlig beruhigt zurücklehnen. Ich bin sicher, Sie werden mich als kooperativen und zurückhaltenden Menschen kennenlernen – bis auf die Tatsache, dass meine Mutter schon zu mir sagte: ›Du streitest gerne, mischst dich ständig in anderer Leute Angelegenheiten ein und weißt immer alles besser. Lass dir das bezahlen und werde Staatsanwalt.‹« Wieder lachte der Staatsanwalt aus vollem Herzen über sein eigenes Späßchen.

Stoevesandt hatte sich kaum zu einem Lächeln hinreißen lassen. Er nahm das Heft sofort wieder in die Hand: »Meine Damen, meine Herren, ich möchte Ihnen nun den Grund darlegen, warum wir diese Sonderkommission angestrengt haben. Ihr Toter wurde auf einer Baustelle der Firma Metzler AG gefunden. Wir haben das Bauunternehmen schon seit einiger Zeit im Auge. Metzler unterbietet seine Konkurrenz regelmäßig und bringt sie mit Dumpingpreisen um lukrative Aufträge. Zugleich ist die Metzler AG aber ein äußerst profitables Unternehmen. Es gehört zu den Großen im Lande und expandiert trotz der schwierigen Lage der Bauindustrie.«

»Jetzt liegen erstmals Anzeigen gegen Metzler vor«, fuhr Stoevesandt fort, »und zwar von zwei Baufirmen, die immer wieder den Kürzeren gegen ihn gezogen haben. Eine dieser Firmen ist soeben in die Insolvenz gegangen, die zweite steht kurz davor. Es ist nur diesem Umstand zu verdanken, dass die sich überhaupt zu einer Anzeige durchringen konnten. Normalerweise hackt da eine Krähe der anderen kein Auge aus. Diesen beiden steht das Wasser so bis zum Halse, dass sie die Flucht nach vorne angetreten haben. Der Vorwurf lautet Wettbewerbsbetrug. Wir haben erstmals Zahlen und Kalkulationen von ihnen bekommen. Sie geben Anhaltspunkte dafür, wie Metzler seine Dumpingpreise hinbekommt und dabei noch Gewinne machen kann.

Ich habe Herrn Kuhnert gebeten, Ihnen die wichtigsten Daten zusammenzustellen. Rudolf, wärst du so gut?« Er nickte dem farblosen Mann zu, der nun in seinem dicken Aktenwälzer blätterte, Seiten mit eingeklebten bunten Haftnotizen aufschlug und sich räusperte.

»Ähm, ja, wir haben insbesondere die Zahlen für den Rohbau verglichen«, begann Kuhnert, und seine Stimme war genauso langweilig wie der ganze Mensch. »Wir haben da die Zahlen, und zwar für folgende Bauprojekte: Das ist, ähm, das Einkaufszentrum Giebeler in Hameln, der Reebok-Büroneubau in Frankfurt, die Königsbau-Passage hier in Stuttgart. Dann ist es das Guthbroth-Areal in Neumarkt in der Oberpfalz, ein neues Wohnviertel mit etwa 60 Architektenhäusern. Und der Neubau der Polizeidirektion in Rottweil. Für die Stahlbeton-Streifenfundamente und die Einzelfundamente beim Giebeler-Einkaufszentrum hat Baer & Meyer 141 000 Euro kalkuliert und Frohberger 145 000 Euro. Metzler lag bei 110 000. Die Stahlbeton-Fundamentplatte hat Baer & Meyer mit 3600 Euro angeboten und Frohberger Bau mit 3750 Euro. Metzler hat hier 3400 angeboten.«

Und so ging es weiter. Mit tragenden Außenwänden aus Stahlbeton, mit tragenden Innenwänden, mit Schalungen und Bewehrungen, mit Stahlbetonstützen und Stahlbetonpfeilern, mit Deckenkonstruktionen, mit Dachkonstruktionen – und mit Zahlen, Zahlen, Zahlen. Zu jedem Posten drei Zahlen. Für Baer & Meyer, für Frohberger Bau und für die Metzler AG.

Bialas bemerkte, wie Luca neben ihm unruhig auf seinem Stuhl hin und her rutschte. Hanna fing irgendwann an, Männchen auf ihren Notizblock zu malen. Wildermuth war mit seinen Gedanken ganz offenbar weit weg. Es war die reine Zeitverschwendung. Selbst Kuhnerts Kollegin, die blonde Betriebswirtin, zappelte nervös hin und her. Stoevesandt dagegen hatte die schmalen Hände vor sich auf dem Tisch gefaltet und sah mit stoischem Gleichmut auf sie nieder.

»Rudolf«, sagte Stoevesandt plötzlich in eine Pause hinein, die Kuhnert machen musste, um ein paar Seiten umzublättern. »Wir sollten zu den Schlussfolgerungen kommen.«

Kuhnert sah ihn hilflos an.

»Vielleicht kann ich ja mal versuchen, das Ganze zusammenzufassen«, sagte Nicole Marinescu eifrig.

Kuhnert schien fast erleichtert über den Beistand.

»Sie haben ja gesehen, dass Metzler bei allen Punkten immer unter den Angeboten der Konkurrenten lag«, setzte die junge Frau ein. »Bei den Betonarbeiten waren die Differenzen besonders groß. Das gleiche Bild haben wir auch auf den anderen vier genannten Baustellen. Dazu müssen Sie aber wissen, dass es hier kaum einen Spielraum gibt für die Unternehmen. Die Stahlpreise sind überall die gleichen. Auf der ganzen Welt. Bei den Zementwerken sieht es fast genauso aus. Hier gibt es regional jeweils eine Handvoll Anbieter, die sich mehr oder weniger absprechen, was die Preise betrifft. Der einzige Spielraum, der bleibt, sind die Löhne.« Die junge Frau sah Stoevesandt von der Seite her an, der ihr zustimmend zunickte. »Wir wissen, dass die Löhne – mit gewissen Unterschieden zwischen den einzelnen Baustellen – etwa

50 Prozent der Gesamtsumme ausmachen. Das heißt, bei den Rohbauarbeiten. Und wir haben Experten befragt, wie viele Leute man für diese Arbeiten mindestens braucht. Die Rechnung geht einfach nicht auf.«

Nicole Marinescu schaffte es immerhin, die Aufmerksamkeit der Menschen im Raum auf sich zu ziehen.

»Die Rechnung geht nicht auf – und zwar auch schon bei Baer & Meyer und bei Frohberger Bau nicht. Wenn denen jetzt nicht einfach die Luft ausgehen würde, hätten sie uns nie und nimmer ihre Kalkulationen überlassen. Denn damit lassen sich weder die Mindestlöhne bezahlen noch die Arbeitszeiten einhalten. Wir haben ausgerechnet: Selbst bei einer Mindestzahl von absolut fleißigen Arbeitern könnten die gerade Löhne von acht Euro fünfzig zahlen. Der gesetzliche Mindestlohn liegt aber schon für ungelernte Kräfte bei zehn Euro zwanzig. Bei Facharbeitern sind es sogar zwölf Euro dreißig. Und ohne die kann man solche Projekte gar nicht bauen.

Legt man die gleichen Zahlen für Metzler zugrunde, dann kommen wir auf Löhne von gerade einmal fünf Euro vierzig.« Nicole Marinescu sah in die Runde, als wolle sie von den Gesichtern ablesen, ob die Anwesenden ihre Entrüstung teilten.

»Und wo sehen Sie da einen Bezug zu dem Toten auf der Filderbaustelle?«, fragte Frenzel unsicher, der offenbar durch all die Zahlen völlig den Faden verloren hatte.

Noch bevor jemand eine Antwort geben konnte, wurde die Tür aufgerissen. Ein Herr trat ein und setzte umgehend zu einer Rede an, ohne sich darum zu kümmern, womit die Anwesenden gerade beschäftigt waren. »Ich sehe, Sie sind bereits bei der Arbeit. Meine Herren, meine Damen.« Der Herr, man konnte ihn kaum anders bezeichnen, schaute sich kurz in der Runde um. Er war elegant gekleidet, mit Anzug und farblich abgestimmtem Hemd und Krawatte. Sein dunkles Haar, das irgendwie gefärbt wirkte, sah aus, als käme er geradewegs vom Friseur. Trotz der trüben Jahreszeit war er braungebrannt und erinnerte irgendwie an den Aufsichtsratsvorsitzenden einer großen deutschen Bank. Er stellte sich an den Besprechungstisch, setze seine Hände vor sich auf und sprach von oben herab zu ihnen: »Sie wissen, wir haben es hier mit einer äußerst delikaten Angelegenheit zu tun. Das neue Messezentrum ist von enormer Bedeutung für die wirtschaftliche Entwicklung des Landes. Sie wissen, dass das Projekt von einigen Quertreibern verhindert werden sollte. Wir werden daher auf keinen Fall unnötigerweise Sand ins Getriebe streuen.« Er wandte sich an Stoevesandt: »Und ich möchte, dass Sie mit den betroffenen Unternehmern pfleglich umgehen. Solange Sie keinen hinreichenden Tatverdacht begründen können, gilt auch hier der Grundsatz der anzunehmenden Unschuld. So, und nun wünsche ich erfolgreiches Schaffen.« Er nickte in die Runde und verließ den Raum.

»Was war denn das?«, fragte ein perplexer Luca.

»Der Auftritt des Sonnenkönigs«, lachte Friedebald Frenzel.

»Kriminaldirektor Winfried Bechtel, Leiter der Abteilung Vier des Landeskriminalamtes, zuständig für Allgemeine und Wirtschaftskriminalität«, sagte Stoevesandt kühl. Eine große Liebe verband ihn augenscheinlich nicht mit dem Mann, der sein direkter Vorgesetzter sein musste.

Dann fuhr er ungeachtet der Ermahnungen fort: »Der Metzler-Konzern muss nach unseren bisherigen Erkenntnissen in großem Stile illegale Methoden anwenden. Was es ist, Scheinwerkverträge, Scheinselbstständigkeit, illegale Arbeitnehmer, Fälschung von Sozialversicherungsausweisen oder was es sonst noch alles gibt, das wissen wir nicht. Das Ganze läuft über ein verflochtenes Netz von Subunternehmen, das wir nicht überschauen.« Er sah nun Bialas direkt an: »Sie müssen auf jeden Fall weitere Befragungen auf der Baustelle und bei den Unternehmen vornehmen, die dort tätig sind. Schon um die Identität des Toten zu klären. Ohne

Identifizierung keine Aufklärung – diese Grundregel kenne auch ich. Für uns ist das eine einmalige Gelegenheit, zwei bis drei Zusatzfragen zu stellen. Um weitere Mosaiksteinchen in diesem Puzzle zu bekommen. Wir möchten einen Überblick, wie viele Arbeiter auf der Baustelle sind. Für wen arbeiten sie? Von wem bekommen sie ihre Anweisungen? Welche Subunternehmen arbeiten für welche Generalunternehmer?«

Hanna unterbrach ihn: »Und warum schicken Sie nicht den Zoll dorthin? Was hat das alles mit unserem Toten zu tun?«

Armin Kayser schaltete sich ein: »Sie haben ja den Auftritt gerade erlebt.« Der Zollbeamte grinste schelmisch zu Frenzel hin: »Sonnenkönig – das ist gar nicht mal so schlecht. Da haben wir beim Zoll wahrscheinlich ein paar Sonnenfürsten. Offiziell ist die Fildermesse eine Baustelle wie jede andere. Aber eben nur offiziell. Sie steht einfach nie auf den Einsatzplänen. Wenn man das anspricht, dann heißt es, das Kongress- und Messezentrum, da passiert schon nichts – so, wie das im Licht der Öffentlichkeit steht. Da könnte ich natürlich genauso gut an den Klapperstorch glauben – aber ohne Anweisung von oben geht's nun mal nicht.

Was ich Ihnen anbieten kann, ist unsere Erfahrung: Wie gehen Sie auf die Baustelle, von welchen Eingängen, mit welcher Systematik. Wie erfassen Sie die ganze Mannschaft. Das könnte für Ihre Ermittlungen ja auch ganz günstig sein.«

Stoevesandt schaltete sich wieder ein: »Der Tote ist mit großer Wahrscheinlichkeit auf der Baustelle tätig gewesen. Und er ist offenbar Osteuropäer. Wenn es einen Zusammenhang zwischen seinem Tod und einer illegalen Beschäftigung gibt – und das ist schließlich nicht auszuschließen –, dann verfügen wir über Hintergrundwissen, das Ihnen helfen kann.«

»Und was, wenn es sich erweist, dass unser Fall überhaupt nichts mit den Baupraktiken zu tun hat?«, fragte Bialas widerborstig.

»Dann wird die Soko umgehend aufgelöst und Sie ermitteln auf eigene Faust weiter«, sagte Stoevesandt.

5

Es war nun an Bialas, den LKA-Kollegen die bisherigen Erkenntnisse zu vermitteln. Viel war es nicht, was sie bislang hatten. Weder Tatort noch Tatwaffe und schon gar kein Verdächtiger oder ein Motiv waren erkennbar. Stoevesandt war unterdessen zu der großen Magnettafel gegangen und notierte darauf die wichtigsten Fakten, die Bialas vortrug.

Auch Wildermuth konnte nicht viel Neues berichten. Er breitete die Tatortfotos vor ihnen aus und fasste seine bisherigen Ergebnisse in gewohnt knapper Form zusammen. Die Leute der Spurensicherung hatten am Vortag bis spät in den Abend hinein im Flutlicht der Baustellenbeleuchtung ihre Arbeit verrichtet. Man hatte systematisch die gesamte Baugrube und deren engere Umgebung auf Spuren untersucht. Ein paar Leute suchten zumindest oberflächlich auch die anderen Areale ab. Mehr war einfach nicht drin.

Wesentliche neue Hinweise hatten sich nicht ergeben. Lediglich einige Werkzeuge wie Zangen und Bolzenschneider waren sichergestellt worden. Teile des Stahlgeflechts hatte Wildermuth herausschneiden lassen. Vielleicht würde man anhand der Bearbeitungsspuren Werkzeuge zuordnen können, mit denen die Eisenstäbe gebogen und gekappt worden waren. Ob das weiterhelfen würde, war ungewiss.

Dann nahm Stoevesandt wieder zielstrebig das Heft in die Hand: »Ich möchte Ihnen nun einen Vorschlag machen, wie unser weiteres Vorgehen aussehen könnte.«

Ein Aufgebot aus etwa hundert Beamten verschiedener Polizeieinheiten sollte am nächsten Morgen in aller Herrgottsfrühe die gesamte Baustelle aufrollen. Beamte der Einsatzunterstützung beim LKA und von der Bereitschaftspolizei hatte Stoevesandt bereits angefordert. Auch die Kollegen, die am Vortag mit Bialas und seinen Leuten auf der Baustelle gewesen waren, wollte er noch einmal dabeihaben, da sie die Örtlichkeiten und den Fall bereits kannten. Weitere

Kräfte sollte das Präsidium stellen, sowohl das Dezernat für Tötungsdelikte als auch Dezernat 32, das sich mit Schleusungen und illegaler Beschäftigung befasste.

Oberstes Ziel der Aktion war – nach Stoevesandts Worten – die Identifizierung des Toten. Sämtliche Beschäftigten der gigantischen Baustelle sollten erfasst werden. Zunächst vor allem die Bauarbeiter, möglichst noch, bevor sie in ihre Bagger und Kräne stiegen oder in ihre Bauareale ausschwirrten. Danach würde man die Verwaltungsleute im Baucontainerstädtchen befragen. Jedem würde ein Bild des Toten gezeigt und gezielte Fragen nach verdächtigen Beobachtungen gestellt werden. Ganz nebenher sollte erfasst werden, wer für welche Firma arbeitete und welche Arbeiten verrichtete.

»Wir können mit diesen Daten Rückschlüsse darauf ziehen«, erläuterte Stoevesandt, »welche Arbeiten legal von regulären Arbeitskräften durchgeführt und wie viele Leute für diese Arbeiten eingesetzt werden. Nach dem, was gestern auf der Fildermesse vorgefallen ist, werden wir dort morgen keinen Illegalen mehr erwischen. Man weiß natürlich, dass die Polizei jetzt weiter ermitteln muss.«

Je länger Stoevesandt nun sprach, umso heftiger kämpfte Bialas mit durchaus widersprüchlichen Gefühlen. Der Mann schlug überhaupt nichts vor – er hatte bereits ein festes Programm. Die Art und Weise, wie er seine Vorstellungen präsentierte, ließ keinen Widerspruch zu. Sie provozierte bei Bialas geradezu Widersetzlichkeit. Zugleich hatte der Plan etwas Faszinierendes. So schnell ein solches Aufgebot an Einsatzkräften auf die Beine zu stellen, war eine echte Leistung. Der Mann vom Zoll gab zudem immer wieder Hinweise auf die Besonderheiten, die sie bei einer solchen Aktion auf einer Baustelle erwarten würden. Sie wären ohne dieses Wissen bei ihren weiteren Ermittlungen wie am Vortag auf die gigantische Baustelle gestolpert und dieser unüberschaubaren Maschinerie wieder orientierungslos ausgeliefert gewesen. Schließlich zog Nicole Marinescu eine Liste hervor, auf der Unternehmen aufgelistet waren, die Aufträge beim Kongress- und Messezentrum bekommen hatten, und die doppelt so viele Namen enthielt wie die Aufstellung des Bauingenieurs von Menke & Partner. Zum ersten Mal hatte Bialas die vage Ahnung, dass diese Sonderkommission auch ihre Vorteile hatte. Aus eigener Kraft hätten sie all dies in so kurzer Zeit unmöglich schaffen können.

6

Irgendwann, gegen Ende der Besprechung, hatte Bialas' Handy geklingelt.

»Ehrenberg«, meldete sich der Professor aus der Tübinger Gerichtsmedizin, als er das Gespräch angenommen hatte. »Herr Bialas, wir wären demnächst so weit. Sie können uns einen Besuch abstatten – sagen wir um vierzehn Uhr? Und bringen Sie doch, wenn möglich, gleich Ihren Staatsanwalt mit. Könnte sein, dass wir eine Anordnung von ihm brauchen.«

Bialas hatte Frenzel informiert, der ergeben nickte, aber dabei nicht sehr glücklich aussah.

»Ich werde mitkommen«, hatte Stoevesandt entschieden.

Es war deutlich nach zwei, als sie sich endlich auf den Weg in die Tübinger Pathologie machen konnten. Man hatte noch in aller Eile einige wichtige Absprachen getroffen, Telefonate geführt und in der Kantine des Landeskriminalamtes ein schnelles Mittagessen zu sich genommen. Die Mahlzeit wurde durch Frenzels seltsamen Humor untermalt. Er erzählte, an Stoevesandt gewandt, von einem Hamburger Ehepaar, das auf einem Campingplatz der reizvoll kargen Landschaft der Schwäbischen Alb Urlaub machte. »Und Sie wissen ja, woran man sieht, dass auf der Schwäbischen Alb Sommer ist. Nämlich daran, dass die Leute die Wintermäntel offen tragen, ha ha. Und dann fragen die einen Restaurantbesitzer nach einem guten Winzer in der Nähe, um den örtlichen

Wein einmal zu probieren«, freute sich Frenzel. »Wein auf der Schwäbischen Alb!« Der Gedanke war so abwegig, dass Frenzel vor Lachen die Tränen über die runden Wangen kullerten.

Stoevesandt nahm es mit kühlem Humor und konterte mit der Geschichte eines Schwäbischen Ehepaars, das an der Nordsee Urlaub machen wollte und sich nach ihrer Ankunft bitter beim Reisebüro beschwerten: »Nichts als Sand und weit und breit kein Meer.«

Einen Moment lang sah Frenzel ihn aus großen runden Augen fragend an. Dann begann er wieder herzlich zu lachen: »Natürlich, die Ebbe. Ebbe und Flut – das haben wir natürlich am Bodensee nicht.«

Dann fragte er den langen Zollbeamten, wie man die Lehrlinge beim Zoll denn nennt.

»Lehrlinge? Wir haben gar keine Lehrlinge«, sagte Armin Kayser verdutzt.

»Filzstifte. Man nennt sie Filzstifte.« Der Staatsanwalt lachte so sehr über seinen eigenen Witz, dass selbst Bialas nicht umhin konnte, sich von der Fröhlichkeit ein bisschen anstecken zu lassen. Friedebald Frenzel hatte eine solche Freude an seiner eigenen Spaßigkeit, dass es ihm völlig egal war, ob irgendjemand mitlachte. Doch gerade diese unbefangene Lust am Lachen war ansteckend und tat der Stimmung in der Gruppe gut, in der die gegenseitige Reserviertheit fast mit Händen zu greifen war.

7

»So, meine Herren«, begrüßte sie Professor Ehrenberg in dem gefliesten Raum, wo im Licht der kalten Leuchtstoffröhren die Toten obduziert wurden. »Dann wollen wir uns mal mit unserem Klienten befassen.«

Das Institut für Gerichtliche Medizin des Universitätsklinikums Tübingen lag abseits der großen modernen Kliniken und Krankenhäuser, in einem der alten Universitätsgebäude nahe der Altstadt. Im Eingangsbereich und in den Treppenhäusern fühlte man sich hier unwillkürlich in die Zeiten von Sherlock Holmes versetzt. Die hohen Sprossenfenster, die Erker und Stuckdecken in den Räumen standen in seltsamem Kontrast zu den Rasterelektronenmikroskopen, Laborautomaten und PCR-Geräten zur Vervielfältigung von genetischem Material. Auch im Obduktionsraum bildeten die alten Kacheln mit ihren Ornamenten einen seltsamen Kontrast zu den modernen Gerätschaften aus Edelstahl.

Sie traten an einen der Tische heran, auf dem ein abgedeckter menschlicher Körper lag. Frenzel, der bereits auf der Fahrt eingestanden hatte, dass er sich an diesen Teil seines Jobs wohl nie wirklich gewöhnen würde, hielt sich dezent im Hintergrund. In Stoevesandt erkannte Bialas den routinierten Kriminalisten. Wahrscheinlich hatte der schon einige Wasserleichen aus der Elbe gefischt. Ehrenberg zog das Tuch zurück, fast bis zum Schambereich des Mannes, so dass sie einen guten Blick auf den leblosen Körper mit den Obduktionsschnitten hatten.

»Männliche Leiche, circa Mitte bis Ende zwanzig«, begann Ehrenberg seinen Vortrag, »Körperlänge eins zweiundneunzig, athletische Figur. Er hat sicher mal viel Sport getrieben, wahrscheinlich jedoch nicht mehr in jüngster Zeit. Bis auf das Loch im Kopf, zu dem ich später noch komme, war er kerngesund. Keine alten Knochenbrüche. Am linken Oberschenkel ein älteres Hämatom. Ein paar fast verheilte Schürfwunden an der rechten Hand und am rechten Unterarm. Beides hat mit dem jüngsten Geschehen medizinisch nichts zu tun. Am linken Backenknochen und an der linken Schulter finden sich Hämatome jüngsten Datums, mit Sicherheit verursacht durch den Sturz, nachdem ihm jemand den Schädel eingeschlagen hat. Wenn Sie genau hinschauen, sehen Sie außerdem am Oberkörper, an den Armen und im Hüft- und Gesäßbereich diverse Quetschungen, die allerdings post mortem entstanden sind. Hier am Oberarm sieht man es besonders deutlich – als ob ihn jemand auf ein Gitter gedrückt hätte.« Er zeigte auf eine Stelle am Unterarm des Toten, die einen kleinen Obduktionsschnitt aufwies. »Das Gewebe, das wir hier entnommen haben, weist deutliche Läsionen auf, ohne dass es zu Einblutungen gekommen ist.«

Bialas nickte: »Er wurde zwischen den Eisengittern regelrecht zusammengepresst.«

Ehrenberg orientierte sich in den Unterlagen und Notizen, die er in den Händen hielt, und fuhr fort: »Der Todeszeitpunkt liegt zwischen 23 und 24 Uhr dreißig.« Der Professor war sich offenbar sehr sicher. Er blätterte in den Papieren. »Der Arzt lag also richtig, der da vor Ort war. Der war ohnehin sehr gründlich, muss ich sagen. So einen könnte ich hier auch gebrauchen.« Er sah die Kommissare über seinen Brillenrand hin an.

»Ein junger Notarzt«, sagte Bialas, »ich glaube, er war noch enthusiastisch genug, um seine Berufung in der Rettung von Menschenleben zu sehen.«

»Und das bei den heutigen Bedingungen in den Notaufnahmen.« Ehrenberg schüttelte verständnislos den Kopf.

»Auch die Todesursache ist richtig diagnostiziert«, fuhr er fort. Er bat die drei Männer, an den Kopf des Toten zu treten. Die Wunde war inzwischen gesäubert, das Haupthaar rundherum großräumig abrasiert. Man sah, dass ein Stück der Schädeldecke geöffnet und nun mit Metallklammern wieder fest an der Kalotte befestigt worden war.

»Schweres Schädel-Hirn-Trauma durch einen Schlag rechts oberhalb des Schläfenbereichs, der eine unvollständige Impressionsfraktur zur Folge hatte. Das heißt«, erklärte er, »dass Knochenstücke in das Schädelinnere gedrückt wurden. Dadurch wurden bestimmte Hirnareale direkt zerstört. Der Tod trat aber vor allem durch die Blutungen in verschiedene Hirnareale und durch die Hirndrucksteigerung nach einer solchen Läsion ein. Und zwar eine halbe bis längstens eine Stunde nach der Verletzung.«

»Können Sie etwas zum Tatwerkzeug sagen?«, fragte Bialas.

»Das ist nicht ganz einfach«, seufzte Ehrenberg. »Der Schlag wurde auf jeden Fall schräg von hinten oben ausgeführt. Das Opfer muss leicht seitlich zu seinem Kontrahenten gestanden haben, aber schon von ihm abgewandt. Der Täter war übrigens mit großer Wahrscheinlichkeit Rechtshänder. Die Form der Verletzung gibt mir ein Rätsel auf. Wir haben schräg unten an der Wunde ein schweres Hämatom. Hier muss also ein stumpfer Schaft aufgekommen sein. Es muss eine Art Baseballschläger gewesen sein, an dessen Ende eine kleine Spitzhacke befestigt war. Zwischen der Spitze dieser Hacke und dem Schaft, an dem sie befestigt ist, haben wir nur eine Breite von etwa vier Zentimetern. Diese Hacke muss sehr hart sein und besitzt eine sehr scharfe Kante.« Ehrenberg zog seine hohe Stirn in Falten. »Leider kann ich Ihnen gar keinen Hinweis geben, was für ein Tatwerkzeug das gewesen sein könnte. Das Verhältnis des relativ dicken Schaftes zu der kleinen Spitzhacke, wie ich es mal bezeichnen will, stimmt einfach nicht.«

Vor Bialas' geistigem Auge zogen verschiedene Waffen und Gerätschaften vorbei. Doch auch er konnte sich kein Bild eines Gegenstandes machen, auf den die beschriebenen Eigenschaften zutrafen. Man würde sich einmal die Sammlung von Werkzeugen vornehmen müssen, die Wildermuth tags zuvor auf der Baustelle zusammengetragen hatte.

»Können Sie etwas dazu sagen, wie groß der Angreifer gewesen sein muss?«, fragte Stoevesandt.

»Nicht ohne eine Vorstellung, mit welchem Gegenstand der Schlag ausgeführt worden ist«, antwortete der Arzt. »Vor allem Länge und Gewicht müssten wir kennen. Was ich sagen kann, ist, dass sehr viel Blut geflossen sein muss. Den Tatort wird keiner so schnell vertuschen können.«

»Es sei denn, er wurde mit Erde oder Beton befüllt«, stellte Bialas bitter fest. »Sie wissen, dass wir bislang keine Hinweise auf seine Identität haben?«, fragte er den Arzt. »Gibt es hierzu neue Erkenntnisse?«

»Nun, der odontologische Befund weist auf einen Osteuropäer hin. Der Mann hatte recht gute Zähne, aber die paar Füllungen, die er hat, zeigen typische Merkmale russischer Zahnarztkunst. Ansonsten kann ich Ihnen nur sehr wenig sagen. Keine Tätowierungen oder außergewöhnliche angeborene Körpermerkmale. Am rechten Schienbein ist eine sehr alte größere Narbe, und hier an der Brust und im Nacken befinden sich zwei kleine Muttermale.«

Ehrenberg griff nach einer Hand des Toten und drehte die Handfläche nach oben: »Einen Hinweis habe ich noch: Seine Hände weisen starke Arbeitsschwielen auf, mit kleineren Kratz- und Schürfwunden aus jüngster Zeit. Sie haben ihn auf einer Baustelle gefunden. Das Bild der Schwielen und Abschürfungen, auch derjenigen am Unterarm, würde natürlich exakt zu einem Bauarbeiter passen. Und noch etwas ...«, der Arzt winkte einem Assistenten zu, der sich bislang ruhig im Hintergrund gehalten hatte. »Bring den anderen mal rein«, wies er den jungen Mann an, der in einem Nebenraum verschwand.

Er kehrte umgehend zurück und schob einen fahrbaren schmalen Seziertisch herein, auf dem ebenfalls ein menschlicher Körper lag, eingebettet in einen weißen Leichensack.

»Stell ihn am besten direkt daneben«, wies Ehrenberg seinen Helfer an und schob die beiden Kommissare und den Staatsanwalt ans Fußende des Obduziertisches. Der Assistent öffnete, nachdem beide Leichen nebeneinander standen, den Reißverschluss des Leichensacks. Ein penetranter, unangenehmer Geruch nach Desinfektionsmitteln und einer undefinierbaren weiteren Substanz entstieg dem weißen Sack. Von dem Leichnam darin stieg nahezu greifbar eine Welle eisiger Kälte auf. Ehrenberg half, das Leichentuch so weit wie möglich zurückzuschieben, sodass auch auf den zweiten Leichnam ein guter Blick möglich wurde.

Die Männer sahen auf die beiden Toten nieder und ließen ihren Blick vom einen zum anderen wechseln. Für lange Sekunden herrschte perplexes Schweigen.

Bialas wusste plötzlich, warum ihm der Tote auf der Baustelle so bekannt vorgekommen war. Das war es, was seine Nase ihm hatte sagen wollen. Die beiden waren keine Zwillinge. Aber ihre Ähnlichkeit war frappierend, und irgendwie erinnerten sie ihn an die Klitschko-Brüder. Beide hatten eine drahtig-athletische Statur, wenngleich bei weitem nicht so muskulös wie die beiden berühmten Boxer. Dabei war der Tote von der Baustelle etwas kräftiger gebaut, während der Körper des anderen noch abgezehrter wirkte, als Bialas es in Erinnerung hatte. Der Mann von der Fildermesse hatte dunkelbraunes, fast schwarzes Haar, der neben ihm war dunkelblond. Beiden wuchs das dichte, leicht gelockte Haar weit in die Stirn und fiel selbst bei den liegenden Körpern nach vorne. Bialas erinnerte sich plötzlich auch daran, dass der dunklere braune Augen, der blonde graugrüne Augen gehabt hatte. Nun lagen beide mit geschlossenen Lidern vor ihnen. Beide hatten dasselbe markante Gesicht mit der schmalen Hakennase, dem schmalen Mund und dem kräftigen Kinn. Die Züge des Toten vom Kongress- und Messezentrum wirkten etwas grober und maskuliner. Ein weicherer, fast verletzlicher Zug prägte dagegen das Gesicht des jungen Mannes vom Feuerbacher Tunnel. Denn genau um ihn handelte es sich bei dem Toten auf dem schmalen Seziertisch.

»Die sehen ja aus wie die Klitschko-Brüder«, sagte Frenzel verblüfft in die Stille hinein und trat, seine Scheu vor Toten vergessend, näher an die beiden heran.

Professor Ehrenberg sah den Staatsanwalt über den Rand seiner Brille hinweg an und nickte: »Ich hatte genau den gleichen Gedanken. Während der ganzen Untersuchung hatte ich ständig das Gefühl, dass ich diesen Mann schon einmal obduziert hatte. Dann fiel mir ein, dass wir Ihren Tbc-Fall ja noch hier haben.« Ehrenberg gab dem Assistenten ein Zeichen, den Leichensack wieder zu verschließen und wandte sich wieder dem Mann auf dem Obduktionstisch zu: »Er war übrigens nicht infiziert, also eine gesunde Lunge – bis auf ein paar Nikotinspuren, aber viel hat er nicht geraucht. Wir lassen selbstverständlich einen Tuberkulintest machen. Ich könnte wetten, dass wir Antikörper finden. Und ich würde einen DNS-Vergleich vorschlagen, Herr Staatsanwalt. Dann haben wir die endgültige Sicherheit, ob es sich wirklich um Brüder handelt.«

»Warum wurde er noch nicht freigegeben?« Bialas deutete auf den Toten vom Feuerbacher Tunnel.

»Das Gesundheitsamt. Die meinen da, solange Sie mir nicht sagen können, wo der sich überall herumgetrieben hat, sei er tiefgefroren hier bei uns noch am sichersten aufgehoben«, gab Ehrenberg zurück. »Aber vielleicht hilft der Ihnen ja nun weiter.« Damit zeigte der Professor auf den zweiten toten Mann, den sie tags zuvor aus den Betonverschalungen geborgen hatten.

»Wer ist das?«, fragte Stoevesandt wie elektrisiert und zeigte auf die Bahre, die gerade davongefahren wurde. »Wann genau war dieser Fall? Wie ist er umgekommen? Was heißt Tbc-Fall? Und wer hat ihn gefunden?«

Zu Bialas' Erstaunen war Stoevesandt wie gebannt von der eben gemachten Entdeckung. Er versuchte, dem LKA-Mann und dem Staatsanwalt den Fall so kurz und präzise wie möglich zu schildern. Zugleich arbeitete es in seinem Kopf. Was bedeutete es, wenn die beiden sich tatsächlich als Brüder oder enge Verwandte erweisen würden? Mit großer Wahrscheinlichkeit hatte er hier den Anrufer vor sich liegen, der die Polizei auf den Tuberkulose-Toten aufmerksam gemacht hatte. Man würde umgehend die gesicherten Teil-Fingerabdrücke auf Zellophantüten und in der Telefonzelle mit den Papillarleisten des zweiten Toten vergleichen müssen. Der eine war am Feuerbacher Tunnel gestorben. Den anderen hatten sie gut fünfzehn Kilometer entfernt am anderen Ende der Stadt gefunden. Die Todesursache des ersten war klar. Aber warum musste der zweite gewaltsam sterben?

»Wer war mit dem Fall betraut?«, fragte Stoevesandt drängend.

»Luca Mazzaro. Und ich selbst.«

»Gut«, nickte Stoevesandt. »Herr Mazzaro ist ja ohnehin im Team. Wir brauchen die Unterlagen. Alles, was Sie haben zu dem Fall. Vollständig und so schnell wie möglich.«

Donnerstag, 14. April 2005

1

Es war noch früh am Morgen, als sich fast hundert Beamte vor dem Haupteingang zur Baustelle des neuen Kongress- und Messezentrums versammelten. Stoevesandt hatte es tatsächlich geschafft, die uniformierten Kollegen zu bekommen, die zwei Tage zuvor die ersten Sicherungsmaßnahmen am Fundort der Leiche durchgeführt hatten. Ein ganzer Zug der Bereitschaftspolizei war im Einsatz. Und dann waren da die Fahnder vom LKA, die irgendwie die Ruhe weg hatten. Sie schienen alle demselben Anforderungsprofil zu entsprechen: zwischen 25 und 35 Jahren, schlank und sportlich, mit kurzgeschnittenen Haaren. Stoevesandt hatte außerdem Kollegen aus seiner Abteilung hinzugezogen. Aus dem Stuttgarter Präsidium konnte Bialas immerhin drei seiner Leute aus dem Dezernat für Tötungsdelikte loseisen. Hinzu kamen die Kollegen, die sich mit Illegalen und Schleusungen befassten.

Die Vorbereitungen am Vortag hatten sich bis in die späte Nacht hingezogen. Man hatte noch fast die ganze Truppe zusammentrommeln können, um sie mit den wichtigsten Fakten und der strategischen und taktischen Vorgehensweise vertraut zu machen. Alle Beamten waren mit Flugblättern ausgestattet, die beide Toten zeigten. Bialas hatte darauf bestanden, dass auch das Bild des jungen Mannes vom Feuerbacher Tunnel auf das Merkblatt kam. Als Luca von der Ähnlichkeit der beiden Toten erfuhr, hatte er sich wie von der Tarantel gestochen auf die Bilder gestürzt, die Wildermuth von dem Opfer auf der Baustelle geschossen hatte. Er nahm sich eines nach dem anderen vor, raufte sich die Haare, und sagte immer wieder: »Ich hab's doch gewusst, ich hab doch gewusst, dass ich den schon mal gesehen habe.«

Alle bekamen den Fragenkatalog mit ein paar wenigen wichtigen Angaben, die auszufüllen waren. So Name und Adresse des Befragten, Arbeitgeber, Beruf und ausgeübte Tätigkeit sowie Angaben darüber, ob der Befragte einen der beiden Männer auf dem Flugblatt wiedererkannte und ob irgendwelche Unregelmäßigkeiten beobachtet worden waren. Ziel war es, neunzig Prozent aller auf der Baustelle Beschäftigten zu erreichen und aktenkundig zu machen. Es würde ein harter Tag werden. »Aber wenn wir morgen Abend noch keine brauchbaren Hinweise haben«, sagte am späten Abend eine todmüde und erschöpfte Hanna, »dann ist die Leiche vom Himmel zwischen die Schalbretter gefallen.«

»Vergessen Sie die Dolmetscher nicht«, hatte Armin Kayser angemahnt. »Polnisch, türkisch, rumänisch und portugiesisch – das sind die wichtigsten. Und bilden Sie Zweiergruppen. Bleiben Sie immer zu zweit, auch wenn alles friedlich scheint.«

»Warum klingt bei Ihnen alles ein bisschen nach Krieg der Sterne?«, fragte Luca.

»Ob Sie's glauben oder nicht«, der Zollbeamte lächelte bitter, »auf manche Baustellen gehe ich nur mit kugelsicherer Weste. Geschossen hat bisher noch keiner. Aber« – und damit krempelte er den linken Ärmel seiner Uniformbluse hoch – »dieses Messer hätte ich ungern zwischen den Rippen gehabt.« Auf seinem Unterarm zeigte sich eine lange, noch nicht allzu alte Narbe.

Bialas hatte am Vortag nach seiner Rückkehr aus der Tübinger Rechtsmedizin den ganzen Rest des Nachmittags versucht, den türkischen Fahrer auszumachen, der ihn und Hanna zum Tatort gebracht hatte. Nach wie vor brannte in seinem Gehirn der Satz: »Nix war Unfall«. Er telefonierte mit der Sekretärin des Ingenieurs von Menke & Partner. Die unsichere Frau entschuldigte sich erst dreimal, dass Doktor Conradt heute leider nicht zu sprechen sei, bevor sie kapierte, was Bialas von ihr wollte. »Ach so, entschuldigen Sie, den habe ich ja angefordert. Der war von Härer Straßenbau, die sind mit den Erdarbeiten, dem Aushub und solchen Dingen beschäftigt. Da rufen Sie am besten die Frau Schmidtbauer an. Moment, ich gebe Ihnen die Nummer.«

Unter der Nummer meldete sich niemand. Ein Anruf beim Firmensitz der Härer Straßenbau GmbH ergab, dass ihm nur Frau Schmidtbauer helfen könne. Nach mehreren Versuchen hatte Bialas schließlich eine Frau mit junger schnippischer Stimme in der Leitung.

»Könnte Ömer gewesen sein«, sagte sie nur.

»Ich brauche den Mann«, insistierte Bialas.

»Mal sehen, was ich machen kann. Wenn er's war, dann sage ich ihm Bescheid.«

Bialas musste fast heftig werden, damit sie seine Nummer notierte. Irgendwie hatte er das Gefühl, dass aus dem Bescheidsagen nichts werden würde.

2

Nun standen sie also wieder vor den Massen umgewälzter Erde. Obwohl die Dämmerung gerade erst einsetzte, war bereits sichtbar, dass die Wolken nicht mehr ganz so düster auf das Land herunterdrückten wie noch vor zwei Tagen. Sie hatten gute Aussichten, heute trocken zu bleiben.

Stoevesandt und Bialas bildeten die Einsatzleitung. Über die Polizeiaktion informierten sie einen Bauleiter von Menke & Partner, der hilflos und verwirrt reagierte. Dann richteten sie sich in einem mit Elektronik ausgestatteten Polizeibus am Haupteingang der Baustelle ein. Von hier aus würden sie über Funk mit den einzelnen Gruppenleitern in Verbindung bleiben. Für Bialas und Stoevesandt wurde zudem ein Geländewagen samt Fahrer zu Verfügung gehalten, so dass sie sich wenn nötig schnell auf der Baustelle bewegen konnten.

Ein Teil der Einsatzkräfte würde die Eingänge zur Baustelle kontrollieren, das Haupttor und die Zufahrten im Norden und im Osten. Über diese Tore kamen die Arbeiter, die in der näheren Umgebung und in einer Wohnwagensiedlung außerhalb der Baustelle lebten. Die anderen Kollegen sollten die Leute befragen, die in dem Containerdörfchen innerhalb des Geländes wohnten. Wie viele Menschen hier untergebracht waren und welche Wege von hier auf das Baugelände führten, war noch nicht zu überschauen.

Niemand wusste wirklich, welche Firmen auf der Baustelle waren. Sie wollten sich darum zunächst auf die Bauarbeiter konzentrieren, bevor die in den Baugruben verschwanden oder in Fahrzeuge und auf Kräne kletterten. Die Angestellten und Ingenieure, die im Containerstädtchen am Haupteingang tätig waren, konnten alle einem Unternehmen zugeordnet werden. Man würde sie auch später noch problemlos erfassen können. An letzter Stelle standen die Sicherheitsleute der Security von SDB. Die waren geschult und hatten eine entsprechende Beobachtungsgabe. Sie würden sich auch noch in ein oder zwei Tagen an Ungereimtheiten erinnern können.

Erste Rückmeldungen der Kollegen nach etwa einer Stunde ergaben, dass die Leute murrten und schimpften, sich dann aber schnell in ihr Schicksal fügten. Hanna meldete sich irgendwann über Funk bei Bialas: »Andreas, die sind alle so. Ich dachte vorgestern, die traurige Truppe, die wir bei dem Toten angetroffen haben, die sei besonders eingeschüchtert. Aber die Leute sind alle irgendwie verängstigt. Mir haben jetzt schon sieben Leute erzählt, dass sie nur acht Stunden am Tag arbeiten und genau zehn Euro fünfzig verdienen, obwohl sie das kein Mensch gefragt hat.«

Stoevesandt bekam Berichte von seinen LKA-Leuten: Die Leute auf der Baustelle hatten zu einem großen Teil noch gar nicht mitbekommen, dass man zwei Tage zuvor einen Toten aus den Armierungen geborgen hatte.

Zu einem echten Engpass wurde das Dutzend Dolmetscher. Höchstens fünfzehn Prozent der Arbeiter waren Deutsche. Die Deutschkenntnisse des Restes waren miserabel.

Luca meldete sich: »Das ist hier wie auf Deep Space Nine, nur dass sie da wenigstens alle Föderationsstandard sprechen. Hier gibt es welche, die verstehen rein gar nichts. Ich hab's mit Englisch, Französisch und Sizilianisch probiert. Keine Chance. Der polnische Dolmetscher meint, es sind Letten oder Litauer oder Estländer oder weiß der Henker was. Und dann haben wir hier welche, die hat der Göckler vom Wirtschaftsdezernat vier gefragt: ›Gawaritje po russki‹, und die schütteln den Kopf und sagen ›da, da‹, was laut Göckler ›ja‹ bedeutet.«

Stoevesandt, der mit einem Ohr auch Bialas' Funkverkehr verfolgte, sagte: »Bulgaren. Man muss sie unbedingt fragen, für welche Firma sie arbeiten. Bulgaren sind selten auf legale Weise auf unseren Baustellen.«

»Und wie reden wir mit denen ohne Translatoren? Russisch würden die wohl verstehen. Aber wir haben keinen Russisch-Dolmetscher. Kayser meinte ja, den braucht man nicht, wenn nur noch Legale auf der Baustelle sind.«

»Was sind Translatoren?«, fragte Stoevesandt an Bialas gewandt.

»Keine Ahnung, irgendwelche Geräte aus dem 22. Jahrhundert, nehme ich an.«

Stoevesandt forderte weitere Dolmetscher an.

Nach etwa zwei Stunden begannen die Probleme mit den Kapos. An den Zugängen zur Baustelle hatten sich Menschentrauben aus Arbeitern gebildet, die darauf warten mussten, ihre Aussage zu machen. Mehrere Vorarbeiter und Ingenieure protestierten heftig. Sie könnten keine weiteren Verzögerungen dulden, die Arbeiten kämen in Verzug, man bekäme sowieso schon Scherereien mit der Bauleitung. Sie versuchten, die Arbeiter unter Druck zu setzen. Überstunden und Entlassungen wurden angedroht.

Bialas rief Obermayer an, der beim Containerdörfchen eingesetzt war, und beorderte ihn zum Haupttor. Der Kollege konnte wie eine Dampfwalze Zeugen von Gewalttaten, reumütige Delinquenten oder Angehörige von Umgekommenen niedermachen. Doch hier war er genau der Richtige.

»Otto, du sammelst diese Rebellen alle ein«, wies Bialas ihn an. »Schnapp dir ein paar Kollegen von der Bereitschaft. Ihr bringt sie in einen unserer Busse am Haupttor. Dort werden sie eingehend befragt. Dann sind sie beschäftigt.«

Fast ununterbrochen kamen Berichte herein. Fast immer war es das Gleiche. Ausländische Arbeiter wurden nervös, zückten ihre Arbeitspapiere und versicherten, dass sie sozialversichert und ganz legal waren. Deutsche Kran- und Baggerfahrer murrten und drängten darauf, auf ihre Maschinen zu kommen. Kapos und Poliere setzten den Beamten zu, um schnell wieder Rohre verlegen, Kanäle zuschütten, Erde ausheben und Betonfundamente gießen zu können. Die Nachricht, auf die Bialas wartete, blieb einfach aus. Niemand wollte die beiden Toten kennen. Kein Mensch schien sich darum zu scheren, was in der Nacht von Montag auf Dienstag hier geschehen war.

3

Dann meldete sich Nicole Marinescu. Man hatte sie für Befragungen bei den Arbeiterunterkünften im Containerdörfchen nahe der Autobahn eingeteilt, da sie ein paar Brocken rumänisch sprach. Die junge Frau klang panisch: »Wir sind hier in irgendetwas hineingeraten. Es sind Türken, und die sind wütend. Richtig wütend. Die sind kurz davor zuzuschlagen, und ich weiß überhaupt nicht, warum.«

Armin Kayser hatte also doch recht mit seinen Warnungen.

»Wir schicken Verstärkung«, beruhigte Stoevesandt sie und wandte sich an Bialas: »Ich möchte, dass Sie dort hinfahren. Nicole ist nicht leicht aus der Fassung zu bringen. Ich werde auch ein paar Leute von der Bereitschaft hinbeordern.«

Bialas nahm den Jeep. Das Gelände war einigermaßen überschaubar. Doch die unbefestigten Straßen dieser Mondlandschaft folgten eher der Logik von Materialtransporten als dem menschlichen Bedürfnis, auf einfachem Wege ans Ziel zu kommen. Ein paar Mal musste Bialas wenden, weil ihn die gekalkten Baustraßen plötzlich in die falsche Richtung führten.

Die Containerbauten erwiesen sich als größer und unübersichtlicher, als es von weitem den Anschein gehabt hatte. Er stellte den Wagen bei einer Art Parkplatz vor den großen Blechkisten ab und machte sich zu Fuß auf die Suche nach dem Brennpunkt des Geschehens. Laute, wütende Stimmen wiesen ihm den Weg zu einer Art Biergarten vor einer überdimensionierten Imbissbude. Eine Traube von etwa zwei Dutzend Menschen machte hier richtig Zoff. Drum herum gaffte ein weiteres Dutzend Bauarbeiter aus sicherer Entfernung auf den Tumult. In der Mitte des wütenden Pulks stand hilflos ein junger uniformierter Polizist, dem es ganz offensichtlich nicht wohl war in seiner Haut. Bialas zwängte sich zwischen die Menschen. Erst jetzt erkannte er inmitten der Menschentraube die junge Frau, die versuchte, die Männer um Ruhe zu bitten und sich Gehör zu verschaffen. Bialas kämpfte sich zu Nicole Marinescu vor. Er sah sich umringt von schwarzbärtigen Gesichtern mit geschwollenen Halsschlagadern, von geballten Fäusten und wütendem Stimmengewirr. In seinen Nasenflügeln begann es zu kribbeln.

»Raus hier«, wies er die blonde Frau und den jungen Bereitschaftspolizisten an. »Die wollen was von uns«, sagte Bialas bestimmt, »also gehen wir weg. Dort rüber, zu den Tischen.« Er schob die beiden Kollegen durch die Menge in die angegebene Richtung.

»Den hier nehmen wir mit. Der spricht wenigstens ein bisschen deutsch«, sagte Nicole Marinescu aufgeregt. Sie hatte einen schlaksigen älteren Türken am Oberarm gepackt und schien ihn nie wieder loslassen zu wollen.

Gemeinsam schoben sie die wütenden Männer beiseite. Als sie sich etwas Abstand verschafft hatten, sagte Bialas zu dem Türken, den Nicole Marinescu nach wie vor fest am Ärmel hielt: »Sagen sie den Leuten: Es spricht immer nur ein Mann. Alle andern halten die Klappe.« Dann rief er Stoevesandt an: »Wir brauchen hier dringend einen Türkisch-Dolmetscher.«

Die Gruppe der braungebrannten Gesellen beruhigte sich langsam ein wenig. Bialas wies sie an, sich an die Biertische zu setzen.

»Was ist hier los?«, frage er.

»I nix diese Firma«, sagte der zum Dolmetscher verdonnerte Türke, der seine Rolle nur äußerst widerwillig spielte. »I andere Firma.«

»Aber was sind das für Leute?«, fragte Nicole Marinescu. »Was wollen sie?«

»Nix Geld bekommen, Firma nix zahlen«, antwortete der Türke. »I keine Probleme. I arbeiten für deutsche Firma. I jetzt in Baustelle gehen. Muss. Sonst Kapo schreien: ›Wo du bleiben?‹. I keine Probleme.« Er wedelte mit den Händen, als wolle er jedweden Ärger verscheuchen.

»Sie bleiben hier, bis wir verstanden haben, warum die Leute so sauer sind«, sagte Bialas. Inzwischen redeten auch die anderen Türken wieder eindringlich auf ihren Landsmann ein.

»Gestern schon sagen, Flugzeug steigen – ohne Geld. Leute vier Monat hier arbeiten. Bissele Geld für Zigaretten geben. Jetzt Chef von andere Firma sagen: abschieben. Alle Flugzeug sitzen. Muss weg. Gestern schon. Aber Flugzeug schon weg. Chef sagen: abschieben. Sonst deutsche Polizei kommen und Gefängnis schicken.«

»Die Leute sollen abgeschoben werden?«, fragte Nicole Marinescu.

Der Türke nickte.

»Und die sind seit vier Monaten hier auf der Baustelle?«

»Vier Monat«, bestätigte der Türke.

»Und sie haben noch keinen Lohn bekommen? In den ganzen vier Monaten nicht?«

Der Türke stellte Rückfragen an seine Landsleute, die wieder begannen, alle auf einmal zu reden.

»Nur einmal Geld kriegen. Hundert Euro. Genug für Zigaretten, aber nix Trinken. Hier nix kaufen.« Er deutete auf die Imbissbude. »Oft Durst haben.«

»Aber die Leute müssen doch etwas essen und trinken. Wovon haben sie denn gelebt?«, fragte Bialas.

Der Türke übersetzte die Frage. Einer der Männer, ein hochgewachsener älterer Mann mit einer riesigen Hakennase im Gesicht, stand auf und erklärte heftig gestikulierend etwas, wobei er immer mehr in Rage geriet.

»Er sein Koch«, erklärte der zwangsverpflichtete Dolmetscher. »Am Anfang Geld kriegen. Jetzt gar nix mehr. Jetzt immer Bohnen kochen. Brot essen. Nudeln kochen. Sonst gar nix.« Dabei wurde er immer wieder von dem türkischen Koch unterbrochen, der wie ein Rohrspatz schimpfte, auf die Oberarme seiner Kollegen zeigte und einen in die hohle Wange kniff, um zu verdeutlichen, dass die Männer nicht genügend Fleisch auf den Rippen hatten.

»Was hat man den Leuten versprochen? Wie hoch sollte ihr Stundenlohn sein?«, fragte Nicole Marinescu.

»Vier Euro in eine Stunde«, wurde übersetzt.

»Hab ich's mir doch gedacht«, die junge Frau schüttelte den Kopf, griff in ihre Jackentasche nach dem Handy und führte ein knappes Gespräch. Bialas schnappte mit einem Ohr so etwas wie »Sozialversicherungsbetrug« auf.

Die Türken hatten inzwischen begonnen, wieder alle gleichzeitig auf den armen Kerl einzureden. Ein älterer Mann mit wettergegerbtem Gesicht wiederholte mehrmals laut einen kurzen türkischen Satz. Die andern verstummten und nickten.

»Leute nix wollen Ankara. Geld kriegen, sonst nix in Flugzeug gehen. Sonst auf Kran gehen und nix mehr kann arbeiten ganze Baustelle.«

»Was wollen die machen?«, fragte Bialas ungläubig.

»Alle auf Kran gehen. Alle Kran nix mehr arbeiten, dann Baustelle nix mehr arbeiten.«

Bialas sah in finster entschlossene Gesichter und begriff: Die Männer wollten die Baustelle lahmlegen, das war so sicher wie das Amen in der Kirche.

Plötzlich näherten sich in schnellem Tempo zwei Mannschaftswagen des Zolls. Sie hielten nahe der Imbissbude an. Dem ersten entstiegen Armin Kayser in seiner ganzen Länge sowie ein älterer untersetzter Mann von südländischer Abstammung. Die restlichen Zollbeamten blieben in den Wagen sitzen. Doch schon der Anblick des langen Zollmanns in seiner grünen Uniform ließ den Zorn der Türken wieder auflodern. Die Nerven der Männer lagen blank. Dass fast zeitgleich eine kleine Gruppe Bereitschaftspolizisten zu ihnen stieß, machte die Situation nicht besser. Einer der Bauarbeiter packte Bialas am Kragen, zerrte ihn hoch und schrie ihm unentwegt und mit hochrotem Kopf etwas ins Ohr. In Bialas kroch die Angst hoch, dass wirklich zugeschlagen würde. Aus den Augenwinkeln sah der Kommissar, dass auch Nicole Marinescu in Bedrängnis kam.

Der Mann neben Kayser sprach nun laut und eindringlich auf seine Landsleute ein. Zum Glück schienen seine Worte Wirkung zu haben. Langsam wurde es ruhiger. Der Mann strahlte eine natürliche Autorität aus, die auf die erzürnten Gemüter besänftigend wirkte. Bialas verstand, dass er die Hitzköpfe zunächst dazu veranlasste, sich zu setzen. Dann stellte er sich vor:

»Ahmed Baysal. Ich bin der Dolmetscher, den Sie angefordert haben.«

»Und wie kommen Sie so schnell hierher?«, wandte sich Bialas an den langen Zollbeamten. Kayser grinste schelmisch:

»Der Zoll hat schließlich auch auf dem Flughafen zu tun.«

Wie zur Bestätigung erhob sich drüben vom Flugplatz eine große Boeing-Maschine in die Lüfte.

Ahmed Baysal war ein echter Segen. Seine ruhige, aber bestimmte Art ermöglichte endlich, dass man miteinander sprechen konnte. Seine Fragen an die Landsleute schienen klar und gezielt zu sein. Sein Deutsch war exzellent und hätte manchem Einheimischen zur Ehre gereicht. Nach und nach begann Bialas zu verstehen. Er hatte bislang eher das Gefühl gehabt, am wilden Hindukusch zu sitzen denn mitten in Deutschland auf einer der größten Renommee-Baustellen des Landes.

Die Männer waren von einem türkischen Unternehmen angeworben worden für Eisenflechtarbeiten auf einer deutschen Baustelle. Sie alle waren aus der Gegend von Izmir. Die Arbeiter hatten auf der Baustelle gewohnt, geschlafen und gegessen, ohne je einen Fuß auf anderes Gelände zu setzen. Nach täglich mindestens zwölf Stunden Arbeit an sechs Wochentagen stand ihnen der Sinn auch nicht nach Ausflügen. Man hatte ihnen vier Euro pro Stunde zugesagt, wobei davon noch die Kosten für Hin- und Rückreise abgingen. Bislang war noch kein Lohn ausgezahlt worden. Man hatte sie mit einer einmaligen Zahlung von hundert Euro abgespeist und sie von Woche zu Woche, von Monat zu Monat vertröstet.

Ein jüngerer Mann mit traurigen Augen wollte unbedingt seine Geschichte loswerden. Seine Frau war vor einem halben Jahr gestorben. Die beiden Kinder, zwei und fünf Jahre alt, waren nun bei seiner Schwester. Die hatte aber selbst zu kämpfen mit ihren eigenen drei Kindern und einem Mann, der keine feste Arbeitsstelle hatte. Sie lag ihm ständig in den Ohren, wann er denn endlich etwas Geld schicken könne.

Noch zwei Wochen sollten die Männer bleiben, dann waren die Arbeiten erledigt, für die sie angeheuert worden waren. Doch gestern war der Chef des deutschen Unternehmens zu ihnen gekommen, für das sie gearbeitet hatten, im

Schlepptau eine Handvoll deutscher Bauarbeiter mit breiten Schultern und kräftigen Fäusten. Sie wurden aufgefordert, sofort ihre Siebensachen zu packen. Der Werkvertrag sei gekündigt, die Aufenthaltsgenehmigungen der Türken seinen damit hinfällig. Sie müssten umgehend das Land verlassen, sonst würde die Polizei sie gewaltsam abschieben. Die verdutzten Türken gehorchten zunächst. Sie mussten nur deshalb wieder in ihre kargen Unterkünfte zurückkehren, weil sie trotz des nervösen Drucks der Deutschen den letzten Flieger verpassten, der an diesem Tag in die Türkei ging. Erst jetzt wurde den Arbeitern klar, welch infames Spiel hier mit ihnen getrieben wurde und dass sie Gefahr liefen, um ihren ganzen Lohn geprellt zu werden.

»Ich brauche das Geld«, übersetzte der Dolmetscher einen der Männer. »Ich will mir eine Stihl-Säge kaufen. Wir brauchen Holz im Winter. Das kann ich doch nicht alles meine Frau machen lassen. Das Holz muss fertig sein, bevor ich auf die nächste Baustelle fahre.« Ein anderer erzählte stolz von seinem Sohn, der gute Noten hatte und der auf eine weiterführende Schule gehen sollte, damit er einmal einen richtigen Beruf lernen konnte. »Aber die Schule kostet viel Geld.«

»Wie heißt das Unternehmen, das die Leute angeworben hat?«, wollte Nicole Marinescu wissen. Sie sah mitgenommen aus. Das hochgesteckte Haar hing in Strähnen in Stirn und Nacken.

Die Türken gaben bereitwillig Auskunft. Ihr Arbeitgeber war ein Bauunternehmen in Izmir. Dieses wiederum war von einem türkischen Unternehmen mit Sitz in Frankfurt beauftragt worden, fünfzehn Mann für eine Baustelle in Deutschland anzuwerben. Die Männer hatten bereits ihren Chef in Izmir angerufen und ihm die Lage geschildert. Der gab an, selbst noch keinen Cent gesehen und sogar die Kosten für Verpflegung und Unterkünfte vorgeschossen zu haben. Die Männer schworen, dass ihr Chef in Ordnung sei. Einige von ihnen hatten für ihn schon auf Baustellen in Israel und im Iran gearbeitet, und noch nie habe es Probleme mit dem Geld gegeben. Einer fingerte einen zerknitterten Zettel mit der Telefonnummer des türkischen Unternehmers aus der Tasche.

Der Dolmetscher ließ sich ein Handy geben und wählte die Nummer. Gebannt verfolgten die Türken das Gespräch mit ihrem Arbeitgeber. Ahmed Baysal notierte sich eine weitere Telefonnummer und rief auch dort an. Folgendes Bild ergab sich aus seinen Recherchen:

Die Firma Ünal Bau & Immobilien war in Frankfurt ansässig, hatte aber, wie der Name schon zeigte, einen türkischen Besitzer. Der hatte es sich zur Aufgabe gemacht, türkische Arbeitskräfte an deutsche Auftraggeber zu vermitteln und zwar über türkische Bauunternehmen in seinem Heimatland. In diesem Falle war der Auftraggeber der Firma Ünal eine Stahlhandelsfirma mit Namen Makatsch GmbH & Co. KG. Für diese Stahlhändler hatte Ünal Kontakt zu dem türkischen Bauunternehmer in Izmir aufgenommen und einen Werkvertrag zwischen den beiden vermittelt. Das war die Grundlage für die Entsendung von fünfzehn türkischen Arbeitern nach Deutschland auf die Baustelle, auf der das neue Kongress- und Messezentrum entstehen sollte.

»Makatsch«, sagte Nicole Marinescu wie elektrisiert. »Makatsch ist der Haus- und Hoflieferant von Metzler. Ich glaube, der hat sogar Anteile bei Makatsch. Der liefert ihm in der Regel den gesamten Bewehrungsstahl, jeden Stab und jede Matte. Und nun bietet er ja offenbar sogar alles aus einer Hand: Eisengeflechte und die Eisenflechter gleich dazu.«

»Das ist doch praktisch«, Kayser lächelte sarkastisch, »der Stahlpreis steigt ja gerade ins Unermessliche. Weil die Chinesen bald den gesamten Stahlmarkt aufkaufen. Und da kann man dann doch prima ausgleichen, wenn man die Malocher gleich mitliefert und die Löhne entsprechend drückt.«

Sein Handy klingelte in seinen letzten Satz hinein. Kayser nahm das Gespräch an, hörte eine Weile zu und sagte dann: »Ja, ich habe die ganze Truppe gerade hier vor mir sitzen ...

Und das Ausländeramt weiß auch schon Bescheid? ... Und wer hat die Leute angezeigt? ... Okay, danke, Georg.«

Kayser schüttelte den Kopf: »Jetzt haben wir es schon wieder mit dieser Schweinerei zu tun. Man hat die türkische Firma angezeigt. Weil sie nicht den Mindestlohn zahlt, und deswegen natürlich auch nicht die Sozialabgaben in voller Höhe. Daraufhin hat Makatsch den Werkvertrag gekündigt. Und ohne Werkvertrag kein Aufenthaltsrecht. Man hat ihnen soeben die Aufenthaltsgenehmigung entzogen.«

»Wie kann man denn jemandem von heute auf morgen die Aufenthaltsgenehmigung entziehen?«, fragte Bialas, der immer mehr den Faden verlor und vergaß, warum er eigentlich hier saß.

Nicole Marinescu schien zu wissen, wovon der Zollbeamte sprach: »Das ist eine total fiese Masche. Der Generalunternehmer beauftragt einen Subunternehmer. Der zahlt nicht die vorgeschriebenen Mindestlöhne, sondern weit darunter. Die Löhne sollen am Ende der Leistung ausgezahlt werden. Aber kurz bevor die Leute mit ihrem Job fertig sind, merkt der Generalunternehmer angeblich plötzlich, dass die Leute viel zu wenig Lohn bekommen und damit natürlich auch viel zu wenig in die Sozialkassen einzahlen. Was natürlich längst klar war. Denn der Generalunternehmer hat ja das Angebot seines Subunternehmers auf dem Schreibtisch und weiß ganz genau, dass damit nie und nimmer die vorgeschriebenen Mindestlöhne bezahlt werden können. Er zeigt das Subunternehmen an, meistens irgendwelche kleineren polnischen oder türkischen Firmen. Und damit hat er rechtlich die Möglichkeit, den Werkvertrag sofort zu kündigen. Er meldet das dem Arbeitsamt und der Ausländerbehörde. Und die müssen nun sofort reagieren. Das Arbeitsamt sagt: Ohne Werkvertrag arbeitet kein Ausländer auf einer deutschen Baustelle, und die Ausländerbehörde sagt: Ohne Arbeitserlaubnis bleibt kein Ausländer länger als 24 Stunden im Lande. Die Leute werden abgeschoben ohne einen Euro Lohn, und der Generalunternehmer lacht sich ins Fäustchen.«

»Wir haben das auf mehreren Baustellen schon erlebt. Generalunternehmer war übrigens in drei von vier Fällen die Metzler AG«, ergänzte Kayser.

Unter den Türken brach wieder Unruhe aus. Ahmed Baysal, der Dolmetscher, hatte in knappen türkischen Sätzen übersetzt, was die deutschen Beamten erklärten. Die Wut und die Angst standen den Männern in den Augen. Wieder und wieder redeten sie auf den Dolmetscher ein und wiederholten dabei immer wieder ein Wort, das wie Boykott klang. Der bedächtige Mann schüttelte mehrere Male den Kopf und versuchte seine Landsleute von etwas zu überzeugen. Dann sagte er zu den Deutschen hingewandt: »Sie werden die Baukräne besetzen. Von dort bekommt sie niemand herunter. Bis sie ihr Recht haben, so ist die Stimmung. Ich habe ihnen gesagt, dass sie sich strafbar machen. Aber das ist ihnen im Moment ziemlich egal. Die Geschichte eskaliert, wenn wir keine andere Lösung finden.«

»Wie ist das, Herr Bialas, brauchen Sie diese Leute nicht als wichtige Zeugen?«, fragte Kayser. »Ich müsste sie dann erst mal in Gewahrsam nehmen, damit sie nicht einfach aus Deutschland abhauen. Und wenn die Gewerkschaften von der Sache Wind bekommen, dann könnte auch die Lohnprellerei nicht so ohne Weiteres über die Bühne gehen.«

»Du willst tatsächlich die IG Bau informieren?«, fragte Nicole Marinescu mit tadelndem Blick.

»Ich? Ich bin ein ordentlicher deutscher Beamter und würde so etwas niemals tun«, sagte Kayser mit spitzbübischem Grinsen, »aber kann ich immer kontrollieren, welche Wege solche Infos nehmen?«

Die Frage nach den Zeugen riss Andreas Bialas in die Wirklichkeit zurück, in der es eigentlich um die Aufklärung des Todes eines jungen Mannes ging. Die letzte Stunde hatte er das Gefühl gehabt, im falschen Film zu sitzen und von diesem Moloch von Baustelle mit all ihren Problemen verschlungen zu werden.

»Haben Sie die Leute schon befragt?«, wandte er sich an die LKA-Kollegin.

»Wie hätte ich das denn machen sollen?«, verteidigte sie sich. »Wir sind mitten in den Aufruhr hineingeraten. Wir hatten wirklich keine Chance. Das können Sie mir glauben.« Sie sah sich hilfesuchend nach dem jungen Polizisten um, mit dem sie im Zweierteam gearbeitet hatte.

»Niemand kritisiert dich, Nicole«, sagte Armin Kayser.

Nicole Marinescu holte die Polizei-Flugblätter und Fragebögen aus einer Innentasche ihrer Jacke. Auch Bialas hatte die Unterlagen nun hervorgeholt und an die Bauarbeiter verteilt. Der Dolmetscher übersetzte ihre Erläuterungen.

Ein junger Mann beugte sich aufmerksam über die Blätter und betrachtete die beiden Gesichter darauf. Dann tippte er auf den Toten, den sie auf der Baustelle gefunden hatten.

»Er meint, dass er den schon mal hier gesehen hat«, übersetzte der Dolmetscher, »aber sicher ist er sich nicht.«

Nachfragen ergaben, dass der Mann, wenn er es denn war, zu einer Truppe von Eisenflechtern gehört hatte, die weit entfernt von Einsatzort der Türken gearbeitet hatten, am anderen Ende des Geländes.

»Wie viele Eisenflechter sind etwa auf der Baustelle?«, fragte Nicole Marinescu.

Die Männer diskutierten und waren sich offensichtlich nicht einig. Das Bild, das sich schließlich ergab, blieb diffus. Es waren wohl mehrere Trupps, die aber weit verstreut auf dem gigantischen Gelände punktuell eingesetzt wurden. Die Schätzungen der Türken schwankten zwischen achtzig und hundertfünfzig Leuten. Manche meinten, es seien Polen, andere wiederum waren sich sicher, dass auch Russen dabei waren. Auf jeden Fall wohnten diese Arbeiter nicht in den Wohncontainern auf dem Gelände. Einer der Türken wollte gesehen haben, dass frühmorgens LKWs aufs Gelände gefahren waren, die Leute auf die Baustelle gebracht hatten.

Die Aussagen waren vage, und die Männer widersprachen sich in manchen Punkten. Doch für Bialas war es ein erster Hinweis, dass der Tote tatsächlich hier gearbeitet haben könnte. Er hatte durchaus ein Interesse daran, dass die Türken im Lande blieben. Vielleicht fiel dem einen oder anderen doch noch etwas Wichtiges ein. Er rief Frenzel an.

So knapp wie möglich versuchte Bialas die Lage zu erläutern, die für ihn selbst nicht ganz durchsichtig war. Der Staatsanwalt hörte zu, stellte ein paar Zwischenfragen und seufzte dann: »Und wie soll ich das alles einem Richter erklären? Sie brauchen eine richterliche Entscheidung, damit Sie die Leute in Gewahrsam nehmen können. Ist schon klar – weil sie sich als wichtige Zeugen zur Verfügung halten müssen, kann man sie dann nicht abschieben. Aber gleich alle fünfzehn? Nett wäre natürlich auch, wenn Sie gleich einen properen Tatverdächtigen präsentieren könnten, den man einfach nicht laufen lassen kann. Und vielleicht sind die andern ja alle seine Komplizen. Na ja, ich werde sehen, was ich machen kann. Ich halte Sie auf dem Laufenden.«

4

Bialas hatte das Gespräch kaum beendet, als sein Handy klingelte. Am Telefon war Franz Kallinger:

»Andreas, hör mir zu, da braut sich etwas über euch zusammen. Gerade hat mich dieser Doktor Barth angerufen. Der Ministerialdirigent vom Wirtschaftsministerium. Er will, dass ihr die Aktion sofort abbrecht. Er macht euch für den Niedergang der baden-württembergischen Wirtschaft verantwortlich. Wenn die neue Messe nicht termingerecht fertiggestellt wird, dann bricht hier alles zusammen, wenn man ihn hört. Und noch etwas: Die Presse hat inzwischen Wind von der Sache bekommen. Die wissen zwar wohl noch nicht so richtig, worum es eigentlich geht. Die Fragen, die sie bisher an unsere Öffentlichkeitsarbeit gestellt haben, gehen eher in Richtung Schwarzarbeit. Aber wenn die den Braten gerochen haben und mitbekommen, dass es um eine Todesermittlung geht, dann kommt ihr wohl um eine Pressekonferenz nicht mehr herum. Nur damit ihr Bescheid wisst.«

Fast zeitgleich mit Bialas' Handy hatte auch das von Nicole Marinescu geklingelt. »Gerd Stoevesandt möchte, dass Sie sofort zur Einsatzleitung zurückkehren«, sagte sie, nachdem auch sie ihr Gespräch beendet hatte. »Die KMZ-Gesellschaft will, dass wir die Aktion hier sofort beenden.« Nun meldete sich auch das Handy von Kayser. Die Information, die er erhielt, war kurz. »Wir bekommen gleich Besuch«, sagte der Zollbeamte. Dann brausten auch schon drei Geländewagen über die Pisten und hielten neben der Imbissbude, dort, wo immer noch die Zollbeamten in ihren Einsatzfahrzeugen warteten.

Die zwölf Männer, die den Fahrzeugen entstiegen, waren heterogener Natur. Sie trugen zwar alle die obligatorischen Helme und Stiefel. Die Physiognomie und die Kleidung von dreien der Männer ließen aber vermuten, dass sie eher im Management angesiedelt waren. Auch das selbstgewisse Auftreten der drei hob sie von den anderen deutlich ab. Die hatten mit Sicherheit alle in ihrem Leben schon einige Baugerüste geschleppt und Betonwände verfüllt. Alle zwölf kamen jedoch mit grimmigen Mienen auf sie zu.

Die Türken wurden wieder angriffslustig. Die, die noch gesessen hatten, sprangen auf. Die Stimmen wurden laut und böse. Fäuste fuhren wieder drohend durch die Luft.

Einer der drei Alphatiere, ein stattlicher älterer Mann, stellte sich kurz vor und legte dann gleich los. Das einzige, was Bialas verstand, war, dass er eine wichtige Funktion in der KMZ-Gesellschaft innehatte.

»Sie bringen die Leute bitte sofort vom Gelände«, wandte er sich an Kayser. »Wir können hier keinen Ärger mit Unrechtmäßigkeiten brauchen.« Sein Auftreten ließ kaum einen Widerspruch zu.

»Zum Flughafen müsst's ihr die bringen«, meldete sich einer der bulligen Bauarbeiter. Der Mann war um die fünfzig, von gedrungener Statur, und erinnerte Bialas irgendwie an einen Bullterrier. Er sprach breitestes Niederbayrisch. Seltsamerweise trug er nicht wie die anderen einen Baustellenhelm, sondern einen grauen Filzhut, der fest mit seinem Kopf verwachsen zu sein schien. Die Türken gerieten in Rage.

»Das wird leider nicht gehen«, sagte Kayser mit Bedauern. »Die Männer sind in einen Mordfall verwickelt. Der Staatsanwalt ist bereits informiert.«

Bialas verschlug es fast den Atem. Der Zollmann trug ganz schön dick auf.

»Mordfall? Ich denke, das war ein Unfall«, wandte sich der imposante Messe-Gesellschafts-Mann an seine beiden Kollegen.

»Das ist doch überhaupt noch nicht geklärt«, wehrte einer der Manager ab, ein langer nervöser Mensch.

»Andreas Bialas, Kriminalhauptkommissar, Dezernat für Tötungsdelikte am Polizeipräsidium«, klinkte sich Bialas ein und zückte seinen Ausweis. »Wir haben hier sehr wohl ein Tötungsdelikt vorliegen. Und es wurden von den Männern«, Bialas wies auf die Türken, »sachdienliche Hinweise gemacht, die wir prüfen müssen. Bis dies geschehen ist, können die Leute leider nicht ausreisen. Wir lassen die rechtlichen Grundlagen dafür gerade richterlich prüfen.«

»Gangster san's. B'schiss'n hams«, bellte der Mann mit dem Filzhut. »Stecken's Geld ein und zahl'n nix in die deutsche Kassen. Die müssen heut no raus aus'm Land. Des ham die Behörden schon g'sagt.« Er bäffte nun den langen Kayser an: »Und zwar ganz schnell müssen's die rüberbringen. Ganz schnell, sog i Eahnen.« Dabei deutete er zum Flughafen hinüber.

Bei den Türken brodelte die Stimmung. Bialas' Nase schlug Alarm. Hier konnte es jeden Moment handgreiflich werden. Wütende Stimmen redeten auf den Dolmetscher ein. Ahmed Baysal übersetzte: »Das ist der Chef, der die Leute gestern schon abschieben wollte. Sie haben die ganzen Monate, solange sie hier sind, für ihn gearbeitet. Und sie haben bei ihm unterschrieben, jeden Monat, dass sie die Löhne bekommen hätten. Er hat ihnen gedroht, sonst fliegen sie gleich von der Baustelle. Das Geld liege auf einem Konto, hieß es. Nur Bares haben sie nie gesehen. Er hat sie immer vertröstet, und jetzt behauptet er, das Geld sei längst an die Stahlhandelsfirma Makatsch überwiesen worden.«

»I lass mir doch nix anhängen«, kläffte der Bullterrier mit dem Filzhut. »Des Göld is zahlt. Des hat alles der Metzler mit dem Makatsch verkartelt. I hob gor nix z'schaff'n mit der ganzen G'schicht.«

»Für welche Firma arbeiten Sie?«, fragte ihn Nicole Marinescu.

»Das ist Herr Wegleitner, Chef der Wegleitner Bau GmbH, Betonarbeiten, wenn Sie verstehen«, erläuterte der dritte Mann aus dem Managerteam, da der Bullterrier viel zu wütend war, um zu antworten.

»Dös geht mi gor nix an, mit dem Göld. Do ham mir gor nix mit z'schaff'n. Aber uns hängen's das an, wenn da einer sagt, mir hätten Schwarzarbeiter auf der Baustellen. Die müssen raus. Die müssen weg. Die ham nix mehr verloren in Deutschland, die Sauhund, die türkischen«, tobte der niederbayrische Bauunternehmer.

Bialas betrachtete es plötzlich als einen Segen, dass die Türken kein Wort deutsch verstanden. Sie waren ohnehin kurz davor auszurasten.

»Schluss jetzt! Aus!«, fuhr der ältere der Führungskräfte nun dazwischen. Er ärgerte sich augenscheinlich furchtbar darüber, dass die Szene ihm völlig entglitt. Doch irgendwie achtete niemand mehr auf ihn. Die deutschen Bauarbeiter hatten sich hinter ihrem bullenbeißigen Chef aufgebaut. Die Türken fuchtelten mit ihren Fäusten in der Luft und schrieen auf Ahmed Baysal ein. Bialas' Nasenflügel schlugen so heftig Alarm, dass er sie unwillkürlich reiben musste. Wenn jetzt nichts passierte, dann würden die beiden Gruppen aufeinander losgehen – das war klar. »Lassen Sie sofort Ihre Leute kommen«, wandte er sich an Kayser. »Wir bringen die

Türken weg. Vierundzwanzig Stunden können wir sie auf jeden Fall in Gewahrsam nehmen. Dann sehen wir weiter.«

Der Zollmann nickte: »Ich wollte soeben das Gleiche vorschlagen.« Er nahm sein Funkgerät und gab kurze Anweisungen. Bialas schob sich zu den Kollegen von der Bereitschaft durch, die sich zum Glück im Hintergrund gehalten hatten, und instruierte sie, die deutschen Bauarbeiter und ihren Chef in Schach zu halten.

Keine zwei Minuten später standen dreißig Zollbeamte bereit, nahmen jeweils zu zweit mit festem Griff einen der Türken am Arm und führten sie ab. Die Bereitschaftspolizisten schoben die finster blickenden Deutschen zur Seite.

»Fahren Sie bitte mit und sagen Sie den Leuten, dass wir sie in Sicherheit bringen«, wandte sich Kayser an den Dolmetscher, der mit ganzer Kraft versuchte, seine Landsleute zu beruhigen. »Sie bleiben erst mal hier in Deutschland, sagen Sie ihnen das. Und sagen Sie ihnen, wir bringen sie in ein Krankenhaus, wo sie gut versorgt werden.« Ahmed Baysal übersetzte. »Und sagen Sie ihnen auch, dass jemand kommt und sich um die Sache mit dem Lohn kümmert.« Erst diese Botschaft schien die Männer langsam zu beruhigen und ließ etwas Hoffnung in den dunklen Augen aufblitzen.

»Wo bringen Sie sie hin?«, fragte Bialas.

»Auf den Hohenasperg, ins Justizvollzugskrankenhaus. Könnte ja sein, dass die Leute alle unterernährt und ausgezehrt sind, bei dem Fraß, den sie hier bekommen haben. Oder etwa nicht?« Kayser grinste Bialas schelmisch an. »Und vielleicht muss der eine oder andere ja sogar etwas länger behandelt werden. Auf jeden Fall haben sie dort Zweibettzimmer, eine herrliche Aussicht und prima Essen. Gegen das, was sie hier hatten, ist das quasi ein Sanatorium.«

Bialas musste fast schmunzeln: »Ich gebe Ihnen Bescheid, sobald ich etwas vom Staatsanwalt weiß. Reizen Sie Ihre Möglichkeiten nicht zu weit aus. Sie bekommen sonst noch Schwierigkeiten.«

Nicole Marinescu zupfte Bialas nervös am Ärmel: »Und wir müssen schleunigst zurück zur Einsatzleitung.« Sie blickte vielsagend zu den Managern der KMZ-Gesellschaft. Bialas nickte. Er sah sich noch einmal kurz um: Die Türken mit ihren finsteren Gesichtern waren in die Mannschaftswagen des Zolls verladen. Den niederbayerischen Bauarbeitern war die Luft ausgegangen. Die Lage war entschärft. Er machte sich eilig auf den Weg hinüber zu seinem Jeep, Nicole Marinescu im Schlepptau. Das Managerteam ließen sie einfach stehen. Ihr imposanter Chef sah ihnen entgeistert nach.

5

Stoevesandt war nervös. »Da sind Sie ja endlich! Ich fürchte, dass wir jeden Moment die Anweisung bekommen, die Aktion sofort einzustellen.«

Sie stiegen in den Bus, der ihnen als Einsatzzentrale diente. Hier warteten Hanna und ein paar weitere Kollegen bereits auf sie.

»Wir werden jetzt folgendermaßen vorgehen«, ordnete Stoevesandt an. »Sie beide«, er wandte sich an Hanna und Nicole Marinescu, »werden die Aktion jetzt leiten. Sobald Sie den Befehl bekommen, die Sache hier abzubrechen, sagen Sie uns Bescheid. Wir müssen Zeit herausschinden. Sie werden nach und nach den einzelnen Trupps die Anweisung geben, dass sie zurückkommen sollen. Bitte keine Hektik. So eine Aktion abzubrechen, das dauert eben eine Weile. Und wenn die Kollegen mitten in einer Befragung stecken, dann muss man diese eben zu Ende führen. Sollte jemand fragen – ich und Herr Bialas sind in wichtigen Vernehmungen. Wir gehen konkreten Hinweisen auf die Tatumstände in der Mordfallsache nach.« Er wandte sich an Bialas: »Wir beide werden uns noch ein paar Firmen vornehmen. Aus den Berichten der Befragungstrupps geht hervor, dass praktisch keine Eisenflechter auf der Baustelle sind. Man bräuchte hier im Augenblick aber mindestens hundert Leute, um weiterarbeiten zu können. Ich will hier und heute noch Aussagen bekommen. Wo sind diese Eisenflechter? Hier stimmt etwas nicht, und ich will nicht, dass die Leute lange Zeit haben, sich irgendwelche Geschichten auszudenken.« Stoevesandt sah Bialas eindringlich an: »Kommen Sie, ich will das noch hinter mich bringen, bevor wir hier abziehen müssen.«

»Gehen Sie davon aus, dass der Tote Eisenflechter war?«, fragte Bialas. Die Dynamik ging ihm gegen den Strich. Er hatte das Gefühl, dass diese Baustellenwelt ihnen die Regeln vorgab. Man ließ sich von den Umständen manipulieren. Man analysierte nicht mehr. Alles ging in eine Richtung und andere Optionen wurden gar nicht mehr verfolgt. Und er wusste, dass genau solche Konstellationen der Hauptgrund für Ermittlungsfehler waren. »Wir haben nach wie vor, soweit ich weiß, keinen Beweis, dass der Mann tatsächlich hier auf der Baustelle gearbeitet hat, geschweige denn, was er hier getan hat.«

»Lassen Sie seine Kleidung und den Schmutz an seinen Händen analysieren, dann wissen Sie es«, sagte Stoevesandt ungeduldig. »Ihre Leute von der Spurensicherung sind da doch schon dran. Aber die Ergebnisse bekommen wir, wie Sie wissen, erst in drei bis vier Tagen. Jetzt haben wir die Gelegenheit, die Bauunternehmen zu befragen, bevor die sich irgendetwas zurechtlegen können. Kommen Sie!«

Bialas spürte langsam, wie sich Erschöpfung bei ihm breitmachte. Er war bereits zu müde, um sich für irgendetwas zu verkämpfen. Und im Grunde hatte Stoevesandt ja Recht. Also machten sie sich auf den Weg.

In den Büros der Metzler AG war keine Menschenseele anzutreffen. Die Gänge waren sauber und erinnerten an Verwaltungsgebäude in der Industrie, nicht aber an eine Baustelle. Metzler hatte nur sechs Büroräume. Alle sechs waren abgeschlossen.

In unmittelbarer Nähe zu den Metzler-Räumen lagen die Baubüros der Schwarz & Sonntag AG. Dies war eine der

Firmen, die Stoevesandt als Subunternehmen von Metzler für den Rohbau ausgemacht hatte. Bialas hatte schon auf vielen Baustellen das grün-gelbe Logo gesehen, das auch hier die Außenseiten der Container zierte. Das Unternehmen hatte gut und gerne zwanzig Räume auf zwei Containerstockwerken belegt. Hier herrschte ein geschäftiges Treiben. Der Chef der Firma, gaben die Mitarbeiter des Unternehmens bereitwillig an, arbeite natürlich nicht auf der Baustelle. Hier sei Herr Hellmann der Projektleiter. Und der habe sein Büro fünf Türen weiter und sei natürlich zu sprechen.

Bialas zeigte den Leuten die Flugblätter. »Haben Sie einen der beiden schon einmal hier gesehen?« Die Antwort war nur Kopfschütteln. »Wissen Sie, wir kommen eigentlich nie auf die Baustelle«, erklärte eine der Frauen entgegenkommend. »Die Bauleiter und Vorarbeiter kommen hierher, wenn sie was brauchen. Und die Arbeiter sehen wir eigentlich nie.«

»Kommen Sie, wir müssen mit diesem Herrn Hellmann sprechen«, drängte Stoevesandt und ließ sich zum Büro des Projektleiters führen. Hellmann war ein feingliedriger Mann Mitte vierzig. Beflissen stand er von seinem Schreibtisch auf und begrüßte die beiden Kommissare mit Handschlag. »Meine Herren, was kann ich für Sie tun?«, fragte er eifrig und bat sie, sich zu setzen. Er schob ein paar Papierstapel zu Seite. »Ich habe gehört, es gab einen Toten hier auf der Baustelle. Schrecklich! Wie ist denn das passiert? Die Leute beachten einfach oft die Sicherheitsvorschriften nicht. Schrecklich!«, sagte er noch einmal. Dabei huschten seine kleinen Augen hinter einer dünnrandigen Brille schnell zwischen den beiden Polizeibeamten hin und her.

Bialas griff in die Innentasche seiner Jacke nach den Konterfeis der beiden Toten. Doch Stoevesandt kam ihm zuvor: »Herr Hellmann, welche Firma erledigt auf Ihren Bauabschnitten die Eisenflechtarbeiten?«

Die Frage brachte den Projektleiter völlig aus dem Konzept: »Die Eisenflechtarbeiten? Sie meinen die Eisenflechtarbeiten, nun ja, da müsste ich mal schauen. Wissen Sie, so genau weiß ich das auch nicht.« Er stand auf und ging zu einem der Aktenschränke, zog planlos Ordner hervor und blätterte darin herum, während er übereifrig weiterplapperte: »Wissen Sie, das entscheide ja gar nicht ich, sondern die Zentrale in München. Und manchmal haben wir ja auch Subunternehmer, die dann wieder andere Firmen mit den Bewehrungsarbeiten beauftragen. Und die sagen uns natürlich nicht immer, wen sie da nehmen. Weil das ist ja deren Sache. Wissen Sie, ich bin ja nur für die Abnahme zuständig.«

»Mit welchen Firmen arbeiten Sie hier auf der Baustelle bei den Rohbauarbeiten zusammen, für die Sie verantwortlich sind?«, unterbrach ihn Stoevesandt. Hellmanns kleine Augen begannen wieder nervös und unsicher zwischen den beiden Gästen hin und her zu springen. »Mit welchen Firmen, nun ja, wir arbeiten ja für die Metzler AG. Metzler ist sozusagen der Generalunternehmer, müssen Sie wissen.« Wieder begann er geschäftig Akten herauszuziehen und darin herumzublättern. »Und da ist es natürlich auch so, dass Metzler uns sagt, wer bestimmte Tätigkeiten übernimmt. Das haben wir ja nicht alleine zu bestimmen. Und das weiß ich dann manchmal auch erst, wenn die Arbeiten anfangen.«

»Für welchen Bauabschnitt ist Schwarz & Sonntag hier zuständig?«, fragte Stoevesandt scharf.

»Für den Rohbau des Kongresszentrums, direkt gegenüber vom Flughafen.« Für einen Moment schien Hellmann wieder Boden unter die Füße zu bekommen.

»Dort werden bereits die Verschalungen für die Wände aufgestellt. Mit welchen Firmen arbeiten Sie dort zusammen?«, insistierte Stoevesandt.

Hellmann stellte einen Ordner zurück in den Schrank, als ob er selbst die Sinnlosigkeit seines Suchens bemerken würde. Er setzte sich wieder zu den Kriminalbeamten und rutschte auf seinem Stuhl herum: »Nun ja, so genau kann ich Ihnen das im Moment leider gar nicht sagen. Wissen Sie, ich muss mich ja hier um sehr viele andere Dinge kümmern.

Aber ich werde Ihnen das selbstverständlich heraussuchen lassen. Wenn Sie mir ein paar Tage Zeit geben, dann werde ich Ihnen selbstverständlich alles zusammenstellen, was Sie brauchen. Wenn Ihnen das weiterhilft. Ich meine wegen des Todesfalls hier.« Es klang fast untertänig.

»Wer war Projektleiter beim Neubau des Reebok-Bürotraktes in Frankfurt?«, fragte Stoevesandt unerbittlich.

»Ich. Aber was hat das mit der Geschichte hier zu tun?«, fragte Hellmann erschrocken.

Stoevesandt blieb eisig: »Sie haben dort mit der Firma KKC Budowa aus Poznañ in Polen zusammengearbeitet. Ist diese Firma auch hier wieder tätig?«

»Das weiß ich nun wirklich nicht. Tut mir wirklich leid. Der Name sagt mir gar nichts.«

Stoevesandt wurde nun ungehalten: »Sie müssen doch wissen, mit wem Sie hier zusammenarbeiten. Und die Kontrolle des Zolls beim Reebok-Neubau sollte Ihnen auch in lebhafter Erinnerung sein. Man hat dort 80 Polen gefunden, die weder ausreichend sozialversichert waren noch den Mindestlohn bekommen haben. Und das wollen Sie als Projektleiter nicht mitbekommen haben? Die Baustelle war eine Woche lang lahmgelegt.«

»Ach diese Geschichte meinen Sie. Ja, das war natürlich eine Riesensauerei. So etwas wollen wir natürlich auf keinen Fall noch mal erleben. Also ich werde mich persönlich um die Sache kümmern, meine Herren. Sie bekommen die Namen der Subunternehmen, sobald ich mich darum kümmern kann«, beteuerte Hellmann unterwürfig.

Bialas bemerkte, dass Schweiß auf die Stirn des Projektleiters getreten war. Der Mann kam ihm vor wie ein Wiesel im Käfig, das verzweifelt einen Ausgang suchte. Er legte nun seine Flugblätter vor: »Haben Sie einen der beiden Männer schon einmal gesehen?«

Hellmann schob die Brille nach oben. Die kleinen flinken Augen taxierten gehorsam die Porträts der beiden Toten. Bialas meinte, ein nervöses Zucken in den Augenwinkeln des Projektleiters bemerkt zu haben. Doch der beteuerte nur: »Nein, tut mir furchtbar leid. Aber die habe ich wirklich noch nie gesehen.« Er rückte die Brille wieder auf die Nase und sah wieder unstet von einem seiner Befrager zum nächsten. »Sind die denn beide tot? Das ist ja schrecklich.«

Stoevesandt erhob sich energisch: »Also, Herr Hellmann, Sie machen mir diese Zusammenstellung. Vor allem die Eisenflechter. So schnell wie möglich. Wir müssen weiter«, wandte er sich an Bialas.

Der hätte Hellmann gerne gefragt, wie er darauf kam, dass alle beide tot waren. Auf dem Flugblatt stand nichts dergleichen. Doch er musste sich eingestehen, dass eine weitere Befragung nichts bringen würde. Hellmann hatte sich trotz seiner Nervosität erfolgreich aus allem herausgewunden. Seufzend erhob sich Bialas und folgte Stoevesandt widerstrebend.

6

Irgendwann, auf dem Weg durch die Containergänge, schnarrte Stoevesandts Mobiltelefon. Er sah auf das Display, wartete, bis das Klingeln aufhörte, und steckte das Gerät wieder weg. »Es ist eine Schwäche von mir, mein Handy auf stumm zu stellen und dann zu vergessen, den Ton wieder einzuschalten«, sagte er wie zu sich selbst.

Stoevesandt hatte sich schlau gemacht, wo die Baubüros der einzelnen Firmen lagen. Sie suchten trotzdem eine ganze Weile, bis sie am anderen Ende die Container in der Nähe der Baugruben fanden. Bereits von außen sah man an der abgeblätterten Farbe und den Schrammen der Container, dass hier die reale Baustellenwelt die Oberhand hatte. In den Gängen lag der Schmutz von Baustellenstiefeln. An die Gangwände gelehnt standen Baubretter, Gestänge und Werkzeuge herum. Einige Räume wurden von Bauarbeitern als Umkleide- und Aufenthaltsräume genutzt. Es roch nach Männerschweiß und Zigarettenrauch.

Aus einem der Büros waren laute Stimmen zu hören. Die Tür stand weit offen. Stoevesandt klopfte an die geöffnete Tür und trat ein. Bialas folgte und erkannte in einem der Männer im Raum den Bullterrier wieder, mit dem er vor einer halben Stunde zusammengerasselt war und der nach wie vor seinen grauen Filzhut fest auf den Kopf gedrückt hatte. Sie waren in den Arbeitsräumen der Wegleitner Bau GmbH gelandet. Hier sah es aus wie in einem Bauwagen. Baumaterialien und -geräte vermischten sich mit Arbeitsbekleidung. Auf den klobigen Tischen standen Bierflaschen und volle Aschenbecher. Bauzeichnungen und aufgeblätterte Listen lagen herum. Die Bauleute, die in schwer verständlichem Niederbayrisch lauthals miteinander gesprochen hatten, verstummten. Wegleitner, der Chef, bellte: »Was möchten's Sia schon wieder?«

Bialas holte die Flugblätter mit den Bildern der beiden Toten aus der Innentasche seiner Jacke.

»Wir müssen diese beiden Männer identifizieren. Wer hat einen der beiden schon mal gesehen?« Bialas verteilte ein paar der Zettel.

»Is dös die Leich vom Rentz?«, fragte einer der Wegleitner-Leute.

»Da ham mir nix mit z'schaffen«, bäffte Wegleitner und fuhr abwehrend mit den Händen in der Luft herum. »Des is all's die Sach vom Metzler. Mit die ganzen Türken und Kanaken ham mir nix zu schaffen. Lassen's meine Leut in Ruh und verduften's endlich. Mir ham ka Zeit für so a Verhörerei. Mir san kaane Beamte. Mir müssen was schaff'n!«

»Was meinen Sie damit?«, fragte Stoevesandt. »Was ist die Sache von Metzler?«

»Es geht doch überhaupt nicht um Ihre Türken hier«, schaltete sich Bialas ein. »Sie sollen diese beiden da identifizieren. Haben Sie die schon mal hier auf der Baustelle gesehen? Haben hier schon mal Osteuropäer gearbeitet? Und wenn ja, für wen?«

»Meine Türken!«, brauste Wegleitner auf. »Meine Türken. Dös san net meine Türken. Des san die Türken vom

Makatsch. Und dem sein Stahl muss i nehmen, wenn i für den Metzler schaffen will. Aber zu mir kimmens dann, und dann hoaßt des: I hab Illegale! I zahl die Sozialabgabn net! Zu mir kimmens. Ja was weiß denn i, wie des abgmacht war. Ja weiß i denn, ob die Scheißtürken ihr Göld net scho kriegt ham und bloß den deutschen Staat b'scheißn wolln? Und jetzt soll i die Abgaben zahl'n. Zu mir kimmens. Wie wann mir den großen Reibach machen täten. Draufzahl'n tun mer! Den Stahl kannst nimmer zahln. Aber des wolln's gleich, dös Göld. Dös musst scho abdrück'n, bevor de überhaupt n' Stahl g'sehn host. Und wann kriag i mei Göld? Acht Monat muss mer heuer warten. Und meine Leut, wie soll i di zahln? Dann kimmen die G'werkschaften und woll'n no mehr. Die machen jetzt scho an Aufstand wegen dene sakrische Türken. Dös is doch eh alls nur noch B'schiss auf die Baustellen. Bei die Preis, die mir heut noch kriagen. Dös kannst vergessen, kannst dös!«

Seine Leute standen, die Arme vor sich verschränkt oder Hände in den Hosentaschen, um ihn herum und solidarisierten sich stumm mit ihrem Chef.

Es war sinnlos. Hier würde man nicht einmal den Ansatz einer vernünftigen Information bekommen. »Na dann, vielen Dank für die Unterstützung«, sagte Bialas frustriert und verließ, gefolgt von Stoevesandt, schnell den Raum.

Die nächste Station waren die Baubüros der Firma Rentz Betonbau GmbH & Co. KG. Durch große Schilder an den Türen, auf denen in weißer Schrift auf rotem Grund der Firmenname prangte, waren sie leicht zu identifizieren. Auch hier stießen sie auf miefende Umkleide- und Arbeitsräume, vollgestopft mit Baumaterialien und Werkzeugen, mit Bauplänen und Materiallisten an allen Wänden und auf allen Tischen. Bis auf den letzten Raum waren alle leer. Dort fanden sie drei Männer in einer seltsamen Atmosphäre. Einen davon erkannte Bialas sofort: Es war Goliath, alias Karl Ergenzinger. Er saß vor einem breiten Schreibtisch. Dahinter ein jüngerer Mann, der die Beamten mit ausdruckslosen Augen ansah. Ein dritter Mann in Anzug und Krawatte war bei ihrem Eintreten von seinem Stuhl aufgestanden.

Der Raum machte auf Bialas einen sonderbaren Eindruck. In einem Bereich war er kaum zu unterscheiden von den Arbeitsräumen nebenan. Hier standen Säcke mit Mörtel und Zement, Eimer und große schwarze Wannen. Bretter lehnten an den Wänden. Werkzeuge lagen herum, deren Zweck Bialas zum Teil nicht einmal erahnen konnte. Die linke Seite des Raumes war dagegen mehr als aufgeräumt, sie war fast leer. Hier stand lediglich ein großer Besprechungstisch, fast bis an die Wand gerückt. Ein paar wenige Stühle waren an ihn herangeschoben. Auf der Tischplatte lagen sauber zusammengefaltet und geordnet Papierstapel. Selbst die Wände waren kahl und an den obligatorischen Metall-Wandleisten hing keine einzige Zeichnung.

Kaum hatten die beiden Beamten den Raum betreten, als Ergenzinger abrupt aufstand. Den Gruß der Polizisten erwiderte er mit einem knappen: »Hab meine Aussage gemacht und dabei bleibt's.« Damit verließ der Hüne fast fluchtartig den Raum. Noch bevor Bialas oder Stoevesandt darauf reagieren konnten, kam der Mann im Anzug auf sie zu, zückte ein paar Visitenkärtchen und sagte mit öliger Stimme: »Doktor Peter Mayer, von Wieland, Mayer & Partner. Rechtsanwaltsbüro. Ich vertrete die Firma Rentz Betonbau GmbH.« Der Mann sprach nicht nur ölig, der ganze Mensch wirkte so. Selbst unter dem offensichtlich teuren Maßanzug mutete seine Figur schlaff und teigig an. Die Gläser der teuren Designerbrille zeigten deutliche Fingerabdrücke. Die hängenden Backen und eine fleischige Nase gaben dem Gesicht etwas Schwammiges.

»Ich habe meinem Mandanten geraten, keine Aussage zu machen«, setzte der Rechtsanwalt seine Erklärung fort. Dabei nickte er zu dem Mann hin, der nach wie vor regungslos hinter dem Schreibtisch saß und offenbar der Boss von Rentz Betonbau war. Er war ein gut aussehender jüngerer

Mann, etwa Anfang bis Mitte dreißig. In sein braungebranntes apartes Gesicht hatte das Wetter noch keine Furchen gegraben. Selbst seine Hände wirkten gepflegt. Auf diese Hände starrte der Bauunternehmer nun ausdruckslos nieder.

»Wir machen hier kein Verhör«, wandte sich Bialas an den Rechtsanwalt und schaute kurz auf die gereichte Visitenkarte. »Herr Dr. Mayer. Dies ist eine informatorische Befragung. Es geht um die Identifizierung dieser beiden Männer.« Bialas wollte seine Flugblätter dem jungen Mann auf den Schreibtisch legen.

Mayer langte mit einer schnellen Bewegung nach dem Papier und sah sich die beiden Abgebildeten kurz an. »Wir werden auch dazu keine Aussage machen«, sagte er. »Herr Rentz wird selbstverständlich Angaben zu seiner Person machen, wie es das Recht vorsieht. Aber darüber hinaus ist er zu keiner Stellungnahme verpflichtet, wie Sie ja wissen.«

»Wieland, Mayer & Partner«, schaltete sich nun Stoevesandt ein, der aufmerksam die Karte des Rechtsanwaltes studiert hatte. »Sie vertreten hauptsächlich Bauunternehmen. Ist das richtig?«

»Nicht nur. Ein paar sind sicher dabei«, antwortete der ölige Mann selbstgefällig. »Wir sind für verschiedene Branchen tätig.«

»Sie arbeiten auch für die Metzler AG?« In den Augen des Rechtsanwalts blitzte es hinter den schmierigen Brillengläsern kurz auf. Dann sagte er fast liebenswürdig: »Einer meiner Kollegen hat die Metzler AG einmal in einer Angelegenheit vertreten. Ich glaube, es ging um eine Grundstücksache. Warum interessiert Sie das?«

»Es ist mir völlig unverständlich, warum Ihr Mandant keine Aussage machen will«, insistierte Bialas. Wieder einmal ärgerte er sich über Stoevesandt, der jede Gelegenheit nutzte, um seinen Lieblingsfeind, die Metzler AG, ins Visier zu nehmen. Ihn ärgerte der schmierige Rechtsanwalt, der sich hier aufplusterte und einfachste Dinge verkomplizierte. Ihn ärgerte Stoevesandts Handy, das sich nun wieder meldete und sie an die Unannehmlichkeiten erinnerte, die sie gleich erwarten würden. »Warum wollen Sie keine Aussage machen?«, wandte er sich heftig an Rentz. »Das wirft schon ein sehr seltsames Licht auf Ihre Rolle in dieser Sache. Wozu brauchen Sie einen Anwalt? Den braucht man normalerweise nur, wenn man sich etwas zu Schulden hat kommen lassen. Haben Sie das?«

Der junge Mann sah ihn aus seinen braunen Augen unglücklich und hilflos an. Eine Chance zu antworten hatte er nicht. »Herr Rentz hat um rechtlichen Beistand gebeten«, antwortete Rechtsanwalt Mayer an seiner Stelle, »weil er sich in einer äußerst prekären Situation befindet. Sie wissen, dass der Tote in dem Bauabschnitt gefunden wurde, für den Herr Rentz die Verantwortung trägt. Verantwortung auch gegenüber der Baustellenleitung, das möchte ich betonen. Und wir sind der Auffassung, dass eine Aussage, welchen Inhalts auch immer, das Unternehmen in weitere Schwierigkeiten bringen könnte. Weitere Verzögerungen, weitere Versäumniszahlungen – um nur anzudeuten, in welche Richtung das gehen könnte. Herr Rentz wird keine Aussage machen. Dabei bleibt es!« Der gespielt freundlichen Stimme des Anwalts hatte sich nun ein scharfer Unterton beigemischt.

»Was wollen Sie denn verhindern?«, fragte Bialas ärgerlich. »Die Alternative ist eine Vorladung aufs Präsidium.«

Rentz schaute nur wieder schicksalsergeben auf seine gefalteten Hände und machte keinerlei Anstalten zu irgendeiner Äußerung.

»Lassen Sie uns gehen«, drängte nun Stoevesandt. Er wurde zunehmend nervös. »Hier erreichen wir nichts mehr.«

Als sie draußen waren, zögerte Stoevesandt. Auf seiner Liste war ein weiteres Unternehmen aufgeführt. »Die Rudolf Kress GmbH & Co. KG. Ich überlege, ob wir es noch schaffen, dort vorbeizugehen. Kress ist jedes Mal dabei, wenn es um illegale Schwarzarbeiter geht, und jedes Mal ist Metzler der Auftraggeber.« Er sah zögernd auf das Display seines

Handys. Dann fasste er den Entschluss, trotz des Drucks die Kress-Leute zu befragen. Da klingelte auch Bialas' Handy. Es war Hanna: »Ihr müsst so schnell wie möglich zurückkommen. Hier sind ein paar Chefs der KMZ-Gesellschaft, und die sind richtig wütend.«

7

Es hatte nun doch zu nieseln begonnen. Der graue Himmel war tiefer auf die Baustelle herabgesunken. Auf den Wegen zwischen den Containern bildeten sich wieder kleine schlammige Pfützen. Noch einmal konnte Bialas beim Verlassen der Blechkisten einen Blick über die endlose Baustellenlandschaft werfen. Nach dem stockenden Anlauf am Morgen hatte nun der Moloch sein geschäftiges Treiben wieder aufgenommen. Die Kräne drehten sich im Halbkreis, die Betonmischer bretterten über die Baustellenpisten. Ferner Maschinenlärm erfüllte in einem auf- und abschwellenden Dröhnen die Luft. »Business as usual«.

Zwischen den Containern hindurch suchten die Männer sich im Zickzack ihren Weg zurück zur Baustelleneinfahrt. Sie bogen um eine Ecke des Labyrinths, als sie beinahe mit einem Mann zusammengestoßen wären, einem kleinen drahtigen Menschen von offenkundig türkischer Abstammung. Sein dichtes Haar war grau, durchzogen von vereinzelten schwarzen Strähnen. Brauen und Schnurrbart glänzten jedoch in fast makellosem Schwarz. Seine lehmverschmierte Arbeitsbekleidung sah aus wie mit weißem Staub überpudert. Fast hätte Bialas ihn ohne Helm nicht erkannt. Doch die ebenfalls fast schwarzen entschlossenen Augen in dem wettergegerbten Gesicht ließen die Erinnerung schnell wieder aufblitzen: Vor ihnen stand der Fahrer des Baustellenfahrzeugs, das ihn und Hanna bei ihrer Erstbegehung zum Fundort der Leiche gebracht hatte und dessen kurze Bemerkung »Nix war Unfall« Bialas nicht mehr aus dem Kopf gegangen war. Hatte ihn die Nachricht also doch erreicht.

»Du mich suchen«, sagte der Mann.

»Wir müssen mit diesem Zeugen noch sprechen«, wandte sich Bialas an Stoevesandt.

»Nicht jetzt. Nehmen Sie seine Personalien auf und verschieben Sie's. Wir müssen zurück«, erwiderte der ungeduldig.

»Das ist der einzige Zeuge auf dieser ganzen gottverdammten Baustelle, der in den letzten zwei Tagen überhaupt irgendeine vernünftige Aussage gemacht hat«, erzürnte sich Bialas. »Und ich werde ihn hier und heute befragen.« Die Wut gewann Oberhand. Zwei lange Tage trieb er sich nun auf dieser aberwitzigen Veranstaltung herum, ohne in den eigentlichen Ermittlungen einen Schritt weiter zu kommen. Zwei mühselige Tage lang, in Kälte und Pisswetter, hatte er Leute befragt, die nichts wussten, nichts sagen wollten oder konnten. Probleme von Türken, die ihr Geld nicht bekamen, Probleme von Bauleuten, die ihre Termine nicht halten konnten, und nicht zu vergessen, die Probleme von LKA-Leuten, die – koste es, was es wolle – die Metzler AG drankriegen wollten. Das alles war ihm über. »Seit zwei Tagen versuche ich, Kontakt zu diesem Mann zu bekommen. Vielleicht weiß er ja nichts über Ihre Metzler AG, aber mal ausnahmsweise etwas über den Toten, wegen dem wir hier sind«, schnauzte er den Soko-Leiter an. »Sie können ja gehen. Ich werde mit diesem Mann jetzt sprechen!«

Einen Moment lang sah Stoevesandt ihn scharf an. Dann sah er auf die Uhr. »Okay, zwanzig Minuten«, lenkte er ein.

Sie steuerten den nächstgelegenen Containereingang an und fanden schnell einen kleinen leeren Raum mit Tisch und Stühlen.

»Woher wussten Sie, dass es kein Unfall war?«, fragte Bialas den Türken. Ömer Akcay, so gab er bei Aufnahme seiner Personalien an, war fest angestellt als Fahrer der Härer Straßenbau GmbH. Diese hatte unter anderem die Aufgabe, die Baustellenstraßen in Schuss zu halten. Akcay brachte Kalk zu den Straßenstellen, wo die lehmige Erde mit dem weißen Stoff versetzt werden musste, um trotz Nässe befahrbar zu bleiben, sodass die Bagger, Lkws und Planierraupen nicht im Schlamm stecken blieben.

»Wie soll passieren?«, fragte Ömer Akcay fast entrüstet. »Stahl ist immer ganz eng. Kann niemand fallen von oben. Kann nix gehen. Ist nix möglich.«

»Woher wussten Sie von dem Toten?«

»Hat mich Halil gerufen. Ist die Sohn von meine Schwester. Hat tote Mann gesehen, wo hat Wasser abpumpen wollen. Hat bissele große Klappe, aber da war ganz weiß in Gesicht. Ich auch hinaufgehen, oben auf Gerüst. Ich sagen, nix war Unfall, muss man Polizei holen. Dann ich habe lieber weggehen, und Halil Kapo Karl hat gerufen.«

»Haben Sie irgendeine Idee, wie der Tote zwischen die Schalwände gekommen ist?«

»Muss jemand machen«, sagte der Türke mit fester Stimme. »Toter Mann kann nix alleine hingehen. Ich zuerst denken: Vielleicht Unfall gewesen. Aber woanders. Dann jemand dort hinlegen.«

»Warum sollte das jemand tun?«, fragte nun Stoevesandt.

Ömer Akcay zuckte die Achseln und sagte dann mit bedeutungsvollem Unterton: »Vielleicht jemand will, dass niemand tote Mann kann finden. Jetzt was passiert? Überall Polizei. Alle Leute fragen. Und dann finden türkische Kollege, wo nix bekommen Geld. Dann kommt Zoll. Dann vielleicht auch finden Leute ohne Papiere, Leute, die nix hier sein können in Deutschland. Ganz schlecht für Kapo. Niemand Arbeit machen. Deshalb Unfall lieber nix sagen.«

»Wissen Sie das, Herr Akcay«, fragte Bialas, »oder ist das nur eine Vermutung, nur etwas, das Sie glauben?«

»Hier, diese tote Mann, ich nix wissen«, sagte der Türke, »aber auf andere Baustelle schon selber erlebt. Mann aus Kasachstan, nix Papiere, nix legal in Deutschland. Ganz schlimme Unfall haben. Schwere Eisenträger an eine Kran gegen seine Kopf schlagen.« Ömer Akcay empörte sich zunehmend, während er erzählte. »Aber nix in Krankenhaus bringen! In Auto legen und Chef sagen, schnell, schnell nach Polen bringen. Tausend Kilometer! Und was dort machen mit Mann? Arme Schwein! Arbeiten wie Tier für drei Euro vielleicht, und dann einfach wegschieben. Vielleicht nix mehr leben diese Mann. So auf deutsche Baustelle passiert! Immer wieder so passiert!«

Bialas fischte eines seiner Flugblätter aus der Innentasche seiner Jacke, das mittlerweile reichlich zerknittert aussah. »Kennen Sie einen dieser beiden?«

Ömer Akcay sah sich die Gesichter aufmerksam an. Dann schüttelte er bedächtig den Kopf: »Nix wirklich kennen. Vielleicht schon gesehen. Hier oft arbeiten Männer auf Baustelle. Nix von eine Firma. Nix hier wohnen. Alle Eisenflechter. Aber viele bissele so aussehen wie diese Männer.«

»Woher kommen diese Eisenflechter, wenn sie nicht hier in den Containern wohnen? Wie kommen sie auf die Baustelle?«, wollte Stoevesandt wissen.

»Die kommen ganz in frühe Morgen. Mit Lastwagen. Lastwagen mit Plane. Alles zu. Kann man nix sehen, was auf Lastwagen drauf. Woher kommen, ich nix genau wissen. Vielleicht von Farsigstraße. Oder vielleicht von Firma, wo nix auf diese Baustelle arbeiten.«

Stoevesandt, der sich bislang eher zurückgehalten hatte, wurde wieder lebendig: »Aber die müssen doch hier für eine Firma tätig sein. Woher wissen sie, wo sie arbeiten müssen, was sie tun müssen? Wer gibt ihnen die Anweisungen?«

»Alle Kapo, wo nachher müssen betonieren.«

»Alle Firmen, die Betonarbeiten machen?«, fragte Stoevesandt.

Der Türke schien im Geiste die Unternehmen durchzugehen. »Alle«, sagte er dann sicher. »Nur Firma aus Bayern mit türkische Kollege arbeiten.«

»Also auch die Schwartz & Sonntag AG. Und Rentz und sein Polier«, stellte Bialas fest, »Ergenzinger. Hat Ihnen Ihr Neffe noch irgendetwas gesagt? Wie hat sein Boss reagiert?«

Ömer Akcay zögerte einen Moment. »Chef von Halil ist gute Mann. Immer selber auch viel arbeiten, immer sein Leute helfen und nix viel schimpfen. Aber wenn Halil tote Mann finden, Kapo viel schreien. Halil sagen, Kapo nix normal, so schreien und schimpfen. Schon ganze Morgen nix gute Laune.« Der Türke unterbrach sich und hatte offenbar schon das Gefühl, zu viel gesagt zu haben: »Ich nix will schlechte Sache sprechen von Rentz und von Kapo Karl. Firma haben große Probleme. Sohn von meine Schwester, Halil, viel Angst haben, Firma wird kaputt und Arbeitsplatz verlieren. Feste Stelle nix viele mehr auf Baustelle. Nix, wenn keine Beruf gelernt. Neue Stelle finden nix einfach. Tote Mann immer Problem.«

»Gibt es noch irgendetwas Wichtiges, das Sie ihn fragen müssten?«, wandte sich Stoevesandt an Bialas. »Wir müssen wirklich zurück.«

Bialas seufzte. Wieder überkam ihn das Gefühl der Erschöpfung. Seine Konzentration ließ spürbar nach. Er wusste nicht, was er noch hätte fragen sollen. »Ich danke Ihnen vielmals«, Bialas drückte dem türkischen Bauarbeiter eine Visitenkarte in die Hand, falls ihm noch etwas einfallen würde. Dann verließen die Männer Raum und Container und gingen in unterschiedliche Richtungen davon, Ömer Akcay zu seinem Kipplader, die Polizeibeamten zu der Kopfwäsche, die sie nun mit Sicherheit erwartete.

8

Auf dem geschotterten Platz zwischen den Verwaltungs-Containern und dem riesigen Hauptportal der Baustelle war die Hölle los. Neben den Einsatzfahrzeugen, mit denen die etwa hundert Beamten heute Morgen auf der Baustelle angerückt waren, standen wild durcheinander geparkt knapp zwanzig weitere Fahrzeuge: Zwei große schwarze Limousinen und ein paar silbergraue Oberklassewagen, die durch ihre bloße Anwesenheit schon Auskunft darüber gaben, dass wichtige Leute auf der Baustelle waren. Zwei Kleinbusse mit den Emblemen von Rundfunksendern sowie ein paar Pkw mit großen Presse-Schildern hinter der Windschutzscheibe. Dazwischen standen weniger repräsentable Wagen, deren Aufkleber und Banner an den Heckscheiben Auskunft darüber gaben, dass ihre Besitzer für Mindestlöhne und Arbeitszeitverkürzung waren.

Zwischen und neben den Fahrzeugen war ein Gewirr aus Menschen, die alle gleichzeitig aufeinander einredeten. Die drei Alphamänner der KMZ-Gesellschaft, die bei den geprellten Türken gewesen waren, hatten Frenzel in der Mangel. Der rundliche Staatsanwalt versuchte seinerseits den Männern etwas zu erklären, wobei er mit den Armen ruderte und im Takt auf den Zehenspitzen auf- und abwippte. Einige Männer, die ihrem Äußeren nach zu urteilen zur Baustellenleitung gehörten, waren umringt von Gewerkschaftern, die Flugblätter verteilten. Die Blättchen lagen bereits zuhauf auf dem Boden herum und informierten in zig Sprachen über den Mindestlohn auf deutschen Baustellen. Ein wichtig aussehender Mann war in heftige Erörterungen mit Stoevesandts Vorgesetztem Wilfried Bechtel vertieft. Bechtel trug, völlig unpassend zu Anlass und Ort, einen modischen karamellfarbenen Kamelhaarmantel. Der LKA-Abteilungsleiter versuchte seinem Gegenüber irgendetwas eindringlich zu erklären. Dieser jedoch wehrte mit kurzen Handbewegungen und Worten immer wieder ab.

Zwischen diesen Grüppchen schwirrten Presseleute herum und versuchten Statements zu bekommen. Auch Hanna, Luca und Nicole Marinescu, die dicht bei dem Polizeibus standen, der ihnen als Einsatzzentrale gedient hatte, waren von Journalisten umringt. Bialas hoffte, dass seine Leute sich nicht zu unüberlegten Äußerungen hinreißen ließen. Er war jetzt schon gespannt auf den Erfindungsgeist der schreibenden Zunft. Sollten die Storys ruhig weit weg von der Realität sein. Je weniger die Presseleute wussten und verstanden, umso weniger konnten sie die weiteren Ermittlungen beeinträchtigen. Seriöse Blätter hielten sich ohnehin an die offiziellen Stellungnahmen der Polizei.

»Da sind Sie ja. Wo zum Kuckuck haben Sie gesteckt? Warum sind Sie nicht erreichbar?« Kaum hatten Bialas und Stoevesandt den Platz erreicht, da stürzte Bechtel mit wutverzerrtem, hochrotem Gesicht auf sie zu.

»Wir hatten eine wichtige Zeugenvernehmung«, sagte Stoevesandt kühl, ließ seinen Vorgesetzten stehen und ging zum zentralen Einsatzbus.

Bechtel rannte ihm hinterher: »Das hat Konsequenzen, Herr Stoevesandt«, zeterte er. »Sie okkupieren hier überfallartig das Gelände. Wie die Heuschrecken, gleich mit hundert Mann. Sie behandeln die Führungskräfte hier wie Schwerverbrecher. Sie bringen sämtliche Arbeitsabläufe durcheinander und halten die Leute von der Arbeit ab. Und jetzt haben wir auch noch die Presse hier. Ein gefundenes Fressen ist das für die. Wo die Öffentlichkeit ohnehin schon so verunsichert ist wegen dieses Projekts. Die gießen natürlich jetzt Öl ins Feuer. Im Wirtschaftsministerium und bei der KMZ-Gesellschaft droht man uns mit Disziplinarmaßnahmen – und Sie nehmen wieder mal einfach Ihr Handy nicht ab. Und wieso haben die beiden wichtigsten Leute dieser Soko keine Funkgeräte mit sich?« Bechtel musste Luft holen.

»Tut mir leid, Herr Bechtel. Die Befragung war unvorhergesehen, nicht verschiebbar, und wir durften nicht gestört werden. Sie bekommen morgen den Bericht.« Stoevesandts Stimme war zu entnehmen, dass er nicht zum ersten Mal solch einen Encounter mit seinem Chef hatte und dass ihm gar nichts leidtat.

»Sie geben mir heute noch einen Bericht!«, keifte Bechtel. »Sie sind in meinem Büro, sagen wir mal Punkt ...« Er sah auf seine edle Armbanduhr, und auch Bialas, der jedes Zeitgefühl verloren hatte, warf einen Blick aufs Handgelenk. Es war bereits fünf Uhr nachmittags. Bechtel kniff die Lippen zusammen und sagte dann: »Sagen wir, morgen Vormittag um neun Uhr.«

»Wie wär's morgen früh um halb acht?«, fragte Stoevesandt. »Da haben wir die erste Besprechung der Soko. Da können Sie sich gründlich über alles informieren.« Dann wandte er sich den Kollegen zu und gab Anordnungen zur Beendigung des Einsatzes. Bechtel schien vor Wut zu bersten. Doch es hatte ihm buchstäblich die Sprache verschlagen. Er drehte sich um und stapfte davon. Fünfzehn Minuten später passierte das gesamte Kontingent an Polizeibeamten und Einsatzfahrzeugen das große Baustellentor und überließ die Presseleute, die wichtigen Männer von Wirtschaftsministerium und KMZ-Gesellschaft, die Gewerkschafter und Herrn Bechtel sich selbst.

9

Es wurde spät an diesem Abend. Fast fünfzig Leute drängten sich in dem Sitzungsraum, zum Teil an Wänden und Fenstern stehend. Bis weit nach zehn Uhr trug man die wichtigsten Ergebnisse zusammen. Das Bild, das entstand, verdichtete den Eindruck, den Bialas im Laufe des Tages bereits gewonnen hatte. Sie hatten es tatsächlich geschafft, die meisten der Arbeiter zu erfassen und zu befragen. Die Leute arbeiteten in kleinen Grüppchen von zehn bis fünfzehn Mann, weit verteilt über die ganze Baustelle. Sie bekamen ihre Anweisungen von den Polieren der eigenen Firma, zum Teil auch von Vorarbeitern und Bauingenieuren der auftraggebenden Unternehmen. Was an anderer Stelle der weitläufigen Baulandschaft passierte, bekamen sie kaum mit. Lediglich die Kranführer und die Fahrer von Lkws und Betonmischern hatten einen gewissen Überblick. Doch auch sie wussten längst nicht immer genau, für wen sie die Baumaterialien lieferten und transportierten. Immerhin kamen von ihnen Hinweise darauf, dass ab und zu auch Arbeiter auf der Baustelle waren, die keiner bestimmten Firma zugeordnet werden konnten. In der Regel waren dies die Eisenflechter. Und sie bestätigten, dass diese Arbeiter seit zwei Tagen fehlten. Beim jetzigen Stand der Bauarbeiten wären hundert bis hundertzwanzig Eisenflechter auf der Baustelle zu erwarten gewesen. Doch außer den fünfzehn Türken, die nun auch noch abgeschoben werden sollten, waren an den Armierungen keine Arbeitskräfte mehr eingesetzt. An vereinzelten Stellen stockten die Arbeiten bereits, weil die Bewehrungen noch nicht fertiggestellt waren und man nicht weiterbetonieren konnte.

»Warum eigentlich ›Eisenflechter‹?«, fragte Luca, »klingt eigentlich ganz nett. So ein bisschen nach Kunsthandwerk und Makramee.«

»Es ist ein Scheißjob«, antwortete Nicole Marinescu, »eine Knochenarbeit. Die Leute verdrahten den ganzen Tag die Stahlgitter miteinander. Stumpfsinnig, aber anstrengend. Wenn die Bewehrungen für Wände gemacht werden müssen, dann geht es ja noch. Aber bei Fundamenten und bei Decken bedeutet das den ganzen Tag Überkopf-Arbeit. Die können abends kaum mehr gerade stehen.«

Nur etwa ein Drittel der Verwaltungsleute hatte befragt werden können, bevor durch die Intervention der KMZ-Baugesellschaft, des Wirtschaftsministeriums und die kniefällige Beflissenheit von Stoevesandts Vorgesetztem Winfried Bechtel die Aktion abgebrochen werden musste. Hier waren die Hinweise noch dürftiger. Niemand hier konnte mit den Bildern der beiden Toten etwas anfangen. Auskünfte über Arbeiter, die vielleicht illegal auf der Baustelle tätig waren, gab es erst recht nicht. Nur Nicole Marinescu konnte ihre Liste mit Firmen um eine Reihe von Namen ergänzen.

Unterm Strich aber hatten sie nichts erreicht. Kein einziger Hinweis auf die Identität der beiden Toten war eingegangen. Niemand hatte eine Idee, was in der Nacht von Montag auf Dienstag geschehen war. Entsprechend mies war die Stimmung von Andreas Bialas. Natürlich waren auf dieser Renommee-Baustelle des Landes auch wirtschaftskriminelle

Machenschaften an der Tagesordnung. Das war auch ihm mittlerweile klar. Doch er sah nicht, wie ein paar Firmennamen mehr auf der Liste von Nicole Marinescu sie bei den Todesermittlungen weiterbringen sollten.

Der einzige Vorteil, den er bislang in dieser Soko sah, war die Tatsache, dass Rudolf Kuhnert akribisch die Akten führte. Luca hatte ihm bereits den Spitznamen »Mister Data« verpasst. Bialas hatte mit seinem Sohn einmal eine der Star-Trek-Folgen angeschaut. Er erinnerte sich vage an die Filmfigur, einen Androiden mit weißem Durchschnittsgesicht. Und doch hatte er ihn schillernder in Erinnerung als den langweiligen Rudolf Kuhnert. Wie Mister Data war Kuhnert jedoch in der Lage, hundertprozentig und in atemberaubender Geschwindigkeit Formulare, Aussagen und Fakten zu sammeln und zu ordnen, ohne dabei irgendeine Gefühlsregung zu zeigen.

Spät am Abend waren die letzten ermittelten Details zu Protokoll gegeben. Die Aufmerksamkeit strebte bei allen dem Nullpunkt entgegen. Die weiteren Schritte würde man morgen früh besprechen müssen.

Es war Otto Obermayer, der noch vorschlug, auf ein Bier in die Stammkneipe der Präsidiumskollegen in Feuerbach zu gehen. Andreas Bialas war hundemüde, doch zugleich auch aufgekratzt. Seinen Leuten ging es ähnlich. Man musste abschalten, herunterkommen, brauchte einen Absacker. Bialas war nicht mehr zum Reden zumute. Dieter Schwandtner, ihr Zyniker vom Dienst, schimpfte dafür umso bissiger auf die LKA-Kollegen und erklärte die ganze Aktion zu einem einzigen Desaster. Sie stimmten alle zu. Man war unter sich. Vor allem Luca, dem immer wieder der Tote am Feuerbacher Tunnel im Kopf herumging, bestand darauf: »Es hat etwas mit dem Bruder zu tun. Und mit der galoppierenden Schwindsucht. Dafür verwette ich den Hochzeitsschmuck meiner sizilianischen Großmutter. Und vielleicht überhaupt nichts mit diesen Gangsterfirmen da oben auf den Fildern. Warum wird in diese Richtung nie gedacht?«

Nur Hanna war nachdenklich: »Mir kommt es vor, als hätten wir in einem Wespennest eine tote Wespe gefunden. Und nun wühlen wir in diesem Nest herum. Wie will man hier ermitteln, ohne sämtliche Wespen aufzuscheuchen? Was hätten wir anders gemacht, wenn das LKA hier nicht das Sagen hätte? Welche Information hätten wir zusätzlich bekommen können? Keine – glaube ich.« Es klang fast, als könnte sie der Soko etwas abgewinnen.

10

Als Bialas kurz vor Mitternacht nach Hause kam, war Thea entgegen ihren Gewohnheiten und ihrem großen Bedürfnis nach Schlaf noch wach.

»Ich bin in die Schule beordert worden«, sagte sie müde. »Morgen Vormittag. Zum Vertrauenslehrer und zum Rektor. Svenja schwänzt tatsächlich die Schule.«

Bialas legte ihr den Arm um die Schulter. Er hatte ein verdammt schlechtes Gewissen. »Hör zu, Thea«, sagte er, »wir haben im Augenblick einen Fall in seiner heißen Phase. Das heißt, die nächsten zwei bis drei Tage habe ich quasi rund um die Uhr Dienst. Dann müssen wir einen Durchbruch bei den Ermittlungen haben. Wenn nicht, dann wird das ohnehin ein Kaugummi-Fall. Dann zieht es sich in die Länge, aber die Ermittlungsintensität wird wieder auf ein normales Maß zurückgeschraubt. Zwei bis drei Tage. Dann knöpfe ich mir Svenja vor. Ich verspreche es hoch und heilig. Ich habe verstanden, dass ich das tun muss.«

Thea sah ihn resigniert an: »Deine Arbeit ist immer so verdammt wichtig.« Sie wand sich aus seinem Arm und stand auf. »Ich weiß ja nicht, was du den ganzen Tag tust. Aber ich frage mich manchmal, ob das alles wirklich immer wichtiger ist als wir. Manchmal fühle ich mich sehr alleingelassen.« Damit verließ sie das Wohnzimmer und ging ins Obergeschoss.

Sie hatte es nicht vorwurfsvoll gesagt, sondern nur traurig. Doch Bialas traf es umso mehr. Thea war keine zickige

Frau – das hätte er nicht ertragen. Er hatte sich damals in ihr heiteres Wesen verliebt. Sie hatte die Fähigkeit, selbst Widrigkeiten und Missstimmungen schnell zu vergessen und eine freundliche Atmosphäre zu verbreiten. Ein paar Jahre nachdem die Kinder auf der Welt waren, war sie unzufriedener geworden. »Mir fällt die Decke auf den Kopf«, hatte sie manches Mal gesagt. Doch sie hatte ihm nie Vorwürfe gemacht. Sie hatte sich einfach, ohne es ihm zu sagen, eine Halbtagsstelle bei einem Steuerberater besorgt und war wieder arbeiten gegangen.

Er musste zugeben, seit sie wieder einen Job hatte, war sie ausgeglichener. Obgleich er anfangs sehr dagegen war. Nach wie vor kam es ihm so vor, als würden damit seine Fähigkeiten als Ernährer der Familie in Frage gestellt. Immer häufiger kam es zwischen ihnen in letzter Zeit auch zu Reibereien, weil sie Erziehungsfragen unterschiedlich sahen. Nun beklagte sie, dass ihm die Arbeit wichtiger sei als seine Familie, was aus seiner Sicht überhaupt nicht stimmte. Bialas hatte irgendwie das Gefühl, dass sie beide auseinanderdrifteten. Und das machte ihm Angst.

Er schob die Gefühle beiseite. Der Tag war lang und hart gewesen. Morgen würde wieder viel Arbeit vor ihm liegen, und er musste fit sein. Er stand auf und ging zu Bett.

Freitag, 15. April 2005

1

Bialas schlief schlecht in dieser Nacht. Normalerweise hatte er einen tiefen Schlaf, der ihm in knapp sechs Stunden die notwendige Erholung brachte. Nun wachte er zum ersten Male etwa gegen zwei Uhr auf, weil große finstere Gestalten mit schwarzen Schnurrbärten und geballten Fäusten von allen Seiten auf ihn eindrangen. So ungeschützt, wie man nur im Traum sein konnte, hatte er noch einmal die bedrohliche

Situation inmitten der aufgebrachten Türken durchlebt. Er hatte das Gefühl, gerade wieder eingeschlafen zu sein, als Winfried Bechtel wütend auf ihn zukam und mit greller Stimme auf ihn einschrie: »Sie sind ein Versager! Sie machen Ihren Job nicht ordentlich! Sie bekommen nichts hin. Sie sind ein Versager, ein Versager ...«

Bialas wälzte sich hin und her. Der gestrige Tag ließ ihn nicht los. Irgendetwas war ihm entgangen. Irgendjemand hatte etwas gesagt, das wichtig war. Ein Hinweis, der für den Bruchteil einer Sekunde bei Bialas ein Erstaunen ausgelöst hatte.

Schließlich fiel er wieder in einen unruhigen Schlaf. Doch nur, um vom nächsten Albtraum heimgesucht zu werden. Er sah Svenja vor sich. Sie war bleich wie der Tod, mit tiefschwarz umrandeten Augen und schwarzen Lippen. Sie wirkte wie aus einer anderen Welt, wie hinter einer unsichtbaren Barriere, unerreichbar für ihren Vater. Wieder schreckte Bialas auf und lag wach.

Plötzlich hatte er vor seinem inneren Auge Ömer Akcay, den kleinen drahtigen Türken, der wie der Teufel schwere Kipplaster über unwegsame Pisten jagte. War er nicht der einzige Mensch auf dieser ganzen verdammten Baustelle, der sich für die Aufklärung des Falles zu interessieren schien? Der Einzige, den der Tod des jungen Mannes, den sie zwischen den Schalbrettern gefunden hatten, nicht kaltließ?

Farsigstraße. Das hatte er gesagt. Vielleicht kommen die illegalen Bauarbeiter von der Farsigstraße. Bialas war mit einem Male hellwach. Seine Nase meldete sich mit einem heftigen Prickeln.

Die Farsigstraße war keine fünfzehn Gehminuten vom Präsidium entfernt. Es war eine breite, von alten Industriehallen und modernen Zweckgebäuden gesäumte Straße am Rande des industriell geprägten Stadtteils Feuerbach. Hier wurde nur noch vereinzelt produziert. Einige der alten Fabrikgebäude waren renoviert, umgebaut und zu Verwaltungs- und Büroeinheiten umgewidmet worden. An anderer Stelle waren Glaspaläste entstanden, in denen Nobelkarossen hinter Vollverglasungen zur Schau gestellt wurden. Ein sogenanntes Gesundheitszentrum war dort vor kurzem eröffnet worden, ein moderner Bau aus Beton und Marmor. Gesichtslose Zweckbauten aus den sechziger Jahren ergänzten das Straßenbild. Bialas ging im Geiste die Straße durch. Am Tage war das Gebiet vor allem durch Automobilverkehr geprägt. Die Menschen fuhren direkt auf die Parkplätze vor den Häusern, auf den Hinterhöfen oder in den Tiefgaragen. Am Abend, wenn Kunden, Patienten und Beschäftigte die Fabriken und Bürogebäude verließen, wandelte sich das Gebiet in eine tote Gegend. Keine Kneipe, kein Mietshaus, keine wie immer auch geartete Vergnügungseinrichtung brachte Leben in die ausgestorbenen Gebäudezeilen. Was war in der Farsigstraße?

Bialas sah auf den Wecker. Es war halb fünf. An Schlaf war nicht mehr zu denken. Er hatte ohnehin schon überlegt, wann er beim Präsidium die Unterlagen des Tuberkulose-Falles abholen sollte. Stoevesandt hatte ja überraschend heftig darauf gedrungen, dass die Akten und Asservate so schnell wie möglich auch dem Landeskriminalamt zur Verfügung standen.

Es würde nichts schaden, die Farsigstraße einmal abzuklappern und sich genauer anzusehen, welche Firmen dort ansässig waren. Zum Präsidium war es dann ein Katzensprung, und Bialas würde pünktlich zur ersten Besprechung der Sonderkommission beim LKA sein.

Leise, um Thea nicht zu wecken, stand er auf. Er duschte kurz, zog sich an und trank einen Kaffee. Dann machte er sich über die noch leeren Zubringerstraßen auf den Weg zur Stadt.

Es war viertel nach fünf, als er in der Farsigstraße ankam. Ein wolkenverhangener Nachthimmel und ein Nieselregen wie aus Nebelschwaden ließen die Gegend düster erscheinen. Nur am Beginn der Straße erstrahlte das hell erleuchtete Autohaus mit seinen Glasfassaden. Dahinter schienen die Straßenlaternen immer spärlicher zu werden. Sie spendeten ein diffuses Licht, das die Gegend fast gespenstisch erscheinen ließ. Die Stadt sparte Strom, indem sie ohnehin entvölkerte Gebiete nachts nur noch minimal beleuchtete.

Bialas fuhr langsam die Straße entlang. Dann sah er die ersten Gestalten. In kleinen Gruppen standen Männer am Straßenrand. Sie verharrten mit hochgezogenen Schultern in der feuchtkalten Witterung und schienen zu warten. Im Scheinwerferlicht seines Wagens erschienen immer mehr der schemenhaften Gestalten, zu beiden Seiten der Straße. In kleinen Grüppchen, in Abständen entlang der Straße verteilt, standen hier an die hundert Menschen. Nur vage bekam er einen Eindruck von den Männern. Es waren Alte und Junge, südländische und mitteleuropäische Typen, ab und an ein Schwarzer, fast alle sehr einfach gekleidet, viele mit Turnschuhen, nur wenige mit dickeren wattierten Jacken.

Trotz der frühen Morgenstunde gab es schon erstaunlich viel Verkehr. Kleintransporter, kleine Laster und Pkws fuhren in beiden Richtungen langsam die Straße entlang. Ab und zu blieb einer bei einer der Menschengruppen am Straßenrand stehen. Die Fahrer sprachen die Männer an und schienen mit ihnen zu verhandeln.

An einem unbelebten Straßenabschnitt fuhr Bialas langsam auf einen Parkplatz am Seitenstreifen, stellte den Motor ab und machte das Licht aus. Er hoffte, dass niemand seine stille Positionierung bemerkt hatte. Vor sich und im Rückspiegel konnte er weiterhin das seltsame Treiben in der Straße beobachten. Ein Kleinbus hielt bei einer größeren Gruppe. Der Beifahrer sprach die Männer aus dem offenen Fenster heraus an. Nachdem ein paar Sätze getauscht worden waren, stieg der Beifahrer aus und öffnete die Schiebetür des Fahrzeugs. Acht Männer stiegen ein. Der Bus fuhr davon. Auf der anderen Straßenseite hatte inzwischen ein Lkw angehalten. Seine Ladefläche war mit Planen umschlossen. Drei Männer stiegen aus, kräftige Gestalten in robuster Arbeitskleidung, wie Bialas sie in den letzten Tagen hundertfach auf der Baustelle des neuen Messezentrums gesehen hatte. Die Bauleute gingen von Grüppchen zu Grüppchen, sprachen die Wartenden an, verhandelten kurz und sammelten diejenigen ein, die zu verstehen gegeben hatten, dass sie mit den Bedingungen einverstanden waren. Fast ein Dutzend Leute stieg nach und nach auf die Ladefläche und verschwand hinter den Planen. Die drei versuchten derweil, weitere Leute zu rekrutieren.

An Bialas vorbei fuhr nun mit grellem Licht ein großer Geländewagen. Kurz vor ihm blieb das Auto auf der Straße stehen. Nach einer langen halben Minute setzte der Jeep zurück. Er stand nun wieder hinter Bialas' Wagen und durchleuchtete diesen mit seinen hellen Scheinwerfern. Bialas rutschte automatisch ein Stückchen nach unten, um nicht ertappt zu werden. Doch dafür war es wohl zu spät. Er hörte Autotüren schlagen. Im Rückspiegel sah er, wie dem Jeep drei bullige Männer entstiegen und auf seinen Wagen zugingen.

»He, du Wichser, was gibt's da zu glotzen?«, polterte einer der Männer so laut, dass Bialas keinerlei Mühe hatte, ihn bei geschlossenen Fenstern zu verstehen.

»Mach, dass du hier wegkommst! Los, verpiss dich!«, schrie ein anderer.

»Den gucken wir uns erst mal genauer an«, hörte Bialas den Dritten sagen. Reflexartig griff er zur Mittelkonsole und verriegelte von innen die Türen.

Das Klacken der Verriegelung brachte die Männer in Rage.

»Komm raus, du Drecksack, und sag, was du hier zu suchen hast!« Eine grobe Hand rüttelte am Türgriff, ein derbes, zorniges Gesicht sah zu ihm herein. Eine harte Faust sauste auf den hinteren Kotflügel. Bialas überlegte. Wenn er sich nun als Polizist zu erkennen gab, würden sie von ihm ablassen?

Inzwischen waren durch den Lärm auch die drei Bauleute des Lasters auf der anderen Straßenseite alarmiert. Auch sie kamen nun auf den Wagen des Kommissars zu. In ihren Händen hatten sie schwere Eisenstangen. Gerüststangen, wie Bialas erkannte, von der Dicke eines Unterarms, an deren Enden viereckige Platten geschweißt waren. Auf diesen Grundplatten standen die Gerüste, wie Bialas wusste. Nach oben gehalten und als Schlagwerkzeug benutzt bildeten diese Gerüstfüße mit ihren scharfen Kanten und Ecken eine gefährliche Waffe. Und plötzlich wusste er, womit der Tote auf der Messe-Baustelle erschlagen worden war.

Er wusste auch mit instinktiver Sicherheit, dass diese Männer sich keineswegs beeindruckt zeigen würden, wenn er seinen Ausweis zückte. Die Gerüststangen schlagbereit in den Händen traten zwei der Männer nun vor die Motorhaube des Wagens. Bialas war klar, sie würden ihm das Auto demolieren und, wenn er Pech hatte, noch mehr. Einer der beiden holte schon aus, als der Kommissar den Motor anließ und aufs Gaspedal trat. Im Bruchteil einer Sekunde hatten die beiden die Entscheidung zu treffen: zuschlagen und angefahren werden – oder sich in Sicherheit bringen. Die bulligen Männer sprangen fluchend zur Seite. Ohne die Scheinwerfer anzumachen, fuhr Bialas weiter. Erst als er einige Straßenzüge von der Farsigstraße entfernt war, schaute er in den Rückspiegel und schaltete das Licht ein. Auf dem Parkplatz vor dem Polizeipräsidium stieg er aus und spürte plötzlich den kalten Schweiß auf seiner Stirn und den Pudding in seinen Kniekehlen.

2

»Sind Sie von allen guten Geistern verlassen?« Der sonst so coole und beherrschte Stoevesandt war richtig zornig. »Solche Alleingänge sind absolut inakzeptabel!« Bialas hatte ihm noch vor Beginn der ersten Lagebesprechung von seinem Abenteuer erzählt. Natürlich war er Profi genug, um selbst zu wissen, dass ein Beamter eine solche Aktion niemals alleine durchführen durfte. Doch was er erwartet hatte, war eine nächtliche leergefegte Straße und das Firmenschild eines Bauunternehmens. Er war einfach davon ausgegangen, dass diese Firma die Illegalen zur Fildermesse schickte.

»Ein Glück, dass Ihnen nichts passiert ist. Wir haben ohnehin schon genügend Probleme. Hier«, Stoevesandt schob ihm den Ausdruck einer E-Mail zu. »... in unangemessener Weise den Baubetrieb des Kongress- und Messezentrums behindert ...«, las Bialas. »... Prinzip der Verhältnismäßigkeit muss bei allen weiteren Ermittlungen gewahrt bleiben. Weitere Vernehmungen auf dem Gelände des KMZ werden zeitgleich von maximal acht Beamten durchgeführt, und zwar in Absprache mit der Messebaugesellschaft und der Projektleitung der Baustelle.« Bechtel hatte die E-Mail noch am Vorabend geschrieben und an alle beteiligten LKA-Beamten und Soko-Mitglieder geschickt. Man würde Tage brauchen, bis die restlichen Beschäftigten auf der Baustelle befragt waren – mit Vorwarnung durch deren Vorgesetzte.

Stoevesandt telefonierte mit Kayser. Er bat ihn, so schnell wie möglich noch einmal zu ihnen zu stoßen.

Hanna brachte Bialas einen großen Pott Kaffee, den er dankbar annahm. »Ich habe gerade mit Franz telefoniert«, sagte sie. »Er spricht uns sein Beileid aus – zu diesen Arbeitsbedingungen.« Sie deutete auf den E-Mail-Ausdruck auf dem Tisch. »Viel machen kann er nicht. Ihm ist das Wirtschaftsministerium gestern auch aufs Dach gestiegen. Aber wenn wir meinen, dass er uns irgendeine Schützenhilfe geben kann, sollen wir uns melden.«

Zwanzig Minuten später saß der harte Kern der Sonderkommission »Fildermesse« wieder im Konferenzraum: Stoevesandt, Nicole Marinescu und »Mister Data« Kuhnert vom LKA, Bialas, Luca, Hanna und Wildermuth von der städtischen Kriminalpolizei, der lange Armin Kayser und Staatsanwalt Friedebald Frenzel in alter Fröhlichkeit.

Stoevesandt nahm wieder das Heft in die Hand: »Wir müssen nun mehrere Dinge tun und entscheiden. Erstens: Wie machen wir weiter in der Farsigstraße? Zweitens: Die

Befragungen auf der Baustelle oben auf den Fildern. Drittens: Spurensicherung. Viertens: Vorbereitung einer Pressekonferenz.« Dann forderte er Bialas auf, zunächst auch die anderen über seine morgendlichen Entdeckungen zu informieren.

»Ich gratuliere Ihnen«, sagte ein grinsender Armin Kayser nach Bialas' Schilderungen. »Sie haben den Stuttgarter Arbeiterstrich entdeckt.«

»Wir haben in Stuttgart einen Arbeiterstrich?«, fragte Luca. »In Berlin, in Frankfurt, in Hamburg – das ist klar. Ich habe auch mal gehört, dass in Wien jeden Morgen 300 Leute aus dem Osten an einer bestimmten Straße stehen. Aber hier, in dieser anständigen Stadt?« Er stand auf und gestikulierte mit Händen und Armen: »Da haben meine Eltern gesagt: Wir bleiben im kalten Norden. Wir bleiben bei den biederen, temperamentlosen Schwaben. Wir ertragen es unseren Kindern zuliebe. Hier gibt's keine Ganoven, hier gibt's keine Mafia. Und nun das?«

»Es gibt heute in jeder mittelgroßen Stadt einen illegalen Arbeitsmarkt«, sagte Kayser. »Der Arbeiterstrich in Wien, die Herbststraße, das ist nur eine der ältesten und bekanntesten Adressen. In Stuttgart, schätzen wir, gibt es ihn seit etwa vier Jahren. Im Südwesten hat es etwas länger gedauert als im Norden und Osten. Die geografischen Entfernungen machen da etwas aus. Und vor allem war die wirtschaftliche Lage bei uns lange so gut, dass die öffentliche Hand und Privatleute die Bauunternehmen noch ordentlich bezahlen konnten. Inzwischen haben wir gleichgezogen, in jeder Beziehung. Vor allem ist nun auch die russische Mafia bis hierher vorgedrungen. Und schafft jede Menge Menschenmaterial ins Land, sowohl weibliches für die Prostitution als auch männliches. Die Männer haben natürlich auch keinerlei Papiere, keine Arbeitserlaubnis, keine langfristigen Aufenthaltsgenehmigungen. Denen bleibt oft gar nichts anderes übrig als der Arbeiterstrich.«

»Na, das ist doch endlich mal ein echter Schritt zur Gleichstellung der Geschlechter. Warum sollen nur die weiblichen Osteuropäer auf den Strich dürfen?«, kicherte Frenzel. Die beiden Frauen im Raum sahen ihn kritisch an.

»Wenn Sie davon wissen, von diesem Arbeiterstrich, warum nehmen sie die nicht hopp?«, fragte Luca.

»Der Ort, wo die Leute sich treffen, wechselt immer wieder. Eine Zeit lang haben sie sich an der Straße in das Wohngebiet am Werth getroffen. Wir haben dort tatsächlich mal 'ne Razzia durchgeführt. Mit dem Ergebnis, dass sich der Straßenstrich irgendwo anders etabliert hat und wir ihn aus den Augen verloren haben. Und offen gesagt, Herr Mazzaro, was bringt es? Die Leute, die die Illegalen anheuern, denen können Sie nur etwas nachweisen, wenn Sie die Schwarzarbeiter direkt bei der Arbeit auf der Baustelle erwischen. Und die Arbeiter – bei denen stellt man fest, dass sie keine Papiere haben und schiebt sie ab. Irgendwelche Schleuserbanden beschaffen innerhalb einer Woche Nachschub. Und manchmal sind es wieder genau dieselben Leute.« Kayser winkte ab. »Wir konzentrieren uns auf die Baustellen – und da kommen wir schon nicht nach mit unseren Kontrollen.«

»Welche Relevanz hat die Farsigstraße für unseren Fall?« Stoevesandt richtete den Fokus wieder auf ihre Aufgabe. »Müssen wir dort ansetzen?«

»Auf jeden Fall«, sagte Bialas energisch. »Auf der Neuen Messe wurde von mehreren Leuten beobachtet, dass dort frühmorgens Lastwagen aufs Gelände fahren, von denen Leute absteigen. Genau solche Lkws mit diesen Planen, wie ich sie heute Morgen gesehen habe.«

Luca war wieder aufgestanden und ging an einen überdimensionalen Stadtplan rechts an der Wand. »Vom Feuerbacher Tunnel«, sagte er nachdenklich, »bis zur Farsigstraße sind es zu Fuß höchstens zwanzig Minuten. Bei den Gebeinen der Heiligen Rosalia im Dom von Palermo, in dieser Gegend hat sich etwas abgespielt. Ich könnte wetten, die Toten waren beide mal dort.«

»Wir brauchen wieder eine Razzia«, sagte Bialas. »Wir müssen die Typen schnappen, die da die Illegalen anheuern.«

»Wenn das überhaupt Sinn macht.« Stoevesandt wandte sich an den Zollbeamten: »Werden die sich dort noch einmal treffen, nach dem, was heute Morgen passiert ist?«

»So schnell geben die einen solch idealen Platz nicht auf«, grinste Kayser. »Und außerdem glaube ich nicht, dass denen klar war, dass sie sich mit einem Polizisten anlegen wollten. Normalerweise ist es der Zoll, der sich um diese Klientel kümmert, und der tritt dann in geballter Form auf. Nein, die werden eher auf einen von der Presse tippen. Und da wartet man erst einmal ab, ob überhaupt etwas passiert.«

»Was würden Sie vorschlagen??«, fragte Stoevesandt.

»Zuschlagen! Und zwar morgen früh«, Armin Kayser setzte wieder sein Lausbubenlächeln auf. »Morgen ist Samstag. Ein wunderbarer Tag für so eine Aktion. Die Leute rechnen am wenigsten mit dem Zoll. Auch Zollbeamte haben samstags gerne frei. In der Gegend um die Farsigstraße ist da noch weniger los als unter der Woche. Und auf den Baustellen wird samstags gearbeitet wie bei den Heinzelmännchen.«

Für einen Moment wog Stoevesandt ab. Dann sagte er: »In Ordnung. Mein Vorschlag: Sie, Herr Bialas, bereiten mit Herrn Kayser und seinen Leuten die Aktion morgen früh vor.« Er sah Bialas fragend an: »Einverstanden?«

Bialas nickte. Endlich hatte er das Gefühl, das Ende eines Fadenknäuels in Händen zu haben. Und er spürte Genugtuung bei dem Gedanken, einige der Kerle, die ihn heute Morgen bedroht hatten, vor sich im Verhörraum zu haben.

»Wir brauchen außerdem so schnell wie möglich die Ergebnisse der Spurensicherung.« Stoevesandt wandte sich mit Nachdruck an Wildermuth: »Wir können sonst nur weiter spekulieren, ob sich der Tote auch in lebendem Zustand auf der Messebaustelle aufgehalten hat oder erst als Leiche dort hingekommen ist.«

»Wir arbeiten daran«, antwortete Wildermuth. »Die genaue Sichtung der Kleidungsstücke haben wir abgeschlossen. Wenn man das gründlich machen will, dann nimmt das eben recht viel Zeit in Anspruch. Die Analyse der Proben werden wir am Montag haben, wenn wir übers Wochenende durcharbeiten.«

»Ihr müsst heute auch noch einmal auf die Baustelle«, wandte sich Bialas an den Kollegen von der Kriminaltechnik. »Diese Gerüststangen – sie würden einfach genau zu dem Profil der Tatwaffe passen, das der Gerichtsmediziner angenommen hat.«

»Wie viele Leute bekomme ich?«, fragte Wildermuth.

»So viele Sie wollen«, antwortete Stoevesandt grimmig. Er schob mit der Hand das Blatt mit der E-Mail seines Vorgesetzten weit von sich. »Vernehmungen mit höchstens acht Leuten. Von der Spurensicherung ist hier nicht die Rede. Stören Sie die Leute nicht bei der Arbeit, wenn es nicht wirklich notwendig ist. Aber nehmen Sie sich das Gelände ruhig noch einmal richtig vor.«

Frenzel, der erst jetzt nach der E-Mail langte und sich die Anweisungen von LKA-Abteilungsleiter Winfried Bechtel zu Gemüte führte, schüttelte den runden Kopf: »Tja, wie mein Urgroßvater schon sagte: Man muss immer mit Leuten rechnen, auf die man nicht zählen kann.«

»Auch wenn wir nur vier Teams auf die Baustelle schicken können«, meldete sich nun Nicole Marinescu, »sollten wir die Befragungen dort so schnell wie möglich wieder aufnehmen. Wir müssen die Sache mit den Eisenflechtern klären. Das ist die Schlüsselfrage, wenn wir herausbringen wollen, wie Metzler seine Dumpingpreise hinbekommt.«

»Ich bin der Meinung, die Prioritäten in dieser Sonderkommission müssen eindeutig gesetzt werden«, erwiderte Bialas, vielleicht einen Tick zu scharf. »In erster Linie ist dies hier die Ermittlung in einem gewaltsamen Todesfall.« Der Name Metzler löste bei ihm langsam Aggressionen aus, zumal er nach wie vor keinerlei Ansatzpunkte dafür sah, wie die Aufklärung der wirtschaftskriminellen Machenschaften einer Metzler AG Licht in die beiden Todesfälle bringen sollte.

Nicole Marinescu reagierte heftig: »Ich mache nur meine Arbeit, Herr Bialas. Ich unterstütze Ihre Ermittlungen, so gut ich kann. Aber das ist auch wichtig, was wir hier im LKA tun.«

»Das ist das Grundproblem dieser Soko«, Bialas zeigte nun seinen Ärger offen. »Wir ermitteln in zwei grundverschiedenen Straftatbeständen. Sie haben nur das eine im Kopf: Die Metzler AG. Dem ordnen Sie alles unter. Wenn wir von den Notwendigkeiten ...«

Die junge Frau hatte nervöse rote Flecken an Hals und Wangen bekommen und fiel ihm ins Wort: »Wenn Ihr Toter zu diesen Eisenflechtern gehört hat, wer sagt Ihnen dann, dass unsere Ermittlungen nicht vielleicht wichtige Hinweise liefern könnten?« Sie sah hilfesuchend zu Stoevesandt.

Bialas insistierte: »Wenn wir von den Notwendigkeiten einer Todesermittlung ausgehen, dann vergessen Sie Ihre Baufirmen. Dann müssen wir so schnell wie möglich die Sicherheitsleute vernehmen, die in der Nacht von Montag auf Dienstag Dienst hatten. Solange die sich noch einigermaßen erinnern, ob sie in der Tatnacht irgendetwas Ungewöhnliches bemerkt haben. Das meine ich mit Prioritäten setzen!«

»Herr Bialas hat Recht, Frau Marinescu.« Die Unterstützung durch Stoevesandt kam überraschend. »Wir müssen hier im Augenblick unser Anliegen etwas zurückstellen. Die Security-Leute sind die Nächsten, die vernommen werden müssen.«

Nicole Marinescu schwieg sichtlich verstört.

»Vielleicht kann ich Ihnen ja meine Dienste anbieten, meine Damen, meine Herren«, meldete sich Friedebald Frenzel zu Wort. »Die möglichen Beobachtungen der Sicherheitsleute scheinen so gewichtig zu sein, dass die Staatsanwaltschaft ein fundamentales Interesse an deren Aussagen haben könnte. Oder? Und Sie wissen ja: Zu Ihnen müssen die Leute nicht kommen, aber zu mir schon, wenn ich sie in unsere gemütliche Staatsanwaltschaft im Herzen unserer schönen Stadt bitte. Paragraf 161 a, Römisch eins der StPO. Wir laden die Security-Leute vor, die wir brauchen. Ich vernehme sie mit einem von Ihnen. Und Sie werden genau mit acht Beamten auf der Baustelle erscheinen und die Befragungen fortsetzen.«

Das Angebot klang verlockend. Doch der Staatsanwalt wagte sich wieder einmal sehr weit vor.

»Sind Sie sicher, dass Sie das verantworten können?«, fragte Stoevesandt. »Wir können beim jetzigen Stand unserer Erkenntnisse nicht einmal garantieren, ob die Leute überhaupt als Zeugen taugen.«

»Ich kann mich nicht erinnern, dass in meinen Vorlesungen irgendeine Vorschrift genannt wurde, die verhindern würde, dass ich jemanden als Zeuge vorlade. Und wenn es Sie beruhigt: Ich stelle mir heute Abend einfach eine gute Flasche Rosso di Montalcino ans Bett, für den Fall, dass mein Gewissen mich nicht schlafen lässt.« Er freute sich herzlich über diesen Gedanken.

Sogar Stoevesandts Gesicht verzog sich zu einem Schmunzeln.

»Nächster Punkt: Wir kommen nicht mehr um eine Pressekonferenz herum«, sagte er dann. »Bei unserer Pressestelle laufen die Drähte bereits heiß.«

»Im Präsidium auch«, bestätigte Hanna. »Franz Kallinger will dringend wissen, wann wir die ansetzen wollen.«

Stoevesandt überlegte zögernd.

»Trotz des Drucks – ich würde vorschlagen«, hakte Bialas ein, »wir verschieben die Pressekonferenz auf Montagvormittag. Die Ankündigung geben wir heute heraus, das beruhigt die Pressefritzen vielleicht ein bisschen. Zugleich haben wir zwei Tage mehr Zeit für unsere Ermittlungen. Ich hoffe einfach darauf, dass wir neue Erkenntnisse gewinnen durch die Aktionen, die wir jetzt geplant haben. Das, was wir jetzt haben, ist doch reichlich mager. Und wir haben heute alle Hände voll zu tun.«

Stoevesandt schlug ein dickes Terminbuch auf, blätterte darin und schien die Zeit abzuschätzen, die die Seiten zur Verfügung stellten. »In Ordnung«, sagte er schließlich. »Die

Pressekonferenz wird auf Montagvormittag zehn Uhr dreißig anberaumt.«

Dann verteilte er die Aufgaben. Bialas würde wie besprochen mit dem Zoll die Aktion in der Farsigstraße vorbereiten. Luca sollte Frenzel bei den Vernehmungen der Staatsanwaltschaft unterstützen. Rudolf Kuhnert war zuständig für die Aktenführung. Hanna und Nicole Marinescu würden die Befragungen organisieren, die sie, wenn auch in eingeschränktem Maße, auf der Baustelle weiterführen wollten.

»Sie arbeiten eng zusammen und stimmen sich ab«, mahnte Stoevesandt die beiden Frauen. »Wir können es uns nicht leisten, auch noch innerhalb der Sonderkommission gegeneinander anzugehen.« Er sah alle in der Runde mit festem Blick an. »Wir rühren hier in einer höchst politischen Suppe. Und ob uns das gefällt oder nicht – die Ermittlungen finden nun mal in einem brisanten Umfeld statt, in dem es um Prestige geht, um viel Geld, um kriminelle Machenschaften und mafiose Strukturen, selbst wenn Ihr Todesfall rein gar nichts damit zu tun hätte. Ich bitte Sie daher alle um Kooperation und ein kollegiales Verhalten!« Stoevesandt ließ den Appell einen Moment wirken. »Ich selbst werde die operative Leitung und Koordination aller Ermittlungen und Aktivitäten übernehmen. Gibt es Einwände? Gibt es Fragen?«

3

Den Mittag und Nachmittag verbrachte Bialas im Hauptzollamt, einem schlichten modernen Zweckgebäude im Osten der Stadt. Fast eine Stunde brauchte er, um einen griesgrämigen Vorgesetzten von Kayser davon zu überzeugen, dass die Aktion Sinn machte. Die Schilderungen seiner Erlebnisse in den frühen Morgenstunden ließen den Mann kalt. »Wenn wir die festnehmen und abschieben, dann stehen nächste Woche hundert neue Leute da«, war der Kommentar, nachdem der Zollbeamte eine Weile mit finsterer Mine zugehört hatte. »Und die eigentlichen Ganoven, die Bauunternehmer, die kriegen Sie nur, wenn Sie die Leute in flagranti auf den Baustellen erwischen.«

Erst als Bialas eindringlich die beiden Todesfälle schilderte, begann der Mann seine Haltung zu ändern und setzte schließlich mit kurzer Handbewegung seine Unterschrift unter das Formular, mit dem um Amtshilfe durch den Zoll gebeten wurde. »Zwanzig Mann, keinen einzigen mehr«, knurrte er in Richtung Armin Kayser, »und nur die Aktion. Die Auswertung übernehmen Sie«, nickte er zu Bialas hin.

Es war früher Nachmittag, als Bialas' Handy klingelte. Armin Kayser, einige seiner Kollegen und Bialas standen gerade über die Dokumente und Flurpläne des Katasteramtes gebeugt, die die Gebäude und Grundstücke rund um die Farsigstraße auswiesen, und besprachen mögliche Aufstellungen der Zollbeamten am nächsten Morgen.

Bialas sah auf das Display. »Unbekannt«, meldete es. Einen Moment zögerte er. Diese Handynummer hatten nur Kollegen und enge Angehörige. Sie durfte nur in dringenden Ausnahmen an Außenstehende herausgegeben werden. Dann nahm er das Gespräch an.

»Herr Bialas? Ja? Mein Name ist Eichinger, ich bin der Mathelehrer Ihrer Tochter. Und der Verbindungslehrer hier an der Schule ...«

»Wer hat Ihnen diese Nummer gegeben?«, fragte Bialas. Unmut stieg in ihm auf. Arbeit war Arbeit, und Privates war Privates. In diesem Beruf durfte man sich keine Vermengungen erlauben, davon war er fest überzeugt.

»Ihre Frau, Herr Bialas. Sie war heute bei mir«, sagte der Lehrer.

Wie konnte Thea dem Mann seine Handynummer geben?

»Herr ...«

»Eichinger.«

»Herr Eichinger, ich bin hier gerade mitten in einer Besprechung ...«

»Ich will nur kurz sagen, worum es geht«, fiel ihm Eichinger ins Wort, »und einen Termin mit Ihnen vereinbaren, damit wir mal in Ruhe reden können. Ich weiß, dass Sie im Moment sehr beschäftigt sind. Aber ich möchte mir mal keine Vorwürfe machen müssen, dass ich nicht rechtzeitig mit Ihnen gesprochen hätte.«

Bialas gab Kayser ein Zeichen, weiterzumachen, und ging zur Seite ans Fenster des Raumes.

»Worum geht es denn? Ich nehme an, um Svenja.«

»Herr Bialas, Ihre Tochter schwänzt in zunehmendem Maße die Schule. Die Entschuldigungen, die sie bringt, tragen Ihre Unterschrift. Aber das ist nicht das Schlimmste. Sie bewegt sich in einer Clique, die auf jeden Fall extensiv Gras raucht. Ein paar Jungs, ein paar älteren, hat man jetzt den Führerschein abgenommen, weil sie bekifft Auto gefahren sind. Die sind nicht alle bei uns an der Schule. Aber es ist eine feste Clique, und wir haben die Befürchtung, dass da auch härtere Drogen im Spiel sind.«

Bialas wurde es mulmig. »Und meine Frau? Sie haben doch mit ihr gesprochen. Was hat sie dazu gesagt?«

»Ihre Frau, entschuldigen Sie, wenn ich das so sage, Herr Bialas ... Ihre Frau ist hilflos. Sie müssten mal ausführlich mit ihr reden. Sie hat das Gefühl, dass sie keinen Einfluss mehr auf Ihre Tochter hat. Und ehrlich gesagt, Herr Bialas, ich glaube das auch. Svenja sucht die Konfrontation mit Männern. Seltsamerweise hat sie kaum Probleme mit meinen weiblichen Kolleginnen. Aber die Männer – das bin ich, das ist der Chemie-Lehrer und der für Geschichte und Gemeinschaftskunde –, uns macht sie, so gut es geht, das Leben schwer. Ich denke, sie sucht die Auseinandersetzung mit Vaterfiguren. Oder um es deutlich zu sagen, mit Ihnen. Und Sie sind nicht greifbar.«

Das Gespräch wurde zunehmend unangenehm. Vorwürfe, er würde nicht mit seiner Frau reden. Vorwürfe, er würde sich nicht um seine Tochter kümmern. Was erlaubte sich der Mann?

Am Tisch bei den Zöllnern schien man auf ihn zu warten.

»Hören Sie, Herr Eichinger. Sie geben mir Ihre Nummer. Anfang kommender Woche sehe ich ab, wie sich die Sache hier entwickelt. Dann kann ich auch kurzfristig einen Termin vereinbaren. Und dann müssen Sie mir schon etwas genauer erklären, worauf Ihre Vorwürfe beruhen.«

»Aber natürlich, Herr Bialas. Rufen Sie mich an. So bald wie möglich.«

Bialas notierte sich die Telefonnummer. Dann wandte er sich wieder der Besprechung am Tisch zu. Es dauerte eine Weile, bis er sich wieder auf die Erörterungen der Zollbeamten konzentrieren konnte.

4

Bialas kehrte zum Landeskriminalamt zurück, als klar war, dass Kayser und seine Leute noch eine ganze Menge organisatorischer Aufgaben zu erledigen hatten, zu denen er nichts Wesentliches mehr beitragen konnte. Es war später Nachmittag, als er das »Hauptquartier« der Sonderkommission betrat. Der Raum war leer. Auf den Tischen lagen ein paar Akten. Er ging nach vorne an die riesige Magnetwand, auf der schematisch die bisherigen Erkenntnisse und Zusammenhänge skizziert waren. Er betrachtete die Fotos, die mit Magnetbuttons an die Wand geheftet waren, und sah in die Gesichter der Toten. Plötzlich fühlte er sich unendlich leer und ausgepowert.

Vielleicht sollte er die Gelegenheit nutzen und sich eine Verschnaufpause gönnen. In den letzten Tagen hatte er kaum Zeit gehabt, zu sich zu kommen. Die schlaflose Nacht machte ihm zu schaffen. Er ging in das Büro, das Stoevesandt ihnen zur Verfügung gestellt hatte. Dort setzte er sich und schloss die Augen. Müdigkeit überfiel ihn. Er verschränkte die Arme auf den Schreibtisch und legte seinen Kopf darauf. Fast augenblicklich dämmerte er in einen Halbschlaf hinüber. Doch nur, um wieder aufzuschrecken. Der Alptraum, der ihm in der Nacht schon zugesetzt hatte, war wieder da, kaum dass er sich dem Schlaf überlassen hatte. Wieder sah er Svenja bleich und unwirklich vor sich. Wie von ferne hörte er in diesem Traum auch die Stimme des Lehrers und seine vorwurfsvollen Worte.

Bialas richtete sich auf, öffnete die Augen und sah direkt auf die Plakate der Rauschgift-Aufklärungsgruppe des LKAs. »Drogen decken Probleme nur zu und lösen sie nicht«, las er. Es gab Probleme mit Svenja. Er wusste es. Er wusste es schon lange. Was war los mit seinem kleinen Mädchen? Als sie wirklich noch ein Kind war, da war er ihre Nummer eins gewesen. Mit Alexander verband ihn das Mann-Sein, das Herumbalgen, das körperliche und geistige Kräftemessen. Aber Alexander brauchte bis heute seine Mama. Sie stand an erster Stelle für den Jungen. Mit Svenja verband ihn dagegen etwas, das unabhängig von Geschlecht oder gemeinsamen Aktivitäten existierte. Es war wie eine tiefe Wesensverwandtschaft. Sie lachte ebenso wie er nur selten und nahm die Dinge tiefgründig und ernst. Sie hatte ebenso wie er ein nachhaltiges Bedürfnis nach Gerechtigkeit und kämpfte mit Leidenschaft für ihre Meinung. Als kleines Kind hatte sie am Abend auf ihn gewartet und konnte nicht einschlafen, solange Papa nicht zu Hause war. Sie war zu ihnen ins Bett geschlüpft, hatte sich zwischen ihn und Thea gelegt und sich an Papa gekuschelt, sodass Thea manchmal fast eifersüchtig wurde. Doch in den letzten Monaten war eine unsichtbare Wand zwischen ihnen gewachsen, eine Sprachlosigkeit und eine Fremdheit, die er nicht verstand. Es gab ein Problem, aber worin bestand es? Er war wie selbstverständlich immer davon ausgegangen, dass seine Kinder niemals durch Drogen gefährdet sein würden. Er sah auf das Plakat und war sich dessen plötzlich nicht mehr sicher, und eine furchtbare Angst überkam ihn.

In seine Gedanken hinein öffnete sich die Tür. Hanna trat ein.

»Geht es dir gut, Andreas?«, fragte sie besorgt.

Wäre er nicht so übermüdet und erschöpft gewesen, hätten sie im Präsidium an ihrem »heimischen« Schreibtisch gesessen, so wäre Hanna genau die Richtige gewesen, um ihr sein Herz auszuschütten.

»Ich bin nur verdammt müde«, antwortete er und schüttelte den Kopf, wie um zur Besinnung zu kommen.

»Lass uns essen gehen«, sagte Hanna. »Um sechs geht es weiter. Luca und der Staatsanwalt sind auch eben zurückgekommen. Wir müssen ja irgendwann auch mal etwas Warmes in den Magen bekommen, und nicht nur immer belegte Brötchen.«

Ergeben stand Bialas auf und machte sich mit Hanna auf den Weg zur Kantine des Landeskriminalamtes.

5

Als das Meeting begann, hatte Bialas den toten Punkt überwunden. Zumal es zunächst um »seine« Ermittlungen ging. Es waren nur kleine Teile des Puzzles, die sie zusammentragen konnten. Sie konnten belanglos sein, aber auch entscheidende Hinweise liefern. Das machte Bialas hellwach.

Bei der Identifizierung der Toten war nach wie vor kein Durchbruch zu sehen. Die Befragungen von Hanna und Nicole Marinescu hatten keine neuen Ergebnisse gebracht.

»Die Anonymität auf dieser Baustelle ist unglaublich«, stellte Hanna fest. »Die Projektleiter haben nur mit den Chefs und Bauingenieuren der Generalunternehmen zu tun. Die wiederum reden nur mit den Chefs und Vorarbeitern der direkten Subunternehmen, und die auch wieder nur mit den Vorgesetzten. Was in dritter oder vierter oder gar fünfter Reihe dieser Pyramide passiert, das weiß oben kein Mensch mehr.«

Nicole Marinescu ergänzte: »Auf jeden Fall schimpfen im Moment alle, weil an bestimmten Stellen nicht mehr weitergearbeitet werden kann. Es fehlen Eisenflechter und zum Teil auch Leute, die die Verschalungen montieren.«

Dann berichtete Wildermuth. Er hatte auf einem Tisch ein ganzes Sortiment verschiedenster Gerüststangen ausgebreitet. Es war erstaunlich, wie viele Varianten dieser Stangen es gab. Mit unterschiedlichen Längen, unterschiedlichen Stärken und unterschiedlichen Verbindungselementen. Fünf der Stangen hatten eine solche viereckige Stahlplatte als Fuß, wie sie Bialas in der Frühe schon im Geiste auf sich niedersausen gesehen hatte.

Frenzel beugte sich interessiert über jeden der Gegenstände und schüttelte seinen runden Kopf. »So etwas auf die Rübe, das macht sicher Kopfschmerzen.« Er deutete auf einen der vierkantigen Stahlfüße.

»Am besten, du nimmst alle mit zu Doktor Ehrenberg«, wandte sich Bialas an Wildermuth.

»Habe ich bereits mit dem Doktor besprochen«, antwortete der Kriminaltechniker. »Morgen früh bin ich in Tübingen in der Gerichtsmedizin. Wir haben übrigens stichprobenartig ein paar der Stangen auf Blut untersucht. Solche, die frei herumlagen oder zuoberst auf einem Stapel. Fehlanzeige. Wäre aber auch ein absoluter Glückstreffer gewesen.«

»Was ist mit Hunden?«, fragte Hanna. »Es gibt doch auch Spürhunde, die auf Blut trainiert sind.«

Wildermuth zuckte die Achseln. »Zu groß. Das Gelände ist zu groß. Das macht nur Sinn, wenn wir den Tatort in etwa eingrenzen könnten.«

»Es gibt bei uns im Hause eine Software«, schaltete sich Stoevesandt ein. »Damit ist es möglich, bestimmte Tathergänge zu rekonstruieren. Ich glaube, man schafft mithilfe der Tatortfotos einen virtuellen Raum und simuliert verschiedene Varianten, die nach der Spurenlage möglich sind. Das müsste doch auch funktionieren, wenn wir nur die Tatwaffe und die Größe des Opfers haben?«

»Könnte Hinweise liefern. Zumindest die Größe des Täters könnte so recht genau ermittelt werden«, antwortete Wildermuth. Er versprach, dass alle Analysen der Spuren am Leichnam und seiner Kleidung, der Proben am Fundort und auch der Vergleich der Kopfwunde mit möglichen Tatwaffen bis Sonntagabend vorliegen würden.

Luca und Frenzel hatten tatsächlich elf der dreizehn Sicherheitsleute in die Staatsanwaltschaft lotsen können, die in der Nacht vom Montag auf Dienstag Wache geschoben hatten. Alle waren kooperativ.

»Also, richtig etwas mitbekommen, das uns wirklich weiterhelfen würde, das hat keiner«, berichtete Luca. »Aber drei haben ausgesagt, dass die Hunde angeschlagen haben, und zwar etwa nachts um halb drei. Um halb zwei will einer ein ziemlich lautes Knacken gehört haben. Der hat übrigens ausgesehen wie Pavel Chekov.«

»Wer ist Pavel Chekov?«, fragte Stoevesandt konsterniert.

»Erster Sicherheitsoffizier auf der Enterprise unter Captain Kirk ... Ach, vergessen Sie's. Es könnte jedenfalls ein Geräusch gewesen sein, als ob jemand diese Eisengitter abgeknipst hat, hat er gesagt. Ist aber nicht hingegangen, weil dann alles wieder still war.«

»Herr Mazzaro hat intelligenterweise die Leute auch nach Fahrzeugen befragt, die noch auf dem Gelände oder in der Nähe gestanden haben«, schaltete sich nun Staatsanwalt Friedebald Frenzel ein. »Und tatsächlich fiel einem der Leute auf, dass der Wagen von Herrn Projektleiter Doktor Bernhardt Conradt von Menke & Partner, ein wunderschöner silberner Audi A8, die ganze Nacht auf dem Parkplatz direkt gegenüber der Haupteinfahrt der Baustelle geparkt war. Normalerweise steht der direkt vor den Baucontainern, und das auch nur tagsüber. Und am Morgen hat dieser Wachmann den Herrn Conradt dann auch noch zu Fuß auf die Baustelle kommen sehen, die Straße entlang, die zu den Terminals führt.«

»Na sieh mal einer an. Der saubere Herr Bauingenieur«, sagte Hanna. Conradt war genau der Typ des aalglatten arroganten Managers, der, wie Bialas wusste, seiner Kollegin die Zehennägel nach oben bog.

»Gab es weitere Fahrzeuge, die aufgefallen wären?«, wollte Stoevesandt wissen.

»Nein«, antwortete Luca, »auf der Baustelle selbst waren definitiv keine Privatwagen mehr. Und auf den Parkplätzen rund herum, da stehen immer noch jede Menge Autos nachts herum. Zum Teil von Bauleuten, die in den Wohnwagen außerhalb des Geländes übernachten. Und dann aber auch von Leuten, die Flüge gebucht haben und nicht in die teuren Parkhäuser am Flughafen wollen. Die Wachleute kennen natürlich auch nicht die Wagen von allen, die sich da auf der Baustelle herumtreiben. Und nicht jeder fährt einen silbernen A8.«

»Das heißt, Herr Conradt bräuchte ein Alibi?«, fragte Stoevesandt in die Runde.

»Ich denke doch, ich schreibe dem Herrn Conradt ein nettes Briefchen, mit einer freundlichen Einladung«, freute sich Frenzel. »Der Polizei darf er ja nichts mehr sagen. Aber über eine Einladung von mir wird er sich sicher freuen. Da können wir dann doch ein nettes Plauderstündchen zusammen halten. Und damit er sich auch richtig wichtig vorkommt, lass ich ihm die Einladung gleich mit einem hochoffiziellen Boten vorbeibringen. Das freut ihn sicher auch.«

Wildermuth meldete sich noch einmal zu Wort: »Wir sollten, wenn möglich, die Arbeitsschuhe von Herrn Conradt einziehen. Wegen der Schuhabdrücke ...«

»Ach ja, genau«, Luca wurde lebendig, »dieser Mister Chekov ... wie hieß der Mann denn noch, Herr Frenzel? Jedenfalls dieser Security-Mensch, dem fiel am Donnerstag ein Loch auf. Im Maschendraht, mit dem die Südflanke der Baustelle zum großen Teil abgezäunt ist. Ich habe sofort Wildermuth benachrichtigt. Er war ja ohnehin mit seinen Leuten oben auf dem Gelände.«

»Der Draht ist mit einer Art Seitenschneider exakt von unten nach oben aufgeschnitten worden«, legte Wildermuth dar. »Wenn man den Maschendraht auseinanderbiegt – und der wurde eindeutig auseinandergebogen und wieder in die alte Position zurückgebracht –, dann kann da bequem ein Mensch durchschlüpfen.«

»Eventuell auch mit einer schweren Last?«, wollte Bialas wissen. Vielleicht war der Tote ja doch erst als Leiche auf die Baustelle gebracht worden.

»Man hätte auf jeden Fall auch größere Lasten durchschieben können«, antwortete Wildermuth. »Ich habe an der Stelle noch einige Fußabdrücke sichern können. Keine optimalen, dazu war es zu nass die letzten Tage. Aber immerhin die Schuhgröße ist eindeutig. Und das Profil konnten wir auch teilweise noch sichern. Es waren mit großer Wahrscheinlichkeit Arbeitsschuhe Größe 45 bis 46.«

»Der saubere Herr Conradt hatte blitzblanke Stiefel an«, erinnerte sich Hanna, »wie neu. Vielleicht hat er ja ein altes Paar ausrangiert.«

»Und was ist mit diesem Polier?«, fragte Stoevesandt. »Soweit ich verschiedene Aussagen kenne, war sein Verhalten recht seltsam.«

»Karl Ergenzinger«, sagte Hanna. »Weißt du noch, Andreas, wie der Mann reagiert hat, als wir ihm den Toten zeigten? Er hat überhaupt nicht richtig hingeschaut. Aber dass er den Toten nicht kennt, das wusste er mit Sicherheit.«

»Ziehen Sie auch seine Schuhe ein«, wandte sich Stoevesandt an Wildermuth.

Bialas nickte: »Wir müssen ihn noch einmal vernehmen, wenn möglich, ohne Rechtsanwalt.«

»Das bedeutet aber eine polizeiliche Vorladung, zu der er nicht unbedingt erscheinen muss«, warf Frenzel ein.

»Er wird nicht kommen«, sagte Hanna mit sicherem Ton.

Frenzel seufzte. »Ich schreibe gerne eine Einladung. Zu mir muss er ja kommen, aber gegen den Anwalt kann ich nichts machen. Sie wissen ja, Anwälte sind wie Wespen. Je mehr man nach ihnen schlägt, umso lieber stechen sie, ha ha ha. Und Anwälte raten ihren Mandanten immer zuerst einmal, nichts zu sagen.«

»Dann ziehen wir die Daumenschrauben an«, sagte Bialas. »Dann befördern wir den Zeugen zum Verdächtigen.«

»Halten Sie es für möglich, dass dieser Ergenzinger der Täter ist?«, fragte Stoevesandt.

»Wenn er es war, dann ist das natürlich hochriskant, den Toten im eigenen Bauabschnitt abzulegen«, antwortete Bialas.

»Aber es bot sich vielleicht einfach an«, wandte Hanna ein. »Nehmen wir an, es war ein Totschlag. Ungeplant. Im Affekt. Dann kann einem das schon als Lösung in den Kopf kommen.«

»Und wenn es geklappt hätte«, meinte Luca, »dann wäre das die perfekte Entsorgung gewesen.«

Stoevesandt sah auf seine gefalteten Hände vor sich auf dem Tisch hinunter und überlegte einige Momente. »Herr Frenzel, laden Sie ihn vor«, entschied er.

Dann erteilte er Rudolf Kuhnert das Wort. Und damit wurde es wieder zäh. Es ging wieder einmal um Zahlen, Fakten, Bilanzen – und natürlich um die Metzler AG. Noch bevor Kuhnert seinen eintönigen Bericht ableiern konnte, warf Stoevesandt Bialas und seinen Kollegen warnende Blicke zu. »Wir müssen auch in dieser Sache vorankommen«, sagte er entschieden.

Kuhnert legte zunächst detailliert und penibel die wirtschaftlichen Daten und Entwicklungen der Firmen Rentz Betonbau und Weißgerber dar, und dies über mehrere Jahre hinweg. Dann fingerte er am Beamer herum und warf auf die Leinwand ein unübersichtliches Geflecht aus Kästchen und Verbindungslinien. Mehrmals tauchte bei der Beschriftung der Kästchen der Name Metzler auf, meist mit irgendwelchen Zusätzen. Auch dieses Gewirr erklärte Kuhnert in epischer Breite.

Das Schlimme war nicht nur, dass Bialas mit den Zahlen und Fakten nichts anzufangen wusste. Hinzu kam die umständliche und eintönige Sprechweise von Kuhnert, die den

Vortrag nervig und einschläfernd zugleich machte. Bialas sah den Gesichtern der Kollegen an, dass es nicht nur ihm so ging.

Nur Stoevesandt folgte den Ausführungen mit höchster Konzentration. Und Nicole Marinescu bekam vor Aufregung sogar rote Backen. Sie schien wie elektrisiert und sagte mehrmals etwas wie: »Das ist ja unglaublich ... Wann haben Sie das denn alles recherchiert? ... Mensch, Herr Kuhnert, Sie sind ja ein Genie ...« Wenn sie in der Runde in verständnislose Gesichter blickte, versuchte sie, zusammenzufassen und die Dinge auf den Punkt zu bringen. Nur ihr war es zu verdanken, dass Bialas in etwa begriff, worum es ging.

Offenbar waren die beiden Bauunternehmen Rentz und Weißgerber in den letzten Jahren in ernsthafte wirtschaftliche Schwierigkeiten geraten. Zum einen durch eine schlechte Auftragslage, zum andern durch Dumpingpreise der Konkurrenz, allen voran der Metzler AG. Beide Unternehmen standen kurz vor der Insolvenz, da sprang eine Investmentgesellschaft ein, die bei Weißgerber ein Drittel und bei Rentz die Mehrheit der Anteile übernahm. Dem Organigramm des Metzler-Imperiums auf der Projektionsleinwand konnte Nicole Marinescu entnehmen, dass diese Investmentgesellschaft das Tochterunternehmen einer Beteiligungsgesellschaft war, die wiederum zum Metzler-Konzern gehörte. Beide, Rentz und Weißgerber, gerieten damit in eine Abhängigkeit, in der sie gezwungen waren, Baustoffe wie etwa Bewehrungsstähle von Metzler-Tochterunternehmen zu beziehen. Ingenieursleistungen, die zugekauft, oder Baumaschinen, die ausgeliehen werden mussten, durften sie nun ebenfalls nur noch bei einem Tochterunternehmen der Firmengruppe Metzler ordern, und dies noch nicht einmal zu besonders günstigen Konditionen.

Dennoch ging es den Unternehmen danach wieder besser. Sie mussten zwar Personal abbauen, und die Umsätze sanken weiter. Doch immerhin konnten sie wieder kleine Gewinne erzielen. Und darüber regte sich Nicole Marinescu besonders auf. »Wenn man mit weniger Umsatz und mit noch weniger Personal eine höhere Rendite erzielt, dann gibt es nur zwei Möglichkeiten.« Die junge Frau hatte vor Aufregung glänzende Augen. »Entweder man erhöht die Produktivität durch neue Verfahren oder neue Maschinen. Das ist im Betonbau aber nach Stand der Dinge nicht möglich. Oder man senkt die Personalkosten.«

Sie rannte fast zu dem Diagramm, das Kuhnert mit dem Beamer auf die Projektionswand geworfen hatte. »Hier«, sie tippte mit dem Finger auf ein paar Kästen im unteren rechten Eck und musste sich dabei auf die Zehenspitzen stellen. »Hier. Diese beiden Firmen sind Niederlassungen von Metzler in Polen und Rumänien. Beide Firmen sind schon einmal aufgefallen, im Zusammenhang mit dem Sozialversicherungsbetrug beim Neubau der Polizeidirektion in Rottweil. Sie haben mit Briefkastenfirmen in Wrozław und in Bukarest zusammengearbeitet, mit Scheinfirmen, die Arbeitskräfte nach Deutschland entsenden. Die haben die Leute auf die Baustellen geschickt, aber keinerlei Sozialabgaben, keine Krankenversicherung, keine Steuern, kein Urlaubsgeld abgeführt. Als die Staatsanwaltschaft aktiv wurde, waren die Firmen längst aufgelöst. Ich könnte wetten: Das läuft immer so. Auch jetzt wieder auf der Messebaustelle. Wo sind die Eisenflechter? Warum sind sie gerade jetzt verschwunden, wo wir die Baustelle im Visier haben?«

Auch wenn Bialas die ganzen Metzler-Verflechtungen eigentlich nicht interessierten, so musste er sich doch eingestehen, dass er ein gewisses Verständnis für die Empörung der jungen LKA-Kollegin entwickelte. Er begriff: Das Baugewerbe war ein Haifischbecken. Und die Metzler AG war einer der ganz großen Haie. Sie trieb kleinere Unternehmen fast in den Ruin, um sie dann dem eigenen Imperium einzuverleiben und ihnen die Arbeitsbedingungen zu diktieren. Und dazu gehörte offenbar auch die Beschäftigung von Illegalen und von Türken, die man übers Ohr haute und abschob.

6

Es war kurz nach neun, als Bialas nach Hause kam. Thea saß in eine warme Decke gehüllt auf dem Sofa, die Beine hochgelegt. Sie hatte ein Gläschen Sherry vor sich und las ein Buch. Eine Kerze verbreitete ein heimeliges Licht. Zu gerne hätte Bialas diese Atmosphäre von Harmonie und Geborgenheit genossen. Zu gerne hätte er wieder einmal die ganzen Widrigkeiten hinter sich gelassen und sich der Entspannung hingegeben. Es ging nicht.

Er setzte sich zu Thea und fragte: »Du warst heute in der Schule?«

»Ich habe mit Franz gesprochen«, verteidigte sie sich sofort. »Ich hab ihn gefragt, ob ich dem Lehrer deine Nummer geben darf. Er hat es mir erlaubt, Andreas.«

»Ist ja in Ordnung. Du hast ja Recht.« Er legte seinen Arm um ihre Schultern. »Was ist los mit Svenja? Was läuft da schief?«

»Ich weiß es nicht«, antwortete sie niedergeschlagen. »Der Lehrer sagt, sie hat sich einer Clique angeschlossen, in der Drogen konsumiert werden, zumindest Haschisch.«

»Glaubst du, dass sie Drogen nimmt?«

»Ich weiß es nicht. Irgendwie kann ich es mir nicht vorstellen. Aber ich glaube, alle Eltern meinen, sie wüssten, dass ihre Kinder nichts nehmen. Ich habe einfach eine furchtbare Angst, Andreas.«

Bialas erinnerte sich an das schreckliche Gefühl, das ihn beim Anblick des Anti-Drogen-Plakates übermannt hatte. »Ich auch, Thea, ich auch«, gestand er.

Ihm gingen plötzlich viele Dinge durch den Kopf. Am Ende ihrer Abendbesprechung im LKA hatte Nicole Marinescu darum gebeten, das Wochenende frei zu bekommen. Sie war alleinerziehend und musste sich um eine kleine Tochter kümmern. Es war ihr peinlich gewesen, ihre Mitarbeit in dieser heißen Phase der Ermittlungen absagen zu müssen. Doch die Kleine sollte nicht schon wieder zur

Oma abgeschoben werden. Auch Hanna hatte um einen freien Sonntag gebeten. Einer ihrer Söhne hatte Geburtstag, und Bialas wusste, dass ihr Familienfeste heilig waren, vielleicht noch mehr als anderen Müttern, weil die Kinder schon früh ohne den Vater auskommen mussten. Für einen Moment hatte Bialas sich geärgert. Schließlich kam es nach einem Tötungsdelikt darauf an, die Ermittlungen so schnell und umfassend wie möglich anzugehen. Eine Mordkommission bedeutete immer uneingeschränkte Leistungsbereitschaft. Und wie auch er stellte Wildermuth selbstverständlich die Familie hintenan und arbeitete das Wochenende durch, wenn es sein musste. Doch dann hatte er im Geiste wieder Svenja vor sich gesehen. Theas Worte, die Arbeit sei ihm wichtiger als die Familie, klangen ihm noch im Ohr. Und er bekam wieder einmal ein schlechtes Gewissen.

»Haben Sie auch Familie?«, hatte Stoevesandt Luca gefragt.

Dieser hatte wie ein italienischer Tenor die Arme ausgebreitet: »Ich habe noch nicht einmal eine Freundin, Maestro. Wie auch, in diesem Job? Habe ich Zeit, irgendwo eine anzubaggern? Nein. Habe ich nicht. Aber ich habe eine Mamma. Die behauptet, sie weiß nicht mehr, wie ich aussehe. Wenn's sein muss, bin ich am Sonntag da. Wenn nicht, bin ich nicht traurig.«

»Selbst Luca denkt an die Familie, obwohl er noch keine Verantwortung für eine eigene hat«, dachte Bialas nun. »Aber ich habe Verantwortung. Ich habe Kinder. Und kümmere ich mich genügend um sie? Hat Thea vielleicht doch Recht? Stelle ich sie nicht immer hintenan, wenn der Job es verlangt? Verlangt der Job das wirklich?«

»Wo ist Svenja jetzt?«, fragte er.

Thea hob hilflos die Schultern: »Sie ist auf einem Konzert, ich glaube einem Open-Air-Konzert. Ich weiß nicht, wo. Ich weiß nicht, wie lange. Sie sagte, sie sei das ganze Wochenende weg.«

»Open Air zu dieser Jahreszeit?«

»Sie gibt mir nur patzige Antworten, wenn ich sie frage. Wo ist das? – Weiß ich nicht, ich fahr da mit 'ner Freundin hin. Wer spielt da? – Kennst du sowieso nicht. Sind lauter Punk-Bands. Nimmst du Drogen, rauchst du Hasch? – Wie kannst du so was sagen? Du hast überhaupt kein Vertrauen zu mir! – So geht das nur noch zwischen uns.«

Bialas holte sein Handy und wählte die Mobilfunknummer seiner Tochter. »Der Teilnehmer ist im Augenblick nicht erreichbar«, teilte ihm eine freundliche Frauenstimme mit.

»Am Sonntag versuche ich mir frei zu nehmen, wenigstens am Nachmittag. Ich verspreche dir, sobald mir Svenja über den Weg läuft, werde ich mich mit ihr in ein Zimmer einsperren und sie so lange nicht laufen lassen, bis ich Antworten auf diese Fragen bekomme.«

»Bitte nicht mit deinen Verhörmethoden. Wir müssen doch herausbekommen, was in ihr vorgeht, warum sie so renitent ist. Das muss doch Gründe haben.«

»Hallo, Papa!« Alexander stand im Schlafanzug in der Tür. Er hatte schon geschlafen, wie seine müden Augen zeigten.

»Hallo, mein Großer«, antwortete Bialas und stand auf. »Ich weiß, du bist über das Alter hinaus, in dem man noch ins Bett gebracht werden muss. Darf ich dich trotzdem aufs Zimmer begleiten? Dann können wir noch ein bisschen quatschen.«

Alexander drehte sich in stummem Einverständnis um und ging vor Bialas die Treppe hoch zu seinem Zimmer. Er legte sich ins Bett und richtete sich gleich wieder auf, als sein Vater sich auf seine Bettkante setzte.

»Wie geht's in der Schule?«, fragte Bialas.

»Oooch, langweilig«, sagte Alexander.

»Langweilig? Alle Fächer langweilig?«

»Sport ist okay. Und Kunst geht auch. Da machen wir gerade was mit Draht und Pappmaschee. Das ist ganz lustig.«

»Was war deine letzte Klassenarbeit?«, fragte Bialas.

Alexander zögerte: »Ooch, ich glaube, NWA.«

»Was ist NWA?«

»Naturwissenschaftliches Arbeiten nennt sich das.«

»Und wie lief die Arbeit?«

»Nich so gut gelaufen. Nur ne vier.«

»Naturwissenschaftliches Arbeiten – das klingt doch aber ganz interessant!«

»Was soll daran interessant sein?«, empörte sich der Junge. »Der Typ erklärt auch alles so komisch. Wir verstehen das alle nicht. Und wenn wir fragen, dann sagt er nur das Gleiche wie schon mal.«

»Macht man da keine Versuche?«, fragte Bialas, der sich noch lebhaft an die brodelnden Reagenzgläser in Chemie und die Experimente in Physik erinnerte, die in seiner Schulzeit eine ungeheure Faszination auf ihn ausgeübt hatten.

»Der Typ sagt, das braucht man nicht. Wir haben ihn extra gefragt.« Alexander war wirklich zornig. »Weißt du, was ich glaube? Der blickt es nicht, wie man Versuche macht. Die Lehrerin von Marco macht ganz oft was, wo man selbst was ausprobieren kann. Die schneiden da Pflanzen auseinander und legen sie unters Mikroskop. Oder sie leuchten mit einer Taschenlampe durch einen Kristall. Nur wir nicht. Noch nie!«

Bialas schüttelte den Kopf. Er konnte sich nicht vorstellen, dass man NWA ohne die Zauberstückchen machen konnte, durch die Flüssigkeiten ihre Farbe veränderten und feste Stoffe sich in Gas und Rauch auflösten oder ohne die Zwiebelhäutchen, bei denen man unterm Mikroskop die Zellen sehen konnte. War das heute nach Lehrplan möglich, NWA ohne praktische Anschauung? Und was wusste er sonst noch alles nicht? Seit fast drei Jahren hatte sein Sohn nun ein Fach, dessen Namen er nicht kannte, geschweige denn, dass er wusste, wie der Unterricht dort ablief. Er musste sich einfach die Zeit nehmen, um mit dem Jungen zu sprechen. Er musste sich mehr um seine Kinder kümmern, nahm er sich vor.

»Am Sonntag zeigst du mir mal, was ihr da macht in diesem naturwissenschaftlichen Dingens da. Und dann können wir ja mal schauen, ob wir so einen Experimentierkasten kaufen«, versprach er. »Und jetzt schlaf mal weiter.«

»Papa«, sagte Alexander, als Bialas gerade den Raum verlassen und die Tür hinter sich schließen wollte. »Am Sonntag haben wir ein Spiel. Kommst du mit?«

»Aber klar doch, mein Großer«, versicherte er, und schränkte ehrlicherweise gleich wieder ein: »Wenn ich nicht irgendeinen gemeinen Verbrecher verhaften muss.« In diesem Moment verfluchte er seinen Job.

Samstag, 16. April 2005

1

Wieder saß Andreas Bialas in aller Herrgottsfrühe in einem Wagen an der Farsigstraße. Dieses Mal war es ein graugrüner Nissan Micra Baujahr 1998. Das einzige ungewöhnliche Merkmal des Autos waren die getönten Scheiben, durch die man von außen selbst bei Licht kaum etwas sah. Neben ihm saß der lange Armin Kayser am Steuer. Er hatte seinen Sitz so weit wie nur irgendwie möglich zurückgeschoben und schien dennoch Probleme zu haben, seine langen Beine in dem Kleinwagen unterzubringen. Sie hatten auf einem Parkplatz direkt an der Einfahrt zu einem Hinterhof geparkt, sodass sie die Straße gut einsehen konnten. Über sein Funkgerät hielt er Kontakt zu seinen Kollegen in zehn weiteren unscheinbaren Fahrzeugen mit getönten Scheiben.

Seit vier Uhr saßen sie hier, eingepackt in warme Jacken, und begannen dennoch zu frösteln. Noch immer waren die Temperaturen wenig frühlingshaft, auch wenn es zum Glück nicht regnete. Die Standheizung anzuwerfen, verbot sich von selbst, um jedes Geräusch zu vermeiden. Kayser hatte Bialas angeboten, die Aktion mit seinen Leuten alleine durchzuziehen. Doch Bialas wollte es sich nicht nehmen lassen, die gespenstische Szenerie noch einmal zu beobachten. Dieses Mal jedoch vorbereitet und mit professioneller Abgeklärtheit. Die Erlebnisse des Vortags hatten bei ihm einen beklemmenden Eindruck hinterlassen, den er gerne losgeworden wäre. Er wollte diesem Ort die Bedrohlichkeit nehmen, indem er sich noch einmal mit ihm konfrontierte. Er war am Vorabend für seine Verhältnisse recht früh zu Bett gegangen, hatte gut geschlafen und fühlte sich nun trotz des Stresses der letzten Tage wach und leistungsfähig.

Um halb fünf erschienen die ersten Gestalten. Es schien, als würden sie aus dem Nichts auftauchen, aus irgendwelchen dämmrigen Gassen und Nebenstraßen. Alleine, zu zweit, nur selten in Grüppchen postierten sie sich entlang der breiten Straße mit ihren Büro- und Fabrikgebäuden. Bialas und Kayser beobachteten das Geschehen mit zwei kleinen, aber exzellenten Feldstechern. Da waren junge Männer und ältere, Hänflinge und Kräftige, fast alle fadenscheinig gekleidet und nur ungenügend gegen die feuchtkühle Witterung geschützt. Manchen sah man die ethnische Herkunft an, andere waren nicht einzuordnen. Einige Türken, einige Südländer und jede Menge aus dem Osten und Südosten Europas, so schätzte Bialas. Ab und zu wurden ein paar wenige Worte gewechselt. Die meisten standen stumm am Straßenrand und rauchten mit ausdruckslosen oder finsteren Mienen. Dem einen oder anderen hatte sich die Hoffnungslosigkeit bereits ins Gesicht geschrieben.

Eine Gruppe Schwarzer erschien, die einzigen Menschen, die in beschwingtem Gang hier auftauchten, fröhlich gestikulierten und immer wieder lachten. Doch auch sie verstummten bald angesichts des niederdrückenden Schweigens, das hier herrschte.

Kurz vor fünf erschienen die ersten »Freier«, in Pkws, Vans und Kleinbussen. Wie auf dem Straßenstrich für Prostituierte sprachen sie ihre »Dienstleister« zumeist bei heruntergelassenem Seitenfenster aus dem Auto heraus an und verhandelten die Preise. Man war sich in der Regel schnell einig. Die Eingekauften stiegen ein und die Wagen fuhren davon.

Die Strategie der Zöllner war es, aus drei fest postierten Wagen die Szenerie zu beobachten und Wagentypen und Kennzeichen festzuhalten. Diese wurden an die mobilen Einsatzfahrzeuge weitergeleitet, die die »Arbeitgeber« und ihre Illegalen bis zum Einsatzort verfolgten. Kleine Gruppen wurden sofort festgenommen und in den Polizeigewahrsam des Präsidiums gebracht. Dort warteten bereits die anderen Mitglieder der Sonderkommission, um die Leute zu vernehmen. Sollte es sich herausstellen, dass größere Baustellen mit billigen Arbeitskräften versorgt wurden, so würde man diese zunächst mal in Ruhe lassen, um später, mit einem größeren Aufgebot, gründlich zuzuschlagen.

»Der fährt in eure Richtung«, hörte Bialas eine Stimme über Funk. »Aber da ist nur einer eingestiegen. Ich denke, den lassen wir ziehen.« Kurz nach fünf erschien wieder der Laster mit seinem von Planen umgebenen Pritschenaufbau. Bialas beobachtete durch seinen Feldstecher gespannt die drei Männer, die nun aus der Fahrerkabine stiegen. »Das sind die Typen von gestern, die mir fast die Windschutzscheibe zertrümmert hätten«, sagte er leise zu Kayser, als könne sie draußen jemand hören. Die Kerle erinnerten ihn an Viehhändler. Sie suchten gezielt die kräftigsten Arbeiter aus dem »Fleischangebot« aus. Die Schwarzen, die durchaus den Anforderungen entsprochen hätten, wurden mit groben Armbewegungen zurückgewiesen. Etwa ein Dutzend der Auserwählten kletterte nach und nach auf die Landefläche unter die Plane.

»Hallo Ricardo, hallo Micha«, sprach Kayser seine Kollegen an. »Wir haben da einen besonders interessanten Kandidaten. Die haben gestern den Kollegen von der Kripo bedroht. Wenn ihr ausmachen könnt, in welche Richtung die verduften, dann setzt zwei Trupps auf sie an. Die sollten wir auf keinen Fall aus den Augen verlieren.« Er gab die Kennzeichen und weitere Merkmale des Lkws durch. Über Funk verfolgten sie, wie zwei der Zoll-Fahrzeuge die Fährte aufnahmen. Der Lkw nahm tatsächlich Kurs in Richtung Süden, wo die Filderbaustelle des KMZ lag. Zu gerne hätte Bialas jetzt schon gewusst, ob diese wirklich das Ziel für die menschliche Fracht war.

Langsam ließ die Geschäftigkeit in der Straße nach. Kayser beriet sich mit seinen Kollegen. Man hatte im Laufe der Aktion eine ganze Reihe kleinerer Bau- und Sanierungsprojekte ausfindig gemacht, auf denen die Illegalen zum Einsatz kamen, oft einzeln oder in Zweier- oder Dreiertrupps. Zwei größere Baustellen waren es, auf die mehrere Schwarzarbeiter verfrachtet worden waren, beides Mehrfamilienhäuser.

In die Beratungen der Zöllner hinein meldeten sich die beiden Teams, die den Lkw in Richtung Süden verfolgt hatten: »Haben Ziel erreicht. Die Burschen arbeiten auf einer Baustelle, da wird ein zusätzliches Schulgebäude hochgezogen. In Kemnat, das Schulzentrum.« Bialas war enttäuscht.

»Wenn wir die hoppnehmen wollen, brauchen wir das ganze Aufgebot«, fuhr der Zollbeamte fort. »Unübersichtliches Gelände, mehrere Möglichkeiten für einen Abgang. Aber der Bauunternehmer ist wieder mal Kleinschmidt. Den hatten wir doch schon ein paar Mal im Visier.«

Kayser entschied schnell: »Ihr bleibt, wo ihr seid und sondiert das Gelände. An alle: Das wird unser erster zentraler Einsatz. In sicherem Abstand postieren. Wenn alle vor Ort sind, Micha, dann brauchen wir eure Instruktionen, wie wir die Baustelle am besten angehen.« Die Zollbeamten tauschten noch ein paar Informationen untereinander aus, besprachen kurz, welchen weiteren Objekten an diesem Morgen noch ein Besuch abgestattet werden sollte, und überließen die Farsigstraße den wenigen traurigen Gestalten, die nach wie vor auf Arbeit warteten.

2

Es wurde ein Tag der Vernehmungen. Bialas ließ sich am Polizeipräsidium absetzen. Er war den routinierten Zöllnern nun ohnehin keine Hilfe mehr. Kaum hatte er durch die Schleuse beim Pförtner das Gelände des Präsidiums betreten, fühlte er sich schon wieder zu Hause. Das alte und teilweise recht unzweckmäßige Gemäuer, ein ehemaliges Krankenhaus aus den dreißiger Jahren, bot trotz seiner Klobigkeit mehr trauliche Atmosphäre als die moderne kühle Architektur des Landeskriminalamtes. Es war Stoevesandt, der sich gerade bei dieser Aktion für die alte Trutzburg der städtischen Polizei entschieden hatte. Unmittelbar gegenüber dem Präsidium befand sich der Polizeigewahrsam, in dem die Festgenommenen untergebracht werden konnten. Die Entfernung zur Farsigstraße war nicht allzu groß. Und schließlich gab es, trotz der hervorragenden Ausstattung des LKA mit modernster Ton- und Videotechnik, hier mehr Räumlichkeiten, die sich auch für Vernehmungen eigneten, bei denen sich die Vernommenen nicht gleich wie gemeingefährliche Verbrecher in einem Hochsicherheitstrakt fühlen mussten.

So saßen und standen nun in einem langen Gang die eingesammelten Schwarzarbeiter mit verängstigten oder teilnahmslosen Gesichtern und warteten auf ihre Vernehmung. Dazwischen der eine oder andere Dolmetscher sowie einige uniformierte Kollegen, die man beauftragt hatte, Fluchtversuche und Gespräche zwischen den Festgenommenen zu unterbinden.

In einem anderen Gang waren die »Arbeitgeber« versammelt. Sie saßen da, auf den Stühlen, die man auch hier entlang des Ganges aufgestellt hatte, machten finstere Gesichter und fluchten hin und wieder leise.

Hanna hatte die Sache in die Hand genommen und die Vernehmungen organisiert. Mit Luca hatte sie einige Räume ausgewählt und sie mit Tonaufnahmegeräten ausgestattet. Sie hatte Stoevesandt kurzerhand dazu verdonnert, sich um die etwa zwanzig »Freier« zu kümmern. Luca, Bialas und sie selbst nahmen sich der Schwarzarbeiter an, von denen es fast dreimal so viele gab. Die Leute hatten fast nie Papiere bei sich und waren zu neunzig Prozent Ausländer. Hanna hatte ein Prozedere festgelegt, das sie nun auch Bialas mitteilte: Ermittlung der Nationalität, den geeigneten Dolmetscher raussuchen, Feststellung der Personalien, die Belehrung über die Rechte und dann sofort die Frage nach den beiden Toten. Danach klären, ob einer schon mal auf der KMZ-Baustelle auf den Fildern angeheuert worden war. Erst dann sollte der heutige Arbeitseinsatz zur Sprache kommen. Rudolf Kuhnert, den Bialas sich nicht einmal im Traum in einer Vernehmung vorstellen konnte, sammelte die Protokolle ein, hakte hier und da bei offenen Fragen nach, bereitete alles akribisch für die Dokumentation auf, und prüfte mit Sicherheit nebenher noch jede Aussage in sich und alle untereinander auf Konsistenz und Widersprüchlichkeiten.

Etwa um halb zehn brachte Kayser seinen Fang von dem Schulneubau in Kemnat. Man hatte fünf deutsche Männer festgenommen, alles festangestellte Bauarbeiter der Firma Kleinschmidt Kreativbau GmbH. Darunter auch die drei vierschrötigen Typen, die Bialas am Vortag einen gehörigen Schrecken eingejagt hatten. Alle Illegalen außer zweien konnten dingfest gemacht werden. Die beiden Abgehauenen waren aus einem Kellerfenster des Rohbaus in einen Park geflüchtet und konnten schneller rennen als die gut durchtrainierten Zöllner. Auch wenn kein Bezug zum Messeneubau auf den Fildern bestand – die Befragung der Kleinschmidtschen Haudegen wollte Bialas sich nicht nehmen lassen. Die mauerten einmütig und verlangten nach ihrem Chef und einem Rechtsanwalt. So setzte man sie wieder in Obhut eines Beamten in den Gang und ließ sie schmoren. Der lange Armin Kayser hatte schließlich darum gebeten, ihm Zeit zu geben. Die Zöllner waren sofort wieder aufgebrochen, um die Büroräume der Firma Kleinschmidt zu durchsuchen und Unterlagen zu beschlagnahmen. Wenigstens diese kleine Erfolgsstory sollten die Leute vom Zoll nach der aufwendigen Aktion am Morgen für sich verbuchen können. In den restlichen Fällen, die heute aufgeflogen waren, würde sich ein

Verfahren kaum lohnen. Und die Abschiebung der Illegalen war eine lästige und frustrierende Pflicht.

3

Kurz vor elf saß Bialas in der Staatsanwaltschaft. Stoevesandt hatte ihm die Aufgabe übertragen, bei den Vernehmungen von Conradt und Ergenzinger zugegen zu sein. Friedebald Frenzel war wie immer bester Laune. Die Farbe seiner Krawatte war heute feuerwehrrot. »Na dann wollen wir den Herren mal auf den Zahn fühlen«, lachte er und bat den ersten Kandidaten herein.

Dr. Bernhardt Conradt war wieder geschniegelt und wie aus dem Ei gepellt. Der Projektleiter von Menke & Partner war in Begleitung eines Anwalts erschienen, der aussah wie sein älterer Bruder. Er war hochgewachsen und schlank wie der Bauingenieur, hatte ein ebenso gepflegtes Äußeres und wirkte genauso kühl und selbstgefällig wie sein Mandant, nur etwa zehn Jahre älter.

»Es ist schon eine Unverfrorenheit, Herrn Conradt in die Staatsanwaltschaft zu zitieren«, stellte der Anwalt selbstgewiss fest, »und ich sage Ihnen gleich, dass ich meinem Mandanten geraten habe, unter diesen entwürdigenden Umständen keine Aussage zu machen.«

»Die Polizei hätte ja sehr gerne mit Herrn Conradt direkt an seinem Arbeitsplatz gesprochen. Oder im Polizeipräsidium«, antwortete Frenzel überfreundlich. Er saß wie ein runder chinesischer Glücksbuddha hinter seinem Schreibtisch und schien selbst im Sitzen immer etwas auf und ab zu hüpfen. »Wir möchten schließlich keine Unannehmlichkeiten machen. Aber da hat er sich ja leider nicht mehr zur Verfügung gestellt.«

»Sie wissen genau, dass Herr Conradt auf Anweisung seines Arbeitgebers keine Auskünfte mehr erteilen durfte. Und daran ändert sich auch jetzt nichts«, erwiderte der Anwalt. »Er muss Ihnen keinerlei Angaben über Arbeitsabläufe oder

Unternehmen auf der Neuen Messe machen. Und das wissen Sie. Sie können seine Personalien aufnehmen, und das war's dann.« Wie Bialas für sich feststellte, hatte der Anwalt ganz offensichtlich nicht begriffen, dass sein Mandant hier nicht nur in seiner Rolle als Projektleiter vernommen werden sollte.

»Na, dann tun wir das doch mal«, sagte Frenzel freundlich. Er leierte zunächst die notwendige Belehrung über die Rechte von Zeugen herunter und lachte: »Aber das wissen Sie ja schon alles.« Dann fragte er in gelangweiltem Ton Conradts Daten ab, den Namen, Geburtstag, Geburtsort, Wohnort, und in der gleichen Stimmlage fragte er unvermittelt: »Und welche Schuhgröße haben Sie?«

»Zweiundvierzig. Warum?«, antwortete der Bauingenieur verdutzt.

»Und wo waren Sie am Montag Abend und in der Nacht von Montag auf Dienstag?«, fragte Frenzel mit beiläufiger Stimme.

Conradt war wie vom Donner gerührt. »Das geht Sie überhaupt nichts an«, erwiderte er scharf.

»Was soll das, Herr Frenzel?«, schaltete sich der Anwalt ein. »Sie werden doch nicht allen Ernstes von Herrn Conradt ein Alibi verlangen.«

»Na ja«, antwortete Frenzel nun sehr ernst, »Herr Dr. Conradt, ich habe vor etwa zwanzig Minuten mit Ihrer Frau gesprochen. Und sie sagte mir, dass Sie von Montag auf Dienstag nicht zu Hause übernachtet haben, weil sie auf einer Geschäftsreise waren.«

Der blasierte Conradt bekam Farbe ins Gesicht: »Was erlauben Sie sich! Wie kommen Sie dazu, meine Frau da hineinzuziehen. Darf er das?«, wandte er sich an seinen Anwalt.

»Ich habe Ihre Frau – ebenso wie Sie gerade – über ihre Rechte informiert und sie darauf hingewiesen, dass sie mir keine Auskunft erteilen muss. Es geht ja schließlich nur darum zu klären, ob Sie am Montagabend und in der Nacht auf der Baustelle waren.«

»Das war ich nicht«, sagte Conradt scharf. Sein Anwalt legte ihm beschwichtigend die Hand auf den Arm.

»Aber auf Geschäftsreise waren Sie doch auch nicht«, setzte Frenzel nach. »Ihr Auto wurde am Abend noch vor ihrem Bürocontainer gesehen und in der Nacht auf dem gegenüberliegenden Parkplatz. Das haben Sie also für die Geschäftsreise nicht benutzt. Aber ein Flug hätte sich ja wohl nicht gelohnt, von Montagabend bis Dienstag früh. Denn da hat Sie ein Security-Mann wieder zur Arbeit kommen sehen. Also, wo waren Sie?«

»Sie werden doch nicht allen Ernstes Herrn Doktor Conradt mit diesem Toten in Verbindung bringen wollen?«, protestierte der Anwalt.

»Vielleicht hat er etwas beobachtet. Vielleicht haben wir Grund zur Annahme, dass er jemanden deckt.« Der junge Staatsanwalt trat sehr forsch auf, und Bialas, der die Rolle des Beobachters eingenommen hatte, war sich bewusst, dass Frenzel sich an der Grenze zu unlauteren Methoden bewegte.

Nun legte Conradt die Hand auf den Arm des Anwalts, der sich nach vorne gebeugt hatte, um etwas zu erwidern. »Moment, kann ich Vertraulichkeit verlangen?«, fragte er ihn.

»Es läuft kein Band mit«, sagte Frenzel und breitete die Arme aus. »Wir können uns hier ganz ungezwungen unterhalten. Ich sichere Ihnen zu: Sollte sich herausstellen, dass Ihr Alibi keinerlei Relevanz für unseren Fall hat, dann braucht auch niemand etwas davon zu erfahren, weder Ihr Arbeitgeber noch Kollegen noch sonst wer.«

Conradt dachte einen Moment nach. »Ich habe im Mövenpick-Hotel am Flughafen übernachtet.«

»Warum denn das?«, fragte Frenzel überrascht.

»Ich war nicht alleine«, antwortete Conradt knapp.

»Das heißt, Sie haben jemanden, der bezeugen könnte, dass Sie den Abend und die ganze Nacht im Hotel verbracht haben?«

»Ja.«

»Könnten Sie uns freundlicherweise auch einen Namen nennen?«

Der Bauingenieur zögerte. »Frau Corinna Wehner«, sagte er schließlich. »Sie ist Stewardess bei der Lufthansa.«

Für einen Moment herrschte eine peinliche Stille.

»Ist Frau Wehner denn verheiratet?«, fragte Frenzel. »Vielleicht hat sie ja gar kein Interesse, Ihre Angaben zu bestätigen.«

»Sie ist nicht verheiratet«, sagte Conradt frostig.

Frenzel griff zum Telefon und ließ sich mit der Fluggesellschaft verbinden. Ein paar Mal wurde er weiterverbunden und musste jedes Mal sein Sprüchlein aufsagen. Endlich hatte er wohl jemanden in der Leitung, der bestätigte, dass eine Corinna Wehner tatsächlich bei der Lufthansa beschäftigt war.

»In Madrid«, teilte Frenzel den Anwesenden nebenher mit. »Vor einer halben Stunde gelandet ... Das wäre natürlich ganz wunderbar«, wandte er sich an seinen Gesprächspartner, »wenn Sie das veranlassen könnten ... Nein, keine große Sache ... Da könnten wir hier ganz schnell eine Angelegenheit abschließen, die sonst für alle nur bürokratischen Aufwand bedeutet ... Ja, es geht nur um eine Zeitangabe. Ein Fluggast von Ihnen, den Frau Wehner wohl persönlich kennt ... Sie ruft uns an«, verkündigte Frenzel mit freudigem Stolz dem verstockten Conradt und seinem Anwalt. Dann erzählte er tatsächlich, während sie auf den Anruf von Corinna Wehner warteten, den Anwesenden einen Witz: »Kennen Sie den? Ein Gynäkologe hat eine Geliebte, die auch seine Patientin ist. Er nimmt sie als letzte Patientin dran, und nachher serviert er Tee. Sie sitzen da so gemütlich, ganz zivil an einem Tischchen. Auf einmal spitzt er die Ohren und flüstert hastig: ›Meine Frau kommt – zieh dich aus!‹« Frenzel lachte wieder einmal aus ganzem Herzen, ungeachtet der säuerlichen Mine von Conradt und dem missbilligenden Kopfschütteln des Anwalts.

Das Telefon klingelte, und Frenzel nahm noch lachend ab.

»Frau Wehner«, freute er sich. »Ja nett, dass Sie sich gleich melden. Ich wollte eigentlich nur wissen, ob Sie einen Herrn Dr. Conradt kennen ... Ihr Verlobter, ah ja ... Nein, es ist alles in Ordnung, es geht ihm wunderbar. Wann haben Sie ihn denn das letzte Mal getroffen? ... Am Montag. Da nehme ich an, dass Sie sich am Dienstagmorgen von ihm verabschiedet haben? ... Nein, nein, Frau Wehner, alles bestens, er hat keine Probleme. Das war's auch schon. Haben Sie vielen Dank.«

Frenzel legte auf. »Na, da haben Sie ja Dusel, dass Sie so eine nette Verlobte haben. Aber wie gesagt, von uns erfährt niemand etwas, nicht einmal Ihre Frau, da können Sie sich voll drauf verlassen, Herr Dr. Conradt.«

»Können wir jetzt gehen?«, fragte Conradts Anwalt unwirsch.

»Aber sicher doch.«

Die beiden Herren verließen ohne Gruß den Raum.

4

Was bei Conradt so gut funktioniert hatte, führte bei Ergenzinger zum Desaster. Er war zu Bialas' Erstaunen ohne Anwalt gekommen. Die Baustellentracht hatte der Hüne abgelegt. Er war schlicht, aber sehr ordentlich gekleidet und roch sogar etwas nach Rasierwasser. Er wirkte unsicher, aber gefasst. Der Stuhl, auf den er sich gesetzt hatte, sah unter seiner großen Gestalt fast mickrig aus. Die schwieligen Hände hatte er auf die Knie gelegt, die breiten Schultern leicht nach vorne gebeugt. Misstrauisch beobachtete er den kleinen runden Staatsanwalt unter seinen dichten Augenbrauen hervor.

Auch bei ihm begann Frenzel zunächst mit der Rechtsbelehrung, um dann die Personalien aufzunehmen. Auch hier stellte Frenzel unvermittelt die Frage:

»Und wo waren Sie am Montagabend und in der Nacht auf Dienstag?«

Bialas wusste augenblicklich, dass damit die Vernehmung gelaufen war. Frenzel war einfach zu forsch und zu unerfahren. Man musste im ersten Augenblick einer solchen Begegnung die Stimmung seines Gegenübers erspüren. Davon hing alles ab. Ob man distanziert freundlich auftrat, ob man einen fast väterlichen Ton anschlug oder ob man in die Vollen ging und den Befragten unter Druck setzte, musste nach diesem ersten intuitiven Eindruck entschieden werden. Auf jeden Fall aber musste man dem Aussagenden das Gefühl geben, dass er sein Gesicht wahren konnte, selbst wenn es um Mord und Totschlag ging. Karl Ergenzinger war in einer Verfassung hierhergekommen, in der man ihn behandeln musste wie ein rohes Ei. Er war nach wie vor abwehrend und argwöhnisch gewesen. Aber er hatte nicht mehr die zornige Haltung der Totalverweigerung, in der Bialas ihn auf der Baustelle kennengelernt hatte. Kaum hatte Frenzel seine Frage gestellt, da kippte die Stimmung des massigen Mannes. Das wettergegerbte Gesicht verfinsterte sich schlagartig. Er starrte den Staatsanwalt schweigend an.

»Herr Ergenzinger, Sie leben alleine«, setzte Frenzel auch noch nach. »Aber vielleicht haben Sie ja jemanden, der bezeugen könnte, wo Sie sich von Montagabend bis Dienstag früh aufgehalten haben?«

Ergenzinger reagierte heftig: »Das geht Sie gar nichts an, wie ich lebe. Und wo ich war. Das muss ich Ihnen nicht sagen.« Er hieb mit seiner kräftigen Pranke auf den Schreibtisch des Staatsanwalts. »Ich muss das nicht sagen. Der Anwalt hat das gesagt. Ich muss Ihnen sagen, wie ich heiß und wo ich wohn und so was. Aber sonst muss ich gar nix sagen. Und ich sag Ihnen auch nix.«

Bialas versuchte zu retten: »Herr Ergenzinger. Wir wollen nur noch mal nach Ihren Eindrücken fragen, am Dienstagmorgen. Das war ja auch für Sie eine schwierige Situation, als Sie da den Toten gefunden haben. Haben Sie eine Idee, wie der Mann dort hingekommen sein könnte, zwischen die Bewehrungsstähle?«

Ergenzinger jedoch hatte bereits zugemacht und sich hinter einem Panzer aus Sturheit verschanzt. »Ich muss Ihnen gar nix sagen. Das weiß ich. Und wenn Sie mich jetzt nicht noch etwas fragen wollen, zu meiner Person, direkt etwas über mich, dann gehe ich jetzt.«

Frenzel verfiel in betretenes Schweigen, und auch Bialas wusste nicht mehr, was er in der verfahrenen Situation noch hätte sagen können.

Ergenzinger erhob sich und wand sich zum Gehen. Auf halbem Weg zur Tür drehte er sich zu den beiden Staatsdienern um und sagte düster: »Ich leb allein, weil meine Frau vor fünf Jahren am Krebs gestorben ist. Und weil mein Sohn vor sechs Jahren bei einem Unfall mit dem Motorrad umgekommen ist.«

Er ging weiter und öffnete die Tür. Schon unter dem Türrahmen stehend wandte er sich noch einmal um und sagte: »Und am Montag war ich in meiner Stammkneipe. Im Adler in Uhlbach.« Dann ging er mit großen Schritten davon. Die Tür hinter sich ließ er offen.

»Das war wohl nix«, sagte Frenzel kleinlaut und rieb sich die Glatze.

Bialas seufzte und massierte sich mit beiden Händen Stirn und Schläfen. »Naja«, sagte er schließlich. »Wenigstens haben wir ein Alibi, das wir überprüfen können.«

5

Es war bereits kurz nach zwei, als Bialas zurück zum Präsidium kam. Er hatte einen Bärenhunger. Vor dem Besuch der Kantine wollte er aber wissen, ob es seit seiner Fahrt zur Staatsanwaltschaft irgendetwas Neues gegeben hatte. Er lief durch die Gänge, in denen noch immer ein paar traurige Gestalten auf ihre Vernehmung warteten. Eine ergebene Gleichmütigkeit hatte sich auf den Gesichtern breit gemacht. Zum Teil kauten sie noch an belegten Brötchen, die man ihnen als Mittagessen gebracht hatte. Bialas knurrte bei diesem Anblick der Magen.

Plötzlich wurde eine Tür aufgerissen. Luca stürmte heraus.

»Ah, Andreas, das ist gut, dass du kommst«, begrüßte ihn der junge Kollege. »Gerade wollte ich nach unserem Capo Soko suchen, aber du bist mir fast noch lieber. Da drinnen haben wir so ein Vögelchen. Der stellt Bedingungen, damit er singt. Weißt du, was ein Ferengi ist?«

»Irgendein Außerirdischer, nehme ich an«, brummte Bialas.

»Die Ferengi handeln und schachern mit allem, was nicht niet- und nagelfest ist. Die verkaufen ihre Oma, wenn's Profit bringt. Die ziehen dich über den Tisch. Verschlagen und hinterhältig sind die. Und da drinnen sitzt ein Ferengi!« Er deutete auf die angelehnte Tür seines Büros.

Bialas seufzte und bat eine uniformierte Kollegin, ihm wenigstens einen Kaffee und ein paar Kekse zu bringen. Dann ging er mit Luca in das Arbeitszimmer.

Hier saß ein Mann von etwa vierzig Jahren an Lucas Schreibtisch, den man gut und gerne als hässlich bezeichnen konnte. Er hatte einen runden Kopf, der irgendwie zu groß für den Körper darunter zu sein schien. Zwei große Ohren standen links und rechts in scheinbar rechtem Winkel von diesem Kopf ab. Sein rotblondes glattes, leicht fettiges Haar sah aus, als würde er es selbst schneiden. Die beiden blassblauen Augen waren klein und standen zu eng beieinander. Sie huschten schnell und unsicher zwischen den beiden Beamten hin und her und taxierten insbesondere Bialas, als wollten sie Chancen und Risiken abschätzen, die sich mit diesem Polizeibeamten verbanden. Die Nase des Mannes war nicht groß und eher spitz, ragte aber aus dem Gesicht wie eine Haifischflosse aus dem Wasser. Darunter waren zwei schmale gerade Striche, die die Lippen bildeten.

In einer Entfernung, die mit Sicherheit keinen körperlichen Kontakt zu dem Mann ermöglichte, saß eine junge Dolmetscherin mit drallen Wangen und prallen Brüsten. Sie hatte viel zu blond gefärbtes Haar und war leicht überschminkt. Die Rückkehr der Kommissare ließ sie sichtlich aufatmen. Es war ihr offenbar unangenehm, alleine mit dem Mann im Raum zu sitzen, der etwas Schmieriges an sich hatte.

Bialas war der Auffassung, dass der erste Eindruck, den man von einem Menschen hatte, immer etwas Wahres verriet. Dieser erste Eindruck sagt natürlich niemals alles über eine Person aus. Jedes Individuum besteht aus vielen Facetten, die sich ergänzen, die sich widersprechen können, die erst mit dem näheren Kennenlernen zum Vorschein kommen. Oft hatte Bialas erlebt, dass die Facetten, die man erst später kennenlernte, den ersten Eindruck zu revidieren, zu übertünchen schienen. Doch irgendwann wird dieser Wesenszug der ersten Begegnung wieder an die Oberfläche gespült.

Er zog sich einen Stuhl neben den von Luca und setzte sich. Auf dem Schreibtisch lag ein jungfräulich leeres Formular zur Erfassung der Personalien.

»Er will überhaupt nichts sagen. Noch nicht einmal seinen Namen«, sagte Luca und deutete auf das Formular. »Er will, dass wir ihm zuerst garantieren, dass wir ihn nicht in ein Gefängnis bringen. In eine Arrestzelle geht er, wenn's da keine anderen Gefangenen gibt.«

Die blonde Dolmetscherin nickte bestätigend.

»Außerdem sagt er«, fuhr Luca fort, »dass er uns wichtige Informationen geben kann, auch über die.« Dabei deutete er auf das Flugblatt mit den Abbildungen der beiden Toten. »Aber dafür will er fünftausend Euro, legale Papiere und ein Ticket nach Südamerika, am liebsten nach Brasilien.«

Wieder bestätigte die junge Frau nickend, während der Ferengi, wie Bialas ihn nun auch bei sich nannte, seine Augen schnell zwischen den beiden Kommissaren hin- und herhuschen ließ.

»Warum möchten Sie in eine separate Arrestzelle?«, wandte sich Bialas an den schmierigen Mann. Die Dolmetscherin übersetzte, doch er schien recht viel zu verstehen. Er antwortete mit einer leisen, schnarrenden Stimme, die die vielen Zischlaute seiner Sprache noch unterstrichen.

»Wegen der Mafia«, übersetzte die Dolmetscherin. »Er hat Angst, dass die ihn umbringen.«

»Das hat er schon mal behauptet«, seufzte Luca.

»Welche Mafia?«, fragte Bialas den Ferengi.

»Die russische, die ukrainische, die georgische, die weißrussische ... Er sagt, die arbeiten alle zusammen«, war die Übersetzung der zischelnden Antwort.

Der Mann sprach weiter, die junge Frau übersetzte mit deutlichem Akzent: »Er sagt, es gibt in jedem deutschen Gefängnis Leute aus der ehemaligen Sowjetunion. Und wenn sie nicht schon vorher bei der Mafia waren, dann werden sie im Gefängnis in die Mafia aufgenommen. Und wenn ein Gefangener aus den GUS-Ländern mit der Polizei spricht und ihr Informationen gibt, die wissen das dann sofort. Und sie bringen die Leute gleich um.« Die Dolmetscherin beugte sich leicht vor und ergänzte: »Ich glaube das. Habe ich auch schon gehört«, und Angst schwang mit in ihrer Stimme.

»Hatten Sie bereits Berührung mit der Mafia?«, fragte Bialas.

Der Mann überlegte einen Moment und wog seine Antwort ab. Dann bestand er wieder nur darauf, dass er auf keinen Fall in ein Gefängnis gebracht werden wollte. Er hatte wirklich Panik in den misstrauischen Augen.

»Wir könnten ihn ja erst mal auf einer Wache in eine Ausnüchterungszelle bringen und dafür sorgen, dass keine anderen Gefangenen dazukommen«, wandte sich Bialas an Luca. »Allerdings nur, wenn er uns im Gegenzug schon ein paar Informationen liefert«, bat er die Dolmetscherin zu übersetzen. Der Ferengi entspannte sich sichtlich, als er die Zusage verstanden hatte.

Dann erzählte er in seiner schnarrenden Sprechweise seine Geschichte. Luca ließ das Band mitlaufen und zeichnete sie auf.

Er war vor vier Jahren nach Deutschland gekommen. In seiner Heimatstadt, die er jedoch nicht nennen wollte, hatte er lange in einem Maschinenbau-Unternehmen gearbeitet, das Ende der neunziger Jahre vollkommen heruntergewirtschaftet gewesen war. Die hergestellten Maschinen waren international nicht konkurrenzfähig. Das Werk schloss seine Pforten. Der Mann wurde arbeitslos. Er schlug sich zunächst mehr schlecht als recht mit Gelegenheitsarbeiten durch. Dann wurde er über ein Inserat in einer Tageszeitung auf ein Jobangebot in Westeuropa aufmerksam. Versprochen wurden sichere und legale Transfers, eine feste Arbeitsstelle und die Unterbringung in einer sauberen Unterkunft.

Er nahm Kontakt zu den Anbietern auf. Die wollten ihn jedoch zunächst abweisen. Sie suchten Leute mit Familie, angeblich, damit die Ernährer im fernen Westeuropa Geld zurück in die Heimat schickten, sodass auch das Land davon profitierte und sich durch diese Finanzspritzen besser entwickeln konnte. Der Ferengi hatte jedoch wohl nie einen Vater und auch keine Geschwister gehabt, die Mutter war vor einiger Zeit gestorben, und ansonsten gab es nur sehr ferne Verwandte, die er kaum kannte. Er gab kurzerhand an, in Bälde heiraten zu wollen. In seinen Bewerbungsunterlagen musste die Glückliche mit sämtlichen persönlichen Daten genannt werden. Schon jetzt kam ihm der Verdacht, dass die Sache nicht koscher war. Er gab als seine Verlobte eine Bekannte an, von der er wusste, dass sie in wenigen Wochen nach Kanada zu Verwandten auswandern würde. Den fiktiven Hochzeitstermin mit offiziellem Aufgebot legte er kurz vor seine Abreise in den Westen.

»Warum legen die so viel Wert auf Familie?«, fragte Luca. »Ich meine, Familie ist ja gut. Aber das kann denen doch egal sein, wenn sie Arbeitskräfte suchen.«

»Die Leute sind so erpressbar«, übersetzte die dralle junge Frau. »Wer dann nicht spurt, der muss damit rechnen, dass man seiner Familie zu Hause etwas antut. Er sagt, dass schon Frauen von Ausgewanderten überfallen und vergewaltigt worden sind, weil der Mann gewagt hat, etwas gegen die schlechte Behandlung zu sagen. Man hat sogar schon mal den Vater von einem umgebracht, weil der einfach abgehauen ist und den Transfer nicht bezahlt hat.«

Der Ferengi redete nun auf die Dolmetscherin ein und wiederholte immer wieder die gleichen Worte.

»Er fragt, ob irgendein anderer von den Festgenommenen, der aus Russland oder aus der Ukraine kommt oder aus Weißrussland, irgendetwas gesagt hat«, übersetzte sie.

Luca informierte Bialas: »Wir haben tatsächlich ein paar Leute, die der Sprache nach bestimmt aus den GUS-Staaten kommen. Und keiner macht den Mund auf. Ihre Namen haben sie angegeben, aber sonst ist nichts aus ihnen rauszuholen.«

»Weil sie Angst haben um ihre Familie, sagt er«, kam die Übersetzung seiner Antwort. »Wer sich auf der Straße selbst Arbeit besorgt, der hat seinen Transfer schon abbezahlt. Aber die haben die Leute immer noch im Auge, und die Adressen der Familie zuhause haben sie ja auch noch.« Die Dolmetscherin beugte sich wieder nach vorne und sagte: »Es stimmt, was er sagt. In den GUS-Ländern ist es nicht sehr gut zurzeit. Viele haben Angst vor der Mafia.«

»Er soll mal erzählen, wie er hierhergekommen ist«, sagte Bialas. Der Ferengi erzählte seine Geschichte weiter.

Am Abreisetag wurden alle Angeheuerten in einen Bus gesetzt, ausgestattet mit offiziellen Touristenvisa und der Einladung einer deutschen Firma, die etwas für den kulturellen Austausch zwischen den Ländern tun wollte. Dem Ferengi war damals schon aufgefallen, dass sich unter den Reisenden nur junge hübsche Frauen und kräftige, nicht zu alte Männer befanden. Der Mann wirkte nach wie vor alles andere als sympathisch auf Bialas, doch dumm war er keineswegs.

Mit Touristenvisum und Einladung war es denn auch nicht schwer, über die polnische Grenze nach Deutschland einzureisen. War vor diesem Grenzübertritt die Behandlung durch die Reiseveranstalter noch recht zuvorkommend, so änderte sich dies nun. Sehr bald nach der Grenze wurden ihnen die Pässe und alle anderen Dokumente abgenommen. Die legale Einreise entpuppte sich nun als illegaler Aufenthalt. Wenn jemand von der Polizei aufgegriffen würde, dann sollte er auf keinen Fall seine Nationalität preisgeben. Die deutschen Behörden würden die Leute dann nicht in ihre Herkunftsländer zurückschicken können und sie wieder laufen lassen, so hieß es. Die Begründung für die Einbehaltung der Papiere war, dass so niemand die Transferkosten prellen konnte. Vor Antritt der Reise hatte man eine verhältnismäßig geringe Summe als Anzahlung zu entrichten. Der Rest des Preises für Schleusung und Arbeitsvermittlung, der insgesamt zweihundert Euro betrug, sollte monatlich abbezahlt werden. Was, wie die Schleuser noch vor dem Zustandekommen der Verträge beteuerten, überhaupt kein Problem sei bei den guten Löhnen in Westeuropa.

Nun wurden die Männer von den Frauen getrennt. Die Männer wurden nach Frankfurt gebracht und dort in Bauwägen einquartiert. Einen Tag später standen sie bereits auf einer Baustelle. Die Arbeit war hart, der Arbeitstag lang. Sie hatten Baumaterial zu schleppen, schwere Eisengitter und Baugerüste. Sie mussten die Armierungen befestigen und Verschalungen aufbauen, und das nur selten weniger als zwölf Stunden am Tag, einschließlich Samstag. Die Baustellen, auf denen sie zum Einsatz kamen, wechselten immer wieder mal. Die Unterkunft, die zunächst von ihren Aufsehern als Übergangslösung bezeichnet worden war, blieb ihre Behausung. Zehn Männer mussten sich einen Bauwagen teilen. Das Gelände, auf dem etwa acht solcher Wagen standen, durften sie nicht verlassen. Warme Mahlzeiten gab es nur auf den Baustellen aus großen Gulaschkanonen. In ihrem »Zuhause« wurde ihnen Brot, Margarine und eine fette Wurst zur Verfügung gestellt. Ab und zu kam einer ihrer Landsleute und verkaufte ihnen Zigaretten und Wodka. Die meisten gaben dafür das wenige Geld aus, das ihnen ihre Arbeitgeber überließen. Der Rest, so sagte man ihnen, werde für die Ratenzahlung für die Reise einbehalten, den Familien überwiesen und für die Miete in den Bauwägen aufgebracht. Von dieser Miete, die angeblich achtzig Euro pro Bett und Monat betrug, war zuvor niemals die Rede gewesen. Anrufe bei Angehörigen ergaben, dass dort niemals Geld angekommen war. Als die Ersten zu murren anfingen, war schließlich vollends klar, mit wem man es zu tun hatte. Die Androhung körperlicher Gewalt war keineswegs nur Bluff. Sie waren in die Sklaverei einer Mafia-Organisation geraten.

Irgendwann bekam der Mann auf einer der Baustellen Kontakt zu einem Russlanddeutschen, was gar nicht so einfach war, da die Trupps der Illegalen fest abgeschottet wurden. Es wurde ihm nun auch klar, warum die Anwerber zu Hause so viel Wert darauf gelegt hatten, dass die Angeworbenen keine Verwandten oder Freunde im Westen hatten. So fehlten die Brückenköpfe und Anlaufstellen, um sich von den Halsabschneidern abzusetzen. Der Russlanddeutsche erzählte ihm vom Straßenarbeitsmarkt in Köln und dass man dort ganz ordentlich verdienen konnte. Der Mann erklärte sich sogar bereit, ihn für die paar Euro, die der Ferengi angespart hatte, in die Domstadt zu fahren. Eines Abends verdrückte er sich heimlich still und leise, traf sich mit seinem Helfer und fuhr nach Köln. An einer breiten Straße wurde er abgesetzt. Hier wartete er bis in die frühen Morgenstunden, eine ganze laue Sommernacht lang. Dann konnte er feststellen, dass er sich hier tatsächlich auf einem Arbeitsmarkt der besonderen Art befand. Schnell bekam er Kontakt zu Landsleuten, denen er sich anschloss. Einen Sommer lang lebte er, wie die andern auch, in einem Erdloch in einem Wald außerhalb der Stadt. Schließlich hatte er durch viele kleinere und größere, annehmbare und beschissene Jobs so viel Geld zusammen, dass er sich für den Winter nach einer festen Bleibe umsehen wollte. Er schloss sich einem Afghanen an, der nach München fuhr, wo ihn ein Kumpel mit einem festen Dach über dem Kopf erwartete, einem Quartier, das angeblich noch mehr Untermieter verkraften konnte. Das Dach erwies sich als dreckiges Kellerloch, war aber immerhin eine Steigerung gegenüber den Erdlöchern. Zudem waren die Löhne in München besser als in Köln. Der Ferengi spezialisierte sich auf Malerarbeiten, die ihm lagen und für die er bald bekannt wurde. Da er nicht rauchte und nicht trank, konnte er langsam überlegen, ob er sich nicht eine bessere Unterkunft leisten konnte. Wiederum von einem Landsmann bekam er eine Adresse in Stuttgart, konnte sich jedoch nicht entschließen, München zu verlassen, da er hier durch seine gute Arbeit fast schon so etwas wie einen festen Kundenstamm hatte.

Eines Tages standen, als er in sein Quartier zurückkommen wollte, Polizeiautos vor dem Gebäude. Man suchte Terroristen und war auf diese Behausung gestoßen, da hier auch ein paar Iraner ohne Aufenthaltsgenehmigung und gültige Papiere ihren Unterschlupf gefunden hatten. Der Ferengi ließ ein paar Habseligkeiten zurück, ging zum Bahnhof, wo er in einem Schließfach alle wichtigen und wertvollen Besitztümer sowie sein Geld deponiert hatte, und fuhr mit dem Zug nach Stuttgart. Hier wandte er sich an die Adresse im Stadtteil Rot und fand tatsächlich eine Bleibe, die er als akzeptabel bezeichnete und die hundertzwanzig Euro im Monat kosten sollte. Die neuen Mitbewohner führten ihn schnell in die Welt des hiesigen Arbeitsstrichs ein.

Er erzählte seine Geschichte recht freimütig und antwortete auf alle Zwischenfragen der beiden Kriminalbeamten. Seinen Namen, seine Herkunftsstadt und das Land, aus dem er kam, wollte der Mann aber erst nennen, wenn ihm schriftlich zugesagt worden war, dass er nicht in irgendeine der ehemaligen Sowjetrepubliken abgeschoben und nicht in ein Gefängnis gesteckt werden würde.

»Er sagt, es würde hier in Deutschland ein Gesetz geben, da bekommen Leute einen neuen Namen und einen Pass, wenn sie der Polizei Informationen geben«, übersetzte die blonde Dolmetscherin mit dem russischen Akzent.

»Er will ins Zeugenschutzprogramm«, stellte Luca mit Erstaunen fest.

»Kann er etwas zu diesen beiden Männern sagen?«, fragte Bialas und schob dem Mann das Flugblatt zu. Der sah ihn verschlagen an. Er wisse, wer die beiden seien. Doch diese Information würde er nur liefern, wenn er fünftausend Euro und ein Ticket nach Brasilien bekam.

Bialas musterte den Mann. Dessen unsteter Blick weckte sein Misstrauen. Der Ferengi war schlau genug, um längst zu wissen, dass es den deutschen Polizisten mitnichten um seinen illegalen Status und die Schwarzarbeit ging. Der wusste genau, dass der eigentliche Gegenstand des polizeilichen Interesses vor ihm auf dem Flugblatt zu finden war. Und er pokerte, dessen war sich Bialas sicher.

»Machen wir Schluss für heute«, entschied er abrupt. Er wollte sich nicht erpressen lassen. »Sagen Sie ihm«, wandte er sich an die Dolmetscherin, »dass wir mit dem Staatsanwalt sprechen werden, ob der ihn als Zeugen einstufen kann. Sollte das der Fall sein, werden wir ihm mitteilen, welche Möglichkeiten er hat.« Nach ihrer Übersetzung huschten die kleinen wasserblauen Augen wieder unsicher und argwöhnisch zwischen den beiden Beamten hin und her. Er wollte sie in Verhandlungen verwickeln, doch Bialas hatte keine Lust mehr. Wenn der Mann tatsächlich etwas Verwertbares zu den beiden Toten aussagen konnte, so würde er das mit Sicherheit nicht mehr heute tun. Denn im Augenblick konnten sie ihm ohne den Segen der Staatsanwaltschaft keinerlei Zusagen machen. Sollte er ruhig ein bisschen in einer Ausnüchterungszelle schmoren. Vielleicht würde er etwas bescheidener werden.

Als Bialas den Raum verließ, in dem Luca mit dem Festgenommenen auf dessen Abholung wartete, kam die junge Dolmetscherin rasch hinter ihm hergehuscht. Sie schloss die Tür hinter sich, zupfte Bialas am Ärmel und flüsterte ihm zu: »Dieser Mann ist aus der Ukraine. Ich höre das genau an seinem Dialekt. Auch ein paar andere Männer sind aus der Ukraine. Vier sind von dort und zwei andere sind aus Russland, bestimmt aus der Moskauer Gegend.«

Bialas dankte ihr. Noch konnte er nicht genau sagen, ob diese Information Bedeutung für ihre Ermittlungen hatte.

6

Als sie sich am Abend noch einmal zusammensetzten, hatten sie fünf Strafanzeigen wegen illegaler Beschäftigung. Darunter waren drei Baufirmen und zwei Privatleute, die sich jeweils mehr als fünf Arbeiter vom Arbeiterstrich geholt hatten. Am dreistesten war die Baufirma Kleinschmidt, ein mittleres Bauunternehmen, das den Erweiterungsbau des Schulzentrums in Kemnat ausführte. Ein erschöpfter Armin Kayser, der noch kurz zu ihnen gestoßen war, berichtete über die Razzia, die ein Erfolg gewesen war. Sie hatten kistenweise Unterlagen aus den Büroräumen des Unternehmens beschlagnahmt, und eine erste Sichtung hatte bereits Hinweise auf handfesten Sozialversicherungsbetrug und illegale Praktiken erbracht. Die drei »Viehhändler« von Kleinschmidt, die die Ware Arbeitskraft am Sklavenmarkt besorgt hatten, hatte Bialas mit großer Genugtuung selbst vernommen. Sie waren nun recht kleinmütig und hatten nicht nur eine Anklage wegen Anwerbung illegaler Arbeitskräfte, sondern auch wegen Androhung von Gewalt und Widerstand gegen die Staatsgewalt am Hals. Bialas wusste, dass das Ganze wahrscheinlich für die Staatsanwaltschaft zu dürftig war, als dass wirklich Anklage erhoben werden konnte. Doch die drei sollten ruhig ein Weilchen zittern.

Neun weitere private Arbeitgeber und Kleinstunternehmer ließen sie laufen. Da illegale Beschäftigung nicht mehr als Ordnungswidrigkeit, sondern als Straftat geahndet wurde, hätte eine Anzeige einen riesigen Rattenschwanz an Bürokratie und Strafverfolgungsmaßnahmen nach sich gezogen, der einfach nicht im Verhältnis zu den Vergehen stand. Man ließ sie mit einem gehörigen Schrecken davonkommen.

Keiner der Arbeitgeber hatte eine Verbindung zum neuen Kongress- und Messezentrum.

Sie hatten sechsundvierzig Illegale, die nun in der Abschiebehaft in Stammheim saßen. Zweiundzwanzig davon hatten keinerlei Papiere und gaben ihr Herkunftsland nicht an. Darunter auch vier Männer, bei denen die blonde Dolmetscherin schwor, dass sie ihrer Sprache nach aus der Ukraine stammten. Sie verweigerten jede Aussage und schienen lieber im Gefängnis verrotten zu wollen, als dass irgendetwas über ihre Herkunft herauskam. Einer von ihnen sagte ganz offen, dass man ihnen gedroht hatte, ihren Familien etwas zuleide zu tun, wenn sie bei einer Festnahme irgendeine Aussage machen würden.

Einem der Männer, den Hanna vernommen hatte, schien es nicht gut zu gehen. »Der Mann sieht nicht gut aus, der ist nicht gesund«, sagte sie, »und er hustet wie eine alte Lokomotive, da rasselt die ganze Lunge.«

»Tuberkulose«, sagte Luca wie gebannt. »Wir müssen die ganze Bande auf Tuberkulose untersuchen lassen!«

Alle sechsundvierzig Festgesetzten wurden an die »Arbeitsgruppe Illegaler Aufenthalt« zur Bearbeitung übergeben. Die Begeisterung der Kollegen hielt sich in Grenzen. Illegale, die ihr Herkunftsland nicht oder falsch angaben, waren ein nahezu unlösbares Problem. Man konnte sie nicht abschieben, und in den Gefängnissen lagen sie dem Steuerzahler auf der Tasche. Oft ließ man sie einfach wieder laufen.

Die drei Schwarzen, die angeblich aus Sierra Leone kamen, hatte Hanna zwar ebenfalls befragt, jedoch keine Akten darüber angelegt. Sie waren von Sierra Leone nach Fuerteventura gekommen, in einer Nussschale mit einem 15-PS-Außenbordmotor. Schon nach wenigen Tagen waren sie im Internierungslager von Spaniern angesprochen worden. Die hatten ihnen das letzte Geld dafür abgeknöpft, sie nach

Deutschland zu bringen, wo es angeblich in der Landwirtschaft und auf dem Bau Arbeit ohne Ende gäbe. Hanna ließ sie laufen, mit dem Hinweis, dass sie sich schnellstens wieder nach Spanien begeben sollten, da man dort wesentlich großzügiger mit Schwarzafrikanern umging als in Deutschland.

Sie hatten einige Rumänen und zwei Bulgaren, die zwar neuerdings von der Visumspflicht befreit waren, aber ohne Arbeitserlaubnis dastanden. Auch sie ließ man wieder laufen. Was hätte man auch mit ihnen tun sollen? Lediglich ihre gegenwärtige Adresse wurde aufgenommen. Es war die gleiche Pension, in der auch der Ferengi lebte. Einer der Rumänen schwor, dass auch die schweigsamen Ukrainer dort wohnten. Seine Landsleute widersprachen nicht.

Fünf Hartz-IV-Empfänger waren ins Netz gegangen, die nun ein Verfahren wegen Sozialbetrugs am Hals hatten. Alles Bauarbeiter, die aufgrund ihres Alters seit Jahren keine feste Anstellung mehr bekommen hatten.

Keiner der festgenommenen Arbeiter konnte die beiden Toten identifizieren oder sonst einen Hinweis geben, der sie weitergebracht hätte.

Bis auf den Ferengi. Der saß nun in der engen Ausnüchterungszelle einer Polizeiwache und hoffte, aus seinem Wissen Gewinn zu schlagen. Was er ihnen tatsächlich bieten konnte, war schwer abzuschätzen. Weder Bialas noch ein anderes Soko-Mitglied konnte sich allerdings vorstellen, dass es irgendetwas so Gewichtiges wäre, dass eine vom Staat finanzierte Ausreise nach Brasilien in Frage kommen würde. Der Mann hatte auf jeden Fall eine Heidenangst vor der Mafia aus dem Osten. Er würde sagen, was er wusste, wenn man ihm einen gewissen Schutz bot.

Ein kleinlauter, geknickter Frenzel, der sich ebenfalls zum harten Kern der Soko gesellt hatte, kratzte sich die Glatze: »Moment mal, ich meine, da gab es vor kurzem eine Änderung. Es gibt einen Zeugenschutz für die Opfer von sexueller Ausbeutung, für die Frauen, die zur Prostitution gezwungen werden. Und ich meine, man hat dieses Zeugenschutzprogramm auf die Opfer von Zwangsarbeit ausgedehnt. Mal sehen, was man da machen kann.« Er machte sich eifrig Notizen.

Sie hatten die Adresse einer Pension, in der der Ferengi und offenbar noch eine ganze Reihe weiterer Illegaler untergekommen waren. Bialas wollte sich das auf jeden Fall so schnell wie möglich ansehen. Sie schienen dem Milieu, in dem sich die beiden toten Brüder aufgehalten haben konnten, dort doch recht nahe zu sein. Vielleicht hatten sie ja endlich mal einen Ansatzpunkt, und es gab eine Beziehung zwischen der Pension und den beiden Toten. Stoevesandt bestand darauf, dass Bialas nicht alleine hinfuhr. So bot sich Luca an, am Sonntagvormittag mit Bialas hinaus nach Rot zu fahren. »Unter der Bedingung, dass ich nicht vor neun aufstehen muss«, verlangte er.

Sie hatten schließlich einen hochnäsigen Projektleiter, der nicht als Täter oder Tatbeteiligter in Frage kam, da er neben seiner Frau noch eine Verlobte hatte, die ihm ein Alibi gab. Zudem waren seine Füße zu klein.

Aber sie hatten ein weiteres Paar Arbeitsschuhe. Wildermuth hatte sie ihnen am Nachmittag triumphierend präsentiert, nachdem er sich noch einmal mit ein paar seiner Leute einen halben Tag lang auf der Großbaustelle des Kongress- und Messegeländes umgesehen hatte. Es waren Arbeitsschuhe der Größe 46. Ihr Profil passte in etwa zu den Abdrücken an der Stelle des Bauzauns, an der das Maschendrahtgitter aufgeschnitten worden war. Exaktere Ergebnisse würde die kriminaltechnische Untersuchung erbringen. Und es waren die Schuhe des Poliers der Rentz Betonbau GmbH & Co. KG, die Arbeitsschuhe von Karl Ergenzinger.

»Wir müssen das Alibi von Ergenzinger überprüfen, so schnell wie möglich«, sagte Bialas.

»Kann ich heute Abend noch machen«, erbot sich wieder Luca. »Der Adler in Uhlbach ist praktisch bei mir um die

Ecke.« Luca hatte eine hübsche Appartementwohnung, die er über irgendeinen seiner Landsleute in der Comunita Italiana von Uhlbach bekommen hatte. Dieser östlichste der Stuttgarter Stadtteile bot die Idylle eines Weindorfes in Verbindung mit großer Nähe zu den kulturellen Zentren von Esslingen und Stuttgart.

»Nicht alleine«, sagte Stoevesandt strikt.

»Das ist 'ne ganz normale gutbürgerliche Kneipe. Da schlürft sogar der Bezirksvorsteher von Uhlbach mit den Mitgliedern vom Musikverein sein Viertel Trollinger«, wandte Luca ein. »Ich hab da selbst schon ab und zu mit 'nem Kumpel ein Bier getrunken. Da geh ich rein, rede mit dem Wirt und sage ihm gleich, dass ich keine Schutzgelder will. Was soll passieren?«

Stoevesandt war nicht wohl dabei. Doch jedem anderen, der Luca hätte begleiten müssen, wäre damit ein zusätzlicher Einsatz mit einem langen Weg nach Hause beschert worden. Zögernd gab der Leiter der Sonderkommission schließlich sein Okay.

Denn schlussendlich hatten sie alle miteinander Kopfschmerzen. Es war ein langer Tag gewesen. Die vielen Menschen, die unzähligen Verhöre, die Ausreden und Ausflüchte, die sie zu hören bekommen hatten, das alles war an sich schon zermürbend. Vor allem aber drückte die Tatsache auf die Stimmung der gesamten Soko, dass sie trotz eines enormen Arbeitsaufwandes kaum einen Schritt weitergekommen waren in der Aufklärung ihres Falles.

Sonntag, 17. April

1

Sie trafen sich gegen halb zehn vor dem Polizeipräsidium. Bialas musste fast zehn Minuten auf einen verschlafenen Luca warten, der melancholisch wirkte.

»Was ist los mit dir?«, fragte Bialas, während er den Motor anließ und sich auf den Weg nach Stuttgart-Rot machte.

»Ach, was soll's – non piangere sul latte versato«, antwortete Luca wehmütig.

»Das musst du mir schon auf Englisch sagen, das ist leider die einzige Fremdsprache, die ich halbwegs verstehe.«

»Man soll nicht heulen, wenn die Milch schon verschüttet ist. Ich habe mich gestern Abend bei einem sehr hübschen deutschen Fräulein in die Nesseln gesetzt. Und weiß eigentlich nicht richtig warum.«

Luca hatte eine große Anziehungskraft auf bestimmte Frauen. Er war kein Beau, seine Gesichtszüge hatten etwas Unebenmäßiges. Doch sein südländisches Temperament, die dunklen warmen Augen und seine durchtrainierte Figur ließ manches Frauenherz höher schlagen. Aber es waren immer die Falschen. Luca verknallte sich regelmäßig in selbstverliebte Frauen, die sich zwar mit ihm einließen, ihn dann aber wieder wegschubsten. Bialas hielt sich zurück mit Ratschlägen. Man sprach unter Kollegen nicht über diese Dinge. Es wäre distanzlos gewesen. Die Einzige, die zu solchen Privatangelegenheiten eine Meinung äußern durfte, war Hanna, und die hielt sich raus, wenn sie nicht direkt gefragt wurde.

»Ach, lassen wir das – ich war gestern Abend im Adler«, berappelte sich Luca wieder. »Karl Ergenzinger war tatsächlich am Montagabend dort. Er ist Stammgast. Montagabend ist Skatrunde. Der Wirt kann nicht genau sagen, wann Ergenzinger gegangen ist. Der geht manchmal, ohne zu zahlen, und begleicht die Rechnung dann eben das nächste Mal. Scheint da so üblich zu sein bei den Stammgästen. Der Wirt meint, dass er mindestens bis halb zwölf da war.«

»Von den Skatbrüdern war keiner zufällig da?«, fragte Bialas.

»Nein, am Wochenende ist das Publikum da ein ganz anderes. Montag und Dienstag, das sind die Vereinstage, da kommen die Stammtische zusammen. Vom Gesangverein und vom Sportverein und die Kegelbrüder und so. Samstags kommen die Familien.«

»Wenn Ergenzinger tatsächlich bis halb zwölf in Uhlbach in einer Kneipe saß, kann er dann der Täter sein?«, dachte Bialas laut nach. »Von Uhlbach bis auf die Fildern braucht man nachts bei wenig Verkehr etwa eine halbe Stunde. Den Todeszeitpunkt hat Professor Ehrenberg ziemlich eindeutig auf die Zeit zwischen elf und halb ein Uhr in der Nacht angegeben. Das könnte sogar passen.«

»Der Wirt war ziemlich überrascht, dass die Polizei nach Ergenzinger fragt. Er sagt, der Mann sei absolut in Ordnung. Fleißig, ordentlich, hat wohl ein paar schwere Schicksalsschläge hinter sich. Lässt sich aber trotzdem nicht gehen. So sagt der Wirt jedenfalls.« Luca zuckte die Achseln.

»Wir müssen dieses Alibi noch einmal genauer unter die Lupe nehmen«, stellte Bialas fest. »Morgen Abend ist doch wieder Skatrunde, oder? Wir müssen den exakten Zeitpunkt feststellen, zu dem der Polier die Runde verlassen hat.«

Sie waren zwischenzeitlich in dem Wohngebiet angekommen, in dem die sogenannte Pension lag. Die Rotweg-Siedlung war erst nach dem Krieg zu einem eigentlichen Stadtteil herangewachsen. Es dominierte der soziale Wohnungsbau. Große Teile des Viertels bestanden aus hässlichen, unpersönlichen Hochhäusern. Die Randgebiete waren typische Arbeitersiedlungen. Hier wechselten Mehrfamilienhäuser mit kleinen Einfamilien- und Reihenhäusern, zumeist aus den sechziger Jahren, wie die eintönige Bauweise zeigte. Die enge Bebauung ließ nur wenig Grün zwischen den Gebäuden zu. Die Gegend wirkte sauber, aber leblos und nicht geeignet für Kontakte zwischen den Bewohnern. Die Lauffener Straße Nummer 28 war ein nüchternes Mehrfamilienhaus mit den typischen sprossenlosen Fenstern der sechziger Jahre. Es lag etwas zurückgesetzt hinter einem Zaun aus Mauerwerkpfosten und unverzierten Metallgittern sowie einem Grünstreifen, auf dem nichts wuchs als borstiges Gras. Bialas schätzte die Anzahl der Wohnungen anhand der Größe des Kastens und der Verteilung der Fenster auf etwa sechs. Nirgends hingen Vorhänge. Kein Spielzeug, kein Fahrrad, keine Wäschespinne wies auf Menschen hin, die hier lebten. Lediglich die Mülleimer, die links am Grundstücksrand aufgestellt waren, quollen über. An der rechten Seite des Hauses, nach hinten versetzt, war ein Anbau aus jüngerer Zeit, dessen Größe man von der Straße aus schlecht abschätzen konnte. Er hatte einen separaten Eingang. Stufen aus Granit und ein schmiedeeiserner verschnörkelter Handlauf führten zu einer mit Ornamenten verzierten Eichenholzhaustür, die in seltsamem Kontrast zu dem Hauptgebäude stand.

Sie hatten den Wagen am Straßenrand abgestellt und gingen zum Eingangsgatter. Am rechten Mauerpfosten des Tors waren Klingelknöpfe angebracht, jeweils drei in zwei Reihen nebeneinander. Bialas hatte die Zahl der Wohnungen also richtig eingeschätzt. Die Namensschilder neben den Klingeln waren alle leer. Unterhalb dieses Klingelboards war eine weitere Hausglocke mit Sprechanlage angebracht. Der Name im dazu gehörenden Feld lautete Weißgerber. Bialas drückte den Klingelknopf mehrmals, bevor sich endlich eine schrille Frauenstimme meldete: »Jaaaa?«

»Guten Tag, Hauptkommissar Andreas Bialas vom Stuttgarter Polizeipräsidium. Frau Weißgerber, sind Sie die Hausbesitzerin?«

Schweigen. Dann wieder: »Jaaa.«

»Könnten wir Sie einen Moment sprechen?«

Nach einer längeren Pause antwortete sie mit schneidender Stimme: »Also, das passt mir jetzt gar nicht. Ich muss weg in ein paar Minuten. Das geht jetzt wirklich nicht.«

»Na gut, Frau Weißgerber, wir hatten eigentlich nur eine Frage in Bezug auf einen Ihrer Mieter«, sagte Bialas so freundlich, wie er nur konnte. »Und leider duldet die Sache keinen Aufschub. Wir müssen uns dann einen Durchsuchungsbefehl besorgen und sind in einer Stunde mit etwa zwanzig Kollegen wieder hier. Zur Not müssen wir dann eben Ihre Schließanlage aufbrechen.«

Wieder eine längere Pause. »Um welchen Mieter soll es denn gehen?«, quietschte die Frauenstimme, »und woher weiß ich überhaupt, dass Sie wirklich von der Polizei sind?«

»Indem Sie sich unsere Ausweise anschauen.«

Oben an den Fenstern tauchten nun zwei, drei Männergestalten auf, verschwanden aber sofort wieder.

»Frau Weißgerber, wir beunruhigen schon Ihre anderen Mieter. Vielleicht lässt sich die Sache ja sehr schnell klären.«

Sie antwortete nun recht schnell: »Dann kommen Sie zum Seiteneingang, zu meiner Wohnung. Und machen Sie keinen Lärm.«

Die beiden Beamten gingen rasch den Weg zu dem Anbau entlang, der sich als größer erwies, als es von der Straße aus sichtbar war. Sie zückten ihre Ausweise, noch bevor sie die Granittreppen erklommen, da die Hausbesitzerin bereits durch einen Spalt ihrer Haustür lugte, die mit einer Kette gesichert war. Bialas und Luca hielten ihr die Dienstmarken vor die Nase, die sie misstrauisch studierte. Schließlich nahm sie die Kette von der Tür und ließ die beiden Beamten ein.

Frau Weißgerber war eine aufgetakelte Person Mitte sechzig. Sie war der Typ, der sich gerne als Dame bezeichnen ließ, und erinnerte Bialas unweigerlich an ein Gemälde von Otto Dix. Sie war klein, aber dicklich, hatte einen riesigen Busen, kaum Hüften und überhaupt keinen Hintern. Ihr Haar war ockerbraun gefärbt und legte sich in einer leichten Dauerwelle wie eine Haube um den Kopf. Sie trug braune enganliegende Hosen und eine extravagante Tunika mit Leopardenmuster. Darüber hatte sie drei oder vier auffällige Ketten gehängt, mit goldenen Gliedern und bernsteinfarbenen Steinen. Auch an den faltigen Händen und an den Ohren prangte jede Menge Gold. Ihr Gesicht war peinlich überschminkt. Um den knallroten Mund zog sich ein Ring tiefer Falten. Darunter hing ein schlaffes Kinn. Die Hängelider und Tränensäcke wurden durch ein farbenfrohes Make-up eher betont als kaschiert. Sie musterte die beiden Beamten voller Argwohn.

»Wir haben gestern einen Mann aufgegriffen, der sich illegal in Deutschland aufhält, und der angibt, unter dieser Adresse zu wohnen. Würden Sie uns freundlicherweise Ihre Unterlagen vom Einwohnermeldeamt zeigen?« Bialas bemühte sich wieder um Entgegenkommen.

Die Stimme von Frau Weißgerber wurde nun noch schriller: »Da habe ich überhaupt nichts damit zu tun. Das macht alles mein Neffe. Der ist Rechtsanwalt.«

»Lebt der auch hier im Haus?«

»Aber nein, in Sillenbuch«, sagte sie, als sei es für einen Rechtsanwalt eine Zumutung, in dieser Wohngegend zu hausen.

»Und wie heißt er?«, fragte Bialas fast väterlich.

Die aufgedonnerte Matrone wurde nervös: »Jan Weißgerber. Warum wollen Sie das wissen? Was soll das denn? Bei mir wohnt niemand, der wo nicht hier sein darf.«

»Telefonnummer?«, fragte Bialas. Doch Luca hatte bereits das Handy gezückt und rief die Auskunft an. Er wurde verbunden, bekam auch schnell jemanden ans Telefon und stellte sich vor: »Frau Weißgerber, könnte ich kurz Ihren Mann sprechen?« Nach kurzem Warten hatte Luca den Anwalt am Telefon und stellte ihm seine Fragen:

»Herr Weißgerber, Sie verwalten die Mietunterlagen für Ihre Tante, Lauffener Straße 28 in Stuttgart-Rot ...« Luca musterte die alte Frau Weißgerber argwöhnisch. »Er sagt, da wisse er nichts davon, er hat mit seiner Tante überhaupt nichts zu tun ... Sie behauptet, die Unterlagen vom Einwohnermeldeamt wären bei Ihnen ...« Luca hörte dem Mann am andern Ende eine ganze Weile zu und bekam ein Grinsen aufs Gesicht. Ohne dabei rot zu werden, gab er die Antworten des Neffen fast wortwörtlich wieder: »Er sagt, er sei von der alten Schachtel schon vor Jahrzehnten enterbt worden. Weil er ihr als Jugendlicher mal keinen Kuss mehr auf die Backe geben wollte. Und er würde noch nicht mal einen Kassenbon für Sie verwalten ...

Worum es geht? Wir haben einen Illegalen ohne Papiere, der angibt, in dem Mietshaus Ihrer Tante zu leben ... Sind Sie sicher? ... Na dann – entschuldigen Sie die Störung. Er sagt, wir sollen Ihnen ruhig mal genau auf die Finger schauen. Und dass da krumme Dinger laufen. Er hat etwas von Geldgier gesagt.« Luca hob unschuldig Schultern und Hände.

Die alte Frau Weißgerber hatte zwischenzeitlich einen hochroten Kopf bekommen. Die Lippen waren so zusammengepresst, dass deutlich zu sehen war, woher der Faltenkranz um den Mund rührte.

»Ich denke, Sie sollten uns einen Blick in Ihre Wohnungen werfen lassen. Ich werde sonst in der Tat einen Durchsuchungsbefehl besorgen«, sagte Bialas nun keineswegs mehr liebenswürdig.

Die Alte antwortete nicht. Dann wandte sie sich abrupt zu einem schmiedeeisernen Schlüsselkasten und entnahm einen prall behangenen Schlüsselbund. Wortlos drehte sie sich um. Standen sie bislang in einem mit Ramsch überfüllten Vorraum, so führte sie die Frau nun durch einen Gang, der über und über mit Bildern behängt war. Der Kitsch aus röhrenden Hirschen und Alpenglühen war an Geschmacklosigkeit kaum zu überbieten. Sie schloss eine Tür zur Linken auf, von der man direkt in das Treppenhaus des Mietsgebäudes gelangte. Einen Treppenabsatz höher standen sie vor zwei Wohnungstüren.

Frau Weißgerber klopfte an eine der Türen. Nichts rührte sich.

»Klingeln Sie!«, wies Bialas sie an.

»Die Klingeln gehen nicht. Es ist niemand da, das sehen Sie doch«, zeterte die Alte.

Luca sah sich in dem Treppenhaus um und sagte: »Wir haben in dieser Wohnung aber von außen jemanden am Fenster gesehen.«

»Schließen Sie auf!«, befahl Bialas nun.

Widerwillig suchte sie nach dem richtigen Schlüssel und öffnete schließlich die Tür.

»Wenn wir da drinnen jemanden finden«, wandte sich Bialas leise an Luca, »dann nur befragen – keine Personalien. Die Identifizierung geht vor.« Luca nickte und kramte Flugblätter mit den Konterfeis der beiden Toten aus der Innentasche seines Parkas.

Von dem Flur aus, den sie nun betraten, gingen fünf Türen ab, die alle bis auf eine geschlossen waren. Von der offenen Tür aus sah man in eine unordentliche Küche. Bialas klopfte an eine der geschlossenen Türen. Als keine Antwort kam, öffnete er.

Im Zimmer befanden sich vier Männer. Vier Betten standen im Raum, an jeder Wand eines. Dazwischen alte Schränke. In der Mitte ein Tisch mit vier Stühlen. Die Männer waren Südländer mit braungegerbten Gesichtern, mit schwarzem Haupthaar und dunklen Augen. Einer von ihnen saß am Tisch, rauchte und trank bereits irgendein klares Gesöff. Zwei lagen noch in ihren Betten. Am Bettende des einen stand der vierte Mann am Fenster und drehte sich nun zu den Besuchern um. In allen vier Gesichtern stand die Panik angegriffener Raubtiere.

Luca ging um den Tisch herum auf die Männer zu – in der linken Hand die Flugblätter, in der rechten seinen Dienstausweis – und setzte zu einer Erklärung an.

Was dann geschah, brannte sich in Bialas' Erinnerung ein wie in endlos langsamer Zeitlupe. Sein Bewusstsein registrierte glasklar mehrere Ereignisse, die zeitgleich abliefen. Und doch waren da kurze Blackouts, so dass ihm im Nachhinein bestimmte Fetzen des Geschehens fehlten. Alles ging so schnell, dass seine Nase keinerlei Chance hatte zu reagieren. Der Mann im Bett, dem Luca am nächsten stand, griff blitzschnell unter sein Kopfkissen und sprang mit einem Satz auf. Bialas sah den blinkenden Stahl des Messers in der Luft und wie er unaufhaltsam auf Luca niedersauste. Dieser stand wie zur Salzsäule erstarrt und bewegte sich kein Jota zur Seite. Bialas wollte schreien. Es ging nicht. Zugleich hörte er den durchdringenden Schrei des Mannes am Fenster. Er sah, wie dieser sich nach vorne warf, dem Arm mit der Messerklinge entgegen. Hinter Bialas schrie die Alte hysterisch auf, rannte aus dem Raum und schlug die Tür hinter sich zu.

Wie seine Dienstwaffe in seine Hände gekommen war, konnte Bialas nicht mehr nachvollziehen. Was sich jedoch unwiderruflich einprägte, als er so dastand, die Waffe auf die Menschen im Raum gerichtet, waren die Gedanken, die durch seinen Kopf rasten. Gedanken, die alle gleichzeitig auf ihn einstürzten und in einem Gefühl der abgrundtiefen Ausweglosigkeit kulminierten: »Wenn ich jetzt schieße, treffe ich Luca. Warum geht er nicht weg? Und der andere, warum geht der auch noch dazwischen? Ich muss den Messerstecher treffen. Ich bin nicht mehr treffsicher. Ich habe zu wenig trainiert. Warum war ich nicht mehr auf dem Schießstand? Seit Wochen nicht mehr! Ich kann nicht schießen! Ich treffe Luca! Und wenn ihn das Messer trifft, dann bin ich schuld! Egal was ich tue – ich bin schuld!«

Für einen Moment schien die Zeit stillzustehen.

Dann lief der Film plötzlich wieder in Normalzeit ab. Die beiden ausländischen Männer stürzten auf das Bett. Das Messer fiel zu Boden. Es schien, als ob das klirrende Geräusch auch Luca wieder aus seiner Erstarrung erweckt hätte. Er stürzte sich auf den Messerstecher und drehte ihm mit geübtem Griff die Arme auf den Rücken. Bialas reichte Luca seine Handschellen, die schnell an den Handgelenken des Mannes auf dem Bett einrasteten.

Nun funktionierten sie beide wieder professionell. Bialas sah aus den Augenwinkeln, wie der andere Mann, der noch im Bett gelegen hatte, verstohlen etwas unter das Kopfkissen schob. Sofort war er bei ihm, die Pistole auf seinen Unterleib gerichtet. Er riss das Kopfkissen hoch und nahm das Messer an sich. Auch Luca hatte mittlerweile seine Waffe im Anschlag. Er reichte Bialas seinerseits Handschellen, die dieser dem zweiten Messerhelden um die Handgelenke legte. Die beiden anderen Männer trieben sie zum Fenster und befahlen ihnen, die Hände über den Kopf zu heben. Der Mann, der Luca das Leben gerettet hatte, wies eine große klaffende Wunde auf der Wange auf. Sein Hemd war mit Blut besudelt. Bialas fischte sein Handy aus der Jacke und forderte Verstärkung und einen Arzt an. Erst jetzt merkte er, dass seine Nasenflügel regelrecht brannten.

Hinter der geschlossenen Zimmertür war nun deutlich zu hören, dass Leben in die Wohnung, ja in das ganze Haus gekommen war. Die schrille, zeternde Stimme von Frau Weißgerber gab Anweisungen. Dunkle gedämpfte Männerstimmen raunten sich in fremdländischen Lauten Absprachen zu. Das ganze Haus füllte sich mit dem Getrappel von Füßen. Luca, die Pistole nach wie vor im Anschlag, deutete mit dem Kopf zur Tür und warf seinem Vorgesetzten einen fragenden Blick zu. Bialas schüttelte den Kopf. Sie mussten die Leute laufen lassen. Zu zweit war die Gefahr zu groß, dass weitere Haudegen auf sie losgingen.

Als schließlich die etwa zwanzig Kollegen des Spezialeinsatzkommandos ankamen, in voller Montur, und die Schnellfeuergewehre in Bereitschaft, war es längst still geworden in dem Gebäude. »Was für ein Overkill«, dachte Bialas angesichts der vier Gestalten, derer sie habhaft geworden waren. Und dennoch fühlte er sich beim Eintreffen der Kollegen unendlich erleichtert.

Gemeinsam mit ihnen durchsuchten sie das ganze Haus, die Waffen trotz der Stille in Bereitschaft. Die sechs Wohnungen waren alle gleich geschnitten. Jede hatte eine Küche, ein Badezimmer und drei Wohnräume. Die Küchen sahen aus, als ob seit Wochen niemand mehr geputzt hätte. Schmutziges Geschirr stapelte sich auf den Spültischen. Auf den Kochstellen standen Töpfe mit Essensresten. Die Fußböden hatten eine schmierig-graue Patina. In den Bädern strotzten die Wasch- und Duschbecken von Dreckrändern. Es roch nach Männerurin. Ein paar einfache Regale quollen über von Wasch- und Rasierutensilien. Auf den Fußböden lagen Handtücher und schmutzige Wäsche. Nur in einer der Wohnungen schienen die Bewohner es geschafft zu haben, einen Mindeststandard an Ordnung und Sauberkeit einzuhalten. In jedem der drei Wohnräume aller sechs Wohnungen standen jeweils vier Betten, vier Schränke, ein Tisch und vier Stühle. In einer der Wohnungen stand sogar in der Küche ein zusätzliches Bett. Auch in den Wohnräumen herrschte in der Regel Unordnung. Keines der Betten war gemacht. Kleidungsstücke lagen auf Stühlen, Betten und Böden. Auf den Tischen standen die Gläser und Kaffeetassen von Tagen und übervolle Aschenbecher. Es roch nach Rauch und Männerschweiß.

Bialas überschlug kurz: Vier Betten pro Raum, das waren zwölf pro Wohnung, und das mal sechs machte 72 im ganzen Haus. Der Ferengi hatte eine Monatsmiete von 120 Euro erwähnt, wie Bialas sich erinnerte. Das hieß, dass die Alte Monat für Monat 8640 Euro einnahm, und davon mit Sicherheit ein erkleckliches Sümmchen an der Steuer vorbei.

Frau Weißgerber hatte sich mittlerweile wieder in ihrer kitschüberladenen Wohnung verschanzt und öffnete erst, als die Kollegen des SEK nach heftigem Klingeln und Klopfen drohten, ihr die Tür einzuhauen. Die Alte hatte offensichtlich geweint. Die Wimperntusche hatte schwarze Bäche ins Make-up gegraben. Das Lippenrot war verschmiert. Trotzdem erlangte sie erstaunlich schnell wieder ihre Fassung: »Da will man den Leuten helfen. Die haben ja keine Bleibe«, giftete sie, »und das ist der Dank. Sollen die denn ins Obdachlosenheim? Das hat man davon, wenn man ein gutes Herz hat und den Leuten helfen will. Man wird verfolgt und bedroht!«

Bialas hatte die Schnauze voll. Er informierte die Kollegen vom Kriminaldauerdienst. Sollten sich andere mit der alten Geiznatter und ihren Untermietern herumschlagen. Er hatte eine verdammt anstrengende Woche hinter sich und wahrscheinlich noch eine vor sich. Er war nun zweimal kurz hintereinander mit nackter Gewalt konfrontiert worden. Mochten die zahllosen Krimiserien auch suggerieren, dass dies zum Job gehörte – es war zum Glück nicht ihr

Alltag, und auch ein Kriminalhauptkommissar war ein menschliches Wesen, dem solche Erlebnisse unter die Haut gingen. Er hatte zwei tote junge Männer, von denen der eine elendig zugrunde gegangen und der andere brutal erschlagen worden war. Und obwohl sie nun seit Tagen fast pausenlos im Dreck wühlten und jede noch so vage Spur verfolgten, obwohl Stoevesandt ihm in den letzten beiden Tagen freie Hand gelassen hatte und seine Metzler-Ermittlungen hintanstellte, gab es keinerlei handfeste Anhaltspunkte zu Täter oder Motiv. Der Sonntag, den er dringend zu seiner Erholung gebraucht hätte, schien in die Binsen zu gehen. Er würde nicht pünktlich zum Mittagessen zu Hause sein und sah schon Theas enttäuschtes Gesicht vor sich. Er wusste nicht, ob er es noch schaffen würde, mit Alexander zum Handballspiel zu fahren. Er hatte die Schnauze voll und wollte hier weg.

Mit dem Einsatzleiter des SEK besprach er, was noch zu tun war. Er instruierte die beiden Kollegen vom Kriminaldauerdienst, die zwischenzeitlich ebenfalls eingetroffen waren. Dann ging er noch einmal zu dem Mannschaftswagen, in dem die vier Festgenommenen in Handschellen und unter Bewachung saßen. Alle vier waren, wie sich herausgestellt hatte, Kosovo-Albaner. Den Mann, der sich dem Messerstecher entgegengeworfen hatte, verunzierte nun ein großer Pflasterverband über die ganze linke Wange. Ein Arzt hatte die Wunde mit mehreren Stichen genäht. Dennoch würde er wohl ein ewiges Andenken an diesen schwarzen Tag mit sich herumtragen.

Bialas reichte ihm seine Visitenkarte und deutete auf die Handynummer, die er von Hand zusätzlich darauf notiert hatte. »Ich helfe Ihnen«, sagte er leise, aber eindringlich. »I help you«, wiederholte er auf Englisch, wie um sicher zu gehen, dass der Mann ihn verstanden hatte. Der nickte und sah Bialas aus seinen dunklen Augen an, in denen Trostlosigkeit lag.

Mit Luca fuhr er wieder zurück zum Präsidium. Der junge Kollege hatte, seit das Messer auf ihn zugesaust war, kein Wort mehr gesprochen. Er war bleich und verstört. Auf dem Parkplatz vor dem grauen Kasten des Polizeipräsidiums blieben sie noch einige Minuten schweigend im Wagen sitzen.

»Ich habe nicht reagiert«, sagte Luca schließlich fassungslos. »Ich stand da wie ein Ölgötze und habe nicht reagiert!«

»Wir waren nicht darauf gefasst«, sagte Bialas leise.

»Das ist es ja gerade!« Luca war nun fast außer sich. »Genau das trainiere ich nun seit fünf Jahren zweimal in der Woche. Man ist nie darauf gefasst! Das ist es ja gerade. Man muss reagieren, gerade dann, wenn man es nicht vorhersehen kann. Wenn man an gar nichts denkt, wenn man meint, dass man in völliger Sicherheit ist! Das ist Jiu-Jitsu. Ich habe den braunen Gürtel, Andreas. Aber das bedeutet nichts. Das Tragen eines Gürtels hat keine Bedeutung. ›Der Schüler muss jederzeit in der Lage sein, die erforderliche Prüfungsleistung seiner Gürtelfarbe sofort‹, hörst du, ›sofort zu erbringen‹, so heißt es. Das Tragen einer Gürtelfarbe allein stellt keine Kampfkunst dar.« Luca war wirklich erschüttert. »Wäre dieser Typ nicht gewesen, dann würde es mir jetzt nicht sehr gut gehen.« Und nach einer kleinen Pause fügte er leise hinzu: »Ich hab mich nicht mal bei ihm bedankt.«

»Wir werden tun, was wir für ihn tun können. Vielleicht kommt er mit der Abschiebung davon«, sagte Bialas. Es fiel ihm nichts ein, womit er Luca sonst hätte aufmuntern können. Das Entsetzen über sein eigenes »Versagen« – und so empfand Bialas nach wie vor die Unfähigkeit, seinen Kollegen zu schützen – steckte ihm noch zu tief in den Knochen. Er sprach nicht darüber, er war der Vorgesetzte, er war verpflichtet, den Jüngeren nicht mit seinem Gefühlskram zu belasten. Er würde, wie so oft bei schlimmen Erlebnissen, das Ganze in das unterste Kästchen seines Seelenschränkchens sperren und hoffen, dass es niemals von alleine aufging.

»Willst du mit zu mir kommen?«, fragte Bialas, der sich nicht sicher war, ob er Luca jetzt alleine lassen konnte.

»Ach nein, lass nur.« Luca fuhr mit den Händen durch die Luft, als wolle er die tristen Gefühle verjagen. »Du willst bestimmt auch deine Ruhe haben. Ich gehe jetzt zu Mamma und lass mich bemuttern. Sagen kann ich ihr natürlich nichts. Die weint ja schon bei dem Gedanken, dass mir was passieren könnte, obwohl ich quicklebendig vor ihr stehe. Nein. Aber ich bekomme mal wieder ein richtig gutes Coniglio alla piacentina und eine Zabaione vom Feinsten. Dann wird's schon wieder gehen.«

Nachdem Luca die Autotür hinter sich zugeschlagen hatte, in seinen roten Alfa 156 gestiegen und davongefahren war, blieb Bialas noch einen Moment sinnierend sitzen. Dann ließ er den Motor wieder an und machte sich auf den Heimweg.

2

Thea und Alexander hatten bereits mit dem Mittagessen begonnen, nachdem sie lange auf Bialas gewartet hatten. Es gab Rindsrouladen, die Thea ganz hervorragend zubereitete. Doch Bialas musste sich fast zum Essen zwingen. Svenja fehlte nach wie vor.

»Papa, dann kannst du ja jetzt mitkommen zu unserem Spiel«, stellte Alex zufrieden fest. Bialas war es recht, eine Aufgabe zu haben, die ihn von den Ereignissen am Vormittag ablenken konnte.

»Wir müssen aber Kevin und Max und Oliver noch abholen«, bestimmte der Junior.

»Drei weitere Jungs? So viel Platz haben wir doch gar nicht«, wandte Bialas ein.

»Warum? Ich vorne neben dir. Und die drei hinten.«

»Und was ist mit Mama?«

»Die kann halt nicht mit.«

Bialas hatte sich eigentlich gewünscht, Thea neben sich zu haben. Ihre Nähe hätte ihm gutgetan. Doch er sah, wie sie bei den Anweisungen ihres Sohnes lächelte. Sie war wohl ganz froh, einen Nachmittag für sich zu haben. Und so nahm er sein Los an, den Chauffeur und alleinigen Fan für die Jungs zu spielen.

Kaum war Bialas bei der modernen Sporthalle in Zuffenhausen angekommen, da war er auch wirklich schon alleine. Die Jungs ließen ihn kommentarlos stehen und stoben davon, in ihre Umkleidekabinen. Bialas setzte sich auf die kleine schmale Tribüne. Es spielten gerade Jugendliche um die achtzehn.

Als Kind und Teenager war für Bialas eigentlich immer nur Fußball in Frage gekommen. Handball interessierte keinen. Schließlich war man kein Weichei. Doch was die Jungs dort unten in der Halle zeigten, war durchaus bemerkenswert. Schnelligkeit, Geschicklichkeit und Kondition waren hier mindestens so gefragt wie beim Kicken. Und manchmal ging es richtig hart zur Sache. Das schlechte Gewissen meldete sich wieder. Er war sportlich gewesen, als junger Mann. Und nun wurde er mehr und mehr zu einem schlappen Sack, der auseinanderging. Er nahm sich ernsthaft vor, regelmäßig zu joggen. Sobald sie diesen verdammten Fall abgeschlossen hatten.

Bialas wurde bewusst, dass er null Ahnung von den Handballregeln hatte. Er musste sie sich unbedingt mal von Alexander erklären lassen.

Der hatte nun sein Spiel. Nach zwei Minuten Spielzeit war Bialas völlig klar, dass die Mannschaft seines Sohnes keine Chance hatte. Dazu brauchte man keine Handballregeln zu kennen. Die Jungs rannten völlig planlos auf dem Feld herum. Wenn einer mal den Ball hatte, spielte er nicht ab, sondern versuchte, alleine zum gegnerischen Tor durchzukommen. Die gegnerischen Angreifer wurden nicht konsequent gedeckt. Jeder schrie herum und keiner hörte zu. Der Trainer stand am Feldrand und versuchte halbherzig, dem einen oder anderen Spieler eine Anweisung zuzurufen. Die Jungs ignorierten ihn fast vollkommen.

Dagegen hatte der Trainer der gegnerischen Mannschaft alles voll im Griff. Schon die Lautstärke seiner Kommandos war beeindruckend: »Hinten abdecken ... Aufpassen an dem langen Pass ... vollzählig aufbauen ... einmal durchspielen ...«, schrie er am laufenden Band und manövrierte seine Spieler wie Marionetten. »Abzählen«, kommandierte er, und seine Jungs riefen sich gegenseitig Zahlen zu und nahmen eine bestimmte Aufstellung ein. Bialas verstand nicht genau, was das sollte. Aber dass damit ein effizientes Teamplay organisiert wurde, war sonnenklar. So stand es bei der Halbzeit bereits 12 zu 3, wobei alle drei Tore in Alexanders Mannschaft von Oliver geschossen worden waren.

Nach der Pause hatte der Trainer seine Mannschaft immerhin so getrimmt, dass alle andern nun beim Offensivspiel den Ball Oliver zuspielten. Auch die Deckung klappte etwas besser. Doch das alles half nicht wirklich. Kurz vor Spielende stand es schließlich 23 zu 8. Da bekam Alex den Ball, nur wenige Meter vom gegnerischen Tor entfernt. Er warf. Der Ball rutschte ihm etwas weg. Doch gerade dadurch war er nicht mehr berechenbar für den gegnerischen Torwart. Er landete mit mehr Dusel als wirklichem Können im Tor. Der Schiedsrichter pfiff das Spiel ab.

Seine Mannschaft hatte verloren, doch Alex hatte gewonnen. »Papa, hast du das gesehen? Das Tor, das ich geschossen habe. In der letzten Minute!« Er stürzte verschwitzt und mit glänzenden Augen auf seinen Vater zu. »Wenn es jetzt neun zu neun gestanden wäre, dann hätten wir gewonnen!« Bialas musste grinsen angesichts solcher Schönrechnereien. Doch er konnte nicht umhin, richtig stolz auf seinen Sohn zu sein.

3

Als sie nach Hause kamen, war auch Svenja zurück. Doch sie lag bereits im Bett. »Sie war völlig übernächtigt«, erzählte Thea, »und hat mich wieder nur angemotzt.«

So unterhielt sich Bialas eine Weile noch mit Thea über Alexanders grandiose Handballleistung und über alltägliche Kleinigkeiten. Dann hatte er endlich auch wieder einmal Zeit, zu Shackleton zu greifen. Der driftete inzwischen mit seiner Mannschaft auf einer Eisscholle entlang der antarktischen Halbinsel in Richtung auf das offene Meer des Atlantischen Ozeans.

Warum waren lebensbedrohliche Situationen in einem Roman oder Reisebericht so fesselnd und in der Wirklichkeit so entsetzlich? Offenbar bestand ein fundamentaler Unterschied, ob man eine Sache nur nachempfand oder sie am eigenen Leibe erlebte.

Montag, 18. April 2005

1

Es war die Stunde Wildermuths. Zumindest zu Anfang. Die Mitglieder des harten Kerns der Sonderkommission »Fildermesse« hatten sich pünktlich um acht Uhr morgens in ihrem »Hauptquartier« zusammengefunden. Auch Frenzel hatte sich zu ihnen gesellt und war wieder bester Laune. Sein Ungeschick bei der Vernehmung von Ergenzinger schien ihn nicht mehr zu belasten.

Bialas selbst war missgelaunt. Das Wochenende hatte nicht den geringsten Erholungswert für ihn gehabt. Die anstrengenden Aktionen der letzten beiden Tage kamen ihm vor wie ein Schlag ins Wasser. Zugleich verfolgte ihn wach und im Schlaf der Film, der gestern in Zeitlupe vor ihm abgelaufen war, ohne dass er etwas dagegen hätte tun können. Auch Luca war stiller als sonst und wirkte ernst und in sich gekehrt.

Wildermuths Ausführungen waren da eine willkommene Ablenkung und erforderten schnell ihre ganze Aufmerksamkeit. Der drahtige Kriminaltechniker hatte einen dicken Bericht in mehrfacher Ausfertigung an seine Kollegen übergeben. Stapel von Fotografien lagen in Mappen eingeordnet vor ihm auf dem Tisch. Die wichtigsten Bilder warf Wildermuth während seines Vortrags mit dem Beamer auf die große Leinwand an der Stirnseite des Raumes. Einige Skizzen, Fotos und Tabellen ließ er in der Runde herumgehen. Einen Teil davon heftete Stoevesandt mit Magnetbuttons an die große Tafel, auf der die bisherigen Erkenntnisse skizziert waren.

Die Kriminaltechnik war nicht jedermanns Sache. Man musste sich mit wissenschaftlichen Details und Spitzfindigkeiten befassen, mit jeder Menge Daten und Fakten, deren Relevanz sich nicht immer gleich erschloss. Wildermuths Liebe zu Exaktheit und Vollständigkeit machte das Ganze nicht einfacher. Doch die Auswertung der gesicherten Spuren konnte wesentliche Hinweise auf Abläufe und Umstände von Straftaten liefern. Vor allem aber spielte das unanfechtbare Beweismaterial der Kriminaltechnik vor Gericht eine immer wichtigere Rolle.

Vieles von dem, was Wildermuth ihnen nun darlegte, bestätigte ihre Annahmen. Der abschließende Obduktionsbericht führte als eindeutige Todesursache einen Schlag gegen das Schläfenbein des Opfers auf. Der Tote hatte keine weiteren Schlag- oder Abwehrverletzungen. Die Tatwaffe war mit an Sicherheit grenzender Wahrscheinlichkeit eine Bodengerüststange. Die Kriminaltechniker hatten zwei Typen von unterschiedlichen Herstellern ausgemacht, die dafür in Frage kamen. Beide Stangentypen wurden von mehreren Unternehmen beim Bau des Kongress- und Messezentrums benutzt und lagen zuhauf auf der Baustelle herum. In der Kopfwunde hatten die Pathologen Erde, Zement und winzige Spuren einer Aluminiumlegierung gefunden, was ebenfalls auf die Gerüststangen hinwies.

»Wir könnten die Waffe eindeutig identifizieren, wenn wir sie hätten.« Wildermuth warf eine stark vergrößerte Aufnahme des blanken Schädelknochens auf die Leinwand, auf der die Frakturen deutlich sichtbar waren. »Hier sehen wir ganz klar die Spuren von Scharten an den Knochen, die durch Riefen in den Metallplatten entstanden sind. Feine Kerben, wie sie entstehen, wenn die Platten über Steine oder Metall gezogen werden.« Der rote Lichtpunkt des Laserpointers wanderte über die Bruchkanten des Schädelknochens.

»Diese Stange ist längst irgendwo verbuddelt oder in Beton gegossen«, warf Hanna ein. Davon war auch Bialas überzeugt.

Wildermuth strich sich über den schwarzen Schnauzbart und setzte seine Ausführungen unbeeindruckt fort. Die Spurensicherung hatte kleine Fetzen einer Folie gefunden, die zwischen dem toten Körper und den Eisenstäben eingezwängt gewesen sein musste. Der Kriminaltechniker ging davon aus, dass der Leichnam in eine Dichtungsfolie eingewickelt worden war, um ihn zu transportieren. Auch diese Dichtungsbahnen aus Kunststoff lagen in vielen Varianten offen auf der Baustelle herum. Die Folie war wieder herausgezogen worden, nachdem man den Körper zwischen die Bewehrungen gepresst hatte. Mit Sicherheit war dies kein einfacher Akt gewesen, und es stellte sich die Frage, warum sich jemand diese Mühe gemacht hatte. Die Tatsache, dass sowohl die Gerüststangen als auch diese Kunststoffbahnen auf der Baustelle problemlos zugänglich waren, machte es wahrscheinlich, dass das Opfer tatsächlich auf der Baustelle erschlagen worden war.

Man hatte das gesamte Erdreich im Umkreis des Fundortes der Leiche nach Blutspuren abgesucht. Sämtliche bereits gegossenen Betonfundamente waren von den Leuten der Spurensicherung eingehend untersucht worden. Man konnte ausschließen, dass die Tat auf einem dieser Fundamente begangen worden war. Die Blutlache, die dabei entstanden sein musste, wäre trotz des Regens und möglicher Versuche, sie wegzuwaschen, nachweisbar gewesen.

Mit Akribie waren sämtliche Fingerabdrücke gesichert, dokumentiert und ausgewertet worden. Nach Meinung von

Bialas ein sinnloses Unterfangen. Die Schalwände, zwischen denen der Tote gefunden worden war, mussten von den Fingerabdrücken der Rentz-Arbeiter übersät sein. Entsprechend zeigten die Bilder, die Wildermuth an die Wand warf, ein wildes Durcheinander von Papillarleisten, teilweise verwischt durch die Strukturen von ledernen Arbeitshandschuhen. Die Kriminaltechnik hatte sich trotzdem die Mühe gemacht, die Spuren den einzelnen Arbeitern zuzuordnen.

»Und was wissen wir jetzt?«, fragte Luca. »Dass die Leute alle dort waren? Das wussten wir auch so schon!«

»So ist es«, erwiderte Wildermuth nüchtern. »Aber ich habe da doch noch etwas Interessantes für euch. Die Betonmauer macht, wie ihr ja wisst, einen großen Bogen. Dort, wo die Schalwand ziemlich genau nach Osten geht, ist sie trotz des Wetters relativ trocken geblieben. Der Regen kam ja fast immer von Westen. Außerdem haben die Schalungen hier leichte Vertiefungen. Man hat uns gesagt, dass hier Durchbrüche für Belüftungsschächte liegen. Es waren die einzigen Stellen, wo es noch Sinn machte, nach Abdrücken zu suchen. Und hier haben wir in der Tat ein paar mehr oder weniger gut erhaltene Fingerabdrücke sichern können.«

Wildermuth zeigte nun das Bild eines einzigen Teilabdrucks. Er ließ es einen Moment genüsslich und ohne eine Erklärung stehen. »Ein paar Abdrücke konnten wir den Rentz-Mitarbeitern zuordnen, andere aber nicht. Hier haben wir keine Zuordnung – bis auf einen, nämlich diesen!« Wildermuth machte wieder eine theatralische Pause, fuhr sich mit der Hand über den Schnauzbart und betrachtete fast andächtig den Daumenabdruck auf der Leinwand. »Wir haben ziemlich lange herumgebastelt, um den wieder so klar hinzubekommen. Der Fingerabdruck wurde am Mittwoch gesichert. Er muss da schon drei bis vier Tage alt gewesen sein. Die Luftfeuchtigkeit hat ihn schon sehr verschwommen erscheinen lassen. Die Merkmale hier und hier«, er deutete auf Markierungen im Labyrinth der Papillarleisten, »sind trotzdem eindeutig zuzuordnen.«

»Und wem gehören sie? Mach's nicht so spannend, Hans!« Hanna war die Einzige im ganzen Präsidium, die den Kollegen beim Vornamen nannte.

»Dem Toten«, antwortete Wildermuth lapidar.

Plötzlich war Nicole Marinescu hellwach. Sie hatte bislang offensichtliche Probleme gehabt, sich auf die Ausführungen zu konzentrieren. Immer wieder hatte sie in Unterlagen vor sich auf dem Tisch geblättert. Nun reagierte sie wie elektrisiert: »Aber das heißt doch eindeutig, dass der Mann auf der Baustelle gearbeitet hat, und zwar genau an dieser Mauer. Oder etwa nicht?«

»Es ist sicher, dass er sich vor seinem Tod zumindest einmal bereits an dieser Stelle befunden hat«, bestätigte Wildermuth.

»Und was soll er dort getan haben?«, ereiferte sich die junge Frau. »Er hat dort gearbeitet! Und zwar illegal! Wir müssen diesen Herrn Rentz einmal fragen, wer eigentlich seine Stahlflechtarbeiten übernommen hat. Auf der ganzen Baustelle sind keine Eisenflechter zu finden, wenn die Polizei auftaucht. Und wir waren bisher nicht in der Lage, diesen Sachverhalt zu klären.« Sie sah böse zu Bialas hinüber. »Hier!« Sie hob die Kladde, in der sie bislang immer wieder geblättert hatte, und ließ sie klatschend wieder auf den Tisch fallen. »Hier, die Aussagen dieses Mannes. Der seinen Namen nicht nennen will, weil er Angst hat vor der russischen Mafia. Seine Schilderungen – sie entsprechen genau dem, was wir annehmen, wie die Sache läuft.« Hilfesuchend sah sie zu Stoevesandt. Der hatte die schmalen Hände vor sich auf dem Tisch gefaltet und blickte nachdenklich auf sie nieder.

»So werden die Leute rekrutiert. So werden sie ins Land gebracht. Und so werden sie dann auf die Baustellen geschickt. Und wer sagt Ihnen denn, dass der Tote nicht auch einer dieser Leute ist, die so in die Arbeitssklaverei gelockt worden sind. Man muss diese Spur doch auch verfolgen.«

»Nicole«, unterbrach Stoevesandt ihren leidenschaftlichen Appell. Bialas registrierte genau, dass er sie fast väterlich beim Vornamen nannte. »Alles zu seiner Zeit!«, sagte der Leiter der Soko. »Ich möchte nun, dass wir uns den Bericht der Kriminaltechnik vollständig anhören. Danach sehen wir weiter.«

Seine Worte duldeten keinen Widerspruch. Die junge LKA-Beamtin lehnte sich geknickt auf ihrem Stuhl zurück und schwieg.

Wildermuth nahm den Faden wieder auf. Er kam nun zu den Fußspuren rund um den Fundort des Leichnams. Auch hier bezweifelte Bialas, dass ihnen das irgendetwas bringen würde. Die aufgeweichte Erde und der Matsch an den Schuhsohlen hatten zum Teil zwar recht gute Abdrücke erzeugt. Aber wenn ein Täter in der Nacht irgendwelche Spuren hinterlassen haben sollte, so waren die am nächsten Morgen mit Sicherheit von den Bauarbeitern zertrampelt worden. Wildermuth ließ dessen ungeachtet eine ganze Serie von lehmigen Schuhabdrücken vorbeiziehen. Ein Bild ließ er schließlich stehen:

»Ich will euch nicht mit Details aufhalten, die ohnehin zu nichts führen. Interessant ist aber dieser Abdruck. Dieser Schuh zeigt die typischen Abnutzungserscheinungen, wenn der Träger stark auf den Außenkanten der Fersen geht. Es ist ein Schuh Größe 46 und er gehört dem Polier von Rentz, diesem Karl Ergenzinger. Wir haben ihn in seinem Spind gesichert.«

»Ergenzinger ist da unten an der Schalwand ja auch herumgestiefelt, das wundert mich also nicht«, warf Hanna ein.

»Das eigentlich Interessante ist«, fuhr Wildermuth unbeeindruckt fort, »dass wir hier, an dem aufgeschnittenen Bauzaun«, er zeigte das Bild des langen Schlitzes im Maschendraht, »Schuhabdrücke in der aufgeweichten Erde gefunden haben, die in mehreren Merkmalen mit denen von Ergenzinger übereinstimmen.« Es folgten Bilder von Abdruckspuren in lehmiger Erde und von Gipsabdrücken aus diesen Vertiefungen. »Gleiches Fabrikat, gleiche Schuhgröße, gleiche Abnutzungsmerkmale im Bereich des Absatzes. Allerdings«, Wildermuth deutete auf eine Stelle an einem Gipsabdruck, »haben wir hier zwei tiefe Riefen, also Beschädigungen an den Schuhen. Diese fehlen sowohl bei den Abdrücken an der Stützmauer als auch an Ergenzingers Arbeitsschuhen.«

»Verschiedene Schuhe, gleicher Träger?«, fragte Stoevesandt.

Wildermuth zuckte die Achseln. Er legte seine Ergebnisse mit der Systematik und Faktentreue eines Wissenschaftlers dar. Die Interpretationen überließ er den Kollegen. Doch die Fakten konnten nur bedeuten, dass Ergenzinger bei dem Schlitz im Maschendraht gewesen war. Die Frage war, ob er den Zaun vielleicht sogar selbst aufgeschnitten hatte und wenn ja, warum.

»Ergenzinger«, sagte Hanna, »immer wieder Ergenzinger. Wir haben nichts Konkretes gegen ihn in der Hand. Aber er hat mit der Sache zu tun, da könnte ich wetten.«

»Was ist mit seinem Alibi?«, fragte Frenzel.

»Er war Montagabend im Adler in Uhlbach, und zwar auf jeden Fall bis halb zwölf«, informierte Luca. »Wie lange er tatsächlich da war, bekommen wir hoffentlich heute Abend heraus. Da trifft sich wieder die Skatrunde, mit der er letzte Woche auch zusammen war.«

Wildermuth hatte inzwischen am Beamer hantiert und sagte: »Als Täter kommt der Mann allerdings kaum in Frage. Er ist zu groß.« Genüsslich sah er in die fragenden Gesichter. »Die haben hier im LKA ein kleines feines Programm für Computersimulationen.«

Die braunen Augen des Kriminaltechnikers leuchteten unter den schwarzen Augenbrauen hervor. Bialas wusste, dass Wildermuth sehnlichst gerne Physik studiert hätte. Nur der Umstand, dass es neben ihm fünf weitere Geschwister gab und die Familie nicht gerade im Geld schwamm, hatte dies verhindert, da er den Eltern nicht so lange auf der Tasche liegen wollte. Doch seine Faszination für die Möglichkeiten moderner Technologien und Naturwissenschaften war ungebrochen. Auf der Projektionsleinwand war nun die grafische Darstellung zweier Personen erschienen. Die Figuren erinnerten an die hölzernen Gliederpuppen, die Maler beim Zeichnen menschlicher Körper und Proportionen benutzten. Eine dieser Figuren hatte eine Gerüststange in der Hand, die viereckige Bodenplatte nach oben gerichtet.

»Wir kennen verschiedene Faktoren, die wir dem Programm mitteilen können«, erläuterte der Kriminaltechniker. »Wir kennen die Tatwaffe, ihre ungefähre Länge, ihr Gewicht und ihre Geometrien. Wir kennen die Größe des Opfers. Wir wissen ungefähr, mit welcher Kraft die Waffe das Opfer getroffen hat. Das Programm kann dies anhand der Knochendichte des Schädels und der Form der Wunde selbst errechnen. Wir wissen, aus welchem Winkel der Kopf getroffen wurde. Außerdem haben wir die Hämatome an der Schulter, am Unterarm und an den Wangenknochen des Opfers. Also können wir auch rekonstruieren, wie der Mann in etwa gestürzt ist. Was wir nicht wissen, ist, in welcher Position das Opfer sich genau befand, als es von dem spitzen Eck getroffen wurde. Wir wissen nicht genau, an welcher Stelle die Gerüststange vom Täter in die Hände genommen wurde. Und wir kennen nicht die Größe des Täters.«

Wildermuth ließ nun auf der Leinwand mehrere Varianten des simulierten Geschehens ablaufen wie in einem Zeichentrickfilm. »Es sieht simpel aus«, sagte er fasziniert, »aber da stecken jede Menge Know-how über biomechanische Abläufe im menschlichen Körper und modernste Simulations-Software dahinter.« Er ließ noch einmal eine Variante der kurzen Filmsequenzen ablaufen. »Auf jeden Fall hat das Ganze ergeben, dass die Tat mit hoher Wahrscheinlichkeit so abgelaufen ist, wie wir es hier sehen: Das Opfer stand aufrecht, leicht weggedreht von Täter. Der Täter hat die Stange mit der rechten Hand etwa 70 Zentimeter unterhalb der Bodenplatte und mit der linken etwa einen Meter unterhalb gegriffen. Er ist also Rechtshänder. Die Waffe hat das Opfer schräg von oben in diesem Winkel getroffen. Daraus ist die Größe des Täters berechenbar. Und dieser war mindestens zehn Zentimeter kleiner als das Opfer. Ergenzinger ist einen Meter neunzig groß. Er kann es nicht gewesen sein!«

Die Runde schwieg fast andächtig angesichts der Beweiskraft der Computersimulation. Hanna schüttelte schließlich den Kopf: »Mir geht nicht aus dem Sinn, wie sich dieser Mann verhalten hat, nachdem der Tote gefunden wurde. Das war nicht nur der Zeitdruck, unter dem der stand. Ergenzinger hat den Toten gekannt, da könnte ich wetten.« Auch Bialas konnte nicht glauben, dass der Polier gar nichts mit der Tat zu tun haben sollte.

Der Kriminaltechniker kam nun zur Untersuchung der Kleidung des Toten. Fotos von Unterwäsche, Socken, einer schäbigen Hose und einem karierten Hemd sowie einer dünnen parkaähnlichen Jacke machten die Runde. Auf den Bildern von Jacke und Hemd sah man deutlich das rotbraune Blut, das vor allem am Kragen und beim linken Schulterblatt eine dicke Kruste gebildet hatte. An der Wand erschienen Skizzen der jeweiligen Kleidungsstücke, auf denen nummerierte Punkte zeigten, von welchen Stellen Proben genommen worden waren.

»Die Großzahl der Substanzen, die wir gefunden haben, sind eindeutig der Baustelle zuzuordnen: Erde, Kalk, Zementreste, Rost. Das Gleiche übrigens unter den Fingernägeln und in den Haaren.«

Bialas schaute zu Nicole Marinescu, die sich bestätigt fühlen musste, aber das Ganze nur schmollend zur Kenntnis nahm.

»An den Socken haben wir Fasern gefunden«, fuhr Wildermuth fort, »die eindeutig zum Innenfutter der Arbeitsschuhe passen, die Rentz an seine Mitarbeiter ausgibt. Es scheint aber so zu sein, dass es bei diesen Baustellenartikeln Allerweltsfabrikate gibt, die von allen benutzt werden. Auch diese Marke ist bei mehreren Firmen in Gebrauch.«

»Der Tote hatte keine Schuhe an. Die habt ihr nicht zufällig gefunden?«, fragte Hanna.

»Tut mir leid. Fehlanzeige.«

»Warum zieht jemand dem Toten die Schuhe aus?«, überlegte Stoevesandt. Niemand in der Runde wusste eine Antwort.

Wildermuth zuckte die Achseln: »Auf jeden Fall ist er nicht in Strümpfen über die Baustelle gegangen. Wir haben darüber hinaus noch einige Substanzen gefunden, die nicht der Filderbaustelle zugeordnet werden können. Da ist einmal ein rußiger Staub in dem Parka. Ich habe ihn mit dem Staub am Feuerbacher Tunnel verglichen. Er ist identisch.« Wildermuth zeigte mit den Laserpointer auf eine schematische Darstellung der Jacke des Toten. »Hier am Ärmel haben wir Blutspuren gefunden. Die DNA entspricht der des nicht identifizierten Toten, der im März am Feuerbacher Tunnel gefunden wurde. Ach ja, und fast hätte ich es vergessen: Die DNA-Untersuchung hat natürlich bestätigt, dass die beiden Brüder waren.«

Wildermuth wandte sich wieder seinen Faser- und Materialspuren zu: »Ich habe deshalb die Kleidung dieses Mannes auch unter die LKA-Mikroskope geschoben. Wir haben bei beiden Männern eine identische Textilspur gefunden. Herkunft unbekannt. An der Kleidung der Männer, und zwar auch an der Unterwäsche, haben wir jede Menge brauner Fasern gefunden. 60 Prozent Baumwolle, 40 Prozent Polyacryl. Ich vermute, von Wolldecken. Die Toten haben sich damit höchstwahrscheinlich zu Lebzeiten zugedeckt.

An eurer Leiche von der Baustelle haben wir außerdem eine botanische Spur: Pollen von Magnolien. Da die erst im April zu blühen beginnen, ist nicht verwunderlich, dass die Tunnelleiche davon nichts abbekommen hat. Der Mann auf der Baustelle muss sich aber irgendwo aufgehalten haben, wo es sehr viele Magnolien gibt. Magnolien werden nicht durch den Wind bestäubt, sondern durch Insekten. Die Pollen werden nur in ganz geringem Maße durch den Wind weitergetragen. Die Menge an Pollen, die wir gefunden haben, lässt auf eine große Ansammlung dieser Pflanzen schließen. In Nähe des Kongress- und Messegeländes ist davon weit und breit nichts zu finden.«

Während Wildermuth sich über jedes Detail ausließ, wurde Bialas immer nachdenklicher. Irgendetwas beunruhigte ihn. Den Pollen musste man unbedingt nachgehen. Das war klar. Das waren keine Allerweltspflanzen. Sie wuchsen nicht überall. Und schon gar nicht in großen Mengen. Doch ihn beschäftigte noch etwas. Sie hatten etwas übersehen, dessen war er sich sicher. Seine Nasenflügel meldeten sich. Er zog eines seiner Taschentücher hervor, die Thea so geduldig wusch und bügelte. Eine Zeit lang hatte sie versucht, ihn zur Benutzung von Papiertaschentüchern zu bewegen. Doch die hatten einfach nicht den gleichen lindernden Effekt wie der Stoff. Thea hatte irgendwann aufgegeben, zumal die Taschentücher nie wirklich schmutzig waren und sie es einfach für eine Marotte ihres Mannes hielt. Bialas rieb sich die Nase, doch das Kribbeln wollte nicht verschwinden. Irgendetwas stimmte nicht. Es war kein Detail, dazu war Wildermuth viel zu penibel. Es war ein Zusammenhang, der fehlte.

»Zeig mir noch mal die Kleidung«, bat er den Kriminaltechniker, der ihnen bereits die Mikroskopaufnahme von Magnolienpollen präsentiert hatte, die aussahen wie Footballs aus blauem Kristall. Wildermuth ging bereitwillig ein paar Bilder zurück, bis wieder die Fotos von Jacke, Hose und Unterwäsche des Toten erschienen.

Plötzlich wusste Bialas, was ihn störte. Er erinnerte sich lebhaft, wie er und Hanna in die Schlammpfütze getreten waren, als sie von Ömer Akcay zum ersten Mal an den Fundort des Toten gebracht worden waren. Er sah die nasse Erde und die lehmigen Fußspuren vor sich. »In der Tatnacht hat es immer wieder leicht geregnet. Und auch am Tag zuvor. Richtig?«

»Worauf willst du hinaus?«, fragte Wildermuth.

»Wir haben in der Animation mit dieser Computersoftware gesehen, wie der Mann gefallen sein muss. Er hatte vom Sturz Hämatome am Arm und im Gesicht, ja?«

»Stimmt«, bestätigte Wildermuth.

»Das Blut an der Kleidung zeigt, dass der Tote die Jacke anhatte, als er getroffen wurde.« Bialas versuchte, während er sprach, seine Gedankengänge auch für sich selbst logisch zu ordnen.

»Genau.«

»Worauf willst du hinaus, Andreas?«, fragte nun auch Hanna.

»Wir wissen, dass keine der betonierten Flächen auf der Baustelle als Tatort in Frage kommt. Aber wir müssen mit großer Wahrscheinlichkeit davon ausgehen, dass die Tat auf dem Gelände stattgefunden hat. Die Erdbereiche konnten wir nur im näheren Umkreis des Fundortes untersuchen, weil das Gelände viel zu groß ist und Blutspuren in der Erde schlecht zu sehen sind. Aber was passiert, wenn ein Körper mit der Wucht, die wir annehmen müssen, auf die nasse Erde fällt? Hat das nicht Auswirkungen auf die Spurendichte? Ich meine: Wenn er in den Matsch gefallen ist, dann müsste man das doch an der Kleidung sehen. Müssten wir da nicht Erd- oder Schlammspuren in höherer Konzentration finden? Auch dann, wenn jemand versucht hätte, die zu beseitigen? Oder anders gesagt: Können wir nicht das ganze Areal der Baustelle unter freiem Himmel als Tatort ausschließen?«

Wie vom Donner gerührt schaute Wildermuth ihn einen Moment lang an. Dann griff er nach der Maus und zeigte mit ein paar Klicks noch einmal die schematische Darstellung, die zeigte, wo Proben entnommen worden waren. Er ging zur Projektionsleinwand. Eingehend studierte er die roten Punkte, die gleichmäßig über die Skizze einer Jacke verteilt waren. Es waren sicher weit über hundert Punkte, doch nur etwa ein Dutzend im Bereich der linken Schulter. Der Kriminaltechniker strich sich mit der Hand über den schwarzen Schnauzbart und sah entgeistert nach oben. Er schüttelte den Kopf und murmelte: »Anfängerfehler.« Er ging zu seinen Mappen mit den Fotografien, zog eine ganze Reihe davon heraus und betrachtete sie akribisch.

»Die Kleidung war feucht«, sagte Wildermuth wie zu sich selbst. »Der Mann lag ja quasi die halbe Nacht im Freien. Aber das müsste man trotzdem eindeutig feststellen können.« Wieder schüttelte er den Kopf: »Weiß nicht, was mir da auf der Leitung stand. Spurendichte, das ist das Stichwort.« Angesichts der phantastischen Möglichkeiten des LKA, selbst Nanopartikel sichtbar zu machen und zu analysieren, hatte der gewiefte Kriminaltechniker tatsächlich den Wald vor lauter Bäumen nicht mehr gesehen. Er schnappte seinen Bericht. Die Fotos ließ er liegen. Dann ging er mit energischen Schritten zur Tür. »Ich nehme mir die Aufprallstellen an der Kleidung noch mal vor. Bis spätestens morgen Mittag habt ihr das Ergebnis«, sagte er und verließ den Raum.

2

Stoevesandt brach die Sitzung ab. Die Zeit bis zur Pressekonferenz war ohnehin knapp geworden, und Kriminaldirektor Dr. Winfried Bechtel hatte sie zu sich beordert. Stoevesandts Vorgesetzter wollte es sich unter keinen Umständen nehmen lassen, die Pressekonferenz selbst zu leiten.

»Manche Menschen wollen eben einfach immer glänzen, obwohl sie keinen Schimmer haben, ha ha ha«, so hatte Friedebald Frenzel das Ansinnen des LKA-Abteilungsleiters kommentiert. Der Staatsanwalt machte keinen Hehl daraus, wie er zu Bechtel stand. Die beiden hatten in den letzten Tagen vor allem wegen dieser Pressekonferenz immer wieder Kontakt zueinander gehabt. »Ist der Mann von Hause aus Jurist?«, hatte Frenzel Stoevesandt gefragt. »Ich könnte wetten, er war im Studium in einer Verbindung. Arminia oder Hohenstaufia, schätze ich. Da gibt es nämlich noch echte Kameradschaft. Und wissen Sie, wie man das rauskriegen könnte? Sie suchen einen Juristen in höherer

Stellung im Landeswirtschaftsministerium. Den fragen sie, in welcher Burschenschaft er ist, und schon wissen Sie es!«

Die Pressekonferenz selbst war genau so, wie Bialas befürchtet hatte. Winfried Bechtel hatte sich wieder in Schale geworfen. Er riss umgehend das Wort an sich. Zum Ärger des Pressesprechers des LKA, der sich reichlich überflüssig vorkam. Die Begrüßung ging in eine Rede über. Sie hatte vor allem zum Inhalt, dass dem großartigen Projekt des Kongress- und Messezentrums durch den tragischen Todesfall kein Schaden zugefügt werden dürfe. Die Journalisten ließen es gelangweilt über sich ergehen. Sie wurden erst wieder munter, als der LKA-Pressesprecher Stoevesandt das Wort erteilte. Der Leiter der Soko »Fildermesse« gab einen knappen, aber präzisen Überblick über die bisherigen Ermittlungen, die Spurenlage und die Erkenntnisse, die sie über die beiden Toten hatten. Bialas war in diesem Falle froh, dass er nicht selbst die Sonderkommission leitete. Er hasste öffentliche Auftritte ohnehin. Und wie mager die abgesicherten Fakten waren, war peinlich. Was wussten sie schon? Sie hatten keine Tatwaffe, kein Motiv, keinen Tatort und erst recht keinen brauchbaren Tatverdächtigen. Solche Pressekonferenzen hatten nur den Sinn, mit Hilfe der Medien zu weiteren sachdienlichen Hinweisen zu kommen. Mit dem Ergebnis, dass die Polizei von Hinweisen überflutet wurde, in denen sie ertrank. 98 Prozent der Beobachtungen einer eifrigen und hilfsbereiten Bevölkerung erwiesen sich als völlig untauglich. Und wehe, man war dem einen Hinweis nicht ausreichend nachgegangen, der sich im Nachhinein als wichtig erwies.

Solche Pressekonferenzen führten dazu, dass oberschlaue Journalisten spitzfindige Fragen stellten. Immer gab es irgendeinen Pressevertreter, der genau wusste, was die Polizei alles falsch machte. Immer gab es ein paar Schmierfritzen, die nur an grausigen Details und schlüpfrigen Umständen interessiert waren.

Ob der Tuberkulosefall eine Gefahr für die Bevölkerung darstelle.

Ob einer der beiden Toten homosexuell war.

Warum die Toten noch nicht identifiziert waren und warum die Zusammenarbeit mit den osteuropäischen Behörden nicht funktionierte.

Ob es sich um einen Bandenkrieg der russischen Mafia handeln könnte.

Warum wurde die Ermittlung vom LKA geleitet? Und warum von der Abteilung für Wirtschaftskriminalität?

Weiß man, ob der Tuberkulose-Kranke in Behandlung war? Dürfen Ärzte die Behandlung bei Leuten verweigern, die keine Krankenversicherung haben?

Stoevesandt beantwortete mit hanseatischer Gelassenheit alle Fragen mit »Ja«, »Nein«, »Wissen wir nicht«, und ging erst bei der zwangsläufigen Nachfrage kurz und präzise auf den Fragesteller ein oder bat Bialas, dazu Stellung zu nehmen. Nur bei der Frage nach der Leitung der Soko durch die Wikri blieb Stoevesandt schwammig. Die Hintergründe konnten nicht genannt werden.

Ob der Mord mit dem Widerstand gegen das umweltvernichtende, völlig überflüssige Kongress- und Messezentrum zu tun haben könnte, wollte einer wissen. Das rief natürlich wieder Bechtel auf den Plan. Selbstverständlich nicht, ein reiner Zufall, dass der Tote ausgerechnet dort auf dem Messegelände gefunden worden war. Der LKA-Pressesprecher, der dafür sorgte, dass die Journalisten ordentlich der Reihe nach ihre Fragen stellten, wirkte genervt.

»Kann der Fall etwas mit den rechtswidrigen Beschäftigungsverhältnissen auf der Messebaustelle zu tun haben?«, fragte einer der Journalisten.

Wieder riss Bechtel das Wort an sich: »Die Kongress- und Messegesellschaft ist peinlichst auf eine saubere Abwicklung der gesamten Bautätigkeiten bedacht. Keine Firma kann sich erlauben, bei einem solchen Renommierprojekt, ungesetzliche Praktiken anzuwenden.«

»Und was war mit den Türken?«, insistierte der Fragesteller.

Was war mit den Türken, fragte sich auch Bialas. Er hatte in der Flut der Aufgaben und Ereignisse der letzten Tage keinen Gedanken mehr an die Männer verschwendet.

»Meine Herren, meine Damen!« Bechtels Stimme wurde nun richtig scharf. »Ich möchte Sie doch bitten, die Dinge auseinanderzuhalten. Hier geht es ausschließlich um die Ermittlungen in den beiden Todesfällen. Mit diesen Missverständnissen bei der Bezahlung der türkischen Bauarbeiter letzte Woche hat dies nichts zu tun. Bitte Ihre Fragen nur zu den Todesfällen.«

»Stimmt es, dass die Türken gestern abgeschoben wurden?«, setzte trotzdem einer nach.

In der Mitte der Medienvertreter stand ein jüngerer schlaksiger Mann mit Nickelbrille auf. Er hielt demonstrativ eine Zeitschrift mit dem Titel »Recht und Arbeit«, ein Gewerkschaftsblatt, vor die Brust.

»Einige Kollegen haben ja am Samstag schon darüber berichtet«, sagte der Mann. »Die türkischen Kollegen sind gestern in die Türkei zurückgekehrt. Die IG Bau konnte für sie durchsetzen, dass sie wenigstens die Hälfte der ausstehenden Löhne ausgezahlt bekommen haben. Mehr war nicht drin in der Kürze der Zeit. Die Ausländerbehörden haben sie in der Tat abgeschoben.«

Bechtel wurde ungehalten: »Wir können uns hier nur zum Thema dieser Pressekonferenz äußern. Und ich möchte Sie dringend bitten, dies ebenfalls zu tun.«

»Ich habe eine Frage zum Thema dieser Pressekonferenz«, sagte der Gewerkschafts-Journalist und rückte sich die Nickelbrille nach oben. »Gibt es Hinweise, dass der Tod des einen, ich meine den, der erschlagen worden ist – gibt es Hinweise darauf, dass sein Tod etwas mit der Beschäftigung Illegaler am Kongress- und Messezentrum zu tun hat? Oder anders gefragt: Können Sie ausschließen, dass der Tote ein illegaler Bauarbeiter war?«

Bechtel rutschte nervös auf seinem Stuhl hin und her und raunte Stoevesandt zu: »Da gibt es keinerlei Hinweise drauf. Sagen Sie das!«

Noch während der Journalist seine Frage gestellt hatte, war Luca mit schnellen Schritten in den Raum gekommen. Er und die anderen Soko-Mitglieder, die nicht an der Pressekonferenz teilnehmen mussten, waren mit Dokumentations- und Abklärungsarbeiten beschäftigt. Luca wirkte aufgeregt und schwenkte ein Blatt Papier in der Luft. Er trat zum Podium und reichte Bialas das Blatt.

»Wir haben vielleicht eine Identifizierung«, raunte er leise.

»Gibt's was Neues?«, wollte einer der Journalisten vorlaut wissen.

Bialas überflog das Schreiben.

Es war ein Fax der Botschaft der Ukraine in Berlin. Der Adressat war er selbst, Hauptkommissar Andreas Bialas. Unterschrieben war der Brief von einer Ekaterina Omeltschenko, zweite Sekretärin der Konsularabteilung. Die Botschaftsangehörige teilte mit, dass sich eine gewisse Ludmila Martschenko an die Ukrainische Botschaft in Deutschland gewandt hatte. Die ukrainische Polizei hatte ihr einen Besuch abgestattet und nach dem Aufenthalt ihres zweitältesten Sohnes Jewhen Martschenko gefragt. Nachdem sie diesen nicht angeben konnte, hatten ihr die Polizisten mündlich mitgeteilt, dass Jewhen in Deutschland an der Tuberkulose gestorben sei. Alle Bemühungen der Frau, bei der Polizei nähere Auskünfte oder eine schriftliche Bestätigung zu bekommen, waren fehlgeschlagen. Frau Martschenko wandte sich in ihrer Not an die Botschaft in Deutschland. Ekaterina Omeltschenko hatte daraufhin das Bundeskriminalamt um Hilfe gebeten. Dort hatte man in der Datei der unbekannten Toten schnell den Stuttgarter Fall als einzig möglichen gefunden. Man hatte der Botschaftsangehörigen geraten, sich direkt mit dem bearbeitenden Kriminalbeamten in Verbindung zu setzen. Nun bat die Frau um einen Rückruf.

Das Fax hatte einen Sichtvermerk mit der Unterschrift von Franz Kallinger. »Andreas, hilft euch das weiter? Gruß Franz« war hinzugefügt.

»Hat er gerade rübergebeamt«, sagte Luca leise und tippte auf die Unterschrift ihres gemeinsamen Chefs im Polizeipräsidium.

Bialas überlegte. War ihr Rechtshilfeersuchen also doch bei der ukrainischen Polizei gelandet. Die hatten darauf auch reagiert – aber auf ihre ganz eigene Art und ohne den deutschen Kollegen eine Rückmeldung zu geben. Blieb die Frage, wie die Ukrainer gerade auf diesen Jewhen Martschenko gekommen waren.

Er schob das Schreiben Stoevesandt hin, der es kurz überflog.

»Sie haben doch was Neues. Wollen Sie uns das nicht mitteilen?«, meldete sich wieder der aufdringliche Journalist.

»Nein«, antwortete Stoevesandt.

»Und was steht in dem Brief da?« Der Mann wurde fast unverschämt.

»Darüber können wir Ihnen keine Auskunft geben«, sagte Stoevesandt kategorisch. »Aber zurück zur letzten Frage. Nach dem gegenwärtigen Stand der Ermittlungen und der Spurenlage handelt es sich bei dem Toten mit großer Sicherheit um einen Bauarbeiter. Da er bislang jedoch nicht identifiziert wurde, kann auch nichts dazu ausgesagt werden, ob er sich illegal in Deutschland aufgehalten hat. Zur konkreten Spurenlage haben wir ja bereits in unserer Einführung Stellung genommen.« Dann beugte er sich zu Bialas, tippte auf das Fax und sagte leise: »Ich denke, wir können jetzt hier auf Sie verzichten. Gehen Sie der Sache nach.«

Das erste, was Bialas erledigte, war ein Anruf beim BKA. Ein Kollege bestätigte die Anfrage der Ukrainischen Botschaft. Man hatte daraufhin versucht, sich noch einmal an die ukrainische Polizei zu wenden. Denn eine Antwort hatte man weder auf das Rechtshilfeersuchen bei dem Tuberkulose-Toten noch bei dem des Gewaltopfers erhalten. Auch nun war keine Auskunft von den ukrainischen Behörden zu bekommen.

»Wie kann die ukrainische Polizei zu dieser Frau gehen und ihr sagen, dass ihr Sohn tot ist? Wir erfahren nichts davon, das heißt, eine eindeutige Identifizierung liegt nicht vor. Und sie bekommt das an den Kopf geworfen, ohne jede schriftliche Grundlage?« Bialas schüttelte am Telefon den Kopf. Es war ein unglaublicher Vorgang.

»Das ist ein Drama mit den Ordnungskräften in den GUS-Staaten«, stöhnte der BKA-Kollege. »Wahrscheinlich hat sie nicht das nötige Kleingeld, um die Bullen dort zu bestechen. Das ist ein korrupter Klüngel. Manchmal habe ich den Eindruck, die erwarten sogar von uns, dass wir sie schmieren. Vielleicht hätten wir dann schon längst eine Antwort.«

Der nächste Anruf galt Ekaterina Omeltschenko.

»...terina ...tschenko. Botschaft derr Ukraine. Wass kann ich für Sie tun?«, meldete sich eine warme, sehr weibliche Stimme mit den typischen Gutturallauten der slawischen Sprachen. Sie sprach gutes Deutsch, wenn auch mit den typischen Auslassungen bestimmter Wörter, die die russische Sprache nicht braucht.

»Oh, das ist gutt, dass Sie mich anrufen. Cherr Bialas! Wissen Sie, Frau Martschenko ist schon auf Flughafen in Moskau. Sie kommt um sechs Uhr heute Abend in Berlin an. Kann ich mit ihr nach Stuttgart kommen?«

»So schnell wie möglich. Das wäre auch in unserem Interesse.«

»Ich chabe mich schon informiert. Morgen früh geht ein Flug, den wir nehmen können. Wäre das für Sie in Ordnung?«, fragte sie beflissen und fuhr, ohne ihm eine Gelegenheit zu einer Antwort zu geben, fort: »Können Sie mir sagen, was passiert ist? Ist das Junge von Frau Martschenko? Boshe moj, das ist arme Frau und sie hat so große Angst.«

Die Wahrscheinlichkeit, dass es sich bei dem Toten vom Feuerbacher Tunnel tatsächlich um Jewhen Martschenko handelte, war sehr groß. Tuberkulosetote lagen in Deutschland zum Glück nicht alle Tage auf der Straße herum, und das BKA hatte gegenwärtig keinen zweiten Fall. Bialas schilderte möglichst sachlich, wie und wo der junge Mann gefunden worden war. Den anonymen Anrufer, der die Polizei auf den Toten aufmerksam gemacht hatte, verschwieg er. Und ebenso dessen Schicksal. Auch er würde identifiziert sein, sobald die ukrainische Mutter bestätigt hatte, dass der junge Mann vom Feuerbacher Tunnel ihr Sohn war. Bialas wusste, was das bedeutete. Er spürte intuitiv, dass man der Frau noch nichts davon sagen durfte. Um ihr nicht die Kraft für den schweren Gang zu rauben, den sie morgen vor sich hatte. So schwieg er auch gegenüber Ekaterina Omeltschenko, deren Mitgefühl mit der Mutter schon von einem toten Sohn voll in Beschlag genommen war.

3

»Du musst heute noch deinen Bericht schreiben, Andreas!« Schwandtner drängte. Der Kollege hatte nicht nur kommissarisch die Leitung des Dezernats für Tötungsdelikte im Polizeipräsidium übernommen, solange Bialas und Hanna nicht zur Verfügung standen. Er hatte auch gemeinsam mit einem Kollegen des Dezernats für »Illegale Beschäftigung und Schleuserkriminalität« den Fall der Pension Weißgerber in der Lauffener Straße in Rot übernommen. Schon am frühen Morgen hatte Schwandtner angerufen und insistiert: »Wenn du deinen Bericht nicht sofort schreibst, dann schiebst du das vor dir her. Ihr habt da drüben alle Hände voll zu tun, da geht das unter, wenn du's nicht gleich machst. Und du bist auch nur ein Zeuge wie jeder andere. Du vergisst genauso. Nach drei Tagen, du weißt ja, was man da teilweise schon vergessen hat oder nicht mehr richtig zusammenbekommt.« Er hatte recht, und so setzte sich Bialas nach einem halbwegs genießbaren Mittagessen in der LKA-Kantine in den Büroraum mit den Plakaten der Rauschgiftaufklärungsgruppe.

Bialas konnte sich nur schwer konzentrieren. Der Ferengi und die Frau aus der Ukraine beschäftigten ihn. Wo standen sie eigentlich bei ihren Ermittlungen? Er sah über den Schreibtisch, der schon zu vermüllen drohte, obgleich sie hier im Vergleich zum heimatlichen Polizeipräsidium nur einen Bruchteil an Akten und Unterlagen hatten. Da lagen Wildermuths Bericht und eine Mappe mit Fundortfotos. Da war der Bericht über das Firmengeflecht der Metzler AG. Und sie hatten Berichte über Berichte von den Vernehmungen der Bauarbeiter auf der Messebaustelle und der Schwarzarbeiter aus der Farsigstraße. All dies bildete ein wildes Durcheinander auf Bialas' Schreibtisch – ein Abbild des Zustandes in seinem Kopf, wie er empfand.

Nicole Marinescu hatte darauf gedrängt, den Mann noch einmal zu verhören, den sie mittlerweile alle nur noch den Ferengi nannten. Auch der Staatsanwalt wollte mit dem Mann sprechen. »Ich kann ihn in ein Opferschutzprogramm aufnehmen«, hatte Friedebald Frenzel bestätigt. »Rein theoretisch können auch Opfer von Zwangsarbeit einen zeitlich befristeten Aufenthaltsstatus bekommen. Aber dafür müsste dieses Vögelchen ein bisschen mehr singen.«

Bialas war sich nicht sicher, ob der Mann überhaupt noch nützlich für sie sein konnte. Sie hatten sich von ihm ja vor allem die Identifizierung der beiden Toten versprochen. Dies schien nun auch auf anderem Wege möglich zu sein. Wieder versuchte er, sich auf seinen Bericht über die Ereignisse tags zuvor zu konzentrieren. Mit dem Ergebnis, dass schlagartig die Szene vor seinem geistigen Auge auftauchte: Das Messer in der Luft. Luca, der sich nicht bewegte. Die Waffe in den eigenen Händen, wie nach Lehrbuch im Anschlag. Das Gefühl der absoluten Ausweglosigkeit. Die Unfähigkeit zu schießen, aus der Gewissheit heraus, den jungen Kollegen zu treffen.

In diese Gedanken hinein klopfte es an die Tür. Rudolf Kuhnert öffnete vorsichtig und schaute herein.

»Ähm, ich will Sie nicht stören. Eigentlich wollte ich Herrn Mazzaro sprechen. Aber vielleicht können Sie mir ja auch weiterhelfen«, sagte er entschuldigend. Er legte Bialas einen Bericht vor, den Luca verfasst hatte. »Ich meine, er drückt sich halt manchmal etwas umständlich aus. Das macht ja nichts. Aber das verstehe ich einfach nicht. Und Sie waren doch auch dabei.«

»Obwohl die Belehrung von Zeugen nicht unterlassen worden ist, hat der Festgenommene seinen Namen nicht sagen wollen«, las Bialas. »Die bedrohlichen Mafia-Strukturen haben die Veranlassung dafür gegeben. Die Dolmetscherin erklärt: ›Ich will 5000 Euro und einen Flug nach Brasilien‹.«

»Hat die Dolmetscherin das wirklich gesagt?«, fragte Kuhnert leicht verstört.

»Sie hat das übersetzt. Das sind die Aussagen dieses Mannes. Luca hat irgendwann mal gelernt, dass man Aussagen in wörtlicher Rede wiedergeben soll. Nehmen Sie's ihm nicht krumm.«

Kuhnert sah ihn verständnislos an.

»Der Mann wollte seinen Namen nicht nennen und nicht in eine normale Arrestzelle gebracht werden«, erklärte Bialas. »Er hat offenbar Angst, dass die russische Mafia sich an ihm rächt, wenn er Aussagen macht. Und er behauptet, die beiden Toten zu kennen. Dazu will er aber nur eine Aussage machen, wenn er Geld und ein Flugticket bekommt.«

Kuhnert schien fast erleichtert. Etwas nicht zu verstehen, machte ihm große Probleme. »Ähm, warum schreibt er das dann nicht so?«, fragte er verwundert. »Ich will ihn ja nicht kritisieren. Sie haben da einen klasse Mann. Wirklich. Aber seine Berichte sind, na ja, wie soll ich sagen, ein bisschen ungewohnt.«

Bialas musste fast schmunzeln angesichts dieser Untertreibung. »Ich glaube, Luca hat einfach zu viele kriminalistische Lehrbücher gelesen und sie sprachlich nicht ganz verdaut.«

Kuhnert nickte ernsthaft.

»Der Mann ist übrigens jetzt da. Ähm, also, wenn Sie dabei sein wollen – ich geh jetzt rüber. Da könnte ich Ihnen gleich den Weg zeigen.«

Bialas sah auf den Bildschirm des Computers mit dem gerade begonnenen Bericht über den gestrigen Tag. Er würde ihn heute noch fertig machen, schwor er sich. Doch der Versuchung, ihn noch einmal vor sich herzuschieben, konnte er nicht widerstehen.

4

Das LKA hatte tatsächlich Vernehmungsräume, wie man sie in Fernsehkrimis zuhauf sah und in der kriminalistischen Realität nur selten benutzte. Bialas und Kuhnert betraten einen Raum, der mit einem zweiten durch ein Fenster verbunden war, durch das man das Geschehen beobachten konnte. Beide Räume waren gleich groß und ähnlich karg möbliert, mit einem Tisch in der Mitte, um den einige Stühle standen. Das Zimmer, das sie betreten hatten, war in Dämmerlicht getaucht, während der Raum nebenan hell erleuchtet war. Der Mann, den sie am Samstag auf der Farsigstraße aufgegriffen hatten, saß bereits am Tisch. Er unterhielt sich aufgeregt mit einem zweiten Mann. Über Lautsprecher hörte man auch im Zuschauerraum, dass sie sich in einer Sprache verständigten, die Bialas für russisch oder ukrainisch hielt. Beeindruckend war die technische Ausstattung der beiden Vernehmungsräume. Neben den obligatorischen Stimmaufnahmegeräten waren hier komplette Videoanlagen mit mehreren Kameras, Recordern, Abspielgeräten und einem Mischpult installiert.

Vor dem Fenster zum Vernehmungsraum warteten bereits Stoevesandt und Friedebald Frenzel. Der Staatsanwalt tippte mit seinem drallen Zeigefinger auf die Spiegelglasscheibe und fragte: »Wie funktioniert das eigentlich? Das habe ich mich schon immer gefragt. Sie können doch die Räume mal als Beobachtungsposten, mal für die Vernehmung nutzen. Richtig?«

»Das hängt von den Lichtverhältnissen ab«, erklärte Stoevesandt. »Man kann hindurchsehen, wenn man vom dunkleren in den helleren Raum schaut. Umgekehrt sieht man sein eigenes Spiegelbild. Etwa wie bei einer Sonnenbrille mit verspiegelten Gläsern.«

»Dann darf der Beobachter also kein großes Licht sein«, antwortete Frenzel und lachte darüber so herzlich, dass es aussah, als würde der ganze runde Mann auf und ab hüpfen.

Nicole Marinescu stürzte mit einem dicken Packen Unterlagen ins Zimmer. Sie war aufgeregt und zappelig. Plötzlich sah sie durch die Scheibe, blieb einen Moment wie angewurzelt stehen und lachte dann hell und laut. »Ich habe das nie richtig verstanden. Aber er sieht tatsächlich aus wie ein Ferengi.« Auch sie kannte offenbar die Star-Trek-Episoden.

»Und er sieht nicht nur so aus«, antwortete Luca, der soeben den Raum betrat. Er feixte und schob Bialas das Bild eines menschenähnlichen Außerirdischen zu, mit einem viel zu großen Kopf, abstehenden Ohren und einem Mund voll spitzer Mäusezähne. »Er verhandelt auch wie einer, das werden Sie schon merken.«

Sie hatten bereits bei der Mittagsbesprechung vereinbart, dass dieses Mal neben dem Staatsanwalt Gerd Stoevesandt und Nicole Marinescu mit dem Mann sprechen sollten. Die drei verließen den dämmrigen Raum, um gleich danach im Nebenraum aufzutauchen und sich zu den beiden Männern zu setzen. Der Unbekannte neben dem Ferengi, ein jüngerer schmaler Mann mit Hornbrille und vorstehenden Hasenzähnen, erwies sich als der Dolmetscher. Man hörte ihm an, dass seine Muttersprache nicht Deutsch war. Doch Aussprache und Grammatik waren fast perfekt.

Frenzel übernahm zunächst die Belehrung und erklärte dem Mann, welche Möglichkeiten die deutschen Behörden hatten. Der Staatsanwalt hatte seine Lektion gelernt. Er blieb sehr ernst und sachlich und versuchte, nicht zu provozieren: »Nun, mein Herr, wir haben grundsätzlich die Möglichkeit, Sie unter Zeugenschutz zu stellen. Das heißt, Sie erhalten eine Aufenthaltsduldung von zunächst vier Wochen. Dabei handelt es sich um eine Aussetzung der Ausweisung. Voraussetzung dafür ist, dass Sie eine vollständige und wahrheitsgemäße Aussage machen. Da wir Ihren Namen nicht kennen und Ihre Nationalität nicht mit Sicherheit bestimmen können, wäre die Alternative die Abschiebehaft. Mit ungewisser Länge.« Frenzel ließ seine Worte einen Moment lang wirken, nachdem der Dolmetscher vollständig übersetzt hatte.

»Was nach den vier Wochen passieren würde, will er wissen.«

»Theoretisch besteht die Möglichkeit, dass eine Aufenthaltsbefugnis oder Aufenthaltserlaubnis für ein bis zwei Jahre erteilt wird. Er müsste dann aber nachweisen, dass in seinem Herkunftsland Gefahr für Leben, Gesundheit oder Freiheit für ihn besteht.«

Der Ferengi redete aufgeregt auf den Dolmetscher ein. »Er will nach Südamerika. Und er will eine neue Identität. Papiere und Urkunden. Und ein bisschen Geld.«

Frenzel seufzte. »Solche Maßnahmen sind möglich. In Fällen von Kronzeugen, in denen es sich um terroristische Gewaltakte oder um das organisierte Verbrechen handelt. Aber das sehe ich hier nicht gegeben.«

Der Mann mauerte. Er verweigerte jede Aussage, wiederholte seine Forderungen und bestand auf einer schriftlichen Vereinbarung. Er pokerte, und zwar viel zu hoch.

Leise, als könnte man ihn im Vernehmungsraum hören, sagte Bialas auf der anderen Seite der Scheibe zu Luca: »Ich wette, der hat Dreck am Stecken. So ein Theater macht doch keiner, der einfach nur illegal bei uns arbeitet.«

»Was könnte das sein?«, fragte Luca ebenso leise zurück.

Bialas überlegte: »Vielleicht ist er selbst ein Mitglied irgendeiner Mafia-Organisation gewesen. Hat sich vielleicht in die Nesseln gesetzt oder jemanden verpfiffen.«

»Und lässt sich dann von der Mafia als Bauarbeiter anheuern und malocht wie ein Tier auf deutschen Baustellen? Das kann ich mir nicht vorstellen«, erwiderte Luca.

»Ähm, vielleicht ist es nur ein kleiner Ganove«, schaltete sich Rudolf Kuhnert ein, der einen Stuhl an die Scheibe herangezogen hatte und darauf die Vernehmung verfolgte. »Ich meine, vielleicht hat er diese Arbeit ja angenommen, weil er sonst in der Ukraine wegen irgendeinem Gesetzesverstoß verhaftet worden wäre. So etwas in der Art.«

»Das ist noch das Wahrscheinlichste«, brummte Bialas, »und würde auch erklären, warum er so gerne nach Südamerika möchte.«

Im Vernehmungsraum wurde Stoevesandt nun ärgerlich. Er legte dem Ferengi Bilder der beiden Toten vor. »Sie kennen diese Männer?« Noch glaubte der einen Trumpf in der Hand zu haben und setzte wieder zu seinen Forderungen an.

»Sie sind aus Riwne«, unterbrach ihn Stoevesandt. Der Ferengi versuchte, sein Pokerface zu wahren. Doch nervöse Blicke wanderten nun zwischen den Anwesenden hin und her. Bialas wusste: In Riwne, im Norden der Ukraine, lebte die Frau, die sich an die Botschaft der Ukraine gewandt hatte und die sie morgen mit zwei toten Söhnen konfrontieren mussten.

»Er will wissen, wie Sie darauf kommen«, übersetzte der Dolmetscher.

»Dies hier ist Jewhen Martschenko«, stellte Stoevesandt sachlich fest. Bialas beobachtete die Reaktionen des Mannes. Der rutschte nervös auf seinem Stuhl hin und her. Er hatte kein Druckmittel mehr in der Hand.

Frenzel seufzte und wandte sich wieder an den Dolmetscher: »Bitte sagen Sie ihm noch einmal: Im Augenblick haben wir nur die Möglichkeit, ihm die Aufenthaltsduldung und einen gewissen Schutz zu gewährleisten. Die Alternative ist die Abschiebehaft. Er muss sich entscheiden.«

Endlich schien der Mann einzulenken: »Okay, was wollen Sie wissen?«

»Zunächst Ihren Namen.« Frenzel zog ein Formular zu sich und nahm einen Stift. »Wir können Sie nur unter Zeugenschutz stellen, wenn ich Sie einer polizeilichen Zeugenschutzdienststelle melde. Mit Namen natürlich.«

Wieder zickte der Ferengi herum. Dann hätte er keinen Schutz mehr; die Mafia würde ihn finden. Wieder seufzte der Staatsanwalt: »Einen Namen«, sagte er. »Einen!«

Der Ferengi verstand. Er überlegte. »Igor Tschikovsky«, sagte er dann.

»Ist das nicht ein russischer Komponist?«, fragte Luca.

»Peter Tschaikowskij«, sagte Rudolf Kuhnert wie aus der Pistole geschossen. »Schwanensee, Nussknacker, die Symphonie Nummer sechs h-Moll: die Pathétique. Oder meinen Sie Igor Strawinski? Etwas moderner. Le sacre du printemps. Oder die Sinfonie in C.«

Frenzel füllte mittlerweile ein Formular aus, ließ es übersetzen und von dem Ferengi, alias Igor Tschikovsky, unterschreiben. Die Unterschrift ging dem Mann nicht locker von der Hand.

»Wer sind diese beiden Männer?«, fragte Stoevesandt ihn.

»Er kennt ihre Namen nicht«, sagte der Dolmetscher. »Er weiß nur, dass es die Söhne einer Lehrerin sind. Ob sie Martschenko heißt, weiß er nicht. Sie war aber sicher Lehrerin an der Anton-Makarenko-Schule in Riwne. Er selbst ist dort ein halbes Jahr lang zur Schule gegangen.« Mehr wusste er nicht über die beiden Toten.

Bialas war etwas enttäuscht. Auch wenn er es geahnt hatte, dass der Mann recht hoch gepokert hatte, waren die Informationen doch sehr mager.

Nun nahm sich Nicole Marinescu, die sich bislang ruhig im Hintergrund gehalten hatte, den Mann vor. Noch einmal ging sie bis ins kleinste Detail auf seinen Weg nach Deutschland und seine Tätigkeiten vor seiner Flucht ein. Wer hatte ihn angeworben? Konnte er sich an Namen erinnern? Wer hat die Einladung geschrieben, auf deren Grundlage das Visum erteilt worden war? Welchen Weg nahm der Bus? Über welche Grenzübergänge waren sie gefahren? Wie schon bei der ersten Vernehmung gab Igor Tschikovsky hierzu problemlos Auskunft.

»Kennen Sie den Namen Luganskaja?«, wollte Stoevesandt unvermittelt wissen.

Der Mann stutzte. Dann verneinte er.

»Ich dachte, jeder in der Ukraine kennt diesen Namen«, fasste Stoevesandt nach.

Die Antwort des Mannes klang wie Peitschenhiebe. »Keiner in der Ukraine kennt diesen Namen. Auch ich nicht!«, war die Übersetzung.

»Wer oder was ist Luganskaja?«, fragte Luca.

Kuhnert war ins Geschehen im Nebenraum vertieft und schwieg. Bialas schüttelte den Kopf. Irgendwo hatte er den Namen schon einmal gehört. Er wusste nur nicht mehr, in welchem Zusammenhang.

Drinnen hatte wieder Nicole Marinescu die Vernehmung in die Hand genommen. Wo war er nach seiner Ankunft untergebracht? Was war das für ein Gelände, auf dem die Bauwagen standen? Wusste er, wem das Gelände gehörte? Wie kamen sie von der Unterkunft zu den Baustellen? Dann legte sie dem Ferengi Fotos, Kartenmaterial und Bauzeichnungen vor, die sie aus ihren Stapeln herausfischte. Kennen Sie das? Waren Sie hier schon mal? Haben Sie hier gearbeitet? Ein gutes Dutzend verschiedener Orte ging sie mit ihm durch. Sie machte ihre Sache nicht schlecht, wie Bialas bei sich feststellte. Freundlich, geduldig und doch distanziert stellte sie ihre Fragen und hakte nach.

»Was zeigt sie ihm?«, wollte Luca wissen.

»Ähm, was sie ihm zeigt?« Kuhnert ließ sich nur ungern von den Antworten des Mannes ablenken. »Baustellen in und um Köln. Ein paar sind darunter, da war Metzler Generalunternehmer, oder eines seiner Subunternehmen war beteiligt.«

Nicole Marinescu war also wieder einmal in ihrem Element.

»Die ist ganz schön verbissen«, sagte Luca.

»Also, ähm, sie ist gut. Ich weiß, dass Sie damit etwas Probleme haben, dass sie, ähm, na ja, sich so festbeißt in den Fall Metzler. Aber für unsere Arbeit hier ist sie ein Glücksfall, wenn ich das mal so sagen darf«, meinte Kuhnert.

Für Bialas ergab das Zuhören nun dennoch keinen Sinn mehr. Die Infos über Kölner Baustellen würden ihnen sicherlich keine Hinweise auf den Täter im Mordfall auf der Filderbaustelle liefern. Bialas verabschiedete sich. Er musste den Bericht über die Ereignisse am Vortag zu Ende bringen.

5

Die Sonderkommission traf sich am späten Nachmittag noch einmal in großer Runde. Fast dreißig Beamte drängten sich in dem Konferenzraum, der nicht für alle einen Platz zum Sitzen bot.

Die Stimmung war gereizt. Sie ertranken in Details, und ein Durchbruch war nicht in Sicht. Überall waren lose Enden, die noch nicht zusammenpassten.

Stoevesandt war griesgrämig. Er hatte wieder Ärger mit allen möglichen Leuten aus dem Landeswirtschaftsministerium, der Kongress- und Messegesellschaft und mit dem eigenen Chef gehabt. Genau nach Anordnung waren von acht Kollegen seines Dezernats weitere Befragungen auf dem Kongress- und Messegelände durchgeführt worden. Die hatten festgestellt, dass dort die Eisenflecht- und die Verschalungsarbeiten zum Teil wieder aufgenommen worden waren. Und zwar von Arbeitern einer polnischen und einer tschechischen Firma. Beide Unternehmen erwiesen sich als seriös. Die Leute waren gemäß Arbeitnehmer-Entsendegesetz ordnungsgemäß gemeldet. Sozialabgaben waren auch bei früheren Einsätzen auf deutschen Baustellen immer vollständig abgeführt worden. Beide Unternehmen waren übers Wochenende Knall auf Fall angeheuert worden und hatten Probleme, die angeforderte Zahl an Arbeitskräften so kurzfristig zusammenzubringen. Die Namen der Auftraggeber klangen bekannt: Schwartz & Sonntag, die Rudolf Kress GmbH, Wegleitner und andere. Wer die Arbeiten zuvor gemacht hatte, konnte nicht in Erfahrung gebracht werden. Das Landeswirtschaftsministerium und die Kongress- und Messegesellschaft hatten vehement die Auffassung vertreten, dass auf den Fildern niemals Illegale zum Einsatz gekommen waren.

Stoevesandt hatte die Gelegenheit ergriffen. Mit Unterstützung des Zolls hatten die LKA-Leute sämtliche Gehalts- und Lohnabrechnungen der besagten Firmen und die Verträge mit Subunternehmen beschlagnahmt. Denn – so argumentierte Stoevesandt – wenn nur legale Arbeiter auf der Baustelle beschäftigt worden waren, dann müsste der Name des Toten in irgendeiner Gehaltsliste auftauchen. Tatsächlich hatte er sich aus den eingezogenen Unterlagen weitere Hinweise auf die illegalen Arbeitsverhältnisse versprochen.

Die Aktion von LKA und Zoll hatte eine heftige Reaktion der Kongress- und Messegesellschaft zur Folge. Diese führte zu einer noch heftigeren Reaktion des Landeswirtschaftsministeriums, zumal die Presse wieder Wind von der Sache bekommen hatte. Wie daraufhin Kriminaldirektor Winfried Bechtel reagiert hatte, konnte sich Bialas in etwa ausmalen. Und was Gerd Stoevesandt von seinem Vorgesetzten zu hören bekommen hatte, stand dem Leiter des Dezernats II für Wirtschaftskriminalität ins Gesicht geschrieben. Der sonst so ausgeglichene Stoevesandt war sichtlich schlechter Laune.

Erst jetzt fiel Bialas auf, dass Nicole Marinescu fehlte. Wo es doch ihr Thema war, in das nun langsam, aber sicher Licht kam.

Hanna hatte den Chef der Rentz Betonbau GmbH, Thomas Rentz, befragt, wie die Fingerabdrücke des Opfers an der Schalwand der Stützmauer geraten sein konnten. Sie hatte ihn bei seinen Leuten in dem Bauareal nahe der Autobahn angetroffen. Hanna berichtete, dass Rentz zwar distanziert, aber bereitwillig Auskunft gegeben hatte: Nach seinen Angaben machten die Mitarbeiter der Rentz Betonbau GmbH & Co. KG die Armierungsarbeiten in der Regel selbst. Nur wenn Not am Mann war, griff man auf Leute von anderen Firmen zurück. Schwartz & Sonntag und die Kress GmbH hätten mal Leute ausgeliehen, die von Subunternehmen gestellt worden waren. »Rentz sagt, er rechnet das direkt mit den Unternehmen ab und hat ansonsten mit der Bezahlung nichts zu tun. Klang irgendwie plausibel«, sagte Hanna.

Die weiteren Ergebnisse waren mager: Die Security-Leute, die Luca mit einigen Kollegen nochmals befragt hatte, konnten auch für die Tage vor und nach der Gewalttat keine besonderen Vorkommnisse oder Beobachtungen vermelden. Die Befragungen der Illegalen, die sie auf der Farsigstraße aufgegriffen hatten, brachten ebenfalls keinerlei Hinweise mehr. Es stellte sich lediglich heraus, dass fünf weitere Stricharbeiter einen Unterschlupf bei Frau Weißgerber gefunden hatten.

Nicole Marinescu stürzte in den Raum, als Stoevesandt gerade den Punkt »Weiteres Vorgehen« einleiten wollte. Unter einem Arm hatte sie lange Papierrollen. Mit der andern Hand hielt sie einen Stapel von Akten und Mappen vor der Brust. »Entschuldigung, Entschuldigung«, sagte sie aufgeregt. »Ich habe etwas entdeckt.« Die Blicke der Soko-Mitarbeiter richteten sich auf sie.

»Hier!« Sie legte ihre Fracht auf einen der Tische. Dann entfaltete sie eine der Papierrollen und beschwerte die sich aufbiegenden Enden mit Aktenmappen. Es war eine Katasteramtskarte, die die Grundstücksgrenzen und Bebauung eines Stadtbezirkes zeigte.

»Hier«, sagte sie nochmals. »Das ist das Gelände.« Sie tippte auf ein Viereck auf der Karte. »Es gehört der Firma GVG. Der Grundbesitzvermietungs- und -verpachtungs-GmbH & Co. KG. Und wenn Sie sich noch erinnern an die

Ausführungen von Herrn Kuhnert – die GVG ist eine Tochterfirma der Metzler AG.«

»So what?«, fragte Luca.

»Ich bin durch die Magnolien draufgekommen«, sagte Nicole Marinescu, als müsse nun jeder verstehen. »Der kriminaltechnische Bericht. Da war doch von Magnolienpollen die Rede. Der Tote hatte an seiner Kleidung Magnolienpollen. Aber wo gibt es Magnolien? In größeren Mengen?« Sie sah Stoevesandt an. »Ich war mit Sarah vor zwei Wochen im Zoo, in der Wilhelma. Dort gibt es Magnolien ohne Ende. Wunderschöne alte Sträucher. Und sie blühen auch schon.«

Sie ging zu dem großen Stadtplan an der Seitenwand des Raumes. Ein paar Kollegen rückten ihre Stühle beiseite, um ihr Platz zu machen.

»Hier ist die Firma Mehler, ein großer Autozulieferer. Kennen Sie ja.« Das traditionsreiche Unternehmen lag direkt an der breiten vierspurigen Straße, die hinauf zum Pragsattel führte, auf dem das Polizeipräsidium thronte. Auf der anderen Straßenseite dehnte sich das riesige Gelände von Wilhelma und Rosensteinpark aus.

»Hinter den Hallen und Gebäuden von Mehler verläuft die Bellstraße. Es gibt hier noch ein paar andere Unternehmen. Und das letzte, hier«, Nicole Marinescu stellte sich auf die Zehenspitzen, um mit dem Finger auf eine Stelle auf dem Stadtplan zu tippen, »das ist Burkart, die stellen irgendwelche Messgeräte her. Und dann kommt nur noch das Gelände der GVG. Die Halle von Burkart, das ist eine nackte Betonwand ohne Fenster. Und hinter dem GVG-Gelände, im Norden, da geht es sofort ziemlich steil einen Abhang hoch. Da sind nur Bäume und Büsche. Die nächsten Gebäude, die sind schon auf dem Hallschlag, also vollkommen außer Sichtweite. Und hier im Westen, an der Zufahrt zu dem Gelände, steht ein altes, leerstehendes Wohngebäude. Da will wahrscheinlich niemand mehr wohnen, bei dem Industrielärm und -gestank, der dort herrscht. Also auch keiner da, der das Grundstück der GVG beobachten könnte. Die Bellstraße ist hier zu

Ende. Und sie ist eine Sackgasse. Also gibt es auch keinen Durchgangsverkehr.«

»Und was soll auf diesem Gelände sein?«, fragte einer der LKA-Kollegen.

»Sie lagern dort Baumaterialien«, sagte die junge Frau eifrig. »Es ist genau, wie dieser Igor es beschrieben hat. Na ja, den Ferengi meine ich. Ein Grundstück in einem Industriegebiet, wo tagsüber zwar etwas los ist. Aber nachts und am Wochenende ist dort tote Hose. Wir haben hier zwar in der Nähe ein Wohngebiet. Aber das Gelände liegt so verborgen hinter den Werkshallen und dem unbewohnten Haus, da kommt keiner drauf, dass hier noch irgendetwas sein könnte. Und hier stehen die Container, in denen sie die Illegalen unterbringen.« Sie tippte wieder mit dem Finger auf das Viereck auf der Katasterkarte und schaute sich triumphierend um.

»Woher wissen Sie das?«, fragte Stoevesandt plötzlich in scharfem Ton. Bialas schreckte auf, und Nicole Marinescu zuckte richtig zusammen.

»Ich war dort«, sagte sie verwirrt. »Ich habe einen kleinen Umweg gemacht, als ich vom Grundbuchamt hierhergefahren bin.«

Stoevesandts Faust knallte auf den Tisch. »Wie oft soll ich das eigentlich noch sagen: Keine Alleingänge! Haben wir nicht schon genug prekäre Situationen gehabt?«

Im Raum war es still. Nur Luca sagte leise: »Gut gebrüllt, Löwe.« Nicole Marinescu war noch kleiner geworden, als sie ohnehin war. »Es war ja niemand dort«, sagte sie kleinlaut.

»Und das wussten Sie vorher schon. Oder wie?« Stoevesandt war keineswegs beruhigt. »Noch einmal: Keine Alleingänge mehr. Das gilt für alle. Selbst wenn Sie dienstlich in Ihre Stammkneipe gehen!« Er wandte sich Luca zu, dann wieder der ganzen Runde: »Wir haben es hier nicht mit der Heilsarmee zu tun, das sollte langsam klar sein. Wer noch mal alleine – und ohne Anweisung! – irgendwohin geht, der fliegt aus dieser Sonderkommission. Das gilt auch für Sie,

Frau Marinescu!« Etwas leiser fügte er hinzu: »Und nun sagen Sie uns, was Sie gesehen haben.«

»Das Grundstück ist ringsum von einer hohen Mauer umgeben«, berichtete die junge Frau betreten. »Man kann nicht darübersehen. Auch die Tore bestehen aus hohen Metallplatten. Aber zwischen den Torpfosten und den Flügeln des Tors, da sind schmale Schlitze. Durch die sieht man einen bestimmten Bereich des Geländes. Ich habe vier Baucontainer sehen können. Wahrscheinlich sind noch mehr dort. Und die sind bewohnt. Dort hängt Wäsche auf provisorischen Wäscheleinen. Und einen alten Grill mit frischer Asche habe ich gesehen. Wie gesagt, es war niemand dort, soweit ich das beurteilen konnte.«

Bialas verstand nun, warum sie Igor, dem Ferengi, all diese Fragen zu seiner Unterbringung gestellt hatte. Zum ersten Male gab es über die Magnolienpollen einen handfesten Hinweis auf eine Verbindung zwischen dem Toten auf dem Kongress- und Messegelände und einer Firma des Metzler-Imperiums. Er hatte ein bisschen das Gefühl, der jungen Frau Unrecht getan zu haben.

»Wir sollten uns das genauer ansehen«, sagte er und dachte im selben Moment an das Mietshaus von Frau Weißgerber. »Am besten mit Unterstützung des SEK.«

»Sie schauen sich überhaupt nichts an!« Wieder reagierte Stoevesandt ungewohnt schroff. »Das Gelände wird ab sofort observiert. Und zwar von Leuten, die das gelernt haben. Wozu haben wir unsere Spezialausbildungen? Thomas, du organisierst das«, wandte er sich an einen Mitarbeiter seiner Abteilung. Der nickte und verließ den Raum.

»Sie«, wandte sich Stoevesandt an Bialas, »überprüfen gemeinsam mit Herrn Mazzaro heute Abend das Alibi von diesem Vorarbeiter der Rentz GmbH. Morgen früh kümmern Sie sich um die Identifizierung des Toten. Sie wissen schon – die beiden Frauen aus der Ukraine.« Stoevesandt hatte einen Ton drauf, den Bialas nur entschuldigen konnte, weil er wusste, dass der LKA-Mann in einem gnadenlosen

Clinch mit seinem Vorgesetzten und dem gesamten Wirtschaftsministerium stand.

»Rudolf und Nicole Marinescu, ihr beide unterstützt die Kollegen bei den weiteren Recherchen.« Stoevesandt deutete auf die Gruppe von LKA-Kollegen, die auf der Baustelle des neuen Messezentrums die Lohn- und Gehaltsabrechnungen der Firmen Kress, Schwartz & Sonntag und Wegleitner eingezogen hatten. »Ich will wissen, wer die Subunternehmen waren. Wer hat die Eisenflechter gestellt? Gibt es Namen? Geschäftsführer? Inhaber? Gibt es Verträge? Ich will alles wissen!«

»Ähm, willst du da wirklich weitermachen, Gerd?«, fragte Rudolf Kuhnert besorgt. »Bechtel hat das ausdrücklich untersagt.«

»Das ist meine gottverdammte Pflicht, Rudolf«, antwortete Stoevesandt heftig. »Davon habe ich mich beim BKA nicht abbringen lassen und werde es auch hier nicht tun. Mein oberster Dienstherr ist das Innenministerium und nicht das Wirtschaftsministerium. Es ist der Herr Dr. Bechtel, der hier etwas verwechselt. Nicht ich. Und außerdem haben wir alle zusammen mal einen Eid geleistet. ›Ich schwöre, dass ich das mir übertragene Amt nach bestem Wissen und Können verwalten, Verfassung und Gesetze befolgen und verteidigen, meine Pflichten gewissenhaft erfüllen und Gerechtigkeit gegen jedermann üben werde.‹ Ja, ich will, dass wir genau hier weitermachen. Weil nämlich sonst alles, wofür wir arbeiten, wofür wir uns hier engagieren, ad absurdum geführt wird. Und jetzt machen wir Schluss mit dem Gerede, und tun, was wir tun müssen.« Er schlug die Mappen vor sich zu. Die Besprechung war beendet.

6

Bialas und Luca saßen so frühzeitig im Adler in Uhlbach, dass sie noch etwas essen und sich ein Bier genehmigen konnten, bevor die Skatbrüder von Karl Ergenzinger eintrudelten. Sie redeten nicht viel. Luca war noch immer trübsinnig. Den gestrigen Tag erwähnten sie nicht mehr. Doch er lag wie schwerer Nebel auf ihren Gemütern.

Bialas genoss das Essen, nachdem er tagelang – bis auf Theas Rindsrouladen am Sonntag – nur das mittelprächtige LKA-Food oder belegte Brötchen zwischen die Zähne bekommen hatte. Die gutbürgerliche Küche mit Speisen der Region war hervorragend. Mit Hingabe widmete er sich den Kalbslendchen in Rahmsoße und den landestypischen Spätzle. Das frischgezapfte Bier tat ihm gut und beruhigte auf angenehme Weise die angespannten Nerven.

Kurz nach acht erschienen, einer nach dem andern, die Männer, die sich hier jeden Montag für ein paar Runden Skat zusammenfanden. Es waren fünf, die nacheinander das Lokal betraten. Der Wirt des Adlers fing jeden Einzelnen ab und schickte ihn diskret zu dem Tisch der beiden Polizeibeamten, der ganz am Rande des Wirtsraumes stand. Die anderen Gäste brauchten nicht mitzubekommen, dass Bullen im Lokal waren. Dieses füllte sich nun nach und nach mit Männern und Frauen, die sich einem der Stammtische anschlossen.

Ergenzingers Skatbrüder waren Männer zwischen vierzig und sechzig Jahren, Urgesteine der hiesigen Gegend, die breiten Dialekt sprachen. Knapp, direkt und raubeinig machten sie ihre Aussagen. Luca und Bialas befragten einen nach dem andern, um ihn dann an seinen Skattisch zu entlassen. Luca notierte ihre Namen und Adressen. Bialas fragte nach dem letzten Montag. Zwei von ihnen gaben an, noch vor Ergenzinger, kurz vor zwölf Uhr, gegangen zu sein, da sie nicht selbst spielten und nur Zuschauer waren. Die anderen drei hatten danach noch eine Runde mit dem Polier geklopft. Alle drei gaben unabhängig voneinander an, dass Karl, der ein grundanständiger Kerl sei, etwa um halb eins einen Anruf bekommen habe. Keiner hatte mitbekommen, wer da anrief. Der Polier war zum Telefonieren etwas abseitsgegangen. Dann hatte er sich rasch verabschiedet. Sie mussten die Partie unvollendet abbrechen. Einer der Kumpel ließ sich zu der Äußerung hinreißen: »A bissle komisch war des scho.«

Bialas und Luca bestellten sich noch ein Bier. »Also kommt Ergenzinger definitiv nicht als Täter in Frage«, stellte Luca fest.

»Das bestätigt dieses Trickfilmchen von Wildermuth, diese Computersimulation. Wir müssen jemanden suchen, der kleiner ist als der Polier«, sinnierte Bialas.

In ihre Überlegungen hinein kam Karl Ergenzinger selbst in den Raum. Der Wirt raunte ihm etwas zu. Der Hüne wandte sich zu den Polizisten um und sah finster zu ihnen herüber. Dann ging er zum Skattisch und setzte sich mit dem Rücken zu Bialas und Luca zu seinen Skatbrüdern.

»Aber er hat etwas damit zu tun«, dachte Bialas halblaut nach. »Er hat nachts um halb eins einen Anruf bekommen. Man kann mit großer Wahrscheinlichkeit davon ausgehen, dass es sein Fußabdruck war, den Wildermuth bei dem aufgeschnittenen Maschendraht gefunden hat.«

»Die haben ja nur die Schuhe untersucht, die Ergenzinger in seinem Spind oben auf der Baustelle hatte«, ergänzte Luca die Überlegungen. »Aber das sind Arbeitsschuhe, da hat man vielleicht mehrere davon. Vielleicht sogar ein Paar im Kofferraum.«

»Das hieße, er wollte die Baustelle nicht auf den offiziellen Wegen betreten, wahrscheinlich wegen der Sicherheitsleute. Kümmere dich gleich morgen früh um das Handy, Luca. Bei welcher Telefongesellschaft ist Ergenzinger? Von der müssen wir eine Liste mit seinen Telefonaten in den letzten zehn Tagen bekommen. Wir müssen wissen, mit wem er in der Nacht von Montag auf Dienstag telefoniert hat.«

7

Als Bialas gegen halb zehn nach Hause kam, fand er Thea vor dem Fernseher. Sie schaute sich einen Tierfilm an. Alexander war um diese Zeit schon im Bett, das wusste Bialas. Doch wo war Svenja? Er hatte seine Tochter wieder den ganzen Tag aus seinem Bewusstsein verbannt.

»Sie schläft schon«, sagte Thea. »Ich glaube, sie hat am Wochenende zwei Nächte lang kein Auge zugetan. Auf jeden Fall war sie heute auch wieder hundemüde. Und ich glaube, sie hat sich ordentlich erkältet.«

Wieder einmal kam Bialas also um das Gespräch mit seiner Tochter herum. Und es war ihm recht. Er war müde und ausgelaugt. Jetzt noch eine Auseinandersetzung mit einer pubertierenden Fünfzehnjährigen, das wäre über seine Kräfte gegangen.

Dienstag, 19. April 2005

1

Es war nun genau eine Woche her, dass Bialas diese Strecke gefahren war. Wieder fuhr er aus seiner Reihenhaussiedlung über die vierspurige Stadtautobahn hinunter in den Westen der Stadt. Er hatte noch mit der Familie frühstücken können. Alexander hatte, während er sein Müsli verdrückte, mit vollen Backen etwas über einen voll coolen Film erzählt, mit einem Indianer, der einen schwulen Zwillingsbruder hatte, der Winnetouch hieß, und von einem Häuptlingssohn »Falscher Hase«, der ziemlich lustig erschossen wird, und vom Indianeropa »Grauer Star«. Nachvollziehen konnte Bialas die Begeisterung seines Sohnes für diese Verballhornung nicht ganz. Schließlich waren Winnetou und seine Brüder die Helden seiner eigenen Kindheit. Svenja war, obwohl Thea sie geweckt hatte, zu spät aus den Federn gekommen. Verschlafen trank sie noch schnell eine Tasse Kaffee. Auf die Mahnung ihres Vaters, gefälligst ordentlich zu frühstücken, murmelte sie nur kratzbürstig »keine Zeit« und schlug mal wieder mit Verve die Haustür hinter sich zu.

Bialas fuhr durch die Straßenschluchten mit ihren Häuserblocks aus der Gründerzeit, um wie vor einer Woche Hanna abzuholen. Er hatte darauf bestanden, dass sie bei der der Befragung der ukrainischen Mutter und der Identifizierung dabei war. Sie war in diesen Dingen einfach die Beste. Hanna hatte geseufzt und dann genickt. Sie würde wieder einmal die bitteren Pflichten auf sich nehmen.

Bialas wusste, es war nicht gerecht. Dies war der schlimmste Teil ihrer Arbeit. Wenn man mit den Opfern zu tun hatte, und waren sie auch noch so scheußlich zugerichtet, dann wusste man doch, die hatten es hinter sich. Man durfte sich nur nicht allzu genau ausmalen, was diese Menschen vor ihrem Tod hatten durchmachen müssen. Doch wenn man Angehörigen die Nachricht überbringen musste, wenn man Menschen, die gerade einen traumatischen Verlust erlitten hatten, befragen musste, dann konnte man sich dem Entsetzen und dem Grauen nicht entziehen.

Es war nicht gerecht, dass oftmals Hanna diesen bedrückenden Part ihrer Arbeit zugeschanzt bekam. Doch sie schaffte es, die traumatisierten Menschen wie eine Seelsorgerin aufzufangen, zu befragen und zugleich zu trösten und sich dabei doch nicht vom Mitgefühl überwältigen zu lassen, sodass sie halbwegs heil aus der Sache herauskam. Und dies, obwohl – oder gerade weil sie selbst die Situation der hinterbliebenen Angehörigen allzu gut kannte.

Michael Stankowski war Streifenpolizist, jung, gutaussehend und verliebt in Johanna Bentele, eine der damals noch ganz wenigen weiblichen Kolleginnen. Er war die Liebe ihres Lebens, wie Hanna Bialas einmal erzählt hatte. Sie heirateten. Sie hatten drei Kinder. Sie waren glücklich. Hanna setzte beruflich aus, solange die drei noch klein waren. Doch dass sie zurück in den Beruf wollte, war klar. Sie hatten schon Pläne, wie sie ihr Leben mit Schichtdiensten und Überstunden dennoch meistern wollten. Dann kamen die beiden Kollegen zu ihr, an einem Vormittag, kreidebleich und mit zitternden Stimmen. »Weißt du«, hatte Hanna gesagt, »man weiß sofort, was los ist. Aber man begreift absolut nichts. Weil es einfach nicht sein kann. Es ist das Unmögliche, das einfach nicht passiert.«

Michael Stankowski hatte gemeinsam mit vier weiteren Kollegen einen schwarzen Asylbewerber gestellt, der von Fahrkartenkontrolleuren der Stuttgarter Straßenbahn angezeigt worden war. Angeblich war er gewalttätig geworden und abgehauen, als die Kontrolleure die Gültigkeit seines Fahrscheins anzweifelten. Der Mann stand an der Neckarbrücke zwischen Gaisburg und Cannstatt, als die Beamten ihn stellten und ihn aufforderten, mit ihnen aufs Revier zu kommen. Plötzlich zog er aus einer zusammengerollten Zeitung ein Messer und stach wie ein Irrsinniger auf die Polizisten ein. Ein Kollege starb direkt vor Ort. Michael Stankowski überstand die Fahrt ins Krankenhaus nicht. Die drei anderen überlebten, obgleich ebenfalls schwer verletzt. Einer hatte noch die Kraft, trotz einer schweren Bauchwunde die Pistole zu ziehen und dem Wüten des Mannes ein Ende zu bereiten.

Die Polizistenwitwe Hanna Stankowski fiel zunächst in ein tiefes Loch. »Meine Kinder haben mich gerettet. Ihretwegen habe ich mich nicht von der Neckarbrücke gestürzt«, hatte sie über die schwere Zeit erzählt. »Und Margret hat mir natürlich geholfen.« Für die damalige Zeit noch völlig unüblich, hatte ihr ein Pfarrer, der in der Polizeiseelsorge tätig war, eine Psychotherapeutin vermittelt, die Hanna liebevoll beim Vornamen nannte. »Als ich dann über das Schlimmste hinweg war, da gab es eigentlich nur noch zwei Alternativen. Hinunter ins soziale Elend – oder vorwärts zu einer Tätigkeit, mit der ich meine drei Kinder durchbringen konnte.« Plötzlich alleine, ohne den Hauptverdiener und Ernährer der Familie, beschloss sie, eine Weiterbildung an der Polizeifachhochschule zu absolvieren, um in den gehobenen Dienst zu kommen. Die eigenen Eltern und die Familie von Michael unterstützten sie dabei nach Kräften. So wurde sie schließlich Kriminalhauptkommissarin im Dezernat für Jugenddelinquenz, in dem Bialas sie damals kennenlernte, bevor er sie zu sich ins Dezernat für Todesermittlungen holte.

Hanna wartete bereits. Sie sprang schnell auf den Beifahrersitz. Gemeinsam fuhren sie die steile, kurvenreiche Autostraße hinauf auf die Fildern zum Flughafen. Oben ging es ein ganzes Stück entlang an dem Bauzaun des Kongress- und Messegeländes, bevor sie links zu den Ankunftsterminals des Flughafens abbiegen mussten. Der Himmel war nicht mehr so bleigrau wie noch letzte Woche. Ein typisches Aprilwetter hatte sich durchgesetzt, mit einem kühlen kräftigen Wind, der weißgraue Wolken vor sich hertrieb, aus denen ab und an etwas Regen floss. Noch immer lag das gigantische Gelände da wie eine kahle Mondlandschaft. Selbst riesige Planierraupen und Bagger mit mannshohen Schaufeln nahmen sich vor dieser Kulisse klein und verloren aus. Wie Ameisen auf einem umgepflügten Feld wirkten die Menschen, die hier und da zugange waren. Veränderungen an den rudimentären Bauten konnte Bialas nicht erkennen. Nur die Zahl der Baukräne schien größer geworden zu sein.

Vor dem Flughafengebäude parkten sie auf dem Streifen, der eigentlich den Taxen vorbehalten war. Bialas legte ein Ausweisdokument in die Windschutzscheibe. Dann machten sie sich auf zum Ankunftsbereich, wo die Fluggäste durch gläserne Drehtüren den Sicherheitsbereich des Flughafens verließen. Die Lufthansa-Maschine aus Berlin landete keine fünf Minuten später. Nach zehn Minuten kamen bereits die ersten Passagiere heraus. Ekaterina Omeltschenko hatte gesagt, dass sie als Erkennungszeichen ein Blatt Papier mit der ukrainischen Flagge in der Hand halten würde.

»Wie sieht die ukrainische Flagge eigentlich aus?«, hatte Hanna gefragt.

»Hellblau-gelb«, antwortete Bialas. Die Botschaftsangehörige hatte es ihm gesagt. Er selbst hätte es auch nicht gewusst.

Das Flaggenzeichen war jedoch fast unnötig. Sie hätten die beiden Frauen wohl auch so erkannt. Ludmila Martschenko war eine hochgewachsene, drahtige Frau Mitte vierzig. Die Fahrt nach Tübingen in die Pathologie hätte man sich eigentlich schenken können. Die Frau war augenscheinlich die Mutter der beiden Toten. Sie hatte weibliche Züge, doch die schmale prägnante Adlernase, das relativ kräftige Kinn und die schmal geschnittenen Augen ließen die Ähnlichkeit mit beiden Toten nicht verkennen. Dabei hatte sie die dunkelblonden Haare und die graugrünen Augen des jungen Mannes, den sie am Feuerbacher Tunnel gefunden hatten. Ihre Haltung war aufrecht und ihre klaren Gesichtszüge zeugten von Würde und Selbstbeherrschung.

Ekaterina Omeltschenko war dagegen der Prototyp einer russischen Mamotschka. Sie entsprach so sehr dem Klischee, dass es fast unwirklich anmutete. Sie war klein und mollig. Ihr Gesicht war rosig, geziert von einer freundlichen Stupsnase, hohen Wangenknochen und warmen Augen, die einen leichten mongolischen Einschlag hatten. Sie hielt die große Frau neben sich am Händchen wie ein Kind. Als sich die deutschen Beamten vorstellten, übernahm sie sofort Dolmetscherdienste und erklärte der stillen Frau etwa dreimal so viel, wie ursprünglich gesagt wurde. Die nickte nur stumm.

»Meine Dame, mein Cherr, vielen Dank für Ihre Freundlichkeit«, sagte sie in ihrer gefühlsbetonten Art. »Aber muss ich Ihnen gestehen, dass besser wäre, wenn wir umsonst gekommen sind.«

Auf der Fahrt nach Tübingen wurde kaum gesprochen. Nur ab und an erklärte Ekaterina Omeltschenko im Fond des Wagens ihrer Landsmännin leise etwas. Die Frau nickte nur stumm, wie Bialas im Rückspiegel beobachtete.

2

Ein nervöser Professor Ehrenberg erwartete sie im Eingangsbereich der Pathologie. Hier trafen sie sich auch mit Frenzel. Dem Staatsanwalt war es sichtlich unwohl in seiner Haut. Er hatte schon am Vortag zugegeben, dass er sich am liebsten gedrückt hätte. »Na dann wollen wir die traurige Mission mal in Angriff nehmen«, sagte er verlegen lächelnd.

Schweigend stieg die Gruppe in den Keller des alten Gebäudes, wo die Obduktionsräume und die Kühlkammern des Instituts untergebracht waren. Ein Assistent erwartete sie bereits. Er führte Ludmila Martschenko zu einer der Edelstahltüren, hinter der die Leichen aufgebahrt waren. Die Gruppe folgte ihnen. Bialas und Hanna stellten sich der Frau so gegenüber, dass sie ihr Gesicht sehen konnten. Die Tür wurde geöffnet, die schmale Bahre mit dem menschlichen Körper darauf herausgezogen. Langsam öffnete der Assistent den Reißverschluss des Leichensacks und schob ihn für eine bessere Sicht auf den Toten behutsam beiseite. Wieder entstiegen dem Sack eine eisige Kälte und der stechende Geruch von Desinfektionsmitteln.

Bialas beobachtete die hochgewachsene Frau. Sie war mit gefasstem Gesichtsausdruck an die Bahre herangetreten und wahrte mit aller Kraft ihre Haltung. Bialas sah, als das Gesicht des Toten vom Feuerbacher Tunnel erkennbar war, wie der letzte Funke Hoffnung aus den graugrünen Augen entschwand. Ihre Miene versteinerte. Die Lippen pressten sich aufeinander. Sie nickte nur. Ihre Hand hob sich, als wolle sie das leblose Gesicht des Sohnes noch einmal streicheln. Die Hand schwebte in der Luft und begann zu zittern. Rasch zog Ludmila Martschenko sie zurück und presste sie mit der anderen gegen ihre Brust. Ihre Mundwinkel zuckten.

Bialas räusperte sich. Jetzt musste er es sagen. »Frau Omeltschenko, könnten Sie ihr bitte sagen, dass sie sich noch jemanden ansehen muss.«

Die Botschaftssekretärin sah ihn mit großen Augen an und fragte: »Bosche moj, was noch?«

Als sie anstelle einer Antwort nur ein Nicken erhielt, übersetzte sie. Die Frau neben ihr reagierte nur mit einem Blick der verständnislosen Bestürzung.

Der junge Assistenzarzt hatte den Toten vom Feuerbacher Tunnel bereits wieder in seine kühle Ruhestätte zurückgeschoben. Nun öffnete er eine zweite Stahltür und zog die Bahre darin heraus. Wieder nahm er behutsam, als könne er den Toten stören, das Tuch zurück, das über den Körper gebreitet war. Er zog es hinunter bis zur Brust. Der Kopf des Toten war bandagiert. So wurde einem der Anblick der Schädeldecke erspart, die bei der Obduktion geöffnet worden war.

Ludmila Martschenko tat einen großen Schritt auf die Bahre zu. Sie sah auf den zweiten toten Sohn, das blanke Entsetzen ins Gesicht geschrieben. Sie stöhnte auf. Ihre Augen hatten sich geweitet. Dann rollten die Pupillen nach oben. Für einen Moment sah man nur noch das Weiße der Augen. Die Frau sackte zusammen und schlug der Länge nach auf den Boden.

Friedebald Frenzel, der hinter ihr gestanden hatte, machte einen riesigen Satz. Trotz seiner rundlichen Proportionen war der Staatsanwalt erstaunlich flink. Er erwischte die kollabierte Frau gerade so am Arm, dass er den Aufschlag ihres Kopfes auf die Bodenfliesen etwas mildern konnte. Ekaterina Omeltschenko sprang hinzu. Sie setzte sich im Fersensitz neben die Landsmännin und bettete deren Kopf in ihren Schoß. Auch Hanna war hinzugetreten und versuchte, der Frau beizustehen.

»So helfen Sie doch! Sie braucht einen Arzt!«, wandte sich Bialas an Ehrenberg. Der sonst so coole Professor sah ihn hilflos an. Seine himmelblauen Augen waren schreckgeweitet. Das silbergraue Haar schien noch mehr vom Kopf abzustehen als sonst. Er hob unschlüssig die langen Arme. Dann begann er ratlos um die Liegende und ihre Helfer herumzulaufen.

»Wir brauchen eine Liege«, sagte Hanna zu ihm, »und einen Lappen mit kaltem Wasser.«

»Aber wir haben hier doch nur die Totenbahren«, jammerte der Professor.

»Dann holen Sie doch wenigstens den Lappen!« Hanna wurde ungeduldig. »Haben Sie denn nicht oben irgendeine Couch, auf die wir sie legen könnten?«

»Aber wie bringen wir sie nach oben?«, fragte Ehrenberg verwirrt. Er lief immer noch herum wie ein kopfloses Huhn und machte keinerlei Anstalten, sich der ohnmächtigen Frau am Boden anzunehmen.

»Er ist doch Arzt! Oder?«, fragte sich Bialas. Plötzlich wurde ihm klar, warum der Mann sich den Toten verschrieben hatte. Den Lebenden zu helfen war ihm offenbar nicht gegeben.

Es war der junge Assistent, der schließlich den Notarzt alarmierte und irgendwo eine Tragbahre auftrieb, auf die sie die Bewusstlose gemeinsam hieven konnten, um sie mit dem Aufzug einen Stock höher zu transportieren. Ludmila Martschenko kam gerade wieder zu sich, als der Notarzt eintraf. Sie schien wie in Trance zu sein und ließ sich willenlos in den Krankenwagen verfrachten. Ekaterina Omeltschenko bestand darauf, sie zu begleiten. Dann wurden die Frauen vom Institut für Rechtsmedizin in die Notaufnahme der Medizinischen Fakultät der Universität gebracht. Bialas, Hanna und Frenzel folgten dem Notarzt im eigenen Auto. Was hätten sie auch tun sollen, wo völlig unklar war, was mit beiden Frauen werden sollte.

Ludmila Martschenko hatte Glück. Sie war mit ein paar Prellungen davongekommen. Die Ärzte hatten sie gründlich untersucht, ihr ein Thrombosemittel gespritzt und Beruhigungspillen verabreicht.

Während sie verarztet wurde, warteten die beiden Beamten, die Botschaftsangehörige und der Staatsanwalt in einem Schwesternraum, den man ihnen kurzerhand zugewiesen hatte. Friedebald Frenzel zappelte unruhig auf einem Stuhl herum, stand ab und zu auf, um sich wieder zu setzen und wieder nicht zu wissen, wie er anders als durch Zappeln seine Empfindungen in den Griff bekommen sollte.

»Warum chaben Sie mir das vorher nicht gesagt?«, klagte Ekaterina Omeltschenko. »Chätten Sie sagen müssen! Dann kann ich Frau Martschenko vorbereiten, wenn ich gewusst hätte!«

»Kann man einen Menschen darauf vorbereiten?«, fragte Hanna leise. »Bosche moj«, jammerte Ekaterina Omeltschenko. Tränen liefen ihr über die rosigen Wangen.

3

Bialas verließ den Raum. Er musste arbeiten. Das war sein Schutz vor den überbordenden Gefühlen. Er rief Stoevesandt an, um ihn über den Verlauf der Identifizierung zu informieren.

»Wir haben einen vorläufigen Bericht von Herrn Wildermuth«, setzte Stoevesandt ihn seinerseits in Kenntnis. »Ein paar Analysen laufen zwar noch. Aber er kann Folgendes mit großer Sicherheit sagen: Der Tote ist nicht im Freien gestürzt. Auf gar keinen Fall auf nasser Erde.

Und wir haben erste Beobachtungen am GVG-Gelände. Auf dem Gelände stehen Baumaschinen und Baumaterialien herum. Und neun größere Baucontainer. Gestern Abend sind dort zwischen neun und halb zehn nach und nach vier Lastwagen mit planenverdeckten Pritschen eingelaufen. Jeder hatte menschliche Fracht. Sprich Bauarbeiter. Dort wohnen etwa sechzig Männer. So wie es aussieht, sind sie quasi Gefangene. Die Tore werden zugesperrt. Die kommen da höchstens über die Mauer raus. Heute Morgen zwischen fünf und sechs wurden sie wieder abgeholt. Wieder mit den Planwagen.«

»Wissen Sie, wohin man sie gebracht hat?«, fragte Bialas. Er spürte die Erregung, die ihn immer packte, wenn die Puzzleteile plötzlich ein Bild ergaben.

»Wir haben sie natürlich verfolgt«, antwortete Stoevesandt. »Um es gleich vorwegzunehmen: Keiner fuhr zum neuen Kongress- und Messezentrum. Solange wir dort noch ermitteln, werden die einen Teufel tun, die Leute dort einzusetzen. Zwei Lkws sind nach Heilbronn gefahren. Dort wird eine neue Sporthalle errichtet. Dann haben wir ein Pflegeheim in Göppingen. Und in Pforzheim haben wir den Rohbau für ein Büro- und Einkaufszentrum. Ich brauche Ihnen wohl kaum mehr zu sagen, wer bei allen drei Bauprojekten Generalunternehmer ist. Und ohne den genauen Ergebnissen einer Spurensicherung vorgreifen zu wollen: Ihre beiden Toten waren genau dort untergebracht, denke ich.«

Auch Bialas war sich nun sicher: Die Nähe zur Wilhelma, die Magnolienpollen, aber auch die Nähe zum Feuerbacher Tunnel – die beiden Orte waren etwa fünfundzwanzig Gehminuten voneinander entfernt –, das alles passte einfach zu gut zusammen.

»Bitte melden Sie sich bei mir«, bat Stoevesandt noch, »sobald sie mit der Vernehmung der Mutter fertig sind. Wir müssen besprechen, wie wir weiter vorgehen. Und ich möchte Ihnen noch etwas zeigen.«

Am liebsten hätte Bialas die Aufforderung als Vorwand genutzt, um sofort zurückzufahren. Doch Hanna und Frenzel mit der verzweifelten Mutter alleine zu lassen, wäre einfach nicht fair gewesen.

4

Ludmila Martschenko wollte keinesfalls alleine im Krankenhaus bleiben. Obwohl sie merklich sediert war, weigerte sie sich entschieden, den Rat der Ärzte zu befolgen. Die ließen sie nur gehen, weil Ekaterina Omeltschenko hoch und heilig versprach, beim geringsten Anzeichen einer Gehirnerschütterung sofort einen Arzt zu holen.

Sie fuhren zurück nach Stuttgart zum Landeskriminalamt. Im LKA konnten sie auf Initiative Stoevesandts hin ein Mittagessen in einem Nebenraum der Kantine einnehmen, der für gewöhnlich nur besonderen Gästen vorbehalten war. Es wurde wenig gesprochen. Ekaterina Omeltschenko aß brav, aber mechanisch ihren Teller leer. Ludmila Martschenko stocherte apathisch in ihrem Essen herum und brachte kaum einen Bissen hinunter.

Schließlich begaben sie sich in einen Raum, den ebenfalls Stoevesandt für sie organisiert hatte. Er war, im Gegensatz zu den sonstigen Räumlichkeiten im LKA, fast gemütlich mit Couch und Sesseln ausgestattet. Wenn sie die Mutter schon quälen mussten, so wenigstens in einer halbwegs angenehmen Atmosphäre. Um die Befragung kamen sie nicht herum. Schließlich konnten die Aussagen der Frau sie vielleicht weiterbringen.

Ludmila Martschenko hatte sich auf eines der Sofas gesetzt. Ekaterina Omeltschenko saß neben ihr und hielt ihr die Hand. Hanna hatte einen Sessel zu den beiden herangerückt und saß so nahe bei ihnen, dass sie die Mutter fast berühren konnte. Frenzel hatte bereitwillig die Aufgabe übernommen, das Gespräch zu protokollieren.

»Frau Martschenko«, begann Hanna. Sie sprach ruhig und leise. »Wir haben Ihren Sohn Jewhen in der Nähe eines Eisenbahntunnels gefunden. Sie wissen schon: Er ist an der Tuberkulose gestorben. Wir haben Ihren zweiten Sohn auf einer Baustelle gefunden. Wir wissen aber nicht, wie die beiden nach Deutschland gekommen sind und was sie hier gemacht haben. Können Sie uns darüber etwas sagen?«

Bialas stellte fest, dass Hanna das Gespräch umgehend auf die Vergangenheit lenkte. Auf damals, als die Welt noch halbwegs in Ordnung war. Er wusste, dass Angehörige von Opfern darüber meist leichter reden konnten. Der Verlust war so nicht unmittelbar präsent.

Ekaterina Omeltschenko übersetzte. Frau Martschenko antwortete mit monotoner Stimme in knappen Sätzen. Es schien, als hätte sie einen Autopiloten eingeschaltet, der alles abwickelte, was verlangt wurde, ohne dass sie selbst daran beteiligt war. Die Konsulatssekretärin der Botschaft gab ihre Antworten wieder und fügte immer wieder Erklärungen hinzu, die den deutschen Beamten die Lebensumstände in der Ukraine verdeutlichen sollten. Es ergab sich ein bedrückendes Bild.

Ludmila Martschenko hatte allein mit ihren drei Söhnen gelebt. Ihr Mann war schwer alkoholsüchtig. Irgendwann hatte sie ihn hinausgeschmissen. Es war einfach nicht mehr auszuhalten gewesen. Er hatte keine Arbeit mehr, und für sie alle reichte ihr mageres Gehalt als Lehrerin hinten und vorne nicht.

»Wissen Sie«, sagte Ekaterina Omeltschenko, »wir haben große Probleme in Ukraine. Es ist schon so, dass es immer mehr reiche Leute gibt. Leute verdienen cheute besser. Aber Staat chat kein Geld. Und darum chaben Leute, die in staatliche Institutionen arbeiten, kein Geld. Natürlich ist unsere Polizei korrupt, das ist schlimm. Aber ein Polizist kann mit seinem Gehalt nicht seine Familie ernähren. Arzt bechandelt Sie nur, wenn sie ›kleine Geschenke‹ geben. Aber Arzt verdient im Monat 365 Griwna. Das sind 70 US-Dollar. Verstehen Sie, das sind etwa 60 Euro im Monat. Und Lehrerin verdient auch nicht mehr.«

Ludmila Martschenko wollte, dass ihre Jungs zur Schule gingen und vielleicht sogar studierten. Vor allem der Älteste, Serhij, war intelligent und brachte hervorragende Noten mit nach Hause. Doch sie konnten sich finanziell kaum über Wasser halten. Als Serhij die zwölfte Klasse beendet hatte, begann er daher eine Berufsausbildung in einem metallurgischen Betrieb. Das Großunternehmen machte jedoch die Schotten dicht, ein Jahr nachdem der junge Mann ausgelernt hatte. Einen festen Job fand er nicht mehr – bei einer Arbeitslosigkeit von zwölf Prozent im Bezirk Riwne. Serhij machte Gelegenheitsarbeiten, mal in der Landwirtschaft, mal auf dem Bau. An eine eigene Wohnung war nicht zu denken. So wohnte er mit 24 Jahren noch immer mit den beiden Brüdern in einem Zimmer.

Der zweite Sohn, Jewhen, machte wohl ein bisschen mehr Kummer. »Sie sagt, er ist ein guter Junge«, übersetzte Ekaterina Omeltschenko. »Aber er chat Kontakt zu Gruppe von

Chuligans bekommen. Junge Leute wollen auch CD-Player. Oder Handy. Das kann man nicht bezahlen, wenn man zwei Drittel des Familieneinkommens für Nahrungsmittel ausgeben muss. So ist das bei uns in Ukraine. Dann klauen sie oder schmuggeln Alkohol und Zigaretten nach Polen. Und dann denken die jungen Leute, so kann man ganz schnell Geld verdienen, ohne Arbeit.«

Kaum war Jewhen achtzehn, da wurde er beim Klauen von Zigaretten erwischt. Er wanderte für ein Jahr ins Gefängnis, wohl auch, weil kein Geld da war, um den Richter zu bestechen. Als er wieder herauskam, war er schwer krank.

»In Gefängnisse ist es schlimm bei uns«, kommentierte Ekaterina Omeltschenko. »Ich sollte nicht schlecht über mein Land sprechen. Aber ist eine – Schande! Sagt man so? Eine große Schande! In Gefängniszellen sind viel zu viele Leute zusammen eingesperrt. Manchmal acht oder zehn. Gesunde Leute, kranke Leute, alle zusammen. Keine Chygiene! Es ist furchtbar schmutzig dort. Und Tbc ist großes Problem. In Gefängnisse chat manchmal die Hälfte aller Leute Tuberkulose. Und medizinische Versorgung ist ganz schlecht. Eine Schande«, empörte sich die mütterliche Frau.

Jewhen hatte als Kind bereits einmal Tbc gehabt. Diese war bei einer der obligatorischen Röntgenreihenuntersuchungen zu sowjetischen Zeiten frühzeitig erkannt und behandelt worden. Nun, als er aus dem Gefängnis kam, hustete er wieder und spuckte Blut. Ludmila Martschenko brachte ihn zu einem Arzt, machte diesem ein »Geschenk« und sparte sich die notwendige Medizin vom Munde ab. Sie kontrollierte die Einnahme ständig, weil sie wusste, dass man die Behandlung zu Ende führen musste, auch wenn es dem Patienten schon besser ging. Jewhen nahm die Mittel tapfer, obwohl sie unangenehme Nebenwirkungen wie Hautausschläge und Schwindel hatten.

Eines Tages brachte Serhij stolz ein paar Röhrchen mit Tabletten. Er hatte sie zu einem Viertel des Preises auf dem

Schwarzmarkt ergattert. Angeblich stammten die Mittel aus der Schweiz. Die Etiketten eines namhaften Pharmaherstellers zierten die Röhrchen.

Die Stimme Ludmila Martschenkos begann zu zittern, während sie dies erzählte. Die Beruhigungsmittel schienen langsam ihre Wirkung zu verlieren. Der Schmerz spiegelte sich in ihren Augen wieder.

»Das sind Verbrecher«, erklärte Ekaterina Omeltschenko. »Die verkaufen Medikamente ohne Wirkung. Diese Leute fälschen Etiketten. Sie verkaufen die Sachen für weniger Geld als richtige Medikamente, aber machen große Gewinne, weil Tabletten gar keine echte Pharmazie sind.«

Dann kam Serhij eines Tages wieder nach Hause und erzählte von einer großartigen Gelegenheit, in Deutschland zu arbeiten. Fünf Euro in der Stunde könnte er dort verdienen. Das war die unvorstellbare Summe von etwa 900 Euro oder 6000 Griwna im Monat. So viel verdienten sie in der Ukraine alle zusammen in einem halben Jahr. Die Leute, die ihm das Angebot machten, sagten ihm, dass die Einreise nach Deutschland illegal war. Aber sollte man erwischt werden, dann wurde man an der Grenze eben wieder zurückgeschickt und probierte es noch einmal. Und war man erst einmal dort, so scherte sich niemand mehr darum. Die Organisatoren zeigten sich sogar nationalbewusst. Ein Teil des Geldes, darauf bestanden sie, sollte zurück an die Familien in der Ukraine fließen.

»Ich nehme Jewhen mit«, hatte Serhij verkündet und war darüber in einen furchtbaren Streit mit seiner Mutter geraten. Jewhen, dem es zu diesem Zeitpunkt gesundheitlich wunderbar ging, da auch die Nebenwirkungen der Medikamente verschwunden waren, kam wieder auf dumme Gedanken, zog mit irgendeiner Jugendbande um die Häuser und ließ sich immer wieder mal volllaufen. Ludmila Martschenko wollte den Jungen unter Kontrolle haben, damit er weiterhin die Tabletten nahm. Und sie befürchtete, dass er ohne ihre strenge Beaufsichtigung noch mehr außer Kontrolle geriet. »Dort muss er arbeiten«, hatte Serhij dagegengehalten. »Da hat er keine Zeit für Bummeleien und Saufereien. Und denke nur an das Geld, das er dort verdienen könnte.«

Ludmila blieb dabei: Der Jüngere sollte zunächst zu Hause bleiben. Er konnte ja nachkommen, wenn Serhij sich erst einmal in der Fremde zurechtgefunden hatte. Eines Morgens waren sie jedoch beide verschwunden. Einen Zettel ließen sie zurück, auf dem Serhij hoch und heilig versprach, dass er auf den kleinen Bruder aufpassen würde und ihm jeden Tag persönlich die Medikamente in den Mund stecken würde.

»Wissen Sie etwas über die Leute, die diese Arbeit vermittelt haben?«, fragte Hanna behutsam. Sie hatte das Gespräch immer wieder ruhig und bedacht am Laufen gehalten. Ludmila Martschenko verneinte.

»Haben Sie danach noch einmal etwas von Ihren Söhnen gehört?«

Der Mutter fiel es zunehmend schwer, ihre Fassung zu wahren. Sie schüttelte zunächst den Kopf. Dann erzählte sie mit bebender Stimme, dass eines Tages die Nachbarin ganz aufgeregt zu ihr gekommen war. Sie war eine der wenigen in der Gegend, die ein eigenes Telefon hatte. Serhij habe angerufen und würde es in einer halben Stunde noch einmal versuchen. Sie solle schnell kommen. Tatsächlich hatte sie ihren Sohn einige Minuten später am Telefon. Er klang bedrückt, gab keine Antwort auf die Frage, ob es ihm gut gehe. »Wir haben es uns anders vorgestellt. Aber mach dir keine Sorgen. Jewhen ist okay«, sagte er nur und wollte vor allem wissen, ob sie schon Geld bekommen hätte. »Keinen Griwna, keinen Euro, keinen Dollar. Woher auch?«, hatte sie geantwortet. Er hatte furchtbar geflucht und auf irgendwelche Schweine geschimpft. Dann brach die Verbindung abrupt ab.

Ludmila Martschenko richtete sich mit einem Male auf. Sie sah Hanna in die Augen und stellte mit fester Stimme eine Frage.

»Sie möchte wissen, warum Serhij gestorben ist«, übersetzte Ekaterina Omeltschenko leise.

»Wir haben ihn auf der Baustelle gefunden, auf der er wahrscheinlich gearbeitet hat. Man hat ihn erschlagen. Wir wissen noch nicht warum«, antwortete Hanna langsam.

Ludmila Martschenkos Augen sahen die Polizeibeamtin mit abgrundtiefer Verzweiflung an. Dann füllten sie sich mit Tränen. Die Frau begann am ganzen Leib zu zittern. Es war zu viel. Sie hatte nicht mehr die Kraft, ihre Selbstbeherrschung aufrecht zu erhalten. Das Schluchzen schien aus den innersten Bereichen ihrer Eingeweide zu kommen und bemächtigte sich ihres ganzen Körpers. Zum ersten Mal verstand Andreas Bialas das Wort »Weinkrampf« wirklich.

Ekaterina Omeltschenko kramte in ihrer Handtasche und holte ein Schächtelchen Tabletten hervor. »Sie muss das nehmen«, sagte sie bestimmt. »Das chat Arzt mir für diesen Fall gegeben. Ich brauche Wasser. Bitte können Sie Glas mit Wasser holen«, wandte sie sich an die beiden Männer. Frenzel, dem die Situation sichtbar körperliches Unbehagen bereitete, nutzte die Gelegenheit und hüpfte auf: »Ich mach das. Keine Sorge. Ich mach das.« Schnell verließ er den Raum.

Hanna hatte sich neben die Mutter gesetzt und ihr die Arme um die Schultern geschlungen und versuchte jetzt, sie so fest wie möglich zu halten. »Wir brauchen einen Trauma-Therapeuten«, sagte sie. »Wir müssen die Notfallseelsorge oder den Psychotherapeutenverband anrufen. Die vermitteln Leute, die zumindest den ersten Schock behandeln können.« Sie ließ einen Arm um die weinende Frau gelegt, fischte mit der anderen ihr Handy aus ihrer Umhängetasche und wählte eine Nummer.

Bialas spürte, dass auch er irgendetwas tun musste. Das unterste Schublädchen seines Seelenkästchens machte sich bemerkbar und drohte aufzugehen. Er musste seinen Job machen und funktionieren. Auch er fischte nun das Mobiltelefon aus der Jackentasche und telefonierte mit verschiedenen Stellen im Polizeipräsidium. Jemand musste den beiden

Frauen eine Unterkunft besorgen, irgendeine nette Pension oder ein kleines Hotel. Mit Stoevesandt stimmte er ab, dass man den beiden Ukrainerinnen für die Nacht eine Beamtin zur Seite stellte. Als er schließlich organisiert hatte, dass eine Kollegin aus dem Dezernat für Jugendschutz und Vermisste sich um die Unterbringung und die Betreuung kümmern würde, kam Frenzel mit einem Glas und einer Flasche Mineralwasser wieder.

Ekaterina Omeltschenko nahm ihm beides energisch aus der Hand und goss Wasser in das Glas. Mit einer Stimme, die keinen Widerspruch duldete, sprach sie auf ihre Landsmännin ein. Ludmila Martschenko wimmerte und schluchzte wie in Trance und schien nichts mehr um sich herum wahrzunehmen. Mit einer Hartnäckigkeit, die Bialas der Botschaftssekretärin nicht zugetraut hätte, rüttelte Ekaterina Omeltschenko das Häufchen Elend so lange, bis Ludmila Martschenko den Kopf hob und den Mund öffnete. Ekaterina schob ihr die Pille zwischen die Lippen, hob ihr das Kinn noch etwas höher und leerte das Wasser nach. Die Frau musste husten, doch das Medikament war geschluckt. Nach etwa zwanzig Minuten wurde sie ruhiger. Die Schüttelkrämpfe ließen nach. Sie verfiel wieder in eine melancholische Apathie.

Bialas machte sich auf den Weg zu Stoevesandt. Für heute war es genug. Weitere Befragungen waren der Frau jetzt nicht mehr zuzumuten. Man musste sehen, ob man morgen noch einmal mit der Mutter der beiden Toten sprechen konnte. Hanna würde bei den beiden Frauen bleiben, bis die Betreuerin eingetroffen war.

5

»Kommen Sie herein«, sagte Stoevesandt und schloss zu Bialas' Erstaunen die Tür hinter ihnen beiden ab. Das Büro des Leiters des Dezernats Wirtschaftskriminalität II war ein Raum wie alle anderen im Landeskriminalamt auch: weiß getünchte Wände, grau-blau gesprenkelter Teppichboden, pragmatische Büromöbel. Mit Ausnahme des großen Schreibtisches, der frei im Raum stand. Er war aus rötlichbraunem Nussbaumholz, wirkte modern und gediegen zugleich und gehörte bestimmt nicht zur Standardausrüstung des LKA. Zwei farbstarke gerahmte Drucke mit Bildern eines modernen Künstlers und einige kräftige Pflanzen, die auf Fensterbrett, Regalen und Schreibtisch verteilt waren, gaben dem Raum ein freundliches Ambiente.

Bialas nahm die Ordnung wahr, die in diesem Büro herrschte. Ablagen und Schreibtisch waren keineswegs leer. Doch ordentlich aufgereihte Ordner und kleine Stapel mit Mappen bestimmten das Bild. Schreib- und Büroutensilien lagen in Ablagen geordnet parat. Bialas war sicher, dass Stoevesandt mit einem Griff immer die richtigen Akten zur Hand hatte. Kein Krimskrams störte die Arbeitsabläufe am Schreibtisch. Lediglich ein Foto stand, dem Arbeitenden zugewandt, neben dem Bildschirm des Computers. Bialas konnte kurz einen Blick darauf werfen. Es zeigte Stoevesandt mit einer dunkelhaarigen Frau in seinem Alter, beide fröhlich lachend und an einem Ort, der sonnig und windig gewesen sein musste. Unwillkürlich richtete Bialas den Blick auf den breiten goldenen Ehering am Finger des Soko-Leiters.

»Setzen Sie sich«, sagte Stoevesandt und deutete auf einen Stuhl hinter dem Schreibtisch. »Ich möchte Ihnen zunächst einmal für Ihre Kooperationsbereitschaft danken. Mir ist völlig klar, dass das nicht einfach für Sie ist. Warum auch soll ein Dezernat für Wirtschaftskriminalität am LKA die Leitung in einem Mordfall übernehmen? Ich wäre genauso skeptisch gewesen wie Sie.«

»Es geht mir nur darum, dass die Ermittlungen nicht eingleisig in Richtung eines wirtschaftskriminellen Hintergrunds geführt werden«, sagte Bialas versöhnlich.

»Immerhin scheinen wir sehr nahe ans Umfeld der beiden Toten gekommen zu sein«, erwiderte Stoevesandt, »und ich denke, Rudolf Kuhnert und Nicole Marinescu haben dazu ihren Beitrag geleistet.«

Das musste Bialas zugeben: »Ich habe Respekt vor den beiden. Sie sind gut. Das meine ich ehrlich. Aber Frau Marinescu muss auch akzeptieren, dass alleine wirtschaftskriminalistische Methoden und Theoriebildungen nicht ausreichen, wenn es um einen Todesfall mit Gewalteinwirkung geht.«

»Sie hat ihre Schwächen. Glauben Sie nicht, dass ich das nicht weiß«, sagte Stoevesandt. »Sie fühlt sich leicht angegriffen, vor allem von Männern, obwohl man ihr gar nichts Schlechtes will. Man darf das nicht persönlich nehmen. Sie ist jung und ehrgeizig. Sie hat Biss und recherchiert hervorragend. Und sie weiß seit ein paar Tagen etwas, das wir Ihnen noch nicht gesagt haben.«

Bialas sah Stoevesandt fragend an.

»Was halten Sie von illegalen Abhöraktionen?«

Bialas überlegte. »Wir wollen Gesetzeshüter sein«, sagte er dann, »und verstoßen damit selbst gegen das Gesetz. Ich bin auch der Meinung, dass es gut ist, wenn die Polizei nicht alles darf, was sie meint, tun zu müssen.«

Stoevesandt hatte die gefalteten Hände vor sich auf den Schreibtisch gelegt und sah nachdenklich auf sie nieder.

»Was würden Sie tun, wenn Sie durch eine solche ungenehmigte Abhöraktion Informationen bekommen würden, die für Ihre Ermittlungen von großer Bedeutung sind?«, fragte er schließlich.

Bialas wusste, dass immer wieder ohne den Segen eines Richters abgehört wurde, meist im Bereich der organisierten Kriminalität. Es war eine zwiespältige Sache. Eine Genehmigung bekam man nicht, weil die Beweislage noch zu dünn war, und ohne Abhören kam man nicht an Beweise. Nur brachten solche Aktionen oft keinerlei Vorteil, weil die Erkenntnisse, die so gewonnen wurden, nicht verwendet werden konnten.

»Ich würde versuchen«, sagte er schließlich vorsichtig, »die Informationen auf anderen, auf legalen Wegen zu erhärten. Man kann die Fakten nicht ignorieren, die man so erfährt. Aber ich würde mit Sicherheit alles dransetzen, selbst sauber zu arbeiten, und keinem Gericht die Gelegenheit geben, die Ergebnisse der Ermittlung oder ihr Zustandekommen in Frage zu stellen.«

»Wir haben solche Informationen«, sagte Stoevesandt nach einer Pause. »Und ich möchte Ihnen versichern, dass ich die Dinge ganz genauso sehe wie Sie. Wir müssen uns an Gesetze halten, auch wenn das die Arbeit manchmal ungeheuer erschwert. Wir enden sonst im Polizeistaat – das ist meine feste Überzeugung. Aber ich habe hier nun einmal Material bekommen, das unseren Fall mit Sicherheit berührt.«

Stoevesandt nahm einen Schlüsselbund aus seiner Aktentasche und sperrte damit ein Fach seines Schreibtisches auf. Er nahm einen dicken Aktendeckel heraus sowie einen kleinen Kassettenrekorder nebst Kopfhörer.

»Was ich jetzt tue, kann mich Kopf und Kragen kosten«, sagte Stoevesandt und sah Bialas ernst in die Augen. »Ich habe einen Chef, der nur darauf wartet, dass ich einen Fehler mache. Dass unsere Methoden und Ziele sehr unterschiedlich sind, das haben Sie ja sicher schon bemerkt. Und ich kann hier eigentlich nur Fehler machen. Wenn irgendetwas über dieses Material nach außen dringt, und sei es auch nur an die Polizeiöffentlichkeit, dann kann ich meinen Hut nehmen. Entweder ich stelle die Kollegen bloß, die diese Aufnahmen gemacht haben. Oder ich verstoße gegen Gesetze. Oder – im besten Falle – ich nutze nicht alle Informationen für meine Arbeit, die mir zur Verfügung gestanden hätten. Diese Infos müssen in diesem Raum bleiben. Auch kein Wort gegenüber Ihren Kollegen. Kann ich mich darauf verlassen?«

Bialas nickte. Es war ihm vollkommen klar, dass Stoevesandt ihm hier ein enormes Vertrauen entgegenbrachte. Der legte seine Hände auf das Dossier und sagte: »Ein paar Vorbemerkungen muss ich machen: Diese Aufnahmen wurden von der ›Gemeinsamen Ermittlungsgruppe Schleuser‹ gemacht, kurz GES genannt, bestehend aus Bundesgrenzschutz und LKA. Das sind von unserer Seite die Kollegen aus der Abteilung 5: Organisiertes Verbrechen. Darunter sind auch Spezialisten zum Thema Zwangsprostitution. Wir haben bundesweit jedes Jahr im Schnitt 1000 registrierte Frauen, die Opfer von Menschenhändlern wurden. Die Dunkelziffer, das brauche ich eigentlich gar nicht zu sagen, liegt selbstverständlich beim zehn- bis zwanzigfachen, wenn nicht noch höher. Die Frauen sind in der Regel zwischen achtzehn und zwanzig Jahre alt. Aber auch Minderjährige sind keine Ausnahme. Achtzig Prozent der Frauen kommen aus Osteuropa. Davon der größte Teil wiederum aus Russland und der Ukraine. Dort wurden ihnen Jobs als Kellnerinnen oder Haushaltshilfen versprochen – und Gehälter, von denen sie dort nur träumen konnten. Die Kollegen sind einer Gruppe auf der Spur, die zur berühmt-berüchtigten Luganskaja gehört. Das ist eines der vielen kriminellen Syndikate, die sich in den Staaten der ehemaligen Sowjetunion breitgemacht haben, nachdem das Staatengebilde dort praktisch zusammengebrochen ist. Waffenhandel, Drogen, Schutzgelderpressung, Schmuggel und Devisenhandel – die haben so ziemlich alles drauf, was die organisierte Kriminalität weltweit im Portfolio hat. Viele dieser Mafiosi sind ehemalige KGB-Leute. Und ihre Verflechtungen mit den aktuellen Geheimdiensten, zum Beispiel in Russland mit dem FSB – das sind offene Geheimnisse. In der Regel sind diese Syndikate eng verwoben mit den lokalen und regionalen politischen Entscheidungsträgern. Eigentlich wissen wir genau, dass die Kontakte bis in höchste politische Kreise gehen, sowohl in Russland als auch in den anderen ehemaligen Sowjetrepubliken. Nur darf man das nicht laut sagen.

Die Luganskaja hat neben dem Schmuggel von Waren und Drogen noch einen besonderen Geschäftsbereich: den Menschenhandel. Sie bringen die Frauen für einen Transferpreis von dreitausend Euro in die wohlhabenden EU-Staaten. Selbstverständlich mit der Zusage, dass sie die Beförderung nach und nach abzahlen können, wenn hier im Westen erst mal der Rubel rollt. Den Frauen werden nach der Grenze die Papiere abgenommen. Dann werden sie auf Busse oder Autos verteilt, die sie in verschiedene deutsche Städte bringen. Kommt Ihnen das irgendwie bekannt vor?«

Bialas nickte und dachte an den Ferengi.

»Hier angekommen, werden die Mädchen in der Regel in Bordelle gesteckt. Eine Schlüsselfigur bei uns im Südwesten ist dabei Vadim Kamarenko.«

Stoevesandt nahm ein paar Fotos aus der Akte. Dem Mann darauf war sichtlich nicht bewusst, dass er abgelichtet wurde. Er war klein und gedrungen, hatte ein kindlich rundes Gesicht mit Stupsnase. Auf den Bildern trug er sportlich-elegante Freizeitkleidung. Er war braungebrannt und hatte einen guten Friseur, der ihm das weißblonde Haar zu einer ordentlichen Kurzhaarfrisur getrimmt hatte. Auf einem der Bilder lächelte er verschmitzt. Er wirkte fast sympathisch.

»Vadim Kamarenko ist ein unbescholtener Geschäftsmann«, setzte Stoevesandt seine Erläuterungen fort. »Er hat ein Reisebüro, ein Import-Export-Geschäft, eine Versicherungsagentur und zwei weitere kleinere Unternehmen. Alles legal und ordentlich geführt. Nur das Import-Export-Geschäft fiel im Jahr 2003 auf, weil ungewöhnlich viele Einladungsschreiben an Personen in der Ukraine geschickt wurden, die daraufhin ein Schengen-Visum erhielten. Die sogenannte Visa-Affäre, Sie wissen schon. Auch einige Geldflüsse sind nicht ganz durchsichtig, vor allem bei seiner Versicherungsagentur. Über die laufen schon mal zehn- bis hunderttausend Euro für irgendwelche Sonderversicherungen. Das Geld kommt meist aus den USA und wird in die Schweiz oder nach Liechtenstein transferiert.«

Stoevesandt machte wieder eine kleine Gedankenpause und fuhr dann fort:

»Und Vadim Kamarenko ist eng befreundet mit bekannten Bossen der Luganskaja. Mit einem ist er sogar verschwägert. Hat immer wieder Besuch aus der Ukraine in seiner exklusiven Villa in Baden-Baden.

Außerdem unterhält er rege Kontakte zu Russlanddeutschen. Kennen Sie das sogenannte ›Lagebild OK‹ des Bundeskriminalamtes von 1999?«

Bialas nickte. Er hatte davon gehört, obwohl die Studie des BKA streng unter Verschluss gehalten wurde. Es ging darin um mögliche Entwicklungen in Russland und deren Auswirkungen auf kriminelle russische Gruppierungen, die in Deutschland operierten.

»Was da noch als Theorie dargestellt wurde, ist längst Wirklichkeit. Wir haben unter den Russlanddeutschen mittlerweile straff organisierte Banden. Bis in die Gefängnisse hinein. Sie sind – genauso wie die russischen Syndikate – streng hierarchisch aufgebaut. Strikte Disziplin wird verlangt. Wer aufmuckt, muss mit massiven Gewaltanwendungen rechnen. Die Leute, mit denen Kamarenko zu tun hat, sind einerseits im Rotlichtmilieu tätig, andererseits im Schutzgeldgeschäft. Wir wissen von Mittelsmännern zwischen Kamarenko und einigen Gangs, die extrem gewalttätig sind und selbst einfache Landsleute ohne großes Vermögen erpressen und bedrohen.«

Wieder machte Stoevesandt eine Pause, als wolle er das Gesagte wirken lassen. Dann fuhr er fort: »Und Vadim Kamarenko ist befreundet mit Georg Metzler, seines Zeichens Boss der Metzler AG. Die beiden treffen sich des Öfteren im Casino in Baden-Baden. Oder beim Golfen. Oder in Kamarenkos edler Jugendstilvilla. Die hat er vor ein paar Jahren für fünf Millionen Euro erstanden. Wunderbare Lage in der Nähe der Lichtentaler Allee, unweit von Kurhaus und Casino. Der Mann schwimmt im Geld. Selbst wenn seine Unternehmen bestens florieren – sein Lebensstil ist damit kaum zu finanzieren. Er gehört zu der Gruppe von Russen, die im Augenblick halb Baden-Baden aufkaufen. Die Villa liegt wunderschön und ist bestens geschützt. Gegen Blicke durch eine hohe Mauer und ein ebenso hohes Einfahrtstor. Und gegen Eindringlinge durch ein paar Doggen, die der Mann züchtet. Ich weiß nicht, wie unsere Leute es geschafft haben, dort Wanzen unterzubringen. Aber hier ist das Ergebnis.«

Stoevesandt schob ihm die Aktenmappe und das Gerät zu.

»Ich werde Sie jetzt verlassen. So entzieht es sich meiner Kenntnis, ob Sie das lesen oder nicht. Bitte lesen Sie nur den Teil, den ich Ihnen hier mit diesen Klebeetiketten markiert habe. Das andere ist für Sie ohnehin kaum einzuordnen. Das Band habe ich an die entsprechende Stelle gespult. Bitte schließen Sie die Tür von innen ab. Rufen sie mich über Handy an, wenn Sie mein Zimmer nicht mehr benötigen.«

Damit stand er auf und ging zur Tür. Dort wendete sich Stoevesandt noch einmal um. Er sah Bialas eindringlich an. »Ich baue auf Ihre Integrität.«

Bialas nickte. Er fühlte sich durch diesen Vertrauensbeweis geehrt. Verwundert stellte er fest, dass der unerwünschte zeitweilige Vorgesetzte mittlerweile seine Hochachtung errungen hatte. Keinesfalls würde er Stoevesandt in Schwierigkeiten bringen wollen. Bialas wandte sich den Akten zu.

Die Mappe enthielt die Protokolle diverser Gespräche, die Vadim Kamarenko mit verschiedenen Personen geführt hatte. Zu Beginn jedes Abhörprotokolls war genau vermerkt, wann, wo und mit wem die Kontakte stattgefunden hatten. Der Mitschnitt, den Stoevesandt mit einem neongelben Markierzettelchen versehen hatte, war auf den 27. Februar 2005 datiert. Als Gesprächspartner waren nur Vadim Kamarenko und Georg Metzler notiert. Ort des Geschehens war Kamarenkos Villa. Es folgte die Abschrift der Unterhaltung. Bialas setzte den Kopfhörer auf und schaltete den Recorder ein.

Das Gespräch zwischen den beiden Männern wurde in einer lockeren, vertraulichen Atmosphäre geführt. Immer wieder hörte man Geräusche von Getränken, die eingeschenkt wurden. Die beiden gingen freundschaftlich, jedoch mit einer gewissen ironischen Distanz miteinander um. Vadim Kamarenko hatte eine unangenehme Fistelstimme. Dazu sprach er noch ein grausiges Deutsch mit starkem Akzent. Teilweise verstand Bialas seine Worte nur, weil er parallel die Abschrift der LKA-Leute las. Derjenige, der den Mitschnitt zu Papier gebracht hatte, war möglichst nahe am gesprochenen Wort geblieben, hatte hier und da jedoch etwas grammatikalische Ordnung in das Ganze gebracht, um es verständlicher zu machen.

Metzlers Stimme dagegen war voll und weich. Er hatte eine angenehme, fast sympathische Art zu sprechen und eine kultivierte Ausdrucksweise.

Die beiden Männer unterhielten sich zunächst über einen gemeinsamen Bekannten aus dem Golfclub und die körperlichen Vorzüge von dessen neuer Geliebten. Schließlich kam man zum Geschäftlichen.

»Vadim, ich habe ein paar wunderbare große Projekte gewonnen.«

»Ich gluckwünsche«, antwortete der Russe.

»Ein sehr schönes Einkaufszentrum in Leipzig. Ein neues Universitätsgebäude in Karlsruhe. Dort wird man sich einmal mit Nanotechnologie beschäftigen. Und eine sehr interessante Sporthalle in Düsseldorf. Dort wird einmal Eishockey, Basketball oder Volleyball gespielt werden.«

»Otschen charascho.« Der Abschreiber hatte gleich übersetzt: Sehr gut.

»Das heißt, wir schaffen Arbeitsplätze, Vadim. Was hältst du davon?«

»Nu, ist phantastisch. Arbeitsplatz immer gut.« Es folgte eine Pause.

»Wie viel Arbeitsplatz du machen?«, fragte Kamarenko schließlich.

»Sagen wir mal: vierzig«, antwortete Metzler.

Wieder eine Pause.

»Ist viel«, sagte Vadim. »Ist nicht einfach. Was du zahlen?«

»So wie immer«, antwortete Metzler.

»Nu, so wie immer geht nicht, Goscha«, erwiderte Kamarenko. »Goscha = Kurzform von Georgij« hatte der Abschreiber an dieser Stelle notiert. »Chaben wir Probleme, groß Probleme«, jammerte der Russe. »Nix mehr Visum bekommen in Botschaft in Kiew. Du wissen, Goscha, große Teatr. Deutsche Journal machen große Teatr. Nix mehr Visum bekommen. Niemand. Wieder ist zu Grenze. Wieder kalte Krieg, Goscha. Wie Leute kommen? Muss Visum kaufen. Ist teuer. Ohne Visum gefährlich.«

»Nu mach mal halblang, Vadim«, antwortete Metzler fast belustigt. »Du bist ein Schlitzohr. Erstens weiß ich genau, dass du die Leute ohne Visum über die grüne Grenze schickst. Wenn sie erwischt werden, ist es ihr Problem. Oder ihr macht die Visa und die Ausweise selbst. Das bleibt doch in der Familie. Und zweitens seid ihr eine unliebsame Konkurrenz losgeworden, seit der Reisefreiheit-Erlass aufgehoben worden ist. Dieser Barg und noch ein paar andere, die waren euch doch ein Dorn im Auge. Haben euch das Geschäft versaut, weil sie eure Landsleute billiger als ihr herübergebracht haben. Die hatten plötzlich eine Alternative zu euch.«

»Barg nix viele Leute bringen. Nix bekommen Einladung. Niemand helfen. Wir große Organisatija, du wissen, Goscha. Barg nix Konkurrencija«, sagte Kamarenko abschätzig.

»Hör auf, Vadim, ich lese die Zeitung.« Metzler klang nun leicht ungehalten. »Verkauf mich nicht für dumm, mein Freund. Barg hat reihenweise Junkies und Penner die Anträge ausfüllen lassen. Für einen Schuss oder 'ne Pulle Schnaps. Am Fließband hat die Visa-Stelle in der Deutschen Botschaft in Kiew Anträge genehmigt. Zehntausende hat er euch abgeluchst. Und damit ist jetzt Schluss. Jetzt gelten wieder eure Preise für den Transfer. Und ich weiß, dass ihr Halsabschneider seid.«

»Nix mehr gleiche Preis«, beharrte Kamarenko. »Zwanzig Euro dazu. Für jede Mann. So sagen Chef. Ich nicht sagen so, Goscha. Ich deine Freund. Aber Chef sagen: zwanzig Euro dazu.«

»Da kann ich ja bald reguläre Leute einstellen lassen, wenn das so weitergeht.«

»Du auch nix – wie sagen? – jammeren! Du viele gute Projekt bekommen. Du nix arme Mann. Du Geld verdienen«, regte sich Kamarenko auf. Seine Fistelstimme wurde dabei noch höher und unangenehmer.

Eine Weile schwiegen die beiden.

»Okay«, sagte Metzler schließlich. »Es sieht so aus, als hätte der Chef immer das letzte Wort. Zwanzig Euro Plus. Dafür verlange ich aber absolut gesunde und kräftige Leute.«

»Nu, Leute immer kraftig und gesund«, entgegnete Kamarenko säuerlich.

»Das ist leider nicht so. Eines der Pferdchen, das du mir letztens geschickt hast, ist krank. Sehr krank. Und ich befürchte, er steckt mir andere auch noch an. Wenn das nicht schon passiert ist.«

»Wo?«, fragte Kamarenko.

»Stuttgart. Im zentralen Lager.«

»Ich in Ordnung bringe. Schnell erledigen. Du nix Sorgen chaben.« Es war zu spüren, dass Kamarenko das Problem unangenehm war und er schnell zu einem anderen Tagesordnungspunkt übergehen wollte. »Du wollen Whiskey?«, fragte er seinen Gast. »Chaben ich Jack Daniels, Single Barrel. Hat John gegeben. Weich wie Haut von junge Frau. Musst du probieren.«

Das Geschäftliche war nun offenbar abgeschlossen. Man labte sich an dem Whiskey, tauschte Belanglosigkeiten über den Whiskey-Schenker John aus. Auch die weitere Unterhaltung schien nichts mehr von Bedeutung zu enthalten. Das Band brach irgendwann ab, und in den Akten hatte der Protokollant eine Notiz gemacht, die besagte, dass eine weitere Abschrift keine neuen Erkenntnisse mehr bringen würde und man sie sich deshalb spare.

Bialas setzte den Kopfhörer ab und schlug die Aktenmappe vor sich zu. Er lehnte sich zurück und sah gedankenversunken auf die Bilder an der Wand. Das kranke »Pferdchen«, das war der tote Junge vom Feuerbacher Tunnel. Daran hatte er keinen Zweifel. Doch warum starb er dort und wurde nicht »entsorgt«? Die russische Mafia, das wusste auch Bialas, war bekannt für eine saubere Arbeit ohne verdächtige Hinterlassenschaften. Plötzlich war ihm auch klar, warum Stoevesandt so darauf gedrängt hatte, möglichst schnell die Akten des Tuberkulosefalls zu bekommen. Auch die Reaktionen von Nicole Marinescu machten nun einen anderen Sinn.

Bialas riss sich aus seinen Gedanken. Er rief Stoevesandt an, der ihn kurz darauf abholte und mit in den Besprechungsraum nahm, der ihrer Soko als Zentrale diente.

6

Vor der Tür zum Konferenzraum fing Luca sie ab.

»Ich muss zum Training, Andreas.« Er betonte das Wort »muss«.

Bialas sah auf die Uhr. Es war bereits kurz nach siebzehn Uhr.

»Okay«, sagte er. »Mach, dass du loskommst.«

»Entscheiden Sie das jetzt?«, fragte Stoevesandt scharf. Luca sah Bialas hilfesuchend an.

»In diesem Falle, ja«, gab Bialas schroff zurück und merkte zugleich, dass er Stoevesandt damit noch mehr vor den Kopf stieß. In stillschweigender Übereinkunft hatten Luca und er die Situation im Hause Weißgerber viel weniger dramatisch dargestellt, als sie es tatsächlich war. Wie sollte er nun dem Soko-Leiter klarmachen, dass Luca dieses Training gerade heute dringend brauchte, um sein Selbstbewusstsein wieder aufzubauen?

»Bitte lassen Sie ihn heute gehen«, wandte er sich einlenkend an Stoevesandt. »Ich bin nun mal sein direkter Vorgesetzter und habe eine gewisse Fürsorgepflicht ... Heute ist eine besonders wichtige Trainingseinheit.« Etwas Besseres fiel Bialas im Moment nicht ein.

Stoevesandt sah skeptisch vom einen zum anderen. »Was ist mit den Handy-Daten von Ergenzinger?«, fragte er dann.

»Ich habe den ganzen Nachmittag herumtelefoniert«, erklärte Luca. »Bis man bei diesen verdammten Telefongesellschaften mal einen richtigen Menschen an die Strippe bekommt und nicht nur 'ne Automatenstimme, die einem sagt ›Drücken Sie die Eins, drücken Sie die Zwei ...‹ Und dann noch den Richtigen, der überhaupt etwas entscheiden darf. Frühestens morgen Nachmittag, haben sie mir gesagt. Sie können mir glauben, Herr Stoevesandt, ich habe auf Sizilianisch geflucht, und das hört sich wirklich bedrohlich an ... es hat nichts geholfen ... Nicht vor morgen Nachmittag.«

Stoevesandt sah noch einmal kritisch von einem zum andern. Dann brummte er: »In Ordnung, gehen Sie. Wir müssen ohnehin schauen, dass wir heute früher Schluss machen. Morgen wird ein anstrengender Tag. Sie rufen heute Abend noch mal an und lassen sich die Einsatzdaten geben.«

Luca atmete sichtbar auf und machte sich davon.

7

Die Besprechung zeigte in der Tat, dass der nächste Tag hart werden würde. Neben dem engeren Kreis der Soko waren einige Beamte aus verschiedenen Abteilungen des LKA, der lange Armin Kayser von der Finanzkontrolle Schwarzarbeit sowie Staatsanwalt Friedebald Frenzel anwesend.

Einer der LKA-Leute aus der Abteilung, die auch für Observationen zuständig war, schilderte noch einmal kurz, was Stoevesandt Bialas am Vormittag bereits telefonisch mitgeteilt hatte. Auf dem Gelände der GVG Grundbesitzvermietungs- und -verpachtungs-GmbH an der Bellstraße waren neben Baumaterialien neun größere Baucontainer untergebracht, in denen rund sechzig Männer lebten. Sie waren frühmorgens abgeholt und auf verschiedene Baustellen in der weiteren Umgebung verteilt worden. Abends kehrten sie zurück, die meisten, als es bereits dunkel war.

Ein weiterer Kollege, den Bialas bislang nicht kannte, erwies sich als Einsatzleiter eines Sonderkommandos. Er legte detaillierte Pläne vor, wie das Gelände eingenommen und durchsucht werden konnte. Als ideale Operationsbasis erwies sich das leerstehende Wohngebäude direkt neben dem GVG-Grundstück. Sie waren sich schnell einig, dass die Aktion gleich am nächsten Morgen durchgeführt werden sollte. Friedebald Frenzel, der wieder zu seiner alten Heiterkeit zurückgefunden hatte, schwenkte fröhlich ein Blatt Papier. »Die richterliche Anordnung, meine Lieben«, freute er sich. »Richter Vogel. Einmal einer, der schon beim ersten Mal Erklären kapiert, worum es geht. Und Sie wissen ja: Das Leben wär nur halb so nett, wenn nicht jeder einen Vogel hätt!«

Als Nächstes berichtete Wildermuth. Akribisch hatte er noch einmal die Kleidung des erschlagenen Serhij Martschenko untersucht. Mit dem Ergebnis, das Bialas ebenfalls schon kannte. Die Suche nach dem Tatort wurde zu einer der vordringlichen Aufgaben. Noch einmal gingen sie alle möglichen Varianten durch. Die Spurenlage an dem Leichnam und seiner Kleidung machte es wahrscheinlich, dass er auf der Filderbaustelle zu Tode gekommen war.

»Wir sollten aber andere Möglichkeiten auch noch im Auge haben«, gab Wildermuth zu bedenken. »Vielleicht wurden ja nicht nur Menschen von dieser Containerkolonie auf die Fildern hin- und zurückgekarrt. Vielleicht auch Gerüste und Baumaterialien. Vielleicht auch Leiche und Tatwerkzeug. Wir sollten auch dieses GVG-Gelände als potenziellen Tatort ansehen.«

»Aber was, wenn es doch in einem der Container auf der Baustelle passiert ist?«, fragte Bialas. »Oben, wo die Verwaltungs- und Firmencontainer stehen, haben wir bestimmt zweihundert Räume. Dazu kommen noch die Wohncontainer an der Ostflanke der Baustelle, in denen die Bauarbeiter wohnen. Das sind mit Sicherheit auch noch mal hundertfünfzig Einheiten.«

»Da brauchen wir mehrere Tage«, sagte Wildermuth und strich sich nachdenklich mit der Hand über den schwarzen Schnauzer. »Selbst wenn wir weitere Teams von den umliegenden Präsidien anfordern.«

»Zu lange«, sagte Stoevesandt bitter. »Ich muss Ihnen sagen, dass ich heute schon den ganzen Tag mit Anrufen bombardiert wurde. Weil die Spurensicherung wieder auf dem Gelände war. Weil die Zollfahndung und das LKA Räume durchsucht und Unterlagen beschlagnahmt haben.« Er nickte zu Armin Kayser hinüber, der schelmisch vor sich hin grinste. »Zu den Anrufen aus dem Wirtschaftsministerium kommen jetzt noch Anrufe aus der Landesregierung hinzu. Jedes Mal muss ich noch die kleinste unserer Maßnahmen rechtfertigen. Wir müssen den Tatort so schnell wie möglich finden. Gibt es irgendeine Möglichkeit, ihn weiter einzugrenzen?«, wandte sich Stoevesandt an Wildermuth.

»Wir brauchen Hunde«, sagte Hanna. Sie wirkte müde und erschöpft. »Wenn wir genügend Hunde hätten, dann wäre das in wenigen Stunden machbar.«

Hanna hatte schon mehrere Male mit Hundeführern gearbeitet. Sie liebte Hunde und hätte sich sicher schon einen zugelegt, »wenn ich nicht in einer Wohngegend leben würde, wo nicht mal Kinder genügend Auslauf haben.«

»Es gibt bei uns in Baden-Württemberg sechs oder sieben Blut- und Leichenspürhunde«, erklärte sie. »Aber die Staffeln sind in allen Bundesländern super organisiert. In NRW gibt es acht. Wenn man die heute noch anfordert, dann sind die morgen Nachmittag da.«

»Und das würde reichen?«, fragte Stoevesandt. »Wie lange würden die etwa brauchen, um wie viele Räume zu untersuchen?«

Hanna dachte nach: »Die Tagesleistung dieser Hunde sind etwa sieben Intervalle à zwanzig Minuten. Dazwischen brauchen sie immer eine längere Pause, sonst ist die Konzentration weg. Die ganze Aktion kann also ohnehin nicht länger als vier bis fünf Stunden dauern. Wir brauchen einfach so viele Hunde wie möglich. Aus Bayern, aus Hessen oder Rheinland-Pfalz.«

»Sie kümmern sich sofort darum, Frau Stankowski«, entschied Stoevesandt, »Sie werden morgen früh nicht bei dem Einsatz in der Bellstraße sein. Sie organisieren diese Hundegeschichte und sonst nichts. Legen Sie eine Reihenfolge fest, nach der die Räume untersucht werden, je nach Wahrscheinlichkeit, ob sie als Tatort in Frage kommen. Und halten Sie mich auf dem Laufenden.«

»Was wir natürlich brauchen, ist eine richterliche Anordnung«, sagte Hanna.

»Aber sicher doch«, meldete sich Friedebald Frenzel umgehend und sah auf seine Armbanduhr. »Vielleicht erreiche ich den Richter Vogel ja heute noch. Wie ich schon sagte, dem muss man die Sache nur einmal erklären.«

»Sie kümmern sich auch darum jetzt gleich«, sagte Stoevesandt kategorisch, als stände selbst der Staatsanwalt unter seinem Kommando. »Noch bevor dieser Richter einen Anruf aus dem Wirtschaftsministerium bekommen kann.«

»Ach, wissen Sie«, freute sich Frenzel, »ich glaube, das hätte bei dem eher die gegenteilige Wirkung. Der Herr Vogel hat nämlich ein sehr schönes Häuschen in Bernhausen, also quasi direkt neben dem Flughafen und dem neuen Kongress- und Messegelände. Da, wo nicht nur immer mehr Flugzeuge über die Dächer rauschen, sondern jetzt auch noch der Straßenlärm zunimmt – durch die schöne neue Messe. Wenn ich den richtig einschätze, dann hat der mitdemonstriert bei diesen gewissenlosen Subjekten, die die Wirtschaft in unserem lieblichen Ländle ins Elend stürzen wollten.« Noch lachend packte er seine Unterlagen zusammen.

»Gibt es noch irgendetwas Dringendes?«, fragte Stoevesandt in die Runde. Er schaute auf seine Armbanduhr. »Sonst würde ich sagen, wir machen Schluss. Ich glaube, wir brauchen alle etwas Erholung. Und morgen müssen wir fit sein.«

»Vielleicht noch kurz zu einem Ergebnis unserer Durchsuchungen«, meldete sich Armin Kayser. »Wir haben herausgefunden, welches Subunternehmen für Schwartz & Sonntag und für Kress die Armierungsarbeiten gemacht hat. Der Laden heißt KKC Budowa S.A., mit Sitz in Poznań, Polen. Den gibt's aber schon nicht mehr. Die Firma wurde letzten Freitag aufgelöst.«

Nicole Marinescu, die heute sehr still war, wurde plötzlich lebendig. Sie stürzte zu dem Sideboard, auf dem Rudolf Kuhnert die Akten deponierte. Die Ordner reihten sich bereits auf zwei Metern Länge nebeneinander auf. Sie suchte kurz und zog dann einen heraus.

»KKC Budowa, die hatten wir doch schon mal. Ich bin ganz sicher. Hier«, sie blätterte wild in den Akten und klopfte dann mit dem Finger auf eine Seite. »Hier: Auf der Wihl-Baustelle für Schwartz & Sonntag. Beim Reebok-Neubau in Frankfurt – ebenfalls für Schwartz & Sonntag.« Sie schob den Ordner triumphierend zu Stoevesandt hinüber.

»Ähm«, meldete sich nun auch Rudolf Kuhnert. Wieder einmal bemerkte Bialas den unscheinbaren Mann erst, als er sich zu Wort meldete. »Dazu wollte ich vielleicht auch noch etwas sagen. Der Geschäftsführer von dieser KKC, also das habe heute noch mal recherchiert, der heißt Marek Dubinski. Und dieser Marek Dubinski war ja auch Geschäftsführer bei der Tehnoconstructia SA in Bukarest. Und auch bei der HTG Haus- & Tiefbaugesellschaft mbH in Frankfurt/Oder.«

»Tehnoconstructia«, sagte Nicole Marinescu wie elektrisiert und zog Stoevesandt den Ordner unter der Nase weg. »Die Tehnoconstructia war beteiligt am Giebeler Einkaufszentrum und am Gutbroth-Areal, beides Mal für die Rudolf Kress GmbH. Und die HTG in Frankfurt/Oder, die hat für Eckert Bau die Armierungsarbeiten beim Neubau der Polizeidirektion Rottweil gemacht. Bis sie aufgeflogen ist. Der Zoll hat die Baustelle kontrolliert. Hat die Schwarzarbeiter gefunden. Und einen Tag später war die Haus- & Tiefbaugesellschaft aufgelöst.«

Es ging einmal mehr um Firmenverflechtungen und um die wirtschaftlichen Beziehungen zwischen diversen Unternehmen. Bialas konnte mit den Details nichts anfangen. Immerhin verstand er jetzt aber so viel, dass offiziell Leiharbeiter von Scheinfirmen auf deutsche Baustellen geschickt wurden, die in Wirklichkeit illegale Malocher waren. Flog die Sache auf, so wurden die Firmen umgehend aufgelöst. Die Fahnder fanden oft noch nicht mal mehr ein Namensschild an den angeblichen Firmensitzen. Für die LKA-Leute mussten zudem die Namen, die jetzt fielen, eine brisante Bedeutung haben.

»Marek Dubinski«, stellte Stoevesandt fest. »Bist du sicher, Rudolf?«

Die Frage war überflüssig. Kuhnert sah seinen Chef einen Moment verwirrt an. »Ähm. Ja«, sagte er dann.

8

Bialas war froh, dass es heute einmal nicht so furchtbar spät geworden war. Es war Dienstag. Thea hatte also ihren Stepp-Aerobic-Tag. Alexander war wohl beim Handballtraining und schwelgte in Erinnerungen an sein grandioses Tor. Und Svenja, nun ja, mit großer Wahrscheinlichkeit würde sie sich wieder irgendwo herumtreiben. Auch wenn der Gedanke an die Tochter wieder ein mieses Gefühlsgemenge aus Angst und schlechtem Gewissen erzeugte, so war er doch froh, ein bis zwei Stunden für sich zu haben, in denen er abschalten und etwas entspannen konnte.

Das Erste, was ihn ahnen ließ, dass daraus nichts werden würde, war ein alter roter Golf. Den hatte er schon einmal gesehen, an dem Tag, als Svenja in voller Punk-Montur an ihm vorbeigestochen war.

Dann hörte er schon beim Öffnen der Haustür den ohrenbetäubenden Lärm einer Kakophonie aus rhythmischem Stampfen. Die Bässe dröhnten durchs Haus, unterstrichen von dumpfen Schlagzeugtakten. Eine Melodie war in diesem Dröhnen nicht auszumachen. Die Quelle war eindeutig Svenjas Zimmer.

Er ging hinauf und öffnete, ohne anzuklopfen. Der Raum war nur durch den dämmrigen Schein einiger Teelichter erhellt. Im Kerzenlicht hingen Rauchschwaden. Auf Svenjas Bett saß ein junger Mann im Schneidersitz. Die Schnürstiefel hatte er nicht ausgezogen. Die Haare waren bis auf einen rot-schwarz gefärbten Kamm in der Mitte abrasiert. Er hatte Piercings an Augenbraue und Nase sowie unzählige Sicherheitsnadeln im Ohr. Die schwarze Lederjacke war gespickt mit Nieten. Die abgewetzte Hose hatte Löcher und Risse. In der Hand hielt er einen Joint, an dem er genüsslich zog. Svenja saß vor dem Bett auf dem Boden, in Jeans und schwarzem T-Shirt und einer Flasche Bier in der Hand. Sie war nicht so extrem geschminkt wie noch vor wenigen Tagen. Doch das pechschwarz gefärbte Haar stand in allen Richtungen vom Kopf ab.

Bialas suchte nach dem Lichtschalter und machte erst einmal der schummrigen Atmosphäre ein Ende. Dann ging er zur Musikanlage und zog einfach den Stecker raus.

»Lass die Musik an. Und das Licht aus«, fauchte ihn Svenja an, die mittlerweile aufgestanden war.

Der Junge grinste Bialas unverfroren an. »Hi, Opa«, sagte er und winkte ihm freundlich zu. Er war ganz offensichtlich stoned.

»Raus hier!« Nun war Andreas Bialas an dem Punkt, an dem es kein Pardon mehr gab. Er zog den Jüngling vom Bett seiner Tochter. »Raus aus meinen Haus!«, donnerte er. Der stolperte ein bisschen herum, feixte Bialas an und trollte sich dann. »Na dann mal tschüss, Süße«, lallte er Svenja zu.

»Wenn er gehen muss, gehe ich auch«, sagte Svenja trotzig und versuchte sich an ihrem Vater vorbei aus dem Zimmer zu schieben.

»Du bleibst hier und rührst dich nicht vom Fleck!« Die Lautstärke und Schärfe war Svenja von ihrem Vater nicht gewohnt. Sie drehte sich schmollend um und blieb.

Bialas begleitete den Jungen zur Haustür. Dort verlangte er von ihm die Autoschlüssel. »Du wirst heute nicht mehr Auto fahren«, sagte er. »Sieh zu, wie du heimkommst.«

Der junge Mann gab ihm widerstandslos den Schlüssel, sah ihn grinsend an und sagte dann: »Die Polizei, dein Freund und Helfer – knall sie ab und hilf dir selber!« Dann schlappte er davon.

Bialas warf die Haustür hinter ihm zu und ging nach oben zu Svenja. Die hatte inzwischen die Musik wieder aufgedreht und das Licht ausgemacht. Wieder knipste Bialas die Deckenlampe an und zog den Stecker aus der Anlage.

»Schluss jetzt, Svenja«, herrschte er sie an.

»Das ist mein Zimmer«, schrie sie. »Ich kann hier machen, was ich will.«

Bialas sah sie einen Moment prüfend an. Sie war nicht betrunken. Außer dem Bier, das sie in der Hand gehabt hatte, standen keine Flaschen herum.

»Svenja, lass uns einmal ruhig miteinander reden. Was sind das für Kreise, in denen du da verkehrst?«

»Das geht dich überhaupt nichts an. Und ich kann einladen, wen ich will. Das hier ist meine Privatsphäre.«

»Das hier ist zunächst einmal mein Haus! Das wird von meinem Geld bezahlt!« Auch er wurde wieder laut. »Und wenn es dir hier nicht passt, dann pack deine Siebensachen und geh! Irgendwo unter Brücken schlafen. Ist das nicht sowieso das echte Punk-Leben?«

»Du hast ja gar keine Ahnung, was Punk ist. Das ist nämlich 'ne Weltanschauung. Da geht es um Gerechtigkeit. Um 'ne Welt ohne Hunger und Krieg. Ohne einen Scheiß-Bush, der einfach in ein anderes Land zieht und dort alles kaputtmacht. Da geht es gegen die Faschos und Rassisten. Und gegen den Scheißkommerz und diese Scheißanpasser und Normalos. Punk – das findet im Kopf statt. Das ist 'ne Einstellung. Du hast ja keinen Schimmer!«

»Und wie sieht diese Gerechtigkeit aus? Und diese Einstellung? Dass man schön zu Hause im Trockenen sitzt und durchgefüttert wird? Und gleichzeitig schwänzt man die Schule, kommt und geht, wann's einem passt, trinkt Bier und kifft sich voll? Das läuft hier nicht, Svenja. Dann musst du schon konsequent sein. Wenn du nur noch auf deine Alten pfeifst und uns auf der Nase herumtanzt, wenn du hier die Anarchie einführen willst, dann gibt es hier keinen Platz mehr für dich.«

»Du willst mich rausschmeißen?«

»Bevor ich seelenruhig zuschaue, wie du vor die Hunde gehst: ja! Bevor das hier zur Kiffhöhle wird und du vor unseren Augen Drogen nimmst: ja!« Er meinte, was er sagte. Es ging nicht darum, ihr zu drohen, um dann doch wieder einzulenken und weich zu werden. Das war Theas Art. Immer wieder drohte sie und machte doch nicht Ernst. Und Svenja nutzte das aus.

Bialas registrierte, dass auch das Mädchen merkte, wie ernst es ihm war. Sie hatte ihren Vater nur selten so resolut erlebt.

»Ich nehme gar keine Drogen. Ich rauche noch nicht mal Zigaretten«, sagte sie trotzig.

Bialas wusste nicht, ob er ihr glauben sollte. »Aber du verkehrst in dieser Szene, in der gesoffen und gekifft wird. Und auch da gibt es so was wie einen Gruppenzwang. Und wenn ihr euch noch so freiheitsliebend und unangepasst gebt. Irgendwann fängst du an.«

»Ihr habt kein Vertrauen zu mir!«, tobte sie nun wieder. »Das ist es: Ihr habt kein Vertrauen. Ihr traut mir nur alles Schlechte zu. Ich nehme keine Drogen. Und wenn du wüsstest, wer ich bin, dann wüsstest du, dass das stimmt!«

»Vertrauen? Wie sollen wir dir vertrauen, wenn wir erfahren, dass du die Schule schwänzt und meine Unterschrift fälschst? Wenn ich da einen Typ auf deinem Bett finde, der sich in aller Ruhe einen Joint reinzieht? Wir wissen nicht, wer du bist? Natürlich wissen wir nicht mehr, wer du bist! Du erzählst uns nichts mehr, Svenja. Wir wissen nichts mehr von dir!«

Einen Moment schwieg sie. Dann presste sie hervor: »Wie kannst du auch etwas von mir wissen? Du willst doch gar nichts von mir wissen. Ich interessiere dich doch überhaupt nicht. Dich interessieren doch nur deine Leichen. Bei dir muss man tot sein, damit du dich für einen interessierst. Ich müsste tot sein, dann würdest du dich für mich interessieren!«

Bialas hatte das Gefühl, dass ihm der Boden unter den Füßen weggezogen wurde. Die Worte trafen ihn wie ein Schlag in die Magengrube. Er musste sich setzen. Die nächste Gelegenheit dafür war die Bettkante. Er schlug die Hände vors Gesicht und spürte, wie er am ganzen Körper zu zittern begann. Mühsam versuchte er sich wieder in den Griff zu bekommen. Doch die unterste Schublade seines Seelenkästchens ließ sich nicht mehr zuhalten. Vor seinem inneren Auge sah er das Bild des Mädchens, das da hinter Büschen im Gras des Neckarufers wie weggeworfen lag. Der Hund eines Spaziergängers hatte sie gefunden. Sie war fast nackt, bis auf ein Hemdchen. Die Jeans und das T-Shirt, die wild ins Gebüsch geworfen worden waren, sahen den Kleidern gleich, die Svenja damals trug. Das Mädchen lag in seltsamer Verrenkung mit dem Gesicht nach unten. Sie hatte die gleichen schulterlangen aschblonden Haare wie Svenja. Sie hatte die gleiche Figur, die Formen einer Zwölfjährigen, die Svenja damals gewesen war, noch kindlich und doch schon mit den ersten Rundungen eines weiblichen Körpers.

Als wäre es gestern gewesen, erinnerte sich Bialas an seine Unfähigkeit, das Mädchen auf den Rücken zu drehen. Er war paralysiert. Ein Kollege musste diese Arbeit tun, und die

Sekunden, bis dies geschehen war, erschienen ihm wie eine Ewigkeit. Die entsetzliche Angst, es könnte Svenja sein, war selbst dann noch nicht sofort gewichen, als er ihr Gesicht gesehen hatte. Der Tod dieses Mädchens hatte ihm damals schwer zu schaffen gemacht. Doch weder Thea noch seinen Kindern gegenüber hatte er je erwähnt, dass er der ermittelnde Beamte in diesem grausigen Fall war, der durch die Presse ging.

»Papa, was ist los mit dir?«, fragte Svenja. Sie war sichtlich erschrocken. Bialas versuchte durchzuatmen, um den peinlichen Schwächeanfall in den Griff zu bekommen.

»Papa, was ist mit dir? Ist dir schlecht?«, fragte das Mädchen noch einmal. Sie setzte sich neben ihn aufs Bett und legte ihre Hand auf seinen Arm.

»Wie kannst du so etwas sagen, Svenja?« Bialas merkte, dass selbst seine Stimme zitterte. Unwillkürlich legte er die Arme um das Mädchen und drückte sie fest an sich. Er spürte, dass sie ihm keinen Widerstand entgegenbrachte und in seinen Armen nach und nach sogar weicher wurde. Er stellte plötzlich fest, dass ihm etwas geschah, was schon seit Jahrtausenden nicht mehr passiert war: Seine Augen wurden feucht. Sie sah ihm ins Gesicht und fing ebenfalls zu heulen an, aus tiefstem Herzen, wie nur kleine Mädchen heulen können. Sie saßen eine ganze Weile umschlungen da, der gestandene Mann, dem die Tränen über die Wangen liefen, und die trotzige junge Frau, die schluchzte wie ein Kind.

»Hör mir mal zu, Svenja«, langsam fand Bialas seine Fassung wieder, und auch Svenja wischte sich energisch die Tränen aus dem Gesicht. »Ich werde manchmal zu Todesfällen gerufen. Ich bekomme da vorab schon gesagt, um was für eine Person es sich in etwa handelt. Weißt du, wie das ist, wenn die einem sagen: ein Mädchen, so und so alt, genauso alt wie du, irgendwo tot aufgefunden? Oder ein Junge, so und so groß, eben genauso groß wie Alexander. Oder eine Frau, etwa so und so alt, und ich denke: Lieber Gott, ich weiß nicht, ob es dich gibt, aber lass es bitte nicht Svenja sein.

Oder Alexander oder Thea. Es ist der größte Horror, den ich mir überhaupt vorstellen könnte, und du sagst, du wärst nur wichtig für mich, wenn du tot wärst?«

»Aber warum sagst du uns das nie?«, fragte sie. Ihre Stimme bekam wieder einen zornigen Unterton. »Du erzählst uns überhaupt nichts. Du bist so oft weg. Und wenn du da bist, dann bist du doch nicht da. Dann bist du mit den Gedanken ganz woanders. Wenn's dich wirklich interessiert, was ich mache und was ich denke, warum fragst du mich dann nicht? Das ist, als ob du in einer anderen Welt leben würdest. Das sagt Mama auch manchmal. Da, wo du bist, das geht uns nichts an. Da sollen wir nichts drüber wissen. Und da, wo wir sind, das geht dich nichts an. Da willst du nichts davon wissen. So ist es doch.«

Bialas seufzte und stützte seinen Kopf in die Hände. Vielleicht hatte sie recht. Es wurde ihm plötzlich klar, dass er kein kleines Kind mehr vor sich hatte. Sie forderte ein, dass er sich mit ihr beschäftigte und auseinandersetzte. Und sie wollte teilhaben an seiner Welt. Vielleicht war es falsch, seine Liebsten immer vor der unbarmherzigen Wirklichkeit fernhalten zu wollen. Es machte ihn in gewisser Weise einsam. Und Svenja brauchte vielleicht gerade die Konfrontation mit den dunklen Seiten des Lebens, um ein realistisches Weltbild zu bekommen.

»Heute Morgen musste ich eine ukrainische Mutter in die Gerichtsmedizin in Tübingen begleiten. Sie musste zwei ihrer Söhne identifizieren.«

»Beide tot?«, fragte Svenja erschrocken.

»Ja. Und ich habe wieder mal zu dem alten Herrn da oben gebetet, der sich so rar macht, dass ich eigentlich nicht an ihn glauben kann: Bitte lass mich niemals in die Situation kommen, dass ich so auf ein totes Kind niederschauen muss. Glaub mir, Svenja, es ist das Schlimmste, was einem passieren kann. Und ich muss mich auch um Drogentote kümmern und ihren Eltern sagen, dass wir ihre Kinder gefunden haben. Bitte, Svenja, lass die Finger von dem Zeug!«, sagte er fast flehentlich.

»Ich rauche nicht. Wirklich nicht, Papa. Auch kein Hasch. Das kannst du mir glauben. Auch wenn ich finde, dass ihr Ellies da einfach übertreibt. Ich finde Alkohol viel schlimmer, und den bekommt jedes Kind an jeder Ecke. Ich trinke mal ein Bier. Aber sonst nichts. Sind die zwei Jungs von der Frau an Drogen gestorben?«

»Nein«, sagte Bialas. »Der eine starb an Tuberkulose. Den anderen haben wir erschlagen auf einer Baustelle gefunden.«

»Wisst ihr schon, wer das getan hat?«

»Nein. Wir wissen nur, dass die beiden von einer Schleuserbande nach Deutschland gebracht worden sind. Hier mussten sie dann auf Baustellen arbeiten, fast wie Sklaven. Der Jüngere war schon krank, als er hierherkam. Warum der Zweite sterben musste, wissen wir noch nicht.«

»Siehst du Papa, dieser Scheißkapitalismus! Das ist es! Da sind wir dagegen, wir Punks! Weil's immer nur um Kohle geht, ums Ausbeuten von den Leuten. Damit andere rumprotzen können mit dicken Autos und Villen und Jachten und solchem Zeug, das eigentlich keiner braucht! Und deswegen darf's keine Leute geben, die über andere bestimmen dürfen. Und das ist dann die Anarchie!«

Bialas sah seine Tochter an. Es war ihm überhaupt nicht klar gewesen, dass sie sich bereits so intensiv mit gesellschaftspolitischen Fragen auseinandersetzte. Ihre Weltsicht war einfach und naiv. Wenn es nur so simpel wäre, die Probleme der Welt zu lösen, wie sie sich das vorstellte! Doch ihre Geradlinigkeit gefiel ihm.

»Darüber kann man diskutieren«, erwiderte er. »Aber dass du die Schule schwänzt, dass du uns nicht mehr sagst, wenn du weggehst und wo du dann bist, das hat weder etwas mit Kohle noch mit Ausbeutung oder Anarchie zu tun. Das ist nicht in Ordnung, Svenja.«

»Doch hat es etwas mit Anarchie zu tun. Kein Mensch darf über andere bestimmen. Auch ihr nicht über mich!« Sie stand auf und begab sich wieder in Kampfposition. »Und die

Lehrer sind so ungerecht. Sie machen einen Scheißunterricht, und wenn man mal was nicht kapiert, dann tun sie so, als sei man blöd. Oder sie erklären es dir noch mal, und zwar genauso bescheuert wie vorher schon mal. So wie man's gerade schon mal nicht kapiert hat.«

»Setz dich wieder«, forderte er sie auf. Sie folgte widerwillig.

»Wenn Menschen zusammenleben, brauchen sie Regeln, Svenja. Und die müssen so sein, dass keiner – die Arschkarte zieht, um es mal in deiner Sprache auszudrücken. Man muss sich auf andere verlassen können. Und wenn du nicht in die Schule gehst, dann schadet das nicht deinen Lehrern, sondern vor allem dir selbst!«

Sie schmollte und sagte nichts.

»Ich möchte dir einen Vorschlag machen.« Bialas erinnerte sich plötzlich an ein Experiment, von dem Hanna ihm einmal erzählt hatte. »Du hast recht, wir reden zu wenig miteinander. Wir wissen zu wenig vom anderen, was er tut und was er denkt. Lass uns jeden Monat einmal einen Termin vereinbaren. Ganz fest, als wär's für die Arbeit oder die Schule. Da darf dann jeder dem anderen zwanzig Minuten lang sagen, was ihn grade beschäftigt, was ihm am andern nicht gefällt, was er gerne anders haben möchte. Jeder hat zwanzig Minuten. Und keiner darf den andern unterbrechen! Man darf nur zuhören! Wenn man unbedingt etwas zu dem sagen möchte, was der andere gesagt hat, so darf man das erst am nächsten Tag tun. Und wenn es Probleme gibt, dann dürfen an diesem Tag auch Regeln besprochen werden. Auf die muss man sich einigen. Da darf keiner über den Tisch gezogen werden. Und an die müssen sich dann alle halten.«

Svenja dachte nach. Bialas sah förmlich, wie es in ihrem Kopf arbeitete.

»Okay«, sagte sie dann sehr ernsthaft. »Aber wenn du es nicht schaffst, dich wirklich einmal im Monat mit mir zusammenzusetzen, dann brauchst du dich auch nicht wundern, wenn du die Arschkarte ziehst.«

Mittwoch, 20. April 2005

1

Am nächsten Morgen lief alles nach Plan. Früh um halb fünf trafen sie in der Nähe des GVG-Geländes ein, Bialas, Stoevesandt, Nicole Marinescu und Luca. Der lange Armin Kayser war mit seiner Truppe bereits am vereinbarten Treffpunkt. Man sah ihm an, dass er in den letzten Tagen viel gearbeitet hatte. »Wenn ihr so weitermacht mit euren Ermittlungen, dann wird die Finanzkontrolle Schwarzarbeit im zweiten Halbjahr komplett ausfallen, weil wir unsere Überstunden abfeiern müssen«, sagte er leise und lächelte müde. In der Seitenstraße, in der sie die Autos abstellten, wurden sie von Kollegen des Sondereinsatzkommandos bereits erwartet. Einer verteilte Überschuhe aus dünnem Filz, so dass sie sich wie auf Socken zum eigentlichen Ort des Einsatzes auf den Weg machen konnten. Sie wurden in eines der oberen Stockwerke des leerstehenden Hauses geführt, wo Wildermuth mit einem Dutzend weiterer Kollegen der Spurensicherung in ihren weißen Overalls, bewaffnet mit Koffern und umgehängten Kameras, bereits wartete.

Das Gebäude lag im Dunkeln. Nur schemenhaft sah man die Kollegen. Bialas konnte erkennen, dass in den Räumen, die zu dem Gelände mit den Baucontainern hin lagen, SEK-Leute an den geöffneten Fenstern standen, die Waffen bereits im Anschlag. In einem der Räume hatte sich das Einsatzkommando der Sondereinheit eingerichtet, zu dem sich nun auch die Soko-Mitglieder gesellten. Die LED-Kopfleuchten der SEK-Leute und die farbigen Kontrolllämpchen von elektronischen Einrichtungen verbreiteten hier schwaches Licht.

Bialas warf einen Blick hinunter auf das observierte Gelände. Es war noch tiefe Nacht, und der wolkenverhangene Himmel trug wenig zur Verbesserung der Sicht bei. Das trübe Licht einer Straßenlaterne beleuchtete spärlich ein paar Ecken des Areals. Schemenhaft konnte man Halden aus Schotter und Stapel mit Baumaterialien sowie die neun Wohncontainer erkennen. Es war schon erstaunlich, wie einsam und verlassen diese Ecke zwischen den Fabrikgebäuden war. Und dies, obwohl das Gelände mitten in der Stadt in unmittelbarer Nähe einer Hauptverkehrsader lag.

Die Soko-Mitglieder, die Zollbeamten und die SEK-Leute hatten sich gerade leise über das Vorgehen verständigt, als unten Leben in die Container kam. In einem nach dem andern ging das Licht an. Eine Tür öffnete sich. Der Mann, der herauskam, zündete sich eine Zigarette an. Für einen Moment konnte man im Licht des Feuerzeugs ein Gesicht erahnen. Dann zeigte nur noch ein Aufglimmen an, wo der Mann stand.

Nach etwa zwanzig Minuten fuhr ein erster Lkw mit planenverdeckter Pritsche vor das Tor des Grundstücks. Der Fahrer stieg aus, schloss das massive Metalltor auf, öffnete die Flügel weit und fuhr den Laster auf das Gelände. Er hatte kaum den Motor wieder abgestellt, als zwei weitere Lkws durch die stille Bellstraße auf das Grundstück rumpelten.

Dann ging alles sehr schnell. Routiniert gab der Einsatzleiter der SEK seine Befehle. Aus dem Nichts tauchten vor dem weit geöffneten Tor etwa zwanzig schwarzgekleidete, behelmte Gestalten mit Waffen im Anschlag auf. Im selben Moment erschienen Dutzende von Klonen auf dem Dach des danebenliegenden Fabrikgebäudes. Dass auch in den Büschen hinter dem Gelände die SEK-Leute ihre Position bezogen hatten, wusste Bialas – sehen konnte man sie nicht. Die Fahrer der Lastkraftwagen ergaben sich widerstandslos. Ebenso die vier oder fünf Bauarbeiter, die unterdessen aus ihren Behausungen gekommen waren. In kaum zehn Minuten hatten die Schwarzen sämtliche Männer aus den Baucontainern getrieben, einige davon noch in der Unterbekleidung. Die Handschellen klickten im Sekundentakt. Keiner der Männer riskierte auch nur die Andeutung einer Gegenwehr. Nach zwanzig Minuten war alles vorbei.

»Sie können jetzt runtergehen«, sagte der SEK-Chef.

»Ihr wisst: Da unten könnte auch ein Tatort sein«, sagte Wildermuth streng. Sein weißer Overall ließ seine dunklen Augen und den schwarzen Schnauzbart noch deutlicher hervorstechen. »Also zertrampelt mir die Spurenlage nicht, wenn ich bitten darf.«

Etwa sechzig Männer zwischen zwanzig und vierzig Jahren, alle recht groß und kräftig gebaut, standen auf dem Hof zwischen Bauschutt und Containern. Das Gelände war nun hell erleuchtetet durch starke Scheinwerfer des Sondereinsatzkommandos. Das grelle Licht machte die Szene nur noch gespenstischer. Die Männer wirkten ausgelaugt und müde, fast apathisch. Stoevesandt trat an sie heran, winkte dann den SEK-Chef zu sich und sagte: »Die Leute müssen sich anziehen können.« Er deutete auf die schlotternden Gestalten in Unterhemden. Mehr als zehn Grad mochte es nicht haben an diesem Morgen, und selbst Bialas spürte die feuchte Kälte durch die Hosenbeine.

»Dann geht aber immer nur einer in den Wagen«, mischte er sich ein, »in Begleitung von mindestens zwei SEK-Kollegen!« Vor seinem geistigen Auge blitzte wieder die Messerklinge in der Luft. Stoevesandt sah ihn verwundert an, nickte dann aber.

Zwei weitere Lastkraftwagen rollten in die Bellstraße. Noch vor der Einfahrt zum Gelände wurden sie von den Schwarzhelmen gestoppt. Hatten die Fahrer der ersten Lkws noch kleinlaut Angaben zur Person und zu ihren Arbeitgebern gemacht, so krakeelten die zwei Nachzügler lauthals durch die morgendliche Dämmerung. »Mir wisset gar nix«, schrie einer der Fahrer. »Mir sollet die Leut abhole, damit mr was schaffe ko!«

»Des isch doch net unser Sach, ob die Sozialabgabe zahlet, und au net die von meim Chef«, pflichtete ihm der andere bei. »Die sind doch bei uns net angestellt.« Beide wollten partout nicht angeben, wer ihr Arbeitgeber war, und lenkten erst ein, als die SEK-Leute mit Handschellen und Untersuchungshaft drohten.

Die Illegalen wurden in Gefangenentransporter verfrachtet, die nun ebenfalls aufgefahren waren. Sie machten keinerlei Anstalten, sich zu widersetzen. Es wurde nur das Nötigste gesprochen. Auch untereinander wechselten die Verhafteten kaum ein Wort. Dass sie russisch oder ukrainisch sprachen, konnte Bialas mittlerweile auch aus den wenigen Brocken heraushören.

Die Mitglieder der Soko und der Spurensicherung hatten den Abtransport schweigend verfolgt. Nun wurden die SEK-Leute zurückgepfiffen. Das Gelände, auf dem es gerade noch vor Festgenommenen und Schwarzhelmen gewimmelt hatte, war blitzschnell leer und wurde den Kriminalisten und den Leuten in den weißen Overalls überlassen.

Stoevesandt, Bialas, Nicole Marinescu und ein für die Tageszeit erstaunlich frischer Luca machten gemeinsam mit Wildermuth einen ersten Rundgang durch die Container und das Gelände. In acht der Wohncontainer sah es in etwa gleich aus. In jedem standen vier Stockbetten für acht Personen. Die Betten waren aus Holzgestellen, wie sie Bialas von früheren Jugendherbergsbesuchen kannte. Auch ihre Größe entsprach diesen Jugendbetten. Sie waren etwa achtzig Zentimeter breit und keine zwei Meter lang. Wie die größeren der Männer hier bequem schlafen sollten, war Bialas ein Rätsel. Die Matratzen waren dünn und ohne Leintücher. Auf den Betten lagen kleine Kissen ohne Überzüge und braune Wolldecken. Bialas machte Wildermuth wortlos auf die Decken aufmerksam. Der nickte nur. Auch ohne das Labor war klar, dass dies die Quelle der braunen Fasern an der Kleidung der beiden Toten war. In manchen Containern gab es einen Tisch. Darauf standen Gläser, Tassen, gefüllte Aschenbecher, leere Bier- und Wodkaflaschen. Die Männer in anderen Wagen mussten auf diesen Luxus verzichten und hatten nur Holzstühle. Auch neben den Betten, in den Ecken oder auf den schmalen Fenstersimsen der verdreckten kleinen Fenster standen leere Flaschen herum. Auf und neben den Betten lagen Kleidungsstücke. Es gab einige Spinde aus Metall. Ihre Zahl hielt sich jedoch in Grenzen. Bestimmt hatte nicht jeder der Arbeiter das Glück, einen Schrank für sich alleine zu haben. Bialas zog die Gummihandschuhe über, die Wildermuth ihm reichte, und öffnete hier und da einen der Spinde. Die systematische Durchsuchung musste der Spurensicherung überlassen bleiben. Von einer Innentür prangte ihm ein nacktes Pin-up-Girl entgegen. Ein anderer Mann hatte an dieser Stelle das Bild einer echten Frau mit zwei kleinen Kindern angebracht, die den Betrachter glücklich anlächelten. In manchen der Spinde herrschte eine unglaubliche Unordnung. In anderen hatte der Besitzer versucht, wenigstens in diesem kleinen Refugium an Privatsphäre etwas Ordnung und Sauberkeit zu wahren.

»Mein Gott«, sagte Nicole Marinescu. »Das ist ja furchtbar. Wissen Sie, an was mich das erinnert? Ich habe mal ein Bild von einem KZ gesehen, da gab es auch solche Betten.« Die junge Frau war sichtlich erschüttert.

»Na, da kann man doch eigentlich nichts mehr gegen die Pension von der guten Frau Weißgerber sagen«, pflichtete Luca bei. »Sie haben das ja nicht gesehen, aber gegen das hier ist das dort die reinste Nobelherberge.«

Der neunte Container war als Gemeinschaftsraum gedacht. Er bot jedoch höchstens dreißig Menschen Raum. Eine einfache Küche mit einer Spüle und ein paar Kochstellen bot theoretisch die Möglichkeit, sich hier eine Kleinigkeit zu kochen. Doch das schmutzige Geschirr, alte Lebensmittelverpackungen und gebrauchte Pappteller stapelten sich so, dass dafür kaum eine Chance bestand. Auch auf dem langen schmalen Tisch standen ungewaschenes Geschirr, Gläser und Flaschen sowie überquellende Aschenbecher. In zwei Kühlschränken fanden sie einige Lebensmittel wie Margarine, Dosenwurst und Marmelade. Vor dem Kantinencontainer war eine Feuerstelle mit einem einfachen Grill. Hinter ihm stapelte sich Abfall, vor allem Lebensmittelverpackungen. Das Licht der SEK-Strahler erreichte diese Ecke zwar nicht mehr. Doch im dämmrigen Licht des beginnenden Tages konnten sie Pizzaverpackungen in unglaublichen Mengen ausmachen.

»Haben die sich nur von Pizza ernährt?«, fragte Luca angesichts von Hunderten von Pappkartons. Alle waren offensichtlich von ein und derselben Pizzeria.

»Da hat einer ein ordentliches Geschäft gemacht«, dachte Bialas laut. »Den sollten wir uns auch mal vornehmen.«

Stoevesandt nickte.

Etwas abseits der Wohncontainer fanden sie fünf Baustellentoiletten von der Art, bei der sich Bialas schon früher gefragt hatte, wie dicke Männer hier ihre Notdurft verrichten sollten. Alle fünf waren furchtbar verdreckt und stanken bestialisch. Daneben fand sich ein kleinerer Bauwagen, in dem ein paar primitive Duschen untergebracht waren. Auch diese Einrichtung hatte unmöglich für sechzig Männer ausreichen können, die täglich auf Baustellen in Erde, Sand und Zement wühlen mussten. Bialas drehte vorsichtig an der primitiven Armatur. Eisig kaltes Wasser tropfte aus dem Duschkopf. Die Männer hatten nach langen Tagen in feuchtkalter Witterung noch nicht einmal die Chance auf eine warme Dusche gehabt.

Stoevesandts Handy klingelte. »Das war Rudolf Kuhnert«, sagte er, nachdem er das Gespräch beendet hatte, und wandte sich an Wildermuth. »Er sagt, dass keiner der Leute bereit ist, Angaben zur Person zu machen. Sie sollen unbedingt nach Dokumenten suchen. Wir brauchen Hinweise auf die Nationalität und Identität.«

»Wenn ihr uns jetzt unsere Arbeit machen lasst, bekommt ihr, was immer wir finden«, erwiderte der und geleitete die Soko-Mitglieder ungeduldig vom Gelände.

2

»Sie wollen nichts sagen. Ich weiß nicht, ähm, was wir da machen sollen.« Ein ziemlich hilfloser Rudolf Kuhnert empfing sie im Polizeigewahrsam beim Präsidium. Kuhnert war, zu seinem Missbehagen, dazu abkommandiert worden, die Festgenommenen in Empfang zu nehmen und gemeinsam mit ein paar Kollegen des Bereitschaftsdienstes deren Personalien aufzunehmen. »Nicht, wie sie heißen, nicht, woher sie kommen, nichts zu den beiden Toten.« Es klang, als würde er sich selbst die Schuld dafür geben. »Nur einer ist dabei, der würde was sagen. Aber der stellt Bedingungen.«

»Welche?«, fragte Stoevesandt.

»Ähm, also er will, dass wir seine Frau hierherholen. Aus der Ukraine. Das war der Einzige, der wenigstens sagte, woher er kommt. Und er sagt etwas von einem Zeugenschutzprogramm, in das er will.« Kuhnert hatte sich das Kassengestell von der fleischigen Nase genommen und putzte die Gläser mit einem Taschentuch. Sein Gesicht mit den blassblauen Augen wirkte unbebrillt noch langweiliger.

»Noch so ein Schlauer, der die Situation für sich nutzen will«, dachte Bialas.

»Noch ein Ferengi!«, sagte Luca.

»Bringt ihn rüber ins Polizeipräsidium«, entschied Stoevesandt spontan. Dann sah er die andern fragend an. »Ich gehe davon aus, dass die Aussage von einem dieser Lagerinsassen für uns durchaus eine größere Relevanz haben könnte.«

Bialas nickte: »Der Mann muss zumindest mit dem älteren Bruder eine Zeit lang zusammengelebt haben. Vielleicht hat er irgendetwas mitbekommen, was uns weiterhilft.«

»Und wenn er den jüngeren auch noch kennt«, warf Luca aufgeregt ein, »dann kommen wir vielleicht endlich zum Abschluss unseres Tbc-Falls, und das Gesundheitsamt geht uns nicht mehr auf den Wecker.« Es verstand sich von selbst, dass auch er mit dem Ukrainer sprechen wollte.

Rudolf Kuhnert und Nicole Marinescu schickte Stoevesandt wieder ins LKA: »Ich will, dass ihr euch um die Scheinfirmen kümmert!«

Kuhnert nickte eifrig. Er war offensichtlich froh, sich wieder einer Materie zuwenden zu können, auf die er sich besser verstand.

3

Der Mann, der eine halbe Stunde später in Bialas' Büro saß, hatte dichtes schwarzes Haar und sah die drei Beamten aus stahlgrauen Augen wild entschlossen an. Stoevesandt hatte Bialas zu verstehen gegeben, dass er die Gespräche führen sollte. Luca hatte schnell ein paar weitere Sitzgelegenheiten besorgt, für sich, den Festgenommenen und den mäusezähnigen Dolmetscher mit der Hornbrille, den sie bereits aus der Vernehmung des Ferengi kannten.

Der ukrainische Bauarbeiter war etwa dreißig Jahre alt. Er gehörte nicht zu den Großen seiner Truppe, hatte jedoch eine kräftige, athletische Gestalt. Er sprach mit fester Stimme, in kurzen Sätzen mit klaren Aussagen.

»Er sagt«, übersetzte der Dolmetscher, »er will der deutschen Polizei helfen. Aber dann muss die deutsche Polizei ihm auch helfen. Die andern Leute sagen nichts, weil sie Angst haben. Er sagt, er weiß, dass die ukrainische Mafia die Leute angeworben hat. Und alle haben zuhause eine Familie. Darum sagen sie auch nichts, weil die Mafia die Familie zuhause bedroht. Er ist bereit auszusagen, wenn seine Frau nach Deutschland kommen kann. Und er will einen Schutz haben. Er sagt, hier gibt es ein Programm zum Schutz von Zeugen. Sonst ist er nicht bereit auszusagen.«

Die drei deutschen Beamten schwiegen. Bialas ging im Geiste die Möglichkeiten durch, die sie hatten, um auf die Forderungen einzugehen.

Der Ukrainer interpretierte das Schweigen der deutschen Polizisten als Ablehnung. Wieder nahm er das Wort auf.

»Er sagt, dass er wirklich helfen will«, folgte den ukrainischen Äußerungen die Übersetzung. »Er will dazu beitragen, dass die Mörder gefasst werden. Er will auch dazu beitragen, dass die Mafia in Deutschland nicht mehr tun kann, was sie will. Er sagt, dass da große Schweinereien passieren. Die machen Geld mit dem Verkauf von Menschen. Er wollte schon lange etwas gegen die Mafia machen. Abhauen und der deutschen Polizei erzählen, was da so passiert. Aber zuhause hat er seine Frau. Sie bekommt ein Baby. Solange seine Frau in Gefahr ist, wird er nichts sagen. Und die Mafia in der Ukraine macht kurzen Prozess. Die haben keine Hemmungen, Menschen zu verletzen oder umzubringen.«

»Kein Ferengi«, stellte Luca lapidar fest. »Ein Bajoraner. Während der cardassianischen Besatzung wurden die mineralischen Ressourcen Bajors rücksichtslos ausgebeutet und die Bevölkerung versklavt. Es bildete sich eine Untergrundbewegung aus Befreiungskämpfern«, erklärte er sachlich den beiden Kollegen.

»Wir brauchen Frenzel«, stellte Bialas fest. Stoevesandt nickte.

4

Nachdem man den Mann wieder in den Polizeigewahrsam gebracht hatte, waren sich Bialas, Stoevesandt und Luca schnell einig: Seine Forderungen mussten erfüllt werden, um an Informationen zu kommen. Der Mann würde sich nicht weichkochen lassen. Seine Frau und das ungeborene Kind mussten in Sicherheit sein. Und inzwischen zweifelte keiner der Soko-Beamten mehr an einer realen Gefahr für die Familienangehörigen von Aussagewilligen. Den Bajoraner ebenso in ein Zeugenschutzprogramm aufzunehmen, wie sie dies bereits dem Ferengi zugesagt hatten, schien das kleinere Problem zu sein. Doch wie bekamen sie dessen Frau so schnell wie möglich nach Deutschland? Wohl nicht über offizielle ukrainische Wege. Die würden Wochen dauern und waren angesichts von Korruption und Verfilzungen nicht sicher.

Sie blieben im Präsidium, um sofort loslegen zu können. Es würde nicht einfach werden, den Wünschen des Bajoraners zu entsprechen. Eine Stunde lang versuchten sie vergeblich, Friedebald Frenzel zu erreichen, der in einer Sitzung festsaß. Schließlich hatten sie den Staatsanwalt an der Strippe, und er versprach, umgehend zu ihnen zu stoßen. Er tauchte gut gelaunt im Präsidium auf, trug den üblichen zerknitterten Anzug und hatte mit einer Krawatte in knalligem Magentarot farblich mal wieder voll danebengegriffen.

»Noch ein Ferengi?«, fragte er.

»Ein Bajoraner«, antwortete Luca ernst.

Einen Moment lang sah Frenzel Luca verdutzt an, dann lachte er: »Aha, ein Freiheitskämpfer!«

Nun war es Bialas, der den Staatsanwalt verblüfft anschaute. Zu der Mischung aus Schelmerei und Seriosität, die der rundliche Mann für ihn verkörperte, passte Science-Fiction überhaupt nicht. »Sie auch ein Star-Trek-Fan?«, wunderte sich Bialas.

»Fan wäre wohl übertrieben. Aber sind wir nicht alle irgendwie Aliens?«, lachte Frenzel.

Dann ließ er sich zu dem ukrainischen Arbeiter bringen, der in einem Vernehmungsraum wartete, hörte sich seine Forderungen noch mal an und klinkte sich in die Versuche der Soko-Mitglieder ein, die richtigen Leute mit den richtigen Infos zu versorgen, um entsprechende Entscheidungen herbeizuführen.

Und dies wurde zäh. Frenzel telefonierte wie besessen hinter Staatsanwälten und Richtern her. Er versuchte in der Generalstaatsanwaltschaft Stuttgart, die Rechtshilfe und Auslieferungssachen bearbeitete, Unterstützung zu bekommen. Doch für die Ausreise von Angehörigen eines Zeugen war offenbar niemand zuständig.

Auch Bialas, Luca und Stoevesandt kamen bei ihren Bemühungen nur mühsam voran. In zig Telefonaten mussten Zuständigkeiten abgeklärt werden. Faxnachrichten und Formulare wurden hin- und hergeschickt. X-mal sagten sie ihr Sprüchlein auf und erklärten die komplizierte Sachlage einem der mehr oder weniger wohlwollenden Entscheider, mal mit mehr, oft auch mit weniger Erfolg.

Während bei dem Ferengi die Aufnahme in ein Opferschutzprogramm relativ glatt gelaufen war, fragten nun die zuständigen Behörden und Richter: »Schon wieder einer?« Den »Bajoraner«, wie sie nun auch diesen mangels eines Namens alle nannten, als Zeugen in einem Mordfall zu deklarieren, war praktisch unmöglich. Dazu hatten sie zu wenig handfeste Hinweise, die auch einen Richter überzeugt hätten. Man musste auch hier auf die Schiene »Schleuserkriminalität und Menschenhandel« gehen. Trotzdem wollte plötzlich keiner die Verantwortung auf sich nehmen. Dabei war Bialas sich sicher, dass der Bajoraner ein wesentlich wichtigerer und zuverlässigerer Zeuge sein würde als der Ferengi. Friedebald Frenzel schimpfte am Telefon wie ein Rohrspatz und ließ sich die Hierarchieleiter hinauf- und hinunterverbinden. Stoevesandt zapfte alte Verbindungen im Bundeskriminalamt an. Bialas erklärte weit mehr als ein Dutzend Mal, warum eine junge ukrainische Frau so schnell wie möglich nach Deutschland gebracht werden musste. Schließlich waren in den Vorgang die Abteilung für Organisierte Kriminalität am LKA, die Gemeinsame Ermittlungsgruppe Schleuser von LKA und Bundesgrenzschutz, die Abteilungen für Ausländerrecht, für Wirtschaftsstrafsachen und illegale Beschäftigung bei der Staatsanwaltschaft Stuttgart, die Dezernate für Rechtshilfe- und Auslieferungssachen bei der Generalstaatsanwaltschaft Stuttgart, die zehnte Strafkammer des Landesgerichts Stuttgart, das Bundeskriminalamt mit zwei Abteilungen, die Zollfahndung, das Innenministerium der Bundesrepublik Deutschland sowie das deutsche Auswärtige Amt in Berlin involviert.

5

Was Bialas fast in den Wahnsinn trieb, waren die ständigen Unterbrechungen. Durch die eigenen Kollegen. Durch Leute, die auftauchten, sich furchtbar aufregten und irgendwelche Forderungen stellten. Er spürte immer mehr, dass ihm die letzten Tage an die Nerven gingen. In der Woche, die hinter ihm lag, hatte er keinen Tag, vom Sonntag einmal abgesehen, weniger als zehn Stunden gearbeitet. Er war dreimal in aller Herrgottsfrühe auf den Beinen gewesen. Er hatte zwei Situationen erlebt, die sehr böse hätte enden können und die ihm noch immer in den Knochen saßen.

Zuerst kam Schwandtner, der Bialas drängte, noch einmal den Vorfall im Hause Weißgerber mit ihm durchzugehen.

»Ihr habt da riesige Widersprüche in euren Aussagen, du und Luca«, insistierte er. »Ich blick da nicht durch. So kann ich das nicht an die Staatsanwaltschaft übergeben. Und überhaupt, das Geschreibsel von Luca, das ist eine Zumutung. ›Die freiheitsentziehende Maßnahme ist erfolgt, weil es sich gemäß Paragraph 164 um die Festnahme von Störern gehandelt hat. In Klammern: Der Mann hat ein Messer unter dem Kopfkissen gehabt.‹ Was ist denn das für eine Aussage? Was ist da eigentlich wirklich passiert?«

Bialas wimmelte ihn ab. Er hatte weder die Zeit noch die Geduld, den Zwischenfall vom Sonntagvormittag noch einmal aufzurollen. Und er wollte keinesfalls, dass die Sache im Beisein von Stoevesandt besprochen wurde und der auch nur ahnte, wie brenzlig die Sache wirklich gewesen war.

Dann kam der schwermütige Gaßmann und wollte die Gunst der Stunde nutzen – wenn der eigentliche Vorgesetzte nun schon mal da war. Umständlich begann er zu erzählen, dass da ein Opa gestorben war, der viel zu vererben hatte, dass seine Familie ihn möglichst schnell einäschern wollte, und dass der Arzt sich nicht sicher war über die Todesursache und er den Fall übertragen bekommen hatte, weil ...

»Was willst du wissen, Rolf?«, fragte Bialas.

»Na, ob eine Obduktion stattfinden soll!«

»Das musst du mit Schwandtner besprechen.«

»Der sagt, wir sollen abschließen.«

»Ja dann ...«

»Ich weiß nicht, Andreas. Die Sache ist irgendwie komisch ...«

»Rolf, ich habe dafür im Augenblick definitiv keine Zeit. Hol dir die entsprechenden Vorschriften und Gesetze raus: ›Im Zweifelsfall wird obduziert.‹ Reib sie Dieter unter die Nase. Und setz dich durch, wenn du denkst, dass es richtig ist!«

Gaßmann trollte sich unglücklich, und Bialas wusste, dass er sich nicht durchsetzen und der Opa unobduziert ins Krematorium wandern würde. Doch er konnte sich beim besten Willen nicht auch darum noch kümmern.

Eine fast angenehme Unterbrechung war für Bialas, dass Franz Kallinger ihn zu sich bat und eine kurze Zusammenfassung des Standes der Ermittlungen wünschte. Bialas nutzte die Aufforderung gern, um in den ganzen Wirren die Fakten auch für sich selbst zu sondieren. Sie hatten einen Toten, der mit einer Gerüststange in der Nacht von Montag, dem 11. April, auf Dienstag, den 12. April, erschlagen worden war. Es handelte sich mit Sicherheit um Serhij Martschenko, 24 Jahre alt, gelernter Schlosser aus dem Bezirk Riwne in der Ukraine. Und mit ebensolcher Sicherheit war er der ältere Bruder von Jewhen Martschenko, den man vor einem Monat am Feuerbacher Tunnel aufgefunden hatte und dessen Todesursache zweifelsfrei eine schwere Tuberkulose war. Serhij Martschenko war mit großer Wahrscheinlichkeit als Schwarzarbeiter auf der Baustelle des neuen Kongress- und Messezentrums auf den Fildern eingesetzt worden. Von wem, war unklar. Mit Sicherheit war er auch an der Stützwand tätig gewesen, zwischen deren Schalungen er aufgefunden worden war, und für die die Firma Rentz Betonbau verantwortlich war. Klar war, dass Serhij und Jewhen Martschenko durch eine Organisation der ukrainischen Mafia angeworben und nach Deutschland geschleust worden waren. So gut wie sicher war auch, dass sie auf dem Gelände der Grundbesitzvermietungs- und -verpachtungs-GmbH & Co. KG in der Bellstraße untergebracht und von dort auf die Baustellen gefahren worden waren. Unbekannt waren nach wie vor Tatort, Tatmotiv und Täter. Und die Tatwaffe fehlte.

Bialas stellte verwundert fest: Die Metzler AG, die bei allen ihren Ermittlungen immer wieder auftauchte und wie ein Schatten über den Dingen lag, spielte in seinen Schilderungen keine Rolle. Der einzige handfeste Hinweis, dass Georg Metzler höchstpersönlich mit der Schwarzarbeit und mit dem Tod der Brüder Martschenko zu tun gehabt hatte, war eine Tonaufzeichnung, die illegal erlangt worden war und über die Bialas noch nicht einmal mit Franz Kallinger sprechen konnte.

Der Chef der Kriminalinspektion 1 lehnte sich mit seiner ganzen Leibesfülle in seinen klobigen Bürosessel zurück, verschränkte die Arme über dem Bauch und hörte Bialas aufmerksam zu. Als dieser geendet hatte, wiegte er den Kopf hin und her und sagte dann:

»Wenn es eine Beziehungstat war, dann kriegt ihr den Täter. Wenn es die ukrainische Mafia war, dann fürchte ich, dass wir den Fall nie abschließen werden.« Für einen Moment hielt er inne, runzelte die Stirn und fuhr sich mit der Hand über die Glatze. »Nur denke ich«, sagte er dann nachdenklich, »dass die Mafia anders getötet hätte. Wahrscheinlich hättet ihr den Leichnam nie gefunden. Wie kommst du mit Stoevesandt zurecht?«

»Wir haben uns zusammengerauft. Er ist in Ordnung«, sagte Bialas und meinte es ernst.

»Du siehst ziemlich fertig aus. Wer übermüdet ist, macht Fehler.«

Bialas lächelte matt. »Wenn wir in den nächsten zwei Tagen keinen Durchbruch erreichen, wird es ohnehin zäh. Dann mache ich am Wochenende blau.«

Er hatte sich schon verabschiedet, als ihm an der Tür zu Franz Kallingers Büro ein Gedanke kam: »Sag mal, Franz, du hast uns angeboten, uns zu helfen, wenn wir Unterstützung brauchen. Wir brauchen Unterstützung. Aber gegen jemanden aus den eigenen Reihen.« Er versuchte, so knapp und prägnant wie möglich die Situation zwischen Gerd Stoevesandt und dessen Vorgesetztem Dr. Winfried Bechtel zu schildern.

Franz Kallinger seufzte, rieb sich die Glatze und dachte einen Moment nach. »Pass auf«, sagte er dann, »wir haben heute Nachmittag eine Sitzung. Mit dem Präsidenten. Ich werde mal mit ihm sprechen. Ich weiß, dass er den Leiter der Abteilung 5 beim LKA ganz gut kennt. Da gehört die gemeinsame ›Ermittlungsgruppe Schleuser‹ doch auch dazu, meine ich. Die beiden waren schon zusammen auf der Polizeihochschule. Und im Polizeisport haben sie auch irgendetwas gemeinsam gemacht. Mal sehen, was ich tun kann.«

6

Bialas ging zurück in sein Büro und widmete sich wieder den Anträgen, die die Ausländerbehörde verlangte, um sich überhaupt damit zu beschäftigen, ob eine namenlose junge Frau aus der Ukraine in Deutschland geduldet werden konnte.

Dann meldete sich der Pförtner. Hier sei ein Mann, der unbedingt mit den ermittelnden Beamten sprechen wolle, die heute Morgen das Gelände der Grundbesitzvermietungs- und -verpachtungs-GmbH inspiziert hätten. Er sei der Geschäftsführer. Man bat ihn herauf.

Er sah aus wie Heinz Erhardt mit moderner Brille. Doch es war ihm keineswegs zum Spaßen zumute. Im Gegenteil. Er regte sich dermaßen auf, dass ihm beständig Schweiß auf die Stirn perlte, den er mit einem überdimensionalen Stofftaschentuch wieder abwischte. Auf den Kärtchen, die er an Frenzel, Stoevesandt und Bialas austeilte, war zu lesen, dass es sich um Heinz Hildebrandt, seines Zeichens Geschäftsführer der GVG Grundbesitzvermietungs- und -verpachtungs-GmbH & Co. KG handelte.

»Was erlauben Sie sich«, echauffierte sich der dickliche Mann, der die richtige Abteilung nicht gleich gefunden hatte und noch völlig außer Atem war. »In meinem Büro war der Zoll und hat bergeweise Unterlagen beschlagnahmt. Wie ein Verbrecher werde ich behandelt. Und diese Aktion da, auf dem Gelände in der Bellstraße, da will ich doch wissen, ob das rechtens war. Soviel ich weiß, muss das von einem Richter genehmigt sein. Und überhaupt sagte der Zollbeamte, so ein langer, da hätten Leute gewohnt. Das kann überhaupt nicht sein. Ich will jetzt sofort Aufklärung, was hier eigentlich läuft!«

»Beruhigen Sie sich erst einmal«, versuchte Bialas die Aufregung des Mannes etwas zu dämpfen. »Möchten Sie einen Kaffee?«, bot er ihm an und war froh, als er ablehnte und Mineralwasser wünschte. Der Mann war ohnehin schon viel zu aufgekratzt.

Frenzel stellte sich vor und bat ihn, sich erst einmal zu setzen. Sie warteten geduldig, bis der kurzatmige Mann ein paar Schluck Wasser getrunken und sich etwas beruhigt hatte.

»Herr Hildebrandt«, begann Stoevesandt und blickte auf die Visitenkarte hinunter. »Sie sind Geschäftsführer der Firma, der das Gelände an der Bellstraße gehört. Ist das richtig?«

»Ja. Aber das haben wir seit Jahren verpachtet. An die Transport und Geräte GmbH. Und die lagert dort Baumaterialien und Baumaschinen. Und ich will jetzt wissen, was Sie dort zu suchen hatten und was Sie da vorgefunden haben.«

»Seit wann haben Sie sich nicht mehr mit dem Grundstück befasst?«, fragte Bialas.

»Wir haben seit Jahren nichts mehr mit der Bellstraße zu tun. Auf dem Areal sollte mal ein Bürokomplex entstehen. Aber dafür hätte man auch dieses alte Wohnhaus gebraucht, das zur Straße hin steht. Nur gibt es da einen Streit unter den Erben, der sich jetzt schon seit Jahren hinzieht. Die hätten alle verkauft. Bis auf einen, der aus irgendwelchen sentimentalen Gründen nicht will, dass man die Bruchbude abreißt. Irgendwann hat mich Herr Metzler gefragt, ob er das Gelände für das Transport- und Geräte-Segment haben kann. Mir war das natürlich recht ...«

»Herr Metzler hat persönlich mit Ihnen über die Nutzung des Grundstücks gesprochen?«, hakte Stoevesandt nach.

»Ja«, bestätigte der Heinz-Erhardt-Verschnitt. »Ich meine sogar, es war auf irgendeiner Jahresversammlung des Konzerns. Er sagte, sie bräuchten Platz für Baumaterialien und eben die Geräte. Insbesondere für die Baustellen in und um Stuttgart. Und schließlich bleibt es ja in der AG.«

»Und Sie haben einen ordentlichen Pachtvertrag mit der ... wie sagten Sie? ... dem anderem Firmensegment, dieser Geräte GmbH geschlossen?«, wollte Frenzel wissen.

»Ich denke schon. Da müsste ich noch mal den Sachbearbeiter fragen, der das damals geregelt hat, was da genau festgelegt wurde. Aber ich möchte nun doch wissen, was mit dem Grundstück los ist!« Der Mann wurde langsam ungehalten.

»Sie wissen also nicht, dass sich auf dem Gelände neun Baucontainer befinden, in denen insgesamt etwa 60 Männer untergebracht waren?«, fragte Bialas. »Alle ohne Aufenthaltsgenehmigung. Außerdem haben wir dort die Lkw-Fahrer zweier deutscher Baufirmen samt Laster vorgefunden, die gerade dabei waren, die Leute auf Baustellen zu karren.«

Bialas beobachtete den Mann genau. Sein Erstaunen schien echt zu sein. Er riss die Augen auf und schnappte nach Luft. Dann zückte er wieder sein Taschentuch und wischte sich die Stirn, obwohl er gar nicht mehr schwitzte.

»Das kann ich mir nicht vorstellen«, sagte der Geschäftsführer bestimmt. »Wie sollen die Container denn da draufgekommen sein? War denn das Tor nicht verschlossen? Vielleicht hat es jemand aufgebrochen.«

Das Telefon auf Bialas' Schreibtisch klingelte. Es war wieder die Pforte. Hier sei der Rechtsanwalt des Mannes, der eben zu ihnen hochwollte und hoffentlich auch angekommen sei. Und überhaupt sollten sie die Leute persönlich an der Pforte abholen, so wie es Vorschrift sei. Bialas seufzte.

»Ihr Anwalt«, informierte er den Geschäftsführer.

»Na prima«, stöhnte Frenzel. Stoevesandt runzelte die Stirn und sagte nichts. Sie wussten alle, dass damit der Informationsfluss versiegen würde.

Bialas ging kurz hinaus und bat eine der Verwaltungsangestellten, den nächsten Gast abzuholen.

»Ich habe gar keinen Rechtsanwalt«, sagte Heinz Hildebrandt unterdessen verwundert. »Ich meine, wir haben natürlich eine Kanzlei, die das Unternehmen in Rechtssachen berät und vertritt. Aber ich habe offen gestanden noch gar nicht mit ihnen gesprochen. Ich musste ja zunächst erst einmal wissen, worum es eigentlich geht. Nicht wahr.« Er schien wirklich verwirrt.

»Das Tor zu dem Grundstück in der Bellstraße war weder aufgebrochen noch unverschlossen, Herr Hildebrandt«, sagte Bialas. Er wollte die wenigen Minuten nutzen, die ihnen noch blieben. Und Hildebrandt war offensichtlich unbedarft und auskunftswillig. »Die Fahrer der Lkws hatten Schlüssel für das Tor. Sie haben dort aufgeschlossen. Haben Sie irgendeine Idee, von wem sie die Schlüssel bekommen haben könnten?«

Der Geschäftsführer schüttelte ungläubig den Kopf: »Ich kann mir das nicht vorstellen. Sie müssten auf jeden Fall einmal mit den Leuten der Transport und Geräte GmbH sprechen. Vielleicht ist dort ja einmal ein Schlüssel verloren gegangen, und irgendwelche Ganoven haben den nachmachen lassen.« Der Mann dachte ernsthaft darüber nach, wie das Vorgefundene zu erklären war. »Fragen Sie doch mal, wann dort das letzte Mal Material eingelagert wurde. Container stehen dort, sagen Sie. Die hätten die Leute von ›Transport und Geräte‹ ja bemerken müssen. Die kann man ja nicht einfach verschwinden lassen. Ich verstehe das alles nicht.«

»Können Sie uns sagen, wer bei dieser Transport- und Geräte-Firma Geschäftsführer ist? Oder verantwortlich für dieses Grundstück?«, fragte Stoevesandt.

»Ja, das ist Gunnar Metzler. Der Sohn vom Chef«, antwortete Hildebrandt bereitwillig. »Aus erster Ehe«, fügte er hinzu.

»Können Sie sich vorstellen, dass der Sohn von Herrn Metzler da irgendetwas organisiert hat, wovon sein Vater nichts weiß?«, wollte Frenzel wissen.

»Gunnar Metzler tut überhaupt nichts, ohne dass sein Vater es weiß.« Hildebrandt war sich sicher. »Wenn der überhaupt etwas tut«, setzte er hinzu. Dann riss er plötzlich die Augen auf: »Sie denken doch nicht etwa, die beiden haben etwas gewusst ... Ich meine, von diesen Containern ... Aber das ist doch absurd. Das wäre ja kriminell!«

»Haben Sie eine Vorstellung, wie oft auf einem solchen Gelände Material oder Geräte bewegt werden?«, fragte Stoevesandt.

»Ich denke, zumindest alle paar ...«

Weiter kam er nicht. Fast zeitgleich mit einem kurzen Klopfen wurde die Tür geöffnet und der Rechtsanwalt trat ein. Bialas überlegte. Er kannte den Mann und konnte ihn doch nicht sofort einordnen.

»Ah, der Herr Dr. Mayer persönlich«, sagte Frenzel säuerlich.

Das Baubüro von Rentz Betonbau auf dem Kongress- und Messegelände! Die vereitelte Befragung des Bauunternehmers Rentz! Nun fiel es Bialas wieder ein.

»Herr Dr. Mayer«, sagte Hildebrandt erstaunt. »Sie hier? Wer hat Sie informiert? Ich hätte Sie demnächst angerufen.«

»Guten Tag, die Herren!« Die ölige Stimme des Rechtsanwalts klang, als wolle er eine Festtagsrede eröffnen. Er war wieder in teuren Zwirn gehüllt. Sein Haar wirkte dieses Mal frisch gewaschen und seine Brille mit dem feinen Goldrand war geputzt. Trotzdem wirkte der Mann konturlos und quallig. »Sie werden doch nicht wirklich eine Vernehmung meines Mandanten vornehmen. Ohne Vorladung und ohne Rechtsbeistand. Heijeijei, Herr Staatsanwalt ... schwere Formfehler, schwere Formfehler.«

»Ihr Mandant hat uns um Informationen gebeten. Und die haben wir ihm gegeben«, erwiderte Frenzel, lehnte sich auf dem Stuhl zurück und verschränkte trotzig die kurzen Arme über dem Bauch. Zum ersten Mal sah Bialas, dass Frenzel auch sehr böse dreinschauen konnte.

»Kommen Sie, Herr Hildebrandt«, forderte der Rechtsanwalt den Geschäftsführer der GVG auf. »Sie müssen hier nichts sagen, und ich denke, wir beide sollten zunächst einmal die Situation besprechen.«

Ein verwirrter Heinz Hildebrandt verabschiedete sich von ihnen und folgte brav seinem Anwalt. Fast gleichzeitig seufzten Frenzel, Bialas und Stoevesandt auf, als die beiden gegangen waren. Aus dieser Quelle war nichts mehr zu holen. Dann hängten sie sich wieder an die Telefone, verschickten E-Mails und Faxe, um in der Sache des Bajoraners voranzukommen.

7

Um die Mittagszeit meldete sich Hanna. Sie hatte einiges erreicht.

»Heute um 16 Uhr haben wir 38 Hunde samt Hundeführern«, sagte sie stolz. »Bis dahin rücken die letzten neun aus Bayern an. Ich habe sie erst mal alle in der Hundeführerstaffel in Mühlhausen untergebracht.«

Stoevesandt sah auf seine Armbanduhr und schätzte die Zeit ab. »Wir brauchen mindestens eine Stunde für die Einsatzbesprechung. Und eine weitere für Transport und Aufstellung am Einsatzort. Das wird für heute zu spät. Können Sie den Einsatz für morgen früh, sagen wir sieben Uhr, organisieren? Heute noch Einsatzbesprechung. Und morgen hätten wir dann genügend Zeit, um gründlich vorzugehen.«

Hanna versprach, alles Notwendige in die Wege zu leiten.

»Und bitte«, sagte Stoevesandt, »wenn es irgendwie geht: Sorgen Sie dafür, dass im LKA nicht zu viele von dieser Aktion Wind bekommen.«

Dass er damit insbesondere seinen Vorgesetzten meinte, war allen klar.

Dann rief Wildermuth an. »Wir haben jetzt das Gröbste geschafft«, sagte er. »Was euch wohl am meisten interessiert: Ich kann mit ziemlich hoher Sicherheit sagen, dass das Bellstraßen-Areal nicht als Tatort in Frage kommt. Zwei Drittel des Geländes sind Lehm, Sand oder Erde. Da hätten wir entsprechend dichte Spuren an der Kleidung des Erschlagenen finden müssen. Den gepflasterten Bereich, auf dem die Container stehen, haben wir Zentimeter für Zentimeter abgesucht. Die Mengen Blut, die da geflossen sein müssen, die kann man nicht so leicht wieder wegkriegen. Das fließt in die Poren und zwischen die Ritzen der Pflastersteine und hinterlässt rostrote Spuren. In den Containern, da bin ich mir am sichersten. Wir haben alles systematisch ausgeleuchtet. Selbst wenn da jemand gründlich geputzt hat – das hätten wir finden müssen.«

Irgendwann rauschte Ekaterina Omeltschenko herein, im Schlepptau Ludmila Martschenko. Die Mutter der beiden Toten sah aus, als wäre sie selbst soeben einer der Kühlfächer in der Tübinger Rechtsmedizin entstiegen. Doch ihre graugrünen Augen glühten wie im Fieber. Sie hatte mitbekommen, dass man die Gefährten ihrer Söhne gefunden hatte, die mit ihnen die letzten Tagen und Wochen verbracht haben mussten. Mit Vehemenz verlangte sie, die Männer zu sprechen.

»Sie will unbedingt mit diesen Leuten reden«, übersetzte Ekaterina Omeltschenko die aufgeregten Worte der Frau. »Sie chaben zum Schluss mit ihren Söhnen gelebt. Sie will wissen, was passiert ist. Sie will wissen, warum niemand ihren Söhne geholfen chat. Ich sie kann gar nicht beruhigen. Bitte lassen Sie Frau Martschenko mit anderen Männern sprechen!«

Nun platzte Bialas der Kragen. Es war ohnehin schon entnervend, wenn drei Leute in dem nicht gerade großen Büro von Bialas und Hanna gleichzeitig telefonierten, zumal Frenzel, was die Lautstärke und das Lachen betraf, sich nicht gerade zurückhielt.

»Wie sollen wir hier arbeiten?«, schimpfte er. »Luca, du schnappst diese beiden Furien und lässt sie auf die Männer drüben los. Nimm einen Dolmetscher mit. Der soll dir sagen, wenn die Leute doch noch etwas rauslassen.«

Ekaterina Omeltschenko, deren Wangen im Eifer des Gefechtes eine rosige Farbe bekommen hatten, sah ihn entgeistert an. »Wir wollen Sie nicht stören. Aber bitte, verstehen Sie. Wir müssen heute Nachmittag zurück nach Berlin. Und ist sehr wichtig für Frau Martschenko, dass sie noch mit den Männern sprechen kann«, sagte sie indigniert. Das Wort »Furie« hatte sie also verstanden.

Bialas und Stoevesandt schoben die beiden samt Luca aus dem Büro. Dann packten sie ihre Unterlagen und flüchteten ins Landeskriminalamt.

8

Etwa eine Stunde lang konnten sie relativ ungestört arbeiten. Es zeichnete sich langsam eine Lösung ab. Die deutsche Botschaft in Kiew würde die junge Frau des Bajoraners aufnehmen, sobald deren Name feststand. Dort wäre sie zunächst einmal sicher. Es fehlte nur noch der letzte Segen des Auswärtigen Amtes in Berlin. Die weiteren Ausreiseformalitäten konnten danach geregelt werden.

Um sechzehn Uhr versammelte sich der harte Kern der Soko im Konferenzraum. Auch Frenzel und Luca waren wieder zu ihnen gestoßen.

Stoevesandt hatte gerade die Punkte aufgeführt, die sie zu besprechen hatten, da wurde die Tür aufgerissen und Bechtel stürzte herein. Er lief schnurstracks auf Stoevesandt zu, stemmte beide Arme in die Seiten, sodass die Schulterstücke seines Anzugs nach oben rutschten. Auch sein gestyltes Haar schien irgendwie verrutscht. Mir hochrotem Kopf fauchte er: »Wie kommen Sie dazu, nun auch noch die Metzler AG in die Sache reinzuziehen? Sie verhaften einfach den Geschäftsführer einer Tochterfirma. Sie verhören ihn ohne Rechtsbeistand. Und Sie machen unverschämte Andeutungen, dass sein Sohn etwas mit diesen Illegalen zu tun haben könnte, die sich da auf das Grundstück geschlichen haben. Das geht zu weit, Herr Stoevesandt, das geht eindeutig zu weit!«

»Ich glaube, dieser Geschäftsführer hat sich selbst verhaftet, Herr Dr. Bechtel«, sagte Frenzel. »Zumindest hat er sich freiwillig gestellt. Er stand nämlich auf einmal in Herrn Bialas' Büro.«

Bechtel sah ihn an, als hätte der Staatsanwalt eine Ungeheuerlichkeit von sich gegeben. »Sie halten sich da raus. Sie ermitteln in einem Todesfall!«, schnauzte er Frenzel an. »Schauen Sie, dass Sie die Aufklärung endlich voranbringen und uns mal einen Tatverdächtigen präsentieren. Und lassen Sie gefälligst die Metzler AG außen vor. Das ist eines der renommiertesten Bauunternehmen der Bundesrepublik. Georg Metzler, das ist eine der hervorragendsten Unternehmerpersönlichkeiten in unserem Lande!« Er wandte sich wieder Stoevesandt zu: »Und Sie behandeln ihn wie einen Schwerverbrecher.« Bechtel deutete nun auf Stoevesandt, als wolle er ihn mit dem Zeigefinger aufspießen: »Sie fahren jetzt sofort nach Karlsruhe. Herr Metzler ist heute etwas länger im Büro. Sie entschuldigen sich bei ihm. Haben Sie gehört? Und er möchte informiert werden, wer sich da auf seinem Grundstück herumgetrieben hat.«

»Herr Doktor Bechtel, die Ermittlungen sind in einer heißen Phase«, versuchte Bialas zu intervenieren. »Wir haben jetzt wirklich nicht die Zeit, in der Gegend herumzufahren und Leute zu informieren. Schon gar nicht, wenn diese Leute, wie Sie ja selbst sagen, gar nichts mit dem Fall zu tun haben.«

Bechtel sah ihn an, als würde er ihn zum ersten Male wahrnehmen. Dann zeigte er mit seinem Finger auf Bialas' Brust, als wollte er sie durchbohren, und befahl: »Sie übernehmen so lange die Leitung dieser Sonderkommission! Und Sie«, er stemmte wieder die Arme in die Seite und wandte sich an Stoevesandt, »Sie fahren jetzt nach Karlsruhe! Sofort! Und wenn Sie sich widersetzen, wird das disziplinarische Folgen für Sie haben. Das schwöre ich Ihnen!«

Dann stürmte er, wie er hereingekommen war, wieder hinaus und schlug die Tür des Konferenzraums hinter sich zu.

Für einen langen Moment herrschte betretene Stille im Raum. Die Borniertheit Bechtels war unfassbar. Sie machte hilflos und zornig. Stoevesandt massierte sich mit beiden Händen die Schläfen, faltete dann die Hände vor sich auf dem Tisch und sah auf sie hinunter. Bialas hatte ihn noch nie so ratlos gesehen.

»Wie können Sie unter so einem Idioten arbeiten?«, fragte Luca laut, was sie alle dachten.

Stoevesandt seufzte: »Normalerweise lässt er uns in Ruhe. Irgendjemand im Wirtschaftsministerium muss ihm im Genick sitzen.«

»Tja, Ihr Chef ist einfach unbestechlich«, sagte Frenzel. »Er nimmt noch nicht einmal Vernunft an, hi, hi, hi. Aber wissen Sie, wie man Chefs am besten irritieren kann? Indem man ihre Anweisungen ausführt. Wissen Sie, ich sitze hier eigentlich nur herum und warte, bis der Herr Richter Sorge seine Sitzung beendet hat und dann endlich meinen Zeugenschutzantrag unterschreibt. So lange kann ich auch mit Ihnen ins schöne Karlsruhe fahren. Was halten Sie davon, wenn ich Sie begleite? Wir könnten ihm ein paar nette Fragen stellen, Ihrem Herrn Metzler.«

Auch Bialas hatte das dringende Bedürfnis, Stoevesandt beizustehen. Die Idee, dass sie – wenn der Besuch sich schon nicht vermeiden ließ – Metzler zu mehreren auf die Pelle rücken würden, gefiel ihm. Und er wollte diesen Mann nun einmal kennenlernen, der permanent durch ihre Ermittlungen geisterte.

»Ich warte eigentlich auch nur noch auf das Okay aus dem Auswärtigen Amt«, sagte er. »Also, wenn nichts dagegen spricht, dann wäre für mich als kommissarischem Leiter dieser Sonderkommission ein Gespräch mit Herrn Metzler auch ganz interessant.«

»Ähm, und ich«, murmelte Rudolf Kuhnert und blätterte in seinen Unterlagen, »ich hätte da noch eine ganze Reihe Fragen. Da könnte uns der Herr Metzler ja behilflich sein und vielleicht gleich die eine oder andere Auskunft geben.« Es klang, als wolle er die Expertise eines Fachmanns einholen.

»Ich komme auch mit«, sagte Nicole Marinescu entschlossen.

»Sie bleiben hier«, erwiderte Stoevesandt prompt und fuhr etwas milder fort: »Bitte seien Sie mir nicht böse, Frau Marinescu. Aber dafür sind Sie mir noch nicht abgeklärt genug. Und wenn Sie das auch vielleicht anders sehen: Es gibt Männer, denen müssen Männer den Marsch blasen. Meine Herren, fahren wir!«

9

Während der Fahrt schwiegen sie lange. Kuhnert, der hinter Bialas saß, raschelte und blätterte in seinen Unterlagen. Frenzel, dem das frühe Aufstehen nicht bekommen war, döste vor sich hin. Stoevesandt saß am Steuer des Wagens. Bialas hing seinen Gedanken nach. Er hatte in seiner bisherigen Laufbahn noch nie Ermittlungen geführt, die ihn so tief in die Welt der Bauwirtschaft geführt hatten. Er wusste, dass es in jedem Beruf und in jeder Branche Halunken und schwarze Schafe gab. Doch was sich ihm in der letzten Woche dargeboten hatte, war ein Sumpf aus dreistem Betrug, illegalen Praktiken und menschenverachtender Ausbeutung, der sich durch sämtliche Großbaustellen zu ziehen schien. Die Wendung ›mafiose Strukturen‹, die Stoevesandt einmal verwendet hatte, kam ihm in den Sinn.

»Was geht hier eigentlich vor, Herr Stoevesandt?«, wandte er sich an den Mann neben sich. »Ist Metzler ein besonders skrupelloses Exemplar von Unternehmer, oder ist es die ganze Branche, in der es gewaltig stinkt?«

Stoevesandt überlegte einen Moment. »Beides«, sagte er dann. »Es stinkt gewaltig in der Branche, und deswegen haben Leute wie Metzler Oberwasser. Die Baubranche ist seit mehr als zehn Jahren in der Krise. Es ist die Branche mit den meisten Insolvenzen. Sie sind doppelt so häufig wie in anderen Wirtschaftszweigen.«

»Wir hatten1994 im Bauhauptgewerbe 2000 Konkursverfahren«, mischte sich von hinten nun Rudolf Kuhnert ein. »1998 waren es schon 3620, und 2002 dann 9160 Insolvenzen.« Der Mann hatte ein phänomenales Zahlengedächtnis.

»In den vergangenen zehn Jahren hat die Branche dreißig Prozent an Umsatz eingebüßt. Es sind Arbeitsplätze verlorengegangen wie in keinem anderen Wirtschaftszweig«, fuhr Stoevesandt fort.

»Genau. 1995, ähm, da hatten wir noch 2,89 Millionen Erwerbstätige im Baugewerbe. 2003, da waren es noch 1,88 Millionen. Nun ja, also rund eine Million weniger«, kommentierte Kuhnert.

»Dieses Jahr wird mit dem Abbau von weiteren zehntausend Arbeitsplätzen gerechnet«, ergänzte Stoevesandt. »Dabei muss man allerdings sagen, dass dies nur die Arbeitskräfte betrifft, die bei deutschen Unternehmen beschäftigt sind. Ein Teil dieser Arbeitsplätze wurde mit Leuten von ausländischen Unternehmen besetzt, oder eben mit Illegalen. Und die tauchen in unseren Statistiken nicht auf. Aber was passiert, wenn eine Branche schrumpft, und es gibt Überkapazitäten? Die Preise verfallen. Seit zehn Jahren konnten keine Preiserhöhungen mehr durchgesetzt werden. Wer heute ein Haus baut, zahlt genauso viel wie vor zehn Jahren. Der Preiskampf im Baugewerbe ist ruinös. Hinzu kommt, dass die öffentliche Hand immer weniger investiert. Leere Kassen. Und schlechte Zahlungsmoral. Wer für Gemeinden oder öffentliche Institutionen arbeitet, der wartet schon mal ein viertel bis ein halbes Jahr auf sein Geld.«

»In den letzten dreißig Jahren haben sich die Nachfragesummen der öffentlichen Hand halbiert. Die genauen Zahlen, ähm also, die kenne ich leider nicht«, Kuhnert schien betroffen, »aber wir wissen ja, dass allerorts gespart werden muss. Es werden heute ja oft noch nicht einmal mehr die maroden Straßen saniert.«

»Diesen Preiskampf halten nur die Unternehmen durch, die es schaffen, irgendwie an den Lohnkosten zu sparen. Die Baumaterialien kosten für alle in etwa gleich. Innovationen oder Rationalisierungen sind heute nur noch in Nischenbereichen möglich. Darüber kann man also auch nicht verdienen. Bleiben eben die Lohnkosten, die immerhin dreißig bis fünfunddreißig Prozent der gesamten Baukosten ausmachen. Ein Bauunternehmen, das nur noch mit eigenen Leuten kalkulieren würde, das könnte heute keinen einzigen Auftrag mehr gewinnen. Sie müssen ausländische Arbeitskräfte einsetzen, weil die festgelegten Mindestlöhne fünfunddreißig bis vierzig Prozent unter dem deutschen Tarif liegen, den sie ihren eigenen Mitarbeitern zahlen müssten.«

»Ähm, nach unseren Berechnungen, na ja, das habe ich Ihnen letzte Woche ja dargestellt ... Nach unseren Berechnungen können Unternehmen noch nicht einmal dann Gewinne machen, wenn sie ausländische Firmen nach den Vorschriften beauftragen. Mit Mindestlohn und Sozialversicherung, meine ich«, ergänzte Kuhnert.

»Tja, und da lohnt es sich, wenn man die Mindestlöhne halbiert und die Sozialabgaben spart.« Auch Frenzel war nun wieder wach. »Sprich: Man setzt Schwarzarbeiter ein.«

»Hinzu kommt natürlich die Öffnung nach Osten«, sagte Stoevesandt. »Gelegenheit macht Diebe. Wir haben dort ein riesiges Potenzial an billigen Arbeitskräften. Im Grunde ist das auch die Globalisierung, die wir hier erleben. In anderen Branchen verlagert man die Produktion in Billiglohnländer. Baustellen kann man leider nicht verlagern, die sind ortsgebunden. Also holt man die billigen Arbeitskräfte eben hierher. Und da kein Mensch die Baustellen wirklich flächendeckend kontrollieren kann, noch nicht einmal Armin Kayser mit seiner hervorragenden Truppe, hat sich, sozusagen im Windschatten der legalen ausländischen Bauunternehmen, ein illegaler Beschäftigungssektor aufgebaut.«

»Ähm, nehmen wir mal Berlin.« Rudolf Kuhnert wurde für seine Verhältnisse richtig lebendig. »Das Bauvolumen ist dort zwischen 1992 und 1995 um vierzig Prozent gestiegen. Sie wissen schon, der Bauboom nach der Wende. Aber die Zahl der sozialversicherten Beschäftigten auf den Baustellen ist fast konstant. Das ist mit einer normalen Produktivitätsentwicklung keinesfalls zu erklären. Wenn man ausrechnet, wie viel Bauvolumen im Bundesdurchschnitt auf einen Beschäftigten am Bau kommt, dann hätte man in Berlin 1996 mehr als hunderttausend sozialversicherungspflichtige Leute auf den Baustellen haben müssen. Es waren aber nur achtunddreißigtausend, also nur ein Drittel.« Kuhnert, alias Mister Data, machte dem Spitznamen, den Luca ihm gegeben hatte, mal wieder alle Ehre.

»Man schätzt«, ergänzte Stoevesandt, »dass in Berlin in den Boomjahren auf jeden Mitarbeiter einer inländischen Baufirma eine Arbeitskraft kam, die für ausländische Firmen gearbeitet hat oder illegal da war. Das Verhältnis von Legalen und Illegalen bei diesen Ausländern wird ebenfalls auf eins zu eins geschätzt. Das heißt, ein Viertel der Leute auf den Berliner Baustellen waren Illegale.«

»Dann ist Metzler nur einer von vielen?«, fragte Bialas.

» Die Metzler AG hat sich trotz der Krise in diesen Jahren von einem mittleren zu einem der ganz großen Unternehmen hochgearbeitet. Aus unternehmerischer Sicht hat Georg Metzler das hervorragend hinbekommen. Er hat seine einzelnen Geschäftsbereiche nach und nach ausgegliedert und in eigene Firmen umgewandelt. Er hat seine Baumaschinen und Lkws in der Transport und Geräte GmbH & Co. KG konzentriert. Er bietet sie dem ganzen Markt an, also auch anderen Baufirmen, die dadurch keinen eigenen

Maschinenpark mehr brauchen, und lastet so seine Gerätschaften besser aus. Genauso macht er es mit seinen Ingenieursleistungen.«

»Vierundzwanzig solcher Tochterunternehmen einschließlich der Repräsentanzen in verschiedenen europäischen Ländern hat die Firmengruppe jetzt«, steuerte Kuhnert bei, »wenn ich nicht eine übersehen habe.« Was Bialas für unwahrscheinlich hielt.

Stoevesandt erläuterte weiter: »Die Metzler AG hat selbst keinen einzigen Bauarbeiter mehr beschäftigt. Sie tritt nur noch als Generalunternehmer und Baudienstleister auf. Metzler hat sich außerdem eine hierarchische Zulieferkette aufgebaut, indem er die finanziellen Probleme von kleineren Unternehmen ausgenutzt hat. Er übernimmt Anteile und gibt über seine Finanzierungsgesellschaft Kredite. Dann verdonnert er alle Abhängigen, seine Maschinen zu nutzen. Genauso macht er es beim Stahlhandel. Alle müssen den Bewehrungsstahl von Makatsch nehmen. Und offensichtlich – und das ist der Unterschied zu anderen Großen – macht er es mit den Arbeitskräften genauso. Er hat die Beschaffung billiger Arbeitskräfte, mit denen er seine ganzen Tochterfirmen und Subunternehmen versorgt, perfektioniert, indem er mit der ukrainischen Mafia zusammenarbeitet. Und hier sind Millionengewinne möglich.«

Bialas erinnerte sich an die Worte von Franz Kallinger, als dieser ihm die Situation der Kollegen in Bereich Wirtschaftskriminalität geschildert hatte. »Und wenn Sie Metzler geknackt haben, dann haben Sie zehn weitere, die es vielleicht nicht ganz so schlimm, aber ähnlich treiben. Ist das nicht ein Kampf gegen Windmühlen?«, fragte er.

Stoevesandt seufzte. »Ich muss Ihnen ehrlich sagen: Wir und die Kollegen vom Zoll können nur das Schlimmste verhindern. So wie in diesem Fall. Diese Versklavung – und anders kann ich es nicht nennen –, die hier mit den Leuten betrieben wird, das ist Gott sei Dank noch die Ausnahme. Und die dürfen wir unter keinen Umständen dulden!«

10

Georg Metzler war ein stattlicher Mann um die fünfzig, der auf den ersten Blick sehr sympathisch wirkte. Er hatte dichtes Haar, das an den Schläfen ergraute. Seine grünbraunen Augen waren von Lachfältchen umgeben. Sein Gesicht hatte die gesunde Bräune eines Menschen, der sich viel an der frischen Luft bewegt. Er war exquisit und doch leger gekleidet. Man sah, dass seine Figur die Tendenz hatte auseinanderzugehen und er viel dagegen tat. Trotz eines leichten Bauchansatzes wirkte er durchtrainiert und fit.

Er empfing sie in seinem Büro, im fünften Stock eines modernen, architektonisch höchst interessanten Gebäudes, das nur nicht so recht in den alten Baubestand der Karlsruher Innenstadt passen wollte. Auch das Büro von Metzler war modern, teuer und geschmackvoll eingerichtet. Im Raum herrschten die Farben Königsblau und Lindgrün vor und gaben ihm eine leichte und doch repräsentative Atmosphäre. Die Seite gegenüber der Tür war vollständig aus Glas und erlaubte einen gigantischen Blick über die klassizistisch geprägte Stadt. Davor stand schräg ein riesiger geschwungener Schreibtisch. Die Stapel mit Unterlagen und Bauzeichnungen, die darauf lagen, erreichten zwar nicht ganz den Chaosfaktor von Bialas' Aktenschwemme. Doch obwohl das Büro an eine Ausstellung für modernes Design erinnerte, war klar, dass hier gearbeitet wurde.

Nur für einen Moment schien Metzler irritiert zu sein, dass statt einem Besucher vier vor ihm standen. Dann begrüßte er sie mit verbindlichem Lächeln und festem Händedruck. Er nahm ihre Visitenkarten entgegen, studierte die Namen und dann die Gesichter, als wolle er sich beides einprägen.

»Was verschafft mir die Ehre, dass Sie sogar zu viert den weiten Weg auf sich genommen haben?«, fragte er und geleitete sie zu einer Sitzecke, wo er sie bat, Platz zu nehmen. »Kaffee, Wasser oder vielleicht sogar schon etwas Gehaltvolleres?«, fragte er, ohne die Antwort auf die erste Frage abzuwarten. Obwohl sie alle ablehnten, bat er die Dame, die sie ins Zimmer geführt hatte, Mineralwasser und Säfte zu bringen.

»Ihr Besuch wurde mir ja avisiert, Herr Stoevesandt«, wandte sich Metzler an den LKA-Beamten. »Was kann ich nun für Sie alle tun?«

Bialas übernahm die Wortführung. Im Foyer der Zentrale des Metzler-Imperiums hatten sie sich kurz abgestimmt. »Wenn ich es richtig sehe«, hatte er Stoevesandt zugeraunt, während sie am Empfang auf ihre Besucherkärtchen warteten, »bin ich im Augenblick Leiter der Sonderkommission. So hat Herr Dr. Bechtel doch entschieden. Na ja, und in dieser Eigenschaft müsste ich Herrn Metzler durchaus ein paar Fragen unsern Fall betreffend stellen. Wobei ich Sie damit natürlich total überrumple.«

Stoevesandt hatte geschmunzelt.

»Herr Metzler«, wandte sich Bialas an den Bauunternehmer, »zunächst möchte ich Ihnen auch im Namen von Herrn Stoevesandt unser Bedauern aussprechen. Darüber, dass wir heute Morgen auf einem Ihrer Grundstücke etwas Unruhe gestiftet haben.«

»Nun ja, es war ja nicht mein persönliches Grundstück. Sonst hätte mir Ihre Aktion sicher weniger gefallen«, lächelte Metzler. »Aber ich weiß, Sie haben Ihre Pflichten. Es war wohl ein Grundstück der GVG, wenn ich richtig informiert wurde. Was war los dort? Erzählen Sie mal.«

»Dieses Grundstück ist seit einigen Jahren an die Transport und Geräte GmbH verpachtet. Ihr Sohn ist Geschäftsführer dieses Unternehmens, nicht wahr?«

»Das ist er«, erwiderte Metzler entgegenkommend. »Aber wissen Sie, wer nun welches Grundstück vom wem gepachtet hat, das überschaue ich leider wirklich nicht. Schauen Sie …« Er wies auf eine große rechteckige Scheibe aus getöntem Glas, die an der Wand über der Sitzgruppe befestigt war. Mit silbernen Lettern war darauf ein Organigramm eingraviert, das das Metzler-Imperium mit allen seinen Tochterfirmen darstellte.

»Wir sind eine Holding, und unter diesem Dach arbeiten vierundzwanzig Unternehmen. Jedes mit einem andern Schwerpunkt. Natürlich Hand in Hand, wenn dies im Sinne einer effizienten Abwicklung von Projekten sinnvoll ist. Hier zum Beispiel: Die Projektentwicklungs- und Ingenieurbau-GmbH. Sie ist bei uns für die ...«

»Entschuldigen Sie, wenn ich Sie unterbreche, Herr Metzler«, Frenzel hatte sich nach vorne gebeugt und sah den Unternehmer strahlend an. »Das kennen wir schon alles.« Mit seiner drallen Hand malte er Kreise in Richtung des in Glas gravierten Organigramms. »Wir kommen natürlich vorbereitet zu Ihnen. Und Herr Kuhnert hier«, er deutete auf den LKA-Beamten, der ihm schräg gegenübersaß und eine dicke Aktenmappe auf dem Schoß festhielt, »der war so liebenswürdig und hat uns bereits in die Geheimnisse Ihres Reiches eingeweiht. Aber dieses Grundstück, um das es da geht, das haben Sie doch Ihrem Sohn persönlich vermittelt, nicht wahr?«

Für den Bruchteil einer Sekunde verfinsterte sich Metzlers Blick.

»Da wissen Sie mehr als ich. Bitte, meine Herren, was war dort los? Das möchte ich nun doch gerne wissen.«

Bialas nahm den Faden wieder auf. Er bemühte sich um die Ruhe und Sachlichkeit, die in Vernehmungen seine Stärke waren: »Herr Metzler, Sie wissen, dass wir im Falle eines Todes durch Gewalteinwirkung ermitteln?«

»Ich habe davon gehört. Ein Mord, nicht wahr? Auf der Baustelle des neuen Messezentrums.«

»Ob es Mord oder Totschlag war, wissen wir noch nicht. Sicher ist aber, dass der Erschlagene zuletzt auf dem Gelände der GVG gelebt hat, das die Firma Ihres Sohnes gepachtet hat. Dort befinden sich neun Baucontainer. Circa sechzig Männer waren dort untergebracht. Alles Illegale, alles Bauarbeiter.«

»Woher wissen Sie das?«, fragte Metzler. »Woher wollen Sie wissen, dass das Bauarbeiter waren? Woher wollen Sie wissen, dass Ihr Toter dort gelebt hat?«

»Wir haben unsere Methoden, Herr Metzler«, antwortete Bialas. »Die Faktenlage ist eindeutig.«

»Und sie besagt?«, fragte Metzler. »Da würde ich schon gerne etwas Genaueres wissen, wenn ein Unternehmen unserer Gruppe in so etwas hineingezogen wird.«

Bialas hatte den Eindruck, dass Metzler den Spieß herumdrehen und die Polizei verhören wollte. »Wie gesagt, wir haben unsere Methoden. Die Spurensicherung hat eindeutige ...«

»Wem gehören diese Baucontainer? Wissen Sie, wie die auf das Gelände gekommen sind?«, unterbrach ihn Metzler energisch.

»Heute Morgen sind auf dieses Gelände die Lkws von drei Bauunternehmen gefahren.« Bialas war fest entschlossen, sich das Heft nicht aus der Hand nehmen zu lassen. »Die Fahrer hatten vor, die Illegalen, die dort leben, wie jeden Morgen auf eine Ihrer Baustellen zu bringen. Die Fahrer haben alle ausgesagt, in getrennten Vernehmungen durch den Zoll, dass sie die Schlüssel von ihren Vorgesetzten bekommen haben.«

»Welche Schlüssel?«, fragte Metzler.

»Die Schlüssel zum Tor des Grundstücks an der Bellstraße.«

»Die Namen der Fahrer? Welche Unternehmen?«, fragte Metzler und zog einen Block zu sich heran, auf dem ein edler Füllfederhalter lag.

»Vielleicht ist ja Ihr Sohn in der Nähe«, schaltete sich Frenzel freundlich ein, »und kann etwas zur Aufklärung des Sachverhaltes beitragen. Ich habe unten am Eingang gesehen, dass seine Firma ihren Sitz ebenfalls hier im Hause hat. Die Frage ist ja nun wirklich, wie diese drei Fahrer an einen Schlüssel zum Tor des Geländes kommen, das Ihrer Grundbesitzvermietungs- und -verpachtungs-GmbH gehört und vom Unternehmen Ihres Sohnes gepachtet wurde.«

»Tut mir leid, mein Sohn ist derzeit im Ausland«, antwortete Metzler schroff.

»Können Sie uns sagen, wo und wie wir ihn erreichen?« Frenzel zückte einen kleinen Notizblock und einen Stift aus der Innentasche seines Hundert-Euro-Anzugs.

»Ach, wissen Sie« – Metzler bemühte sich wieder um Freundlichkeit – »er ist Ende zwanzig. Da lassen sich Söhne nur noch ungern kontrollieren. Tut mir leid. Aber wenn Sie mir nun freundlicherweise sagen würden, um welche Unternehmen es sich bei den dreien handelt, kann ich Ihnen sicher anderweitig behilflich sein.«

»Ähm, also, das war die Schwarz & Sonntag GmbH«, schaltete sich nun Rudolf Kuhnert ein. Er hatte inzwischen einige Akten- und Papierstapel aus seiner Mappe hervorgekramt. »Sie arbeitet für Sie ja nicht nur beim Kongress- und Messezentrum, sondern auch auf der Wihl-Baustelle an der Königsbau-Passage. Dann haben wir da die Rudolf Kress GmbH & Co. KG, ebenfalls am Kongress- und Messezentrum und zurzeit ja auch bei dem neuen Einkaufszentrum in Waiblingen. Ja und dann, ähm«, Kuhnert kramte in seinen Unterlagen, »der dritte Lkw-Fahrer, das war Eckert Bau. Die waren ja damals auch an dem Neubau der Polizeidirektion in Rottweil beteiligt, nicht wahr. Aber ich habe da auch noch ein paar Fragen zu anderen Dingen. Sehen Sie, der Zoll, ähm, ich meine die Finanzkontrolle Schwarzarbeit, hat sich ja heute Vormittag bei diesen Firmen etwas umgesehen. Ja, und wie gesagt, da haben sich eben ein paar Fragen ergeben, bei denen Sie uns sicher helfen können.«

»Was sind das für Unterstellungen?« Die Freundlichkeit wich zusehends aus Metzlers Stimme und Gesicht. »Sie stellen fest, dass das Grundstück eines meiner Unternehmen von irgendwelchen Kriminellen besetzt und für irgendwelche krummen Machenschaften benutzt wurde. Und Sie haben nichts Besseres zu tun, als mir irgendwelche illegalen Praktiken zu unterstellen?«

»Wie meinen Sie das?«, fragte Frenzel unschuldig. »Herr Kuhnert hat bislang nichts Derartiges gesagt. Was könnten das für illegale Praktiken sein?«

Metzler merkte, dass er gedanklich den einen Schritt voraus war, den ein Unbedarfter nicht denken würde. Er schwieg.

Rudolf Kuhnert hatte unterdessen einige Dokumente aus seinen Unterlagen heraussortiert und legte sie vor Metzler auf den Couchtisch. »Aber vielleicht könnten Sie sich das doch einmal anschauen. Bei allen drei Unternehmen, ähm, bei Eckert Bau, bei Schwarz & Sonntag und bei Kress, wurden Rechnungen für Arbeitsleistungen gefunden, ausgestellt von einer KKC Budowa S.A. in Poznañ, Polen. Nur pauschal – ohne Angaben von Arbeitsstunden. Auch für die Arbeiten auf der Messebaustelle haben Schwartz & Sonntag und Rudolf Kress auf Arbeitsleistungen von dieser Firma zurückgegriffen. Für alle diese Rechnungen gibt es aber keine entsprechenden Anmeldungen bei den Arbeitsämtern und keine Sozialabgaben bei der Sozialkasse Bau. Aber das ist nicht das einzige Problem. Schauen Sie mal, Herr Metzler ...« Beflissen wie ein Buchhalter legte Kuhnert dem Bauunternehmer Kopien von Dokumenten, Blätter mit Listen und Berechnungen hin, die Metzler keines Blickes würdigte.

»Hier, die Wihl-Baustelle, da haben wir beim Rohbau ein Bauvolumen von 2,1 Millionen Euro. Für die eigenen Leute wurde in einem Monat die Summe von etwa 210 000 Euro ausgegeben. Zusätzliche Arbeitskräfte des Subunternehmers, eben dieser KKC Budowa, bekamen lediglich 60 000 Euro in diesem einen Monat. Wenn wir nun einen Stundensatz von 25 Euro annehmen – und das ist das absolute Minimum für ein legales Beschäftigungsverhältnis nach dem Entsendegesetz –«, Mister Data war in seinem Element und rasselte Zahlen und Berechnungen herunter, »... dann würde das heißen, ähm, dass sie nur noch fünfzehn weitere Leute auf der Baustelle gehabt hätten. Also insgesamt etwa 35 Arbeiter für diese ganze Baustelle, auf der sie schätzungsweise 120 Leute brauchen.

Das gleiche Problem haben wir bei Rudolf Kress bei dem Einkaufszentrum in Waiblingen. Hier sind nach meinen Berechnungen nur etwa 25 Arbeiter beschäftigt. Aber man braucht für das Bauvolumen etwa 80 Leute. Hier haben wir nämlich …« Und Rudolf Kuhnert erläuterte aus dem Gedächtnis die Zahlen, Summen und Berechnungen, die auf den Blättern standen, die er zugleich Metzler vor die Nase hielt. Er referierte seine Daten umständlich und monoton wie bei der Konstituierung der Sonderkommission vor einer Woche. Und auch jetzt verstand Bialas nicht wirklich, wie die Berechnungen zustandekamen. Doch was er sehr wohl verstand, war, dass die LKA-Beamten und die Zoll-Leute von der Finanzkontrolle Schwarzarbeit im Laufe des Tages ein Mammutwerk vollbracht hatten. Und er verstand im Gegensatz zu ihrer ersten Soko-Sitzung, dass diese Zahlen es in sich hatten.

Auch Metzler verstand das. Bialas beobachtete die Metamorphose im Gesicht des Bauunternehmers. Seine Augen hatten sich zu Schlitzen verengt, aus denen er den LKA-Beamten kalt ansah. Die Lippen waren zu Strichen zusammengepresst. Die Muskulatur um seine Kiefergelenke trat deutlich hervor und arbeitete.

»Das gleiche Problem ergibt sich beim Giebeler Einkaufszentrum, an dem ebenfalls die Rudolf Kress GmbH gearbeitet hat«, fuhr Kuhnert unbeirrt fort. Beflissen legte er Metzler Abrechnungen unter die Nase.

»Und warum erzählen Sie mir das?«, unterbrach Metzler ungehalten.

»Kennen Sie die Namen Vadim Kamarenko und Marek Dubinski?«, fragte Stoevesandt überraschend.

»Nein!«, kam die schnelle Antwort von Metzler, und dann: »Oder sprechen Sie von meinem Golfpartner? Wir benutzen in der Regel nur die Vornamen. So, und nun ist Schluss mit diesem Theater. Sie verschwenden meine Zeit.« Er wollte sich erheben. Doch Kuhnert legte ihm eifrig weitere Unterlagen vor. »Aber Ihre Geschäftsführer, die kennen

Sie doch, ich meine, die von Ihren Unternehmen in der Holding?«, fragte er.

Einen Moment schien Metzler zu überlegen, in welche Falle er tappen könnte: »In der Regel schon«, sagte er dann.

Rudolf Kuhnert blieb stoisch und untertänig, als würde er von Metzler für seine Dienste bezahlt. Dabei war Bialas mittlerweile vollkommen klar, dass der LKA-Mann genau wusste, was er mit seinen Fakten und seiner Erbsenzählerei bewirkte. »Marek Dubinski war von Mai 2000 bis Juni 2001 Geschäftsführer Ihrer Niederlassung, ähm, ich meine der Metzler AG in Polen. Bis letzten Freitag war er, eben dieser Marek Dubinski, Geschäftsführer der KKC Budowa. Sie wurde letzten Freitag aufgelöst. Beim Giebeler-Bau, ähm, da war diese Firma ›Tehnoconstructia‹ aus Bukarest als Subunternehmen beteiligt. Auch hier war Marek Dubinski der Geschäftsführer. Das Unternehmen gibt es in der Zwischenzeit auch nicht mehr. Und in Rottweil bei der neuen Polizeidirektion, da hatten Sie Eckert Bau mit dem Rohbau beauftragt. Das wissen Sie ja sicher noch. Da war die HTG Haus- & Tiefbaugesellschaft mbH aus Frankfurt/Oder beteiligt. Auch hier war wieder Marek Dubinski der Geschäftsführer. Sie erinnern sich sicher noch. Man hat dort bei einer Kontrolle ja zwanzig Illegale aufgegriffen. Die Leute hatten kein Geld, um ihre Unterkunft zu bezahlen, weil sie zwei Monate lang keinen Lohn mehr bekommen hatten. Die Firma HTG wurde kurz darauf ebenfalls aufgelöst.«

»Schluss jetzt!« Metzler schlug mit der flachen Hand auf die Papiere vor ihm. »Was fällt Ihnen ein!« Er stand auf, ging zur Tür und öffnete sie. »Bitte, meine Herren. Das Gespräch ist beendet. Sie überschreiten Ihre Kompetenzen, und ich werde mit meinem Anwalt besprechen, welche Schritte wir gegen Sie einleiten.«

Die vier Beamten erhoben sich. Kuhnert packte eilig seine Unterlagen in die Mappe. Schweigend begaben sie sich zum Ausgang des Büros.

»Tut mir leid, falls meine Kollegen etwas Falsches gesagt haben sollten«, sagte Stoevesandt an der Tür kühl zu Metzler.

»Das wird Konsequenzen haben«, sagte Metzler leise. »Ernsthafte Konsequenzen. Herr … Steuvesandt.«

Stoevesandt zeigte keinerlei Reaktion, wie Bialas bemerkte. Er wusste, dass die meisten Menschen es als Affront empfanden, wenn ihre Namen verballhornt wurden, zumal, wenn es so offensichtlich bewusst geschah wie eben bei Metzler.

Doch Frenzel begann zu lachen: »Na, da werden Sie ja dann mal richtig den Rauch reinlassen, Herr, äh ... Metzger. So den Zigarettenrauch, meine ich. Da wird sich der Herr Steuvesandt aber freuen, ha, ha, ha!«

»Und wie war Ihr Name gleich noch mal?«, fragte Metzler den lachenden Staatsanwalt und sah ihn aus schmalen Augenschlitzen eiskalt an.

»Ach, wissen Sie«, antwortete der rundliche Staatsanwalt fröhlich, »Namen sind ja auch nur Schall und Rauch. Ich bin nur ein kleiner Staatsanwalt in der Abteilung für Kapitaldelikte der Staatsanwaltschaft Stuttgart. Und wenn Sie dann mal selbst einen umbringen, ich meine, Sie persönlich, dann werden Sie meinen Namen nicht mehr so schnell vergessen.« Und Friedebald Frenzel lachte, wie nur Friedebald Frenzel lachen konnte.

Man sprach nur wenig auf der Rückfahrt.

Stoevesandt fragte irgendwann: »Hat uns das nun irgendetwas gebracht? Oder hat es uns vielleicht sogar geschadet?«

Der Gedanke war auch Bialas schon durch den Kopf gegangen.

»Das glaube ich nicht, dass uns das geschadet hat«, sagte Rudolf Kuhnert. »Die Fakten sind alle klar. Da kann er nichts mehr verschleiern. Er könnte nur den Kontakt zu Marek Dubinski für eine Weile auf Eis legen. Aber dann haben seine Subunternehmen auch keine Belege mehr dafür, dass die ihrerseits die Unternehmen bezahlen, die die Leute für die Bewehrungsarbeiten stellen.«

»Auf jeden Fall haben wir ihn mordsmäßig geärgert«, sagte Friedebald Frenzel zufrieden, »und das hat mordsmäßig Spaß gemacht.« Der Staatsanwalt freute sich, als ob es nichts Lustigeres gäbe, als hervorragende Unternehmerpersönlichkeiten zu ärgern.

11

Kurz vor dem Leonberger Dreieck rief Luca an und teilte ihnen mit, dass eine Tatjana Ostrowskaja vor einer Stunde mit zwei großen Koffern in der deutschen Botschaft in Kiew eingetroffen war. Der Bajoraner hatte fast die ganze Stunde mit ihr telefoniert und war nun aussagebereit.

»Bringen Sie ihn ins LKA«, wies Stoevesandt Luca an.

So wartete der Mann bereits in einem der Vernehmungsräume, als die vier gegen Abend wieder im Landeskriminalamt eintrafen. Kuhnert entschuldigte sich. Er wollte zurück zu seinen Zahlen und Baustellendaten. So führten Stoevesandt, Bialas und Frenzel das Gespräch.

Michail Ostrowskij, wie der Mann nun hieß, erhob sich, als die drei den Raum betraten. Bialas hatte fast den Eindruck, als hätte der Mann sich, um den Anlass würdig zu begehen, geduscht und das schwarze Haar gewaschen. Er sah ihnen aus seinen stahlgrauen Augen geradewegs ins Gesicht und reichte jedem die Hand. Gedolmetscht wurde diesmal von einer älteren Frau, die Deutsch eindeutig mit sächsischem Einschlag sprach und mit Sicherheit auch schon zu DDR-Zeiten übersetzt hatte, und zwar simultan. Auch jetzt übersetzte sie absolut professionell, sodass man fast das Gefühl hatte, direkt mit dem Mann zu sprechen.

Stoevesandt hatte Bialas gebeten, die Wortführung zu übernehmen. Der fragte zunächst die wichtigsten Personalien ab. Dann bat er den Mann zu erzählen, auf welchem Weg er nach Deutschland gekommen war. Michail Ostrowskij erwies sich als guter Beobachter und schilderte knapp und präzise seine Erlebnisse.

Die Geschichte seiner Anwerbung durch Schleuserbanden glich der des Ferengi in weiten Teilen. Nur dass, kurz bevor Michail Ostrowskij im Herbst des Vorjahres die polnisch-deutsche Grenze hatte passieren sollen, das deutsche Außenministerium den sogenannten Reisefreiheit-Erlass aufgehoben und seine Botschaft in der Ukraine angewiesen hatte, restriktiv mit der Vergabe von Visa umzugehen. Die Schleuser mussten sich also auf die Schnelle etwas Neues einfallen lassen. So wurden die Einreisewilligen mit den Bussen auf Schotterwegen durch waldreiche Gebiete so nahe wie möglich an die Neiße gefahren. Dann ging es zu Fuß durch den Fluss. Wasser und Luft waren noch relativ warm. Sie zogen Schuhe und Strümpfe aus, die Männer auch ihre Hosen. Sie hielten ihre Habseligkeiten über die Köpfe und passierten an einer seichten Stelle die Grenze. »Da waren Soldaten, auf der polnischen Seite«, schilderte Michail Ostrowskij. »Da bin ich sicher, auch wenn es dunkel war. Links und rechts von uns, im Gebüsch. Ich bin überzeugt, die haben sie bestochen. Damit sie Bescheid geben, wenn die deutschen Grenzer auftauchen. Und damit sie kontrollieren können, dass wir auch alle den Weg hinüber finden.«

Nach einem längeren Fußmarsch kamen sie schließlich wieder zu einem Schotterweg im Wald, auf dem Busse standen, dieses Mal mit deutschen Kennzeichen. Eine Gruppe von Männern erwartete sie. Ein großer schlaksiger Pole begrüßte jeden Einzelnen von ihnen mit Handschlag und einem freudigen Lachen, als hätten sie eine Heldentat vollbracht. Dann teilte er sie auf die drei Busse auf, in einen nur die Frauen, die Männer in die andern beiden. Der Bus von Michail fuhr in den Süden. Er fuhr verschiedene Stationen an. Michail Ostrowskij landete auf dem Gelände der GVG, und damit war ihm schnell klar, dass er in die Fänge von Menschenhändlern geraten war.

»Der Mann, der Sie nach der Überquerung der Grenze begrüßt hat«, schaltete sich Stoevesandt ein, »haben Sie zufällig gehört, wie er hieß? Oder könnten Sie ihn beschreiben?«

Die andern nannten ihn »Dubi«, wusste Ostrowskij noch. Er erinnerte sich daran, weil der Name ihn an »dub«, das russische Wort für Eiche, erinnerte und diese Assoziation so gar nicht zu dem schlaksigen und ungelenken Typ passen wollte. Er war sich sicher, dass er den Mann identifizieren konnte, wenn er ihn wieder sehen würde.

»Die Brüder Martschenko«, setzte Bialas die Befragung fort, »wann und wo haben Sie sie kennengelernt?«

»Sie kamen einen Monat nach mir, auch direkt aus der Ukraine. Sie waren noch richtig euphorisch. Ich hatte da schon jede Illusion verloren. Bevor sie kamen, war ich auf einer Baustelle in einer andern Stadt eingesetzt. Das nehme ich zumindest an. Sie haben uns ja immer auf Lkws mit dichten Verschlägen geladen. Wir haben nicht viel von der Gegend gesehen. Aber wir fuhren etwa eine halbe Stunde auf einer Autobahn dorthin. Kurz bevor Serhij und Jewhen und mit ihnen noch mal ein Dutzend Männer dazukamen, wurden in unserem Gulag – so haben wir das Lager genannt – noch mal zwei Container aufgestellt. Die neuen Leute und ein paar von uns, die schon länger da waren, kamen dann auf diese riesige Baustelle direkt zwischen Autobahn und Flughafen. Wir haben dort gearbeitet bis zum letzten Mittwoch. Dann wurden wir auf andere Baustellen verteilt. Obwohl dort noch viel zu tun gewesen wäre.«

»Jewhen Martschenko muss irgendwann einmal verschwunden sein. Haben Sie davon etwas mitbekommen?«, fragte Bialas.

Michail Ostrowskij nickte ernst: »Am Anfang ging es ihm noch gut. Die beiden wollten Bäume ausreißen. Doch dann fühlte der Junge sich immer schlechter. Ich denke auch, weil wir nie richtig einheizen oder warm baden konnten. Wir haben uns Wasser heiß gemacht und in Plastikschüsseln gegossen und uns damit notdürftig gewaschen. Und das Essen war nicht gut. Keine frischen Sachen, keine Vitamine. Er hat zuerst nur gehustet. Dann kamen die Kopfschmerzen dazu. Er hat sich erbrochen und wurde immer schwächer. Und schließlich hat er Blut gespuckt. Wir wussten alle, was los war. Und viele wollten, dass die Brüder verschwinden. Sie wollten sich nicht anstecken.

Serhij war vollkommen verzweifelt. Ich habe mich gut mit ihm verstanden. Er war ein feiner Kerl.« Ostrowskij hielt einen Moment inne und sah mit traurigem Blick in eine unendliche Ferne. Dann kam er in die Gegenwart zurück. »Serhij hatte ein schlechtes Gewissen, weil er den jüngeren Bruder wohl dazu überredet hatte, mit ihm zu kommen. Er ist losgezogen und hat versucht, Medikamente aufzutreiben, und manchmal hat er es auch geschafft. Aber eben nur Schmerz- oder Fiebermittel – keine richtigen Medikamente gegen die Tuberkulose.«

»Konnten Sie das Gelände denn verlassen?«, fragte Bialas.

»Klar. So hoch ist das Tor nicht. Mit etwas Geschick und mit ein paar Steinen als Postament, da kam jeder drüber.«

»Trotzdem ist niemand abgehauen?«, wunderte sich Bialas.

»Wohin denn? Ohne Papiere. Die haben sie uns ja abgenommen. Ohne Aufenthaltsgenehmigung. Und vor allem ohne Geld. Sie haben uns gerade mal ein paar Euro gegeben, so dass man sich Zigaretten und den billigen Wodka kaufen konnte, den sie uns gebracht haben. Sie haben den Leuten eingebläut, dass Illegale hier für Jahre ins Gefängnis wandern. Ich habe das nie geglaubt. Man hätte uns eben abgeschoben. Aber da war immer noch die Familie. Jeder hatte jemanden, um den er Angst hatte. Und dass diese Verbrecher Ernst machen würden mit ihren Drohungen, daran habe auch ich nicht gezweifelt.«

»Wie ging es weiter mit den Martschenko-Brüdern?«

»Serhij hat irgendwann einmal gesagt, dass er einen Arzt besorgen würde. Wir haben auf der Baustelle am Flughafen für verschiedene deutsche Firmen gearbeitet. Die meisten haben uns behandelt wie den letzten Dreck. Sie haben darauf geachtet, dass wir nicht mit anderen Bauarbeitern in Kontakt kamen. Nur die Vorarbeiter haben uns gezeigt, was wir machen sollten und uns zusammengestaucht, wenn's nicht schnell genug ging. Da war aber eine Firma, da waren die Leute in Ordnung. Der Chef hat selbst angepackt, wenn Not am Mann war. Und er hat uns fair behandelt, einfach wie Menschen.« Ostrowskij klang bitter. »Ich glaube, zu ihm ist Serhij gegangen und hat ihn um Hilfe gebeten. Er war voller Hoffnung, weil der Mann ihm versprochen hatte, sich um einen Arzt zu kümmern.«

»Wie war der Name dieser Firma? Können Sie sich daran noch erinnern?«, fragte Stoevesandt.

»Manche deutschen Namen klingen für uns sehr fremd. Es war so etwas wie ›Rez‹.«

»Rentz?«, fragte Bialas.

Ostrowskij nickte. »Ja genau, so hieß die Firma und der Chef.«

»Hatten Sie oder Serhij auch mit dem Vorarbeiter der Firma Rentz zu tun?«, fragte Bialas.

»Mit dem großen Mann mit den buschigen Augenbrauen? Zuerst dachte ich, er sei wie die andern – ein Sklaventreiber. Ein Raubein war er, ja – aber er war in Ordnung. Er hat sogar selbst mitgeholfen, die Eisen zu verdrahten, wenn es schnell gehen musste. Und er hat manchmal dafür gesorgt, dass wir etwas Warmes zu essen bekamen. Ich glaube, er und der Chef hatten selbst einen Sklaventreiber, der ihnen das Leben schwergemacht hat.«

»Sieh mal einer an«, schaltete sich Friedebald Frenzel ein. »Hat Herr Ergenzinger nicht bestritten, den Toten jemals gesehen zu haben? Und wenn ich mich recht an die Protokolle von Frau Stankowski und Frau Marinescu erinnere – die haben Herrn Rentz doch noch mal befragt, ohne diesen Metzler-Anwalt –, dann hat er ausgesagt, dass er selbst nie Eisenflechter von Subunternehmen eingesetzt hat.«

Bialas nickte. Genau die gleichen Überlegungen waren ihm soeben durch den Kopf gegangen. Dann nahm er den Faden wieder auf:

»Aber offenbar hat das nicht geklappt mit dem Arzt?«, fragte er.

Michail Ostrowskij schüttelte den Kopf. »Ich weiß nicht genau, was passiert ist. Aber ein paar Tage später waren diese Schläger wieder im Lager. Üble Typen, Russlanddeutsche, glaube ich. Sie haben mal einen von uns zusammengeschlagen, weil er sich beschwerte, dass seine Familie kein Geld bekam, wie sie es uns in der Ukraine ja versprochen hatten. Er konnte eine Woche lang nicht arbeiten.

Ich war an diesem Tag in einem anderen Bereich der Baustelle eingesetzt als Serhij und Jewhen. Unser Trupp war etwas früher fertig als ihrer. Und so kamen wir vor ihnen im Lager an. Die beiden Schlägertypen fragten nach Jewhen. Und da war mir klar, dass das nichts Gutes bedeuten konnte. Es war kalt an diesem Tag. Die beiden warteten im Versorgungscontainer. Ich bin raus, über das Tor, und habe auf den Lkw gewartet, mit dem die beiden kommen würden. Als der Laster vor dem Tor hielt, habe ich sie runtergeholt und ihnen gesagt, sie sollten verduften. Ich bin mir absolut sicher – sie hätten ihm gesagt, dass sie ihn zum Arzt bringen, und ihn dann umgebracht.«

Der Mann schwieg einen Moment. Die grauen Augen sahen wieder in eine weite Ferne, in der das Geschehen im Geiste nochmals abzulaufen schien. Bitterkeit und Zorn lagen in diesem Blick.

»Serhij kam am nächsten Morgen zurück und sagte, dass er ein Plätzchen für Jewhen gefunden hätte, an dem er fürs Erste bleiben konnte«, setzte Ostrowskij seine Schilderung fort. »Drei Nächte lang verschwand er, um sich um den Bruder zu kümmern, und er versuchte, Medikamente aufzutreiben. Tagsüber war er zum Umfallen müde und schuftete trotzdem wie ein Tier. Zum Glück kamen die Russlanddeutschen nicht mehr wieder und die andern hielten alle dicht. Dann sagte Serhij mir, dass er nun einen Entschluss gefasst hätte. Ich musste ihm versprechen, zu schweigen wie ein Grab. Man würde Jewhen in einem deutschen Gefängnis nicht sterben lassen, sagte er. Und er selbst würde das auch überleben. Er wollte sich stellen, damit er für den Bruder einen Arzt besorgen konnte.

Aber am nächsten Morgen kam er doch zurück. Er sprach den ganzen Tag kein Wort. Er arbeitete wie ein Besessener, und dabei liefen ihm die Tränen über das Gesicht. Ich wusste, was passiert war.«

Wieder hüllte sich der Ukrainer in ein düsteres Schweigen. Keiner der Beamten wagte, seine Gedanken zu unterbrechen.

»Etwa einen Monat lang arbeitete Serhij weiter wie gehabt«, fuhr Ostrowskij nach längerer Pause fort. »Aber er war nicht mehr derselbe Mann. Zuvor hat er noch geschimpft und sich aufgeregt über den Betrug, und manchmal hat er sogar gelacht. Jetzt war er in sich gekehrt, hat nur noch das Notwendigste gesprochen, und wenn wir nicht arbeiten mussten, hat er meistens nur finster vor sich hingebrütet.

Vor etwa zehn Tagen dann, da sprach er mich an. Er sagte, dass er abhauen würde. Dass er es nicht mehr aushält. Er fragte mich, ob ich mitkommen wollte. Er wüsste nun, wie er sich Geld besorgen könnte, und vielleicht sogar Papiere. Auf jeden Fall wollte er raus aus Deutschland, und wenn er wieder zu Fuß über die Grenze gehen musste. Seine Familie – bei ihm war es die Mutter und ein Bruder, die diese Verbrecher als Geisel hatten – wollte er warnen, so dass sie abhauen konnten, zu irgendwelchen Verwandten in Kasachstan.

Ich habe es mir wirklich überlegt, mit ihm zu gehen. Aber ich konnte nicht. Tatjana und das Baby ... Wir haben beide niemanden mehr, bei dem wir Unterschlupf finden könnten.

Als er am Montagabend dann nicht auf den Laster stieg und auch am Dienstag nicht zur Arbeit erschien, da dachte ich zuerst, er hätte seine Pläne wahrgemacht. Ich habe ihm gewünscht, dass er es schafft. Ich habe ihm die Daumen gedrückt und ihn fast ein bisschen beneidet.

Aber dann haben sie uns, kaum dass wir auf der Baustelle angekommen waren, wieder auf die Laster geschickt und zurück ins Lager gefahren. Wir haben gerade noch mitbekommen, dass die Polizei aufs Gelände fuhr. Am nächsten Tag wurden wir in einem Areal weit weg von der Stützmauer eingesetzt. Trotzdem haben wir gehört, von serbischen Arbeitern, dass es am Vortag einen Toten gegeben hatte, wahrscheinlich durch einen Unfall.

Ich habe wirklich gehofft, die ganzen Tage, dass es bei Serhij gut gelaufen war und der Tote irgendein anderer wäre. Heute Morgen war mir dann klar, dass er es doch nicht geschafft hat.« Michail Ostrowskij hatte nun Tränen in den Augen.

12

»Ich habe einen Mordskohldampf. Und ich brauche ein riesengroßes Bier.« Luca unterstrich seine Worte mit einer ausladenden Gestik. »Was ist, Andreas, kommst du noch mit?«

Bialas fühlte sich völlig ausgelaugt. Der lange Tag hatte ihm sämtliche Energien aus dem Leib gesogen. Sein Kopf kam ihm vor wie ein dunkler schwarzer Tunnel. Zugleich spürte er jedoch eine Anspannung und Unruhe in sich, die sich nicht so schnell verflüchtigen würde. Vor allem das Gespräch mit Michail Ostrowskij hatte ihn aufgewühlt. Auch er hatte Hunger und den ganzen Tag noch nichts Warmes gegessen, und ob Thea etwas für ihn bereithielt, war ungewiss.

Stoevesandt hatte nur noch eine Fünf-Minuten-Sitzung einberufen, um das Allerwichtigste zu besprechen. Er rieb sich die Schläfen und sagte mit müder Stimme: »Ich glaube, wir sollten die Konsequenzen aus dem, was wir heute erfahren haben, morgen besprechen, nach dem Einsatz der Hunde. Ich bin offen gestanden heute Abend nicht mehr in der Lage, noch einen vernünftigen Gedanken zu fassen.«

Für Bialas war klar, dass man Ergenzinger und Rentz mit den Aussagen des Ukrainers konfrontieren musste. Das gehörte zum Einmaleins seines Jobs, sodass er diese Schlussfolgerungen wohl noch im Schlaf hätte ziehen können. Doch zu mehr war auch er nicht mehr imstande.

Ein großes Bier und ein warmes Essen, das würde auch Bialas helfen, ein bisschen abzuschalten und den Tag hinter sich zu lassen. So ging er mit Luca in eine einfache, aber gemütliche Kneipe ganz in der Nähe des Landeskriminalamtes, die vorwiegend von Leuten aus der umliegenden Arbeitersiedlung frequentiert wurde.

Eine Zeit lang schwiegen sie beide und tranken mit Hochgenuss das Bier, das schnell vor ihnen stand. Bialas genoss es geradezu, nichts sagen, nichts denken und niemandem zuhören zu müssen. Er nahm das Stimmengewirr von den anderen Tischen wie eine gleichförmige Geräuschkulisse wahr, die ihn nichts anging. Auch das Essen kam rasch. Die Qualität der Gerichte im Adler in Uhlbach erreichte es nicht. Doch es schmeckte nicht schlecht, und Bialas machte sich mit Heißhunger darüber her. Erst nachdem sie beide das Besteck weggelegt und sich ein zweites Bier bestellt hatten, hatte Bialas das Gefühl, wieder nach und nach zu sich selbst zu kommen und zu einer Kommunikation mit dem jüngeren Kollegen imstande zu sein.

»Sag', wie war dein Training gestern Abend?«, fragte er Luca.

Der grinste und sagte dann: »Eigentlich wie immer. Das Training an sich, meine ich. Aber ich habe danach noch mit Willi gesprochen, meinem Jiu-Jitsu-Meister. Ich weiß ja nicht, ob ich das durfte, aber ich musste einfach mal mit ihm über die Geschichte am Sonntag in Rot sprechen. Das hat mich ziemlich fertiggemacht, weißt du, Andreas. Dass ich da einfach nicht reagieren konnte.«

Bialas nickte nur. »Der wird es ja nicht gleich in die ganze Welt hinausposaunen, oder?«

»Willi ist technisch klasse, er hat den schwarzen Gürtel im dritten Dan. Das ist eine ganze Menge, sage ich dir. Aber er war auch mal ein paar Jahre lang in Japan, in einem Kloster, mit Zen-Buddhisten. Da hat der richtig gelebt. Und trainiert und meditiert und all sowas. Deswegen hat er auch diese geistigen Geschichten voll drauf, die innere Stärke, die Selbstbeherrschung, dass man nicht nur draufhaut, sondern nur dann auch wirklich siegen kann, wenn man nach menschlicher Vollkommenheit strebt. Ich hab ihm gesagt, dass alles vertraulich ist, was ich ihm erzähle. Und da kann ich mich auf ihn verlassen. Wirklich.«

»Und was hat er zu deinem Fall gesagt?«, fragte Bialas, dem heute Abend ziemlich egal war, ob Willi wirklich dichthielt.

Wieder grinste Luca. »Er hat sich alles angehört und dann eine Weile nachgedacht. Dann hat er mir so 'ne Art Sage erzählt. Weißt du, diese Kampfkunst-Leute aus Japan und China, die erzählen gerne Geschichten, die man zuerst überhaupt nicht versteht. Also, es ging da um einen Typen, der unbedingt ganz schnell Meister der Fechtkunst werden wollte und deswegen zum besten Fechtmeister ging, den es damals in Japan gegeben hat. Der Meister hat aber nur gesagt: »Jemand, der es so eilig hat wie du, der lernt nie schnell« und hat ihn bloß als Diener für sich arbeiten lassen.

Nur ab und zu durfte er mal beim Training der anderen Schüler zuschauen. Eines Tages steht er da so in der Küche und räumt auf, da kommt der Meister von hinten und brät ihm eine über, dass es richtig weh tut. Von da an musste der Typ ständig auf der Hut sein. Tag und Nacht. Jederzeit konnte wieder so ein Angriff kommen. Der Typ musste also richtig schnell werden. Und wendig. Und sich die Verteidigungsgriffe merken. Und irgendwann hatte er dann so eine Art sechsten Sinn, wann die Angriffe kamen. Und etwa nach zehn Jahren sagt der Meister zu ihm: ›So, jetzt kann ich dir nichts mehr beibringen‹.«

Luca hielt inne. Die Geschichte war wohl zu Ende. Bialas dachte einen Moment nach. Doch da sein Gehirn nach wie vor einem dunklen Tunnel glich, aus dem gewiss keine Geistesblitze mehr kommen würden, fragte er nur müde: »Und was wollte er damit sagen?«

Luca schob den Ärmel seines Pullovers bis über den Ellenbogen nach oben, wo oberhalb des Gelenkes ein münzgroßes schwarzblaues Hämatom sichtbar wurde.

»Das hatte ich mich auch gerade gefragt«, sagte er strahlend, »und da hat mir Willi eine übergebraten. Handkantenschlag.« Stolz zeigte Luca das blaue Mal am Oberarm. »Aber ich habe reagiert. Ich habe zu spät reagiert. Er hat getroffen. Aber ich bin ausgewichen. Sonst würde das noch ganz anders aussehen.« Luca war richtig glücklich. »Er hat gesagt, dass mir das jetzt bei ihm auch öfter mal passieren könnte. Und dass ich Geduld haben muss mit mir.«

So ganz begriff Bialas die Pointe immer noch nicht. Dazu waren seine grauen Zellen heute Abend zu ausgepowert. Doch irgendwie hatten Lucas Schilderungen und die seltsame Geschichte etwas Tröstliches und Aufmunterndes. Und das war schon sehr viel für den Abschluss des heutigen Tages.

Donnerstag, 21. April 2005

1

Wieder standen sie vor der Mondlandschaft, auf der das neue Kongress- und Messezentrum entstehen sollte. Seit letzter Woche waren ein paar Betonwände mehr aus dem graubraunen Boden gewachsen. Der Wald der Kräne schien noch dichter geworden zu sein. Es herrschte geschäftiges Treiben. Die Betonmischfahrzeuge rückten vom zentralen Betonwerk am Nordostrand des Geländes aus und preschten über die Baustellenpisten zu den Orten, wo die Kräne sich besonders geschäftig drehten und die Arbeiter mit ihren gelben Helmen besonders emsig hantierten. Die Menschen wirkten vor den riesigen Baugruben und Erdaufwürfen wie die Figuren eines Tipp-Kick-Spiels.

Das Haupttor zur Baustelle beim Büro- und Verwaltungscontainerstädtchen war nicht mehr ungehindert passierbar: Man hatte ein hölzernes Pförtnerhäuschen aufgebaut und ein Schlagbaum versperrte die Zufahrt. Ein Pförtner beäugte misstrauisch den Zivilwagen, in dem Bialas, Stoevesandt und Nicole Marinescu saßen, und ließ den Schlagbaum erst nach oben steigen, als er ihre Dienstausweise und die richterliche Anordnung zur Durchsuchung der Containerräume studiert hatte. Die meisten Einsatzfahrzeuge parkten bereits auf dem geschotterten Platz vor den Bürocontainern unter einer überdimensionalen Plakatwand, auf der ein Abbild der zukünftigen Gebäude und Grünanlagen des Kongress- und Messezentrums zu sehen war. Die Bauwerke darauf wirkten erhaben und leicht zugleich. Auf dem Bild dehnte sich ein azurblauer Himmel über die Glaspaläste, und eine strahlende Sonne ließ ihr Glitzern auf den virtuellen Scheiben spielen.

Das Bild stand in krassem Gegensatz zu der Lehmwüste und dem realen Himmel mit seiner reichen Palette an Grautönen. Der Frühling konnte sich noch immer nicht durchsetzen. Immerhin hatte es in den letzten Tagen kaum noch geregnet. Die Temperaturen waren nicht mehr ganz so unterkühlt wie noch vor einer Woche, und der Boden war auch dort, wo kein Schotter lag, so weit abgetrocknet, dass man nicht sofort im Schlamm versank.

Drei Dutzend Hundeführer standen mit ihren Tieren bereits in Reih und Glied, als das Soko-Team aufs Gelände fuhr. Die Hunde waren in Anspannung, hechelten aufgeregt und sahen ihre Herrchen und Frauchen erwartungsvoll an. Trotzdem saß ein jeder diszipliniert neben seinem Menschen und wartete ergeben darauf, dass es endlich losging. »Spürnasen«, dachte Bialas und griff sich an die eigene Nase.

Hanna hatte sich in eine dick wattierte Jacke gepackt und trug – was Bialas ein Schmunzeln abverlangte – Gummistiefel, die ihr fast bis zu den Knien reichten. Sie hatte einen Trupp uniformierter Polizisten um sich geschart, ebenfalls in dicken Jacken und festem Schuhwerk, mit denen sie noch einmal den Einsatz besprach. Bialas wusste, dass sie es geschafft hatte, noch einmal die Kollegen zugeteilt zu bekommen, die bereits bei den Aktionen in der letzten Woche im Einsatz waren. Das hieß, sie kannten das Gelände und konnten so die Hundeführer rasch zu ihren Einsatzorten führen.

Auch Wildermuth und seine Truppe standen in den Startlöchern. Ein Teil der »Schneemänner« in ihren weißen Overalls saß noch in den Kleintransportern, ein Teil hatte bereits Gerätschaften und Koffer ausgeladen und brachte diese in Betriebsbereitschaft.

Kurz nach ihrer Ankunft erschienen drei Herren von der Baustellenleitung von Menke & Partner. Hanna verhandelte kurz mit ihnen. Sie zeigte den dreien die richterliche Anordnung, erläuterte knapp den Zweck und den Ablauf der Aktion und versicherte, dass die Arbeiten auf der Baustelle durch die Durchsuchungen nicht beeinträchtigt würden. Ohne eine Reaktion der Bauingenieure abzuwarten, gab sie den Befehl zum Einsatz. Die Hunde und ihre Führer schwärmten aus und verschwanden in den Eingängen und den verwinkelten Gassen des Containerstädtchens.

Die Soko setze sich in den Kommandowagen. Hanna hielt über Funk Kontakt zu den einzelnen Trupps. Nun hieß es warten. Schweigend verfolgten sie, wie sich einer der Hundeführer-Trupps nach dem andern bei Hanna meldete. Sie hatte eine Einsatzplanung konzipiert, die klare Prioritäten setzte. Zunächst wurden die Containerräume der Firmen untersucht, von denen sie bereits wussten, dass sie in die illegalen Machenschaften mit den ukrainischen Arbeitern verwickelt waren. Zugleich war der Ablauf so geplant, dass die Hunde möglichst kurze Wege hatten. Bauunternehmen, deren Container nicht zu weit auseinander lagen, wurden parallel inspiziert. Hanna hatte sich genau erkundigt, über wie viele Räume das jeweilige Unternehmen verfügte. Die Anzahl der Hunde für eine Firma entsprach der Anzahl der Räume. Der Überfall durch die Polizei und ihre Hunde war damit massiv, kurz und effizient. Die Polizisten, die die Hundeführer begleiteten, machten die Verantwortlichen eines Unternehmens aus, hielten ihnen die richterliche Anweisung unter die Nase und sorgten dafür, dass alle Räume zugänglich waren. Dann gingen die Hunde zeitgleich durch alle Räume. Nach zwanzig Minuten würde klar sein, ob ein Container als Tatort in Frage kam. Falls nicht, konnten die Hunde ihre Pause machen. Dann ging es in die nächste Runde.

Fünf Hunde waren zu den Wohncontainern geschickt worden, in denen die Arbeiter ausländischer Firmen untergebracht waren. Schließlich musste nach wie vor die Möglichkeit in Betracht gezogen werden, dass Serhij Martschenko einen der Bauarbeiter um Hilfe gebeten hatte, die offiziell und legal von polnischen, türkischen und anderen Subunternehmern auf der Baustelle eingesetzt wurden. Vielleicht war sein Tod ja doch auf irgendeinen idiotischen Streit zurückzuführen, von dem sie bislang nichts wussten.

Als Erstes meldete sich die Staffel, die die wenigen Räume der Metzler AG zu durchsuchen hatten – ohne Ergebnis. Dann die zwanzig Hunde, die Schwartz & Sonntag unter ihre Spürnasen genommen hatten. Kurz darauf die Truppe für die Rudolf Kress GmbH. Hinweise auf Blutspuren gab es nirgends. Auch die Kollegen bei den Wohncontainern hatten in einer ersten Runde keine Ergebnisse. Die Hunde brauchten nun erst mal eine Erholung.

Zwischen den Wartezeiten meldete sich immer wieder das Funktelefon. Bei jedem Klingeln erstarrte Stoevesandt und entspannte sich erst wieder, wenn er die jeweilige Stimme erkannte. Zunächst meldete sich Armin Kayser. Er war von Rudolf Kuhnert über die Vernehmung von Michail Ostrowskij und die Arbeitseinsätze der Illegalen auf dem Bauabschnitt der Rentz Betonbau informiert worden. »Müssen wir da bei Rentz sofort zuschlagen oder hat das noch Zeit?«, wollte er wissen. »Ich habe langsam riesige Schwierigkeiten, noch genügend Leute für solche Aktionen zusammenzubekommen.«

»Wir warten auf jeden Fall ab, bis wir hier den Einsatz beendet haben«, entschied Stoevesandt. »Aber für heute Nachmittag sollten Sie sich bereithalten.«

Das Seufzen von Kayser transportierte durch den Äther, wie wenig begeistert er davon war.

Dann meldete sich Frenzel: »Ich wollte Ihnen nur sagen, dass ich Sie nicht vergessen habe. Aber es stehen einige Gerichtstermine an, auf die ich mich noch vorbereiten muss. Und dann hat man mir soeben einen netten Fall noch obendrauf gesetzt. Da hat doch tatsächlich einer seinen vermögenden Opa vergiftet und wollte das Verbrechen im Krematorium in Rauch und Asche auflösen. Dem Amtsarzt kam's ein bisschen komisch vor, dass das so schnell gehen sollte. Wie sagte schon Mark Twain? ›Was Ungeduld ist, kann nur der ermessen, der einen steinreichen Erbonkel hat.‹ Ich muss mich heute also etwas zweiteilen. Aber wenn Sie mich brauchen, kriegen Sie auf jeden Fall meine bessere Hälfte, ha, ha, ha.«

Die Hunde waren nun zu einer neuen Schnüffelschicht bereit und standen schon an ihren Einsatzorten, wie ihre Führer meldeten. Die nächsten Unternehmen sollten die Wegleitner Bau GmbH, die Rentz Betonbau GmbH sowie die Stahlhandelsfirma Makatsch sein, deren Räume sich in der gleichen Ecke des Containerstädtchens befanden wie die beiden Baufirmen.

Wieder klingelte das Funktelefon. Diesmal war es zu Stoevesandts Erleichterung Luca, der ebenfalls im LKA zurückgeblieben war, um die Ausreise von Tatjana Ostrowskaja und die Aufnahme des Ehepaars in ein Zeugenschutzprogramm zu organisieren. »Ich habe endlich von diesen Pennern bei der Telefongesellschaft die Handy-Verbindungen von Ergenzinger bekommen. Und wisst ihr, von wo aus er in der Nacht von Montag auf Dienstag letzte Woche angerufen worden ist?«

»Nun sag schon!«, drängte Hanna.

»Von einem befristet eingerichteten Anschluss auf der Baustelle des neuen Kongress- und Messezentrums, beantragt und bezahlt von der Rentz Betonbau GmbH & Co.«

Bialas' Nase begann bei der Nachricht wie wild zu kribbeln.

Dreißig Sekunden später meldete sich ein hessischer Hundeführer: »Isch glaub, mer ham da was. Mei Luna hat deutlich angeschlage.«

»Und wo sind Sie?«, fragte Hanna.

»Wo simmer hier? Kann mir des mal jemand sacha? Hier is ka Sau. Abbe die Räum war'n alle offe. Also sind mer einfach trotzdem roi. Isch hör grad: Des Büro vom Chef von der Firma Rentz.«

In die Kriminalbeamten kam Leben. Wildermuth wurde informiert. Auch die weißen Männer wurden schlagartig munter. Ein kollektiver Adrenalinschub schien durch alle Adern zu schwappen. Die Kriminalbeamten und die Spurensicherer machten sich auf zu den Containern, allen voran Wildermuth. Nur Hanna hielt die Stellung im Kommandowagen.

»Alle raus hier«, herrschte Wildermuth die uniformierten Kollegen im Büro von Rentz an und schaute missmutig auf den Hund, der nach wie vor mitten im Raum stand, jaulte und mit den Pfoten auf dem Boden herumscharrte. Das Tier zeigte, wie Bialas registrierte, eine Stelle links von der Eingangstür an, die zum aufgeräumten Teil des Büros gehörte. Warum war ihm das nicht gleich aufgefallen? Der seltsame Kontrast zwischen dem Durcheinander von gestapeltem Material und Werkzeugen auf der Fensterseite des Containerraumes und der fast sauberen, ordentlichen Gegenseite hatte bei ihrem ersten Besuch bereits ein diffuses Unbehagen bei Bialas ausgelöst, das dann jedoch im Trubel der Ereignisse wieder untergegangen war. Die beiden Seiten des Raumes passten nicht zueinander.

»Raus hier«, wiederholte Wildermuth energisch und schob Bialas und Nicole Marinescu unsanft zurück, die beide gewagt hatten, einen Schritt in den Raum zu tun. Auch der Hundeführer beeilte sich eingeschüchtert, den Raum zu verlassen.

Von der Tür aus beobachtete Bialas die Kollegen von der Spurensicherung. Routiniert und behände nahmen sie ihre Arbeit auf. Es wurde kaum gesprochen. Ein weiß-rotes Band quer über die Tür sperrte schnell alle Unbefugten aus. Mit Klebeband markierten die Männer auf dem Boden des Büroraumes einen Korridor, den sogenannten Trampelpfad, einen Arbeitsbereich, auf den sie ihren Bewegungsraum so weit wie möglich beschränken würden. Dann packten sie ihre Gerätschaften aus. Die Halogenlampen leuchteten rasch jeden Winkel des Baubüros aus. Bialas versuchte Spuren von Blut zu entdecken. Wenn hier jemals etwas gewesen war, dann musste sehr gründlich geputzt worden sein. Einer der weißen Männer verteilte im gesamten Raum kleine Nummernschilder und legte an einigen Gegenständen Maßstäbe aus. Ein anderer begann den Raum systematisch zu fotografieren. Ein dritter vermaß unterdessen die Raumdimensionen und fertigte routiniert eine Skizze an, in der sämtliche Details festgehalten wurden.

»Erst mal die Lampen?«, fragte einer der Weißen.

»Nein, gleich Luminol«, entschied Wildermuth. Die Spurensicherer packten schwarze Folie und schwarzes Klebeband aus und begannen systematisch das Fenster des Containers abzukleben. Wildermuth selbst versprühte die Chemikalie großräumig und weit über die Stelle hinaus, an der der Hund gescharrt hatte. Er trug dabei eine Brille mit Filtergläsern, die ihm, wie Bialas wusste, bereits jetzt grobe Spuren sichtbar machten.

»Kommt rein.« Wildermuth löste das Sperrband und gab den Weg in den Raum frei. »Nur zwei«, entschied er bestimmt und ließ Bialas und Stoevesandt passieren. Die verdatterte Nicole Marinescu schob er wieder hinaus. »Ihr bleibt genau hier stehen«, wies er die beiden Soko-Beamten an und schloss die Tür hinter ihnen. Ein Kollege in Weiß nahm das schwarze Klebeband und bedeckte damit jede Ritze zwischen Tür und Wand, selbst am Fußboden.

»Okay?«, fragte einer der Beleuchter.

»Alles klar«, antwortete Wildermuth.

Dann ging das Licht aus. Sie standen da in kompletter Dunkelheit.

»Mach den Filter rein«, hörten sie Wildermuth.

Dann sahen sie es. Bläulich schimmernd zeigten sich geisterhafte Lumineszenzflecke am Boden. Sie wirkten teilweise wie gerastert. Dennoch sah man deutlich, dass hier einmal eine recht große Blutlache gewesen sein musste. Auf einer Seite wirkte der Fleck wie abgeschnitten.

»Der PVC-Fußboden nimmt natürlich nicht so viel Blut auf wie textile Spurenträger«, erläuterte Wildermuth. »Aber es reicht, um die wichtigsten Schlussfolgerungen zu ziehen. Wir haben eine zentrale Stelle, an der sehr viel Blut geflossen sein muss. Aufgrund der Umrisse kann ich euch später mal zeigen, wo ungefähr der Kopf des Opfers gelegen haben muss. Da drüben, das sind meiner Meinung nach Blutspritzer. Auch das werden wir noch genauer sehen, wenn wir die Aufnahmen auswerten.« Wie zur Bestätigung hörten sie das Klicken eines Fotoapparates. »Ich denke, gemeinsam mit der Computersimulation können wir den Tathergang recht genau rekonstruieren. Dort drüben, zur Wand hin, muss etwas gelegen haben. Ein Schalbrett oder so etwas. Und hier vorne sind Schleifspuren. Ich gehe davon aus, dass man den Leichnam ein Stück zur Zimmermitte hergezogen hat.«

»Okay«, hörte Bialas Stoevesandt sagen. »Das heißt, wir müssen sofort handeln.«

»Könnt ihr das Licht wieder anmachen?«, fragte einer von Wildermuths Kollegen. »Ich brauch noch die Referenzaufnahme.«

Dort, wo es eben noch bläulich geschimmert hatte, erschien wieder der graue Industriefußboden, als ob nie etwas anderes als Stiefel und Baumaterialien ihn je berührt hätten.

2

Bialas und Stoevesandt verließen den Raum. Die Tür hinter ihnen wurde wieder geschlossen und von innen mit Klebeband abgedichtet. Die Kriminaltechniker würden hier noch zwei bis drei Stunden zu tun haben.

»Sie nehmen sich einen Jeep und ein paar Kollegen vom Einsatzdienst«, wandte sich Stoevesandt an Bialas. »Fahren Sie zu der Baustelle von Rentz rüber. Wir müssen beide verhaften: Rentz und Ergenzinger. Ich informiere Frenzel und kümmere mich um den Haftbefehl.«

Bialas nickte und machte sich eilends auf den Weg. Mit sechs uniformierten und bewaffneten Kollegen fuhr er über die Baustelle in Richtung Autobahn, wo in der letzten Woche die Rentz-Arbeiter die Verschalungen der Stützmauer errichtet hatten. Sie hielten sich an den Bauzaun, um die Orientierung nicht zu verlieren, auch wenn das ein gewisser Umweg sein mochte. Der kleine Türke mit seinen schwarzen Augen, der sie bei ihrem ersten Einsatz hierhergefahren hatte, und der Satz »Nix war Unfall« gingen Bialas durch den Kopf. Dann sah er die Betonmauer, drei Meter hoch und wohl zwanzig Meter lang, an manchen Stellen durchbrochen durch viereckige, fensterartige Durchlässe. Das Grau des Betons passte sich in die Grautöne des Himmels ein. Hätte nicht ein junger Mann seine Arbeit besonders gut machen und das Regenwasser abpumpen wollen, so wäre Serhij Martschenko nun in den Betonmassen begraben, und niemals hätte jemand erfahren, wo er geblieben war.

In der Baugrube vor und neben der Stützmauer wurde emsig gearbeitet. Etwa zwanzig Männer waren dabei, weitere Schalwände aufzurichten. Bialas stieg aus dem Jeep. Wieder stand er auf dem Tafelberg und sah hinunter in die Baugrube, in der sich David und Goliath gestritten hatten.

Dann lief ihnen Ergenzinger direkt in die Arme. Er kam aus einer Baubude rechts von den Gruben, nahe dem Zaun. Unter dem Arm trug er Papierrollen. Mit der anderen Hand hielt er sein Handy ans Ohr. Als er die Polizei-Jeeps und die Beamten sah, hielt er abrupt inne. Bialas erwartete fast, dass Goliath sich umdrehen und fliehen würde. Doch Ergenzinger beendete sein Telefonat und kam mit endlos langsamen Schritten auf sie zu.

»Herr Ergenzinger, wir müssen Sie verhaften«, Bialas Stimme klang fast entschuldigend. Der Hüne sah ihn unter den buschigen Augenbrauen hervor resigniert an. Er nickte.

»Wo ist Herr Rentz?«, fragte Bialas.

»Ich weiß es nicht. Nicht hier«, antwortete Ergenzinger düster. Er wich dem Blick von Bialas nicht aus. »Du wirst von mir keine Antwort bekommen«, war die unausgesprochene Botschaft.

»Bringen Sie ihn zum Wagen«, wandte sich Bialas an drei der Kollegen. »Und Sie kommen mit mir.«

Zu viert stiegen sie in die Baugrube zu den Arbeitern hinunter. Erst jetzt erkannte Bialas das eine oder andere Gesicht. Es waren die Männer, die vor zehn Tagen an dem toten Serhij Martschenko vorbeidefiliert waren, angeblich ohne ihn zu erkennen, obwohl sie tagelang, wenn nicht gar Wochen, Seite an Seite mit ihm malocht hatten.

»Wo ist Herr Rentz?«, fragte Bialas. Erschrockene und schuldbewusste Gesichter sahen ihn an.

»Heute Chef nix da«, antwortete einer der Männer. »Nix sehen heute Chef.« Die anderen nickten.

So einfach wie mit Ergenzinger würde es mit Thomas Rentz nicht werden. Bialas informierte Stoevesandt. Wenn Rentz sich auf der Baustelle befand, dann mussten sie praktisch das gesamte unüberschaubare Gelände mit Hundertschaften durchkämmen.

»Das können wir nicht machen«, sagte Stoevesandt, »oder nur als letztes Mittel. Ich wundere mich ohnehin, dass wir nicht schon längst zurückgepfiffen wurden. Lassen Sie uns erst mal hier oben, in den Büros, herumfragen, ob ihn heute schon jemand gesehen hat. Oder den Pförtner. Sind an den anderen Toren nicht auch überall Schranken und Pförtnerhäuschen?«

Bialas fuhr zurück. Als sein Jeep wieder am Haupttor unter dem Riesenplakat mit der schönen neuen KMZ-Welt ankam, hatte Stoevesandt bereits mit dem Pförtner gesprochen: »Rentz war heute Morgen da. Er ist rübergegangen, in seinen Container. Kurz nachdem die ersten Wagen von uns eingetroffen sind, ist er wieder in sein Auto gestiegen und weggefahren. Der Pförtner sagt, dass Rentz auf der anderen Seite der Autobahn einen Wohnwagen stehen hat. Dort ist ein Gelände, wo zusätzliche Möglichkeiten geschaffen wurden, um Bauarbeiter unterzubringen. Manche der Festangestellten, die zu weit weg wohnen, haben da auch ihre Wagen stehen, in denen sie unter der Woche kampieren.«

Sie setzten sich kurz zu Hanna in den Befehlswagen und berieten, was zu tun war. Nach fünf Minuten war alles geregelt. Hanna würde für den geordneten Abzug der Hundestaffeln sorgen. Nicole Marinescu blieb mit zwei Uniformierten vor Ort und würde auf die Leute der Zollfahndung warten, die das Büro und die Räume der Rentz Betonbau durchsuchen mussten, sobald die Spurensicherer ihre Arbeit getan hatten. Stoevesandt würde mit Unterstützung einiger Kollegen das Kampiergelände aufsuchen, auf dem der Wohnwagen von Rentz stand. Bialas würde, ebenfalls mit Unterstützung von Kollegen, zum Wohnhaus von Rentz fahren. »Nicht dass wir uns hinterher vorwerfen müssen, dass wir ans Einfachste nicht gedacht hätten«, sagte Stoevesandt und reichte Bialas einen Zettel mit der Adresse von Thomas Rentz. »Wenn das alles nichts bringt, müssen wir ihn zur Fahndung ausschreiben.«

3

Der Stammsitz der Rentz Betonbau lag in einem der malerischen Städtchen in den Weinbaugebieten zwischen Stuttgart und Heilbronn. Firma und Wohnsitz waren in einem Stadtteil, in dem sich kleinere Betriebe und Einfamilienhäuser abwechselten. Von der Straße aus sah man eine große Halle mit weit geöffneten Toren, in der zwei Minibagger und ein kleinerer Laster in den typischen Rentz-Farben Rot-Weiß standen. Ansonsten war sie leer. Links der Halle lagerten auf einem großen Arbeitshof verschiedene Baustoffe, feiner und grober Sand, Schotter, Baubretter, Beton- und Ziegelsteine und einige Gerätschaften. Rechts war ein älteres Wohnhaus an die Halle angebaut. Der Stil des Türschmucks und der Vorhänge ließ auf ältere Bewohner schließen. Noch weiter rechts, leicht verborgen hinter Büschen, lag ein weiteres Wohnhaus mit Pultdach, einigen futuristischen Erkern und einem integrierten Wintergarten. Beide Wohnhäuser waren durch eine niedere Hecke getrennt, durch die ein Durchgang führte, den ein rosenberankter Torbogen überspannte. Beide Häuser hatten jeweils einen Zugang von der Straße her. Das rechte, moderne, verfügte zudem über eine breite Toreinfahrt, die zu einer angebauten Doppelgarage führte. Am linken Gartentor war ein altertümlich anmutendes Schild aus den sechziger Jahren angebracht. »Wilhelm Rentz Betonbau OhG« war darauf zu lesen. Am rechten Tor hing über dem Briefkasten ein hübsches, selbstgefertigtes Schild aus gebranntem Ton, auf dem eingeritzt stand: »Hier wohnen Thomas, Andrea, Sven und Mareike Rentz«.

Bialas und die uniformierten Kollegen passierten das rechte Gartentor und gingen auf das moderne Haus zu. Es konnte noch nicht alt sein. Bestimmte Arbeiten in den Außenanlagen waren noch nicht fertig. Die drei Stufen hinauf zur Haustür waren noch aus Beton. Daneben lagen graue Schieferplatten und ein kleinerer Sack Zement.

Bialas klingelte. Nach kurzer Wartezeit öffnete eine junge Frau um die Dreißig. Sie hatte brünettes, glattes Haar. Ihr Gesicht war hübsch, wirkte ungeschminkt und schmucklos dennoch etwas langweilig. Auf dem Arm hatte sie ein Kleinkind von etwa einem Jahr, das die Beamten mit großen Augen ansah. An ihrem Pullover zerrte ein dreijähriger Junge und brüllte dabei aus Leibeskräften in Zorn und Schmerz. Die Frau sah die Beamten erschrocken an. Dann wandte sie sich an den Jungen: »Bist du jetzt ruhig!« Das Kind begriff, dass die Situation ernst war. Es regelte das Heulen zu einem Wimmern herunter, sah die fremden Männer unsicher an und klammerte sich an der Mutter fest.

»Was ist passiert?«, wandte sich Andrea Rentz an die Polizisten und sah bestürzt vom einen zum andern. »Ist irgendetwas mit Thomas?« Bialas sah die Panik in ihren hellbraunen Augen.

»Frau Rentz, wir suchen Ihren Mann. Wir müssten dringend mit ihm sprechen. Ist er nicht hier?«

»Er ist bei der Arbeit, auf der Baustelle. Er arbeitet zurzeit auf der Fildermesse«, sagte sie verwirrt, aber fast erleichtert.

Vom anderen Haus her kam ein älterer Mann durch den Durchgang in der Hecke. Er ging leicht gebückt und hinkte, wie dies Menschen mit Rücken- oder Hüftschmerzen tun. Sein Gesicht war wettergegerbt und hatte den Ausdruck eines Menschen, der in seinem Leben schon viele Sorgen gehabt hatte.

»Was ist los, Andrea?«, fragte er die Schwiegertochter.

»Herr Rentz Senior, nehme ich an?«, fragte ihn Bialas und reichte ihm die Hand. »Wir suchen Ihren Sohn. Wissen Sie, wo er sich gegenwärtig aufhält?«

»Auf der Baustelle, bei seinen Leuten«, antwortete der alte Rentz, als gäbe es überhaupt keine Alternative.

»Dort war er heute Morgen, ist dann aber sofort wieder weggefahren«, gab Bialas Auskunft.

»Aber warum suchen Sie ihn denn? Was ist denn los?« Die junge Frau war immer noch verängstigt.

Bialas zögerte einen Moment. Dann sagte er: »Es hat auf dem Baustellengelände des neuen Kongress- und Messezentrums letzte Woche einen Todesfall gegeben, und zwar auf dem Bauabschnitt, auf dem die Firma Ihres Mannes tätig ist. Hat er Ihnen nichts davon erzählt?«

»Nein«, sagte die junge Frau erschrocken und presste dann die Lippen zusammen, als hätte sie etwas Falsches gesagt.

»Wir brauchen dazu dringend noch ein paar Angaben Ihres Mannes. Wo könnte er sein?«

»Vielleicht ist er im Wohnwagen. Dort übernachtet er unter der Woche«, sagte der alte Rentz.

Dort war er nicht, wie Bialas wusste. Er hatte auf ihrer anderthalbstündigen Fahrt zum Firmen- und Wohnsitz von Thomas Rentz von Stoevesandt erfahren, dass Wohnwagen und Gelände bereits durchsucht worden waren.

»Da ist er nicht. Wir haben ihn dort schon gesucht.«

Beide Rentzens schüttelten verständnislos den Kopf.

»Die Sache ist so dringend«, begann Bialas wieder vorsichtig, »dass wir absolut sicher sein müssen, dass Thomas Rentz nicht hier ist. Wir haben keinen Durchsuchungsbefehl. Ich bitte Sie also daher, dass wir einen Blick in Ihre Räume werfen dürfen.«

Er sah den beiden an, dass das Anliegen nicht auf Verständnis stieß. Trotzdem sagte Rentz Senior trotzköpfig: »Wir haben nichts zu verbergen.« Die Schwiegertochter widersprach nicht. Der Senior schlurfte wieder zu seinem eigenen Haus hinüber.

Die vier Beamten durchsuchten zunächst das Haus der jungen Familie Rentz. Es wirkte noch unverschlissen und war stilvoll eingerichtet. Viele Einrichtungsgegenstände waren neu. Doch die Spielsachen, Kinderkleider, Becher und Tellerchen, die herumlagen, gaben dem Haus etwas Bewohntes, Lebendiges. Während die drei uniformierten Kollegen einen Blick in jeden Raum warfen und hinter Türen und unter Betten schauten, sprach Bialas mit Andrea Rentz. Er wollte sie etwas ablenken von dem indiskreten Eindringen der Beamten in ihre Privatsphäre. Und er brauchte Informationen.

»Frau Rentz, Sie sagen, dass Ihr Mann Ihnen nichts über den Todesfall erzählt hat. Wann haben Sie ihn das letzte Mal gesehen?«

»Am Wochenende«, gab sie bereitwillig Auskunft, während das Kleine auf ihrem Arm ihr mit den winzigen Händchen ins Gesicht patschte und der Junge sich nach wie vor an ihrem weiten Pullover festhielt. »Er kommt immer am Wochenende heim. Unter der Woche schläft er meistens bei der Baustelle. Er arbeitet ja immer mit, und abends muss er dann noch die Pläne und die Verwaltungssachen machen. Da lohnt es sich gar nicht heimzukommen.«

»War ihr Mann irgendwie verändert in der letzten Zeit?«, fragte Bialas vorsichtig und beobachtete, wie die junge Frau einen Moment stutzte. Dann schüttelte sie energisch den Kopf und sagte bestimmt: »Nein.« Doch ihre verunsicherten Augen straften die Aussage Lügen.

»Können Sie sich an letzte Woche erinnern? Hat Ihr Mann da jede Nacht in seinem Wohnwagen übernachtet?«, fragte Bialas weiter.

Sie dachte nach und wollte nichts Falsches sagen: »Ich glaube schon. Aber sicher bin ich mir nicht mehr.«

Sie mussten nun ins Obergeschoss. Argwöhnisch beobachtete Andrea Rentz, wie die Beamten Kinder- und Schlafzimmer inspizierten.

»Wann ist das passiert?«, fragte sie plötzlich an Bialas gewandt. »Ich meine, das mit dem – Toten.«

»In der Nacht von Montag auf Dienstag letzter Woche.«

»Da war mein Mann zu Hause«, sagte sie schnell. Bialas sah sie prüfend an. Er konnte nicht ausmachen, ob sie die Wahrheit sagte oder ihren Mann nur schützen wollte.

Sie gingen in den Keller. Und auch hier waren die Räume menschenleer. Bialas reichte der jungen Frau seine Visitenkarte, auf die er zudem eine LKA-Nummer geschrieben hatte.

»Wenn Ihr Mann auftaucht oder etwas von sich hören lässt, sagen Sie ihm bitte, er soll sich sofort bei uns melden«, sagte er eindringlich. »Bitte glauben Sie mir, es ist in seinem eigenen Interesse.«

Sie nickte und sah ihn wieder ängstlich an.

Dann gingen die vier Beamten zum Wohnhaus der Eltern hinüber. Wilhelm Rentz führte sie mit seiner kranken Hüfte durch das ganze Haus, das altmodisch, aber gemütlich und sauber eingerichtet war. Er murmelte etwas davon, dass seine Frau im Krankenhaus sei und die Schwiegertochter ihm im Haushalt helfe. Er zeigte ihnen die Kellerräume und ließ sie auf den Dachboden. »Der Thomas braucht sich nicht verstecken«, bruddelte er vor sich hin, »da sehen Sie's ja.« Dann führte er sie in einen Bürotrakt an der Rückseite der Firmenhalle, den man vom Haus aus betreten konnte. Auch hier war niemand in den fünf Räumen, in denen Aktenschränke, Bauzeichnungen, Schreibtische mit Computern und altertümlichen Rechenmaschinen das Bild beherrschten. Schließlich führte sie der alte Rentz durch eine Tür direkt in die menschenleere Bauhalle. Mit Stolz in der Stimme erklärte er ihnen, wann das alles gebaut worden war und wie viele Fahrzeuge und Bagger hier untergebracht werden konnten. Durch die geöffneten Tore verließen sie schließlich wieder die Rentzschen Firmen- und Wohngebäude. Hier befand sich Thomas Rentz mit an Sicherheit grenzender Wahrscheinlichkeit nicht. Bialas verabschiedete sich von dem alten Mann und spürte dessen schwielige Hand in der seinen.

»Sagen Sie Ihrem Sohn, er soll uns so schnell wie möglich anrufen«, bat er auch ihn.

»Der Thomas ist ein Guter. Der wird sich bestimmt bald bei Ihnen melden«, nickte der Alte überzeugt.

4

Bialas ließ sich auf dem Rückweg gleich beim LKA absetzen. Er ging in das Büro mit den Plakaten der Rauschgiftaufklärungsgruppe. Fast hoffte er, dort einen Moment alleine zu sein und für fünf Minuten zur Ruhe zu kommen. Hier saß jedoch Luca und telefonierte. Als Bialas den Raum betrat, wedelte er lebhaft mit den Armen und signalisierte, dass er wichtige Nachrichten hatte. Zugleich sprach er weiter: »Und Sie sorgen dafür, dass ein Sicherheitsbeamter von der Botschaft die Frau nicht aus den Augen lässt? ... Wunderbar, benone, benissimo ... Genau, bis wir sie hier in Empfang nehmen. Oder besser: Bis sie hier ihrem Mann in die Arme sinkt ... Weiß ich natürlich nicht. Keine Ahnung, wie ukrainische Frauen so drauf sind. Sizilianische würden definitiv sinken.« Er lachte. »Also alles klar, dann noch mal vielen Dank«, beendete er das Gespräch.

»Pass auf, Andreas«, wandte er sich dann an Bialas. »Drei Dinge: Erstens«, sein rechter Daumen ging nach oben, »die Fahndung läuft. Stoevesandt hat alles in die Wege geleitet, direkt nach deiner Info, dass Rentz nicht zu Hause ist. Zweitens«, Zeige- und Mittelfinger folgten, »Ergenzinger hat gestanden. Und drittens: Um vier Uhr Generalversammlung aller Spezies, Hauptbrücke, Deck 1. Also großer Besprechungsraum.«

»Was hat Ergenzinger gestanden?«, fragte Bialas konsterniert.

»Die Tat. Er behauptet, er hat den Ukrainer erschlagen. Stoevesandt und Frenzel sind mit ihm unten in den Vernehmungsräumen. Du sollst gleich dazukommen, sobald du hier eintrudelst. So, ich glaub, jetzt habe ich alles ausgerichtet.«

Bialas seufzte. Es war also nichts mit fünf Minuten Pause. Wieder mal war sein Mittagessen ausgefallen, und er hatte Hunger wie ein Tier. Trotzdem begab er sich ins Untergeschoss des Landeskriminalamts, wo die Vernehmungsräume lagen. Ein Sicherheitsbeamter, der im Flur Wache schob, zeigte Bialas, wo die Vernehmung stattfand. Bialas sah von der dunklen Seite durch das große Fenster. Ergenzinger saß der Glasscheibe direkt gegenüber, groß, mächtig, mit finsterem Gesichtsausdruck, auf dem Stuhl zurückgelehnt, die Arme vor der Brust verschränkt. Friedebald Frenzel hatte sich in einiger Entfernung von ihm an die Stirnseite des Tisches gesetzt, eine dicke aufgeschlagene Aktenmappe vor sich. Der Staatsanwalt war etwa einen Kopf kleiner als der Vorarbeiter und wirkte trotz seiner Rundungen im Vergleich zu ihm fast schmächtig. Stoevesandt saß mit dem Rücken zu Bialas, dem Festgenommenen gegenüber, vor sich ebenfalls Papiere und die Aufnahmegeräte.

Bialas klopfte und öffnete die Tür. Noch bevor er eintreten konnte, bedeutete Stoevesandt ihm zu warten. Er kam heraus und schloss die Tür hinter sich.

»Wir kommen einfach nicht weiter mit ihm. Was wir auch sagen, er behauptet stur und vehement, dass er Serhij Martschenko erschlagen hat. Ich bekomme keinen Draht zu ihm. Vielleicht bin ich immer noch zu sehr Hanseat. Und Frenzel scheint ein rotes Tuch für ihn zu sein. Was immer er sagt, Ergenzinger ignoriert ihn einfach, oder er schaut ihn an, als wollte er auch ihn erschlagen.« Stoevesandt seufzte und rieb sich mit einer Hand die Nasenwurzel. »Ich möchte, dass Sie mit ihm sprechen. Sie brauchen gar nicht viel zu wissen. Fangen Sie einfach an, als würde das Gespräch gerade erst beginnen.«

Bialas nickte. Sie betraten den Raum. Grußlos zog Bialas einen Stuhl heran und setzte sich dem Festgenommenen gegenüber, neben Stoevesandt, der ein wenig zur Seite rückte. Für einen langen Moment schwiegen sie alle. Bialas versuchte sich zu konzentrieren.

»Okay, Herr Ergenzinger, erzählen Sie mal«, sagte er.

»Was erzählen? Ich hab alles gesagt«, knurrte Goliath.

»Dann erzählen Sie es mir noch mal.« Bialas bemühte sich um einen ruhigen, sachlichen Ton. »Wir wissen, dass Sie am Montag vor einer Woche bis etwa einundzwanzig Uhr auf der Baustelle gearbeitet haben. Kurz nach zweiundzwanzig Uhr waren Sie im Adler in Uhlbach. Den haben Sie um null Uhr dreißig verlassen. Was haben Sie dann gemacht?«

Ergenzinger zögerte einen Moment. Dann antwortete er doch: »Ich bin wieder hoch auf die Fildern. Hab was vergessen.«

»Okay. Und dann?«

»Ich war da im Container, in der Verwaltung. Und dann kam der Typ.«

»Und weiter?«

Ergenzinger sah Bialas misstrauisch an. »Wie weiter? Er hat mich angemacht.«

Bialas wartete geduldig, ob Ergenzinger konkreter werden würde. Doch der sah wieder nur finster vor sich auf den Tisch.

»Erzählen Sie weiter«, forderte Bialas ihn ruhig auf.

»Dann hab ich ihm eins übergebraten. Mit 'ner Stange, die da lag.«

»Und dann?«

Ergenzinger überlegte einen Moment. Dann antwortete er: »Ich hab 'ne Folie besorgt und hab ihn reingepackt. Dann hab ich 'ne Schubkarre besorgt, hab ihn draufgepackt und runtergefahren, zu unserm Bauabschnitt.«

»Ohne dass irgendjemand von den Wachleuten etwas bemerkt hat?«

»Die patrouillieren am Zaun entlang. Ich bin mitten durch. Das kriegt keiner mit. Und an der Autobahn, da ist sowieso nie einer von denen.«

»Okay, was haben Sie dann gemacht?«

»Hab ihn runtergebracht. Und eben zwischen die Bewehrungen gesteckt.«

»Wie ging das? War da nicht schon alles verschalt?«

»Die Seitenschalung hing noch am Kran. Die konnten wir wegmachen, ohne dass sie umgekippt ist.«

»Wir?«, fragte Bialas.

Ergenzinger runzelte die Stirn. Er sah Bialas unter seinen dichten Augenbrauen hervor böse an, als ob der an seinem Versprecher schuld sei. Dann starrte er vor sich auf den Tisch.

»Wir – am nächsten Morgen«, sagte er nach einer Weile, ohne aufzusehen. »Nachts hab ich's allein gemacht.«

Bialas wartete einen Moment, ob der Polier weitersprechen würde. »Was haben Sie dann gemacht?«, nahm er den Faden wieder auf, als Ergenzinger beharrlich schwieg.

»Ich hab die Verschalung wieder hingemacht. Dann hab ich das ganze Zeug verbuddelt. Die Folie. Und die Stange. Und alles, was ich so anhatte. Auf Areal drei haben sie da ja noch die Entsorgungsrohre verlegt. Da hab ich alles druntergepackt und bisschen was draufgeschippt. Ich wusste ja, dass da am nächsten Tag gleich aufgefüllt wird.«

Wieder herrschte einige Zeit Stille. Bialas beobachtete den Hünen und versuchte zu verstehen, warum der sich aufopferte – für eine Tat, die er nicht begangen haben konnte.

»Was ich nicht verstehe«, fragte er dann, »warum haben Sie den Mann erschlagen? Was hat er Ihnen getan?«

»Er wollte Geld. Er wollte mir die Kohle abnehmen«, antwortete Ergenzinger trotzig.

»Und warum haben Sie die Folie wieder rausgezogen und ihn da nicht einfach dringelassen?«, fragte Bialas.

»Wegen der Luft«, sagte Ergenzinger leise. »Der Beton muss dicht sein. Es dürfen keine Luftblasen drin sein.«

»Haben Sie ihm deshalb auch die Stiefel ausgezogen?«

»Ja«, antwortete Ergenzinger noch leiser und ohne Blickkontakt.

Bialas lehnte sich zurück und seufzte auf. Dann zog er den Aktenstapel zu sich, der zwischen ihm und Stoevesandt auf dem Tisch lag. Er blätterte darin herum und zog dann eine Mappe heraus.

»Herr Ergenzinger«, sagte Bialas resigniert, »meine Kollegen hier haben Ihnen sicher schon gesagt, dass Serhij Martschenko zu einem Zeitpunkt gestorben ist, zu dem Sie noch im Adler gesessen und Skat gespielt haben. Sie wissen sicher auch, dass wir wissen, dass sie mit irgendjemandem im Büroraum von Rentz telefoniert haben. Man hat Ihnen sicher auch schon gesagt, dass Sie nicht als Täter in Frage kommen, weil der mindestens zehn Zentimeter kleiner gewesen sein muss als Sie.«

Bialas zog aus der Mappe ein Blatt hervor. Darauf war eine Kopie des Ausweises von Ludmila Martschenko. Das Passfoto zeigte die Frau in erstaunlich guter Qualität.

»Das ist die Mutter des Mannes, den Sie angeblich erschlagen haben«, sagte er und schob Ergenzinger das Blatt unter die Nase. »Sie war vor zwei Tagen hier, um ihren Sohn zu identifizieren. Sie wissen genau, wie man sich fühlt, wenn das eigene Kind sterben musste. Sie erschlagen keinen jungen Kerl, nur weil er an Ihre Geldbörse will. Nicht, ohne ihm vorher ein Veilchen zu verpassen. Herr Ergenzinger, Sie schützen Ihren Chef.«

In Ergenzingers Gesicht wich die Widerborstigkeit immer mehr und machte der Verzweiflung Platz.

»Warum geben Sie sich nicht einfach mit mir zufrieden?«, sagte der Hüne fast flehentlich. »Ich hab nix mehr zu verlieren. Wenn die Firma den Bach runtergeht, was soll ich dann noch?« Seine Stimme wurde wieder renitent. »Ich hab die aufgebaut, mit dem Wilhelm zusammen. Da steckt mein ganzes Leben drin. Aber führen kann ich sie nicht. Ich versteh nix von Zahlen. Ich kann nicht richtig schreiben. Wenn die Firma am Arsch ist, dann bin ich auch am Arsch.«

Er schlug mit der Hand auf den Tisch und wurde richtig laut. »Ich bin jetzt sechsundfünfzig. Mich nimmt doch keiner mehr, wenn ich den Job verliere. Und wenn ich arbeitslos werde, dann gehe ich drauf! Da kann ich doch gleich ins Gefängnis gehen!«

»Herr Ergenzinger«, sagte Frenzel nun leise und ausgesprochen ernst. »Wir können Sie nicht für etwas anklagen, das Sie nachweislich nicht begangen haben. Aber wir müssen Sie anklagen wegen Beihilfe zur Vertuschung einer schweren Straftat. Sie werden also ins Gefängnis kommen.« Sanft und als ob er den Mann trösten wollte, fügte er hinzu: »Und vielleicht sind Sie ja dann schon im Rentenalter, wenn Sie wieder rauskommen.«

Ergenzinger sah den Staatsanwalt an, mit einem Blick, der wieder nur Verzweiflung war. Dann sackte er in sich zusammen, stierte auf das Bild von Ludmila Martschenko, und eine dicke Träne suchte sich ihren Weg durch das wettergegerbte Gesicht.

5

Bialas hatte gerade noch Zeit, in der LKA-Kantine eine warme Mahlzeit zu sich zu nehmen, einen großen Pott Kaffee zu trinken und sich vom Kantinenpersonal anmurren zu lassen, weil er so spät dran war. Dann war auch schon Zeit für die Besprechung.

Es war wieder mal eine große Runde mit allen Soko-Mitgliedern, einigen weiteren Mitarbeitern aus der LKA-Abteilung Wirtschaftskriminalität, dem Staatsanwalt, Armin Kayser sowie einem Dutzend weiterer LKA-Beamter von der Ermittlungsgruppe Schleuser und der Abteilung für Zielfahndungen.

Stoevesandt leitete die Sitzung in seiner gewohnt organisierten Art. Er wollte zunächst einen Überblick über die wichtigsten Ergebnisse der Ermittlungen geben, um sie alle auf den aktuellen Stand zu bringen. Die Lage bei der Fahndung nach Thomas Rentz und weitere Maßnahmen mussten besprochen werden. Wildermuth sollte die ersten Ergebnisse der Tatortuntersuchung vorlegen, Kayser einen Überblick geben, was die Beschlagnahmung von Unterlagen der Firma Rentz ergeben hatte. Schließlich war die Frage, was mit den Illegalen vom GVG-Gelände und deren »Arbeitgebern« geschehen sollte.

Stoevesandt hatte gerade die Ergebnisse der morgendlichen Aktion vorgetragen, als das Telefon klingelte, das direkt neben dem Eingang des Sitzungsraumes auf einem kleinen Tischchen stand. Bialas war es bisher noch nie aufgefallen. Rudolf Kuhnert, der dem Ausgang am nächsten saß, nahm das Gespräch an.

»Es ist für Sie, Herr Bialas«, wandte er sich an den Hauptkommissar, »ähm, jemand von der Zentrale hat jemanden in der Leitung, der nach Ihnen fragt.«

»Da ist 'ne Frau, die Sie unbedingt sprechen will und nicht sagt, worum es geht«, informierte ihn die Dame in der Telefonzentrale.

»Wissen Sie, wie sie heißt?«, fragte Bialas.

»Eine Frau Rentz.«

»Stellen Sie durch!«

Nach einem Klicken meldete sich die völlig panische Stimme von Andrea Rentz. »Herr Bialas, sind Sie das? Mein Mann hat gerade angerufen. Und er hat so komische Sachen gesagt.«

Bialas suchte auf der Tastatur des Telefons eine Lautsprecherfunktion, fand sie, schaltete sie ein und hoffte, dass die junge Frau am andern Ende der Leitung es nicht mitbekommen würde. Doch die war viel zu aufgeregt.

»Er hat was gesagt von einer Lebensversicherung. Und dass er uns lieb hat. Und dass wir ihm verzeihen sollen. Und dass es nicht mehr weitergeht. Und ich weiß gar nicht, was eigentlich los ist. Warum suchen Sie ihn denn? Warum kommt er nicht nach Hause? Was ist denn bloß passiert? Ich hab so furchtbare Angst, Herr Bialas! Ich hab so Angst, dass er – sich was antut.« Sie schluchzte nun ins Telefon.

»Frau Rentz«, Bialas bemühte sich, so viel Ruhe und Sicherheit wie nur möglich in seine Stimme zu legen. Doch seine Nase schlug heftig Alarm. Er langte nach dem Taschentuch in seiner Hosentasche. »Frau Rentz, wir werden ihn finden. Ganz bestimmt. Wenn Sie uns jetzt helfen! Wissen Sie, von wo Ihr Mann angerufen hat?«

»Nein! Er hat überhaupt nicht richtig auf meine Fragen reagiert. Ich hab gefragt: Wo bist du? Und er hat immer nur von dieser Lebensversicherung geredet. Und dass ich zu Vater gehen soll und zu Karl, und dass die mir helfen.« Sie wurde fast hysterisch.

»Wissen Sie, ob er Sie von seinem Handy aus angerufen hat?« Und in den Raum hinein, zu den Kollegen gewandt, fragte er: »Haben wir die Nummer?«

Stoevesandt und ein Mann von der Fahndung nickten.

»Ja«, sagte Frau Rentz etwas ruhiger, »das hat er dabei.«

»Dann können wir ihn orten. Am besten, Sie versuchen, ihn immer wieder anzurufen. Wenn er sich meldet, dann sprechen Sie ganz ruhig mit ihm und versuchen Sie ...«

»Das hab ich versucht«, heulte Andrea Rentz aus dem Telefonlautsprecher, »er hat abgeschaltet.«

»Wir haben noch kein Bild von dem Mann«, raunte nun der Kollege von der Fahndung.

»Frau Rentz«, sagte Bialas, wieder um einen beruhigenden Ton bemüht, »wissen Sie was? Sie kommen jetzt hierher ins Landeskriminalamt. Bitte bringen Sie ein paar Bilder von Ihrem Mann mit. Können Sie Ihre Kinder kurzfristig irgendwo unterbringen?«

»Bei meinem Schwiegervater, denke ich«, sagte sie.

»Sagen Sie Ihrem Schwiegervater, er soll sich sofort bei uns melden – und natürlich auch bei Ihnen –, wenn sein Sohn auftaucht oder bei ihm anruft.« Bialas wusste, dass inzwischen ohnehin Beamte in Zivil das Kommen und Gehen bei der Familie Rentz beobachten würden.

»Nehmen Sie eine Taxe, die zahlen wir. Nicht das eigene Auto. Sie sind zu aufgeregt, um selbst zu fahren. Und während der Fahrt überlegen Sie ganz genau: Wo könnte Ihr Mann sich aufhalten? Hat er Freunde? Bei welchen Verwandten oder Bekannten könnte er sein? Gibt es irgendein Gartenhäuschen – oder ein Vereinsheim, oder sonst irgendeinen Ort, wo er Unterschlupf finden könnte?« Bialas überlegte, welche Hinweise er ihr noch geben konnte. Das Krankenhaus, in dem die Mutter von Thomas Rentz lag, hatte er selbst bei seiner Rückfahrt bereits ermittelt. Auch dieses würde schon unter Beobachtung stehen.

»Überlegen Sie genau, und wenn Sie hier sind, sprechen wir darüber. Wir überprüfen jeden dieser Orte. Wir werden ihn finden, Frau Rentz. Ganz bestimmt.«

»Also gut«, sagte sie, nervös, doch nicht mehr ganz so kopflos. »Dann komme ich so schnell wie möglich.« Sie schien fast froh, eine Aufgabe zu haben und nicht mehr alleine mit ihrer Furcht zu Hause sitzen zu müssen.

Erst nachdem Bialas das Gespräch beendet hatte, fiel ihm auf, dass im Raum eine Stille herrschte, als hätten alle Anwesenden den Atem angehalten.

Einer der Fahndungsleute unterbrach die Stille abrupt und sprang auf. »Wir haben die SMS-Ortung noch nicht veranlasst«, sagte er schuldbewusst. »Das funktioniert zwar nicht, wenn er ausgeschaltet hat, aber probieren müssen wir's.« Damit stürzte er aus dem Raum.

»Können wir sonst noch etwas tun?«, wandte sich Stoevesandt an die verbliebenen Fahnder. Systematisch gingen sie gemeinsam durch, was veranlasst worden war und welche weiteren Möglichkeiten es gab. Wie Bialas bereits vermutet hatte, waren alle Orte, an denen Thomas Rentz nach ihren bisherigen Erkenntnissen auftauchen konnte, mit Beobachtern in Zivil besetzt. Der Wohnsitz, die Baustelle auf den Fildern, der Wohnwagen und das Krankenhaus, in dem Mutter Rentz lag. Alle verfügbaren Daten von Rentz einschließlich der Nummern von Personalausweis und Pass, waren bereits an INPOL weitergegeben worden.

»Was wir noch brauchen, sind Fingerabdrücke und DNA«, sagte einer der Fahnder.

»Fingerabdrücke bekommt ihr in spätestens 'ner halben Stunde. DNA dauert noch was«, gab Wildermuth knapp zurück.

Es war nicht ganz klar, in welchem Fahrzeug Thomas Rentz unterwegs war. Man musste schnellstens ermitteln, wo welche Fahrzeuge des Bauunternehmers im Einsatz waren oder geparkt herumstanden. Das Wahrscheinlichste war, dass Rentz den Toyota Land Cruiser genommen hatte, den er nach Angaben seiner Bauarbeiter auch privat am häufigsten nutzte. Sie diskutierten, ob Fahndungskontrollpunkte eingerichtet werden sollten und wo. Wenn man die örtlichen Gegebenheiten betrachtete, so umfasste der Bereich, in dem Rentz sich aufhalten konnte, ein riesiges Gebiet von der Filderhochebene im Süden von Stuttgart bis weit nördlich der Stadt in die Weinregion rund um den Wohnort des Gesuchten. Es würde einen enormen Aufwand bedeuten, dieses Gebiet zu kontrollieren.

Vielleicht hatte Rentz jedoch auch vor, sich ins Ausland abzusetzen. Hatten sie genügend Anhaltspunkte, um bereits die Grenzfahndung einzuleiten? Dann würde der Mann Geld brauchen. Man musste also seine Konten überwachen.

Wenn Rentz sich jedoch tatsächlich umbringen wollte, so waren ihre Chancen, ihn zu finden, ungleich schlechter. Er würde weder Geld noch Handy noch sonst etwas brauchen. Wo würde er hingehen? Die Pulsadern konnte er sich überall aufschneiden. Wie würde er sich das Leben nehmen wollen? Hatte er eine Waffe? Männer bevorzugten harte Methoden wie Erschießen, Erhängen oder den Sturz aus großer Höhe, wusste Hanna. Sie regte an, die Parkhochhäuser am Flughafen zu überwachen. Doch Rentz konnte sonstwohin gehen. Sie mussten den Mann fassen, bevor er sich etwas antat!

Sie hatten die Checklisten der Fahndungsleute fast durchgearbeitet, als Andrea Rentz von einem Beamten zu ihnen in den Konferenzraum gebracht wurde. Sie war bleich und wirkte dadurch noch farbloser. Nur ihre goldbraunen Augen glänzten fiebrig.

Es war bereits abgesprochen: Bialas sollte mit der Frau reden. Sie kannte ihn schon und hatte offenbar Vertrauen zu ihm. Auch Frenzel und ein Kollege von der Fahndung sollten dabei sein. Andrea Rentz kramte in einer großen sackartigen Handtasche, nachdem sich die drei Beamten mit ihr in einen kleinen Besprechungsraum gesetzt hatten. Sie zog ein paar Fotos hervor und legte sie auf den Tisch. Die Bilder zeigten einen Thomas Rentz, wie Bialas ihn nie kennengelernt hatte. Rentz mit seiner Frau auf einem Hochzeitsbild, beide überglücklich und verliebt. Rentz mit seinem Schwager, beide strotzend vor jugendlicher Kraft und fröhlich lachend bei einer Bergwanderung. Rentz mit seinem Sohn, auf dem Bild gerade mal zwei Jahre alt, mit väterlich stolzem Blick.

»Ich hab keins gefunden, wo er alleine drauf ist«, sagte die junge Frau entschuldigend.

Der Kollege von der Fahndung schüttelte den Kopf: »Macht nichts, das reicht«, und nahm die Bilder an sich.

Dann gingen sie mit Andrea Rentz systematisch durch, wo ihr Mann sich aufhalten konnte. Neben dem Schwager, zu dem er ein recht gutes Verhältnis hatte, gab es einen Freund, mit dem er schon gemeinsam die Schule geschwänzt hatte. Der lebte heute allerdings in der Nähe von Hannover. Trotzdem schrieb sich der Fahnder auch dessen Adresse auf. Ein Gartenhäuschen oder -grundstück gab es nicht. Aber ihre Freizeit verbrachten die Rentzens ab und an im Vereinsheim des Schützenvereins, in dem Thomas Rentz Mitglied war.

»Hat er eine Waffe?«, fragte Bialas.

»Zuhause haben wir keine. Schon wegen der Kinder. Das will ich nicht. Thomas hat ein Gewehr. Aber das bleibt immer im Schützenhaus.«

»Adresse?«, fragte der Fahnder, zückte zugleich das Handy und drückte eine Kurzwahlnummer. Bialas wusste, dass Minuten später eine Polizeieinheit zum Schützenhaus im Hainbuch nahe der kleinen Heimatstadt von Thomas Rentz ausrücken würde.

Dann versuchten sie weitere mögliche Aufenthaltsorte zu lokalisieren. Andrea Rentz strengte sich an wie ein kleines Schulmädchen, das auf keinen Fall einen Fehler machen wollte. Sie erinnerte sich an ein kleines gemütliches Hotel im Allgäu, in dem das junge Paar seinen ersten gemeinsamen Urlaub verbracht hatte und von dem Thomas immer wieder schwärmte. Bialas kam es unwahrscheinlich vor, dass ein verzweifelter Mensch dort hingehen würde. Doch sie schrieben Adresse und Namen auf. Ansonsten gab es kaum irgendwelche Orte, an denen sich Thomas Rentz regelmäßig aufhielt.

»Er arbeitet doch so viel«, sagte seine Frau. »Und wenn die Baustellen weiter weg sind, dann kommt er ohnehin nur am Wochenende. Und da macht er dann auch noch Büroarbeit. Da bleibt schon wenig Zeit für uns.«

Bialas überlegte, ob es weitere Ansatzpunkte gab. Auch der Kollege von der Fahndung und Friedebald Frenzel schienen nachzudenken. Andrea Rentz sah hilfesuchend von einem zum andern.

»Warum suchen Sie ihn?«, fragte sie plötzlich in das Schweigen hinein. »Was soll er denn getan haben? Was ist das mit diesem Toten auf der Filderbaustelle?«

Bialas konnte sich einen langen Moment nicht zu einer Antwort durchringen. So klinkte sich Frenzel ein, der sich bislang zurückgehalten hatte: »Frau Rentz, können Sie uns Angaben machen, wo sich Ihr Mann in der Nacht vom Montag, dem 11. April, und Dienstag, dem 12. April, aufgehalten hat?«, fragte er, ohne ihr eine Antwort zu geben.

Ihre Augen huschten schuldbewusst zwischen dem Staatsanwalt und Bialas hin und her. »Er kann keinen umgebracht haben, das kann Thomas einfach nicht. Das weiß ich ganz sicher. Ich kenne ihn. Ich bin seine Frau. Das würde ich doch spüren!« Dann fing sie an zu weinen.

»Frau Rentz, wir wissen nicht, was passiert ist«, versuchte Bialas die Situation zu entspannen. »Wir wissen nicht, war es ein Unfall, war es Totschlag. Was wir wissen, ist, dass in der Nacht vom Montag auf Dienstag im Baubüro Ihres Mannes oben auf den Fildern ein Mensch durch Gewalteinwirkung ums Leben gekommen ist.«

Sie schluchzte weiter, kramte in ihrer Handtasche nach einem Papiertaschentuch, mit dem sie sich die Tränen wegwischte und die Nase putzte. Dann sagte sie: »Nein, er war nicht zu Hause. Er kam am Donnerstagabend. Ich hab ihn da gar nicht erwartet. Er bleibt doch immer die ganze Woche weg. Und er war plötzlich so komisch. Ein ganz anderer Mensch. Und kein Wort gesprochen. Die Kinder hat er angeschrieen. Und getrunken hat er. Er hat sonst kaum mal Alkohol getrunken, außer bei irgendwelchen Festen. Und plötzlich trinkt er den ganzen Schnaps leer, der ihn sonst anwidert. Der stand jahrelang unberührt im Schrank.«

Wieder begann sie in Erinnerung daran zu schluchzen und drückte sich das Taschentuch auf den Mund. »Er hat keinen umgebracht. Das kann er doch gar nicht«, presste sie hervor.

Den meisten Mördern traute man keinen Mord zu – die eigenen Angehörigen schon gar nicht, wusste Bialas. »Jetzt müssen wir ihn zuerst einmal so schnell wie möglich finden, Frau Rentz.« Er legte ihr sachte die Hand auf die Schulter. »Er muss uns selbst sagen, was passiert ist. Jetzt müssen wir – Sie und wir – schauen, dass er sich gesund und wohlbehalten bei uns einfindet. Alles andere werden wir dann sehen.« Er erhob sich und beendete damit das Gespräch.

Die Angst, ihr Mann könnte sich etwas antun, gewann wieder Oberhand. Andrea Rentz nickte tapfer, putzte sich noch einmal die Nase, steckte das Taschentuch in die Tasche und erhob sich ebenfalls.

Nachdem sie für Andrea Rentz eine Taxe bestellt und sie zur Pforte des LKA begleitet hatten, kehrten Bialas und Frenzel zum großen Meeting im Besprechungsraum zurück. Doch Bialas fühlte sich ausgelaugt und müde. Es war ihm fast unmöglich, sich zu konzentrieren. Die Ausführungen Wildermuths rauschten an seinem Ohr vorbei und provozierten nur den Gedanken: »Wenn Rentz sich etwas antut, dann können wir uns den ganzen Kram in die Haare schmieren«.

Auch die Ergebnisse von Armin Kaysers Durchsuchung der Rentzschen Büroräume konnte er nur noch fetzenweise aufnehmen. »Belege für Beschäftigung von Subunternehmen«, »Hinweis auf Sozialversicherungsbetrug« waren die Stichworte. Als schließlich Rudolf Kuhnert wieder einmal Zahlenkolonnen und Organisationsstrukturen herunterleierte, war das Einzige, was er noch mitbekam, der Name Marek Dubinski, der sich ständig wiederholte.

Die Erschöpfung wich auch nach der Besprechung nicht, als er versuchte, ein kurzes Protokoll über die Aussage von

Andrea Rentz zu Papier zu bringen. Die kleinen grauen Zellen verweigerten einfach den Dienst. Luca hatte sich aufgemacht, um die Frau des Bajoraners zu ihrem Mann zu bringen. Hanna war bei den Hundeführern und ihren vierbeinigen Spezialisten und organisierte deren Heimreise. Danach würden beide Feierabend machen. Einen wohlverdienten, wie Bialas dachte. Und auch er hatte für heute wahrlich genug geleistet. Es verabschiedete sich kurz bei Stoevesandt, der noch immer in seinem Büro saß und ein paar Akten durchging. »Gehen Sie, gehen Sie«, bestärkte er Bialas. »Wir können ohnehin nicht mehr viel tun. Die Fahndung läuft – und alles andere kann warten.« Auch der Soko-Leiter wirkte müde und ausgepowert.

6

Als er nach Hause kam, schien tatsächlich die ganze Familie daheim zu sein.

»Oh, du bist schon da?«, fragte Thea erstaunt, die gerade bügelte und dabei irgendeine Detektivgeschichte im Fernsehen anschaute. Sie behauptete immer, diese Arbeit nicht ertragen zu können, wenn nicht nebenher die Kiste lief.

Bialas sah auf die Uhr. Es war schon sieben, nicht gerade früh, doch im Vergleich zur Länge seiner Arbeitstage in der vergangenen Woche tatsächlich ungewöhnlich.

»Dann kannst du ja mit uns essen«, sagte Thea erfreut und schaltete das Bügeleisen ab.

Sie hatte Maultaschen bei ihrem Metzger geholt und sie in Brühe warm gemacht. Bialas lief, nach den vielen belegten Brötchen und der mäßig guten Kantinenküche des LKA, das Wasser im Munde zusammen. Der Metzger gehörte definitiv zu den besten seines Berufsstandes. Erstaunlicherweise huschten auch Alexander und Svenja sofort aus ihren Zimmern an den großen Esstisch in der Küche, als ihre Mutter zum Abendessen rief.

»Hi, Großer«, sagte Bialas zu Alex, »wie stehts in NWA?«

»Du hast mir doch diesen Kasten da versprochen. Was ist jetzt eigentlich mit dem?«, fragte der Junior missmutig, ohne auf die Frage des Vaters einzugehen, und holte sich eine ordentliche Portion Nachschlag.

Svenja schwieg. Das schwarzgefärbte Haar stand heute nicht vom Kopf ab. Am Haaransatz schimmerte bereits das natürliche Aschblond hervor. »Ich geh dann mal wieder hoch«, sagte sie, nachdem sie ihren Teller leergelöffelt hatte, und erhob sich.

»Wann machen wir unseren ersten Termin?«, fragte Bialas.

»Sonntagnachmittag?«, schlug sie fragend vor.

»Okay.« Er durfte jetzt auf keinen Fall kneifen und hoffte innigst, dass Thomas Rentz bis dahin gefasst war. Ob tot oder lebendig, war ihm für einen Moment lang egal.

»Was hast du eigentlich mit unserer Tochter angestellt?«, fragte ihn Thea verwundert, nachdem Svenja in ihrem Zimmer verschwunden war. »Ich hab gestern zu ihr gesagt, sie soll ihr Zimmer aufräumen. Und sie sagt nur ›okay‹ und macht es! Ohne mich anzumaulen.«

»Ich glaube, wir müssen einfach mehr mit ihr reden«, sagte Bialas müde. »Oder besser – ihr mehr zuhören. Und wir beide auch. Ich muss dir vielleicht einfach mehr erzählen, was ich tue und was mich umtreibt. Und dir mehr zuhören, wenn du mir deine Sorgen erzählst.«

Thea nickte. Sie sah ihn lange nachdenklich an. Dann begann sie den Tisch abzuräumen. »Das wäre schön, Andreas«, sagte sie nach einer Weile. »Ich glaube, sonst verlieren wir uns. Wir beide vielleicht unsere Tochter – und möglicherweise wir uns auch gegenseitig.«

Freitag, den 22. April 2005

1

Das Klingeln des Handys riss Bialas aus einem komaähnlichen Schlaf. Er war am Vorabend vor dem Fernseher nach wenigen Minuten eingenickt. Thea hatte ihn geweckt, indem sie ihn sanft streichelte. »Geh ins Bett, Andreas«, forderte sie ihn leise auf. »Du bist ja völlig fertig.« Er war der Aufforderung nur zu gerne nachgekommen.

Nun hörte er den penetranten Klingelton und konnte ihn um nichts in der Welt einordnen. Er sah die goldbraunen angsterfüllten Augen von Andrea Rentz vor sich, und fragte sich, woher das nervige Klingeln kam und warum es nicht von irgendjemandem endlich abgeschaltet wurde.

»Andreas, die wollen schon wieder was von dir«, sagte Thea, die bereits hellwach im Bett saß und ihn vorsichtig rüttelte. Bialas brauchte einen langen Moment, um zu sich zu kommen. Das Klingeln ließ nicht nach. Alexander riss die Tür zum elterlichen Schlafzimmer auf und maulte: »Geht da jetzt endlich mal jemand dran?«

Bialas zog sich noch halb benommen den Bademantel über und warf einen Blick auf den Wecker. Es war gerade erst sechs Uhr. Dann schlurfte er hinaus auf die Diele, wo er auf einer Kommode sein Handy nachts ablegte.

»Tut mir leid, wenn ich Sie so früh wecken muss«, meldete sich die Stimme eines Kollegen, der sich als Hauptpolizeimeister vom Polizeirevier Böheimstraße im Stuttgarter Süden vorstellte. »Wir haben hier so einen Kandidaten, und die Kriminaldauerwache sagt, das wär Ihr Fall.«

»Was für einen Kandidaten?«, fragte Bialas brummig.

»Der behauptet, er hätte einen umgebracht. Der heult. Der ist völlig fertig. Ich weiß nicht, ob der noch ganz richtig im Oberstübchen ist.«

»Wie heißt der Mann?«, fragte Bialas nun hellwach.

»Ein Herr Thomas Rentz.«

»Mann, lesen Sie eigentlich die Fahndungsausschreibungen?« Es war kaum zu glauben.

»Ähm, ach so«, stotterte der Kollege, »und was soll ich mit dem jetzt machen?«

Bialas bekam fast die Krise. »Festnehmen!«, schrie er in das Mobiltelefon. »Die Fahndungsleitung beim LKA informieren. Warten, bis die ihn abholen. Und ihn nicht aus den Augen lassen. Haben Sie verstanden? Keine Sekunde. Der Mann ist selbstmordgefährdet. Wenn ihm irgendwas passiert, reiß ich Ihnen persönlich den Kopf ab.«

»In Ordnung. LKA benachrichtigen und nicht aus den Augen lassen. Ist in Ordnung«, stammelte der Kollege verdattert.

Erst als Bialas das Handy verärgert auf die Kommode warf, stellte er fest, dass seine ganze Familie um ihn herumstand und ihn mit großen Augen ansah.

»Habt ihr den Mörder?«, fragte Svenja verschlafen unterm Rahmen ihrer Zimmertür.

Bialas nickte finster. Dann benachrichtigte er selbst die Fahnder beim LKA. Er klingelte Stoevesandt und Frenzel aus dem Bett. Und schließlich wählte er die Nummer von Andrea Rentz. Sie war erstaunlich schnell am Telefon.

»Wir haben Ihren Mann gefunden.«

»Was ist mit ihm?«, fragte sie, noch bevor Bialas den Satz beendet hatte.

»Es geht ihm den Umständen entsprechend gut – soviel ich weiß«, schränkte er ein. »Wir müssen ihn nun erst mal vernehmen. Aber sobald Sie mit ihm sprechen können, benachrichtigen wir Sie.«

»Danke«, sagte sie leise. Im Hintergrund weinte das Baby.

2

Thomas Rentz sah vollkommen fertig aus. Der Mensch, der in dem Vernehmungsraum im Untergeschoss des LKA saß, hatte wenig zu tun mit dem fröhlichen und stolzen jungen

Mann auf den Fotos, die sie von Andrea Rentz bekommen hatten. Er war bleich und unrasiert. Die Ränder unter den braunen Augen schimmerten bläulich. Das dichte Haar war zerzaust. Mit Sicherheit hatte er die letzte Nacht keine Minute geschlafen. Noch immer trug er die Arbeitskleidung, in der er am Vortag von der Baustelle geflüchtet war. Er stierte auf seine Hände, die mit Handschellen aneinandergekettet waren.

Während zwei uniformierte Beamte den Festgenommenen im Auge behielten, berieten sich Bialas, Stoevesandt und Friedebald Frenzel auf der anderen Seite der Glasscheibe kurz über die Vorgehensweise. Der Staatsanwalt gähnte in einem fort und rieb sich die Augen. An seinem Hinterkopf standen einige Büschel seines Haarkranzes wild ab. Man konnte förmlich die Abdrücke des Kopfkissens erahnen. »Wie sagt schon der Volksmund? ›Morgenstund ist ungesund‹«, hatte er die beiden Kriminalbeamten säuerlich grinsend begrüßt.

»Ich möchte Folgendes vorschlagen«, wandte sich Stoevesandt an ihn, »Sie erledigen die Formalitäten, Rechtsbelehrung, Personalien, Anwalt und so weiter. Ich hätte gerne, dass Herr Bialas die Vernehmung führt. Er hat von uns allen darin die größte Erfahrung. Einverstanden?«

»Aber sicher doch.« Frenzel war es recht.

Im Vernehmungsraum schaltete Stoevesandt die Ton- und Video-Aufnahmegeräte ein. »Nehmen Sie ihm bitte die Handfesseln ab«, bat er die uniformierten Kollegen und wies sie an, vor dem Raum zu warten.

»Na dann wollen wir mal«, eröffnete Frenzel das Gespräch. Er bemühte sich, locker und doch dem Anlass entsprechend ernst zu bleiben, erledigte die Formalitäten und teilte Thomas Rentz mit, dass er im Todesfall des Serhij Martschenko als dringend tatverdächtig galt. Er belehrte ihn über seine Rechte, auch darüber, dass er einen Rechtsbeistand hinzuziehen könne.

Rentz hörte wie in Trance zu und sah ausdruckslos auf das Mikrofon vor sich auf dem Tisch.

»Haben Sie das verstanden?«, fragte Frenzel sachte. »Sie können einen Rechtsanwalt anrufen – jetzt sofort.«

»Ich brauche keinen Anwalt«, sagte Rentz düster.

»Aber Ihnen ist schon klar, dass alles, was Sie jetzt sagen, vor Gericht gegen Sie verwendet werden kann? Das ist leider nicht nur eine Floskel aus den Krimis.«

Als Rentz nicht reagierte, setzt Frenzel nach: »Man kann sich hier ohne rechtliche Kenntnisse wirklich ganz gehörig in die Nesseln setzen, Herr Rentz. Sie haben doch einen Anwalt. War da nicht der Herr Mayer von Wieland, Mayer & Partner? Ich bin beileibe kein Freund von diesem Menschen. Aber ich muss Sie fairerweise einfach darauf hinweisen, dass Sie in Ihrem eigenen Interesse einen Rechtsbeistand haben sollten.«

Erst jetzt schien Thomas Rentz den Staatsanwalt wirklich wahrzunehmen. Er lebte plötzlich auf.

»Die haben mich doch in diese ganze Scheiße hineingeritten«, sagte er nun bitter. »Bleiben Sie mir bloß weg mit Mayer. Das ist nicht mein Anwalt. Das ist Metzlers Anwalt. Dieses Schwein soll mir bloß wegbleiben!«

Bialas schaltete sich nun ein: »Sie können einen anderen Anwalt nehmen, Herr Rentz. Wenn Sie keinen kennen, können wir Ihnen ein paar Adressen oder das Branchenbuch geben. Fürs Erste zumindest. Wenn Sie nicht mit dem zurechtkommen, können Sie den Anwalt immer noch wechseln.«

Rentz schüttelte den Kopf.

Sie gaben dem Verhafteten eine kurze Bedenkzeit, dann seufzte Frenzel und sagte: »Na gut, Herr Rentz. Dann muss ich Sie aber bitten, uns ausdrücklich zu bestätigen, dass Sie bei dieser Vernehmung keinen Rechtsbeistand haben wollen.«

Rentz nickte und sagte leise: »Ich brauch keinen Anwalt. Der kann die Toten auch nicht wieder lebendig machen.«

Für einen Moment schwiegen sie alle.

»Warum haben Sie eine solche Wut auf Metzler und seinen Anwalt?«, fragte Bialas dann.

»Es sind Halsabschneider«, sagte Rentz bitter. »Ich wollte das alles nicht. Ich wollte keine Leute, die leben müssen wie die Hunde und gerade mal drei Euro fünfzig in der Stunde verdienen. Ich wollte halbwegs sauber bleiben. Aber sie zwingen einen dazu. Metzler hat uns doch völlig in der Hand.«

»Drei Euro fünfzig – war das der Stundenlohn, den Ihnen Metzler berechnet hat?«, fragte Stoevesandt.

»Vier fünfzig«, sagte Rentz. »Den einen Euro pro Mann und Stunde hat Metzler als ›Vermittlungsprovision‹ eingesackt.«

»Den Arbeitern wurde ein Stundenlohn von fünf versprochen«, informierte Bialas. »Tatsächlich haben sie aber monatlich nur etwa 80 Euro ausgezahlt bekommen. Einen Teil des Lohnes hat man ihnen für Transfer und Unterkunft abgezogen, und der Rest wurde angeblich an die Familien zuhause überwiesen. Dort ist das Geld allerdings nie angekommen.«

Rentz brauchte einen Moment, bis er begriff. Dann schossen ihm die Tränen der Wut in die Augen. »Ich bin ein Mörder! Ich habe einen Menschen auf dem Gewissen. Ich habe eine Schuld auf mich geladen, von der ich gar nicht weiß, wie ich das ertragen soll. Aber das sind gewissenlose Schweine. Metzler ist es völlig egal, ob einer draufgeht. Es ist ihm völlig egal, ob ich meine Familie ernähren kann. Er macht Riesenprofite mit seinen gemeinen Geschäften. Und er liebt es, wenn andere sich winden. Wenn sie winseln, wenn er mit einem machen kann, was er will. Das genießt er geradezu, dieses Schwein. Das ist genauso ein Verbrecher. Nur kriegt man solche nie dran.« Er ballte die Faust vor sich auf dem Tisch.

»Herr Rentz, erzählen Sie uns von Metzler«, sagte Bialas. Rentz wollte reden, das war klar. Sollte er zunächst über das reden, was ihm offensichtlich am leichtesten fiel. Auf die eigentliche Tat konnten sie später noch eingehen. Sie hatten nun alle Zeit der Welt.

Rentz blickte irgendwohin in weite Ferne. Er war ein stattlicher, gutaussehender Mann, obwohl er mitgenommen aussah und die markanten Gesichtszüge verbittert wirkten. Nach einer Weile setzte er an:

»Es war ein Fehler! Ich hätte nicht auf meinen Vater hören sollen.« Wieder schwieg er. Bialas ließ ihm Zeit.

»Ich wollte Architektur studieren. Gebäude entwerfen. Gestalten. In meinem Stil. Mit meiner Ästhetik. Davon habe ich geträumt. Nicht nur nachbauen, was andere vorschreiben.« Sein Blick glitt für eine Weile in eine ferne Vergangenheit. Dann nahm er den Faden wieder auf: »Aber mit einem Architekturstudium kann man schlecht ein Baugeschäft leiten! Ich wollte den Betrieb gar nicht. Ich hab doch gesehen, von klein auf, was das für eine Plackerei ist. Aber sie haben mich bearbeitet, Vater und Karl. Wegen der Leute, und dass es ein sicheres Auskommen sei. Ha, sicheres Auskommen! Von wegen!« Wieder folgte bitteres Schweigen.

»Ich hab mich belabern lassen, ich Dummkopf. Hab tatsächlich meinen Bauingenieur gemacht. Und den Betrieb übernommen, ich Idiot. Es wäre alles nicht passiert.« Er stützte seine Stirn in die Hände. Die Verzweiflung schien ihn zu lähmen.

»Was war mit Metzler?«, fragte Bialas. »Wie hat er Sie gezwungen, diese Leute zu beschäftigen?«

»Herr Rentz«, schaltete sich nun Stoevesandt ein. »Wir sind kurz davor, ein Strafverfahren gegen Georg Metzler einzuleiten. Er soll dieses Mal eben nicht mehr davonkommen.«

Rentz riss sich zusammen. »Okay«, sagte er dann. »Ich werde Ihnen mal erzählen, wie das funktioniert. Und nicht nur bei uns. So ist es ja mit allen, die mit ihm zusammenarbeiten müssen.«

Thomas Rentz erzählte nun nüchtern und fast ruhig, immer wieder unterbrochen durch Pausen, in denen er das Geschehene an sich vorbeiziehen ließ, die Geschichte der Rentz Betonbau GmbH. Als Rentz Junior vor acht Jahren den Betrieb übernahm, zeichnete sich bereits ab, dass die Baubranche in eine Rezession schlitterte. In diesem Wirtschaftszweig gab es schon immer deutliche Konjunkturzyklen. Irgendwann würde es wieder aufwärts gehen, davon waren die Rentzens überzeugt. Doch der Abwärtstrend hielt an.

»Vor sieben Jahren haben wir noch 180 Leute beschäftigt«, erzählte Thomas Rentz. »Unsere Bauleistungen hatten ein Volumen von rund 30 Millionen.« Doch die Auftragslage wurde schlechter und schlechter. Die Preise gerieten unter Druck. Die Kunden gaben Festpreise vor und suchten sich das passende Angebot dazu aus. »Wir mussten Stellen abbauen. Jedes Jahr mehr. Wie ich das gehasst habe!« Vor drei Jahren hatte die Rentz Betonbau GmbH dann noch 110 Leute. Der Umsatz war um 40 Prozent zurückgegangen, die Rendite gegen Null gesunken. An Investitionen in neue Maschinen und Geräte war nicht mehr zu denken. »Trotzdem haben wir in dieser Zeit Aufträge an Konkurrenten verloren, die noch billiger waren«, erzählte Thomas Rentz. »Ich hab mir die Haare gerauft und mich immer wieder gefragt, wie die das machen. Im Nachhinein ist mir klar geworden, das waren alles Metzler-Unternehmen. Entweder eine seiner Tochterfirmen oder eine komplett abhängige Beteiligungsfirma. Er hat uns systematisch kaputtgemacht.« Vor drei Jahren schließlich hatte die Rentz Betonbau unter den wenigen Aufträgen, die sie noch gewinnen konnte, zwei größere Baustellen für die öffentliche Hand. Ein Kindergarten für eine Gemeinde und den Krankenhausumbau einer Kreisverwaltung. Beide Auftraggeber zahlten die Abschlagszahlungen nicht fristgerecht. Rentz hatte seine Kreditlinie bereits weit überzogen. Die Banken traten auf die Bremse. Die Firma hätte Insolvenz anmelden müssen. »Ich bin fast verrückt geworden vor Sorgen. Ich hab nächtelang nicht mehr geschlafen«, erinnerte sich der junge Mann.

Da kam plötzlich die Erlösung. Eine HTI-Investment-Gesellschaft machte ein Angebot, das Rentz in seiner verzweifelten Situation nicht abschlagen konnte. Sie bot an, sechzig Prozent des Unternehmens zu übernehmen und über eine Kreditgesellschaft die fehlenden Abschlagszahlungen vorzustrecken. Alleiniger Geschäftsführer sollte weiterhin Rentz bleiben. Man versprach, sich in die Firmenpolitik nicht einzumischen. »Heute weiß ich: Die HTI-Investment-Gesellschaft ist eine Tochter der HTI-Beteiligungsgesellschaft. Und die ist eine hundertprozentige Tochter der Metzler AG. Die Kredite kamen von einer Finanzdienstleistungsgesellschaft. Und zu welchem Konzern die gehört – muss ich Ihnen das noch sagen?« Rentz winkte resigniert ab.

Zunächst ging es der Firma damit wirklich sehr viel besser. Die Insolvenz war erst einmal abgewendet. Die Schulden konnten beglichen werden. Der Bauunternehmer konnte nun sogar daran denken, ein eigenes Haus für die junge Familie zu bauen. Vor allem aber die Auftragslage verbesserte sich erheblich. »Als Subunternehmen von der großen Metzler AG, da kamen wir natürlich in Projekte rein, von denen hätten wir zuvor nicht mal zu träumen gewagt. Das neue Kongress- und Messezentrum, da hätte man uns früher ausgelacht, wenn wir nur daran gedacht hätten, da mitzumischen.«

Doch die Kehrseite kam ebenfalls rasch zum Vorschein. Das Versprechen der neuen Geldgeber, sich nicht in die Firmenpolitik einzumischen, war reine Makulatur. Thomas Rentz bekam dies erst einmal zu spüren, als er in seinen Fuhrpark investieren wollte. Ein Teil der Fahrzeuge war alt und wurde immer unzuverlässiger. Die eigentlichen Herren der neuen Rentz Betonbau lehnten das Vorhaben rundweg ab und verwiesen auf eine Transport und Geräte GmbH & Co. KG, natürlich eine Tochter des Metzler-Imperiums, bei der Fahrzeuge und Geräte aller Art angeblich günstig geleast werden konnten. Auch die Bewehrungsstähle waren fortan nur noch über Makatsch zu beziehen, wie die Direktive lautete. Und schließlich war das Personal dran. »Sie haben mich gezwungen, noch mehr Leute abzubauen. Obwohl es uns doch besser ging. Metzler bestand darauf, dass ich auf maximal 70 Mitarbeiter reduziere. Den Rest sollte ich von einem Subunternehmen gestellt bekommen, die Osteuropäer nach dem Entsendegesetz hierherschicken. Meine Leute seien einfach viel zu teuer, vor allem bei den Bewehrungsarbeiten.«

»Hat Metzler das persönlich zu Ihnen gesagt?«, fragte Stoevesandt gespannt.

»Zuerst hat dieser HTI-Mensch Druck gemacht, dass ich entlasse«, antwortete Rentz. »Ihm habe ich gesagt, dann müsse er mich als Geschäftsführer absetzen. Da waren Leute dabei, die haben ihr Leben lang für die Firma gearbeitet, richtig gute, und die Arbeit ist hart. Das waren nicht mehr die Jüngsten, und die hatten Familien. Wissen Sie, wie beschissen man sich fühlt, wenn man denen sagen muss, dass man sie nicht mehr braucht?«

»Sie mussten es trotzdem machen?«, fragte Frenzel.

Rentz nickte düster: »Dann hat mich der Boss persönlich vor die Brust genommen. Metzler hat da so eine Tradition. Einmal im Jahr veranstaltet er für alle seine Untergebenen ein Event, so eine Mischung aus Empfang und Geschäftstagung. Er hält 'ne großartige Rede und schwört alle auf die Firmenstrategie ein. Dann gibt's Champagner und Kanapees. Und während alle trinken und futtern, knöpft er sich diejenigen vor, die aus der Reihe tanzen. Separat natürlich, in seinem Designerbüro.«

»Können Sie sich noch daran erinnern, was er genau zu Ihnen gesagt hat?«, fragte Stoevesandt.

»Jedes Wort«, antwortete Rentz. »Ich hatte mit Metzler davor schon einmal persönlich zu tun, als es in die Endverhandlungen für die Anteilsübernahme ging. Anfangs dachte ich wirklich, er sei ein netter Kerl. Er war mir sogar sympathisch. Doch als es darum ging, dass HTI auf jeden Fall die Mehrheit übernehmen wollte, da merkte ich schon, dass er knallhart war, wenn es um seine Vorteile ging. Und dass es ihm Vergnügen bereitet, andere kleinzukriegen. Das Gespräch mit ihm bei dieser Tagung dann, das dauerte keine fünf Minuten. Er sagte mir, dass es innerhalb seines Firmenverbundes keine unrentablen Einheiten gibt und auch nie geben wird. Er sagte: ›Mein Erfolg besteht darin, dass ich immer die gewinnbringendste Variante der Geschäftsabwicklung erkenne und konsequent umsetze. Das sind die Regeln. Und wer sich daran nicht hält, hat in meinem Unternehmen keinen Platz.‹ Ich hab ihm vorgeschlagen, dass ich die Gehälter und die Sozialleistungen kürze. ›Herr Rentz‹, hat er gesagt, ›entweder Sie arbeiten mit KKC Budowa zusammen. Oder ich werde dafür sorgen, dass Sie die längste Zeit für die Rentz Betonbau gearbeitet haben und dass Ihre nette junge Frau und die beiden Kinderchen ganz schnell aus dem schönen neuen Haus wieder ausziehen müssen.‹ Das sagt er einem ins Gesicht, mit einem eiskalten Lächeln. Ich hätte ihm in die Fresse schlagen können. Das traut man sich dann natürlich nicht. Und er weiß das genau und genießt es.«

»Hat er ausdrücklich den Namen KKC Budowa genannt?«, hakte Stoevesandt nach.

Rentz bestätigte noch einmal. »Alle mussten wir von dem die Eisenflechter nehmen. Obwohl uns allen klar war, dass das keine legalen Leute, sondern durchweg Schwarzarbeiter waren.«

Für einen Moment schwiegen sie alle. Jeder für sich wogen die drei Beamten das Gewicht des Gesagten ab. Wenn Thomas Rentz bei dieser Aussage blieb, dann konnte das für Metzler recht unangenehm werden.

Bialas setzte die Vernehmung fort. Es war Zeit, auf den eigentlichen Anklagepunkt zu kommen.

»Herr Rentz, erzählen Sie uns von den Brüdern Martschenko«, forderte er den Mann behutsam auf.

Rentz sackte auf seinem Stuhl zusammen und stierte eine Zeit lang wieder mutlos auf den Tisch. Dann begann er zu erzählen, mit leiser, monotoner Stimme. Die beiden gehörten zu einer Truppe, die von Kress-Arbeitern allmorgendlich auf die Baustelle gekarrt wurden. Je nachdem, wo Eisenflechtarbeiten anstanden, wurden sie für unterschiedliche Firmen eingesetzt, die alle in einem engeren oder weiteren Abhängigkeitsverhältnis zur Metzler AG standen. »Der eine, der Ältere, war ein guter Arbeiter, wirklich«, erinnerte sich Rentz. »Und er sprach ein bisschen Deutsch, das hat er wohl in der Schule gelernt. Dem Jüngeren ging es nicht gut, das habe ich gleich gemerkt. Am Anfang musste er nur ab und zu mal längere Pausen machen. Dann ist er zweimal zusammengebrochen. Und ich habe gesehen, wie er Blut spuckt.

Sein älterer Bruder hat mich irgendwann angesprochen. Er wollte, dass ich einen Arzt rufe oder den Jungen in ein Krankenhaus bringe. Er hat sich verzweifelt angehört.«

Rentz schwieg wieder lange. Es schien, als fiele es ihm schwer, die bedrückenden Erinnerungen wieder hervorzuholen.

»Ich hab ihm versprochen, dass ich ihm helfe. Und dann habe ich ihn im Stich gelassen. Beide habe ich im Stich gelassen.«

Bialas wartete wieder. Man durfte den Mann nun nicht drängen. Er würde erzählen, wenn man ihm das Tempo überließ, das er verkraften konnte.

»Ich wusste einfach nicht, was ich tun sollte«, setzte er schließlich seine Erzählung fort. »Ich hatte Angst, dass herauskam, dass wir systematisch Illegale einsetzen, wenn ich den Mann in ein Krankenhaus bringe. Die hatten ja keine Papiere und nichts. Dann habe ich mit Kress gesprochen, und der meinte, ich solle am besten den Chef von KKC Budowa informieren. Das hab ich dann auch gemacht.«

»Wissen Sie noch den Namen des Mannes?«, wollte Stoevesandt wissen.

»Ein Pole. Irgendetwas mit -inski am Ende. So ähnlich wie Kucinski. Der sagte, er kümmert sich darum. Ich hab ihn dreimal angerufen und ihm gesagt, dass der Mann dringend einen Arzt braucht. ›Natürlich, natürlich‹, hat er gesagt. Scheißfreundlich war er.«

Wieder machte Rentz eine längere Pause. Dann fuhr er fort: »Kurz darauf kam der Jüngere nicht mehr auf die Baustelle. Zuerst dachte ich, dass er eben in ärztlicher Behandlung sei, dass sie ihn vielleicht sogar wieder nach Hause gebracht hatten. Aber der Ältere sah mich immer an, voller Hass. Meistens ist er mir ausgewichen. Ich dachte mir beinahe schon, dass da was schiefgegangen ist. Dann letzte Woche. Plötzlich stand der Mann abends spät in meinem Büro. Ich dachte, die Leute seien längst wieder in ihre Unterkunft gekarrt worden. Er hat mir gedroht, dass er sofort zur Polizei geht, wenn ich ihm nicht am nächsten Tag zehntausend Euro geben würde. Er sagte, ich sei schuld, dass sein Bruder gestorben ist. Ich hätte die Mafia auf ihn gehetzt. Und die hätten ihn umbringen wollen. Ich hab das gar nicht richtig verstanden. Aber dass der Mann irre war vor Wut, und dass der zu allem bereit war, das hab ich begriffen. Ich hab versucht, ihm zu sagen, dass ich damit gar nichts zu tun hatte. Und dass ich nicht von einem Tag auf den andern an zehntausend Euro rankomme. Er hat darauf bestanden: ›Morgen zehntausend. Oder gehe sofort zur Polizei.‹ Ich hab genau gespürt, dem war es so ernst, dem war das Gefängnis völlig egal. Da bin ich ausgerastet. Die ganzen letzten Jahre habe ich gearbeitet wie ein Tier. Wochenlang habe ich meine Kinder nicht gesehen. Ich wusste genau, Metzler würde mich fallenlassen wie eine heiße Kartoffel, wenn die Sache mit den Schwarzarbeitern herauskam. Dann wäre alles umsonst gewesen. Ich hab die Stange genommen, die da an meinem Schreibtisch lehnte. Ich war plötzlich so wütend. Auf Metzler. Auf diese ganze beschissene Situation. Und auf den Kerl da, der mich jetzt auch noch fertigmachen wollte. Da habe ich zugeschlagen.«

Rentz versank wieder in Schweigen.

Irgendwann unterbrach Bialas die Stille im Raum: »Was haben Sie dann gemacht, Herr Rentz?«

»Ich glaub, noch in dem Moment, wo der Mann hingefallen ist, hab ich begriffen, dass etwas Furchtbares passiert ist.

Ich habe Panik bekommen. Ich wusste nicht, was ich machen sollte. Er lag da, und es floss so viel Blut. Da hab ich Karl angerufen. Was hätte ich tun sollen?

Der hat gesagt, er ist sofort da. Ich habe dann außen vor dem Container gewartet. Ins Büro konnte ich nicht mehr rein. Obwohl ich dachte, vielleicht lebt der noch. Ich muss einen Arzt rufen. Ich konnte es einfach nicht.

Als Karl dann da war, hat er nach dem Mann geschaut und gesagt, der sei definitiv tot. Karl hat dann Material besorgt, Folien und eine Schubkarre und Bretter und solche Sachen.«

Rentz schüttelte den Kopf: »Ich weiß nicht, wie wir es gemacht haben. Ich hatte die ganze Zeit das Gefühl, in irgendeinem irrealen Traum gelandet zu sein. Ich stand die ganze Zeit neben mir. Irgendwie haben wir es geschafft, den Mann einzuwickeln und auf die Schubkarre zu laden. Karl hat ihn hinunter zu unserem Bauabschnitt gefahren. Dort haben wir das Schalbrett auf der Seite wieder weggemacht. Durch die Autobahn und den Flughafen hatten wir gerade genug Licht. Karl hat dann die Bewehrungsstähle durchgezwickt und auseinandergebogen. Wir haben ihn auf ein Brett gelegt und ihn in die Lücke zwischen den Stählen rutschen lassen. Zuerst haben wir ihn gar nicht richtig reingekriegt. Wir mussten den Körper immer wieder mit dem Brett reindrücken. Es war furchtbar.« Bei der Erinnerung daran schüttelte es den Mann regelrecht. »Karl hat die Bewehrungen, so gut es ging, wieder hingebogen und die Seitenverschalung wieder angebracht. Ich stand nur daneben und konnte überhaupt keinen vernünftigen Gedanken fassen.«

»Was haben Sie mit den Sachen gemacht? Es muss ja einiges recht blutig gewesen sein.«

»Die Folie, die Handschuhe, mein Jacke. Und die Stange natürlich. Und das Brett. Karl hat alles weggebracht. Ich weiß nicht wohin, aber er hat gesagt, dass dort am nächsten Tag Rohre verlegt werden und dann alles zugeschüttet wird. Mein Büro haben wir noch in der Nacht halbwegs sauber gemacht. Mir ist ein paar Mal schlecht geworden und ich musste zur Toilette. Wir haben erst mal Schalbretter und anderes Zeug auf die Stelle gelegt und den Tisch drübergeschoben. In der nächsten Nacht haben wir dann richtig gründlich geputzt.«

Es schauderte Rentz bei dem Gedanken daran.

»Ich wollte das alles nicht! Ich kann es jetzt noch nicht begreifen! Dass ich einen Menschen umgebracht habe – unmöglich. Ich begreife nicht, was da mit mir passiert ist. Wie konnte ich so etwas tun?« Er schlug die Hände vors Gesicht und zog die Schultern hoch. Zwischen seinen Fingern liefen Tränen. »Als Sie den Toten dann gefunden haben, habe ich die ganze Zeit überlegt, was ich tun soll. ›Gar nichts‹, hat Karl gesagt. Aber ich kam nicht mehr zur Ruhe. Am Donnerstag hab ich gesagt, dass ich mich stelle. Wie soll ich sonst meinen Eltern und meiner Frau und meinen Kindern, wenn sie groß sind, in die Augen schauen? Aber dann kam dieser Anwalt angerauscht. Er hat gedroht, wenn ich nur einen Mucks mache, dann sorgt Metzler dafür, dass nicht nur ich, sondern auch meine Eltern Haus und Hof verlieren.«

Er machte eine nachdenkliche Pause und sagte dann: »Irgendwie bin ich fast froh, dass es jetzt vorbei ist. Auch wenn ich überhaupt nicht weiß, was jetzt werden soll.«

»Herr Rentz«, schaltete sich nun Frenzel wieder ein. Er fuhr sich mit seiner drallen Hand über die Glatze. »Sie brauchen unbedingt einen Anwalt. Sehen Sie, ich muss Sie jetzt dem Haftrichter vorführen. Und da ist es wirklich wichtig, dass Sie das Richtige sagen. Zwischen einem Totschlag aus sittlich niedrigen Beweggründen und einem Totschlag im Affekt nach einer entschuldbaren heftigen Gemütsbewegung oder unter großer seelischer Belastung, dazwischen liegen Welten. Das eine kann bis zu lebenslänglich bestraft werden. Beim andern kommen Sie im besten Fall mit ein bis zwei Jahren weg.«

»Haben Sie niemanden, der Ihnen da helfen könnte?«, fragte nun auch Bialas. »Was ist mit Ihrem Schwager?« Er dachte an eines der Fotos, die Andrea Rentz ihnen vorgelegt hatte.

»Sie sollten wirklich einen Anwalt einschalten«, mischte sich nun auch Stoevesandt ein. »Sie haben einige Aussagen gemacht, die Herrn Georg Metzler, seine Geschäftspartner und seine Geschäftspraktiken betreffen. Wie ich Ihnen anfangs schon sagte – ich bin Wirtschaftkriminalist. Wir sind seit Jahren hinter Metzler her, ohne dass wir je genügend beweiskräftiges Material hatten. Wenn Sie bereit wären, Herr Rentz, diese Aussagen vor Gericht zu wiederholen, nicht in Ihrem Verfahren, sondern in einem Verfahren gegen Metzler, dann wäre das für uns von außerordentlich großer Bedeutung.«

»Und ich kann Ihnen jetzt schon sagen«, setzte Frenzel hinzu, »dass ich als Staatsanwalt und Vertreter der Anklage eine Kooperationsbereitschaft in dieser Angelegenheit maßgeblich berücksichtigen würde bei meinem Antrag auf das Strafmaß. Das alles sollten Sie mit einem Anwalt besprechen.«

Der junge Mann, dem plötzlich aufzugehen schien, was er da gegen den gehassten Peiniger in der Hand hatte, erwachte regelrecht zum Leben. Er hatte nichts mehr zu verlieren. Er hatte jetzt selbst ein Druckmittel in der Hand. Und man sah ihm an, dass er wild entschlossen war, es einzusetzen.

3

Andrea Rentz hatte eine Freundin, die Anwaltsgehilfin war. Deren Chef war zwar kein Strafverteidiger, kannte aber einen befreundeten Kollegen, den er wärmstens empfahl. Der Mann war auch relativ schnell zur Stelle, schimpfte mit Thomas Rentz wie mit einem kleinen Jungen, als er hörte, dass dieser bereits eine vollständige Aussage gemacht hatte. Dann ließ er sich von Frenzel kurz die Sachlage erklären und zog sich mit seinem Mandanten in einen Vernehmungsraum zurück. Man ließ Rentz etwas zu essen bringen, während die Beamten in der LKA-Kantine ein Mittagessen zu sich nahmen. Schon jetzt spürte Bialas, wie ihm die Luft ausging.

Nachdem er und Frenzel den Festgenommenen am Nachmittag dem Haftrichter vorgeführt hatten, war vollends Schluss mit Bialas' Konzentration. Er versuchte noch, einen Bericht zu vervollständigen und etwas Ordnung in das Chaos zu bringen, das sich mittlerweile auch auf seinem Gastschreibtisch breitgemacht hatte. Doch nachdem nun die Anspannung der letzten Tage zu weichen begann, fühlte er sich nur noch ausgelaugt und müde.

Die kurze Besprechung, die die Sonderkommission am späten Nachmittag noch einmal zusammenführte, war eigentlich für die Katz. Denn auch bei allen anderen machte sich Erschöpfung breit. Nur Nicole Marinescu fieberte noch ein wenig. Die Aussicht, dass nun auch die Sache Metzler zur Anklage kommen konnte und auch »ihr« Täter geschnappt würde, beflügelte sie. Und Mister Data legte sogar eine gewisse Heiterkeit an den Tag. Bekamen doch nun seine ganzen Daten, Zahlen und Fakten im Zusammenhang mit der Aussage von Rentz ein erhebliches Gewicht.

Den Abend verbrachte Bialas, unfähig, noch irgendetwas anderes zu tun, vor der Glotze. Er zappte von einem Freitagabendkrimi zum nächsten und ärgerte sich über die Ermittlungsfehler der Filmkollegen, blieb dann in einer Talkshow hängen, bis ihn die Promotion-Geschichtchen von irgendwelchen zweitklassigen Popstars langweilten. Er schaltete weiter zu einer Sendung im MDR, die wohl aus den sechziger Jahren stammte, wechselte schnell zu einer Comedyserie, über die er nicht lachen konnte, und landete dann wieder in einer Talkshow. Irgendwann protestierte Thea, die währenddessen versuchte, eine Zeitschrift zu lesen.

»Schluss für heute«, beschloss Bialas. Auch wenn er trotz der Erschöpfung noch aufgekratzt war – die Bettschwere würde sich nach diesen ungewöhnlichen Wochen schnell einstellen.

Samstag, 23. April, und Sonntag, 24. April 2005

1

Auch am nächsten Tag ließ ihn die Lethargie nicht los. Er wusste plötzlich nichts mehr mit sich anzufangen. War sein Motor in den vergangenen Tagen immer auf vollen Touren gelaufen, sprang er nun nicht einmal mehr an. Irgendwann am späten Vormittag raffte er sich auf, schnappte Alexander und fuhr mit ihm zu einem Spielwarengeschäft.

Der Laden war unübersichtlich und vollgestopft mit Playmobil, Legokästen und Barbiepuppen. Der Besitzer, ein älterer Mann, der eigentlich schon in Rente sein musste, strich sich über seinen grauen Vollbart und sah die beiden nachdenklich an, nachdem sie ihren Wunsch geäußert hatten. Dann nahm er sie mit in den Keller, einer Mischung aus Verkaufsraum und Lager, und zog tatsächlich aus einer Ecke den letzten Chemiekasten hervor. »Nach denen wird nicht mehr so oft gefragt«, brummte der Ladenbesitzer in seinen Bart.

Zu Hause machten sich Vater und Sohn an die Experimente. Am liebsten hätte Alexander die ganzen Substanzen gleich zusammengemischt. Doch Bialas hielt ihn an, die Beschreibung der Experimente erst mal zu lesen, um sie dann Schritt für Schritt umzusetzen. Den ganzen Nachmittag hantierten sie mit Reagenzgläsern, Pipetten und Messbechern. Sie färbten Wasser ein und ließen es durch Kohlefilter laufen, und schwupps! – war es wieder klar. Sie stellten Geheimtinten her, eine, mit der man zwar farbig schreiben konnte, die aber gleich darauf wieder verschwand. Alexander war begeistert. »Da kann ich im Unterricht Briefchen schreiben, und wenn die Lehrerin es merkt und den Brief einsackt, dann ist alles schon verschwunden und sie kann's nicht mehr lesen.« Noch interessanter, weil natürlich konspirativer, war die Tinte, die man nur sehen konnte, wenn man das beschriebene Blatt über eine Kerze oder ein Feuerzeug hielt. »Bloß seh ich da nicht, was ich schon geschrieben habe«, stellte Alexander als Nachteil fest.

Dann stellten sie Kristalle her. Sie löffelten Alaun in heißes Wasser, hängten einen Bindfaden in das Gemisch und hantierten mit Pinzetten und Frischhaltefolie. Bialas erklärte seinem Sohn, dass Alaun eine Verbindung aus den Elementen Aluminium, Kalium, Schwefel und Sauerstoff war. Natürlich wusste er das auch nur, weil es in der Anleitung für das Experiment stand. Dass dann einige Tage vergehen mussten, bis sich wirklich ein größerer Kristall gebildet hatte, passte Alexander gar nicht.

Schließlich fiel Bialas noch ein Experiment ein, für das sie den Chemiekasten gar nicht brauchten, und das ihn schon als Kind begeistert hatte. Ein Streichholzkopf wurde zusammen mit einer Stecknadel mit Alufolie umwickelt. »Die Spitze der Nadel muss zum Streichholzkopf liegen und ihn berühren«, erklärte Bialas seinem Junior. »Wenn die Alufolie fest drumgewickelt ist, ziehst du die Nadel wieder raus. Dadurch entsteht eine Art Düse.« Dann stellten sie das Streichholz auf eine hochgebogene Büroklammer und hielten ein Feuerzeug darunter. Es dauerte eine Weile, doch dann ging das Streichholz ab wie eine Rakete. Alex war begeistert und entschädigt für die Warterei bei den Kristallen.

Thea, die nun in die Küche kam, schimpfte wie ein Rohrspatz. »Ihr fackelt mir das Haus ab! Andreas, was bringst du ihm für einen Unsinn bei!« Bialas nahm den Junior und die Streichhölzer mit nach draußen in den kleinen Garten. Noch war die Witterung kühl, aber trocken. Und so probierten sie Raketen mit zwei Streichhölzern, mit zusätzlichen Streichholzköpfen in der Alu-Einwicklung und größeren Düsenöffnungen und hatten einen Riesenspaß.

Ob Alexander davon auch für seinen NWA-Unterricht profitieren würde, war fraglich. Doch mit Sicherheit hatte er eine Ahnung bekommen, dass Naturwissenschaften nicht nur daraus bestanden, Fakten und Lehrsätze auswendig zu lernen.

2

Auch der Sonntag war endlich wieder einmal ein Tag, an dem Bialas zur Ruhe und zum Lesen kam.

Er nahm das Buch über die Shackleton-Expedition zur Hand, das so lange liegengeblieben war. Die Geschichte nahm ihn schnell wieder gefangen und half ihm abzuschalten.

Die 28 Männer der Crew saßen zwischenzeitlich auf einer lebensfeindlichen Insel fest, ohne jede Chance, von irgendjemandem gefunden zu werden. So entschloss sich Ernest Shackleton zu einem hochriskanten Schritt. Er wagte mit fünf seiner Leute und dem größten ihrer drei Rettungsboote den Versuch, zu einer Walfangstation auf der Insel South Georgia zu segeln.

Die Rettungsaktion zog Bialas in seinen Bann. Er legte das Buch bis zum Ende nicht mehr aus der Hand und verfolgte, wie die Männer 17 Tage gegen Sturm und Wind ankämpften, fast ununterbrochen Wasser aus dem Boot schöpfen mussten und kaum zum Schlafen kamen. Wie sie tatsächlich die rettende Insel erreichten und in einem ununterbrochenen, anderthalbtägigen Fußmarsch über Gletscher und Eisfelder schließlich tatsächlich die Walfangstation erreichten. Wie Shackleton von hier aus die Rettungsaktion für die zurückgebliebenen Kameraden organisierte und schließlich die gesamte Mannschaft – entkräftet, aber wohlbehalten – nach einer zweiundzwanzig Monate währenden Irrfahrt wieder in die Zivilisation zurückbrachte.

»Während die 28 Männer am Südpol um ihr Leben kämpfen, wütet in Europa der erste Weltkrieg. Millionen Menschen sterben. Kaum ein paar Wochen wieder in ihrer Heimat, da werden die meisten der Teilnehmer der Südpol-Expedition zum Militärdienst eingezogen. Zwei davon fallen kurz nach ihrem Kriegseintritt, andere werden schwer verletzt.«

»Was für ein Irrsinn«, dachte Bialas und schlug das Buch zu.

3

Am Nachmittag konnte Bialas wirklich sein Versprechen gegenüber Svenja einhalten. Thomas Rentz war lebendig und verhaftet. Der enorme Druck war aus dem Fall gewichen. Bialas setzte sich in ihrem Zimmer aufs Bett, dem einzigen Fleck, auf dem man keine Klamotten, Schreibsachen oder Taschen wegschieben musste, um Platz zu haben. Wenn Svenja tatsächlich erst vor ein paar Tagen der Aufforderung ihrer Mutter nachgekommen war und aufgeräumt hatte, dann war es Bialas ein Rätsel, wie man ein Zimmer in so kurzer Zeit wieder so zumüllen konnte.

»Worüber sollen wir reden?«, fragte er Svenja, die wieder mal in Schwarz und Nieten gekleidet war und zur Feier des Tages ihre Haare kunstvoll in abstehende Stacheln gelegt hatte.

»Weiß auch nicht«, sagte sie nach einiger Überlegung.

»Kann ich was fragen?«

»Okay«, sagte sie und setzte sich vor ihm im Schneidersitz auf den Boden.

»Wie geht's in der Schule? Du schwänzt manchmal. Ich möchte wissen, warum.«

Sie schaute finster vor sich hin und malte mit dem Finger Kreise auf den Teppichboden. »Na ja, was soll ich da sagen?«

»Erzähl einfach. Ich sage nichts dazu. Ich beurteile nichts, ich schimpfe nicht, so war ja die Abmachung.«

Sie brauchte noch einen Moment, dann begann sie langsam zu reden: »Ich schwänze nur da, wo die Lehrer echt scheiße sind.« Svenja schwelgte geradezu in ihrem Jugendjargon. Die Menschen, über die sie sprach, waren beknackt, bescheuert, unterirdisch und uncool. Sie stressten rum, checkten überhaupt nichts, texteten die Schüler nur zu oder waren völlig verpeilt. Ihre Schilderungen ließen es komplett an Nuanciertheit fehlen. Trotzdem fühlte sich Bialas an einige Episoden aus seiner eigenen Schulzeit erinnert.

Der Chemielehrer war offensichtlich ein Choleriker, der Schüler zusammenschrie, wenn sie eine falsche Antwort gaben, und mit Linealen und Büchern nach ihnen warf, wenn sie unaufmerksam waren. Er beschimpfte die Kinder als Blindgänger und Versager. »Zu einer hat er mal gesagt – da hat die schon geheult, weil er sie fertiggemacht hat –, dass sie wohl die Gene von 'ner Gans und 'nem Esel geerbt hätte.« Der Mann war, wie Svenja erzählte, von einer anderen an ihre Schule versetzt worden, nachdem sich die Eltern dort massiv gegen ihn zur Wehr gesetzt hatten. Nun formierte sich auch unter den Eltern an Svenjas Schule Widerstand. Der Rektor versuchte laufend zu beschwichtigen, weil er den Lehrer mit seinen 43 Jahren schlecht in den Vorruhestand versetzen konnte und ohnehin Chemielehrer fehlten. So wurde das Problem eben auf dem Rücken der Schüler ausgetragen.

Geschichte bestand nach Svenjas Schilderungen immer noch darin, die Geburts- und Krönungsjahre von Königen und Kaisern auswendig zu lernen. Der Dreißigjährige Krieg, der Spanische Erbfolgekrieg, der Österreichische Erbfolgekrieg, der Siebenjährige Krieg. Und Schlachten: Bei Austerlitz und bei Leipzig und bei Waterloo. Dazwischen immer wieder mal ein Friedensschluss, an den sich nach Aussage von Svenja sowieso keine Sau hielt.

»Glaubst du, wir haben auch nur einmal drüber geredet, bei all den vielen bescheuerten Kriegen, woher so was kommt? Dass das einfach daher kommt, dass es immer um die beschissene Macht und das beschissene Geld geht? Und dann leiert dieser Typ das auch noch runter – Papa, ich hab noch nie einen Menschen gehört, der so langweilig sprechen kann. Nicht laut, nicht leis, nicht rauf, nicht runter – immer auf dem gleichen Ton. Das glaubst du gar nicht.«

Svenja kam in Fahrt: »Und dann haben wir eine in Biologie. Das ist vielleicht ne blöde Kuh. Wenn die was erklärt, das versteht kein Schwein. Vor ein paar Monaten, da hat die ganze Klasse die Bioarbeit total verkackt. Durchschnitt war 3,9. Da ging es um Genetik. Die hat Fragen gestellt, die hat man überhaupt nicht verstanden. Und dann hat man nur Punkte gekriegt, wenn die Antworten ganz genau so waren, wie wir sie im Unterricht ins Heft schreiben mussten. Der Vater von Annika, der ist Arzt. Und der hat gesagt, dass diese Arbeit überhaupt nicht zeitgemäß ist. Weil nämlich elf Fragen zu diesen Erbgesetzen von diesem Mendel gestellt wurden. Und nur eine zu den Sachen, die man heute über diese DNA weiß. Und Annika hat da was geschrieben, und ihr Vater sagt, dass es richtig war. Aber Punkte hat sie keine gekriegt. Weil's nicht genau das war, was im Heft stand. ›Wahrscheinlich versteht die das selber nicht‹, hat Annikas Vater gesagt.«

Bialas hatte sehr wohl mitbekommen, welchen enormen Bedeutungszuwachs der genetische Finderabdruck in der Kriminalistik der letzten zehn Jahre erfahren hatte. Die meisten Todesermittler hatten mittlerweile Fortbildungen über die Grundlagen der DNA-Analyse hinter sich. Wenn die Schilderungen seiner Tochter in etwa stimmten, dann hatte sich seit seiner Schulzeit an Unterrichtsinhalten und -methoden erschreckend wenig geändert.

»Gibt es denn eigentlich auch gute Lehrer?«, wollte er wissen. »Was ist mit Mathe?« Bialas erinnerte sich noch, dass dieser Vertrauenslehrer, der ihn in der vorigen Woche angerufen hatte, wohl Svenjas Mathelehrer war.

»Och, der ist ganz okay«, gab sie etwas widerwillig zu. »Der kann ganz gut erklären. Nur Mathe ist nicht so mein Ding.«

»Und sonst – alles nur Nieten?«

»Unsere Deutschlehrerin ist ganz okay. Die strengt sich sogar richtig an. Da ist es nie langweilig.« Svenja nickte zufrieden. »Die hat uns sogar selber raussuchen lassen, welchen Roman wir lesen. Da gab's dann zwar Zoff in der Klasse, weil wir uns nicht einigen konnten. Aber da hat sie gesagt, wir müssen uns einigen. Wir müssen abstimmen wie bei manchen Wahlen: Die beiden Kandidaten, die die meisten Punkte kriegen, die kandidieren noch mal und man kann sich nur noch zwischen den beiden entscheiden. Und das hat dann geklappt.

Und wie ist es bei dir? Habt ihr das Schwein jetzt erwischt, das diese beiden Jungs umgebracht hat?« Svenja wechselte abrupt das Thema. Über die Schule war nun genug geredet worden.

Bialas seufzte. Einen Moment brauchte er, um sich auf die Fragen einzustellen. Und er spürte wieder das Verlangen, seine Arbeitswelt aus ihrem Familienleben herauszuhalten. Doch Svenja hatte ein Recht auf Antworten.

»Er hat nur einen von den beiden umgebracht. Und leider ist er kein Schwein, sondern eher ein armer Hund.« Bialas versuchte, ohne zu weit auszuschweifen und mit möglichst einfachen Worten die komplizierte Geschichte zu erzählen, wie ein Mensch zum Totschläger geworden war und einem anderen das Leben genommen hatte, obwohl sie beide Opfer waren; wie gewissenlose Menschen andere an den Rand der Verzweiflung trieben; wie Kriminelle in weißen Kragen und mit millionenschweren Konten sich auf Kosten von anderen bereicherten und dabei Menschenleben nicht viel wert waren.

»Du kannst mir sowas ruhig erzählen«, sagte Svenja, nachdem er geendet hatte und sie beide eine Weile geschwiegen hatten. »Ich bin schließlich kein Baby mehr. Und außerdem verstehen wir dann ja auch besser, wenn du mal echt mies drauf bist. Oder keine Zeit hast. Mama geht's ja genauso. Die macht sich ja sowieso immer so viele Sorgen. So gefährlich ist dein Job ja auch nicht, wie das immer in den Krimis kommt.«

Bialas dachte an das blinkende Messer im Hause Weißgerber und sagte: »Nein, so gefährlich ist es meistens nicht.« Den Rest behielt er für sich.

4

Es war, als hätte ihn das Thema wieder in die Berufswelt zurückkatapultiert: Draußen auf der Kommode im Flur klingelte sein Handy.

Bialas sah bereits im Display, dass es der Wochenenddienst des Präsidiums war. »Kollege Bialas, ich hab hier eine Frau Rentz, die unbedingt mit Ihnen sprechen möchte«, informierte ihn der Kollege. Wieder einmal verfluchte Bialas seinen Beruf und ließ sich verbinden.

»Entschuldigen Sie, wenn ich Sie am Sonntag störe.« Andrea Rentz klang wirklich bedrückt. »Es ist nur so: Ich habe heute meinen Mann besuchen dürfen. Und er hat mir gesagt, dass er Angst hat. Er hat auf dem Tablett, mit dem er sein Mittagessen bekommt, unter dem Teller, einen Zettel gefunden. Er hat ihn mir mitgegeben. Da steht drauf, in Handschrift: ›Verräter finden keine Gnade. Luganskaja ist überall.‹«

Bialas spürte in den Nasenflügeln ein regelrechtes Stechen. Es lief ihm kalt den Rücken hinunter. Er konnte nicht gleich antworten. Vergeblich suchte er in seinen Hosentaschen nach einem seiner Taschentücher. Er ging in das Schlafzimmer und schloss die Tür hinter sich, um ungestört mit der Frau sprechen zu können.

»Was wollen die, Herr Bialas?«, fragte Andrea Rentz ängstlich. »Was ist Luganskaja? Wissen Sie da irgendetwas drüber. Thomas konnte damit gar nichts anfangen.«

Bialas überlegte. Seine Nase schmerzte fast. Zunächst musste er die Frau beruhigen. »Frau Rentz, in den Gefängnissen werden manchmal seltsame ›Scherze‹ getrieben, vor allem mit Neuankömmlingen.« »Wie groß ist die Gefahr?«, ging es Bialas durch den Kopf. Die Untersuchungshäftlinge waren in der Regel streng vom Regelvollzug getrennt. Kontakte wurden strikt unterbunden. Die Inhaftierten der Untersuchungshaft waren meist den ganzen Tag in ihren Zellen. Bialas konnte sich daher nicht vorstellen, dass der Zettel von einem Untersuchungshäftling zwischen Tablett und Teller geschoben worden war. Konnte es tatsächlich möglich sein, dass die ukrainische Mafia durch Metzler oder seine Geschäftspartner bereits eingeschaltet worden war?

»Ich schicke Ihnen trotzdem jemanden vorbei. Legen Sie den Zettel vorsichtig in eine Plastiktüte, irgendeinen Gefrierbeutel oder so etwas. Möglichst ohne ihn selbst groß zu berühren. Ihre Fingerabdrücke brauchen wir dann als Referenz. Wir vergleichen die anderen Abdrücke auf dem Papier mit unseren Daten beim Erkennungsdienst. Dann haben wir die Scherzbolde schnell identifiziert. Die sind schließlich alle bei uns abdruckmäßig verewigt.« Wenn die Täter nicht Handschuhe getragen hatten, dachte er bei sich und versuchte dennoch, Sicherheit in seine Stimme zu legen. Andrea Rentz ließ sich beruhigen.

Nachdem sie aufgelegt hatte, suchte er sich in einer Schublade schnell ein Stofftaschentuch und rieb sich die brennende Nase. Er rief die Kollegen vom Kriminaldauerdienst an und veranlasste, dass der Zettel so schnell wie möglich bei Andrea Rentz abgeholt und in die KTU gebracht wurde. Dann rief er in Stammheim an. Von der Gefängnisleitung war natürlich am Sonntagnachmittag niemand zu erreichen. Der diensthabende leitende Vollzugsbeamte versprach aber hoch und heilig, dass streng darauf geachtet würde, dass keine Häftlinge aus dem Regelvollzug in den Trakt kamen, in dem die Untersuchungshäftlinge untergebracht waren. Wie der Zettel unter den Teller geraten war, konnte er sich nicht erklären. Alles, was Bialas erreichen konnte, war die genaue Kontrolle aller Speisen und Behälter, die zukünftig zu Rentz in die Zelle gelangten.

Für den Moment konnte Bialas nichts mehr tun. Morgen früh würde er umgehend mit Stoevesandt über das Problem Sicherheit im Falle Rentz sprechen müssen.

»Was war los?«, wollte Svenja wissen, als er das Schlafzimmer wieder verließ.

»Nichts Besonderes«, antwortete Bialas. Schließlich hatte alles seine Grenzen.

Montag, 25. April 2005

1

Als sich die Soko am nächsten Morgen zusammenfand, herrschte eine gelöste Stimmung. Bialas fiel auf, dass ihre Zusammensetzung die dieselbe war wie bei ihrem allerersten Treffen. Als er eintrat, schilderte Luca gerade in blumigen Worten die Vereinigung von Tatjana Ostrowskaja und Michail Ostrowskij: »Madonna mia, was für eine amore. Dagegen sind Romeo und Julia emotionale Waisenkinder. Der wollte sie gar nicht mehr loslassen. Und sie hat nur geweint, vor lauter Rührung. Grande emotione, sag ich euch.«

Nicole Marinescu sah Luca dabei schmachtend an. Sie hatte das feine blonde Haar heute in sanften Strähnen kunstvoll nach oben gesteckt und wirkte mädchenhaft und weich. Für einen Moment fragte sich Bialas, ob es zwischen den beiden etwa gefunkt hatte. Doch intuitiv wusste er, dass die zwei nicht wirklich zueinander passten. Die zierliche Frau war durchaus attraktiv, doch ihre kühle Strenge war nicht Lucas Sache. Und auch umgekehrt war es wohl mehr die Geschichte als der Erzähler, was die Sehnsucht in der jungen Frau weckte, die zwar ein Kind hatte, jedoch wohl ohne Partner lebte.

Stoevesandt war heute ungewohnt zerstreut. »So, was müssen wir jetzt noch klären?«, eröffnete er formlos die Sitzung. Er gab keine Agenda vor und schritt nicht ein, wenn irgendjemand abschweifte oder sich in Nebensächlichkeiten verlor. Es war Nicole Marinescu, die ihren Chef darauf aufmerksam machen musste, dass es nun doch an der Zeit war, die Abteilung 18, Wirtschaftssachen und illegale Beschäftigung, bei der Staatsanwaltschaft einzuschalten. Sie war bei der Aussicht, Georg Metzler höchstpersönlich vor den Kadi bringen zu können, ganz aufgeregt und ließ sich zu der unmanierlichen Äußerung hinreißen: »Mit der Aussage von Rentz kriegen wir ihn an den Eiern!«

Stoevesandt selbst schien hauptsächlich zu beschäftigen, warum Winfried Bechtel, seines Zeichens Leiter der Abteilung 4 im LKA und sein Chef, sie am Freitag tatsächlich in Ruhe ihre Arbeit hatte machen lassen. »Ich habe bis zur Stunde noch keinen Rüffel bekommen«, konstatierte er nachdenklich.

»Na ja, machen Sie sich keine Sorgen. Was nicht ist, kann ja noch werden«, beruhigte ihn Friedebald Frenzel. »Vielleicht hat er ja noch gar nicht gemerkt, dass das Wochenende vorbei ist.« Sein Anzug war wieder zerknittert. Doch trug er eine langweilige graublaue Krawatte.

Hanna schien an diesem Morgen vor allem zu interessieren, warum es bislang keine technischen Möglichkeiten gab, um eine Hundenase zu ersetzen. Sie verwirrte mit dieser Frage Hans Wildermuth, der nur die Ergebnisse der Tatortuntersuchung darlegen wollte und mit solchen hypothetischen Fragestellungen nichts anzufangen wusste. Wildermuth tat Bialas heute fast leid, weil sich niemand in der Runde mehr so richtig für die Ergebnisse der Spurensicherung interessierte.

Friedebald Frenzel mahnte schließlich im allgemeinen Smalltalk an, dass er noch gewisse Fakten brauchte. »Meine Arbeit fängt ja jetzt erst an. Bisher hab ich ja nur meiner Aufsichtspflicht als Staatsbediensteter Genüge getan.« Nach dem Ernst, den er in den letzten Tagen gezeigt hatte, war er nun wieder in allerbester Laune. »Ich liebe meinen Job, sage ich Ihnen. Wenn ich Ihnen so gemütlich zuschaue, wie Sie ermitteln – einfach wunderbar. Nur diese ganze Anklagerei danach, die geht mir schon ganz schön auf die Nerven. Kennen Sie den? Sagt der eine Staatsanwalt zum andern: ›Gucken Sie mal, der Neue, der ist schon über den Akten eingeschlafen.‹ Sagt der andere: ›Der hat sich aber schnell eingearbeitet.‹«

Er lachte aus vollem Herzen und steckte mit seinem Frohsinn die gesamte Sonderkommission an, sodass selbst Stoevesandt schmunzeln und Bialas grinsen mussten.

Nur Armin Kayser, der lange Mann vom Zoll, blieb missmutig. »Ihr habt uns mit Arbeit eingedeckt – wir können kaum noch japsen«, antwortete er auf die Frage von Stoevesandt nach dem Stand der Zollermittlungen. »Ich habe vollkommen den Überblick verloren. Bei uns stapeln sich momentan die Ordner und Unterlagen aus fünf Baufirmen. Im Augenblick kann ich nur dafür sorgen, dass wir die Sachen einigermaßen auseinanderhalten.«

»Aber da helfen wir Ihnen doch. Ähm, ich meine bei der Sichtung und Auswertung.«

Wieder einmal fiel es Bialas jetzt erst auf, dass auch Rudolf Kuhnert anwesend war. Obwohl der farblose Mann für seine Verhältnisse heute fast lebhaft war: »Ähm, Gerd, was meinst du? Sechs Leute können wir doch aus unserer Abteilung dafür abstellen. Ich meine zusätzlich zu mir und Nicole.«

Nicole Marinescu neben ihm nickte heftig.

Stoevesandt stand auf und trat an die große Magnetwand, auf der sie anfangs noch die wichtigsten Fakten und Zusammenhänge grafisch dargestellt hatten. Irgendwann hatte man aufgehört, neue Namen hinzuzuschreiben, weitere Fotos anzuheften und Pfeile zwischen den einzelnen Personen und Firmen zu malen. Der Soko-Leiter betrachtete die unvollendete Darstellung der Verhältnisse nachdenklich. Er fuhr sich mit seiner Hand durch das kurzgeschnittene Haar und sagte dann:

»Ich glaube, wir sollten jetzt alle erst mal unsere Hausaufgaben machen. Die Dokumentation, die Protokolle, die Berichte, die Trennung der beiden Verfahren. Ich würde sagen, schließen wir erst einmal ordentlich die Arbeit dieser Sonderkommission ab.«

2

Es war früher Nachmittag, als Bialas und Stoevesandt sich vor dem Gefängnis in Stammheim mit dem Rechtsanwalt von Rentz und dem Staatsanwalt trafen, dem die Ermittlungen in Sachen Illegale Beschäftigung, Schleuser und Sozialversicherungsbetrug übertragen worden war.

Bialas hatte in der Tat eine Menge Schreibtischarbeit vor sich, die im Sog der Ereignisse der letzten Woche liegengeblieben war. Trotzdem war er nicht traurig, dass der Staatsanwalt für Wirtschaftsstrafsachen darauf bestand, möglichst rasch mit Thomas Rentz zu sprechen, und Stoevesandt ihn bat, wieder an der Vernehmung teilzunehmen. Bialas war zudem froh, das Thema »Sicherheit für Rentz« bei der Gefängnisleitung ansprechen zu können. Er hatte noch am Vormittag mit Stoevesandt über den Anruf von Andrea Rentz und den beunruhigenden Zettel gesprochen, und auch Stoevesandt meinte: »Das müssen wir ernst nehmen.«

Sie meldeten sich an der Außenwache an und ließen in der Besucherkontrollschleuse die Durchsuchungsprozeduren über sich ergehen. Ein Vollzugsbeamter brachte sie in den Trakt, in dem die Besuchsabteilung untergebracht war. Nach nochmaliger Anmeldung wurden sie schließlich in eine der Besuchskabinen geführt. Während sie auf Rentz warteten, holte der Staatsanwalt, ein älterer schlaksiger Mann, die noch dünnen Unterlagen aus der Aktenmappe und stellte Stoevesandt einige Fragen zu den verschiedenen Bauunternehmen, den Brüdern Martschenko und den Anklagepunkten gegen Rentz.

Plötzlich stürzte ein Vollzugsbeamter in den Besucherwarteraum. Der Warteraum war von den eigentlichen Besuchskabinen durch eine Glaswand getrennt. Durch das Glas sah Bialas, wie der Mann wild auf seinen Kollegen am Beobachtungstischchen einredete. Seine Nase begann heftig zu kribbeln. Dann riss der Vollzugsbeamte die Glastür zur Kabine auf und sagte atemlos: »Ich glaub, der lebt nicht mehr.« Sein Gesicht war kreidebleich.

Bialas fuhr wie von der Tarantel gestochen hoch. Stoevesandt sprang ebenfalls auf. Dann rannten sie auch schon los, dem Schließer hinterher, der, etwas korpulent, so schnell er konnte, vor ihnen her watschelte. Der Staatsanwalt war wie angeklebt auf seinem Stuhl sitzen geblieben und hielt seine Akten schützend vor die Brust. Auch der Anwalt von Rentz blieb im Besucherraum zurück.

Bialas und Stoevesandt folgten dem Vollzugsbeamten über einen Innenhof in einen der Zellentrakte, über endlose Gänge, eine Treppe hinauf. Der Mann rannte, so schnell es seine Körperfülle zuließ. Bialas und Stoevesandt konnten gerade so folgen. Endlich sahen sie am Ende eines langen Ganges einen weiteren Wächter in seiner grauen Hose und dem weißen Uniformhemd. Er hatte sich mit dem Rücken an eine der Zellentüren gelehnt, als müsse er mit seinem ganzen Körpergewicht einen Ausbruch verhindern. Auch er sah aus, als hätte er einen Geist gesehen. Als der Kollege und die beiden Kriminalbeamten auf ihn zukamen, drehte er sich um und riss die Zellentür auf. Bialas und Stoevesandt stürzten hinein.

Thomas Rentz war tot. Bialas begriff es intuitiv. Er lag seltsam verrenkt am Boden, wie es bei Menschen vorkam, die unter Schmerzen oder Krämpfen gestorben waren. Seine Augen waren offen und ausdruckslos, sein Gesicht schlaff und entspannt. Trotzdem kniete sich Bialas zu ihm nieder und fühlte nach einem Puls.

»Habt ihr einen Arzt gerufen?«, fragte er die Wachleute. Nicht immer war der fehlende Puls ein eindeutiges Todeszeichen.

»Ist schon unterwegs«, antwortete der korpulente Wächter, noch immer völlig außer Atem.

»Scheiße!«, entfuhr es Bialas aus dem Innersten seiner Eingeweide. »So eine Riesenscheiße. Wie konnte so was passieren?« Er wurde laut. »Warum ist der Mann alleine in der Zelle?«, schrie er die Beamten an. »Der war selbstmordgefährdet, verdammt noch mal!«

Dem dünneren Vollzugsbeamten schlotterten regelrecht die Knie. Der korpulente antwortete schnaufend, aber relativ gefasst: »Hat man uns gesagt. Bis heute Mittag war der auch nicht allein. Dann mussten wir den andern entlassen. In der Fünf-Uhr-Besprechung sollte entschieden werden, wen wir zu ihm reinlegen.«

Inzwischen hatten sich weitere Vollzugsbeamte und Vertreter der Gefängnisleitung vor der Zelle versammelt. Aufgeregte Stimmten schallten durch den Gang. Dann kam der Gefängnisarzt. Er schob alle Anwesenden aus der Zelle. Von der Tür aus beobachtete Bialas, wie er den Mann am Boden untersuchte, um dann zu konstatieren: »Exitus.«

In Bialas' Kopf existierte nur noch ein Wort: »Scheiße, Scheiße, Scheiße«, sagte er immer wieder. Er hieb mit der Faust gegen die Gefängnismauern. Unbändige Wut und unendliche Verzweiflung mischten sich zu einem Gefühl, das ihn vollständig einnahm. Wieder und wieder hieb er mit Faust gegen die Wand und schrie das eine Wort, ohne den Schmerz zu spüren.

Die Hand von Gerd Stoevesandt, die sich weich und fest zugleich auf seine Schulter legte, holte ihn langsam aus seiner Raserei zurück.

»Sie müssen das behandeln wie jeden anderen Fall«, sagte Stoevesandt eindringlich. »Was ist jetzt zu tun?«

Bialas lief wie ein Tiger an den Stangen des Treppenhausgeländers auf und ab und rieb sich die Stirn. Stoevesandt hatte Recht. Er musste sich beruhigen.

»Die Spurensicherung muss her«, sagte er dann. »Wir brauchen sofort eine Obduktion. Wir müssen mit den Leuten hier sprechen. Wer kam zu Rentz rein? Wer war der Typ, der mit ihm in der Zelle saß? Warum war der hier? Warum wurde er wieder entlassen? Wir müssen mit dem Richter und dem Staatsanwalt sprechen, die den eingebuchtet haben.« Er spulte professionell die ganze Palette ab. Dann spürte er, wie sehr seine Hand schmerzte.

3

Sie arbeiteten bis spät in die Nacht. Stoevesandt hatte kurzerhand entschieden, dass Kuhnert und Hanna die abschließenden Arbeiten der Sonderkommission leiten sollten. Er selbst entschloss sich, im Polizeipräsidium Bialas zu Seite zu stehen. Sie telefonierten und recherchierten beide wie besessen. Bialas betäubte damit seine Gefühle. Und wenn die Gefahr bestand, dass Wut oder Verzweiflung die Oberhand gewannen, so schien Stoevesandt immer im richtigen Moment neben ihm zu stehen und ihn sanft wieder auf die Notwendigkeiten der Ermittlung zurückzuführen: »Was ist jetzt zu tun, Herr Bialas? Welche Schritte müssen wir jetzt Ihrer Erfahrung nach einleiten?«

Stoevesandt übernahm sogar die Herkulesaufgabe, mit einem weiteren Kollegen nach Norden zu fahren, in den malerischen Ort, in dem die Familie Rentz lebte, und einer jungen Frau mit zwei kleinen Kindern und einem abgearbeiteten stolzen Vater die unaussprechliche Nachricht zu überbringen. Bialas war ihm dafür unendlich dankbar. Denn unter dieser Zentnerlast, so wusste er, wäre er zusammengebrochen.

Dienstag, 26. April 2005

Am Dienstag zog Bialas einige Kollegen aus seiner Abteilung hinzu, um die Ermittlungen zu forcieren. Franz Kallinger bestärkte ihn: »Du setzt so viele Leute ein, wie du brauchst. Soweit ich weiß, gibt's nichts wirklich Dringendes im Moment. Und wenn du eine Soko brauchst, melde dich.« Vor allem die Kollegen vom Innendienst bekamen nun alle Hände voll zu tun.

Das Bild, das sich im Laufe des Tages ergab, war unheimlich. Der Leichnam von Thomas Rentz war umgehend ins Robert-Bosch-Krankenhaus gebracht worden, wo ein recht junger Arzt aus der Tübinger Rechtsmedizin die Obduktion vornahm. Bialas hatte versucht, den Chef der Rechtsmedizin oder seinen Stellvertreter, Professor Ehrenberg, zu bekommen. Doch die Tübinger hatten gerade einen Fall von möglicher Kindstötung durch Vernachlässigung, der sehr viel Staub aufwirbelte, und Ehrenberg war in den USA bei einer wissenschaftlichen Tagung.

Aber auch der junge Arzt kam recht schnell zu einem eindeutigen Ergebnis: In der rechten Hand hatte der Tote einen Einstich, wie von einem dicken Rosendorn. In der Einstichstelle fand der Arzt mikroskopisch kleine Spuren von Gelatine. Es war offenkundig: Jemand hatte Rentz die Hand gereicht und ihm dabei eine winzige Kapsel mit Gift injiziert. Den Stich musste der sofort gespürt haben. Die Gelatinekapsel hatte nach Schätzung des Arztes etwa eine halbe Stundegebraucht, um sich aufzulösen. Dann war der Tod mit großer Wahrscheinlichkeit schnell eingetreten.

Es musste ein hochpotentes Gift gewesen sein, wahrscheinlich sogar ein Cocktail. Der Arzt wollte sich keinesfalls dazu äußern, um welche Substanzen es sich gehandelt haben konnte. Man würde etliche Tage brauchen, um genau bestimmen zu können, wo das Gift im Körper angesetzt und welche Körperfunktionen es schließlich lahmgelegt hatte. Auch dann konnten die Untersuchungen sich noch Wochen hinziehen. Vor allem dann, wenn die Toxikologen keine Hinweise hatten, um welche Substanzen es sich handeln konnte, war die Wahrscheinlichkeit hoch, dass die Frage nach den Giften nie wirklich beantwortet werden konnte. Klar war, dass hier ein Profi am Werk gewesen war. Die Vollzugsbeamten, die den Mann abgeholt hatten, der mit Rentz in der Zelle gewesen war, wollten beobachtet haben, dass dieser Rentz zum Abschied kräftig die Hand gedrückt hatte. Es habe freundschaftlich gewirkt. Er habe Rentz kameradschaftlich auf die Schulter geschlagen und ihm aufmunternde Worte gesagt, als ob die beiden sich in den gemeinsamen Stunden auf dem engen Raum nähergekommen wären. Einem der Wachleute war aufgefallen, dass Rentz dabei gar nicht so erfreut, sondern eher erschrocken dreinschaute.

Ausgiebige Gespräche mit der Gefängnisleitung und dem Wachpersonal, lange Telefonate mit Polizisten, Staatsanwälten und Richtern ergaben ein Bild des Mannes. Seine Papiere lauteten auf den Namen Harald Grail, geboren in Cluj-Napoca, dem früheren Klausenburg in Siebenbürgen, der viertgrößten Stadt Rumäniens. Der Siebenbürgener Sachse hatte nach der Öffnung Rumäniens angeblich einige Jahre im süddeutschen Raum gelebt, einen Import-/Export-Handel gegründet und immer wieder Reisen nach Rumänien unternommen. In den letzten Jahren war er wieder in sein Heimatland zurückgekehrt und betrieb seine Geschäfte von dort, bereiste jedoch die Bundesrepublik noch regelmäßig.

Harald Grail hatte sich am Freitagabend in einem Lokal im Stuttgarter Süden aufgehalten, in dem vor allem Osteuropäer und Russlanddeutsche verkehrten. Zwei Russlanddeutsche alarmierten die Polizei und behaupteten, dass Grail sie mit einer Waffe bedroht und mehrfach geschossen habe. In der Tat hatte Grail eine 9-Millimeter-Pistole bei sich, gab jedoch an, dafür eine rumänische Lizenz zu besitzen, und hielt ihnen ein Papier unter die Nase, das die Polizisten natürlich nicht lesen konnten. Grail behauptete, nicht geschossen zu haben, jedoch von den Russlanddeutschen mit Messern bedroht worden zu sein. Die Kollegen fanden weder die Messer, noch konnten sie irgendwo Einschüsse feststellen. Aus der Waffe war eindeutig nicht geschossen worden, Schmauchspuren waren nirgends zu finden. Zugleich gab es jedoch ein Dutzend Zeugen, auch solche, die sicher nichts mit den Russlanddeutschen zu tun hatten, die steif und fest behaupteten, Schüsse gehört zu haben. Die Kollegen von der Kriminaldauerwache, die hinzugezogen wurden, informierten die Staatsanwaltschaft, die den Haftrichter einschaltete. Und dieser steckte Grail erst einmal in Untersuchungshaft.

Im Gefängnis hielt der Mann die Anstaltsleitung mächtig auf Trab. Der Anstaltsleiter sowie die Vollzugsbeamten, die mit Harald Grail zu tun hatten, schilderten ihn als sehr gepflegten Herrn. Er trug Anzug, weißes Hemd und Krawatte, als er eingeliefert wurde. Sprache und Manieren wirkten höchst kultiviert. Er trat sehr höflich, aber bestimmt und selbstbewusst auf. Er lehnte eine Einzelzelle ab, verlangte aber, auf keinen Fall zu einem Rumänen, Russen oder Russlanddeutschen und schon gar nicht zu einem Raucher in die Zelle gesteckt zu werden. Gleich am ersten Abend klingelte er nach den Wärtern und beschwerte sich über seinen Mitgefangenen, einen deutschen Kleinkriminellen. Das sei ein ungehobelter, primitiver Rüpel, der keine Manieren habe, hemmungslos furze und rotze und ihn ständig vollquassle. In der Tat passten die beiden wirklich nicht gut zueinander. Darauf achtete die Gefängnisleitung in der Regel jedoch sehr, damit es nicht zu unnötigen Streitereien zwischen den Gefangenen kam. Also verlegte man Harald Grail zu einem Italiener, der etwas gesitteter zu sein schien. Doch schon bald protestierte Grail wieder, dieses Mal noch unterstützt durch einen Anwalt, der mittlerweile seinen Mandanten aufgesucht hatte. Der Italiener lasse den ganzen Tag den Fernseher laufen, und zwar hauptsächlich Action- und Gewaltfilme, und Grail leide bereits unter erheblichen Kopfschmerzen bei all dem Geballere und Getöse, beklagte der Anwalt mit Vehemenz.

Also suchte die Anstaltsleitung wieder nach einer Lösung. Man verlegte den Zellengenossen von Rentz, einen jungen deutschen Raser, der Unfallflucht begangen hatte, kurzerhand zu dem Italiener. Der Siebenbürgener Grail kam zu Rentz. Und nun hatten die Vollzugsbeamten Ruhe. Die beiden schienen sich nicht nur gut zu vertragen. Rentz hatte nach Beobachtung der Schließer sogar einen väterlichen Zuhörer gefunden, der ihm Trost zusprach.

Bereits am Samstagabend waren die beiden Russlanddeutschen, die am Tag zuvor die Polizei gerufen hatten, auf der Kriminaldauerwache erschienen. Sie sagten nun, sie hätten sich getäuscht. Das Knallen sei durch Fehlzündungen entstanden. Irgendjemand habe in einer Nachbargarage neben dem Lokal, in dem die Konfrontation stattgefunden hatte, an einem Motorrad herumgebastelt. Sie würden ihre Anzeige wieder zurückziehen.

Sonderbarerweise hatten sie auch schon den Anwalt von Harald Grail darüber informiert. Nachforschungen bei der Anwaltskammer Stuttgart ergaben, dass der Anwalt bisher nicht mit Kapitaldelikten oder organisierter Kriminalität in Verbindung gebracht werden konnte. Er vertrat in der Regel kleine Ganoven. Bekannt war er allerdings dafür, dass er es sich geradezu zur sportlichen Aufgabe gemacht hatte, seinen Mandanten die Untersuchungshaft zu ersparen. Hier kannte er sämtliche rechtlichen Tricks und Kniffe. So war es vollkommen klar, dass er auch an diesem Wochenende sämtliche Hebel in Bewegung setzte, um seinen Mandanten aus dem Knast zu holen, was ihm schließlich bis zum frühen Montagnachmittag gelungen war.

Der Anwalt selbst schien ehrlich betroffen zu sein, als Bialas ihn damit konfrontierte, dass er mit großer Wahrscheinlichkeit einen professionellen Killer zum Mandanten und diesem in die Freiheit verholfen hatte. Er sagte aus, dass er sich von Grail vor dem Gefängnis verabschiedet hatte und selbst mit dem eigenen Pkw zurück in die Kanzlei gefahren war, während Grail mit einer Taxe in sein Hotel zurückfahren wollte.

Sie ermittelten den Taxifahrer. Dieser gab an, den Mann vom Stammheimer Gefängnis direkt zum Flughafen gefahren zu haben. Telefonate mit unzähligen Fluggesellschaften ergaben, dass Grail einen Flug nach Costa Rica gebucht hatte. Es würde Tage dauern, um herauszubekommen, ob und wohin er von da aus weitergeflogen war. Wenn er dann überhaupt noch Harald Grail hieß und nicht längst eine andere Identität angenommen hatte. Denn Stoevesandt hatte Nicole Marinescu eingeschaltet, die etwas Rumänisch sprach. Sie war, wie Bialas so erfuhr, mit einem Rumänen verheiratet gewesen, mit dem sie auch die gemeinsame Tochter hatte. Nicole Marinescu hatte bei den Behörden von Cluj-Napoca alias Klausenburg angerufen. Man hatte ihr mitgeteilt, dass ein Harald Grail tatsächlich in der Stadt gewohnt hatte, aber vor einem halben Jahr verstorben war.

Mittwoch, 27. April

1

Am Mittwochnachmittag war alles, was nur in Erfahrung zu bringen war, durchrecherchiert. Bialas saß an seinem Schreibtisch, sah auf die Aktenstapel und Papierstöße und fühlte sich unendlich leer.

Auch Hanna saß wieder an ihren angestammten Platz. Konzentriert studierte sie ein Dossier.

Schon am Tag zuvor hatte Stoevesandt die Sonderkommission »Fildermesse« aufgelöst. Ihre Exmitglieder würden zwar noch einige Zeit damit zu tun haben, Berichte auszuwerten und Akten zu vervollständigen. Man würde sich auch weiterhin ab und an zusammensetzen müssen, um die Auswertungen zu besprechen und die Aktenlage zu vereinheitlichen. Doch die Verfahren in den Fällen Martschenko und Rentz einerseits und der illegalen Beschäftigung und Schleuserkriminalität andererseits würden nun getrennte Wege gehen.

Bialas wusste nicht mehr, was sie noch tun sollten. Sie mussten die Obduktionsergebnisse abwarten. Das würde in diesem Fall Tage dauern, und Wochen, bis sie die Resultate der Toxikologen vorliegen hatten.

Sie hatten beantragt, dass sämtliche Insassen von Stammheim, die Russlanddeutsche, Rumänen oder Bürger eines Landes der ehemaligen Sowjetunion waren, gründlich unter die Lupe genommen werden sollten, gleichgültig ob sie im

Regelvollzug oder in der Untersuchungshaft saßen. Bialas bestand darauf, alle, einen nach dem andern, zu verhören. Doch irgendwie hatte einer der Kandidaten seinen Anwalt informieren können. Es war wie ein Lauffeuer durch die Stammheimer Justizvollzugsanstalt gegangen, dass Vernehmungen stattfinden sollen. Und plötzlich fand sich keiner der Gefangenen mehr bereit, ohne richterliche Anordnung eine Aussage zu machen.

Der Zettel mit der Drohung, den man Thomas Rentz zugeschoben hatte, wies außer den Fingerabrücken von Rentz und seiner Frau keinerlei Spuren auf. Das Papier war Allerweltsware und die Schrift war mit Bleistift geschrieben. Der Schreiber hatte Blockbuchstaben verwendet, die akribisch genau ausgeführt waren, sodass die Graphologen wenig Hoffnung gaben, dass diese wenigen Worte jemandem eindeutig zugeordnet werden könnten.

Die Spur von Harald Grail verlor sich in Costa Rica. Man hatte die Gefängniszellen, in denen er sich aufgehalten hatte, auf den Kopf gestellt. Vor allem die gemeinsame mit Rentz wurde von der Spurensicherung peinlichst genau unter die Lupe genommen. Es ergaben sich keinerlei Hinweise auf Giftstoffe oder sonstige Spuren, die ihnen helfen konnten. Man hatte DNA-fähiges Material wie Hautschuppen und Haare und natürlich die Fingerabdrücke des Mannes gefunden. Doch wenn der Killer ein Profi war, würde er seine Dienste zukünftig nicht mehr in Deutschland anbieten oder nur noch unter Bedingungen, die ihn absolut unsichtbar machten.

Sein Anwalt blieb auch nach stundenlangen Vernehmungen dabei, dass er mit dem Mann noch nie zuvor etwas zu tun gehabt und keine Ahnung hatte, warum gerade er von dem Siebenbürgener Sachsen angerufen und um Rechtsbeistand gebeten worden war. Der Anwalt kam Bialas im Übrigen glaubwürdig vor.

Als Bialas sich gegen Mittag mit Stoevesandt noch einmal über die Möglichkeiten einer Sonderkommission beraten hatte, wusste keiner von beiden so recht, was diese sinnvollerweise hätte tun können. Die Resignation war mit Händen zu fassen. Auch jetzt, hier an seinem überladenen Schreibtisch, spürte Bialas fast körperlich die Gewissheit, dass sie den Mörder von Thomas Rentz niemals zu fassen bekommen würden – es sei denn durch einen Zufall.

2

»Andreas, was ist mit dir?«, riss Hanna ihn aus seinen Gedanken.

Bialas seufzte. »Was soll schon sein. Es ist einfach zum Kotzen, das Ganze.« Er sah deprimiert aus dem Fenster.

»Weißt du, Andreas, was ich an dir immer bewundert habe? Deine Fähigkeit, Abstand zu halten. Dich gefühlsmäßig nicht zu sehr in die Fälle zu verstricken. Das macht deine Professionalität aus. Das ist etwas, das mir immer schwergefallen ist und heute noch schwerfällt.« Hanna hatte den Bericht vor sich weit weggeschoben. Sie lehnte sich nach hinten und sah Bialas prüfend an. »Aber jetzt, die ganze letzte Woche eigentlich schon, da hatte ich das Gefühl, dass du dich in der Geschichte verlierst. Dass du so etwas wie Schuldgefühle hast. Als ob du dafür verantwortlich wärst, dass es so gelaufen ist, wie es gelaufen ist.«

Bialas überlegte. Der ganze Fall Martschenko-Rentz war ihm in der Tat mehr unter die Haut gegangen als jeder andere – abgesehen von dem kleinen Mädchen am Neckarufer. Hinzu kam, dass ihm immer wieder die Situation im Haus der Frau Weißgerber lebhaft vor Augen stand. Ein paralysierter Luca, auf den ein Messer niedersauste, und er selbst, der unfähig war, dies zu verhindern.

Sie hatte aber auch noch in einer anderen Hinsicht recht. Die blindwütige Arbeit der letzten Tage und Stunden hatte das Gefühl fast übertüncht. Fast, aber nicht ganz.

»Ich weiß nicht, ob ich es ein Schuldgefühl nennen soll. Aber es geht mir immer im Kopf herum, ob wir nicht noch am Sonntag Rentz aus dem Gefängnis hätten holen müssen. Gleich, nachdem uns seine Frau über den Zettel informiert hat«, überlegte er laut. »Verantwortlich oder nicht – ich hätte den Mord verhindern können.«

»Wer konnte denn ahnen, dass Metzlers Mafia-Kumpanen gleich so dreist reagieren würden? Wie oft passiert ein Auftragsmord in deutschen Gefängnissen? Wir sind hier nicht in Russland oder einem lateinamerikanischen Drogenstaat.«

»Aber es passiert!«, konterte Bialas. »Wir hatten schon solche Fälle. Auch hier.«

»Noch nie an einem Deutschen«, sagte Hanna eigensinnig.

Bialas ließ sich einen Moment die Ereignisse und ihre Argumente durch den Kopf gehen. Dann schüttelte er verständnislos den Kopf: »Aber warum haben sie Rentz ermordet? War das nötig? Warum haben sie nicht einfach seine Familie bedroht?« Auch diese Frage war es, die ihm in den letzten Tagen im Kopf herumgespukt war. »Er hätte niemals ausgesagt, wenn sie ihm angedroht hätten, seinen Kindern oder seiner Frau etwas anzutun. Das hätte gereicht, davon bin ich vollkommen überzeugt. Der Killer ging zudem ein hohes Risiko ein. Was wäre gewesen, wenn man Rentz gefunden hätte, bevor er das Gefängnis verlassen hatte?«

»Weißt du, Andreas«, sagte Hanna, »ich glaube, dass wir alle jetzt erst langsam die ganze Geschichte überschauen. Und deshalb dürfen wir auch keine Schuldgefühle haben. Mir wird jetzt erst allmählich klar, wie gefährlich Thomas Rentz für Metzler war. Ich habe gestern noch mit dem Anwalt von Rentz gesprochen. Rentz war auch nach der Drohung noch bereit, mit uns zusammenzuarbeiten, solch eine Wut hatte er auf Metzler. Der Anwalt wird außerdem Karl Ergenzinger vertreten. Und er sagte mir, dass auch Ergenzinger wild entschlossen war, alles auszusagen, auch vor Gericht, was er von den illegalen Machenschaften mit den Bauarbeitern mitbekommen hat. Ergenzinger hat zwar nie persönlich mit Metzler über diese Dinge gesprochen, so wie Thomas Rentz. Aber er hätte die Aussagen von Rentz in einigen Punkten bestätigen und untermauern können.«

Hanna winkte ab: »Das können wir jetzt natürlich vergessen. Der Polier hat noch am Montag verlangt, in eine Einzelzelle verlegt zu werden. Der fürchtet um sein Leben. Und hier«, sie nahm den Bericht wieder in die Hand, den sie zuvor so aufmerksam studiert hatte. »Die Leute vom LKA und vom Zoll haben sich nach der Vernehmung von Rentz natürlich auch die anderen Bauunternehmer vorgenommen und ihnen die Aussagen unter die Nase gehalten. Rudolf Kress persönlich, den Geschäftsführer von Schwartz & Sonntag, diesen Hellmann und noch ein paar andere. Man hat ihnen Strafmilderungen in Aussicht gestellt, wenn sie wie Rentz kooperieren und gegen Metzler aussagen. Die meisten haben anklingen lassen, dass sie dazu sogar bereit wären. Auch das kannst du jetzt natürlich vergessen.« Sie warf den Bericht mit einem lauten Klatschen vor sich auf den Schreibtisch. »Es hätte einen Dominoeffekt gegeben. Einer nach dem anderen wäre umgefallen. Einer nach dem anderen hätte ausgesagt. Die ganzen Schweinereien wären rausgekommen. Und die wirklich Verantwortlichen wären dran gewesen. Mach das nicht, Andreas, übernimm keine Verantwortung für etwas, für das du absolut nichts kannst. Die Schuldigen sitzen in Karlsruhe, in Baden-Baden und in Kiew. Das dürfen wir niemals vergessen.«

Sie stand auf, griff nach ihrer Aktentasche und wandte sich ihrer Jacke zu, die an einem schmalen Kleiderständer hing. »So, und jetzt mache ich Feierabend.« Sie lächelte verschmitzt: »Ich habe da nämlich am Donnerstag einen bemerkenswerten Schäferhund kennengelernt. Und ich habe das Angebot, mich mit dem tollen Tier heute Abend ein bisschen näher zu beschäftigen. Das konnte ich leider nicht ausschlagen.« Sie machte sich bereit zu gehen. Noch in der Tür wandte sie sich zu Bialas um und sagte: »Mach auch bald Feierabend, Andreas, und quäl dich nicht.«

Als sie die Tür hinter sich geschlossen hatte, griff er nach dem Bericht. Er blätterte darin herum, las hier und dort eine Aussage der Bauunternehmer und überflog die Protokolle und Einschätzungen der vernehmenden Beamten. Hannas Verständnis und Aufmunterung hatten ihm gut getan. Doch nun überkam ihn wieder ein Gefühl der Bitterkeit. Das Ganze war sinnlos geworden und lohnte schon nicht mehr den Aufwand, die Vernehmungen genauer zu lesen oder zu analysieren. Sie hatte Recht. Der Tod von Thomas Rentz hatte ihnen den einzigen Joker aus der Hand genommen, den sie wirklich gehabt hatten.

Es klopfte an der Tür. Franz Kallinger kam herein. Er ließ sich schwer mit seiner ganzen Leibesfülle auf Hannas Stuhl nieder, der unter ihm fast zerbrechlich wirkte.

»Hallo, Andreas, wie geht's dir?«, fragte Franz und atmete schwer. Er hatte wohl wieder einmal über das Treppenhaus die zwei Stockwerke überwunden, die Bialas' Büro von seinem trennten.

»Willst du eine ehrliche Antwort?«

»Wollte ich schon mal was anderes hören?«, brummte Kallinger.

»Beschissen«, sagte Bialas düster. »Der Täter ist tot, und die eigentlichen Schweine kriegen wir nicht. Die Firma Rentz ist kaputt, die Familie im Elend. Und wahrscheinlich kann Stoevesandt nicht einmal Anklage gegen Metzler erheben.«

»Hat euch Bechtel wenigstens in Ruhe gelassen?«, fragte Kallinger nach einer Gedankenpause.

Bei dem Gedanken an Stoevesandts Vorgesetzten schoss Bialas vor Wut das Blut ins Gesicht. »Der hat es gestern tatsächlich fertiggebracht, uns zur Lösung des Falls und zur Ergreifung des Täters zu gratulieren.«

Kallinger nickte verständnisvoll und schwieg.

»Aber«, sagte Bialas, dem aufging, dass der Chef natürlich etwas anderes wissen wollte, »er hat uns wenigstens nicht mehr ständig Knüppel zwischen die Beine geworfen. Danke, Franz.«

Wieder nickte Kallinger. Sie schwiegen eine Weile.

»Und wie geht es deiner Tochter?«, fragte Franz Kallinger plötzlich.

Bialas sah ihn erstaunt an.

»Mich hat da so ein Lehrer angerufen«, brummelte Kallinger vor sich hin. »Ich habe ihm deine Nummer gegeben. Weißt du, manchmal denken wir, es sind die großen Dinge, die wir bewegen. Und dabei übersehen wir, dass es manchmal die kleinen Dinge sind – die, die uns so nah sind, so dass wir sie gar nicht mehr richtig wahrnehmen –, manchmal sind es diese Dinge, für die wir wirklich die Verantwortung tragen und wo wir eigentlich wirklich Wichtiges bewirken.«

Er ließ seine Hand auf den Schreibtisch fallen und erhob sich schwerfällig. »So, Andreas, und jetzt machst du Feierabend.«

III – Sascha

Die Luft war zum Schneiden dick. Die Temperatur in dem engen Kabuff schien von Minute zu Minute zu steigen. Sein Hemd war nass vom Schweiß, und immer wieder liefen ihm kleine Rinnsale von der Stirn in die Augen. So stellte er sich eine Sauna vor. Wie lange standen sie schon hier? Es war bestimmt schon eine Stunde vergangen, seit der Lkw den Motor abgeschaltet hatte. Selbst wenn er eine Uhr gehabt hätte – die Finsternis war absolut, obwohl draußen heller Tag war.

»Wenn kein Licht hereinkommt«, dachte er, »dann kommt auch keine Luft rein.«

Immer wieder fing einer der Männer an zu schimpfen.

»Verflucht noch mal, was machen die? Warum geht das nicht weiter?«

»Ich will jetzt hier raus, verdammt noch mal.«

Je länger sie standen, umso häufiger ging das Geschimpfe in Gezeter und Gejammer über.

»Ich halt es nicht mehr aus.«

»Was ist, wenn die uns vergessen haben?«

»Wir werden hier drin ersticken!«

Sie waren zu fünft in einem schmalen Hohlraum gefangen, der gerade genug Platz ließ, damit jeder sich setzen konnte. Die engen Verhältnisse schienen zunächst durchaus erträglich. Man hatte sie aus den halbwegs komfortablen Reisebussen in die verborgene Kabine am vorderen Ende des Stauraums verladen und ihnen gesagt, dass man nur noch zehn Kilometer von der Grenze entfernt sei. Sobald man in Deutschland war, würde es wieder mit Bussen weitergehen.

Die Fahrt bis hierher war erträglich gewesen, auch wenn sich schon die Hitze bemerkbar gemacht hatte, die die sommerliche Sonne in dem Metallgehäuse des Kastenaufbaus erzeugte. Auch dass das Fahrzeug hielt, beunruhigte ihn nicht. Die anderen vier Sattelzüge, in denen man die übrigen Männer untergebracht hatte, waren ebenfalls stehengeblieben. Sie hatten gehört, wie auch vor und hinter ihnen die Motoren abgestellt worden waren. Mit Sicherheit war dies die Grenze.

Dann waren Stimmen zu hören. Sie vernahmen, wie hinten die Türen zum Laderaum geöffnet wurden. Die Männer hielten die Luft an, als könnte sie ihr Atmen verraten. Zwei Deutsche machten sich an den geladenen Kartons zu schaffen. Die seltsame Sprache, in der sie sich unterhielten, war weich und hart zugleich. Doch lange dauerte die Inspektion nicht. Die beiden drangen kaum in die Tiefe des 40-Tonners vor. Sie hörten bald, wie die Lkw-Türen wieder geschlossen wurden. Dann passierte überhaupt nichts mehr. Das Warten begann.

Warum hatte man sie noch nicht gefunden? Was konnte schiefgegangen sein, fragte er sich. Wenn das die Grenze war – und da war er sich sicher –, dann hätten die Deutschen sie hier herausholen müssen. Hatte Valeri versagt? Hat er vielleicht die Frau in der Botschaft nicht erreicht? Vielleicht war die gar nicht mehr dort tätig. Oder hatte gerade Urlaub. Oder wollte einfach nichts mit der Sache zu tun haben. Vielleicht funktionierte der Sender doch nicht. Sie hatten ihn getestet, aber war er auch jetzt noch aktiv? Er griff vorsichtig an das Kästchen an seinem Bein. Doch das sagte ihm auch nicht, ob das Gerät noch sendete. »Können die Deutschen vielleicht die Signale der russischen Technologie gar nicht empfangen?«, schoss es ihm durch den Kopf. Und was, wenn die Deutschen gar kein Interesse an der Geschichte hatten? Vielleicht sagten die sich: »Was kümmern uns so ein paar armselige Ukrainer; sollen sie doch verrecken.« Die Angst bemächtigte sich seiner immer mehr.

Der Junge neben ihm, der nur wenig älter war als er, begann nun immer lauter zu quengeln. »Ich kann nicht mehr. Lasst mich hier raus.« Er stand auf und trommelte gegen die Kastenwände. »Lasst uns hier raus!«

Auch ein anderer stand auf: »Wir müssen hier raus. Hier drin ist kaum noch Luft zum Atmen.« Er versuchte, die Wand wegzudrücken, die sie vom Laderaum trennte. Ein anderer half ihm. Zu zweit traten sie mit den Füßen gegen das Blech, das man als Zwischenwand in den Transportraum montiert hatte, nachdem die menschliche Fracht ihren Platz eingenommen hatte. Die Wand bekam wohl leichte Dellen, bewegte sich jedoch kein Stück.

Als wolle man den Lärm der Gefangenen übertönen, wurden nun ringsum die Motoren wieder angelassen. Der Sattelzug setzte sich wieder in Bewegung.

»Setzt euch hin«, sagte eine dunkle Männerstimme im Befehlston. »Je mehr ihr hier rumtobt, umso schneller ist der Sauerstoff verbraucht.« Die andern gehorchten.

Sie alle hofften inständig, dass nun die Fahrt bald ihr Ende haben würde. Doch es ging weiter und weiter. Die Minuten zogen sich in die Endlosigkeit. Der Hohlraum stank nach Männerschweiß und immer penetranter auch nach Urin. Irgendjemand musste sich in die Hose gemacht haben. Die Fahrt schien niemals zu enden. Das erlösende Bremsenquietschen blieb aus.

Er spürte, wie der Mann neben ihm in sich zusammensackte und zur Seite kippte, mit seinem ganzen Gewicht direkt auf seine Schulter.

Panik ergriff ihn. Er schob den Mann mit einem unendlich mühsamen Kraftakt von sich weg. Er erhob sich und trommelte mit den Fäusten gegen die metallenen Wände.

»Lasst uns hier raus!«, schrie er. »Wir verrecken hier alle. Lasst uns raus.«

Er spürte, wie eine Hand kraftlos an seinen Kleidern zupfte. Er merkte, wie sich der Nebel in seinem Gehirn ausbreitete, wie seine Knie weich wurden, wie seine Sinne den Dienst versagten. Dann verlor er das Bewusstsein.

Mittwoch, 20. Juli 2005

1

Andreas Bialas stand in dem kleinen Besprechungszimmer und sah auf die Stadt hinunter. Hoch oben spannte sich ein strahlend blauer Himmel mit einer gleißenden Sonne. Über dem Talkessel jedoch lag eine milchige Dunstglocke aus Abgasen und Feinstaub. Trotzdem waren die markanten Wahrzeichen der Stadt schemenhaft zu erkennen. Der Bahnhofsturm, der Turm des Rathauses, und sogar den Fernsehturm konnte man noch erahnen. Seit zwei Tagen drückte die Sommerhitze auf die Stadt im Tal, und die Temperaturen sollten weiter steigen. Hier oben am Pragsattel wehte immer noch ein laues Lüftchen. Aber unten staute sich die Luft und bewegte sich gerade mal wie Grießbrei in der Schüssel. Die Lage Stuttgarts bescherte ihren Bewohnern und Hausbesitzern zwar unzählige Hanglagen mit fantastischen, unverbaubaren Ausblicken. Die Kehrseite war vor allem im Sommer die mangelnde Luftzirkulation, die schnell zu drückender Schwüle führte.

Bialas nippte an dem Kaffee, den er sich in einem großen Pott mitgebracht hatte. Er liebte es, hier den Blick und die Gedanken schweifen zu lassen. Die letzten Tage und Wochen waren recht ruhig gewesen. Ab und an ein Drogentoter, ein paar Körperverletzungen und erstaunlich wenig Selbstmorde. Wenn die Wetterlage anhielt, so sinnierte Bialas, dann würde es sicher wieder mehr Arbeit geben: Alte Leute, die durch die Hitze früher starben als notwendig und die keine Angehörigen mehr hatten, die sich um sie kümmerten. Diese sogenannten »Stinker« fielen den Hausbewohnern bei der Hitze auch schneller auf, da ihr Geruch innerhalb weniger Tage unerträglich wurde.

Zum Glück würde er schon in Kürze von all dem nichts mehr mitbekommen. In einer Woche begannen die Sommerferien und damit auch für ihn ein dreiwöchiger Urlaub. Er freute sich auf die Zeit, die er mit Thea und den Kindern verbringen konnte, auf das Abschalten und auf ganz normale Menschen, die meist gar nicht wussten, wie gut und sicher sie lebten.

Sie hatten Svenja überreden können, mit der Familie gemeinsam in den Urlaub zu fahren, vielleicht zum letzten Mal. Bialas war sich nicht sicher, ob dies eine schöne oder eher stressige gemeinsame Zeit bedeuten würde. Seit sie regelmäßig miteinander sprachen, sachlich, ohne Anlass, und nicht nur dann, wenn es Konflikte gab, waren die Beziehungen in der ganzen Familie wesentlich entspannter. Doch Svenjas kompromissloser Anspruch auf Selbstbestimmung und ihre aggressiven Ausfälle, wenn elterliche Einschränkungen drohten, machten den Umgang mit ihr hin und wieder doch recht anstrengend. Thea und Bialas hatten sich bewusst nach einer Ferienanlage umgesehen, in der nicht nur ein Kinderprogramm für Alexander, sondern auch Teenie-Entertainment geboten wurde. Ihre Hoffnung war, dass Svenja so auf Gleichgesinnte treffen und mit ihnen abschwirren konnte, während sie beide anderen Eltern in gleicher Lage begegneten, mit denen man gemeinsam über die Unerträglichkeit der Pubertät jammern konnte.

Die Tür zu dem Besprechungsraum wurde aufgerissen.

»Hier bist du«, Hanna war außer Atem. »Komm schnell, Andreas. Am Telefon ist die Frau von der ukrainischen Botschaft. Du weißt schon, der Fall Martschenko. Sie ist furchtbar aufgeregt und will dich dringend sprechen.«

Augenblicklich sah Bialas vor seinem geistigen Auge die markanten Gesichter der Brüder Martschenko auf den Bahren der Tübinger Gerichtsmedizin. Wie ein Film lief wieder die Szene ab, als ihre Mutter auf die toten Söhne niederschaute und in sich zusammensackte. Er folgte Hanna, so schnell er konnte, in ihr gemeinsames Büro.

»Cherr Bialas, erinnern Sie sich an mich?«, fragte die warme Stimme der Botschaftssekretärin, nachdem er sich gemeldet hatte. »Ich bin Ekaterina Omeltschenko. Cherr Bialas. Ich chabe eine wichtige Nachricht für Sie.«

»Natürlich erinnere ich mich, Frau Omeltschenko. Worum geht es denn?« Auch das Gesicht der rundlichen ukrainischen Mamotschka stand sofort wieder lebendig vor ihm.

»Sie müssen gut aufpassen, Cherr Bialas. Es ist Folgendes passiert.« Sie sprach aufgeregt und eindringlich. »Frau Martschenko chat mich angerufen. Jetzt, vor einer chalben Stunde. Sie chat gesagt: Freund von ihrem Sohn Sascha, sein Name ist Valeri, ist zu ihr gekommen. Er chat gesagt, dass Sascha auch mit den Leuten gehen will, die Arbeiter nach Deutschland bringen. Aber der Vater von Valeri chat früher als Biologe gearbeitet. Er chat Tiere beobachtet und verfolgt. Mit elektronischen Sendern. Um zu sehen, wohin die Tiere gehen. Einen solchen Sender chaben die beiden Jungen geklaut, und Sascha hat ihn mitgenommen. Dann chat er gesagt, Valeri soll Saschas Mutter sagen, dass sie mich in der Botschaft in Deutschland anrufen soll. Sie soll mir sagen, dass er mit Menschenchändlern unterwegs ist. Und ich soll die deutsche Polizei anrufen. Und deutsche Polizei soll den Sender finden.«

Bialas verstand auf die Schnelle überhaupt nichts. »Heißt das, der Junge hat sich auch von der Mafia anheuern lassen?«, fragte er ungläubig. »Ich verstehe nicht ganz, was er vorhat.«

»Deutsche Polizei soll sehen, wie die Leute nach Deutschland gebracht werden, und sie soll die Mörder von seinen beiden Brüdern verchaften.«

»Mein Gott, was für ein dummer Junge«, sagte Hanna leise und erschrocken. Sie hörte das Gespräch über den Telefonlautsprecher mit.

»Frau Omeltschenko, wie alt ist dieser Junge? Und wo ist er jetzt?«, fragte Bialas.

»Sascha ist erst siebzehn Jahre alt. Und Frau Martschenko ist so in Sorge. Arme Frau, sie chat schon zwei Söhne verloren. Und nun ist Sascha auch noch weg. Er chat nur wenige

Kleider und Sachen für Toilette mitgenommen. Sie chat ihn überall gesucht. Aber Valeri hat ihr gesagt, dass Sascha sich versteckt chat, bis Reise geht los. Heute Nacht geht es los. Valeri sollte uns das nur schon jetzt sagen, damit genügend Zeit bleibt, um deutsche Polizei zu informieren, und damit deutsche Polizei alles vorbereiten kann.«

»Frau Omeltschenko, ich verstehe immer noch nicht ganz, was die beiden Jungs sich da für einen Plan ausgeheckt haben. Ich weiß auch nicht richtig, was die beiden von uns erwarten.« Bialas war wirklich etwas ratlos.

»Chören Sie, Cherr Bialas. Es ist so: Cheute Nacht, um elf Uhr, wird Sascha mit Gruppe von Arbeitern in Riwne abfahren. Sie sollen nach Deutschland gebracht werden und dort arbeiten. Valeri chat gesagt, dass der Bus nach Dresden fährt. Er ist sich aber nicht chundertprozentig sicher. Fahrt dauert ungefähr dreizehn oder vierzehn Stunden nach Dresden. Wenn sie in Polen sind, dann will Sascha den elektronischen Sender anschalten, den sie von Valeris Vater geklaut chaben.

Valeri chat mir genaue Fakten von diesem Sender gegeben. Er sagt, dass man damit die Frequenz finden und genau verfolgen kann, wo der Bus fährt und wo er über die Grenze geht. Ich sende Ihnen ein Fax. Ich schreibe alle Fakten, alles, was ich weiß, noch mal in dieses Fax. Damit Sie können den Jungen finden. Sie müssen ihn finden, Cherr Bialas. Sie müssen ihn unbedingt finden! Sonst stirbt seine Mutter vor Angst und vor Kummer!«

2

Nachdem Bialas aufgelegt hatte, sahen er und Hanna sich einen langen Moment ungläubig an.

»Was für ein dummer Junge«, wiederholte Hanna und schüttelte den Kopf. »Der meint, er muss den Helden spielen. Und was ist, wenn die den Sender bei ihm finden?«

Die Rückblenden in Bialas Kopf wurden immer unangenehmer. Der tote Thomas Rentz lag plötzlich wieder vor ihm.

»Selbst wenn sie ihn nicht finden«, überlegte er, »wie sollen wir ihn denn finden? Wie stellt sich der Junge das vor?«

Hanna hob hilflos die Schultern.

Bialas sah auf die Armbanduhr. Jetzt war es halb drei. In etwa acht Stunden würde der Transport der neuen Menschenware losgehen. In weniger als vierundzwanzig Stunden waren die Ukrainer im Lande und unter Umständen bereits auf ihre Quartiere verteilt. Fast automatisch griff Bialas zum Handy und suchte die Nummer von Stoevesandt. Er war erleichtert, als der LKA-Kollege sofort abnahm. So kurz und präzise wie möglich schilderte er die Situation. Stoevesandt überlegte einen Moment. Dann sagte er: »Wir brauchen den Bundesgrenzschutz. Ich kümmere mich darum. Wir arbeiten mit denen in der Ermittlungsgruppe Schleuser zusammen.«

An die Routinearbeit war nun nicht mehr zu denken. Die Erinnerungen an die Fälle Martschenko und Rentz überfielen Bialas' Gehirn. Trotz verbissener Bemühungen nach dem Mord an Thomas Rentz hatten sie nach den ersten Tagen seines Todes kaum mehr nennenswerte Erkenntnisse gewonnen. Wie Bialas schon befürchtet hatte, konnte das Gift nicht endgültig identifiziert werden, das den Bauunternehmer umgebracht hatte. Klar war nur, dass es sich um ein Nervengift gehandelt haben musste, das sehr schnell zum Tod führte. Selbst akribische Untersuchungen konnten keine eindeutigen Verbindungen zwischen irgendeinem Gefängnisinsassen und der ukrainischen Mafia herstellen. Man schaltete Interpol und das Schengener Informationssystem ein und fahndete weltweit nach dem Mann, der sich als rumänischer Staatsbürger mit Namen Harald Graib aus Siebenbürgen ausgegeben hatte. Bislang ohne den geringsten Erfolg.

Nach dem Tod von Thomas Rentz konnte indessen der Fall Serhij Martschenko recht schnell abgeschlossen werden. Dass der junge Ukrainer zweifelsfrei von Rentz im Affekt erschlagen worden war, wurde nicht nur von den Vernehmungsprotokollen, sondern auch von den Aussagen Karl Ergenzingers gestützt. Ohne lebenden Angeklagten hatte Staatsanwalt Friedebald Frenzel jedoch sehr schnell die Ermittlungen eingestellt. Die Anklage gegen Ergenzinger lautete auf Beihilfe zur Vertuschung einer Straftat. Der Anwalt schob dabei so viel Schuld wie möglich auf den toten Thomas Rentz ab, sodass Ergenzinger fast als Opfer der Ereignisse dastand. Auch Frenzel legte keinen besonderen Wert auf eine hohe Strafe. Was die Richter sagen würden, musste sich im Prozess zeigen, der auf Ende des Jahres angesetzt war.

Der Weg des todkranken Jewhen Martschenko aus der Ukraine nach Deutschland konnte sehr schnell und nahezu lückenlos nachvollzogen werden. Das Gesundheitsamt war also zufrieden. Die Leichname der beiden Brüder waren freigegeben und in die Ukraine gebracht worden, wo ihre Mutter sie begraben konnte.

Die Männer von der Bellstraße waren in die Ukraine abgeschoben worden. Nur Michail Ostrowskij und seine Tatjana bekamen das Bleiberecht und wurden nach dem Tod von Thomas Rentz so gut wie möglich versteckt und beschützt. Mit Ostrowskijs Aussage konnte die Staatsanwaltschaft immerhin gegen die Bauunternehmen Schwarz & Sonntag, die Rudolf Kress GmbH und Eckert Bau Verfahren einleiten, die gute Aussichten auf Verurteilungen hatten. Als Bialas jedoch hörte, welche Strafen den Angeklagten drohten, konnte er nur zornig den Kopf schütteln. Meist blieben die Strafen weit unter dem Höchstmaß von drei Jahren Freiheitsentzug. In der Regel wurde nur ein Bußgeld erhoben. Und hier lag die durchschnittliche Geldstrafe für Arbeitgeber bei gerade mal 1500 Euro.

Nicht angeklagt werden konnte die Rentz GmbH & Co. KG. Das Unternehmen wurde aufgelöst, nachdem die Finanzdienstleistungsgesellschaft mbH & Co. KG, eine hundertprozentige Metzler-Tochter, sämtliche Kredite kündigte. Um die Verbindlichkeiten zu begleichen, musste das gesamte Betriebsvermögen einschließlich aller Fahrzeuge und Maschinen sowie Betriebsgebäude und -gelände versteigert werden. Ob die Familie das neue Haus von Andrea Rentz halten konnte, das mit Sicherheit noch nicht abbezahlt war, wusste Bialas nicht. Er wollte es auch nicht wissen. Er brauchte seinen Schlaf, um seiner Arbeit weiter nachgehen zu können.

Nicht angeklagt werden konnten die Metzler AG und Georg Metzler persönlich. Schwarz & Sonntag, Kress und Eckert nahmen die gesamte Schuld der illegalen Beschäftigung, des Sozialversicherungsbetrugs und der Steuerhinterziehung auf sich. Jeder verwahrte sich energisch, wenn von Polizei oder Staatsanwaltschaft auch nur die Andeutung gemacht wurde, Metzler könne mit der ganzen Geschichte etwas zu tun haben.

Nicole Marinescu waren die Tränen in die Augen geschossen, als sie vom Tod Thomas Rentz' erfuhr. Bialas erahnte, dass es ihr weniger um den Unternehmenschef und Familienvater gegangen war als um den Kronzeugen gegen Metzler. Nach dem Mord stürzte sich die junge Frau noch mehr in die Arbeit, um Anhaltspunkte und Beweise für eine Verstrickung Metzlers in die gesamte Affäre zu bekommen. Auch Stoevesandt und Rudolf Kuhnert konzentrierten ihre Kräfte noch einmal ganz auf die Ermittlungen gegen den Baulöwen. Leider ohne Erfolg. Der illegale Mitschnitt des Gesprächs zwischen Metzler und dem Mafia-Mittelsmann Kamarenko blieb der einzige Beweis dafür, dass Metzler direkt in die Beschaffung und Beschäftigung der billigen Arbeitskräfte involviert war.

Durch wen die illegalen Bauarbeiter nach Deutschland und schließlich auf das Gelände der Grundbesitzvermietungs- und -verpachtungs-GmbH gekommen waren, war selbst mit der Aussage von Ostrowskij nicht hieb- und stichfest nachweisbar. Weder dem Geschäftsführer der GVG noch dem Sohn von Metzler noch Georg Metzler selbst konnte nachgewiesen werden, dass sie von den Baucontainern und ihren illegalen Bewohnern gewusst hätten. Die Spuren der Scheinfirmen KKC Budowa, Tehnoconstructia und der HTG Haus- & Tiefbaugesellschaft, die die angeblichen Kontingent-Arbeiter nach Deutschland vermittelt hatten, verliefen im Nichts ihrer spontanen Auflösung. Nach Marek Dubinski, der als Geschäftsführer all dieser Firmen in Erscheinung getreten war, wurde zwar gefahndet. Auch hier jedoch ohne Erfolg.

Die Gesamtbilanz, die Bialas nun noch einmal für sich zog, war reichlich frustrierend. Und der Husarenritt, den Sascha Martschenko da vorhatte, war kaum geeignet, diese Bilanz zu verbessern.

3

Nach einer halben Stunde hatten sie das Fax von Ekaterina Omeltschenko. Außer einigen technischen Daten des Funkgerätes, das die beiden Jungs stibitzt hatten, enthielt es keine nennenswerten neuen Fakten.

Nach einer weiteren halben Stunde stand eine Konferenzschaltung zwischen dem städtischen Polizeipräsidium, dem Landeskriminalamt und dem Grenzschutzpräsidium Ost in Berlin. Das Fax von Ekaterina Omeltschenko sowie eine kurze Schilderung der Situation und ihrer Hintergründe, die Bialas in Eile verfasst hatte, wurde an die Grenzschützer gefaxt.

Der BGS-Polizeirat, der mit ihnen die Lage durchsprach, war eine echte Berliner Schnauze: »Wat für een Früchtchen hat sich Ihnen denn da an die Brust jeworfen? Een ukrainischer Zorro oder wat?«, eröffnete er das Gespräch, ohne Bialas und Stoevesandt die Gelegenheit zu geben, sich vorzustellen. »Siebzehn is det Jungchen. Und schon so bekloppte Ideen! Und wat soll det Janze? ›Die Mörder seiner Brüder überführen‹, wenn ick det schon höre! Un wat is, wenn se den an die Eier kriegen? Die machen Schabefleisch aus dem. Die schmeißen ihn jeradewegs in ne Neiße.«

»Wir haben uns das nicht ausgedacht«, unterbrach Bialas das Gepolter, »und er hat uns nicht um Erlaubnis gefragt. Gibt es eine Möglichkeit, dass wir ihn finden, bevor sie ihn in die Neiße werfen?«

»Da jibt et een paar Problemchen, Kollege«, erwiderte der BGS-Mann.

»Problemchen Nummer Eins: Der Peilsender, det is original altes sowjetisches Antiquariat. Aber det krieg'n ma schon hin. Ham ja seinerzeit lange jenug die DDR-Funker abjehört. Det richtige Problem is, det wir den Sender nur auf fünf Kilometer Entfernung orten können. Aus der Luft kommen wer auf zehn Kilometer. Mehr is nich drin. Und nu sagen Se mer mal: Wie soll ick an ner Grenze, die 300 Kilometer lang ist, een Peilsender finden, vom dem ick die Signale jerade mal uff zehn Kilometer orten kann?«

»Gibt es eine Möglichkeit, auf polnischem Gebiet zu operieren?«, fragte Stoevesandt.

»Nee, Mann«, erwiderte der BGSler kategorisch. »Da is dicke Luft. Die Polen, die kieken ja jerade nach jede Möglichkeit, wie se die Deutschen ans Bein pinkeln können. Keenen Meter kommen wer da rüber. Und mit die Bundestagswahlen jetzt im September – wat glauben Se, wat wir da für eene auf die Mütze kriegen, wenn wer uns auch nur den kleensten Fehler erlauben.«

»Das heißt, wir können den Jungen erst orten, wenn er auf polnischem Gebiet bis auf zehn Kilometer an die deutsche Grenze herangekommen ist?«, fragte Bialas. Er versuchte, sich ein Bild von den geografischen Verhältnissen zu machen. Hanna, die über Lautsprecher mithörte, hatte irgendwie eine Landkarte organisiert, auf der die Ostgrenze zu Polen und zu Tschechien zu sehen war. Die Karte war über den ganzen Schreibtisch ausgebreitet.

»So is et. Aber nich uff ne Länge von 300 Kilometer!«, polterte der BGS-Mann wieder los. »Det müssen wer schon eingrenzen. Und wohin fahr'n die? Problemchen Nummer drei: Wirklich nach Dresden? Wenn ick det schon höre: ›Mit größter Wahrscheinlichkeit!‹ Wenn die woanders hinfahren, dann spiele ick lieber Roulette. Det kannste verjessen.«

»Wir müssen eben von der größten Wahrscheinlichkeit ausgehen«, meldete sich Stoevesandt wieder. »Wie Sie sagen: Wir müssen es eingrenzen und hoffen, dass es so läuft, wie wir annehmen. Wenn die Illegalen nach Dresden gebracht werden sollen, welches ist dann der wahrscheinlichste Weg?«

»Wenn die nu tatsächlich nach Dresden fahren, dann jiebt et ooch etliche Möglichkeiten. Theoretisch könnten die über jeden Grenzübergang zu Polen oder Tschechien kommen. Wat weeß ick, welche Route die nehmen? Det sind 25 Übergänge nach Polen und 19 nach Tschechien. Wenn se überhaupt über die Übergänge kommen! Wenn die Schleuser nich versuchen, se durch die Neiße zu jagen. Ham wer allet schon jehabt. Da ziehn wer jeden Monat ein oder zwei Leichen raus, aus der Neiße. Und wenn ses schaffen, dann is es purer Zufall, det wir die kriegen. Im Reisebus, so schön uff em Präsentierteller, werden se die wohl kaum rüberbringen.«

»Wie viele Kräfte können Sie zur Verfügung stellen, Kollege?«, versuchte Bialas es nun über einen anderen Weg. Den Namen des BGSlers hatte er nach der kargen Begrüßung wieder vergessen. »Wir müssen wissen, wie viele Leute wir haben. Davon hängt doch ab, welchen Grenzabschnitt und wie viele Grenzübergänge wir abdecken können. Dann können wir überlegen, wo die Einsätze am sinnvollsten sind. Versuchen müssen wir es. Unter allen Umständen!«

Erst jetzt schien der BGS-Polizeirat sich wirklich auf die Aufgabe einzulassen. »Wat wer auf jeden Fall machen können: Die mobilen Überwachungstrupps am Neiße-Ufer, die kriegen erst mal Anweisung, det se heute Nacht und morgen früh nich pennen sollen. Erhöhte Wachsamkeit, un so wat. Det Gleiche is natürlich ooch bei den regulären Kräften an die Grenzübergänge. Det größte Problem is aber eben die Ortung von dem Peilsender. Det können wer nur, sagen wer mal, uff fuffzig Kilometer lückenlos abdecken. Da brauchen wer die Helikopter ständig in der Luft. Un nich zu viele. Sonst riechen die Lunte.«

»Und wo wäre das Gebiet, wo der Übergang am wahrscheinlichsten ist?«, hörte Bialas Stoevesandt fragen.

»Der direkteste Weg aus der Ukraine nach Dresden, wenn se eenen ordentlichen Grenzübergang passieren, mit falsche Papiere oder so, det is uff jeden Fall de A 4. Oder E 40, wie se europäisch heeßt. Grenzstation Ludwigsdorf bei Görlitz. Die könnten aber ooch bei Zittau, Muskau oder Forst bei Cottbus oder Guben rüber. Die Tschechei – det gloob ich nich. De Tschechen mögen's nich, wenn so viele Illegale bei ihnen durchkommen. Die machen die Grenzen nach'm Osten ziemlich dicht. Die könnten ja hängenbleiben bei denen, die Illegalen. Die Polen, da verdienen sich die Grenzer zu Weißrussland und zur Ukraine gerne mal was dazu.«

»Können wir schon etwas zum Timing sagen?«, fragte Bialas. »Wenn die Angaben stimmen, dass die Truppe um elf Uhr heute Nacht Riwne verlässt, wann sind sie dann in etwa vor der deutsch-polnischen Grenze?«

»Det is ooch so'n Thema«, der BGS-Mann wurde von neuem widerborstig. »Wissen Se, det is det: Zu viele Wenns und Abers. Wenn se um elf losfahren ... Und wat, wenn nich? Aber gehen wer mal davon aus. Ick denke, die sind denn nachts um zweeje oder halber dreie an der ukrainisch-polnischen Grenze. Det is ne jute Zeit, um da ohne große Scherereien rüberzumachen. Denn ham wer se vormittags ...«, er überlegte einen Moment, »zwischen zehn und zwölfe hier.«

»Reicht Ihnen die Zeit für die Vorbereitung?«, fragte Stoevesandt.

»Det kriegen wer schon hin. Wir ham ja hier Pläne für quasi allet in der Schublade. Wird schon auch einer für so'n durchgeknalltes ukrainisches Jungchen passen. Wat auf jeden Fall anjesagt ist …« – er überlegte wieder kurz. Dann sagte er zackig: »Erhöhte Bereitschaft an allen Grenzübergängen. Verstärkung der mobilen Überwachungstrupps entlang der jesamten grünen Grenze. Zielobservierung und Peilsenderortung zwischen Zittau und Guben. Det packen wer. Bereitschaft von Sondereinheiten, die zum Einsatz kommen, wenn wer den Peilsender tatsächlich finden. Okay, Kollegen. Det wär's denn. Sie kriegen heut Abend noch Bescheid, wat die Maßnahmen im Einzelnen denn sind und wann Se morjen früh bei uns hier uff de Matte stehen müssen.«

Genauso grußlos, wie das Gespräch mit dem Grenzschützer begonnen hatte, endete es nun auch.

Donnerstag, 21. Juli

1

Es war sechs Uhr in der Frühe, als Bialas sein Zuhause verließ. Noch war es frisch, aber der helle, noch sonnenlose Himmel zeigte kein einziges Wölkchen. Auch heute würde es wieder heiß werden. Bialas hatte schlecht geschlafen. Der ukrainische Junge, der durch die Nacht in ein ungewisses Abenteuer fuhr, ließ ihn nicht wirklich zur Ruhe kommen.

Bialas fuhr über die vierspurige Stadtautobahn durch den grünen Park- und Waldgürtel am südwestlichen Rand der Landeshauptstadt. Die Straßen füllten sich gerade mit den ersten Pendlern. Er fuhr hinüber nach Vaihingen und dort auf die Autobahn. Ein Stück Richtung München, dann war auch schon der Flughafen Stuttgart ausgeschildert. Er nahm die Ausfahrt zum Flughafen. Vor ihm breitete sich wieder das endlose Baugelände aus, auf dem das neue Kongress- und Messezentrum entstand. Seit er im Frühjahr zum letzten Male vor dieser umgepflügten Mondlandschaft gestanden war, hatte sich einiges getan. Schon von der Autobahn aus konnte man sehen, dass hier und da neue Betonwände aus dem Boden gewachsen waren. Die Areale, auf denen einmal die Messehallen stehen sollten, waren nun deutlich erkennbar. Die Fundamente stachen in hellem Grau vom erdigen Untergrund ab. Der Wald der Kräne war weiter gewachsen. Vor allem aber hatte man begonnen, gigantische stählerne Fachwerkträger auf ihren Stützpfeilern über die Autobahn zu schieben. Hier würde einmal die futuristisch anmutende Konstruktion eines Parkhauses die A8 wie eine überdimensionale Brücke überspannen. Mit Unbehagen fuhr er an dem kilometerlangen Bauzaun entlang. Das Bauprojekt würde für ihn auf immer und ewig mit dem Namen Martschenko verbunden bleiben. Auch nun war es wieder einer der Brüder, der ihn hierherführte.

Er parkte den Wagen in einem der Flughafenparkhäuser. Vor dem Eingang zu den Abflugterminals traf er sich mit Stoevesandt. Gemeinsam begaben sie sich zum Flughafenposten der Polizeihubschrauberstaffel, wo zwei Piloten sie bereits erwarteten. Es dauerte noch einen Moment, bis sie Bescheid bekamen, dass ihr Ziel Bautzen sein würde. Dann konnten sie den Eurocopter besteigen. Der Flug ging los.

Helikopterflüge hatten für Bialas einen besonderen Reiz. Im Hubschrauber hatte man eine ganz andere Sicht auf die Topographie unter den eigenen Füßen und viel mehr das Gefühl, wirklich zu fliegen, als in einem Flugzeug. Man schien die Verbindung zum Boden nie ganz zu verlieren und erhob sich niemals so weit in die Luft, dass das Schweben wie eine natürliche Selbstverständlichkeit erschien.

Trotzdem war Bialas froh, als sie nach einem knapp zweistündigen Flug auf dem kleinen Flughafen von Bautzen landen konnten, der vor allem den Sportfliegern und den Hubschraubern des Bundesgrenzschutzes vorbehalten war. Lärm und Vibrationen waren durchaus dazu tauglich, Kopfschmerzen zu erzeugen, und es tat gut, nun das schwere Headset abnehmen zu können. Auch Stoevesandt, der den ganzen Flug über still und bleich den Blick nach unten vermieden hatte, war offensichtlich froh, wieder festen Boden unter den Füßen zu haben.

Ein BGSler holte sie ab. Der junge Mann führte sie zu einem Geländewagen, mit dem die Reise weiterging. Nach etwa einer halben Stunde erreichten sie die Bundesgrenzschutzstation am Grenzübergang Ludwigsdorf. Die neue moderne Anlage war augenscheinlich eines jener großzügigen Projekte, die man nach der Wende den neuen Bundesländern angedeihen ließ. Mehr als zwei Dutzend moderne Gebäude und Platz für mehrere hundert Lkws und Busse waren hier entstanden. Der Verkehr war dünn im Verhältnis zu dem großen Areal. Nur wenige Lastkraftwagen, vor allem mit kyrillischen Aufschriften, warteten auf ihre Abfertigung. Einzig die Pkw-Schlange sah nach ernsthaften Grenzkontrollen aus. Bialas fragte sich, ob hier nicht viel Geld in den Sand gesetzt worden war. Nach dem EU-Beitritt Polens wurden Einfuhren aus den neuen Beitrittsländern gemäß dem Schengener Abkommen seit einem Jahr nicht mehr durchgängig kontrolliert. Und in wenigen Jahren sollte auch der Personenverkehr ohne Pass- und Zollkontrollen abgewickelt werden.

Der junge Grenzschützer brachte sie zu einem Flachbau, in dem der BGS seinen Sitz hatte. Sie erledigten ein paar Formalitäten. Dann ging es wieder hinaus, hinter das Gebäude. Etwas abseits, sodass er für den normalen Grenzverkehr nicht sichtbar war, stand ein übergroßer Transporter im Dunkelgrün des Bundesgrenzschutzes. Mehrere, zum Teil bizarre Antennen waren darauf montiert. Sie stiegen ein und wurden von einem BGS-Mann begrüßt, der sich kurz und knackig vorstellte:

»Hauptkommissar Schmitt, Leiter dieser Operation.«

Er reichte Bialas und Stoevesandt die Hand und führte sie zu einem Leitstand. Der gesamte Innenraum des Transporters war vollgestopft mit elektronischen Ausrüstungen, Funkanlagen und Bildschirmen. Überall blinkte und piepste es. Luca hätte dies umgehend zur Kommandozentrale des Raumschiffs Enterprise erklärt. Fünf Grenzschutzbeamte in ihren grünen Uniformen und mit Headsets saßen an den einzelnen Anlagen und überwachten die Anzeigen und Lichtpunkte auf den Bildschirmen. Zwei saßen vorne in der Fahrerkabine, die durch eine Doppeltür mit kleinen Fenstern vom hinteren Laderaum getrennt war.

»Wir haben drei Helikopter in der Luft. Auf dem Boden sind sieben Stationen. Alle sind in der Lage, den Peilsender zu orten«, informierte Hauptkommissar Schmitt die beiden Kriminalbeamten aus dem Süden. Schmitt hatte etwas von einem Feldwebel, war akkurat gekleidet und frisiert, mit kurzem militärischem Bürstenschnitt. Er wirkte sportlich, zackig, durchtrainiert. Auch seine Kommunikation war kurz und prägnant und auf das Wesentliche beschränkt.

»Wir haben eine flächendeckende Kontrolle zwischen Altenberg und Guben. Sporadische Kontrollen bis Frankfurt/Oder. Zwölf Trupps stehen bereit für den Zugriff. Postiert zwischen Dresden und Forst. Mobile Kontrolleinheiten sind vollständig im Einsatz. Entlang der gesamten Grenze. 30-Kilometer-Zone wird seit heute Morgen um sechs Uhr systematisch kontrolliert. An der gesamten Grenze bis zur Ostsee.«

Dann wandte er sich seinen Leuten zu, die ihm in ihrem Funker-Code Bericht erstatteten. Die beiden Gäste von der Kriminalpolizei ließ er stehen und schien sie fortan vollkommen vergessen zu haben.

Bialas sah auf die Uhr. Es war nun fast halb elf. Die Informationen von Schmitt ließen nur den Schluss zu, dass bislang kein Peilsender geortet werden konnte und es auch sonst keine Hinweise auf den illegalen Grenzübertritt einer Gruppe von Ukrainern gab. Es hieß also warten. Die Grenzschützer drückten routiniert auf ihren Knöpfen herum und gaben knapp und gelassen ihre Rückmeldungen an Berichterstatter in der Ferne. Schmitt ging von einem zum andern. Ab und an gab er selbst eine Anweisung. Die Minuten und Viertelstunden vergingen. Die Grenzschützer verhielten sich, als ob sie tagaus, tagein nie etwas anders tun würden, als alte sowjetische Biologen-Peilsender zu finden. Sie hatten einfach die Ruhe weg.

Bialas jedoch wurde zunehmend nervöser. Die Warterei ließ ihn ins Grübeln kommen. Seiner Berechnung nach müsste der Trupp der Illegalen an diesem Vormittag etwa um elf Uhr an der Grenze zu Deutschland sein, wenn sie, wie Ekaterina Omeltschenko angekündigt hatte, am Vorabend um dreiundzwanzig Uhr abgefahren waren.

Wenn die zeitlichen und örtlichen Angaben stimmten ...

Wenn die Aktion tatsächlich stattfand ...

Wenn der Peilsender wirklich funktionierte, was angesichts seines Alters gar nicht sicher war ...

Wenn der Junge nicht im letzten Moment noch kalte Füße bekommen hatte ...

Wenn sie ihn nicht doch schon erwischt hatten ...

Der Berliner Grenzschutzbeamte hatte Recht: Es waren einfach zu viele »Wenns und Abers«. Bialas hätte gerne mit Stoevesandt über seine Zweifel gesprochen. Doch in Anwesenheit der Grenzschützer waren offene Gespräche kaum möglich. Es blieb nichts übrig, als sich in Geduld zu üben und zu beobachten, wie sich der große Zeiger der Uhr über das Zifferblatt schob und der kleine immer mehr auf die Zwölf zurückte.

Vierzig Minuten nach elf meldete einer der Männer an den Funkanlagen: »Sie haben ihn.« Er sagte es, wie andere mitteilten, dass sie in die Vesperpause gehen.

Bialas war augenblicklich voll auf Sendung. Und auch Stoevesandt, der in stoischer Ruhe die Aktivitäten der Transporterbesatzung und ihre Apparate beobachtet hatte, wurde lebendig.

Schmitt trat zu dem Funker, setzte ebenfalls einen Kopfhörer auf und tauschte im Fachjargon der BGSler Informationen aus. Bialas und Stoevesandt konnten gerade so erahnen, dass es sich um einen Hubschrauberpiloten handeln musste, der den gesuchten Sender nun tatsächlich aufs Radar bekommen hatte.

»Dann müssten die auf dem Königshainer ihn demnächst auch haben. Bitte stellen Sie Kontakt her«, wies Schmitt seinen Mitarbeiter an. Der bediente routiniert ein paar Schalter und Knöpfe. Schmitt gab kurz und präzise Information und Koordinaten weiter. Ein paar Minuten warteten sie. Dann bestätigte eine weitere Bodenstation, dass der Sender geortet worden war. Den Bruchteil einer Sekunde später meldete sich nun auch der Beobachtungsposten Königshainer und bestätigte den Empfang des Peilsendersignals.

Schmitt regelte nun selbst an den Schaltpulten herum. Er wies die Hubschrauberbesatzungen an, sich von der Grenze zu Polen zu entfernen. Einem Mitarbeiter gab er die Anweisung, das GPS zu starten. Dann ging er zurück an seinen Leitstand. Er schaltete einen riesigen Flachbildschirm ein, auf dem wie bei einem Navigationssystem eine übergroße Landkarte erschien. Jetzt erst schien er sich wieder an seine Gäste zu erinnern.

»Kommen Sie«, bat er die beiden zu sich. Er gab einige Daten in eine Computertastatur ein, scrollte etwas hin und her und zoomte dann auf ein Gebiet auf der Karte, auf dem die Grenze, Görlitz und Ludwigsdorf deutlich eingezeichnet waren.

»Hier«, sagte er, »die E 40. Zwischen Zebrzydowa und Strzelno.« Seine Aussprache der Orte klang alles andere als polnisch. Er zeigte mit dem Mauspfeil auf einen pulsierenden Punkt, der sich langsam entlang einer Straße auf dem Bildschirm vorwärtsschob. »Sie werden also den Grenzübergang hier in Ludwigsdorf nehmen.«

»Ist das sicher?«, fragte Bialas.

»Es gibt keine Alternative. Sonst hätten sie hier nach Nordwesten weiterfahren müssen. Und bei Forst rüber nach Cottbus.« Der Pfeil huschte auf eine Straßenkreuzung.

»Das heißt, wir haben den Jungen, und er kommt geradewegs auf uns zu?« Stoevesandts Frage klang eher wie eine Feststellung, und Bialas nahm die Erleichterung in der Stimme des LKA-Kollegen wahr. Auch er war plötzlich guter Dinge. Am liebsten hätte er Ekaterina Omeltschenko angerufen. Doch solange er Sascha Martschenko nicht leibhaftig vor sich stehen hatte und ihm die Leviten lesen konnte, verbot sich dies von selbst.

Schmitt hatte sich unterdessen wieder seinen Geräten zugewandt und telefonierte. Eine Meldung ging nach Berlin an die Polizeidirektion Ost. Ein weiteres Gespräch führte er mit einem Gesprächspartner, den er aufforderte, gleich mal rüberzukommen. Die beiden Polizisten aus Süddeutschland hatte er wieder vergessen. Diese beobachteten gebannt, wie sich der Punkt auf der digitalen Landkarte immer näher auf die Grenze zubewegte.

Einer der BGSler meldete sich: »Es sind Lkws. Ziemlich sicher mit polnischen Kennzeichen. So, wie's aussieht, fahren sie zu fünft im Konvoi.« Auch diese Meldung gab Schmitt an irgendwelche Stellen weiter, ohne seinen Gästen eine Erläuterung angedeihen zu lassen.

Dann öffnete sich die Transporter-Seitentür, und ein Mann kletterte zu ihnen herein, der sich durch seine Uniform als Zollbeamter auswies. Er trat zu Schmitt, Bialas und Stoevesandt an den Großbildschirm.

»So, habt ihr ihn?«, fragte er und nickte zugleich.

»Mit großer Wahrscheinlichkeit fünf polnische Laster. Fahren im Konvoi. Müssten in zehn Minuten hier sein«, informierte Schmitt ihn.

Der Zöllner nickte mit dem Blick auf die Karte. »Kriegen wir hin. Wie lange braucht ihr?«

»Eine Stunde«, antwortete Schmitt knapp.

Wieder nickte der Zöllner: »Okay. Dann machen wir hier mal 'nen kleinen Stau.« Damit wandte er sich um und verließ den Transporter wieder.

»Was haben Sie vor?«, fragte Stoevesandt. Bialas kannte den Mann nun gut genug, um zu bemerken, dass Stoevesandt ungehalten wurde. Auch er selbst ärgerte sich, dass hier offenbar nach Plänen operiert wurde, von denen sie nichts wussten. Schmitt behandelte sie wie Zaungäste, denen man nur erläutern musste, was sie ohnehin sahen.

»Wir können jetzt das Gebiet eingrenzen, in dem die Übergabe stattfindet«, erläuterte Schmitt sachlich. »Wir werden in diesem Gebiet die Kräfte zusammenziehen. Bis das passiert ist, werden die Fahrzeuge hier vom Zoll aufgehalten. Wir haben schließlich immer noch die Möglichkeit, mit den mobilen Kontrollgruppen des Zolls Stichproben durchzuführen. Und das werden wir hier nun eben direkt an der Grenze tun.«

»Und dann?«, fragte Bialas. In seiner Nase spürte er ein leichtes Kitzeln.

Schmitt sah ihn fragend an. »Sobald unsere Einsatzkräfte Position bezogen haben und die Fahrzeuge verfolgen können, lassen wir sie weiterfahren.«

Bialas' Nasenflügel reagierten heftiger: »Mit den Illegalen? Wann wollen Sie die aus den Lkws holen?«

Schmitt schien nun wirklich erstaunt. »Der Auftrag lautet, die Schleuser dingfest zu machen. Wir gehen nicht davon aus, dass die Polen die Illegalen durch halbe Republik transportieren. Das ist viel zu riskant. Das sind Berufsfahrer von polnischen Speditionen, die sich nebenher ein Zubrot verdienen. Mit Sicherheit sind das nicht die Leute, auf die wir es abgesehen haben. Wenn Ihre Angaben stimmen, dann soll ja spätestens in Dresden die Übergabe sein. Das entspricht auch unseren Erfahrungen, wie normalerweise vorgegangen wird. Bei der Übergabe schlagen wir zu.«

Der Plan klang plausibel. Trotzdem hatte Bialas ein mulmiges Gefühl. Er holte sein obligatorisches Taschentuch hervor und putzte sich die Nase. Es half nichts. Das Kribbeln blieb.

2

Wieder hieß es warten. Der pulsierende Punkt hatte sich bis zu der eingezeichneten Grenzstation vorangeschoben und blieb nun stehen. Die Grenzschützer funkten und telefonierten weiter, beobachteten ihre Monitore und gaben Informationen und Anweisungen. Die Zeit zog sich in die Länge.

Bialas wurde immer unruhiger. Das Kitzeln war trotz Taschentuchmassage in ein unangenehmes Prickeln umgeschlagen. Er fühlte sich zunehmend beengt in dem vollgepfropften Kastenwagen. Nach einer starken halben Stunde wandte er sich an Schmitt: »Ich muss mir die Füße vertreten. Kann ich raus?«

Schmitt sah ihn streng an. »Wenn Sie in der Nähe bleiben. Man darf Sie von der Grenzanlage aus nicht sehen.«

Bialas nickte. Stoevesandt schloss sich ihm an. Als sie den Kastenwagen verließen, spürten sie erst, wie heiß es inzwischen geworden war. In dem klimatisierten Raum mit den schmalen, hoch oben angebrachten Fenstern hatten sie den Bezug zur realen Witterung verloren. Obwohl sie beide ohne Jackett und mit kurzen Hemdsärmeln dastanden, begannen sie fast unmittelbar zu schwitzen.

»Hier herrscht ein anderer Ton als bei uns laschen disziplinlosen Polizisten«, sagte Bialas.

»Das kommt dabei heraus, wenn man Menschen kaserniert«, antwortete Stoevesandt sarkastisch.

Sie hielten zunächst auf einen kleinen Hain mit hohen Büschen zu, der abseits von der fast zwei Kilometer langen Grenzanlage wuchs. Als sie außer Sichtweite des dunkelgrünen BGS-Transporters waren, lenkten sie ihre Schritte wieder in Richtung Grenzübergang. In einiger Entfernung blieben sie stehen, sodass sie in angemessenem Abstand das Treiben vor den Gebäuden beobachten konnten, die gemeinsam mit einer modernen Brückenkonstruktion die Grenzanlage bildeten.

Der Pkw-Verkehr in Richtung Deutschland lief langsam, aber beständig. Die Schlange mit einem Puffer von etwa zwanzig Fahrzeugen schob sich gleichmäßig nach vorne. In der Reihe der Lastkraftwagen rechts daneben bewegte sich dagegen gar nichts. Etwa zwei Dutzend Lkws hatten sich hier bereits hintereinander aufgereiht. Bialas und Stoevesandt konnten erkennen, dass die ersten drei Laster eher ältere Baujahre und sehr unterschiedlich in Form und Farbe waren. An Stelle vier, fünf, sechs, sieben und acht folgten fünf stattliche Sattelschlepper, relativ neu, einheitlich blau bemalt mit weißer Schrift. Der Schriftzug war von hier aus schwer zu lesen, bestand jedoch eindeutig aus lateinischen und nicht aus kyrillischen Buchstaben.

»Das müssen sie sein«, sagte Bialas und deutete zu den blauen Lastwagen. »Was denken Sie, wo die Leute untergebracht sind?«

Stoevesandt strich sich nachdenklich übers Kinn. »In der Regel werden die Leute entweder in die Verpackungskisten gesteckt, oder es gibt doppelte Böden oder doppelte Wände, zwischen die man sie packt.«

Die Sonne brannte ihnen nun so auf die Köpfe, dass Bialas spürte, wie ihm der Schweiß auf die Stirn und den Rücken hinunter rann. Seine Nase ließ ihm keine Ruhe. Die Dächer der Fahrzeuge drüben an der Grenze gleißten im grellen Licht.

»Da drinnen muss es verdammt heiß werden«, überlegte er laut.

»Es kommt immer wieder vor, dass Migranten bei solchen Aktionen ersticken«, griff Stoevesandt den Gedankengang auf.

»Wir müssen schauen, dass die Leute da möglichst schnell rausgeholt werden!« Bialas wandte sich entschlossen um und ging zurück zu dem BGS-Transporter. Stoevesandt folgte ihm.

»Wie lange sollen die noch aufgehalten werden?«, fragte Bialas, nachdem sie wieder in den Transporter geklettert waren und die Seitentür hinter sich geschlossen hatten, um die Hitze draußen zu halten.

»Wir brauchen noch etwa zwanzig Minuten«, antwortete Schmitt.

»In den Lkws könnte es verdammt heiß werden. Wir müssen die Leute da rausholen. So schnell wie möglich«, forderte Bialas.

»Nicht vor der Übergabe«, entgegnete Schmitt emotionslos.

»Herr Schmitt, es hat bei solchen Transporten schon Tote gegeben«, schaltete sich nun Stoevesandt ein. »Wir können hier nichts riskieren.«

»Wer sich in Gefahr begibt, kann darin umkommen«, antwortete der Grenzschutzmann. »Die Verantwortung für diese Operation trage ich!«

»Die Verantwortung für den Jungen, der da drüben in der Falle sitzt, die übernehmen Sie nicht!« Bialas wurde nun heftig. Dieser eiskalte Kommisskopf brachte ihn auf die Palme. »Dazu sind Sie offensichtlich gar nicht in der Lage. Ich habe vor einem Vierteljahr der Mutter dieses Jungen zwei tote Söhne zeigen müssen. Aufgebahrt im Institut für Gerichtsmedizin. Der eine erschlagen, der andere jämmerlich zugrundegegangen an Tuberkulose. Das da drüben ist ihr dritter, ihr letzter Sohn. Wenn Sie auch nur ein Fünkchen Verantwortungsbewusstsein haben, dann schauen Sie, dass wir die Leute so schnell wie möglich aus diesen Backöfen herausbekommen!«

»Wenn es Tote gibt, haben Sie ein Disziplinarverfahren am Hals«, sagte Stoevesandt trocken.

Schmitt sah die beiden verblüfft an.

Eine Sekunde später wurde die Seitentür aufgeschoben. Der Zollbeamte stand wieder vor dem Wagen und fragte von unten herauf: »Wie lange braucht ihr noch? Die Brummifahrer sind langsam ganz schön geladen. Und da hämmern welche von innen gegen die Wände. Lange können wir die nicht mehr hinhalten.«

Schmitt überlegte einen Moment, dann wurde er geschäftig. Er wandte sich an seine fünf Jungs und wies sie an:

»Positionsangaben von allen in zwei Minuten!« Dann griff er, ohne den Kopfhörer aufzusetzen, zum Telefon. Die Hintergrundgeräusche, die über Lautsprecher zu hören waren, ließen erkennen, dass er mit einem Hubschrauberpiloten sprach.

»Du fliegst noch mal rüber zu uns«, wie er ihn an. »Wir brauchen die Wärmebildkamera. Das ganze Areal scannen, vor allem die Lkw-Schlange. Bilder sofort runterschicken!«

Nach zwei Minuten gaben die fünf BGSler die Positionen sämtlicher Grenzschutztrupps an, die an der Aktion beteiligt waren. Schmitt scrollte und zoomte und gab Daten in seine digitale Landkarte ein. Bialas erkannte nun darauf auch rote Punkte, die sich ebenfalls langsam verschoben. Dann war auch schon das Geräusch der Rotorblätter des Hubschraubers zu hören. Er drehte einige Runden über dem Gelände.

Schmitt sah sorgenvoll aus: »Ich hoffe bloß, dass die nichts spitzkriegen. Kommen Sie her. Hier die Wärmebilder.«

Auf einem Bildschirm zeigten sich die typischen bunten Bilder mit der Farbskala von kaltem Blau zu heißem Rot. Deutlich sah man die gelb- bis orangefarbenen Rechtecke der Lkws. Im vorderen Bereich des Laderaums ging das Orange deutlich ins Rot über.

Der Zöllner war nun in den Wagen geklettert und zu ihnen getreten. »Wahrscheinlich sind die Leute da vorne in geheimen Zwischenräumen untergebracht«, sagte er und deutete auf die roten Zonen.

» Was haben die eigentlich geladen?«, fragte Schmitt.

»Polnische Gänsedaunen und Zellulose«, antwortete der Zöllner, »drei Lastwagen voll Gänsedaunen für deutsche Bettdecken und Schlafsäcke.«

»Also keine besonders wärmeleitenden Materialien«, stellte Schmitt fest. »Hier vorne muss es aber in der Tat zusätzliche Wärmequellen geben. Gut möglich, dass das Menschen sind.«

»Wie heiß ist es da?«, fragte Bialas und deutete auf die rötlichen Bereiche.

»Hier sind es etwas über fünfzig Grad. Das sind natürlich nur die Außentemperaturen«, sagte Schmitt, »Das Blech heizt sich in der Sonne auf.«

»Die Wärme wird aber auch nach innen abgegeben«, sagte Stoevesandt.

Schmitt sah auf seine digitale Landkarte. Dann gab er sich einen Ruck. »Okay, lasst sie losfahren«, wandte er sich an den Zöllner. Noch im Verlassen des Transporters gab dieser durch sein Funkgerät die Anweisung: »Alles klar, ihr könnt sie von der Leine lassen.«

Schmitt öffnete eine Tür zur Fahrerkabine. »Haltet euch bereit. In etwa fünf Minuten geht es los. Abstand halten, sodass wir nicht gesehen werden! Wir geben euch die Position jeweils an. Und ihr«, wandte er sich an seine fünf Funker, »macht den anderen Dampf unterm Hintern, dass sie sich schnellstens auf ihre Positionen bewegen.«

Fünf Minuten später bewegte sich der pulsierende Punkt wieder auf der Landkarte und schob sich entlang der Autobahn Richtung Westen.

Die Fahrt, die nun folgte, erschien Bialas endlos lang. Der BGS-Mann würde sich nicht von seinem Plan abbringen lassen, die Schleuser dingfest zu machen. Er arbeitete konzentriert und generalstabsmäßig. Auch seiner Mannschaft war nun Adrenalin ins Blut geschossen. Man spürte die Erregung, die sie ergriffen hatte. In sicherem Abstand folgte der große grüne Kastenwagen den fünf polnischen Lastern auf der A4 Richtung Bautzen.

»Sie gehen runter von der Autobahn, bei Weißenberg«, meldete plötzlich einer der BGS-Leute. Wieder verfolgten sie gespannt den pulsierenden Punkt auf dem Flachbildschirm. Der wandte sich nach Süden. Langsam schob er sich auf den Ort Hochkirch vor.

»Jetzt wird es spannend«, sagte Schmitt. Er war ab nun im Dauerfunkkontakt mit seinen Hubschrauberpiloten und den Bodentrupps. Ununterbrochen gab er Anweisungen, wohin sie sich zu bewegen hatten, und genauso kontinuierlich bekam er Meldungen über ihre Positionen. Die roten Punkte auf der Karte bewegten sich wie in konzentrischen Kreisen auf den einen schwarzen pulsierenden Punkt zu. Bialas befiel das Gefühl, nur noch Statist zu sein, der keine Möglichkeiten des Eingreifens hatte. Auch Stoevesandt massierte sich immer wieder die Nasenwurzel und verfolgte argwöhnisch das umtriebige Agieren der Grenzschützer.

»Sie überqueren die B6 Richtung Wuischke«, meldete ein Funker.

»Habe ich es mir doch gedacht«, sagte Schmitt. Nun hatte ihn das Jagdfieber gepackt. Er wies einen Hubschrauberpiloten an: »Überfliege das Gebiet noch mal, du weißt schon. Wärmebilder, Tageslichtbilder, sofort runterbeamen! Flieg so hoch wie möglich, und nur einmal, das muss reichen! Kommen Sie her«, wandte er sich unvermittelt an Bialas und Stoevesandt.

»Hier«, er deutete auf der Landkarte auf ein größeres Gebiet, das laut Karte aus waldbedecktem Gelände bestand. »Wir haben hier vor anderthalb Stunden Wärmebildaufnahmen gemacht.« Er holte die Bilder auf einen seiner Monitore. »Da, sehen Sie«, er deutete auf die gelben und orangeroten Flecken auf dem Bild, die zum Teil deutliche Abbilder von Menschen darstellten. »Hier, das ist die Wärme von Motoren. Es sind insgesamt fünf Fahrzeuge. Eines davon ein größeres.« Er schaltete um auf ein Luftbild, auf dem man fast ausschließlich dichten Wald von oben sah. Nur an einer Stelle war ein langer rechteckiger weißer Fleck zu erkennen.

»Das ist mit Sicherheit ein Bus. Die Motorgröße entspricht dem auch. Dann haben wir hier dreizehn Personen. Was tun die hier mitten im Wald am Czorneboh? Ganz schön dreist!« Schmitt schüttelte den Kopf. »Das Gebiet liegt gerade außerhalb des 30-Kilometer-Korridors zu Polen, den wir ziemlich gut kontrollieren. Aber innerhalb des

30-Kilometer-Gürtels zu Tschechien. Nur wissen diese Ganoven natürlich, dass wir es hier nicht ganz so genau nehmen. Ich mache mit Ihnen jede Wette – das sind unsere Kandidaten. Genau hierher werden die Laster fahren.« Er tippte mit dem Finger einige Male auf den Bildschirm. Dann wandte er sich energisch wieder seinen Funkgesprächen zu und war nicht mehr ansprechbar.

Bialas hoffte, dass der BGS-Mann recht haben möge, einfach um endlich dieser Fahrt ein Ende machen zu können. Er beobachtete weiter den pulsierenden Punkt. Auch wenn sein Verstand ihm etwas anderes sagte, so verband er doch mit den Funksignalen ein Lebenszeichen von Sascha Martschenko. In der Tat bewegte sich der Punkt nun in das Waldgebiet. Die aktuellen Aufnahmen der Wärmebildkamera aus dem Hubschrauber zeigten, dass sich die dreizehn Gestalten dort immer noch aufhielten. Kurz darauf fuhr auch der BGS-Transporter über deutlich holprigeren Untergrund.

Schmitt gab Anweisungen wie gewohnt. Dann warf er einen Blick auf Bialas und Stoevesandt und brüllte in das Mikro seines Headsets: »Jürgen, dein Trupp kümmert sich um die Illegalen. Und zwar sofort, wenn die Laster stehen, holt ihr die raus. Zwei Mann für jedes Fahrzeug. Die müssen vorne im Laderaum stecken, gleich hinter den Sattelzügen. Nehmt Werkzeuge mit. Und beeilt euch!«

Dann wandte er sich an Bialas und Stoevesandt: »Wir sind in ein paar Sekunden da. Kümmern Sie sich um den Jungen. Er steckt im dritten Fahrzeug.« Einen Moment lang zögerte er. Dann fügte er hinzu: »Bin auch Vater, hab selber Kinder.«

3

Der Transporter war kaum zum Stehen gekommen, als einer der Leute von Schmitt auch schon die Tür aufriss. Zwei der Grenzschützer sprangen hinaus, Bialas und Stoevesandt hinterher. Schmitt und drei seiner Leute blieben in der Kommandozentrale.

Sie befanden sich auf einem schmalen Waldweg, vor sich die Reihe der fünf Sattelschlepper. Die Äste der Bäume streiften die Dachaußenkanten der Laster, so eng war es hier. Ihnen entgegen rannten bereits einige Grenzschutzbeamte im Laufschritt an den Lkws entlang und machten sich an den Ladeklappen zu schaffen. Bialas stürzte vor zu dem mittleren der Laster. Er war entsetzt, wie schwer ihm das Laufen fiel. Obwohl es keine hundert Meter waren, kam er völlig aus der Puste. Er verfluchte sich selbst. So konnte es nicht weitergehen. Er würde wieder joggen, schwor er sich. Als er den Lkw erreichte, hatten zwei Grenzschützer, zwei junge kräftige Kerls, bereits die Ladeklappe heruntergelassen und waren dabei, riesige Pappkartonschachteln von der Ladefläche zu werfen, um sich einen Weg in den vorderen Bereich zu bahnen. Ein paar der Kartons waren aufgesprungen. Überall flogen Gänsefedern durch die Luft. Es sah aus, als ob es mitten in der Sommerhitze schneien würde.

Bialas kletterte auf die Ladefläche. Die Grenzschützer hatten nun so viele der Kartons beiseitegebracht, dass ein schmaler Gang sichtbar wurde. Die Ladung war links und rechts an den Kastenwänden festgemacht, sodass sie nicht in die Mitte rutschen konnte. Am Ende des Ganges waren wieder auf voller Breite Kartons gestapelt. So schnell sie konnten, wurden die Kartons nach hinten zur Ladeöffnung gebracht und vom Lkw gestoßen. Weitere Pappschachteln öffneten sich. Es schneite noch mehr Gänsedaunen. Bialas war gottfroh, dass sie keine Konserven mit Gänseleberpastete schleppen mussten.

Endlich hatten sie die hintere Wand fast frei. Ein passgenaues Blech, das die Rückwand zu bilden schien, war fest mit den metallenen Wänden des Lkw-Containers verbunden. Nur die unterschiedlichen Materialien wiesen darauf hin, dass dies nicht das wirkliche Ende des Laderaums war. Einer der Grenzschützer leuchtete mit einer starken Taschenlampe die Fugen zwischen Blechwand und Kastenwänden ab. Endlich sahen sie es, kleine Verriegelungen, die das Blech auf Position hielten. Sie versuchten die Riegel zu öffnen. Einige klemmten. Bialas mahnte sich zur Ruhe und konnte doch nicht verhindern, dass seine Hände fahrig an der Riegeln zerrten. Die Wand begann trotzdem zu wanken. Sie hörten ein schwaches kraftloses Klopfen von der anderen Seite und eine Männerstimme, die leise rief.

»Geht mal weg«, sagte einer der BGSler. Er hatte ein Stemmeisen in der Hand, setzte es an und riss die Blechwand damit so weit aus ihren Verankerungen, dass ein Mensch sich in den verborgenen Raum hineinzwängen konnte. Ein heißer Luftschwall wie aus der Sauna kam ihnen entgegen, geschwängert mit dem beißenden Geruch von Schweiß und Urin. Der BGSler schob sich in den Verschlag. Mit kräftigen Fußtritten bog er das Blech immer weiter nach außen, sodass auch sein Kollege und Bialas Zugang zu dem Versteck bekamen.

Im Licht der Taschenlampe wurden in dem engen Kabuff fünf Gestalten sichtbar. Zwei kauerten an den Wänden, drei lagen reglos am Boden.

Die Verständigung mit den beiden Jungs vom BGS funktionierte fast wortlos. Jeder von ihnen packte einen der reglosen Körper und schleifte sie über die Ladefläche hinaus an die frische Luft. Die beiden anderen Befreiten folgten ihnen langsam und schwankend.

»Wir brauchen hier dringend Sanitäter«, hörte Bialas einen der BGSler ins Funkgerät sprechen. Er musterte rasch die fünf Jammergestalten, die vor ihm auf dem Waldboden lagen und saßen. Die beiden bei Bewusstsein waren ältere Männer um die dreißig. »Sascha Martschenko«, wandte Bialas sich fragend an sie. Beide schüttelten apathisch den Kopf. Bialas wandte sich den liegenden Körpern zu. Zwei blutjunge Burschen waren dabei. Er fühlte nach ihrem Puls und konnte keine Lebenszeichen mehr wahrnehmen. Er tastete hastig einen der beiden ab, einen dunkelhaarigen Jungen. Wo war das Funkgerät? Nichts. Dann der Rotschopf, der daneben lag. An seinem Bein wurde Bialas fündig. Er spürte durch die Hose das kleine viereckige Kästchen.

Bialas hatte erwartet, das markante Gesicht der Martschenko-Brüder und ihrer Mutter wiederzufinden. Stattdessen lag vor ihm ein todbleicher, sommersprossiger Lausejunge mit rundem Gesicht, Stupsnase und roten Wuschellocken. Sofort begann Bialas die Mund-zu-Mund-Beatmung. Er versuchte sein Bestes mit Herzmassagen. Er hatte sich manches Mal geärgert, wenn die Erste-Hilfe-Auffrischung anstand, die nur Zeit kostete und nur wiederholte, was man ohnehin schon wusste. Nun war er froh, noch zu wissen, in welchem Rhythmus er arbeiten musste. Zugleich packte ihn die Verzweiflung. Der Körper unter ihm zeigte kein Lebenszeichen. Verbissen machte Bialas weiter. »Komm, Junge, du musst es schaffen. Du darfst nicht sterben. Das kannst du deiner Mutter nicht antun«, rief er ihn innerlich. Wie in Trance bekam er mit, dass auch die beiden jungen Männer vom Grenzschutz Wiederbelebungsversuche bei den beiden anderen Männern am Boden machten. Einer der Bewusstlosen begann tatsächlich zu husten. Wie aus einer anderen Welt hörte er die Rotorblätter eines Hubschraubers, der irgendwo in der Nähe landete.

Jemand fasste ihn an der Schulter. Aus den Augenwinkeln sah er die rote Uniform mit den weißen Streifen. Der Sanitäter kniete sich nieder und nahm die Hand des rothaarigen Jungen. »Er hat Puls«, sagte er. Ein anderer schob Bialas sanft beiseite und stülpte dem Jungen eine Atemmaske über. Weitere Helfer kamen mit Tragbahren. Sie legten die beiden Bewusstlosen mit ruhigen, geübten Griffen auf die Bahren. Routiniert gab einer Männer in Rot den beiden jungen Burschen eine Spritze. Der dunkelhaarige Bursche erwachte nun langsam wieder zum Leben und stöhnte leise. Sie hatten gerade die Bahre aufgenommen, als auch der Rotschopf die Augen öffnete.

»Sascha Martschenko?«, fragte ihn Bialas. Der Junge sah ihn aus den graugrünen Augen Ludmila Martschenkos an und nickte schwach. Dann brachten ihn die Sanitäter weg.

4

Bialas war es, als käme er langsam aus einem Traum wieder zu sich. Er stand alleine im Wald, zwischen zwei Sattelschleppern, inmitten eines Teppichs aus Daunenfedern. Die feinen Flocken klebten in seinem verschwitzten Gesicht und an den Unterarmen. Er wischte sich Schweiß und Federn aus dem Gesicht. Er hätte am liebsten vor Erleichterung geheult.

Wie von Ferne hörte er den Lärm brüllender Männer. Langsam ging er an der Reihe der Lastwagen vorbei in Richtung Geschrei. Jetzt erst nahm er wahr, dass es im ganzen Wald und auf der Lichtung vor den Sattelschleppern vor grünen Uniformen nur so wimmelte. Auf der Lichtung hatte neben einem Bus, mehreren Geländewagen, einem halben Dutzend der grünen Grenzschutzfahrzeuge und einer mindestens fünfzigköpfigen Menschenmenge tatsächlich auch noch der Sanitätshubschrauber landen können.

Bialas ging zu der Menschentraube. Etwas abseits standen rund zwanzig mitgenommene Gestalten in Handschellen, bewacht von Grenzschutzbeamten. Dies war das Ende ihres Traums vom guten Geldverdienen im reichen Deutschland. Und eines Albtraums, von dem sie noch nichts wussten. In der Mitte der Lichtung standen, umringt von Beamten in grüner Uniform, ein Dutzend Zivilisten in Handschellen und mit finsteren Gesichtern. BGS-Hauptkommissar Schmitt und Stoevesandt standen bei einem der Festgenommenen, der sich lauthals mit hoher weinerlicher Stimme über die Behandlung beklagte.

Bialas trat zu ihnen und wusste sofort: Dies war Marek Dubinski.

Der Name hatte Michail Ostrowskij an das russische Wort für Eiche erinnert. Die Assoziation hatte so gar nicht zu dem Typen passen wollen, erinnerte sich Bialas an die Aussage des Bajoraners. Dubinski war ein hochgewachsener, schlaksiger und ungelenker Mann mit starker Lordose und hängenden Schultern. Die langen Arme mit den Handfesseln schlenkerte er kraftlos nach vorne, wenn er sprach.

»Wir hier nur Wanderung machen«, jammerte er mit polnischem Akzent.

»Und wozu brauchen Sie den Bus?«, schnarrte Schmitt.

»Busfahrer kommt auch mit uns zu Wanderung«, sagte Dubinski und spielte den Empörten.

»Ach, und die Trucks, die sind auch nur durch Zufall hier«, erwiderte Schmitt sarkastisch. »Oder wie erklären Sie das, Herr Bartczak?«

»Das ist nicht Leszek Bartczak. Die Papiere sind gefälscht«, sagte Stoevesandt. In der Hand hielt er einen Ausweis, den er hin und her drehte. »Das ist Marek Dubinski.«

Dubinski hatte ein Allerweltsgesicht mit verschwommenen, weichlichen Zügen. Seine Augen huschten nun nervös zwischen Schmitt und Stoevesandt hin und her. »Papiere sind nicht falsch. Papiere sind echt«, quengelte er.

»Wie auch immer. Wir werden es rauskriegen.« Schmitt fuhr mit der Hand durch die Luft. »Auf jeden Fall ist jetzt Schluss mit den Faxen. Der Hubschrauber muss starten. Die drei müssen ins Krankenhaus.«

»Sind die andern alle in Ordnung?«, fragte Bialas.

Schmitt nickte: »Die andern hatten Luftlöcher. Die haben nur mächtig geschwitzt.«

Dann teilte er routiniert seine Mannschaft ein. Einen großen Trupp beauftragte er damit, die illegal eingereisten Ukrainer wieder dahin zu bringen, wo sie hergekommen waren. »Am besten, ihr nehmt gleich den Bus da und bringt sie direkt auf den Flughafen Tempelhof. Und dann ab nach Kiew.«

Die dreizehn Schleuser und die fünf polnischen Lkw-Fahrer teilte er in Grüppchen von ein bis zwei Leuten auf die BGS-Fahrzeuge auf und gab ihnen jeweils drei BGS-Beamte zur Bewachung mit. Die Männer setzten sich umgehend in Bewegung. Der Sanitätshubschrauber ließ seine Motoren an und hob auch schon ab, sobald die Waldlichtung halbwegs geräumt war.

Als der Lärm des Hubschraubers etwas abgeebbt war, wandte sich Schmitt an Bialas und Stoevesandt: »Wenn Sie wollen, bringen meine Leute Sie direkt nach Cottbus. Dort können Sie einen Helikopter bekommen, der Sie heute noch nach Hause bringt«, sagte er zackig. Damit verabschiedete er sich grußlos, aber mit Handschlag von den Polizeibeamten und machte sich mit seinen Leuten entlang der herrenlosen Laster auf den Weg zu seinem Transporter.

Bialas und Stoevesandt folgten wortlos den beiden Grenzschützern, die sie zur Hubschrauberstaffel des BGS bringen sollten. Ein ganzes Stück mussten sie durch den Wald.

»Wie geht es dem Jungen?«, unterbrach Stoevesandt ihr Schweigen und reichte Bialas sein Jackett. Es war im Funktransporter zurückgeblieben, als Bialas losgerannt war, um Sascha Martschenko zu suchen.

»Er ist okay. Sie sind alle okay.« Bialas wischte sich den Schweiß von der Stirn. Sein Hemd klebte ihm am Leib. Er wunderte sich, wie Stoevesandt noch so frisch wirken konnte.

Plötzlich blieb er stehen. Er zog das Handy aus der Tasche seines Jacketts, suchte die Nummer von Ekaterina Omeltschenko und wählte sie an.

Epilog – Oktober 2005

Es war ihm ganz recht, dass das Telefon klingelte. Er konnte sich ohnehin nur schwer auf den bürokratischen Kram konzentrieren, den er schon längst hätte erledigen müssen. Bialas nahm das Gespräch an, ohne aufs Display zu schauen.

»Hallo Herr Bialas, hier Stoevesandt«, meldete sich die sonore Stimme des LKA-Kollegen. »Zu ihrer Information: Wir werden Anklage gegen Dubinski erheben. Die Anklagen gegen die Bauunternehmen sind nun auch weitgehend hieb- und stichfest. Hätten Sie Lust auf ein gemeinsames Gläschen Wein? Dann könnte ich Ihnen mehr darüber erzählen.«

Sie verabredeten sich für den nächsten Abend. Bialas stellte fest, dass er sich auf das Treffen freute. So sehr er zu Beginn ihrer Bekanntschaft gegen den LKA-Mann eingenommen gewesen war – nun musste er doch feststellen, dass sich im Laufe ihrer Zusammenarbeit ein außergewöhnliches Vertrauensverhältnis entwickelt hatte. Stoevesandt war rund zehn Jahre älter als er. Und sein verhaltenes nordisches Wesen war nicht dazu angetan, die Herzen im Sturm für sich zu gewinnen. Aber die gemeinsame Arbeit hatte gezeigt, dass sie sich doch sehr ähnlich waren. In dem, was ihnen wichtig war, in ihrer Berufsauffassung und ihren Prinzipien. Bialas empfand fast so etwas wie freundschaftliche Gefühle für den Kollegen.

Die Weinstube, die Stoevesandt ihm genannt hatte, war Bialas ein Begriff. Der Schellenturm war der letzte übriggebliebene Teil der alten Stuttgarter Stadtmauer. Das Lokal darin war bekannt für seine gemütliche Atmosphäre. Bialas war jedoch noch nie dort zu Gast gewesen. Seit sie Kinder hatten, waren er und Thea nur noch selten ausgegangen. Und mit den Kollegen ging man in eines der Stammlokale in der Nähe des Präsidiums.

Sie nahmen Platz in dem fast vollbesetzten kleinen Biergarten vor dem Turm. Ihr Tisch stand etwas abseits, so dass sie sich ohne ungebetene Zuhörer unterhalten konnten. Zur Straße hin war die Terrasse durch Kübelpflanzen und überwucherte Rankgitter abgeschirmt. Man saß hier mitten in der Stadt auf französisch verschnörkelten Gartenstühlen vor einer mittelalterlichen Kulisse. Die hohen alten Bäume spendeten lichten Schatten. Nach einem verregneten und kühlen August war im September der Sommer zurückgekehrt. Selbst jetzt, Ende Oktober, war es noch ungewöhnlich warm. Das Laub der Bäume, das eigentlich schon längst mit den Windstößen fortgetragen sein sollte, zeigte sich in seinen schönsten Herbstfarben.

Sie orderten etwas zu essen. Stoevesandt bestellte eine Flasche Spätburgunder. Dann begann er zu erzählen:

»Wir werden Dubinski den Prozess machen. Der Staatsanwalt ist guter Dinge, dass er die Höchststrafe bekommt. Zehn Jahre. Unsere Beweisführung ist wasserdicht.

Wir haben die Aussage von Sascha Martschenko. Als Video-Aufzeichnung. Ich denke, dass die dem Gericht genügt. Damit wir ihn nicht herholen müssen. Ludmila Martschenko hat übrigens mit Hilfe des Innenministeriums die Ukraine verlassen. Mit ihrem Jungen. Aus Sicherheitsgründen. Sie lebt jetzt unter anderem Namen in der Slowakei. Als Lehrerin kann sie dort natürlich nicht mehr arbeiten. Aber soviel ich weiß, hat sie einen ganz guten Job in einer Fabrik bekommen und ist gleich zur Vorarbeiterin aufgestiegen. Wahrscheinlich lebt sie dort besser als in der Ukraine. Sascha Martschenko macht eine Lehre, ich weiß nicht, als was.

Dann haben wir die Aussage von Ostrowskij. Der natürlich auch nicht mehr Ostrowskij heißt. Er hat übrigens eine kleine Tochter.

Und wir haben diesen Igor Tschikovsky, Sie wissen schon. Wie nannte Luca Mazzaro ihn?«

»Den Ferengi.«

»Ist zwar ein etwas unangenehmer Zeitgenosse und versucht ständig, irgendwelche völlig unangemessenen Vorteile für sich rauszuschlagen. Aber er wird aussagen. Sonst schicken wir ihn umgehend zum Bundesgrenzschutz. Und was die mit ihm machen, weiß er ja: ab nach Hause in die Ukraine.

Meine Leute haben außerdem nochmal intensiv recherchiert. Alles, was wir nur über die Firmen von Dubinski rausbekommen konnten. Sie wissen ja, wie Rudolf und Nicole arbeiten. Wir haben Dienstreisen nach Poznañ und Bukarest gemacht. Manchmal ist es mühsam mit den Behörden dort. Aber wir hatten Unterstützung vom BKA. Natürlich waren es alles Scheinfirmen. Außer einem Firmenschild und einem Briefkasten gab es dort nur brave Hausbewohner, die sich etwas dazuverdient haben. Sowohl in Poznañ als auch in Bukarest haben wir Zeugen. Sie haben Dubinski eindeutig identifiziert und geschworen, dass er es war, der bei ihnen regelmäßig die Post abgeholt hat.

Wir haben die Konten und Geldbewegungen von Dubinski vollständig überprüft. Rudolf ist in solchen Dingen genial, Sie wissen ja. Wir haben ihn dran wegen Hinterziehung von Steuern und Sozialabgaben in Höhe von sechs Millionen Euro. Wir haben in 86 Fällen Steuerhinterziehung und in 53 Betrug nachweisen können.

Im Normalfall lief das so: Die Dubinski-Firmen stellten Rechnungen für die überlassenen Arbeitskräfte aus. Das Geld wird von den Auftraggebern, also unseren bekannten Bauunternehmern, auch ordentlich überwiesen. Dann geht es aber sofort auf ein anderes Konto. Und von dort aus gehen Überweisungen wiederum an verschiedene Konten: Zum einen sind das Rücküberweisungen auf Schwarzgeldkonten der Unternehmer. Dann haben wir Überweisungen auf Konten, von denen wir wissen, dass sie für die Geldwäsche der ukrainischen Mafia eingerichtet wurden. Zum Beispiel diverse Stiftungen. Und schließlich gab es Überweisungen auf ein Schwarzgeldkonto von Dubinski selbst.

Leider konnten wir nicht klären, wie Metzler an dem Kuchen beteiligt wird. Wir vermuten, dass seine Subunternehmen auch wieder Gelder an ihn zurücküberweisen. Nachweisen können wir das aber nicht.«

Das Essen kam. Nach den ersten Happen erzählte Stoevesandt weiter:

»Wir haben außerdem auch die Aussagen der Bauunternehmer. Die Prozesse gegen sie sind ebenfalls fast vollständig vorbereitet. Die halten sich natürlich so weit wie möglich bedeckt. Die Anwälte haben aber trotzdem keinen leichten Stand. Die Fakten und Belege, die wir haben, sind, dank Armin Kayser und seiner Truppe, hieb- und stichfest.«

»Und was ist mit Metzler?«

»Sobald die Sprache auf ihn kommt, blocken alle ab. Die Bauunternehmen sind nach wie vor hochgradig abhängig von ihm. Die schlachten die Kuh nicht, die ihnen Milch gibt. Gegenüber Dubinski haben sie keine Manschetten. Im Gegenteil – sie laden so viel Schuld wie möglich auf ihn ab. Und Dubinski, wenn Sie mich fragen, der hat ganz einfach Schiss. Er weiß, dass er ins Gefängnis muss. Und er weiß, dass er dort einen schweren Stand haben würde, wenn er irgendetwas über seine ukrainischen Partner und deren Kunden verlauten lassen würde.«

»Lässt Bechtel Sie arbeiten?«, fragte Bialas.

»Bechtel ist eigentlich kein schlechter Chef. Ich hatte schon ganz andere. Er lässt uns normalerweise in Ruhe, weil er weiß, dass wir ohnehin besser durchblicken. Er hat nur einen Spleen, wenn es um Leute aus der Wirtschaft geht, die er für wichtig hält. In solchen Kreisen bewegt er sich gerne. Und deshalb wird er empfindlich, wenn man solchen Leuten auf den Schlips tritt. Solange wir nicht gegen Metzler oder die KMZ-Gesellschaft vorgehen, ist ihm alles egal.«

Es wurde langsam dämmrig und kühl. Sie hatten gegessen und die Flasche bereits geleert. Der Wein hatte es in sich und Bialas spürte seine Wirkung. Doch die beiden waren in der Laune, weiter zu reden und zu trinken.

Sie wechselten ins Innere des Restaurants und bestellten nochmals Wein. Nachdem die Bedienung eingeschenkt hatte, fragte Bialas:

»Was war eigentlich im BKA los? Nur, wenn Sie darüber sprechen wollen oder können.«

Stoevesandt lächelte verschmitzt und überlegte einen Moment. »Ich darf natürlich keine Namen nennen«, sagte er dann. »Aber sagen wir es mal so: Es gibt bestimmte Staaten, die kaufen sehr gerne deutsche Rüstungstechnologie. Vor allem im arabischen Raum. Und es gibt deutsche Unternehmen, die sehr gerne Geschäfte mit arabischen Partnern machen. Auch, weil man von ihnen Summen bekommt, von denen man sonst nur träumen kann. Um solche Geschäfte machen zu können, braucht man jedoch Vermittler, Leute, die sich auskennen, die Kontakte haben. Und diese Leute lassen sich diese Dienste gut bezahlen. Erinnern Sie sich an die Fuchs-Spürpanzer? 446 Millionen Mark war damals das Auftragsvolumen. Die Hälfte davon, 220 Millionen, flossen als Schmiergelder. In diesem Fall war die Presse so dahinter her, dass kaum etwas unter den Teppich gekehrt werden konnte.

Aber der gleiche Konzern hat an die gleichen Kunden auch andere Ware geliefert. So zum Beispiel Patrouillenboote. Und auch hier hat man Vermittler gebraucht. Zum Beispiel einen Beamten des Bundesinnenministeriums. Rund eine Million Mark sind an Vermittlungsprovisionen geflossen, direkt auf ein Schweizer Nummernkonto, vorbei am deutschen Fiskus. Der Rüstungskonzern hat das Sümmchen aber als Betriebsausgaben steuermindernd geltend gemacht.«

Stoevesandt nahm einen Schluck und hing kurz seinen Gedanken nach. Dann fuhr er fort: »Wir waren ziemlich weit mit unseren Ermittlungen. Aber leider war dieser Beamte im Innenministerium ein Ziehkind des damaligen Bundesinnenministers. Und der Innenminister ist nun mal Chef des Präsidenten des Bundeskriminalamtes. Sie wollten, dass wir die Sache vertuschen. Aber wir wollten nicht. Man hat mir ein Disziplinarverfahren an den Hals gehängt. Der Mann im Innenministerium wurde versetzt. Und damit es nicht danach aussah, dass wir Recht gehabt hatten, hat man mich gleich mit versetzt. Rudolf ist freiwillig mit mir gekommen. Aber man hätte ihm sicher das Leben schwergemacht, wenn er geblieben wäre.«

»Frustrierend«, sinnierte Bialas. »Ich weiß nicht, ob ich mit solchem Erfahrungen noch Polizist bleiben könnte.«

Stoevesandt faltete seine Hände vor sich auf dem Tisch und sah nachdenklich auf sie nieder. Dann sagte er:

»Für mich war es ein Glücksfall. Anfangs habe ich mich schwer damit getan, dass wir noch weiter in den Süden gehen sollten. Man muss sich als Hamburger an die Mentalität der Menschen hier gewöhnen. Aber das Betriebsklima im BKA ist alles andere als angenehm oder motivierend. Die eine Hand weiß dort nicht, was die andere tut. Manchmal haben wir in mehreren Abteilungen an der gleichen Sache gearbeitet, ohne voneinander zu wissen. Dann wieder wurde man von einem Auftrag in den nächsten geschubst. Man war gerade in ein Thema eingearbeitet, da wurde man abgezogen. Der Umgang miteinander ist von Jahr zu Jahr kälter geworden. Eine offene und aufrichtige Kommunikation war da nicht mehr möglich. Vor allem nicht mit den Vorgesetzten. Warum eine Sache schiefgegangen war, hat niemanden mehr interessiert. Es ging nur noch darum, Sündenböcke zu finden. Karriere haben die mit dem vorauseilenden Gehorsam gemacht, nicht Leute, die fachlich kompetent und menschlich integer waren.

Je weiter man in der Polizeihierarchie nach oben kommt, umso mehr ist man durch irgendwelche Zwänge eingeschränkt. Durch Hierarchien, durch bürokratischen Unsinn oder durch politische Einflussnahme. Ich habe im LKA mehr Freiheiten als seinerzeit im Bundeskriminalamt. Die Arbeit ist befriedigender. Die Kollegen sind – kollegialer. In der alltäglichen Zusammenarbeit geht es um die Sache, und nicht um persönliche Animositäten und Eitelkeiten. So sehe ich es.«

Dann hob er sein Glas und sagte: »Übrigens, ich heiße Gerd. Und wenn ich Andreas sagen darf ...«

Bialas hob als Zustimmung ebenfalls sein Glas.

»... dann möchte ich mich bei dir, Andreas, hiermit noch einmal ausdrücklich bedanken. Ich weiß, es war am Anfang nicht ganz einfach für euch, als ihr plötzlich die übergeordnete Behörde vor die Nase gesetzt bekommen habt. Aber ich glaube, wir sind, auch durch dich, zu einem wirklich guten Team geworden. Und wir haben gute Arbeit geleistet.«

Sie stießen an, und Bialas musste sich eingestehen, auch wenn er es niemals offen gezeigt hätte, dass ihm das Lob verdammt guttat.

»Es war gute Arbeit«, nickte Bialas. »Und trotzdem: Eines wurmt mich immer noch«, sagte er dann. »Ich habe deine Nicole Marinescu, offen gesagt, immer für etwas verbohrt gehalten. Ihre Fixierung auf Metzler hat mich manchmal genervt. Aber ich verstehe sie langsam. Dass wir Metzler nichts anhaben konnten, das stinkt mir gewaltig.«

Stoevesandt dachte wieder einen Moment nach und sagte dann: »Ich sehe es nicht so, dass wir ihm nichts anhaben konnten. Wie wir jetzt feststellen, hat Dubinski für ihn eine größere Rolle gespielt, als wir bisher erkennen konnten. Er war der Mittelsmann zwischen der ukrainischen Mafia, die das Menschenmaterial geliefert hat, und den Bauunternehmen, die für Metzler arbeiten. Kamarenko hat das Geschäftliche mit ihm abgewickelt, aber der gesamte operative Bereich, die Organisation der Schleusung und die Weitervermittlung an sogenannte Arbeitgeber oder an die Bordelle bei den Frauen – das war alles Dubinskis Sache.

Wir wissen – aus Quellen, die ich lieber nicht beim Namen nenne –, dass die ukrainische Mafia den Kontakt zu Metzler abgebrochen hat. Die ganze Sache, auch mit Rentz, ist denen zu gefährlich geworden. Zu viel polizeiliche Aufmerksamkeit. Soviel wir wissen, liegt das Geschäft mit billigen Arbeitskräften für den Bau im Augenblick auf Eis.

Wir haben außerdem für ein Klima gesorgt, in dem sich einige Subunternehmen bei der erstbesten Gelegenheit von der Metzler AG absetzen. Im Moment wagt ohnehin keiner, der für den Konzern arbeitet, sich irgendetwas zu Schulden kommen zu lassen. Man heuert Firmen aus Polen und Rumänien für die Knochenarbeit an und achtet peinlichst darauf, dass die Leute ihren Lohn bekommen. Und wer kann, versucht mit anderen Generalunternehmern ins Geschäft zu kommen.

Das Ganze hat dazu geführt, dass Metzler nicht mehr mit seinen Dumpingpreisen in den Wettbewerb gehen kann. Er hat in den letzten Monaten – sehr zur Freude von Nicole – eine ganze Reihe von lukrativen und interessanten Aufträgen verloren. Und das, was er noch bekommt, hat im Vergleich zu früher äußerst magere Renditen.

Weißt du, Andreas, ich glaube nicht, dass das Metzler-Imperium daran zugrunde geht. Aber manchmal stelle ich mir Georg Metzler vor, wie er einen um den andern Auftrag verliert, wie er nur noch Gewinnspannen von zwei Prozent hat, und wie er dabei rasend wird vor Wut und Machtlosigkeit. Und dann kann ich hervorragend schlafen.«